CHONGWENGUAN

读古人书　友天下士

百余年前，崇文书局于武昌正觉寺开馆刻书，成晚清四大书局之一。所刻经籍，镌工精雅，数量众多，流布甚广，影响巨大。为赓续前贤，昌明国学，弘扬文化，本社现致力于传统典籍的出版。既专事文献整理，效力学术，亦重文化普及，面向大众。或经学，或史论，或诸子，或诗词，各成系列，统一标识，名之为"崇文馆"。

崇文馆

中国古典诗词校注评丛书

周邦彦词全集【汇校汇注汇评】

谭新红　李烨含　编著

长江出版传媒｜崇文书局

前　言

　　周邦彦（1056－1121），字美成，晚年自号清真居士，有堂名顾曲，北宋钱塘（今浙江杭州）人。周邦彦所处的时代，正是北宋由盛转衰的阶段。他的叔父周邠乃嘉祐八年（1063）进士，曾与苏轼有交往，后因此而受到牵连。周邦彦少有才名，"博涉百家之书"，但"疏隽少检，不为州里推重"（《宋史·文苑传六·周邦彦传》）。大约在宋神宗元丰二年（1079），24 岁的周邦彦离开家乡杭州，来到都城汴京，成为太学生中的一员。元丰七年（1084）三月献《汴都赋》①，歌颂新法，由太学诸生而提拔为太学学正（教官），从此步入仕途。神宗谢世后，旧党执政，周邦彦被排挤出京城，开始了长达十年的漂泊生涯。先是于哲宗元祐四年（1089）秋冬间出为庐州（今安徽合肥）教授②，元祐八年（1093）二月至绍圣三年（1096）二月

---

　　①周邦彦献赋时间，王国维《遗事》据《赋》中所述有疏汴河、改官制、修景灵宫三事，谓献赋在元丰六年七月。白敦仁《周邦彦及其〈清真词〉》（上）据李焘《续资治通鉴长编》卷三四四考证献赋时间当为元丰七年三月。《长编》云："元丰七年三月壬戌，诏太学外舍生周邦彦为试太学正，寄理县主簿尉。邦彦献《汴都赋》，上以太学生赋颂者以百数，独邦彦文采可取，故擢之。"陈振孙《直斋书录解题》卷十七著录《清真集》二十四卷时云："元丰七年，进《汴都赋》，自诸生命为太学正。"

　　②路成文《周邦彦出任庐州教授考》，《兰州大学学报》2010 年第 2 期。

任溧水(今属江苏)令①。绍圣四年(1097),周邦彦被召回京,任国子主簿。元符元年(1098)除秘书省正字。徽宗政和二年(1112),周邦彦离京外调,以直龙图阁出知隆德府。政和五年(1115)知明州,政和六年离任。②返京任秘书监,进徽猷阁待制,提举大晟府。徽宗宣和三年(1121)卒,享年66岁。有《清真集》,又名《片玉集》,存词206首。《东都事略》卷116、《咸淳临安志·人物》、《宋史》卷444有传。

周邦彦"博文多能"(陈振孙《直斋书录解题》卷十七)。"诗文之外,兼善书法"(王国维《清真先生遗事》),"当时皆称美成词,殊不知美成文章大有可观","笺奏杂著,皆是杰作,可惜以词掩其他文也"(张端义《贵耳集》下)。楼钥《清真先生文集序》评他的诗文说:"经史百家之言盘屈于笔下,若自己出。"当然,正如王国维《清真先生遗事》所说:"先生于诗文无所不工,然尚未尽脱古人蹊径,平生著述,自以乐府为第一。"在诸艺之中,周邦彦成就最大者仍属词。他是两宋被公认为"负一代词名"(张炎《词源》卷下)的人,无论是小令还是慢词长调,创作成就都很高。

小令在晏几道、秦观的手里已经达到精美完善的境界,而周邦彦则又有所开拓,"于短短小令中写复杂故事,为其独创,当时无人能及,后世亦少有敢企及者"。③如《少年游》:

> 并刀如水,吴盐胜雪,纤手破新橙。锦幄初温,兽香不断,相对坐调笙。　　低声问向谁行宿,城上已三更。马滑霜浓,不如休去,直是少人行。

---

① 周邦彦知溧水时间,《景定建康志》卷二七《官守志四·诸县令·溧水县》有明确记载:"周邦彦元祐八年二月到任。"

② 王兆鹏《清真集校注订补》,《中国韵文学刊》2005年3月。

③ 吴世昌《词林新话》,北京出版社2000年版,第177页。

短短五十一个字,有环境描写,有人物形象,有对话,有情节,甚至还暗含心理刻画,这种写法在周邦彦之前是绝无仅有的。其《蝶恋花》也有异曲同工之妙:

> 月皎惊乌栖不定。更漏将残,辘轳牵金井。唤起两眸清炯炯。泪花落枕红棉冷。　　执手霜风吹鬓影。去意徊徨,别语愁难听。楼上阑干横斗柄。露寒人远鸡相应。

这首纪别小令,从将晓景物写起,依次写到唤醒、倚枕泣别、临风执手、临别依依、行人远去,次序井然。最后以景语作结,神韵悠远,兴味无穷,无怪乎俞陛云《唐五代两宋词选释》评其为"自来录别者希有"的上乘之作。

周邦彦的慢词浑化雅洁,达到了相当完美的艺术境界。早在南宋,陈振孙《直斋书录解题》卷二十一就赞其长调是"词人之甲乙"。到了清代,陈廷焯《云韶集》更称周邦彦长调"高据峰巅,下视群山,尽属附庸";张其锦《梅边吹笛谱跋》也说秦、柳、苏、黄的慢词犹如初唐,体格虽具,然风骨未遒,周邦彦的慢词犹如杜诗,"有盛唐之风矣"。

首先,周邦彦善于化用典故和融化前人诗句,形成典雅的语言风格。张炎《词源》就说他"善于融化诗句"、"采唐诗融化如自己者,乃其所长"。如《西河·金陵怀古》就先后化用了谢朓《入朝曲》、刘禹锡《石头城》、李白《蜀道难》、古乐府《莫愁乐》、刘禹锡《石头城》、《乌衣巷》诗。一首百余字的词有六处化用了前人诗句,而一股沉雄气韵流贯全篇,丝毫不给人以破碎之感。此外如《满庭芳》(风老莺雏)也多处化用杜甫、刘禹锡、白居易等人的诗，结合这些诗人的遭遇来抒写自己流落的悲慨；《瑞龙吟》(章台路)化用杜甫、李贺、杜牧、李商隐等人的诗句，含蓄蕴藉而又淋漓尽致地抒发了自己暮年被召还京的复杂心情。

其次，周邦彦完善了慢词长调的章法结构。夏敬观曾说："耆卿多平铺直叙，清真特变其法，一篇之中，回环往复，一唱三叹。故慢词始盛于耆卿，大成于清真。"①周邦彦在前人特别是柳永的基础上，打乱时空顺序，顺叙、倒叙、插叙交相使用，空间上回环往复，将开阖变化、离合顺逆等笔法引入长调，使其章法结构得到了极大的发展和提高。如《兰陵王·柳》：

柳阴直。烟里丝丝弄碧。隋堤上、曾见几番，拂水飘绵送行色。登临望故国。谁识京华倦客。长亭路，年去岁来，应折柔条过千尺。　　闲寻旧踪迹。又酒趁哀弦，灯照离席。梨花榆火催寒食。愁一箭风快，半篙波暖，回头迢递便数驿。望人在天北。　　凄恻。恨堆积。渐别浦萦回，津堠岑寂。斜阳冉冉春无极。念月榭携手，露桥闻笛。沉思前事，似梦里，泪暗滴。

这首词三叠三换头。过去、现在、未来，时间回环往复；长亭、别浦、月榭，地点错综复杂，使作品呈现出恍惚迷离、跌

---

①夏敬观《手评乐章集》，转引自龙榆生《唐宋名家词选》，上海古籍出版社1980年版，第87页。

宕多姿的美感。他的《瑞龙吟》(章台路)也分三片,第一片叙写目前景况情事,"还见"二字扣住往昔;第二片追叙过去,"黯凝伫"则挽住今日;第三片承写当下情事,而"前度刘郎重到"又绾合了今昔。整首词开阖变化而丝丝入扣,沉郁顿挫而浑然一体。

周邦彦妙解音律,精于创调和自度曲。他新创、自度的曲子共五十余调,虽然数量上没有柳永多,但词韵清蔚,音节清妍和雅,深受文人士大夫喜爱。如《瑞龙吟》(章台路)三叠中的第一、二叠,字句平仄相同,称为双拽头,既美视又美听。周邦彦还"增演慢曲、引、近,或移宫换羽为三犯四犯之曲,按月律为之,其曲遂繁"(张炎《词源》)。即把不同调的曲子组成为一支曲子,如其《六丑·蔷薇谢后作》就是犯六调而成。

周邦彦填词,注重词调的声情与宫调的音色协调一致。他"下字运意,皆有法度"(沈义父《乐府指迷》),用字审音,严分平、上、去、入四声。唐宋词的字声有一个演变发展的过程。温庭筠已经分出平仄,晏殊渐辨去声,严于结拍。柳永分出上声和去声,尤严于入声。周邦彦在他们的基础上,严格平、上、去、入四声的用法,并且更多变化,使语言字音的高低与曲调旋律的变化密切配合,成为南宋词人的学习典范。[①]

周邦彦词并不直接抒发身世之感和兴亡之叹,而是用比兴寄托的手法间接表现。早在南宋,王灼《碧鸡漫志》卷二就说:"柳(永)何敢知世间有《离骚》,惟贺方回、周美成时时得之。"认为周词继承了《离骚》"香草美人"的传统,表面上是咏

---

① 夏承焘:《唐宋词字声之转变》,载《唐宋词论丛》,上海古典文学出版社1956年版。

物写人，内里实有深意。到了清代中期，周济以比兴寄托论词，更是把周邦彦当作"无意寄托"的最高典范。这一特点在他的咏物词中得到了鲜明地体现，如《六丑·落花》：

> 正单衣试酒，恨客里、光阴虚掷。愿春暂留，春归如过翼。一去无迹。为问花何在，夜来风雨，葬楚宫倾国。钗钿堕处遗香泽。乱点桃蹊，轻翻柳陌。多情为谁追惜。但蜂媒蝶使，时叩窗隔。　　东园岑寂，渐蒙笼暗碧。静绕珍丛底、成叹息。长条故惹行客。似牵衣待话，别情无极。残英小、强簪巾帻。终不似一朵，钗头颤袅，向人敧侧。漂流处、莫趁潮汐。恐断红、尚有相思字，何由见得。

全词咏蔷薇，刻画形象，传神逼真，但词人并没有拘泥于物象的客观描摹，而是借惜花伤春寄托身世之感，看似咏物，实是自叹，为南宋词咏物重寄托开无数法门。

陈郁《藏一话腴》云："（周邦彦）二百年来以乐府独步，贵人学士、市儇妓女知美成词为可爱。"可见其词深受市井百姓喜爱。周邦彦词风格沉郁顿挫，章法缜密，语言精练洒脱，知音协律，对文人词影响更大，与他同时的大晟府词人，如万俟咏、晁端礼、晁冲之、田为、徐伸等人的创作，与周邦彦走的就是同一路数。到了南宋，周邦彦词大受欢迎，他的词集一版再版，并且出现了很多注本，人们填词时效仿的对象也是"以清真为主"（沈义父《乐府指迷》），姜夔、史达祖、卢祖皋、高观国、周密、王沂孙、张炎等，无不是在周邦彦的基础上进一步深化雅词、格律词的创作。清代道光年间，周济《宋四家词选》首列周邦彦,说他是集大成者,是词中杜甫,他在《宋四家词选目录序论》中提出"问途碧山,历梦窗、稼轩以还清真之浑化"的学词主张,从而创立了影响深远的常州词派,周邦彦的声誉至此达到顶点,影响直至近今词坛。

本编以唐圭璋编纂、王仲闻参订、孔凡礼补辑《全宋词》(中华书局 1999 年版)本周邦彦词为底本,以创作时间先后重新编排而成。给周邦彦词编年,有着比较丰富的研究成果,其中专著主要有:

王国维《清真先生遗事》(正文出现时简称王国维《遗事》),孙虹校注、薛瑞生订补《清真集校注》附录,中华书局 2007 年第 2 版;

陈思《清真居士年谱》(正文出现时简称陈思《年谱》),孙虹校注、薛瑞生订补《清真集校注》附录,中华书局 2007 年第 2 版;

罗忼烈《清真集笺注》(修订本)(正文出现时简称罗笺),上海古籍出版社 2008 年版;

孙虹校注、薛瑞生订补《清真集校注》(正文出现时简称孙注),中华书局 2007 年第 2 版;

蒋哲伦注《周邦彦选集》(正文出现时简称蒋选),河南大学出版社 1999 年版;

此外还有许多单篇论文对周邦彦词进行了编年,计有(为省篇幅,正文中出现以下论文时只出作者和篇名,不再注明刊物名称和出版时间):

白敦仁《周邦彦及其〈清真词〉》(上),《成都大学学报》1982 年第 2 期;

白敦仁《周邦彦及其〈清真词〉》(下),《成都大学学报》

1983年第1期;

马成生、赵治中《周邦彦年谱》(上),《丽水师专学报》1991年第2期;

马成生、赵治中《周邦彦年谱》(下),《丽水师专学报》1991年第3期;

刘永祥《周邦彦家世发覆》,《华东师范大学学报》1996年第3期;

薛瑞生《周邦彦两入长安考》,《文学遗产》2002年第3期;

孙虹《周邦彦年轻时期荆州、长安词考补正》,《江南大学学报》2004年第3期;

孙虹《琴瑟无端五十弦 一弦一柱思华年——周邦彦寄内系列词编年考证》,《江南大学学报》2005年第2期;

孙虹《周邦彦四过扬州以及曾为睦州地方官词考》,《江南大学学报》2007年第4期;

孙虹《周邦彦四过扬州词及扬州歌妓即岳楚云考证》,《江南大学学报》2007年第4期;

马成生《"莫思身外 长近尊前"——周邦彦在溧水任上的政事与创作》,《杭州师范学院学报》1991年第2期;

路成文《周邦彦出任庐州教授考》,《兰州大学学报》2010年第2期;

路成文《清真三首"萧娘词"创作时地及相关情事考辨》,《中国韵文学刊》2010年6月;

路成文《周邦彦几首寻常妓情词的编年问题》,《聊城大学学报》2010年第4期;

路成文《清真〈还京乐〉(禁烟近)作年新考》,《词学》第二十三辑。

这些编年成果的取得,极大地推进了周邦彦词研究,许多作品的创作时间已经有了比较一致的看法。当然,也有不少词的作年仍众说纷纭,有多少学者编年就有多少种说法。这些歧见成为今后进一步研究的基础,自有其存在的价值。因此本编不避烦冗,在撰写"题解"的过程中,将每首词历年出现的编年的主要观点一一列举出来,希冀给周邦彦词爱好者特别是周词研究者提供周邦彦每一首词编年的历史演进过程,并为今后的研究提供线索。

本编注释只注作品中的用典、名物,一般性语词不注,各版本间的异文也尽量加以注明。注释时主要参考陈元龙《详注周美成词片玉集》(福建人民出版社 2008 年版,正文出现时简称陈本)、杨铁夫《清真词选笺释》(香港昌明书局 1932 年版,正文出现时简称杨笺)、乔大壮手批《片玉集》(齐鲁书社 1985 年版,正文出现时简称乔本)及上面提到的罗笺、孙注、蒋选,也参考了王兆鹏《清真集校注订补》(《中国韵文学刊》2005 年 3 月),吴承学、李婵娟《宋词疑义二考》(《求是学刊》2005 年第 5 期)等论文。在这些笺注中,择其善者而从之。此外,我自己偶有愚见时,也不避浅陋,一一加以补注。本编"汇评"部分则力求完备,希望能给读者提供尽可能丰富的资料。其中有些资料颇显珍贵,如杨铁夫《清真词选笺释》自香港昌明书局于 1932 年、台湾河洛出版社 1978 年出版后,没有再版过。本书"汇评"部分将其评语全文移录,为读者提供了不易得见的材料。

谭新红 2015 年夏写于武汉大学

目　录

元祐三年(1088)出庐州教授之前的作品

南柯子(宝合分时果) ················· 3

南乡子(轻软舞时腰) ················· 4

虞美人(玉筯才掩朱弦悄) ················· 5

如梦令(尘满一缿纹绣) ················· 8

如梦令(门外迢迢行路) ················· 10

少年游(南都石黛扫晴山) ················· 11

虞美人(廉纤小雨池塘遍) ················· 13

荔枝香近(照水残红零乱) ················· 15

丁香结(苍藓沿阶) ················· 18

木兰花(郊原雨过金英秀) ················· 21

点绛唇(台上披襟) ················· 23

玉楼春(大堤花艳惊郎目) ················· 25

一落索(杜宇思归声苦) ················· 26

夜游宫(叶下斜阳照水) ················· 28

月下笛(小雨收尘) ················· 31

荔枝香近(夜来寒侵酒席) ················· 33

早梅芳(花竹深) ················· 37

早梅芳(缭墙深) ················· 40

苏幕遮(燎沉香) ················· 42

西河(长安道) ················· 44

过秦楼（水浴清蟾） …………………………………………… 46

风流子（枫林凋晚叶） ………………………………………… 50

秋蕊香（乳鸭池塘水暖） ……………………………………… 54

南柯子（腻颈凝酥白） ………………………………………… 57

醉桃源（冬衣初染远山青） …………………………………… 58

四园竹（浮云护月） …………………………………………… 60

浣沙溪（不为萧娘旧约寒） …………………………………… 62

六幺令（快风收雨） …………………………………………… 65

长相思（好风浮） ……………………………………………… 67

长相思（沙棠舟） ……………………………………………… 68

月中行（蜀丝趁日染干红） …………………………………… 69

浣沙溪（争挽桐花两鬓垂） …………………………………… 70

浣沙溪（雨过残红湿未飞） …………………………………… 72

蝶恋花（叶底寻花春欲暮） …………………………………… 73

南浦（浅带一帆风） …………………………………………… 75

南乡子（晨色动妆楼） ………………………………………… 77

南乡子（寒夜梦初醒） ………………………………………… 79

南乡子（户外井桐飘） ………………………………………… 80

齐天乐（绿芜凋尽台城路） …………………………………… 81

醉桃源（菖蒲叶老水平沙） …………………………………… 87

玉楼春（玉琴虚下伤心泪） …………………………………… 89

一剪梅（一剪梅花万样娇） …………………………………… 90

三部乐（浮玉飞琼） …………………………………………… 92

虞美人（金闺平帖春云暖） …………………………………… 94

塞翁吟（暗叶啼风雨） ………………………………………… 95

意难忘（衣染莺黄） …………………………………………… 98

浣沙溪（日射敧红蜡蒂香） ………………………… 103

无闷（云作轻阴） ……………………………………… 104

解连环（怨怀无托） …………………………………… 106

元祐三年（1088）后任庐州教授、溧水县令至绍圣四年（1097）还为国子监主簿之前的作品

醉落魄（茸金细弱） …………………………………… 113

满庭芳（山崦笼春） …………………………………… 114

宴清都（地僻无钟鼓） ………………………………… 116

侧犯（暮霞霁雨） ……………………………………… 120

玉楼春（桃溪不作从容住） …………………………… 123

满庭芳（风老莺雏） …………………………………… 125

隔浦莲（新篁摇动翠葆） ……………………………… 133

玉烛新（溪源新腊后） ………………………………… 138

琴调相思引（生碧香罗粉兰香） ……………………… 140

花犯（粉墙低） ………………………………………… 141

瑞龙吟（章台路） ……………………………………… 146

应天长（条风布暖） …………………………………… 154

还京乐（禁烟近） ……………………………………… 158

迎春乐（清池小圃开云屋） …………………………… 163

迎春乐（桃蹊柳曲闲踪迹） …………………………… 165

丑奴儿（肌肤绰约真仙子） …………………………… 166

红林檎近（高柳春才软） ……………………………… 168

红林檎近（风雪惊初霁） ……………………………… 170

浣沙溪（翠葆参差竹径成） …………………………… 172

浣沙溪(薄薄纱橱望似空) ·········· 173

浣沙溪(日薄尘飞官路平) ·········· 174

鹤冲天(梅雨霁) ·········· 175

鹤冲天(白角簟) ·········· 177

西河(佳丽地) ·········· 178

风流子(新绿小池塘) ·········· 182

法曲献仙音(蝉咽凉柯) ·········· 187

菩萨蛮(银河宛转三千曲) ·········· 189

玉楼春(玉奁收起新妆了) ·········· 191

元符元年(1098)后任京官至政和
元年(1111)知河中府之前的作品

蓦山溪(楼前疏柳) ·········· 195

一寸金(州夹苍崖) ·········· 196

瑞鹤仙(暖烟笼细柳) ·········· 199

蓦山溪(湖平春水) ·········· 201

烛影摇红(芳脸匀红) ·········· 203

解蹀躞(候馆丹枫吹尽) ·········· 205

长相思(举离觞) ·········· 206

庆春宫(云接平冈) ·········· 208

浪涛沙(万叶战) ·········· 211

点绛唇(征骑初停) ·········· 214

夜游宫(客去车尘未敛) ·········· 215

虞美人(疏篱曲径田家小) ·········· 216

满庭芳(花扑鞭梢) ·········· 218

品令（夜阑人静）·······················219

蓦山溪（江天雪意）·······················221

点绛唇（辽鹤归来）·······················222

绮寮怨（上马人扶残醉）················225

虞美人（灯前欲去仍留恋）············228

感皇恩（露柳好风标）···················230

蝶恋花（月皎惊乌栖不定）············231

蝶恋花（鱼尾霞生明远树）············235

青房并蒂莲（醉凝眸）···················236

诉衷情（堤前亭午未融霜）············238

政和二年(1112)后知河中府、隆德府、明州、真定、顺昌府、处州的作品

渡江云（晴岚低楚甸）···················243

扫地花（晓阴翳日）·······················247

琐窗寒（暗柳啼鸦）·······················252

绕佛阁（暗尘四敛）·······················258

六丑（正单衣试酒）·······················261

夜飞鹊（河桥送人处）···················271

氐州第一（波落寒汀）···················276

尉迟杯（隋堤路）····························280

华胥引（川原澄映）·······················284

忆旧游（记愁横浅黛）···················287

大酺（对宿烟收）····························291

解语花（风销焰蜡）·······················297

玲珑四犯（秾李夭桃） ··· 301

垂丝钓（缕金翠羽） ··· 304

黄鹂绕碧树（双阙笼嘉气） ··· 306

蝶恋花（爱日轻明新雪后） ··· 309

蝶恋花（桃萼新香梅落后） ··· 310

蝶恋花（小阁阴阴人寂后） ··· 311

蝶恋花（蠢蠢黄金初脱后） ··· 312

蝶恋花（晚步芳塘新霁后） ··· 314

兰陵王（柳阴直） ··· 315

留客住（嗟乌兔） ··· 324

水龙吟（素肌应怯馀寒） ··· 326

蕙兰芳引（寒莹晚空） ··· 329

浪涛沙（昼阴重） ··· 332

瑞鹤仙（悄郊原带郭） ··· 337

西平乐（稚柳苏晴） ··· 343

倒犯（霁景） ··· 346

作年不详之词

少年游（檐牙缥缈小倡楼） ··· 351

玉楼春（当时携手城东道） ··· 352

少年游（并刀如水） ··· 354

凤来朝（逗晓看娇面） ··· 359

一落索（眉共春山争秀） ··· 363

红罗袄（画烛寻欢去） ··· 365

少年游（朝云漠漠散轻丝） ··· 366

浣沙溪（贪向津亭拥去车） ··· 368

南乡子（秋气绕城闉） ················· 369

望江南（歌席上） ················· 370

望江南（游妓散） ················· 372

归去难（佳约人未知） ················· 374

木兰花令（歌时宛转饶风措） ················· 375

塞垣春（暮色分平野） ················· 376

霜叶飞（露迷衰草） ················· 379

伤情怨（枝头风势渐小） ················· 381

玉团儿（铅华淡伫新妆束） ················· 383

玉团儿（妍姿艳态腰如束） ················· 384

丑奴儿（南枝度腊开全少） ················· 384

丑奴儿（香梅开后风传信） ················· 385

渔家傲（灰暖香融销永昼） ················· 386

渔家傲（几日轻阴寒测测） ················· 387

定风波（莫倚能歌敛黛眉） ················· 389

蝶恋花（酒熟微红生眼尾） ················· 390

丹凤吟（迤逦春光无赖） ················· 391

拜星月（夜色催更） ················· 394

减字木兰花（风鬟雾鬓） ················· 397

青玉案（良夜灯光簇如豆） ················· 398

关河令（秋阴时晴渐向暝） ················· 399

鹊桥仙令（浮花浪蕊） ················· 400

花心动（帘卷青楼） ················· 401

双头莲（一抹残霞） ················· 403

长相思（马如飞） ················· 404

长相思慢（夜色澄明） ················· 405

大有（仙骨清赢） ……………………………… 406

万里春（千红万翠） …………………………… 407

满庭芳（白玉楼高） …………………………… 407

满路花（金花落烬灯） ………………………… 409

满路花（帘烘泪雨干） ………………………… 411

满江红（昼日移阴） …………………………… 413

浣沙溪（宝扇轻圆浅画缯） …………………… 416

浣沙溪（楼上晴天碧四垂） …………………… 417

浣溪沙慢（水竹旧院落） ……………………… 420

点绛唇（孤馆迢迢） …………………………… 422

夜游宫（一阵斜风横雨） ……………………… 423

诉衷情（出林杏子落金盘） …………………… 424

诉衷情（当时选舞万人长） …………………… 425

迎春乐（人人花艳明春柳） …………………… 428

虞美人（淡云笼月松溪路） …………………… 429

粉蝶儿慢（宿雾藏春） ………………………… 430

红窗迥（几日来、真个醉） …………………… 431

念奴娇（醉魂乍醒） …………………………… 432

芳草渡（昨夜里） ……………………………… 434

燕归梁（帘底新霜一夜浓） …………………… 435

看花回（秀色芳容明眸） ……………………… 436

看花回（蕙风初散轻暖） ……………………… 437

失调名（露叶烟梢寒色重） …………………… 439

元祐三年(1088)出庐州
教授之前的作品

南柯子^①

宝合分时果，金盘弄赐冰^②。晓来阶下按新声^③。恰有一方明月、可中庭^④。　　露下天如水^⑤，风来夜气清^⑥。娇羞不肯傍人行^⑦。扬下扇儿拍手、引流萤^⑧。

【题解】

孙虹《琴瑟无端五十弦，一弦一柱思华年——周邦彦寄内系列词编年考证》云：“《南柯子》写于词人新婚后，时在秋节。……周邦彦年轻时自家乡钱塘(今浙江杭州)游学荆州、长安(今陕西西安)，共历时四年零五个月：初入荆州时间在熙宁四年(1071)春天，熙宁五年(1072)春末夏初回到钱塘，同年夏天再次离开钱塘归荆州，熙宁六年(1073)春天自荆州游长安，熙宁七年(1074)仲秋自长安归荆州，熙宁八年(1075)秋天自荆州回到钱塘。此词写于秋季，而周邦彦春天离开家乡，所以此词至迟应写于熙宁三年(1070)在钱塘家中时。”

【注释】

①毛本：“《清真集》俱不载。”罗笺：“《雅词》拾遗下题周邦彦作：‘宝合’作‘玉殿’，‘晓来’作‘晚来’，‘恰有’作‘恰好’，‘娇羞’句作‘偏他不肯大家行’，‘飏下’作‘漾下’。”《全宋词》注：“案此首见《乐府雅词拾遗》卷下，不著撰人，而《乐府雅词》卷上另有周邦彦词，此首疑非周邦彦作。”

②合：即“盒”。唐·顾况《宫词五首》：“内官先向蓬莱殿，金合开香泻御炉。”时果：应时的水果。唐·郑谷《赠刘神童》：“时果曾霑赐，春闱不挂情。”赐冰：谓盛暑时天子以冰赐臣。《周礼·天官·凌人》：“夏，颁冰掌事。”唐·贾公彦疏：“夏颁冰者，据颁赐群臣。言掌事者，谓主此赐冰多少，合得不合得之事。”宋·刘攽《末伏》：“每岁长安犹暑热，内官相属赐冰回。”此二句意谓金制果盘中盛放着冰镇的时鲜水果。

③孙注："晓"当为"晚"之误。新声：新颖美妙的乐曲。晋·陶潜《诸人共游周家墓柏下》："清歌散新声，绿酒开芳颜。"

④方：谓方形的庭院。可：正；当。中庭：庭院；庭院之中。唐·刘禹锡《生公讲堂》："高坐寂寥尘漠漠，一方明月可中庭。"

⑤谓夜露始生时，天凉如水。唐·杜牧《秋夕》："天（一作瑶）阶夜色凉如水，坐（一作卧）看牵牛织女星。"

⑥孙注：气：丁刻本作"更"。夜气：夜间的清凉之气。南朝梁·刘孝仪《和昭明太子钟山解讲》："夜气清箫管，晓阵烁郊原。"

⑦南朝·梁简文帝《美人晨妆诗》："娇羞不肯出，犹言妆未成。"

⑧流萤：飞行无定的萤。唐·杜牧《秋夕》："红烛秋光冷画屏，轻罗小扇扑流萤。"

【汇评】

钱基博《中国文学史》：《诉衷情》"残杏"、《一落索》（眉共春山争秀）、《南柯子》（宝合分时果），婉媚清气，丽处能朗，得张先之意。

杨笺：周词往往先景后情，此词先从人事入，后方说到景上，亦一变例也。（"宝合"二句）人事。（"晚来"句）为上下之通路。（"恰有"句）"可"者，恰在庭之正中也。（"露下"二句）承上，写风写露，为"月"字后劲。二句脱。（"娇羞"句）复。（末句）承"娇羞"来，仍切"夜"字。

南乡子

拨燕巢①

轻软舞时腰②。初学吹笙苦未调③。谁遣有情知事早，相撩。暗举罗巾远见招。　　痴騃一团娇④。自折长条拨燕巢。不道有人潜看著，从教⑤。掉下鬟心与凤翘⑥。

孙虹《琴瑟无端五十弦,一弦一柱思华年——周邦彦寄内系列词编年考证》云:"周邦彦现存最早的恋情词是《南乡子》,根据目前所知的周邦彦的行踪,周邦彦应于熙宁四年(1071)游荆州(今湖北江陵),故此词写于熙宁四年(1071)之前。……此为周邦彦与原配发妻的恋情词。"

【注释】

①孙本:"毛刻本、丁刻本有词题'拨燕巢'"。

②南朝梁·萧纶《车中见美人诗》:"关情出眉眼,软媚着腰肢。"唐·雍陶《状春》:"含春笑日花心艳,带雨牵风柳态妖。珍重两般堪比处,醉时红脸舞时腰。"

③唐·王建《宫词一百首》之六十九:"小随阿姊学吹笙,见好君王赐与名。"未调:指初学吹笙时发出来的乐音尚不调和。

④痴騃:不慧;愚蠢。此指娇憨可爱。《周礼·秋官·司刺》:"一赦曰幼弱,再赦曰老旄,三赦曰蠢愚。"汉·郑玄注:"蠢愚,生而痴騃童昏者。"宋·范成大《嘲风》:"纷红骇绿骤飘零,痴騃封姨没性灵。"一团娇:锦名。指歌舞女的服饰。唐·段成式《柔卿解籍戏呈飞卿三首》之二:"未有长钱求郫锦,且令裁取一团娇。"

⑤从教:听任;任凭。宋·韦骧《菩萨蛮》:"白发不须量,从教千丈长。"

⑥鬓心:鬓鬓的顶心。南朝梁·刘缓《在县中庭看月诗》:"柏叶生鬓内,桃花出鬓心。"凤翘:妇女凤形首饰。

【汇评】

李调元《雨村词话》卷二:词景俱新丽动人,此春闺词也。刻本题下注"拨燕巢"三字,蛇足。

虞美人

正宫①

玉筋才掩朱弦悄②。弹指壶天晓③。回头犹认倚墙花。只向小桥南畔、便天涯④。　　银蟾依旧当窗满。顾影魂先断⑤。凄风休飐半残灯⑥。拟倩今宵归梦、到云屏⑦。

【题解】

孙虹《周邦彦年轻时期荆州、长安词考补正》云："周邦彦于熙宁四年（1071）早春离开家乡初入荆州，有纪别词《虞美人》。"其《琴瑟无端五十弦，一弦一柱思华年——周邦彦寄内系列词编年考证》又云："熙宁四年（1071）春天词人离开家乡初入荆州的闺中记别词是《虞美人》。……词人行至武昌的赠妓词《宴桃源》中有'初暖绮罗轻'，时节应在二月仲春，则《虞美人》'银蟾依旧当窗满'，应是正月十五、十六日。"

关于周邦彦少年是否客荆州、长安仍存争议。王国维《清真先生遗事》云："先生少年曾客荆州……其时当在教授庐州之后，知溧水之前。"《锁窗寒·暗柳啼鸦》词中"少年羁旅"句，《遗事》由此而衍为少年"客荆州"与在荆州"当任教授等职"说，并云"先生时方三十余岁，虽云少年可也"，而对邦彦是否游长安则持游移态度。陈思《年谱》由此而衍为"少年游荆州长安"说，并指实邦彦游长安在熙宁十年（1077）。刘永祥《周邦彦家世发覆》考证周邦彦之父周原卒于熙宁九年（1076），至元丰元年（1078）按制当守孝而非远游。

薛瑞生《周邦彦两入长安考》："凡少年游长安之作，盖自荆州经邹州、宜城、襄阳至武关或湖城入陕，返时亦由此程，所写之词不及'河桥'、'邮亭'。政和元年（1111）冬至二年夏秋间，邦彦知河中府，二年春以事至长安，此时所写之词始及'河桥'、'邮亭'。"孙虹《周邦彦年轻时期荆州、长安词考补正》则云："熙宁四年（1071）春到达荆州；熙宁五年（1072）在荆州经春，于当年暮春短期回家乡钱塘，不久又回到荆州；熙宁六年（1073）春离开荆州游学长安；第二年即熙宁七年（1074）仲秋归至荆州；熙宁八年（1075）夏天离开荆州东归钱塘，共历时四年零五个月。"

【注释】

①孙本："景宋本、吴钞本、宛钞本、王刻本、朱刻本调名下注'大石'。"此从《全宋词》。

②玉觥：玉杯。亦泛指酒杯。汉·傅毅《舞赋》："陈茵席而设坐兮，溢金罍而列玉觞。"宋·辛弃疾《一落索·闺思》："玉觞泪满却停觞，怕酒似郎情薄。"朱弦：泛指琴瑟类弦乐器。唐太宗《春日玄武门宴群臣》："清尊浮绿醑，雅曲韵朱弦。"宋·陆游《千峰榭宴坐》："朱弦静按新传谱，黄卷闲披累译书。"

③弹指：捻弹手指作声。佛家多以喻时间短暂。唐·王维《六祖能禅师碑铭》："饭食讫而敷坐，沐浴毕而更衣，弹指不流，水流灯焰，金身永谢，薪尽火灭。"《翻译名义集·时分》："《僧祇》云，二十念为一瞬，二十瞬名一弹指。"壶天：指仙境、胜境。《后汉书》卷八十二下《方术列传》："费长房者，汝南人也。曾为市掾。市中有老翁卖药，悬一壶于肆头，及市罢，辄跳入壶中。市人莫之见，惟长房于楼上睹之，异焉，因往再拜奉酒脯。翁知长房之意其神也，谓之曰：'子明日可更来。'长房旦日复诣翁，翁乃与俱入壶中。唯见玉堂严丽，旨酒甘肴盈衍其中，共饮毕而出。"宋·张君房《云笈七签》："施存学大丹之道，遇张申为云台治官，常悬一壶如五升器大，化为天地，中有日月，夜宿其内，自号壶天。"唐·张乔《题古观》："洞水流花早，壶天闭雪春。"唐·白居易《愁吴七见寄》："谁知市南地，转作壶中天。"

④小桥：《花草粹编》作"小楼"。

⑤银蟾：月亮的别称。传说月中有蟾蜍，故称。唐·白居易《中秋月》："照他几许人肠断，玉兔银蟾远不知。"顾影：自矜；自负。《后汉书·南匈奴传》："昭君丰容靓饰，光明汉宫，顾景裴回，竦动左右。"宋·王安石《明妃曲》之一："低回顾影无颜色，尚得君王不自持。"魂先断：《词统》作"先魂断"。唐·殷尧藩《醉赠刘十二》："别路魂先断，还家梦几迷。"

7

⑥凄风：《白孔六帖·秋》："（秋风又称）商风、金风、素风、凄风、高风、凉风、激风、悲风。"休飐：景宋本、吴钞本、毛扆校本注、宛钞本、朱刻本作"犹飐"，《雅词》、元本、《粹编》、毛本作"休飐"。飐：摇动、飘动。残灯：将熄的灯。南朝梁·纪少瑜《咏残灯诗》："残灯犹未灭，将尽更扬辉。"唐·白居易《秋房夜》："水窗席冷未能卧，挑尽残灯秋夜长。"宋·陆游《东关》："三更酒醒残灯在，卧听萧萧雨打篷。"

⑦云屏：云纹的或用云母装饰的屏风。汉·张协《七命》："云屏烂汗，琼壁青葱。"李善注："郑玄曰：屏，谓之树，刻之为云气。"李周翰曰："屏，墙也，画之有云。"唐·刘长卿《昭阳曲》："芙蓉帐晓云屏暗，杨柳风多水殿凉。"唐·李商隐《常娥》："云母屏风烛影深，长河渐落晓星沉。"

【汇评】

卓人月《古今词统》卷七："便"字惨。

俞陛云《宋词选释》：此首亦写别后之怀。小桥才过，怅咫尺即天涯，归梦飞来，愿残灯之留照，似水柔情，曲而能达，乃从行者寄思也。

杨笺：此冶游之作。（"玉觞"句）歌阑席散。（"弹指"句）不觉天晓，晓则须行。（"回头"句）行后回头，倚墙花者，意中人也。（"只向小桥"句）咫尺万里，以上由昨夜至今朝事，是逆入。（"银蟾"句）说到即晚，"依旧"字妙。（"顾影"句）心情。"顾影"承上，"魂断"开下。（"凄风"句）就景上脱开，然用一"休"字，意已趋下，与别处以景断情者，稍有不同。（"拟倩"句）身不能到，情梦到而已，归者既去，后来之谓。

如梦令①

尘满一缾文绣②。泪湿领巾红皱③。初暖绮罗轻，腰胜武昌官柳④。长昼。长昼。困卧午窗中酒⑤。

8

【题解】

孙虹《周邦彦年轻时期荆州、长安词考补正》:"按照周邦彦熙宁四年(1071)入荆州的推定,《清真集》中武昌(今湖北鄂州)赠妓词《宴桃源》词,就是写于此年。""《宴桃源》(尘满一绯纹绣)是周邦彦入荆州的第一首词作。"周邦彦 16 岁,过武昌作《宴桃源·尘满一绯纹绣》。

关于周邦彦入荆州的时间,"周邦彦初入荆州两度经春,在长安又经一春,归荆州后再经一春,当年夏天才东归钱塘","周邦彦在荆州、长安的时间至少有四年零五个月。"由于周邦彦父周原卒于熙宁九年,则"周邦彦最后离开荆州的时间仍然被划定为熙宁八年(1075)夏天",因此"入荆州的时间提前至熙宁四年(1071)"。

【注释】

①景宋本、吴钞本、毛扆校本注、宛钞本、王刻本、朱刻本调名为《如梦令》,注"中吕"。丁刻本调名亦为《如梦令》。景宋本、吴钞本、毛扆校本补、王刻本、朱刻本调名下有词题"思情"。

②孙本:"尘满一绯:底本、毛刻本、丁刻本作'尘暗一枰'。"绯:杂色线所织的布。此处作量词。唐·刘禹锡《历阳书事七十韵》:"柳长千丝宛,田塍一线绯。"蒋礼鸿《大鹤山人校本〈清真词〉笺记》:郑(文焯)校:"尘暗一枰",元本作"尘满一绯"。按:周君采泉以为绯即今之绷,绷者,女红刺绣以张展缯帛,令紧挺能受针之具。礼鸿以为:戴望舒《小说戏曲论集》释棚扒,引《永乐大典》戏文《小孙屠》"拷打更绷扒",董解元《西厢记诸宫调》卷四及杨梓《豫让吞炭》第三折"吊拷棚机",《水浒传》插翅虎枷打白秀英回"'兄长,没奈何,且胡乱绯一绯。'把雷横铛扒在街上。"以上凡四例,绯扒同棚扒,又可单言绯,盖紧绑之义。是则从并、从朋之字互通,而绯可为绷,周君之说是也。文绣:刺绣华美的丝织品或衣服。《墨子·节葬下》:"文绣素练,大鞅万领。"唐·韩愈《马厌谷》:"马厌谷兮,士不厌糠籺;土被文绣兮,士无短褐。"

③南北朝·庾信《春赋》:"镂薄窄衫袖,穿珠帖领巾。"

④唐·刘禹锡《有所嗟二首》(之一):"庾令楼中初见时,武昌春柳似腰肢(陈注'令'作'亮')。"宋·王安石《送方劭秘校》:"武昌官柳年年好,他日

春风忆此时。"孙本:"官柳:官厅门前庭内所植之柳。"

⑤困卧:毛本作"闲卧"。唐·戴叔伦《寄司空曙》:"林花落处频中酒,海燕飞时独倚楼。"唐·杜牧《睦州四韵》:"残春杜陵客,中酒落花前。"

【汇评】

乔大壮手批《片玉集》:二声。

如梦令①

中吕　思情

门外迢迢行路②。谁送郎边尺素③。巷陌雨余风,当面湿花飞去④。无绪。无绪。闲处偷垂玉箸⑤。

【题解】

见《如梦令》(尘满一缾文绣)题解。

【注释】

①见《如梦令》(尘满一缾文绣)注释①。

②迢迢:路远貌。南朝梁·萧统《饮马长城窟行》:"行客行路遥,故乡日迢迢。"

③尺素:古书札每以一尺生绢写之,故名。汉乐府《饮马长城窟行》:"客从远方来,遗我双鲤鱼。呼儿烹鲤鱼,中有尺素书。"

④湿花飞去:南北朝·庾信《同颜大夫初晴》:"湿花飞未远,阴云敛向低。"

⑤无绪:没有情绪。何逊《下直出溪边望答虞丹徒敬诗》:"伫立日将暮,相思忽无绪。"宋·柳永《雨霖铃》:"都门帐饮无绪,留恋处、兰舟催发。"玉箸:喻眼泪。《白氏六帖》:"魏甄后面白,泪双垂如玉箸。"唐·章碣《春别》:"花边马嚼金衔去,楼上人垂玉箸看。"

乔大壮手批《片玉集》:"当面"二字见此。

少年游①

黄钟

南都石黛扫晴山②。衣薄耐朝寒③。一夕东风,海棠花谢,楼上卷帘看④。 而今丽日明如洗⑤,南陌暖雕鞍⑥。旧赏园林,喜无风雨⑦,春鸟报平安⑧。

【题解】

《年谱》认为其写于元丰元年(1078)夏自荆州东归时。薛瑞生《周邦彦两入长安考》认为其写于到荆州的第二年,即熙宁七年(1074):"上阕写初到荆州之时,下阕写现在,且揭示出初到荆州之时间与物候:'海棠花谢'、'衣薄奈朝寒'之时,亦即春末。"与薛氏认为周邦彦于熙宁六年(1073)到荆州不同,孙虹《周邦彦年青时期荆州、长安词考补正》认为周邦彦于熙宁四年(1071)即到达荆州,并据此考证此词应是"熙宁五年(1072)的春天而非熙宁七年(1074)的作品"。蒋哲伦《周邦彦选集》云:"这首词作于荆州,已见题目,然从'旧赏园林'句,前阕当为追忆之词,则本词当作于第二次流寓荆州之时。"马成生、赵治中《周邦彦年谱》(上)编于元祐五年(1090),未言何因。

与《年谱》及薛、孙诸家考证不同,吴则虞校语谓"此词似非荆州作",然未言由因。路成文在《周邦彦几首寻常妓情词的编年问题》(《聊城大学学报》2010年第4期)一文中认为此词所谓"南都"并非指荆州:"'南都石黛'并非表示地名或方位,而是女性用化妆品。徐陵《玉台新咏序》云:'南都石黛,最发双蛾;北地燕支,偏开两靥。''南都'本指南阳郡,为东汉光武帝龙兴之地,治宛,张衡《南都赋》即赋咏其地。荆州至唐代时始有吕谔'请荆州置南都'之议,然亦唯'更号江陵府,以谔为尹'(《新唐书·吕谔传》),在唐以后,南都亦并非荆州之通称。所谓'词中南都,兼指江陵'的说法,乃是被后人所加之'荆州作'三字误导。而词的首句'南都石黛扫晴山',也不是写荆州景物,而是写女性之眉山(著一'晴'字,有暗示女性抒情主人公心境之意)。真正提示创作地点的词汇其实是'南陌'、'九街'和'小桥'等。详词意,'南陌'乃归程所经之路,'九街'是女子所居之楼阁所在之地,'小桥'则为昔日期约之地。合而观之,这两首词写的是女子盼望夫君(或恋人)归家之词","这显然是两首寻常的闺情或妓情词,而不是什么'荆州纪行词'","据'九街'二字推断,此二词或作于清真游学京师期间,惜少铁证,不敢遽定"。今暂依孙说编于熙宁五年(1070)。

【注释】

①陈本、吴钞本、宛钞本、王刻本、朱刻本,调名下注"黄钟"。罗笺、孙本从《白雪》,毛本、郑本题"荆州作"。

②南都:指湖北荆州(今湖北江陵一带)。荆州在春秋时为楚国郢都,梁元帝萧绎建都于此,称南都。唐肃宗上元初年置南都。徐陵《玉台新咏序》:"南都石黛,最发双蛾。"扫晴山:李商隐《代赠二首》:"总把春山扫眉黛,不知供得几多愁。"陈本:"乃晴明远山之色也,今人有远山眉。"

③耐:与奈通用。孙本从毛本作"奈朝寒"。唐·韩偓《浣溪沙》:"六铢衣薄惹轻寒。"南唐·李煜《浪淘沙》:"罗衾不耐五更寒。"

④卷帘:卷起或掀起帘子。《乐府诗集·杂曲歌辞·西洲曲》:"卷帘天自高,海水摇空绿。"唐·韩偓《懒起》:"海棠花在否,侧卧卷帘看。"

⑤丽日:美好的日子。南朝宋·张正见《赋得日中市朝满诗》:"云阁绮霞生,旗亭丽日明。"孙本:"陈注作者误为庾肩吾。"

⑥南陌:南面的道路。南朝梁·沈约《临高台》:"所思竟何在,洛阳南陌头。"雕鞍:借指宝马。南唐·冯延巳《蝶恋花》:"玉勒雕鞍游冶处,楼高不见章台路。"宋·王安石《送丁廓秀才三首》:"殷勤陌上日,为客暖征鞍。"

⑦宋·王安石《残菊》:"黄昏风雨打园林,残菊飘零满地金。"陈本:"王介甫诗'中宵风雨暝园林,零落黄花满地金。'"

⑧唐·岑参《逢入京使》："马上相逢无纸笔,凭君传语报平安。"唐·杜甫《春鸟》："日日报平安。"

【汇评】

龙榆生《清真词叙论》(《词学季刊》第二卷第四号):教授庐州,旋复流转荆州,侘傺无聊,稍捐绮思,词境亦渐由软媚而入于凄婉。例如《少年游》"荆州作"(词略),看似清丽,而弦外多凄抑之音。

乔大壮手批《片玉集》:境界不易。二声词,只谈境界。起好,婉约。过变用"而今"二字明点境界,谓上半阕乃前时事。结平稳。

杨笺:此词以"寒"、"暖"二字为眼目。("南都"句)均不从景起,乃从卷帘看之人起,是为倒入。("衣薄"句)不曰因朝寒而觉衣薄,乃曰以薄衣而耐朝寒,句以倒而味厚。("一夕"二句)"东风""花谢"承"朝寒"来。("而今"二句)"丽日"反映"东风","暖"反映"寒","雕鞍"反映"卷帘"。("旧赏"三句)同此园林,昨秋花落,而今则花平安,两两对照,寒暖异景,悲欢因而异情,妙在不说出。

虞美人①

正宫

廉纤小雨池塘遍②。细点看萍面③。一双燕子守朱门④。比似寻常时候、易黄昏。　　宜城酒泛浮香絮⑤。细作更阑语。相将羁思乱如云⑥。又是一窗灯影、两愁人。

【题解】

陈思《年谱》引用"宜城酒"句,认为其写于熙宁十年(1077)词人游长安秋暮还荆州时,"宜城襄阳为自荆州至长安川途所经,此二阕(《玉楼春》)皆纪程之作"。马成生、赵治中《周邦彦年谱》(上)编于元祐五年(1090),未言何因。薛瑞生《周邦彦两入长安考》认为周邦彦于荆州熙宁七年(1074)作《少年游》(南都石黛扫晴山),后沿汉水北上至郢州作《点绛唇》(台上披襟),"继续沿汉水北上至宜城(今湖北宜城市)","前词(《点绛唇》)言'蛛网粘飞絮',此词言'宜城酒泛浮春絮',时序紧紧相连,当在郢州未久驻足即至宜城"。

孙虹《周邦彦寄内系列词编年考证》:"词人当年在夏季浮萍满塘时再次离开钱塘入荆州,记别词也调寄《虞美人》。"并认为此词中"又是一窗灯影、两愁人"与《虞美人》(玉觞才掩朱弦悄)中"银蟾依旧当窗满,顾影魂先断,凄风休飐半残灯"有承袭关系。"由此可见,《虞美人》(廉纤小雨池塘遍)写于熙宁五年(1072)初夏钱塘再别妻子时;词中'宜城酒'是钱塘所饮美酒的美称,而非实指在宜城饮当地佳酿。"

【注释】

①陈本、吴本名下注"正宫"。

②廉纤:细小、细微,多形容微雨。唐·韩愈《晚雨》:"廉纤晚雨不能晴,池岸草间蚯蚓鸣。"

③毛本、吴本作"破萍面",孙本:"毛刻本、丁刻本作'破萍面';戈选本作'开萍面'。"罗笺:"'破'字仄,不协,非是。"唐·李商隐《细雨》:"气凉先动竹,点细未开萍。"

④唐·温庭筠《春日》:"一双青琐燕,千万绿杨丝。"

⑤香絮:孙本从毛本作"春絮"。《太平寰宇记》:"襄阳郡宜城县:宜城故城汉县,在今县南,其地出美酒。"晋·张华《轻薄篇》:"苍梧竹叶青,宜城九酝醝。"南朝梁·萧统《将进酒》:"宜城溢渠碗,中山浮羽卮。"

⑥更阑:更深夜残。唐·方干《元日》:"晨鸡两遍报更阑,刁斗无声晓露干。"相将:郑本、孙本作"相看"。南朝宋·鲍照《采菱歌七首》(之三):"愁心不可荡,春思乱如麻。"羁思:羁旅之思。南朝宋·鲍照《绍古辞》之三:"纷纷羁思盈,慊慊夜弦促。"唐·刘商《赋得月下闻蛩送别》:"感时兼惜别,羁思自纷纷。"

【汇评】

俞陛云《宋词选释》:此调凡六首,元巾箱本分隶于上、下卷及集外三卷。戈顺卿所选止二首。汲古阁刻《片玉词》，则六首并列之。此六首由将别而录别、而别后，细审词意，当是一事。汲古本于前后情事，排次不相联续，今为次第录释之。此当为第一首，在未别之时。上阕言同是黄昏时候，而在欲别者，只觉光阴迅逝。下阕言今宵虽双影灯前，以将有远行，离绪羁愁，已相继并集矣。

乔大壮手批《片玉集》："比似"、"又是"，太无力，不可学。

杨笺：此言客居之苦之作。上阕说家居，是回忆，为逆入。下阕说做客，是平出。（"廉纤"句）"池塘"，家园地；"小雨"，黄昏景。"开"郑刻作"看"。（"细点"句）写小雨。（"一双"二句）"一双燕子"喻男女两人，欢聚时容易过日，故曰"易黄昏"。（"宜城"二句）承欢聚时言，"更阑"承"黄昏"，"细语"承"守门"。（"相将"句）转到现景，"羁思"为一词之主。（"又是"句）家居时则"一双燕子"，羁旅时则"两个愁人"。同是人也，而愁乐殊异者，处境异则心境不得不因之而异也。

荔枝香近①

歇指

照水残红零乱②，风唤去③。尽日测测轻寒④，帘底吹香雾⑤。黄昏客枕无憀⑥，细响当窗雨⑦。看两两相依燕新乳⑧。

楼下水⑨，渐绿遍、行舟浦。暮往朝来，心逐片帆轻举⑩。何日迎门，小槛朱笼报鹦鹉⑪。共剪西窗蜜炬⑫。

【题解】

孙虹《周邦彦寄内系列词编年考证》："词人熙宁六年（1073）自荆州游长安，此程沿长江支流汉水北上，经郢州、宜城、襄阳入陕，途中写了寄内之作《荔枝香近》。"薛瑞生《周邦彦两入长安考》认为其是第一次客荆州之作。

并推断其作于《少年游》(南都石黛扫晴山)前一年,即熙宁六年(1072)。

孙虹《周邦彦年轻时期荆州、长安词考补正》:"周邦彦熙宁四年(1071)春天入荆州,于熙宁五年(1072)暮春回钱塘,初夏再入荆州,熙宁六年(1073)初春入陕,熙宁七年(1074)回到荆州。凡三入荆州。所居时间两年零九个月。"

【注释】

①孙本:"景宋本、吴钞本、毛扆校本改、宛钞本、朱刻本调名作《荔枝香》;景宋本、吴钞本、宛钞本、王刻本、朱刻本调名下注'歇指'。"罗笺调名作《荔枝香》,并注云:"调名或作《荔枝香近》,或作《荔枝香近拍》,其实一也。按调始柳永,见《乐章集》,亦注般涉调。"

②照水:唐·虞世南《侍宴应诏赋得前字》:"横空一鸟度,照水百花然。"南朝梁·庾肩吾《乱后经夏禹庙诗》:"侵云似天阙,照水类河宫。"残红零乱:凋残的花;落花。南朝宋·谢灵运《读书斋诗》:"残红被径隧,初绿杂浅深。"宋·张耒《瓜洲谢李德载寄蜂儿木瓜笔》:"瓜洲萧索秋江渚,西风江岸残红舞。"

③唤去:罗笺:"唤去:《粹编》作'掀去'。"

④测测:轻寒貌。孙本:"景宋本、吴钞本、毛扆校本改、宛钞本、王刻本、朱刻本作'测测',戈选本作'侧侧'。'测测'、'侧侧'通'恻恻'。"唐·韦应物《再游西山》:"测测石泉冷,暖暖烟谷虚。"唐·韩偓《寒食夜》:"恻恻轻寒翦翦风,小梅飘雪杏花红。"罗笺:"陈注引此二句,前后倒置,又词及引诗均作'测测',亦非。"

⑤香雾:指雾气。唐·杜甫《月夜》:"香雾云鬟湿,清辉玉臂寒。"仇兆鳌注:"雾本无香,香从鬟中膏沐生耳。"唐·李贺《秦宫诗》:"楼头曲宴仙人语,帐底吹笙香雾浓。"

⑥客枕:指客中使用之枕。喻指旅途中过夜。唐·李商隐《酬令狐郎中见寄》:"朝吟支客枕,夜读漱僧瓶。"无憀:空闲而烦闷的心情,闲而郁闷。孙本:"无憀:戈选本作'无寥'。无寥,同'无憀'。"唐·温庭筠《菩萨蛮》:"时节欲黄昏,无憀独倚门。"

⑦细响:细小响声。南朝梁·刘勰《文心雕龙·宗经》:"譬万钧之洪

16

钟,无铮铮之细响矣。"

⑧孙本:"毛扆校本补、戈选本、丁刻本作'闲看'。"朱刻本、孙本作"□看",罗笺:"清真此调二首,不唯句法不一,通体字数亦不一,盖可知也。此句陈本毛本皆八字,不必强之为九字也。"相依:陈本作"相倚"。燕新乳:唐·韦应物《长安遇冯著》:"冥冥花正开,飐飐燕新乳。"孙本:"陈注误作王维诗,并误'飐飐'作'飞飞'。"唐·温庭筠《醉歌》:"檐柳初黄燕新乳,晓碧芊绵过微雨。"

⑨唐·杜牧《题安州浮云寺楼寄湖州张郎中》:"当时楼下水,今日到何处。"孙本:"陈注作者误为李白;'到'作'知'。"唐·许浑《思归》:"殷勤楼下水,几日到荆江。"

⑩片帆:唐·郑谷《登杭州城》:"岁穷归未得,心逐片帆远。"宋·柳永《引驾行》:"背都门,动消黯,西风片帆轻举。"轻举:隐遁;避世。《楚辞·远游》:"悲时俗之迫阨兮,愿轻举而远游。"王逸注:"高翔避世,求道真也。"

⑪迎门:迎候于门。语出《诗·小雅·蓼萧》:"既见君子,鞗革忡忡。"汉·郑玄笺:"诸侯燕见天子,天子必乘车迎于门。"鹦鹉:唐·李惟《霍小玉歌》:"西北槛前挂鹦鹉,笼中报道李郎来。"陈注谓出自《丽情集》。罗笺:"近时程毅中《丽情集考》,辑得三十九条,似未见陈注所引。"

⑫毛本作"如今谁念凄楚",并注:"《清真集》作'共剪西窗蜜炬'。"郑本:"今从元本。案:方、杨、陈三家和词皆押'炬'字,当从同。"李商隐《夜雨寄北》:"何当共剪西窗烛,却话巴山夜雨时。"李贺《河阳歌》:"觥船饫口红,蜜炬千枝烂。"

【汇评】

胡薇元《岁寒居词话》:周邦彦清真居士《片玉词》,方千里和词一一按填,不失分寸。今以两集互校……《荔枝香近》"两两相依燕新乳"七字,千里词"深涧斗泻,飞泉洒甘乳",耆卿、梦窗作俱九字,则千里不误,而原作脱二字,惜曹季中注《清真词》二卷不传耳。

乔大壮手批《片玉集》:此题一刻《荔枝香近》。四声。可与次首相参,梦窗亦有此作也。

吴世昌《词林新话》:清真《荔枝香》歇拍:"共剪西窗蜜炬"。"蜜炬",即蜡烛,古人"蜜"、"蜡"不分。《周礼》疏云:燎炬以布缠之,以蜜涂其上。《西京杂记》:南越王献高帝蜜烛三百板。均以蜜代蜡。亦称蜡炬,如李商隐《无题》"蜡炬成灰泪始干"。称"蜜炬"者,如李贺《河阳歌》"蜜炬千枝烂",此全句则用李商隐《夜雨寄北》"何当共剪西窗烛,却话巴山夜雨时"意境。

　　杨笺:("照水残红"二句)不过说风吹花落耳,今先说"红乱",后说"风唤",句倒装,意便不浅。"唤"字新。万红友云:盖残红随风,如闻其呼唤而去也。崔师贯曰:此片玉词之刻炼者。("尽日"二句)形容零乱,"寒"承"风","香雾"承"残红"。("黄昏"二句)入人事。下句"雨"上,在俗手必用"听"、"闻"等字,今看其止用"响"字,便有"听"、"闻"在。("闲看"句)"看"字承"枕"来,"燕"曰双飞,反形人之独处,挑逗思归意。"闲"字从"无憀"想出。("楼下水"二句)南浦春波,由楼下之水渐传而绿。"楼下水"三字真妙,可知前阕客枕无憀之人正在楼上也,是为"一面见两面"法。("暮往"二句)言屡欲归而不得。("何日"二句)如果归去,鹦鹉必先报信,使家人迎我于门。("共剪"句)更共剪西窗烛也。"何日"二字直贯至此,从归后境作收场。

丁香结①

商调

　　苍藓沿阶②,冷萤粘屋,庭树望秋先陨③。渐雨凄风迅④。澹暮色⑤,倍觉园林清润。汉姬纨扇在⑥,重吟玩、弃掷未忍⑦。登山临水,此恨自古,销磨不尽⑧。　　牵引。记试酒归时⑨,映月同看雁阵⑩。宝幄香缨⑪,熏炉象尺⑫,夜寒灯晕⑬。谁念留滞故国,旧事劳方寸。唯丹青相伴,那更尘昏蠹损⑭。

【题解】

《年谱》编此词于大观三年(1109),并注云:"《丁香结·苍藓沿阶》、《夜游宫·秋暮晚景》、《南乡子·户外井桐》三首皆秋间杭州之作。""《虞美人·灯前欲去》以'待得蔷薇花谢便归来'句,与《丁香结》'谁念留滞故国,旧事劳方寸'句、《氐州第一》'也知人,悬望久,蔷薇花谢,归来一笑'句,对勘,足证此行春去秋回。"

孙虹《周邦彦寄内系列词编年考证》云:"周邦彦初入荆州的一年之后也就是熙宁五年(1072)又曾回过钱塘,季节在三月底四月初的试酒时,这在词人写于咸阳的《丁香结》一词中有最明确不过的记载。""周邦彦熙宁五年(1072)夏五月入长安,约在仲秋至咸阳,在咸阳有寄内之作《丁香结》。""词中'故国'有故乡和京城两义,此词显然指长安(此包括咸阳),此词与其他咸阳词《月下笛》(小雨收尘)、《夜游宫》(叶下斜阳照水)、《木兰花令》(郊原雨过金英秀)等相比,秋中萧瑟、馆驿破败之景——不谬,贫士失职之感也相类似。"

【注释】

①《丁香结》调始清真。景宋本、吴钞本、宛钞本、王刻本、朱刻本、陈本调名下注"商调"。

②宋·王周《和程刑部三首·碧藓亭》:"迥砌滋苍藓,幽窗伴素琴。"陈本注:"《古松诗》:'苍藓静沿离石上。'"

③望秋先陨:谓草木将近秋即败落凋零。亦比喻未老先衰。《晋书·顾悦之传》:"顾悦之字君叔,少有义行。与简文同年,而发早白。帝问其故。对曰:'松柏之姿,经霜犹茂;蒲柳常质,望秋先零。'"

④雨凄风迅:寒风。《左传·昭公四年》:"春无凄风,秋无苦雨。"杜预注:"凄,寒也。"唐·柳宗元《笼鹰词》:"凄风淅沥飞严霜,苍鹰上击翻曙光。"

⑤暮色:傍晚昏暗的天色。唐·杜甫《宿凿石浦》:"回塘澹暮色,日没众星嚖。"

⑥汉姬:汉成帝时班婕妤。汉乐府《怨歌行》:"新裂齐纨素,鲜洁如霜雪。裁为合欢扇,团团似明月。出入君怀袖,动摇微风发。常恐秋节至,凉

风夺炎热。弃捐箧笥中,恩情中道绝。"

⑦吟玩:陈本作"吟翫"。翫,通"玩"。吟咏玩赏。唐·元稹《叙诗寄乐天书》:"适有人以陈子昂《感遇》诗相示,吟玩激烈,即日为《寄思玄子》诗二十首。"弃掷:抛弃。唐·杜甫《投简咸华两县诸子》:"自然弃掷与时异,况乃疏顽临事拙。"

⑧登山临水:谓在山水间盘桓。战国楚·宋玉《九辩》:"憭栗兮若远行;登山临水兮送将归。"销磨:磨灭;消耗。唐·黄滔《祭陈先辈文》:"且彭祖之延永寿,亦至销磨。"五代·黄损《书壁》:"一别人间岁月多,归来人事已销磨。"

⑨试酒:毛本作"醉酒"。孙本:"戈选本、丁刻本作'醉酒'。"

⑩映月:毛本作"对月"。雁阵:成列而飞的雁群。唐·王勃《滕王阁序》:"雁阵惊寒,声断衡阳之浦。"

⑪宝幄:佛家用的帷帐。精美的帐子。唐·李白《捣衣篇》:"横垂宝幄同心结,半拂琼筵苏合香。"香缨:妇女佩戴的饰物。语本《礼记·内则》:"男女未冠笄者……衿缨,皆佩容臭。"孔颖达疏:"以缨佩之者,谓缨上有香物也。"南朝梁·刘孝威《赋得香出衣》:"香缨麝带缝金缕,琼花玉胜缀珠徽。"

⑫熏炉:用以熏香或取暖的炉子。唐·卢照邻《释疾文·悲夫》:"御熏炉兮长不暖,对卮酒兮忧恒满。"象尺:象牙尺。宋·寇准《点绛唇》:"象尺薰炉,拂晓停针线。"唐·温庭筠《织锦词》:"象尺熏炉未觉秋,碧池已有新莲子。"

⑬夜寒灯晕:唐·韩愈《宿龙宫滩》:"梦觉灯生晕,宵残雨送凉。"

⑭故国:故乡;家乡。唐·曹松《送郑谷归宜春》:"无成归故国,上马亦高歌。"尘昏蠹损:蛀蚀损坏。宋·庞元英《谈薮》:"譬之猛虎,人不能害,反为毛间虫所蠹损。"唐·郑谷《代秋扇词》:"一片山溪从蠹损,数行文字任尘侵。"

【汇评】

陈洵《海绡说词》:"'汉姬'十二字,已是'旧'意;'登山临水',即又提开。从空处展步,然后跌落。换头五句复以'谁念'二句钩转。'惟丹青相伴',

20

已是歇步，再跌进一步作收。读之但觉空濛淡远，何处寻其源耶？

陈洵《抄本海绡说词》：起五句全写秋气，极力逼出"汉姬"五字，愈觉下句笔力千钧。"登山临水"，却又推开，从宽处展步，然后跌落换头"牵引"二字。一步一转，一步一留，极顿挫之能事。

俞陛云《宋词选释》：先写现时之景，而纨扇忍捐，已引起下文怀人之意。后半"试酒"以下五句，追写旧时之景，情态依依。结句凄韵绕梁，非特语有含蓄也。

乔大壮手批《片玉集》：雅饬绝伦。四声。起八字作对。"宝幄"二句作对。

杨笺：此观遗扇而忆人之作也。（"苍藓"三句）从秋入秋字，与捐扇有关。（"渐雨"句）风雨。（"澹暮色"二句）暮。（"汉姬"二句）入遗扇，秋本捐扇之时，今则其人遗物，故曰"弃掷未忍"。（"登山"三句）忽然放开，无限感慨。（"牵引"二句）"牵引"二字恰用为承上启下之词。"记"字总挈两均至寒晕止。（"记试酒"二句）在室外。（"宝幄"三句）在室中，"夜寒灯晕"包括多少情话。（"谁念"句）一转，"留滞故国"叙今情，赋酒数语即旧事，"丹青"回抱上阕。"纨扇""那更"推进一层。海绡翁曰："汉姬十二字已是旧意，'登山临水'即又提开，从空处展步，然后跌落。换头五句复以'谁念'二句钩转，'惟丹青相伴'已是歇步，再跌进一步作收，读之但觉空濛淡远，何处寻其源耶？"

木兰花①

高平　暮秋饯别

郊原雨过金英秀②。风扫霜威寒入袖③。感君一曲断肠歌，送我十分和泪酒④。　　古道尘清榆柳瘦。系马邮亭人散后⑤。今宵灯尽酒醒时，可惜朱颜成皓首⑥。

薛瑞生《周邦彦两入长安考》认为熙宁六年深秋(1073)写于咸阳。

【注释】

①毛本调名为《木兰花令》,陈本调名为《木栏花》。陈本、毛本调名下注"高平",吴本、毛本题作"暮秋饯别"。陈本调名下注:"《古乐府》'木栏花'名'抹栏',皮似桂而香。"

②郊原:原野。南朝梁·萧子范《东亭极望》:"郊原共超远,林野杂依菲。"宋·苏轼《过云龙山人张天骥》:"郊原雨初足,风日清且好。"

③风扫:景宋本、吴抄本、毛扆校本注、宛抄本、朱刻本作"风拂"。金英:特指菊花。陈叔达《咏菊》:"霜间开紫蒂,露下发金英。"南朝梁·王筠《摘园菊赠谢仆射举》:"菊花偏可喜,碧叶媚金英。"霜威:寒霜肃杀的威力。南朝齐·谢朓《高松赋》:"岂彫贞于岁暮,不受令于霜威。"唐·王勃《九日怀封元寂》:"九日郊原望,平野遍霜威。"

④孙本:"送我:景宋本、丁刻本、王刻本、朱刻本、郑校所引元本作'劝我'。"唐·白居易《杂曲歌辞·河满子》:"一曲四词歌八叠,从头便是断肠声。"五代·李存勖《如梦令》:"如梦,如梦,和泪出门相送。"此两句化用唐·白居易《晓别》诗:"请君断肠歌,送我和泪酒。"

⑤古道:古老的道路。唐·杜甫《田舍》:"田舍清江曲,柴门古道旁。"榆柳瘦:唐·李贺《赠陈商》:"柴门车辙冻,日下榆影瘦。"系马:拴马。晋·刘琨《扶风歌》:"系马长松下,发鞍高岳头。"唐·杜甫《谒先主庙》:"绝域归舟远,荒城系马频。"邮亭:陈本作"旗亭"。孙本:"毛扆校本注作'旗亭'。"五代·韦庄《江皋赠别》:"江亭系马绿杨短,野岸维舟春草齐。"

⑥今宵:今夜。南朝陈·徐陵《走笔戏书应令》:"今宵花烛泪,非是夜迎人。"宋·柳永《雨霖铃》:"今宵酒醒何处。"皓首:白头,谓年老。唐·孟郊《暮秋感思》:"上有噪日蝉,催人成皓首。亦恐旅步难,何独朱颜丑。"

【汇评】

乔大壮手批《片玉集》:二声。

点绛唇^①

仙吕

台上披襟^②,快风一瞬收残雨^③。柳丝轻举^④。蛛网粘飞絮^⑤。　　极目平芜,应是春归处^⑥。愁凝伫。楚歌声苦^⑦。村落黄昏鼓^⑧。

【题解】

马成生、赵治中《周邦彦年谱》(上)编于元祐五年(1090),未言何因。薛瑞生《周邦彦两入长安考》则认为写于熙宁七年(1074):"至熙宁七年春写了《少年游·南都石黛扫晴山》后不久即沿汉水北上至郢州(今湖北钟祥市)作《点绛唇》"。"宋玉《风赋》曰:楚襄王游于兰台之宫,宋玉、景差侍,有风飒然而至,王乃披襟而当之曰:'快哉此风!寡人与庶人共耶!'此台在郢州即今湖北钟祥市东。《少年游》词曰'丽日明如洗'、'春鸟报平安',此词曰'柳丝轻举'、'蛛网粘飞絮','应是春归处',一在仲春,一在晚春,时序亦正好相衔接。""邦彦少年游荆州、长安,约在熙宁六年至八年。若再将邦彦成婚断定为熙宁四年即十六岁,婚后即远游荆州、长安(十七至十九岁),则可提前至熙宁五年至七年(1072—1074),而游长安则在熙宁六年(1073)三四月至八月间。"

【注释】

①景宋本、吴钞本、宛钞本、王刻本、朱刻本、陈本调名下注"仙吕"。

②披襟:敞开衣襟。多喻舒畅心怀。

③一瞬:一眨眼。喻指极短的时间。佛书中以二十念为一瞬,二十瞬为一弹指。见《翻译名义集·时分》。参见"一弹指"。晋·陆机《文赋》:"观古今于须臾,抚四海于一瞬。"残雨:将止的雨。南朝梁·江淹《赤虹

赋》:"残雨萧索,光烟艳烂。"

④唐·杜甫《白丝行》:"落絮游丝亦有情,随风照日宜轻举。"

⑤唐·元稹《春馀遣兴》:"馀英间初实,雪絮萦蛛网。"

⑥极目:纵目,用尽目力远望。汉·王粲《登楼赋》:"平原远而极目兮,蔽荆山之高岑。"平芜:孙本:"杂草茂生于野。"南朝宋·江淹《去故乡赋》:"穷阴匝海,平芜带天。"罗笺:"春归处:陈允平和词'处'作'路',或其所见本有作'春归路'者。"春归:春去;春尽。唐·白居易《送春》:"三月三十日,春归日复暮。"宋·黄庭坚《清平乐》:"春归何处,寂寞无行路。"

⑦楚歌:楚人之歌,引申至悲之歌。《史记》卷七《项羽本纪》:"夜闻汉军四面皆楚歌,项王乃大惊曰:'汉皆已得楚乎? 是何楚人之多也!'"南北朝·庾信《哀江南赋序》:"楚歌非取乐之方,鲁酒无忘忧之用。"

⑧《北史》卷四十三《李崇传》:"崇乃村置一楼,楼悬一鼓,盗发之处,双槌乱击,四面诸村,闻鼓皆守要路。"罗笺:"陈注误出《南史》。"唐·杜甫《屏迹三首》:"村鼓时时急,渔舟个个轻。"

【汇评】

乔大壮手批《片玉集》:二声。真处可思。

杨笺:上阕写雨后景,以"披襟"句冠首,已有人在。雨干时柳丝由眠而举,再干则絮飞而仍被黏,次序极佳。下阕("极目"二句)"春归""愁凝伫"入人事,开下。("楚歌声苦")"楚歌"即"四面楚歌声"。此词或作于楚地,故云然。("村落"句)加以黄昏天色,村落鼓声,极写无聊情味。末五字坚如铁铸,妙在不著一听闻字。

罗笺:此词凄抑甚于《少年游》"荆州作",漂泊幽寂之思,溢于言表,当是同时之作。案"楚歌"一语,可泛用,亦可专指,此则专指楚人之歌也。刘禹锡《竹枝词序》云:"四方之歌,异音而同乐。岁正月,余来建平,里中儿联歌《竹枝》,吹短笛击鼓以赴节,歌者扬袂睢舞,以曲多为贤。聆其音,中黄钟之羽,卒章激讦如吴声,虽伧佇不可分,而含思宛转,有淇澳之艳。昔屈原居沅、湘间,其民迎神,词多鄙陋,乃作《九歌》,到于今荆楚鼓舞之。故余亦作《竹枝词》九篇,俾善歌者飏之。"梦得以永贞革新之故,被贬荆楚十年,清真以新党被逐,流落荆南,殆有同感,故闻楚歌而觉其声苦也。

24

玉楼春^①

大石

大堤花艳惊郎目^②。秀色秾华看不足^③。休将宝瑟写幽怀^④,座上有人能顾曲^⑤。 平波落照涵赪玉^⑥。画舸亭亭浮澹渌^⑦。临分何以祝深情,只有别离三万斛^⑧。

【题解】

《年谱》编于熙宁十年(1077)词人游长安秋暮还荆州时,"宜城襄阳为自荆州至长安川途所经,此二阕(《虞美人》)皆纪程之作"。薛瑞生《周邦彦两入长安考》考证周邦彦于荆州熙宁七年(1074)作《少年游》(南都石黛扫晴山),后沿汉水北上至郢州作《点绛唇》(台上披襟),继续沿汉水北上至宜城作《虞美人》(廉纤小雨池塘遍),"邦彦再沿汉水北上至襄阳(今湖北襄阳市)则写《玉楼春》"。蒋哲伦《周邦彦选集》则云:"周邦彦于元祐二年(1087)出任庐州教授。元祐四年(1089)任满。约于次年至荆州。这首词当作于荆州时期。"马成生、赵治中《周邦彦年谱》(下)编此词于元祐七年(1092),"为别荆留别之篇"。

【注释】

①景宋本、吴钞本、宛钞本、朱刻本调名下注"大石"。

②《一统志》:"大堤在襄阳府城外。"《湖广志》:"大堤东临汉江,西自万山经澶溪、土门、白龙池、东津渡,绕城外老龙堤,复至万山之麓,周围四十余里。"南朝梁《清商曲·襄阳乐》:"朝发襄阳城,暮至大堤宿。大堤诸女儿,花艳惊郎目。"

③秀色:秀美的容色。西晋·陆机《日出东南隅行》:"鲜肤一何润,秀色若可餐。"秾华:指女子青春貌美。《诗·召南·何彼秾矣》:"何彼秾矣,

唐棣之华。"郑玄笺:"何乎彼戎戎者,乃栘之华。兴者,喻王姬颜色之美盛。"此句化用白居易《和梦游春》:"秀色似可餐,秾华如可掬。"

④宝瑟:南朝宋·鲍照《拟古诗八首》(之七):"明镜尘匣中,宝瑟生网罗。"幽怀:隐藏在内心的情感。《水经注·庐江水》引晋·吴猛诗:"旷载畅幽怀,倾盖付三益。"

⑤顾曲:《三国志》卷五十四《吴书·周瑜传》:"瑜时年二十四,吴中皆呼为周郎。……瑜少精意于音乐,虽三爵之后,其有阙误,瑜必知之,知之必顾。故时人谣曰:'曲有误,周郎顾。'"罗笺:"案清真以音律自负,又氏周,故堂名'顾曲'。"

⑥落照:夕阳的余晖。南朝·梁简文帝《和徐录事见内人作卧具》:"密房寒日晚,落照度窗边。"赪玉:赤玉。唐·李贺《春归昌谷》:"谁揭赪玉盘,东方发红照。"

⑦画舸亭亭:南唐·郑文宝《柳枝词》:"亭亭画舸系春潭,直待行人酒半酣。不管烟波与风雨,载将离恨过江南。"澹渌:清水荡漾貌。张衡《东京赋》:"于东则洪池清蘌,渌水澹澹。"

⑧临分:犹临别。分,分手。唐·韩愈《示爽》:"临分不汝诳,有路即归田。"万斛:庾信《愁赋》:"谁知一寸心,乃有万斛愁。"

【汇评】

乔大壮手批《片玉集》:结笔大处,非周不能。

罗笺:此别荆州时作,大堤祖帐,平波落日,绿水维舟,词意分明。

一落索①

双调

杜宇思归声苦②。和春催去③。倚阑一霎酒旗风④,任扑面、桃花雨⑤。　　目断陇云江树⑥。难逢尺素⑦。落霞隐隐日平西⑧,料想是、分携处。

【题解】

薛瑞生《周邦彦两入长安考》认为其是入陕之初所作。"'杜宇催归'、'和春归去',正是三月底四月初之候,亦与自襄阳至关陕之计程时日相符。"

孙本云:"诗人多用陇云、陇头云、陇乡云指关陕。观'杜宇催归'与'目断陇云'句,或当写于入陕之时。且词有'和春归去',当写于三、四月间,故知当作于熙宁七年(1074)初至长安时。"孙虹在《周邦彦年轻时期荆州、长安词考补正》则补正云:"周邦彦离荆入陕途中写有《一落索》词……时间紧接于上引襄阳词《玉楼春》(大堤花艳惊郎目)之后,是乱花纷落的暮春傍晚;空间是'目断陇云江树',即在关陕和荆楚之间——远离荆州尚未到长安之时。""词人于此年(熙宁六年)夏初到达长安。"

【注释】

①戈本杜批:前后结均用折腰句法,为此调定格。

②杜宇:即杜鹃鸟。传说中的古代蜀国国王。《蜀中广记》引《禽经》:"江左曰子规,蜀右曰杜宇,瓯越曰怨鸟。""望帝修道处西山而隐,化为杜鹃鸟,或云化为杜宇鸟,亦曰子规鸟。至春则啼,闻者凄恻。"思归:孙本从毛本作"催归"。汉·张衡《思玄赋》:"悲离居之劳心兮,情惆惆而思归。"

③催去:孙本从毛本作"归去"。

④一霎:谓时间极短。顷刻之间;一下子。唐·孟郊《春后雨》:"昨夜一霎雨,天意苏群物。"酒旗风:即酒帘。酒家的标识。唐·杜牧《江南春》:"千里莺啼绿映红,水村山郭酒旗风。"

⑤桃花雨:指暮春飘飞的桃花。唐·李贺《将进酒》:"况是青春日将暮,桃花乱落如红雨。"

⑥目断:犹望断。一直望到看不见。唐·丘为《登润州城》:"乡山何处是,目断广陵西。"陇云:因陇首山在今陕西甘肃交界处,古时均属陕西,故诗人多用陇云、陇头云、陇乡云指关陕。唐·宋之问《送赵六贞固》:"目断南浦云,心醉东郊柳。"南朝梁·柳恽《捣衣诗》:"亭皋木叶下,陇首秋云飞。"

⑦尺素:指书信。《周书·王褒传》:"犹冀苍雁赪鲤,时传尺素;清风朗

月,俱寄相思。"唐·张九龄《当涂界寄裴宣州》:"委曲风波事,难为尺素传。"

⑧宋·柳永《留客住》:"盈盈泪眼,望仙乡,隐隐断霞残照。"唐·杜牧《寄扬州韩绰判官》:"青山隐隐水迢迢,秋尽江南草木凋。"

【汇评】

陈廷焯《云韶集》卷四:情词双绝,奴婢秦、柳。

俞陛云《宋词选释》:"倚阑"二句,写景俊逸,拟诸诗境,有"十里晓风吹不断,乱红飞雨过长亭"意境。"落霞"二句,寄怀天末,离思与落霞、孤鹜齐飞矣。

乔大壮手批《片玉集》:此首取境尤重大。

杨笺:("杜宇"句)催归者催人归也。"和春催(归)去",故意以春去荡开。("倚阑"三句)春去景况,"桃花雨"者,桃花之落如雨也。换头拍合入去。("目断"句)人渺。("难逢"句)信稀,人不可见。("落霞"二句)遥见落霞知当日送行之远,惜别深情,俱在言外。晏小山《菩萨蛮》"红日又平西",此从脱胎。"尺素"句已将情说尽,乃忽以"落霞隐隐日平西"句押入,撑得起,脱得开,正是金针度人处。

夜游宫①

般涉

叶下斜阳照水②。卷轻浪、沈沈千里③。桥上酸风射眸子④。立多时,看黄昏,灯火市⑤。　　古屋寒窗底。听几片、井桐飞坠⑥。不恋单衾再三起⑦。有谁知,为萧娘,书一纸⑧。

【题解】

《年谱》系此词于大观二年(1108),并云:"《丁香结·苍藓沿阶》、《夜游

28

宫·秋暮晚景》、《南乡子·户外井桐》三首皆秋间杭州之作。"薛瑞生《周邦彦两入长安考》则云:"《夜游宫》用李贺《金铜仙人辞汉歌》典:'魏官牵车指千里,东关酸风射眸子。'又据《三辅黄图》载:汉武帝在建章宫建神明台,台上有金铜仙人,舒掌捧铜盘以盛云表之露。据此,则知《夜游宫》当写于在长安经灞桥时。"孙注亦编于熙宁七年将离长安之时:"观词用《金铜仙人辞汉歌》事,又写暮秋晚景,当作于熙宁七年(1074)游长安时。"孙虹在《周邦彦年青时期荆州、长安词考补正》进一步论证云:"此词是熙宁七年(1074)深秋作于咸阳,词中所及有渭河水浪和渭水之桥,而且出现了周词中以显隐不同的方式一共出现了六次的'萧娘'。'萧娘'本是有才艺歌女的泛称,但周邦彦词作中的歌妓,有很强的地域文化所指性,如他在《绮寮怨》(上马人扶浅醉)中称荆州歌女为'杨琼',在《醉桃源》(菖蒲叶老水平沙)、《锁阳台》(山崦笼春)中称钱塘歌妓为'苏小',在另一首长安词《浣溪沙》中称长安歌妓为'萧娘'。由此可知,《夜游宫》中'萧娘'就是长安歌妓。此词中的'萧娘一纸书'正是《浣溪沙》中的'萧娘旧约',词人此后不久即回'长安',可知此为小别而非远离,而咸阳之于长安正为相宜之地。"

路成文《清真三首"萧娘词"创作时地及相关情事考辨》认为薛、孙之说难以成立:"盖全词所写,乃是词人对于萧娘的一段刻骨相思:词人傍晚时分独立长桥,愁绪满怀地凝望着水面;黄昏时分,华灯初上,久久不忍离去('立多时,看黄昏,灯火市');之后,他回到自己栖居之地,在'古屋寒窗'之下,听几片桐叶飞坠之声;夜已深,人难寐,辗转反侧,起坐徘徊('古屋寒窗底,听几片、井桐飞坠,不恋单衾再三起')。结三句,点明所思之人,即'萧娘'。然两地相思,谁人知晓? 两地暌隔,相见无期! 相思无极,唯在此夜深人静之际将她寄来的书信展玩('有谁知,为萧娘,书一纸')。"

【注释】

①陈本、吴本调名下注"般涉"调,孙本从毛本题"秋暮晚景"。罗笺:"《词统》题作'秋晚'。"

②斜阳:夕阳。唐·赵嘏《东望》:"斜阳映阁山当寺,微绿含风树满川。"照水:宋·欧阳修《渔家傲》:"荷叶田田青照水,孤舟挽在花阴底。"

③沈沈:汉·司马相如《上林赋》"沈沈隐隐",李善注:"沈沈,深貌也。"

29

南朝宋·鲍照《观漏赋》:"波沉沉而东注,日滔滔而西属。"

④酸风:指刺人的寒风。唐·李贺《金铜仙人辞汉歌》:"魏官牵车指千里,东关酸风射眸子。"

⑤灯火市:唐·王建《江馆》:"客厅临小市,灯火夜妆明。"

⑥唐·徐锴《秋词》:"井梧纷堕砌,寒雁远横空。"

⑦单衾:宋·江淹《悼室人诗十首》(之七):"颢颢气薄暮,蔌蔌清衾单。"唐·韦应物《冬夜》:"单衾自不暖,霜霰已皑皑。"

⑧唐·杨巨源《崔娘》:"风流才子多春思,肠断萧娘一纸书。"

【汇评】

周济《宋四家词选》:此亦是层叠加倍写法,本只"不恋单衾"一句耳,加上前阕,方觉精力弥满。

陈洵《海绡说词》:桥上则"立多时",屋内则"再三起",果何为乎。"萧娘书一纸",惟已独知耳,眼前风物何有哉!

乔大壮手批《片玉集》:四声,与后一首(指"客去车尘未敛")可自参。

杨笺:因下阕从屋内着想,故上阕从屋外渐渐引入。("卷轻浪"句)"千里"是隔萧娘之远。即从桥上见桥下之水如此。("桥上"句)点"桥上"写风,"眸子"起下"立"字。("立多时"三句)又由桥上看桥外之灯火,上阕各景皆归纳到"立多时"三字上。("古屋"句)"古屋"二字是关键。此下写屋内事。("听几片"句)从景上宕一句,"再三起",人以为梧叶落惊醒耳,忽用"有谁知"一转,真有生龙活虎之妙。下阕各情皆归纳到一"起"字上。此词首斜阳,次黄昏,次恋衾,则夜里矣。一日情景穿成一串。周止庵曰:"此亦是层叠加倍写法,本只'不恋单衾'一句耳,加上前阕方觉精力弥满。"

陈思《年谱》:集中令慢,固儿女情多,然楚雨含情,意别有托,亦复不少。如《浣溪沙》之"不为萧娘旧约寒,何因容易别长安",《夜游宫》之"为萧娘,书一纸",其中所指,断非所欢,惜文集久佚,无术探索。

月下笛①

越调

小雨收尘,凉蟾莹彻,水光浮璧②。谁知怨抑③。静倚官桥吹笛④。映宫墙、风叶乱飞⑤,品高调侧人未识⑥。想开元旧谱⑦,柯亭遗韵⑧,尽传胸臆。　　阑干四绕,听折柳徘徊,数声终拍⑨。寒灯陋馆,最感平阳孤客⑩。夜沉沉、雁啼甚哀,片云尽卷清漏滴⑪。黯凝魂,但觉龙吟万壑天籁息⑫。

【题解】

孙虹《清真集校注》:"词写秋景,又用'平阳孤客'典,疑当作熙宁七年(1074),游长安将归时。"孙虹《周邦彦年青时期荆州、长安词考补正》:"《月下笛》可以双证周邦彦曾在咸阳经秋","词中'官桥'也指咸阳渭河的中渭桥,秦阿房宫被项羽焚毁,此风叶萧瑟之'宫墙'应指秦都咸阳时的渭南兴乐宫、渭北咸阳宫。"

【注释】

①毛本:《清真集》不载。"吴本调名下注"越调"。孙本:"戈选本调名为"锁窗寒"。戈本杜批:'《词谱》以此词归《月下笛》调内,'阑干四绕'句应五字,以下一首(孙案:《锁窗寒》(暗柳啼鸦))为正格。"

②收尘:曹植《侍太子坐诗》:"白日曜青春,时雨静飞尘。"凉蟾:《后汉书》志第十《天文志》刘昭注引张衡《灵宪》:"月者阴精之宗,积而成兽,象兔。阴之类,其数偶。其后有冯(凭)焉者。羿请无死之药于西王母,姮娥窃之以奔月。将往,枚筮之于有黄,有黄占之曰:'吉。翩翩归妹,独将西行。逢天晦芒,毋恐毋惊,后且大昌。'嫦娥遂托身于月,是为蟾蜍。"后称月为蟾蜍。唐·李商隐《燕台四首·秋》:"月浪冲天天宇湿,凉蟾落尽疏星

入。"周词中"清蟾"、"凉蟾"、"霜蟾"、"银蟾"均为月光之意。水光浮璧：范仲淹《岳阳楼记》："皓月千里，浮光跃金，静影沉璧。"

③怨抑：怨恨抑郁。南朝陈·江总《横吹曲》："铿锵渔阳掺，怨抑胡笳断。"

④官桥：官路的桥梁。唐·杜甫《长吟》："江渚翻鸥戏，官桥带柳阴。"吹笛：晋·向秀《思旧赋序》："余与嵇康、吕安居止接近。其人并有不羁之才，然嵇志远而疏，吕心旷而放，其后各以事见法……余逝将西迈，经其旧庐，于时日薄虞渊，寒冰凄然，邻人有吹笛者，发声寥亮，追思曩昔游宴之好，感音而叹，故作赋云。"后因以"吹笛"为伤逝怀旧之典。南北朝·庾信《寄徐陵》："莫待山阳路，空闻吹笛悲。"

⑤风叶：风中的柳叶。唐·长孙无忌《灞桥待李将军》："飒飒风叶下，遥遥烟景曛。"

⑥调侧：即"侧调"，古乐三调中的一调。唐·杜牧《寄珉笛与宇文舍人》："调高银字声还侧，物比柯亭韵校奇。"

⑦唐·郑处诲《明皇杂录·辑佚》："开元二年，上于梨园自教法曲，必尽其妙，谓之皇帝梨园弟子。"《明皇杂录·逸文》："天宝中，上命宫女数百人为梨园弟子，皆居宜春北院。上素晓音律，时有马仙期、贺怀智，洞知音律。"

⑧柯亭：地名，遗址在今浙江绍兴西南。汉末蔡邕避难会稽，宿于柯亭，仰见亭上椽竹，知为制笛良材，取而为笛，果成宝笛。后泛指美笛。《后汉书》卷六十下《蔡邕传》："往来依太山羊氏，积十二年，在吴。"李贤注引张骘《文士传》："邕告吴人曰：'吾昔尝经会稽高迁亭，见屋椽竹东间第十六可以为笛。'取用，果有异声。"晋·伏滔《长笛赋序》："柯亭之观，以竹为椽，邕取为笛，奇声独绝。"唐·李毅《浙东罢府西归酬别张广文皮先辈陆秀才》诗："兰亭旧址虽曾见，柯笛遗音更不传。"

⑨李白《春夜洛城闻笛》："谁家玉笛暗飞声，散入春风满洛城。此夜曲中闻折柳，何人不起故园情。"

⑩平阳孤客：指东汉马融。融善笛，年轻时落魄不得志，曾客居平阳（今山西临汾）旅店，听到有人吹笛，引起他的悲愁，因而作《长笛赋》。事见

《长笛赋序》。

⑪夜沉沉:李白《白纻辞三首》之二:"月寒江清夜沉沉,美人一笑千黄金。"清漏:清晰的滴漏声。古代以漏壶滴漏计时。南朝宋·鲍照《望孤石》:"啸歌清漏毕,徘徊朝景终。"唐·王昌龄《长信秋词》之一:"熏笼玉枕无颜色,卧听南宫清漏长。"

⑫凝魂:神思专注;出神。唐·杜牧《代人作》:"盼盻凝魂别,依稀梦雨来。"龙吟万壑:形容箫笛类管乐器声音响亮。唐·李白《金陵听韩侍御吹笛》:"风吹绕钟山,万壑皆龙吟。"

【汇评】

俞陛云《宋词选释》:上阕赋笛,其辞高以洁;下阕赋闻笛,其思深而悲,结句有绕梁三日意,吹笛者当是能手。周郎亦善顾曲者,得此佳词,不数赵倚楼矣。美成集传世者,以汲古毛氏《片玉词》为最著。光绪间,王鹏运得明钞元本,编次体例,与《片玉词》异;又见元刻陈元龙注本,据以校订,于二卷外,见于毛刻者,为《集外词》一卷。惟卷中佳构,不若前二集之多。兹录其《蓦山溪》以下三调。而《南乡子》、《月下笛》二调,尤为擅胜也。

杨笺:此以调名为题者。("小雨收"三句)月下。("谁知"二句)吹笛之人。("映宫墙"二句)不求人识。("想开元"三句)古调独弹。("栏杆"三句)闻笛之处。("寒灯陋馆"二句)点出"陋馆""孤客"。("沈沈"二句)闻笛之时,旁及"雁啼""漏滴"。("黯凝魂"二句)笛声呜呜如龙吟万壑,百种天籁不能与之争鸣矣。故曰天籁息。

荔枝香近①

歇指

夜来寒侵酒席,露微泫②。乌履初会,香泽方薰③,无端暗雨催人,但怪灯偏帘卷④。回顾,始觉惊鸿去云远⑤。　　大都世间,最苦唯聚散⑥。到得春残,看即是、开离宴⑦。细思别后,柳眼花须更谁剪⑧。此怀何处逍遣。

【题解】

孙虹《周邦彦年青时期荆州、长安词考补正》:"周邦彦熙宁六年(1073)冬末、熙宁七年(1074)春天曾在临潼,经历'诗情宛转'的文人雅集高会,并有与临潼歌女幽会惜别的词作",认为《荔枝香近》是同一时期写于《早梅芳近》之前的"姊妹篇","这两首词都化用《史记》卷一百二十六《滑稽列传》中的典故","《荔枝香近》是文人'初会',并预知了'到得春残,看即是、开离宴';《早梅芳近》是初次聚会的情景再现,'丛竹绕'时节的再次聚会可能正是春残离宴的兑现;此'异乡淹岁月'中的'异乡'虽然可以指曾度过一年的荆州;但此二词中有'夜来侵酒席'的返春寒,有用以阻隔室外冷空气的'烘帘',显然是北方馀寒料峭之时,与前次所考周邦彦初入长安的时间是夏初到深秋不侔,因此所淹之岁月,有明确所指,就是逾年淹留的长安一带。"

【注释】

①陈本、吴本调名为《荔枝香》,调名下注"歇指"。郑校:"此词讹脱殊甚,方、杨、陈和作并沿其误,以为又一体,非也。案:此调如耆卿、梦窗所作,三首并与清真前首相同,更无别体。即此首下阕字句亦无少异,则上阕之舛驳可知。盖宋本已然,或缘传抄之脱误,当时和之者未暇深考耳。今谛审其上阕,'履舄(乌履)初会'下原脱平声二字,'灯偏帘卷''偏'字殊不可解,盖本作'徧'字,当在'香泽方薰'下为韵,与前首'帘底吹香雾'五字句正同。上阕末句'去'字下诸本皆脱一字,惟元本有'云'字,亟据以补之,亦与前合,如是订正,前后一揆,声律厘然,庶今古词人可以寤疑辨惑矣。"杨易霖《周词订律》:"郑叔问先生云:'初会'下脱平声二字,'方薰'下脱一'徧'字,'灯偏'之'偏'字不可解,疑衍,应改为'但怪灯帘卷'云云。寻三家和作,'乌履初会'句,平仄句法皆与原作相合,则'初会'之下似无脱字。郑谓:'但怪灯偏帘卷'之'偏'字系'徧'字之误,是也。又谓'徧'字应在'方薰'之下,则非。窃疑是句原作当为'但怪帘卷灯徧',刘长卿诗'菡萏千灯徧',是其故实。较之千里'是处池馆春徧',泽民'大白须卷歌徧',其韵脚

34

平仄正复相同。方、杨二家去美成未远,其所作乃不谋而合,自宜据为显证。泽民认'卷'字为句中韵而和之,尤与愚说符合。至《历代诗余》录千里此句,作'是处帘栊高卷',盖由好事之徒,误以为不合而改之。各家刊本作'但怪灯偏帘卷',或系当时尚有另本。西麓和词及宣卿所作,即据另本无疑,且于下句脱一'云'字。故知此词字数句法虽与第一首微有出入,并非脱误。……宋贤所作,同一调而字数句法各异者,触处皆是。美成《瑞鹤仙》二首,字数平仄句法皆有异同,即其例证,不必强为之说也。"

②谢灵运《从斤竹涧越岭溪行》:"岩下云方合,花上露犹泫。"

③舄履:陈注:"'芎'与'香'同。重底曰舄,单底曰履。"《史记》卷一百二十六《滑稽列传》载淳于髡语"日暮酒阑,合尊促坐,男女同席,舄履交错,杯盘狼藉,堂上烛灭,主人留髡而送客,罗襦襟解,时闻芎泽,当此之时,髡心最欢,能饮一石"。这两句孙本作"舄履初会□□,香泽方薰徧"。宋·柳永《夏云峰》:"筵上笑歌闲发,舄履交侵。"香泽:香气。唐·王丘《咏史》:"兰露滋香泽,松风鸣佩环。"

④无端:引申指无因由,无缘无故。《楚辞·九辩》:"蹇充倔而无端兮,泊莽莽而无垠。"王逸注:"媒理断绝,无因缘也。"但怪灯偏帘卷:孙本作"但怪灯帘卷"。暗雨:唐·白居易《上阳白发人》:"耿耿残灯背壁影,萧萧暗雨打窗声(陈本作'潇潇')。"灯偏:应作"灯徧"。唐·刘长卿《题灵祐上人法华院木兰花》:"菡萏千灯徧,芳菲一雨均。"

⑤去云远:毛本作:"去远"。孙本:"丁刻本作'去远'。"惊鸿:借指体态轻盈的美女或旧爱。唐·韦应物《冬夜》:"晚岁沦风志,惊鸿感深哀。"

⑥唐·杜甫《送殿中杨监赴蜀见相公》:"人生在世间,聚散亦暂时。"

⑦到得:等到;到了。宋·杨万里《辛亥元日送张德茂自建康移帅江陵》:"到得我来恰君去,正当腊后与春前。"开离宴:唐·张说《奉和圣制送金城公主适西蕃应制》:"春野开离宴,云天起别词。"

⑧柳眼花须:形容春天柳抽叶,花吐蕊。唐·李商隐《二月二日》:"花须柳眼各无赖,紫蝶黄蜂俱有情。"唐·元稹《生春》:"何处生春早,春生柳眼中。"唐·杜甫《陪李金吾花下饮》:"见轻吹鸟毳,随意数花须。"

【汇评】

陈锐《袌碧斋词话》：柳词云："算人生、悲莫悲于轻别。"又云："置之怀袖时时看。"此从古乐府出。美成词云："大都世间，最苦惟聚散。"乃得此意。

吴世昌《词林新话》：《荔枝香》第二首七十三字，与前首七十六字者不同，《词律》订为二体，是也。宋词一人所作一调二体者甚多。此词"鸟履初会，香泽方薰"，郑文焯云"初会"下脱平声二字，"方薰"下脱一"偏"字。按：千里和词作"碧瓦光霁，罗幕香浮"，泽民作"旋涤瑶觯，深挹芳醪"，西麓作"暖暖金兽，沉水微薰"，三家者平仄句法无一不与原作相合，且文意俱足，无可增益，故知郑说非也。又"但怪帘卷灯偏"，各本皆作"灯偏帘卷"，郑文焯谓"灯偏"之"偏"不可解，疑衍，改为"但怪灯帘卷"。杨易霖据刘长卿诗："菡萏千灯偏"及方、杨二家和作改为"帘卷灯偏"，是也。方云："是处池馆春偏"，杨云："大白须卷歌偏"，则并在"偏"字叶韵，足见泽民所见原词必作"帘卷灯偏"无疑也。下句"回顾、始觉惊鸿去远"，陈注本作"去云远"，毛本无"云"字，是也。按千里和作"风外、认得笙歌近远"，泽民作"三劝、记得当时送远"，西麓作"芳草怨碧王孙渐远"，杨氏订律，泥于陈本"云"字，强欲于方、杨二家和词"远"上虚增一字。按原作如作"去云远"，已甚不辞，乃欲更于"近远"、"送远"之间插入一字，岂可得乎？

乔大壮手批《片玉集》：过变是九字句。

杨笺：（"寒侵"二句）不呆写酒席，"寒侵"二字含下"聚散"，"露法"复"寒侵"。（"香泽"句）写得热闹，用一"方"字，与下"无端"相呼应。（"无端"二句）"无端"陡转，必"人去"始"卷帘"，今不先言"人去"，止说"卷帘"，卷得"无端"，殊觉可"怪"。（"回顾"二句）至此方点"去"字，曰"回顾"，曰"始觉"，为上"怪"字点睛。（"大都"句）此句九字作一句读，与上一阕"楼下水"三字一逗不同，盖可逗可不逗也。"聚散"意主"散"，"聚"字陪衬，如言"成败"者意重在"败"也，或作有聚必散亦通，如梦窗之轻鸥聚别亦同。（"得到"二句）即申明上句意。（"细思"二句）想到"柳眼花须"，俞说得闲，俞见得关切。（此怀何处消遣）结穴。

36

早梅芳①

别恨

花竹深②，房栊好③。夜阑无人到④。隔窗寒雨，向壁孤灯弄余照⑤。泪多罗袖重，意密莺声小⑥。正魂惊梦怯，门外已知晓。　去难留，话未了。早促登长道。风披宿雾⑦，露洗初阳射林表⑧。乱愁迷远览，苦语萦怀抱⑨。谩回头，更堪归路杳。

【题解】

《年谱》编此词于大观三年(1109)。孙虹《周邦彦年青时期荆州、长安词考补正》云："在周邦彦词中，同调词多有时地或内容方面的联系，同调又前后排列的词更是如此。流传至今的周邦彦词的各种版本中，这首《早梅芳近》与上引《早梅芳近》都前后排列。""可以确定这是一首曾与之多次幽会的临潼歌妓告别词。"

【注释】

①孙本从毛本调名作"早梅芳近"，毛本注："谱无'近'字"；陈本调名下题"留恋"，吴本调名下题"别恨"。罗笺："《草堂》题'冬景'，《词统》、《诗余醉》题'晓别'。"孙本："景宋本、吴钞本、毛扆校本改、宛钞本、王刻本、朱刻本调名为《早梅芳》；朱刻本调名下注'正宫'；景宋本、吴钞本、毛扆校本改、王刻本、朱刻本调名下有词题'别恨'。戈本杜批：'凡各去声字，皆此调定格，宋词皆同。'"

②唐·常建《题破山寺后禅院》："曲径通幽处，禅房花木深。"唐·杜甫《游修觉寺》："野寺江天豁，山扉花竹幽。"

③房栊：窗棂。《汉书·孝成班婕妤传》："广室阴兮帷幄暗，房栊虚兮

风泠泠。"师古曰:"栊,疏槛也。"

④夜阒:《易·丰卦》:"窥其户,阒其无人。"注曰:"阒,寂也。"

⑤向壁:面对墙壁。多表示心情不悦或不欲与人接谈。唐·李贺《杂曲歌辞·十二月乐辞·八月》:"傍檐虫缉丝,向壁灯垂花。"孤灯:孤单的灯。多喻孤单寂寞。南朝陈·江总《和张记室源伤往诗》:"空帐临床掩,孤灯向壁燃。"

⑥意密:形容细腻的情思。宋·晏几道《清平乐》:"幺弦写意,意密弦声碎。"莺声:多比喻女子宛转悦耳的语声。

⑦宿雾:夜雾。晋·陶渊明《咏贫士》:"朝霞开宿雾,众鸟相与飞。"

⑧林表:林梢,林外。南朝齐·谢朓《休沐重还道中》:"云端楚山见,林表吴岫微。"李善注:"表,犹外也。"

⑨远览:明·张渊《观象赋》:"纵目远览,傍及四维。"陈本作者误为张镜。苦语:犹苦言。宋·苏轼《送欧阳推官赴华州监酒》:"临分出苦语,愿子书之笏。"

【汇评】

卓人月《古今词统》卷十一:"重"字妙,施君美"风吹雨湿衣襟重"本此。

沈际飞《草堂诗余正集》:晓得"袖"因"泪""重","声"因"意"小,老于个中人。

又:"乱愁"二句,离愁纷来,方寸为乱。

潘游龙《古今诗余醉》卷八:袖因泪重,声因意小,真个中人语。

黄苏《蓼园词选》:前阕由"晓"字写入,渐引到"别"字,是未别以前也。后阕从别时写起,说到别以后,是去路也。词意绵密细腻,无一剩字。

乔大壮手批《片玉集》:四声。制作甚密,起伏亦大。起六字对。"隔窗"八字作对。"泪多"十字对,过片对"风披"八字对,"乱愁"十字对。

杨笺:此亦叙别之词,但布局与《夜飞鹊》及他词别一蹊径。此词上阕止说到"晓"字止,时仍未行也,话别于下阕始出。("花竹深"三句)房栊乃安适梦魂之所,夜阒无喧扰梦魂之人。("隔窗"二句)从景上脱开,按切室中雨声灯影写。("泪多"二句)枕衾中恋别。("正魂惊"二句)不觉到天晓时。("去难留"二句)至此始出话别,妙在知晓之后,难留之前,止以"话未了"三字了之,不再多费笔墨。此则略人所详,与"泪多"四句均之,琐叙"泪多""意密","魂惊梦怯"之详,人所略对峙,故曰与他词不同也。("早促"句)登程。("风披宿雾"二句)又从景上脱开,此则按切途中"宿雾""初阳"写。("乱愁"二句)上句近承均("风披"二句),下句远承("泪多"四句)两均。("谩回头"二句)回顾归路,神不外散,周词多用此法。

俞平伯《清真词释》:上片与《忆旧游》写景略同,彼追忆秋宵别绪,此为春景,疑当时即兴,故情衷较热也。此在清真词集中非其至者,而昔年余辄爱诵之,时居江南,多作远游,园庭清晏之况惓惓于怀,不能无感耳。今兹录评,聊寄旧悰,不为典要者也。下片可参阅《花间》载牛希济《生查子》词,牛词"语已多,情未了",即此首两句也;"回首犹重道",即"苦语萦怀抱"也;"记得绿罗裙,处处怜芳草",今以"乱愁迷远览"括之。然此论其渊源所自,与词之胜场初无涉也。下片意境似逊上片之厚,而谛审之,正有逝水飞云之感,其妙寓诸音节。上下两片虽同,而上宜缓讽者,入下自须急读,盖气韵流利,故声情辞情之密合自不期其然而然者,岂唯知音,亦曰情深而已。察其关键则在结尾。下片虽一气流走,至五字偶句亦渐缓,更有须特别慢读者,末句是也。夫字句末也,词之节拍既不可知,原不足以测音律之微,但即局于形迹,亦有略可意会者。兹假定其上下片备四拍,疾徐不异,而上结以十字五五为句,下则八字三五句法,虽同隶一拍,字数减五之一,即音奏慢了五之一也。若尾文特宜曼歌,犹不与焉。结句既以减字故成为曼声,于是其前半纵与上片之前半节奏同检,而居疾徐相形之下不得不为促拍;申言之,拍数虽均,但上片是停匀的,下片由张而弛,故是欹侧的;精密言之,拍无平侧,音声实有顿挫,岂非减字故耶。是字句固不足以尽音律,而亦可以推知一二也。观清真此调另一首"缘墙深丛竹绕"作法全同,末句"路迢迢,恨满千里草"亦须慢读,斯为显证已。摹拟纤悉,示别绪之缠绵,抒写谐畅,见行踪之飘忽,善察调情而能用之者,莫如清真也。

俞平伯《论诗词曲杂著》:摹拟纤悉,示别绪之缠绵,抒写谐畅,见行踪之飘忽,善察调情而能用之者,莫如清真也。

吴世昌《词林新话》:《草堂诗余》前集卷下冬景类选美成《早梅芳》,此词上片云花竹,下片有露雾,是春景,不是冬景。

早梅芳①

牵情

缭墙深，丛竹绕②。宴席临清沼。微呈纤履，故隐烘帘自嬉笑③。粉香妆晕薄，带紧腰围小。看鸿惊凤翥，满座叹轻妙④。　　酒醒时，会散了。回首城南道⑤。河阴高转⑥，露脚斜飞夜将晓⑦。异乡淹岁月，醉眼迷登眺。路迢迢，恨满千里草⑧。

【题解】

薛瑞生《周邦彦两入长安考》认为其写于熙宁七年（1074）游长安时，并云："《早梅芳》词曰……亦用长安事典与地理景观：班固《西都赋》曰：'缭以周墙，四百余里。'杜牧《华清宫三十韵》曰：'秀岭明珠殿，层峦下缭墙。'宋·钱易《南部新书》曰：'骊山华清宫，毁废久已，今所存者唯缭垣（即缭墙）耳。'词又有'临清沼'之句，亦当作于此次游长安经临潼华清宫时盖无疑义。邦彦于政和二年至长安回河中经临潼时所写之《夜飞鹊》词（说详后）又有'何意重经前地，遗钿不见，斜径都迷'句，亦可与此词互证。"

孙本："观此词写景用典，乃写于熙宁七年（1074）八月底在长安游临潼华清宫时。邦彦政和二年（1112）春赴长安途经临潼所写之《夜飞鹊》词有'何意重经前地，遗钿不见，斜径都迷'句，可与此词互证。"

【注释】

①吴本调名下注"牵情"。孙本："景宋本、吴钞本、毛扆校本补、王刻本、朱刻本有词题'牵情'。"罗笺："元本同，《雅词》无题。"其余见《早梅芳》（花竹深）注①。

②缭墙：围墙。汉·班固《西都赋》："缭以周墙，四百余里。"唐·杜牧

《华清宫三十韵》:"绣岭明珠殿,层峦下缭墙。"唐·杜甫《奉陪郑驸马韦曲二首》:"何时占丛竹,头戴小乌巾。"

③烘帘:唐·李商隐《石城》:"篝冰将飘枕,帘烘不隐钩。"《无题四首》其三:"楼响将登怯,帘烘欲过难。"罗笺:"疑帘烘、扇烘为方语,烘有暖义,帘烘、烘帘指暖帘。"孙本:"烘帘,亦作'帘烘',谓帘内灯烛照耀",并引《李商隐歌诗集解》刘学锴、余恕诚按:"烘本为焚烧之意。帘烘,系形容帘内灯烛高烧,明亮照耀,故'不隐钩'"。

④鸿惊凤矞:晋·陆机《浮云赋》:"鸾翔凤矞,鸿惊鹤奋。"喻体态轻盈,舞姿优美。轻妙:轻盈美妙;轻捷美妙。《后汉书·文苑传下·边让》:"美繁手之轻妙兮,嘉新声之弥隆。"宋·柳永《两同心》:"绮筵前,舞燕歌云,别有轻妙。"

⑤南道:南面或南方的道路。刘向《楚辞·九叹·忧苦》:"遭彼南道兮,征夫宵行。"王逸注:"言己放流转彼江南之道。"唐·吴兢《拟采桑曲》:"罗敷十五六,采桑城南道。"唐·李商隐《河内诗二首》之二:"低楼小径城南道,犹自金鞍对芳草。"

⑥河阴:罗笺:"谓银河之阴影,与《过秦楼》之'明河影'同意,非地名。"孙本:"原指黄河南岸之地,后亦指天河南侧。"南朝宋·谢庄《七夕咏牛女应制诗》:"璇居照汉右,芝驾肃河阴。"唐·王维《送韦大夫东京留守》:"晨扬天汉声,夕卷大河阴。"

⑦露脚斜飞:唐·李贺《李凭箜篌引》:"吴质不眠倚桂树,露脚斜飞湿寒兔。"唐玄宗《喜雨赋》:"丝管合兮夜将晓,芙蓉开兮日未暮。"

⑧千里草:青草绵延无际。形容远道。南朝·江淹《青苔赋》:"青郊未谢兮白日照,路贯千里兮绿草深。"唐·许浑《送杜秀才归桂林》:"两岸晓霞千里草,半帆斜日一江风。"

【汇评】

乔大壮手批《片玉集》:亦是小题大做,汴京之法。

苏幕遮①

般涉

燎沉香，消溽暑②。鸟雀呼晴③，侵晓窥檐语④。叶上初阳干宿雨、水面清圆，一一风荷举⑤。　　故乡遥，何日去。家住吴门⑥，久作长安旅。五月渔郎相忆否。小楫轻舟，梦入芙蓉浦⑦。

【题解】

《遗事》："《苏幕遮》词所云'家住吴门，久作长安旅'，则以汴都为长安也。"薛瑞生《周邦彦两入长安考》辩云："长安固可代指汴都，然其时邦彦久官居京，且贪恋仕途，竞进不已，与此词思家欲归之境不符，所谓'长安'云云，显系实指而非代指。王氏之说，未可为凭。"孙虹《清真集校注》亦云："邦彦于熙宁六年（1073）春游荆州，七年（1074）春离荆州，三月至宜城，三月底四月初至长安，此词点明时令为'五月'，至长安已月余。其时父母妻室均在钱塘，故始有'家住吴门，久作长安旅'之叹。准此，则此词熙宁七年（1074）五月作于长安盖不谬。"她在《周邦彦青时期荆州、长安词考补正》中也说："周邦彦不能刚入长安立即就有'故乡遥，何日去。家住吴门，久作长安旅。五月渔郎相忆否。小楫轻舟，梦入芙蓉浦。'——久客不归的喟叹。""此词定于入陕第二年即熙宁七年（1074）夏天为宜。"

【注释】

①景宋本、吴钞本、宛刻本、王刻本、朱刻本调名下注"般涉"。

②沉香：亦称水沉、沉水。《本草纲目》卷三十四"集解"引《南越志》曰："交趾蜜香树，彼人取之先断其积年老木根，经年其外皮干，俱朽烂，木心与枝节不坏坚黑沉水者即沉香。"宋·苏轼《和陶拟古九首》之一："沉香作庭

燎,甲煎纷相和。"溽暑:指盛夏气候潮湿闷热。《礼记·月令》:"(季夏之月)土润溽暑,大雨时行。"南北朝·沈约《休沐寄怀诗》:"临池消溽暑,开幌望高秋。"

③《禽经》:"鸠拙而安:鸤鸠也。《方言》云:蜀谓之拙鸟,不善营巢,取鸟巢居之,虽拙而安处也。雄鸣晴,雌鸣阴。"宋·欧阳修《啼鸟》:"谁谓鸣鸠拙无用,雄雌各自知阴晴。"宋·苏轼《江神子》:"昨夜东坡春雨足,乌鹊喜,报新晴。"

④侵晓:拂晓。窥檐语:隋炀帝《晚春》:"窥檐燕争入,穿林鸟乱飞。"唐·徐璧《失题》:"窥檐向人语,如道故乡春。"

⑤初阳:朝阳,晨辉。唐·温庭筠《正见寺晓别生公》:"初阳到古寺,宿鸟起寒林。"宿雨:夜雨;经夜的雨水。隋·江总《诒孔中丞奂》:"初晴原野开,宿雨润条枚。"风荷:风中的莲花或莲叶。唐·元稹《和李校书新题乐府·上阳白发人》:"月夜闲闻洛水声,秋池暗度风荷气。"

⑥吴门:原指春秋吴都(今江苏苏州)阊门。周邦彦乃钱塘人,这里泛指吴越之地。宋·张先《渔家傲·和程公辟赠别》:"天外吴门清霅路。君家正在吴门住。"

⑦唐·李白《子夜吴歌四首》其二:"镜湖三百里,菡萏发荷花。五月西施采,人看隘若耶。"渔郎:打鱼的年轻男子。唐·许浑《灞上逢元九处士东归》:"旧交已变新知少,却伴渔郎把钓竿。"五代·李珣《渔歌子》:"棹轻舟,出深浦,缓唱渔郎归去。"小楫:短桨。唐·杜甫《江涨》:"渔人萦小楫,容易拔船头。"宋·计有功《唐诗纪事·李群玉》:"轻舟小楫唱歌去,永远天长愁杀人。"唐·张昌宗《太平公主山亭侍宴》:"折桂芙蓉浦,吹箫明月湾。"

【汇评】

周济《宋四家词选》:(上阕)若有意,若无意,使人神眩。

陈廷焯《云韶集》卷四:不必以词胜,而词自胜,风致绝佳,亦见先生胸襟恬淡。

俞陛云《两宋词释》:"叶上"三句,笔力清健,极体物浏亮之致。

王国维《人间词话》:美成《青玉案》(按:当作《苏幕遮》)词:"叶上初阳干宿雨。水面清圆,一一风荷举。"此真能得荷花之神理者,觉白石《念奴娇》《惜红衣》二词,犹有隔雾看花之恨。

乔大壮手批《片玉集》:二声。"家住"二句与东坡《醉落魄》"家在西南、常作东南别",句同境异,可供研玩。

杨筱:此怀归之作。上阕写景,下阕写情。("燎沉香"二句)消暑。("鸟雀"二句)从鸟语写情。("叶上"三句)从荷叶写晴。换头("故乡遥"二句)出故乡。("家住"二句)做客。("五月"句)用严光故实,意指隐者,从对面一宕。("小楫"二句)以"芙蓉浦"句回顾上阕。("叶上"二句)两均之,写荷。

西　河^①

清真集不载

长安道,潇洒西风时起^②。尘埃车马晚游行,霸陵烟水^③。乱鸦栖鸟夕阳中,参差霜树相倚^④。　　到此际。愁如苇。冷落关河千里^⑤。追思唐汉昔繁华,断碑残记。未央宫阙已成灰^⑥,终南依旧浓翠。　　对此景、无限愁思。绕天涯、秋蟾如水。转使客情如醉^⑦。想当时、万古雄名,尽作往来人、凄凉事。

【题解】

《年谱》编此词于熙宁十年(1077)词人游长安秋暮还荆州时。薛瑞生《周邦彦两入长安考》则认为其与《风流子》(枫林凋晚叶)写于同一时间:"(熙宁七年)八月在长安,则有《西河》","邦彦老年游长安,唯政和二年春,与此词写秋景不合,此说之不可取不言自明。后词之'关河'虽有两解,一指关陕,一指关山河川。但原全词之意,似当以指关陕为宜。"孙本云:"邦彦少年时,于熙宁七年(1074)三、四月间游长安,秋去。此为长安怀古,将去长安时作。"孙虹《周邦彦年青时期荆州、长安词考补正》亦认为《西河》和《过秦楼》均为长安秋词,写于深秋之前,"确定时间可以在熙宁六年(1073)至咸阳之前,也可以在熙宁七年(1074)归荆州之前","《西河》中'客情如醉'的倦游情怀,《过秦楼》中妻子'叹年华一瞬,人今千里,梦沉书远','梅风地溽,虹雨苔滋,一架舞红都变',隐隐然皆有对丈夫久客不归的哀怨;而丈夫所感喟的'谁信无聊,为伊才减江淹,情伤荀倩',也不是短时间'人今千里'煎熬的夫妻间的情感状态,所以这首词也以定于写在熙宁七年(1074)深秋归荆州之前为宜"。

【注释】

①毛本注:《清真集》不载。"郑校:"此词诸本并无题,准以前作,当是'长安怀古'。"罗笺入"附录词",并云:"见毛本卷下,注'《清真集》不载'。《集外词》收,《抄补》弗录。《遗事》云:'先生游踪或至关中,故有《西河》长安道一阕,惟此词真伪尚不可定。'窃以为若与金陵怀古阕比而观之,则真伪不难见也。"

②潇洒:形容秋风凄清。唐·李白《游水西简郑明府》:"凉风日潇洒,幽客时憩泊。"西风:西面吹来的风。多指秋风。唐·李白《长干行》:"八月西风起,想君发扬子。"

③李商隐《乐游原》:"向晚意不适,驱车登古原。夕阳无限好,只是近黄昏。"孙本:"乐游原在长安县东。汉宣帝立庙宇曲江池之北,号乐游,后因称此地为乐游原,因居京城最高处,故词中目力所及,有市东之霸陵,市南之终南山,市西北之未央宫。"霸陵:有时写作"灞陵",在长安东,汉文帝陵墓在此,附近有霸桥,故称霸陵。《史记·孝文本纪》:"治霸陵皆以瓦器,不得以金银铜锡为饰,不治坟,欲为省,毋烦民。"李白《忆秦娥》:"秦楼月,年年柳色,灞陵伤别。乐游原上清秋节,咸阳古道音尘绝。"烟水:雾霭迷蒙的水面。唐·孟浩然《送袁十岭南寻弟》:"苍梧白云远,烟水洞庭深。"

④乱鸦:刘长卿《恩敕重推使牒追赴苏州次前溪馆作》:"乱鸦投落日,疲马向空山。"霜树:经霜的树木。白居易《冬日平泉路晚归》:"山路难行日易斜,烟村霜树欲栖鸦。"

⑤关河:指函谷关与黄河。《史记》卷六十九《苏秦列传》:"(苏秦)乃西

至秦,秦孝公卒,说惠王曰:'秦四塞之国,被山带渭,东有关河,西有汉中。南有巴蜀,北有代马,此天府也。'"柳永《八声甘州》:"渐霜风凄紧,关河冷落,残照当楼。"

⑥断碑残记:张继《宿白马寺》:"白马驮经事已空,断碑残刹见遗踪。"未央宫:故址在今陕西西安市西北长安故城内西南隅。汉高帝七年建,常为朝见之处。新莽末毁。东汉末董卓复葺未央殿。唐未央宫在禁苑中,至唐末毁。唐·张说《和丽妃神道碑铭》:"此皆圣主之曲成,贤妃之本志,何必云阳山下,别赴通灵之台;未央宫中,虚立致神之帐。"

⑦客情:客旅的情怀。南朝宋·鲍照《东门行》:"伤禽恶弦惊,倦客恶离声。离声断客情,宾御皆涕零。"湛方生《还都帆诗》:"寤言赋新诗,忽忘羁客情。"《诗·王风·黍离》:"行迈靡靡,中心如醉。"

过秦楼①

大石

水浴清蟾,叶喧凉吹②,巷陌马声初断。闲依露井③,笑扑流萤,惹破画罗轻扇④。人静夜久凭阑,愁不归眠,立残更箭⑤。叹年华一瞬,人今千里,梦沉书远⑥。　　空见说、鬓怯琼梳⑦,容销金镜⑧,渐懒趁时匀染⑨。梅风地溽⑩,虹雨苔滋⑪,一架舞红都变⑫。谁信无憀⑬,为伊才减江淹⑭,情伤荀倩⑮。但明河影下,还看稀星数点⑯。

【题解】

薛瑞生《周邦彦两入长安考》:"(熙宁七年)在长安还有《过秦楼》词","词写秋景,虽未点明长安,然江淹老来才尽,故谓'为伊才减江淹',犹云'思君令人老'。又用荀粲(字奉倩)思妻而伤神典,与《风流子》久游思家同

46

一命意,亦当为此年八月作于长安者"。

　　孙虹《周邦彦寄内系列词编年考证》:"词人熙宁六年(1073)暮秋别咸阳入长安,不久入临潼;第二年也就是熙宁七年(1074)春天回到长安,此年秋天写寄内词《过秦楼》。""此词中的'闲依露井,笑扑流萤,惹破画罗轻扇'、'但明河影下,还看稀星数点'与上引新婚词《南柯子》(宝合分时果)中的'露下天如水,风来夜气清。娇羞不肯傍人行。扬下扇儿拍手、引流萤'都是从杜牧《秋夕》诗中化出,内容上一脉相沿,可知都是寄内之作;而且此词中的'空见说、鬓怯琼梳,容销金镜,渐懒趁时匀染',也是既写相思之苦,又写病染沉疴。'情伤荀倩'一语承秦嘉'宝钗'典,进一步写妻子病情又加疾困。"

【注释】

①毛本注:"《清真集》作《选官子》,或作《惜馀春慢》。"罗笺注:"词调本名《选冠子》(作官非也),又名《过秦楼》或《惜馀春慢》。"景宋本、吴钞本、宛钞本、王刻本、朱刻本、陈本调名下注"大石"。罗笺:"《花庵词选》题作'夜景'。"

②水浴:毛本注:"俗本作'京浴',误。"《词品》:"今刻本误作'凉浴'。"清蟾:澄澈的月亮。因传说月中有蟾蜍,故以蟾代称月。亦用以比喻圆镜。宋·张先《于飞乐令》:"宝奁开,菱鉴静,一掬清蟾。"叶喧:唐·李商隐《雨水》:"秋池不自冷,风叶共成喧。"凉吹:凉风。唐太宗《秋日翠微宫》:"秋日凝翠岭,凉吹肃离宫。"

③巷陌:街巷的通称。唐·刘禹锡《题王郎中宣义里新居》:"门前巷陌三条近,墙内池亭万境闲。"马声:陈本:"《词萃》作'雨声',非是。"露井:没有覆盖的井。唐·杜甫《冬日洛城北谒玄元皇帝庙》:"风筝吹玉柱,露井冻银床。"唐·李商隐《临发崇让宅紫薇》:"桃绶含情依露井,柳绵相忆隔章台。"

④流萤:飞行无定的萤。唐·杜牧《秋夕》:"银烛秋光冷画屏,轻罗小扇扑流萤。"陈本误作花蕊夫人诗。

⑤更箭:浮在刻漏水上指示时间的箭头。陈注:"更箭以漆桐为之。"唐·杜甫《湖城东遇孟云卿》:"岂知驱车复同轨,可惜刻漏随更箭。"

⑥书远：唐·李约《从军行三首》(之一)："路长唯算月，书远每题年。"

⑦琼梳：饰以美玉的发梳。宋·苏辙《程之元表弟奉使江西次前年送赴楚州韵赠别》："纷纷出歌舞，绿发照琼梳。"

⑧金镜：铜镜。《晋书·赫连勃勃载记》："络以隋珠，绎以金镜。"宋·江淹《采石上菖蒲诗》："瑶琴久芜没，金镜废不看。"

⑨趁时：及时。宋·陈造《田家谣》："饭熟何曾趁时吃，辛苦仅得蚕事毕。"渐懒：陈本作"嬾"，同懒。孙本："景宋本、朱刻本作'渐嬾'。"

⑩梅风：黄梅季节的风。唐·李贺《湖中曲》："横船醉眠白昼闲，渡口梅风歌扇薄。"地潮：罗笺："《白雪》作'地湿'。"郑校、朱校同。

⑪虹雨：吴本、毛本作"红雨"，郑校："汲古本作'红雨'，从元本"。罗笺："《白雪》、《草堂》、《粹编》皆作'红雨'。案与下句'舞红都变'文情不调协，非是。"意为夏日的阵雨。清·王筠《杂曲二首》(之一)："丹霞映白日，细雨带轻虹。"唐·杜甫《雨四首》(之四)："楚雨石苔滋，京华消息迟。"

⑫舞红：宋·宋祁《落花诗》："坠絮飘红各自伤，将飞更作回风舞。"五代·孙光宪《浣溪沙》："花渐凋疏不耐风，画帘垂地晚堂空，堕阶紫藓舞愁红。"

⑬无憀：孙本从毛本、吴本作"无聊"。

⑭才减江淹：《南史》卷五十九《江淹传》："淹少以文章显，晚节才思微退。云为宣城太守时罢归，始泊禅灵寺渚，夜梦一人自称张景阳，谓曰：'前以一匹锦相寄，今可见还。'淹探怀中得数尺与之，此人大恚曰：'那得割截都尽。'顾见丘迟谓曰：'余此数尺既无所用，以遗君。'自尔淹文章蹑矣。又尝宿于冶亭，梦一丈夫自称郭璞，谓淹曰：'吾有笔在卿处多年，可以见还。'淹乃探怀中得五色笔一以授之。尔后为诗绝无美句，时人谓之才尽。"

⑮情伤荀倩：毛本注："一作'荀令'非。"罗笺："《白雪》作'神伤'。"《世说新语·惑溺》："荀奉倩与妇至笃，冬月妇病热，乃出中庭自取冷，还以身熨之。妇亡，奉倩后少时亦卒，以是获讥于世。"刘孝标注引《粲别传》："粲常以妇人才智不足论，自宜以色为主。骠骑将军曹洪女有美色，粲于是聘焉。容服帷帐甚丽，专房燕婉。历年后，妇病亡。未殡，傅嘏往唁粲，粲不哭而神伤。嘏问曰："妇人才色并茂为难。子之聘也，遗才存色，非难遇也，

48

何哀之甚?"粲曰:"佳人难再得。顾逝者不能有倾城之异,然未可易遇也。痛悼不能已已,岁馀亦亡,时年二十九。"

⑯明河:银河。齐高帝《塞客吟》:"星严海净,月澈河明。"稀星:稀疏的星。唐·杜甫《倦夜》:"重露成涓滴,稀星乍有无。"

【汇评】

沈义父《乐府指迷》:词中用事、使人姓名,须委曲得不用出最好。清真词多要两人名对使,亦不可学也。如《宴清都》云"庾信愁多,江淹恨极"、《西平乐》云"东陵晦迹,彭泽归来"、《大酺》云"兰成憔悴,卫玠清羸"、《过秦楼》云"才减江淹,情伤荀倩"之类是也。

吴从先《草堂诗余隽》李攀龙批:出口成词,平平铺叙,自有一种闲情,不当以凡品目之。

周济《宋四家词选》:("梅风"三句)入此三句,意味淡厚。

陈廷焯《云韶集》:婉约芊绵,凄艳绝世,满纸是泪,而笔墨极尽飞舞之致。

陈洵《海绡说词》:换头三句,承"人今千里",虚。"梅风"三句,承"年华一瞬",然后以"无聊为伊"三句结情,以"明河影下"两句结景。篇法之妙,不可思议。

又《抄本海绡说词》:通篇只作前结三句。自起句至"更箭",是去秋情事,"梅风"三句,又历春夏,所谓"年华一瞬"。"见说"三句,"人今千里"。"谁信"三句,"梦沉书远"也。"明河"、"疏星",又到秋景。前起逆入,后结仍用逆挽,构局精奇,金针度尽。

俞陛云《宋词选释》:上半写情景,皆以闲淡之语出之。转头三句,遥想闺愁,下语深细。"梅风"三句,状梅雨光阴,尤新颖动目。且有此旋折,转入旅怀,局势便有开合。结句相望千里,共此明河,与少陵"依斗望京",用意相似。

乔大壮手批《片玉集》:四声词。邵次公说此调与《苏武慢》同出一源。"水浴"二句、"闲依"二句皆须作对。"鬓怯"二句、"梅风"二句、"才减"二句并同。人名作对,前人已议之。片玉每以闭口韵增押,如"染"、"点"二字是也,不可为法。

杨笺：("水浴"三句)门外景。("闲依"三句)门内景。但门内景颇难与门外景分别。今用"露井""流萤"则确实门内矣。"依"字"扑"字何等欢乐。此两句是叙昔游。("人静"三句)转到今况，凭栏与依井对，愁与笑对，立更箭与扑流萤对。("叹年华"二句)"叹"字承上，人远，"梦沉书远"分三层：初疑由起至"立残更箭"为叙昔游，"叹年华"三句方转到现境。继思愁与笑不同境遇，扑流萤与立更箭亦不同怀抱，若俱作为昔游事，未免齐苦乐于一途，故断自"人静"句已入现境，较为分明。且"叹"字以之接上则顺，以之转身则无力矣。("空见说"四句)从对面着笔。("梅风"三句)承"趁时"，"都变"有欲趁而不及意。("谁信"三句)说恨。("但明河"二句)从"人今千里"推出，亦与"立残更箭"句回映。海绡翁曰：换头三句承"人今千里"，虚。"梅风"三句承"年华一瞬"，实。然后以"无慇为伊"三句结情，以"明河影下"两句结景。篇法之妙，不可思议。

吴世昌《词林新话》：下片"梅风地溽，红雨苔滋，一架舞红都变"，二"红"字必有一误。但下句"舞红"创意新颖，自铸伟词，不可改易。"红雨"则为落花，与"苔滋"无关，则误字当为前一"红"字。《全宋词》作"虹雨"，未言所据版本，按即依《彊村丛书》本。然"虹雨"亦未必是。虹在雨后，见虹则晴，"虹雨"连称，不辞，且"苔滋"与虹何涉？今按"红雨"尚作"江雨"。"红"、"江"二字形近而讹。"江雨"与上句"梅"相对，至为工切。"梅"以名词作状词用，"江"字亦然，"红"则本身即为状词。清真此词盖亦在溧水时忆旧之作。溧水地近扬子，故曰"江雨苔滋"也。

风流子①

大石　秋怨

枫林凋晚叶②，关河迥，楚客惨将归③。望一川暝霭，雁声哀怨，半规凉月，人影参差④。酒醒后，泪花销凤蜡⑤，风幕卷金泥⑥。砧杵韵高⑦,唤回残梦,绮罗香减,牵起余悲。　　亭皋分襟地⑧,难拚处、偏是掩面牵衣⑨。何况怨怀长结,重见无期⑩。想寄恨书中,银钩空满⑪,断肠声里⑫,玉箸还垂。多少暗愁密意⑬,唯有天知。

【题解】

《遗事》:"先生少年曾客荆州","其时当在教授庐州之后知溧水之前","又《琐窗寒》词云'似楚江暝宿,风灯凌乱,少年羁旅',时先生方三十余岁,虽云少年可也"。《年谱》编于熙宁十年(1077)秋词人游长安秋暮还荆州时:"此词为去长安惜别之作,来自荆州,故曰楚客。其时秋已深矣。"马成生、赵治中《周邦彦年谱》(下)编于元祐七年(1092),"为将去荆南之作",然未言因由。

薛瑞生《周邦彦两入长安考》认为此词与《西河》(长安道)写于同一时间:"(熙宁七年)八月在长安","又有《风流子》","邦彦老年游长安,唯政和二年春,与此词写秋景不合,此说之不可取不言自明","'楚客'谓人自东楚而来,非谓人在楚地也","'半规凉月'又指明在八月十日左近"。孙虹《周邦彦年青时期荆州、长安词考补正》也认为写于熙宁七年(1074),"年青时期游学长安的别词","这首词与临潼词《早梅芳近》(花竹深)一样是别妓词,与咸阳词《夜游宫》(叶下斜阳照水)一样也有相思的情怀。但长安之于临潼,虽然'归路杳',但绝不是遥不可及;而《风流子》词则是别于关河,将归楚地荆州","所以临潼咸阳别词中也浸润着离情别绪,然而与此词远别情怀的惨痛程度相比则有霄壤不同"。"此词中'想寄恨书中,银钩空满,断肠声里,玉箸还垂'暗示我们,这里作别的正是寄断肠书信到咸阳的长安'萧娘'。"

【注释】

①景宋本、吴钞本、宛钞本、朱刻本、陈本调名下注"大石"。景宋本、吴钞本、朱刻本题作"秋怨"。罗笺:"《词统》、《诗余醉》题同,《花庵词选》题作'秋词'。"

②晚叶:老叶。唐·王勃《秋日宴洛阳序》:"菊照新花,泛轻香于远次;荷凋晚叶,翻翠影于长波。"唐·杜甫《秋兴八首》(之一):"玉露凋伤枫树林,巫山巫峡气萧森。"

③楚客:原指屈原,周邦彦客江陵,故自称楚客。南朝梁·王筠《五月望采拾诗》:"结庐同楚客,采艾异诗人。"战国楚·宋玉《九辨》:"憭栗兮若远行,登山临水兮送将归。"

④一川:一片平川;满地。多用于形容自然景色。唐·杜甫《自瀼西荆扉且移居东屯茅屋》之一:"平地一川稳,高山四面同。"半规:半圆。南朝宋·谢灵运《游南亭》:"密林含馀清,远峰隐半规。"凉月:秋月。南朝齐·谢朓《移病还园示亲属》:"停琴伫凉月,灭烛听归鸿。"人影:唐·张谓《送裴侍御归上都》:"江月随人影,山花趁马蹄。"唐·杜牧《杜秋娘诗》:"月上白璧门,桂影凉参差。"

⑤凤蜡:蜡烛的美称。《南史》卷二十二《僧虔传》:"僧虔年数岁,独正坐采蜡烛珠为凤凰。"唐·杜牧《赠别》:"蜡烛有心还惜别,替人垂泪到天明。"

⑥金泥:罗笺注:"销金也,布帛之涂金或嵌金线者,如销金帐是。"南唐·李煜《临江仙》:"画帘朱箔,惆怅卷金泥。"

⑦砧杵:捣衣石和棒槌。亦指捣衣。南朝梁·何逊《赠族人秩陵兄弟诗》:"萧索高秋暮,砧杵鸣四邻。"南朝宋·谢惠连《捣衣》:"檐高砧响发,楹长杵声哀。"

⑧残梦:谓零乱不全之梦。唐·李贺《同沉驸马赋得御沟水》:"别馆惊残梦,停杯泛小觞。"余悲:悲伤无已;无尽的悲痛。晋·陶潜《拟挽歌辞》之三:"亲戚或余悲,他人亦已歌。"亭皋:水边的平地。柳恽《捣衣诗》:"亭皋木叶下,陇首秋云飞。"分襟:犹离别,分袂。郑本、朱本:"《雅词》作'分袂'。"罗笺:"清真此调二首,此句均连用四平,'袂'字仄声,似非。"不堪:不易忍受;承受不了。唐·杜甫《夏日杨长宁宅送崔侍御、常正字入京》:"不堪垂老鬓,还对欲分襟。"

⑨掩面:悲不忍见貌;哭泣貌。唐·白居易《长恨歌》:"君王掩面救不得,回看血泪相和流。"难拚:孙本从毛本作"难堪"。三国魏·曹丕《见挽船

士兄弟辞别诗》："妻子牵衣袂,拉泪沾怀抱。"

⑩怨怀:罗笺:"《草堂》、《粹编》作'愁怀'。"宋·江淹《灯赋》："怨此愁抱,伤此秋期。"陈本作"怀抱"。汉·徐幹《杂诗》："沉阴结愁忧,愁忧为谁兴。"长结:长期郁闷。汉·蔡邕《太傅安乐侯胡公夫人灵表》："日月忽以将暮,抱长结以含愁。"

⑪银钩:形容书法笔力遒劲。晋·索靖《书势》："盖草书之为状也,婉若银钩,漂若惊鸾。"唐·杜甫《陈拾遗故宅》："到今素壁滑,洒翰银钩连。"

⑫断肠声:形容极度思念或悲痛。唐·李商隐《赠歌妓二首》："红绽樱桃含白雪,断肠声里唱阳关。"三国魏·曹丕《燕歌行》："念君客游思断肠,慊慊思归恋故乡。"

⑬玉箸:珍珠长者称玉箸,比喻泪。《白氏六帖》卷七《玉》："王昭君之泪如玉箸。"密意:亲密的情意。南朝陈·徐陵《洛阳道》之二:"相看不得语,密意眼中来。"

【汇评】

《乐府指迷》:炼字下语,最是紧要。如说桃,不可直说破桃,须用"红雨"、"刘郎"等字;如咏柳,不可直说破柳,须用"章台"、"灞岸"等字。又用事,如曰"银钩空满",便是书了,不必要说"书"字;"玉筋双垂",便是泪了,不必更说"泪"。

卓人月《古今词统》徐士俊评:"砧杵"、"银钩",四句扇对,魂芳魄艳。兼金石绮采之美,长篇不易。

黄苏《蓼园词选》:"泪花销凤蜡,风幕卷金泥",自是以待制出知顺昌时所作,而恋主之情,婉曲周至。至"惟有天知"四字,其心亦苦矣。

况周颐《蕙风词话》:清真又有句云:"多少暗愁密意,惟有天知";"最苦梦魂,今宵不到伊行","拚今生对花对酒,为伊泪落"。此等语愈朴愈厚,愈厚愈雅,至真之情由性灵肺腑中流出,不妨说尽,而愈无尽。南宋词人如姜白石云:"酒醒波远,政凝想明铛素袜",庶几近似,然已微嫌刷色。诚如清真等句,惟有学之不能到耳,如曰不可学,讵必颦眉搔首,作态几许,然后出之,乃为可学耶。

夏敬观评《清真集》:此词四句对偶凡三处,句调皆变换不同。

又：通篇一气衔贯。(龙榆生《唐宋名家词选》引)

乔大壮手批《片玉集》：此与卷一大石调(指"新绿小池塘")四声可参。

杨笺：此是从别后而回想初别时之词，观末均"唯有天知"一语便知，若是别时必不作是语也。("枫林三句")回忆将归时，"凋""迥"二字为"惨"字安根。("望一川"四句)将别时景况。("酒醒"三句)将别时筵席。("砧杵"四句)将别时情绪。("亭皋"三句)说到送别。("何况"二句)说到别后。("想寄恨"四句)别后情绪。("多少"二句)此等"暗愁密意"，别者未必知之，"惟有天知"而已。

刘永济《微睇室说词》：起处光点明秋时景色，引起离情。"将归"而曰"惨"，著语甚奇。至何以"惨"，则待下文细说。"望一川"下四句，写临别时之物色人情。"酒醒"二句为别后居者所在。"砧杵"四句则为别后居者之情。换头四句乃行者追忆别时与别后。"想寄恨"四句又为行者遥想居者之情。歇拍总结离情。此词大开大合，美成特色。因此调中四字句多，他人作来，易成平板，而美成此词，仍流转自如，一也；又美成此词，四句一转，此非笔力极健者，不易圆美，二也；再则此词四字句层次分明，不复不杂，三也。全词除起结总写外，将居者、行者之情，曲曲描出而不嫌琐屑，亦由力量大，情意深所致。

秋蕊香①

双调

乳鸭池塘水暖②。风紧柳花迎面③。午妆粉指印窗眼④。曲里长眉翠浅⑤。　　问知社日停针线⑥。探新燕⑦。宝钗落枕春梦远⑧。帘影参差满院。

【题解】

孙虹《周邦彦寄内系列词编年考证》认为此词写于周邦彦荆州、长安游

54

学期间,"从自己和妻子两个不同的视角写成了春冬(但时间并不一定都在一年)两个季节的寄内词八首"。其中"宝钗"一典,"典出后汉秦嘉《重报妻书》及《留郡赠妇诗》。此典暗示了妻子生病的信息:秦嘉赠妻徐淑宝钗等物,是因为徐淑病重还家,来不及与丈夫告别"。《秋蕊香》中妻子午妆无心寝坐无绪的慵懒,既是闺中妻子阔别夫君、不胜思念的常态;也是确有其事的病态描写。"因此确定其写于熙宁七年(1074)。

【注释】

①陈本、吴本调名下注"双调"。孙本:"景宋本、王刻本、朱刻本调名下注'双调'。戈本杜批:'宋人皆宗此体,惟晏同叔一首第一句第五字、前后段第三、四句第五字均用平声。'"

②水暖:《乐府雅词》、朱本作"烟暖"。唐·李贺《恼公》:"曲池眠乳鸭,小阁睡娃僮。"宋·苏轼《惠崇春江晚景》:"竹外桃花三两枝,春江水暖鸭先知。"

③风紧:风急。唐·杜牧《南陵道中》:"南陵水面漫悠悠,风紧云轻欲变秋。"柳花:指柳絮。唐·李白《金陵酒肆留别》:"风吹柳花满店香,吴姬压酒唤客尝。"南北朝·庾信《和宇文内史春日游山》:"风逆花迎面,山深云湿衣。"

④窗眼:窗格的孔。宋·王楙《野客丛书》卷十:"或谓眉间为窗眼,谓以粉指印眉心耳。此说非无据,然直作窗牖之眼,亦似意远。盖妇人妆罢,以余粉指印于窗牖之眼,自有闲雅之态。仆尝至一庵舍,见窗壁间粉指无限,诘其所以,乃其主人尝携诸妓抵此。因思周词,意恐或然。"

⑤曲,妓女聚居之地。《北里志》:"平康里:入北门,东回三曲,即诸妓所居之聚也。妓中铮铮者多在南曲、中曲,其循墙一曲,卑屑妓所居,颇为二曲轻斥之。"长眉:纤长的眉毛。汉·司马相如《上林赋》:"长眉连娟,微睇绵藐。"

⑥问:孙本从毛本、吴本作"闻"。罗笺:"《白雪》、《雅词》作'闻知'。"社日:古时祭祀土神的日子,一般在立春、立秋后第五个戊日。间或有四时致祭者。唐宋有妇女社日停做针线的习俗。

⑦罗笺:"《百家词》、毛本作'贪新燕',非。"

⑧春梦：孙本："底本、朱刻本、郑校及朱校所引《雅词》作'梦春'；毛刻本、戈选本、丁刻本作'梦魂'。"罗笺作"梦春"，注："按杜甫有《春远》诗，为此语所本。"

【汇评】

龚颐正《芥隐笔记》：周美成"社日停针线"，盖用张文昌《吴楚词》"今朝社日停针线"，有自来矣。

王楙《野客丛书》卷十：周词"午妆粉指印窗眼，曲里长眉翠浅。问知社日停针线，探新燕。宝钗落枕梦春远，帘影参差满院。"非工于词，讵至是。

张邦基《墨庄漫录》卷九：今人家闺房遇春秋社日，不作组紃，谓之忌作。故周美成《秋蕊香》词"乳鸭池塘水暖……"。予见张籍吴楚词云："庭前春鸟啄林声，红夹罗襦缝未成。今朝社日停针线，起向朱樱树下行。"方知唐时已有此忌，循习至今也。

陆行直《研北杂志》卷下：周美成有"曲里长眉翠浅"之句，近读李长吉《许公子郑姬歌》中有云："自从小蛮来东道，曲里长眉少见人。"乃知古人不容易下字也。

贺裳《皱水轩词筌》：从来佳处不传，不但隐鳞之士，名人犹抱此憾。周美成人所共称，然如"乳鸭池塘水暖……"，《草堂》所收周词，不及此者多矣。

陈洵《抄本海绡说词》：春闺无事，妆罢惟有睡耳。作想像之词最佳；不必有本事也。"梦春远"，妙；此时风景皆消归梦中，正不止一帘内外。

俞陛云《宋词选释》：次句确是春暮絮飞风景。"宝钗"二句，能状春闺昼静之神。近人唐树义诗"行近小窗知睡稳，湘帘如水不闻声"，方斯词境。

乔大壮手批《片玉集》：四声词。闺秀词宜倚此调，尤宜造此境界。

俞平伯《清真词释》：春意浓酣，其得力正在开首写景，犹苏诗"春江水暖鸭先知"也，其根柢出老杜鹅儿诗"鹅儿黄似酒"是也。变晓妆例语而特明午妆，下云眉翠者，犹飞卿之"懒起画蛾眉，弄妆梳洗迟"也。下片借燕子逗入，此种写法屡见于本集，如《风流子》之"羡金屋去来，旧时巢燕"，《应天长》之"梁间燕，前社客，似笑我闭门愁寂"，皆是。如欧阳永叔之《临江仙》："燕子飞来窥画栋，玉钩垂下帘旌。"下云："水晶双枕，傍有堕钗横。"与本篇光景都同。更有易燕子之入为出者,如冯正中《蝶恋花》"谁把钿筝移玉柱,穿帘燕子双飞去"是也。冯、欧皆先美成,固知此种表现法,亦已陈陈相因,未必为殊胜。一篇之警策只"宝钗"一句,而此一句之中尤以三字为佳耳,将平仄问题搁开,试易"梦春远"为"春梦远",颠倒一字而神味顿减,其故耐人思寻也。盖娇慵姿悦,以"梦"字揂之;所梦伊何,以"春"字括之;春梦何凭,"远"字尽之。遂觉唐诗"啼时惊妾梦,不得到辽西"之犹滞形迹也。又与南唐词之"细雨梦回鸡塞远"异曲同工,惟彼词"远"字蒙"鸡塞"言,此"远"字独用,尤为浑成耳。长吟三复,庶会词心,有简故能尽,繁却遗漏者,此可一例欤。结句日斜深院,闲静光景,以题无剩义,斯笔有余妍也。

杨笺:("乳鸭"二句)写景,"迎面"已入人事。("午妆"句)入人事。("问知"句)"问知"贯。("问知"两句)两均。("宝钗"句)待而不来,惟有午睡。"梦春"者,阳台云雨之意。"帘影参差满院",以景结情。

南柯子

腻颈凝酥白①,轻衫淡粉红②。碧油凉气透帘栊③。指点庭花低映、云母屏风④。　　恨逐瑶琴写,书劳玉指封⑤。等闲赢得瘦仪容⑥。何事不教云雨、略下巫峰⑦。

【题解】

孙虹《周邦彦寄内系列词编年考证》认为此词写于周邦彦荆州、长安游学期间,"从自己和妻子两个不同的视角写成了春冬(但时间并不一定都在一年)两个季节的寄内词八首"。初步断定其写于熙宁四年(1071)至熙宁七年(1074)之间。而词中"等闲赢得瘦仪容""既是闺中妻子阔别夫君、不胜思念的常态,也是确有其事的病态描写",因此可以确定其写于熙宁七年(1074)。

①宋·苏轼《薄命佳人诗》:"双颊凝酥发抹漆,眼光入帘珠的皪。"

②何逊《少年新婚为之咏诗》:"裙开见玉趾,衫薄映凝肤。"

③碧油:青绿色的油布帷幕。唐·元稹《梦游春七十韵》:"隔子碧油糊,驼钩紫金镀。"帘栊:亦作"帘笼",窗帘和窗牖。也泛指门窗的帘子。南朝·江淹《杂体诗·效张华〈离情〉》:"秋月映帘笼,悬光入丹墀。"

④庭花:南唐·成彦雄《晓》:"佳人卷箔临阶砌,笑指庭花昨夜开。"

⑤玉指:美女的手指。南朝齐·谢朓《咏落梅诗》:"新劳君玉指,摘以赠南威。"

⑥等闲:轻易;随便。唐·白居易《新昌新居》:"等闲栽树木,随分占风烟。"晋·潘岳《悼亡诗三首》(之三):"奈何悼淑俪,仪容永潜翳。"

⑦略下巫峰:丁刻本作"下巫峰"。陈耀文《天中记》:"巫山十二峰,曰:望霞、翠屏、朝云、松峦、集仙、聚鹤、净坛、上升、起云、飞凤、登龙、圣泉。"

醉桃源①

大石

冬衣初染远山青②。双丝云雁绫③。夜寒袖湿欲成冰。都缘珠泪零④。　　情黯黯,闷腾腾⑤。身如秋后蝇⑥。若教随马逐郎行。不辞多少程。

【题解】

孙虹《周邦彦寄内系列词编年考证》认为此词写于周邦彦荆州、长安游学期间,"从自己和妻子两个不同的视角写成了春冬(但时间并不一定都在一年)两个季节的寄内词八首"。初步断定其写于熙宁四年(1071)至熙宁七年(1074)之间。而词中"情黯黯,闷腾腾""既是闺中妻子阔别夫君、不胜思念的常态,也是确有其事的病态描写",因此可以确定其写于熙宁七年(1074)。

【注释】

①毛本注:"《清真集》作《阮郎归》。"景宋本、吴钞本、宛钞本、王刻本、朱刻本、陈本调名下注'大石'。

②远山青:远处山峰的青色。南朝梁·何逊《登石头城诗》:"天暮远山青,潮去遥沙出。"

③云雁绫:带云雁花纹的绫。晋·杨芳《合欢诗五首》(之一):"衣共双丝绢,寝共无缝裯。"唐·白居易《缭绫》:"织为云外秋雁行,染作江南春水色。"

④唐·郑谷《鹧鸪》:"游子乍闻征袖湿,佳人才唱翠眉低。"唐·王仁裕《开元天宝遗事》:"杨贵妃初承恩诏,与父母相别,泣涕登车,时天寒,泪结为红冰。"

⑤黯黯:沮丧忧愁貌。唐·李商隐《自桂林奉使江陵途中感怀寄献尚书》:"江生魂黯黯,泉客泪涔涔。"腾腾:慵懒貌。唐·韩偓《倚醉》:"抱柱立时风细细,绕廊行处思腾腾。"

⑥秋后蝇:罗笺注:"秋蝇附物每久久不去,词借以喻难舍之意。"唐·李商隐《洞庭鱼》:"闹若雨前蚁,多于秋后蝇。"

【汇评】

卓人月《古今词统》卷六徐士俊评:"身如"三句,蝇附骥尾,极陈之语,用得极新。

乔大壮手批《片玉集》:二声。所注平仄则不可移易者。

杨笺:起"冬衣"二字为二句之总目。("远山青")衣之色。("双丝云雁绫")衣之花纹。("夜寒"句)"袖"字承上,先说"成冰"。("都缘"句)后说"泪零",是倒装。("情黯黯"二句)"情黯黯"句是眼目。梦(杨本作"梦腾腾")者,思郎之梦。腾腾,蕾腾也。("身如"句)言身已枯槁如秋后之蝇。("若教"句)随马言蝇粘马尾而行,从"附骥尾而致千里"语脱胎。("不辞"句)虽远不辞。

俞平伯《清真词释》:"冬衣"两句,花纹颜色并妙。

四园竹①

浮云护月,未放满朱扉②。鼠摇暗壁,萤度破窗,偷入书帏③。秋意浓,闲伫立、庭柯影里。好风襟袖先知④。　　夜何其⑤。江南路绕重山,心知谩与前期⑥。奈向灯前堕泪,肠断萧娘⑦,旧日书辞。犹在纸。雁信绝⑧,清宵梦又稀。

【题解】

薛瑞生《两入长安考》云:"《四园竹》词明谓'江南路绕重山',二词均点明是秋季之候,亦与邦彦离长安至荆州之时序合。""'萧娘'固泛指美女,然三词合观,似乎有所专指。且邦彦明谓所以'容易别长安',乃因'萧娘'爽约而令人心寒。然却旧情难舍(《浣溪沙》),故不惟离长安时'桥上酸风射眸子',且'不恋单衾再三起'。有谁知,为萧娘,书一纸'(《夜游宫》),以至已履'江南路',仍睹'断肠萧娘,旧日书辞',甚而'奈向灯前堕泪'(《四园竹》)。"孙虹《周邦彦年青时期荆州、长安词考补正》亦认为其是在熙宁七年(1074)仲秋长安归途中所写。"此词与《风流子》前后相接",首先是"秋意浓似《风流子》显而易见";正合一为告别,一为人在旅途的时间",其次,"重见无期"和"心知谩与前期","事件正好前后相接"。第三,"寄恨书中""断肠声里"与"断肠萧娘,旧日书辞","情景人物正相关合"。"此灯下歌女即为长安'萧娘'。"

路成文《清真三首"萧娘词"创作时地及相关情事考辨》认为薛、孙之说属误读,认为此词所写之居所与《续秋兴赋序》所写之景类似,而《续秋兴赋序》所云之"河朔"指河北一带,而"清真仕及北方者,有河中(政和元年十月底)、隆德(政和二年六、七月间)、真定(重和元年四月),前两地从方位上看,位于汴京西偏北方向,且赴任时间分别在十月和六、七月,不可能'三月而见秋',唯真定在汴京正北方(在朔方、朔州东南面差不多同纬度),且赴真定任在四月,到任恰好'三月而见秋'"。因此《续秋兴赋序》应作于真定,《四园竹》词也极有可能作于真定。"根据词情意脉细加玩味,这首词所抒发的乃是久别之后刻骨相思以致夜不能寐之作,假设前面关于时间地点的相关考证能够成立,则其词将作于重和元年八、九月间,而所思之萧娘则是一江南女子。两地暌隔,雁信断绝,正所谓'江南路绕重山,心知谩与前期'也。"

【注释】

①陈本、吴本调名下注"小石",吴本、《全宋词》另注:"官本作《西园竹》。"孙本:"景宋本、毛扆校本、王刻本调名下注'官本作《西园竹》'。景宋本、王刻本、朱刻本调名下注'小石'。"郑本:"所谓官本者,或即淳熙庚子强焕宰溧水时所刻。"罗笺:"按《景定严州续志》有《清真集》及《清真诗余》,见州校书板,亦官本也。《草堂》题作'秋怨'。"

②浮云:飘动的云。《楚辞·九辩》:"块独守此无泽兮,仰浮云而永叹。"唐·杜甫《季秋苏五弟缨江楼夜宴崔十三评事、韦少府侄三首》(之二):"明月生长好,浮云薄见遮。"朱扉:红漆门。南朝陈·徐伯阳《日出东南隅行》:"朱城璧日启朱扉,青楼含照本晖晖。"宋·柳永《凤栖梧》:"玉砌雕阑新月上,朱扉半掩人相望。"

③鼠摇:宋·王安石《登宝公塔》:"鼠摇岑寂声随起,鸦矫荒寒影对翻。"暗壁:唐·崔涂《秋夕与王处士话别》:"虫声移暗壁,月色动寒条。"书帷:犹书斋。唐·僧齐己《萤》:"透窗穿竹住还移,万类俱闲始见伊……后代儒生懒收拾,夜深飞过读书帷。"

④庭柯:庭园中的树木。晋·陶渊明《归去来兮辞》:"引壶觞以自酌,眄庭柯以怡颜。"襟袖:衣襟衣袖。亦借指胸怀。唐·杜牧《秋思》:"微雨池塘见,好风襟袖知。"

⑤夜何其:犹言夜何时。其,助词。《诗经·小雅·庭燎》:"夜如何其,夜未央,庭燎之光。"

⑥谩:孙本从吴本、毛本作"漫"。《汇释》:"漫与云者,言即景即事漫然

61

对付也。"前期，孙本："对未来的预期，打算。南朝宋·谢灵运《北亭与吏民别诗》：'前期眇已往，后会邈无因。'"罗笺："先前之期望。南朝·沈约《别范安成》：'生平少年日，分手易前期。'"

⑦萧娘：《南史》卷五十一《临川靖惠王传》："武帝诏宏都督诸军侵魏……宏闻魏援近，畏懦不敢进……魏人知其不武，遗以巾帼。北军歌曰：'不畏萧娘与吕姥，但畏合肥有韦武。'"后因以为女子之泛称。唐·杨巨源《崔娘诗》："风流才子多春思，肠断萧娘一纸书。"

⑧雁信：旧有雁足传书之说，因云。唐·温庭筠《寄湘阴阎少府乞钓轮子》："若向三湘逢雁信，莫辞千里寄渔翁。"

【汇评】

沈际飞《草堂诗余正集》：景妙。清趣。颇跌入底里。

陈洵《抄本海绡说词》："鼠摇"、"萤度"，于静夜怀人中见，有《东山》诗人之意。"犹在纸"一语惊人，是明明有"前期"矣，读结语，则仍是"漫与"。此等处皆回千百折出之，尤佳在拙朴。

乔大壮手批《片玉集》：四声词。和缓之笔，无人能及，必须记诵。"鼠摇"句对句。"里"字可押上声韵。"泪"字可押去声韵。"纸"字可押上声韵。"犹在纸"是北宋外转不二法门。

杨笺：（"浮云"二句）微月。（"鼠摇"三句）人静。（"秋意"二句）伫立乘凉，"伫立"之前著一"秋意浓"句，将下两句一齐摄起。（"好风"句）不曰风入襟袖，乃曰襟袖先知，亦以无知物作有知用之说也。（"夜何其"）夜长。（"江南"句）路远。（"心知"句）先期不可靠。（"奈向"六句）书为萧娘旧日之书，今见旧书而肠断，则雁信新书之久绝可知，信既不来，梦亦稀见，不为可恨耶？

浣沙溪①

黄钟

不为萧娘旧约寒。何因容易别长安②。预愁衣上粉痕干③。　　　幽阁深沉灯焰喜④，小炉邻近酒杯宽⑤。为君门外脱归鞍。

【题解】

《年谱》编此词于大观二年(1108)。马成生、赵治中《周邦彦年谱》(下)编于绍圣四年(1097)："在新党又被复用的政潮中被召还京。将抵汴京旅次，作有《浣溪沙》(日薄尘飞)(不为萧娘)词。"薛瑞生《周邦彦两入长安考》云："'萧娘'固泛指美女，然三词合观，似乎有所专指。且邦彦明谓所以'容易别长安'，乃因'萧娘'爽约而令人心寒。然却旧情难舍(《浣溪沙》)，故不惟离长安时'桥上酸风射眸子'，且'不恋单衾再三起。有谁知，为萧娘，书一纸'(《夜游宫》)，以至已履'江南路'，仍睹'断肠萧娘，旧日书辞'，甚而'奈向灯前堕泪'(《四园竹》)。"孙注："《遗事》考订周词'家住吴门，久作长安旅'时曰：'则以汴都为长安也。'长安固可指汴京，然以此词末句'脱归鞍'原之，当实指长安。邦彦尝于熙宁七年(1074)三、四月至秋及政和二年(1112)春两游长安，词中时令不明，难以确断，然写于长安则应无疑义，似以于熙宁七年(1074)为宜。"

路成文《清真三首"萧娘词"创作时地及相关情事考辨》不认同薛、孙之说，认为此词是一首带有纪实性质的艳情词，从词情意脉来看，应作于词人仕途失意将离汴京之际，其时萧娘居江南，清真离京后即往相会。具体的时间难以遽定，或作于元祐初离京任庐州教授之时，亦有可能作于元丰二年至元祐初游学汴京及任太学正及绍圣三年至政和元年在京任职期间(因事请假暂归江南)。

【注释】

①景宋本、吴钞本、宛钞本、王刻本作《浣沙溪》，朱刻本调名作《浣溪沙》。景宋本、宛钞本调名下注"黄钟"。宛钞本调名下有词题"伤感"。

②萧娘：见《四园竹》(浮云护月)注释⑦。别：陈本作"到"。何因：什么缘故，为什么。《周书·薛善传》："时晋公护执政，仪同齐轨语善云：'兵马万机，须归天子，何因犹在权门。'"唐·韦应物《淮上喜会梁川故人》："何因

北归去，淮上对秋山。"容易：轻率；草率；轻易。宋·程垓《菩萨蛮》之七："夜来花底莺饶舌，把人心事分明说。许大好姻缘，只成容易传。"长安：一说是古都城名，另一说唐以后诗文中常用作都城的通称。唐·李白《金陵》之一："晋家南渡日，此地旧长安。"

③预愁：谓在忧愁之中。南唐·李中《送孙明府赴寿阳》："预愁别后相思处，月入闲窗远梦回。"

④灯焰喜：唐·元稹《冬白纻》："吴宫夜长宫漏款，帘幕四垂灯焰暖。"唐·杜甫《独酌成诗》："灯花何太喜，酒绿正相亲。"

⑤《世说新语·任诞》："阮公（籍）邻家妇，有美色，当垆沽酒。"唐·杜甫《遣闷戏呈路十九曹长》："晚节渐于诗律细，谁家数去酒杯宽。"

【汇评】

俞陛云《宋词选释》：词人多作伤离之语，此乃言相见之欢。上阕三句作三折，不使一平衍之笔。观结句甫在门外下马，则"幽阁"二句，因见报喜之灯花，预暖洗尘之酒盏，皆代绿窗中人着笔也。语曰："欢娱之言难工，愁苦之音易好。"此词却工。

乔大壮手批《片玉集》：可叹。

杨铁夫：此厌旧喜新之作。萧娘，旧约之人；君门，新到之地。（"不为萧娘"二句）翻腾而入。（"预愁"句）"预愁""痕干"则急须新睡，恰好吸起下文。（"幽阁"二句）"幽阁"，新欢所居；"小炉"，君门所近。（"为君"句）谁容不暂驻征鞍乎？亦且住为佳之意。

罗忼烈：此首似与前词（《浣溪沙》"日薄云飞官路平"）同为赴京途中作。"不为"二句，追思十年前去国之故，《陈谱》云："如《浣溪沙》之'不为萧娘旧约寒，何因容易别长安'；《夜游宫》之'有谁知，为萧娘，书一纸'；其中所指，断非所欢，惜文集久佚，无术探索。"按所言近是。"预愁"以下，皆设想之辞，结句尤深婉。老杜《喜观即到》云："泊船悲喜后，款款话归秦。"情景虽异，深挚则同。

64

六幺令①

仙吕　重九

　　快风收雨②,亭馆清残燠③。池光静横秋影④,岸柳如新沐。闻道宜城酒美,昨日新醅熟⑤。轻辔相逐⑥。冲泥策马,来折东篱半开菊。　　华堂花艳对列,一一惊郎目⑦。歌韵巧共泉声,间杂琮琤玉⑧。惆怅周郎已老,莫唱当时曲⑨。幽欢难卜⑩。明年谁健,更把茱萸再三嘱⑪。

【题解】

　　罗笈:"此词当是晚年重过荆南之作。池光横影,岸柳如沐,似指白龙池、大堤柳……宜城与襄阳近在咫尺,故昨日酒熟,今日得饮也。《玉楼春》留别荆南云:'休将宝瑟写幽怀,座上有人能顾曲。'其时方在壮年。至赋《绮寮怨》,曰'江陵旧事',曰'凄清旧曲',则哀乐中年矣。今则'惆怅周郎已老',无复曩日情怀,宜其'莫唱当时曲',惟付嘱茱萸,聊祝遐龄云尔。"

　　薛瑞生《周邦彦两入长安考》:"(熙宁七年)九月上旬即出陕归至宜城。题曰'重阳'之《六幺令》词曰……词中'周郎已老'乃触景生情而发乎感叹,不宜坐实观之","词明写'宜城酒美',则当为是年重阳写于宜城无疑"。

　　孙虹《清真集校注》:"词云'闻道宜城酒美',则知必作于将至宜城时。考邦彦平生唯于熙宁七年(1074)春自荆州游长安时初经宜城,当年秋自长安归钱塘时再经宜城。此词写秋景,故知必写于自长安归将至宜城时。"

【注释】

　　①陈本、吴钞本、宛钞本、王刻本、朱刻本、陈本调名下注"仙吕"。词题作"重九"。毛本调名下有词题"重阳"。
　　②快风:战国楚·宋玉《风赋》:"快哉此风,寡人所与庶人共者邪?"

③亭馆:供人游憩歇宿的亭台馆舍。晋·张协《游仙》:"亭馆笼云构,修梁流三曜。"残燠(yù):余热。唐·权德舆《侍从游后湖宴坐》:"宿雨荡残燠,惠风与之俱。"

④池光:含有日光和倒影的池水。南朝齐·谢朓《奉和随王殿下诗十六首》:"月阴洞野色,日华丽池光。"唐·杜牧《九日齐山登高》:"江涵秋影雁初飞,与客携壶上翠微。"

⑤宜城酒:见《虞美人》(廉纤小雨池塘遍)注释⑤。新醅(pēi):新酿的酒。唐·白居易《问刘十九》:"绿蚁新醅酒,红泥小火炉。"

⑥轻镳(biāo):镳,《说文》:"镳,马衔也。"段玉裁注:"马衔横贯口中,其两端外出者系以銮铃。"南朝齐·王融《游仙诗五首》:"命驾随所即,烛龙导轻镳。"

⑦《本事诗·高逸》:"杜(牧)为御史,分务洛阳时,李司徒罢镇闲居,声伎豪华,为当时第一……时会中已饮酒,女奴百余人,皆绝艺殊色……杜又自饮三爵,朗吟而起曰:'华堂今日绮筵开,谁唤分司御史来?忽发狂言惊满座,两行红粉一时回。'意气闲逸,傍若无人。"余参见《玉楼春》(大堤花艳惊郎目)注释②。

⑧琮琤(cóngchēng):象声词,玉相击声。唐·韩愈、孟郊《城南联句》:"竹影金琐碎,泉声玉琮琤。"唐·潘存实《赋得玉声如乐》:"后夔如为听,从此振琮琤。"

⑨周郎:见《玉楼春》(大堤花艳惊郎目)注释⑤。

⑩幽欢:幽会的欢乐。宋·柳永《昼夜乐》:"何期小会幽欢,变作离情别绪。"唐·杜甫《宴王使君宅题二首》(之二):"泛爱容霜发,幽欢卜夜阑。"

⑪南朝梁·吴均《续齐谐记》:"汝南桓景随费长房游学累年。长房谓曰:'九月九日,汝家中当有灾,宜急去。令家人各作绛囊,盛茱萸以系臂,登高饮菊花酒,此祸可除。'景如言,齐家登山,夕还,见鸡犬牛羊一时暴死。长房闻之曰:'此可代也。'今世人九日登高饮酒,妇人带茱萸囊,盖始于此。"唐·杜甫《九日蓝田崔氏庄》:"明年此会知谁健,醉把茱萸仔细看。"

【汇评】

《古今词话》引沈雄语:此为仙吕宫曲,《清真集》中"快风收雨"是也。

乔大壮手批《片玉集》：此调可与小山、东山参看。小山三首皆入声韵，与此篇同；贺词则用上声韵。大半上入声可相通，去声则不可。周郎自用家典。两"郎"字，不伤复，可资玩索。此篇内转处易见，不可忽之。

杨笺：（"快风"四句）雨后景。"闻道"二字挑起下阕。（"轻镰"二句）均为倒装。"东篱半开菊"，比也。如杜牧之"豆蔻梢头"之意，故下阕即接以"华堂花艳对列"。（"歌韵"二句）上言色，此言声。（"惆怅"二句）翻用顾曲典，与梦窗"荀令如今老矣，但未减韩郎旧风味"法同。（"幽欢"句）宕一句。（"明年"二句）"瞩（嘱）"即把弄意。

蒋礼鸿《大鹤山人校本〈清真词〉笺记》：（"明年谁健，更把茱萸再三嘱"）按：此用杜甫《九日蓝田崔氏庄》诗"明年此会知谁健，醉把茱萸仔细看"意，陈元龙注引之，是也。据杜诗"看"字，此"嘱"字当为"瞩"之形近之误无疑。易"看"为"瞩"，以叶韵耳。

长相思①

舟中作

好风浮。晚雨收②。林叶阴阴映鹢舟。斜阳明倚楼③。
黯凝眸。忆旧游。艇子扁舟来莫愁。石城风浪秋④。

【题解】

薛瑞生《周邦彦两入长安考》："（熙宁七年）九月上旬即出陕归至宜城"，"宜城南下又至郢州，写《长相思》词曰……石城在今湖北钟祥市，县西有莫愁村，见《清一统志》。去长安时已游郢州，故曰'忆旧游'"。孙本："此词作于游学荆州时，邦彦平生唯于熙宁六年（1073）或七年（1074）春自荆州游长安时初经郢州，当年秋自长安归荆州时再经郢州。此词写秋景，故知必写于自长安归将至宜城时。下阕与此同韵，亦写秋景，应作于同时。"

【注释】

①见《长相思·晓行》注释①。

②好风:期盼的风。晋·陶渊明《读〈山海经〉十三首》(其一):"微雨从东来,好风与之俱。"

③鹢舟:船首画有鹢鸟的小船。倚楼:孙本从郑本作"柁楼"。

④艇子:小船。宋·辛弃疾《贺新郎》:"艇子飞来生尘步,唾花寒,唱我新番句。"莫愁:《旧唐书·音乐志二》:"石城有女子名莫愁,善歌谣,《石城乐》和中复有'莫愁'声,故歌云:'莫愁在何处?莫愁石城西。艇子打两桨,催送莫愁来。'"石城:见《西河》(佳丽地)注释⑥。

长相思①

沙棠舟②。小棹游。池水澄澄人影浮。锦鳞迟上钩③。
烟云愁。箫鼓休。再得来时已变秋。欲归须少留④。

【题解】

参《长相思》(好风浮)题解。

【注释】

①见《长相思·晓行》注释①

②沙棠舟:晋·王嘉《拾遗记》:"帝常以三秋闲日,与飞燕戏于左液池,以沙棠木为舟,贵其不沉没也。"唐·李白《江上吟》:"木兰之枻沙棠舟,玉箫金管坐两头。"

③锦鳞:鱼的美称。唐·李舜弦《钓鱼不得》:"尽日池边钓锦鳞,芰荷香里暗消魂。依稀纵有寻香饵,知是金钩不肯吞。"

④箫鼓:箫与鼓。泛指乐奏。南朝梁·江淹《别赋》:"琴羽张兮箫鼓陈,燕赵歌兮伤美人。"少留:稍微留下。唐·白居易《泛溢水》:"日入意未尽,将归复少留。"

【汇评】

杨箓:("沙棠舟"二句)从人事入。("池水"二句)从"游"字写景,"迟"字已透下"少留"。("烟云愁")从景上作转势。("箫鼓休")即兴尽欲归意。("再得"句)推到后来。("欲归"句)缩回今日。

月中行①

怨恨

蜀丝趁日染乾红②。微暖面脂融。博山细篆霭房栊③。静看打窗虫④。　　愁多胆怯疑虚幕⑤,声不断、暮景疏钟⑥。团团四壁小屏风⑦。啼尽梦魂中。

【题解】

孙虹《周邦彦寄内系列词编年考证》认为此词写于周邦彦荆州、长安游学期间,"从自己和妻子两个不同的视角写成了春冬(但时间并不一定都在一年)两个季节的寄内词八首"。初步断定其写于熙宁四年(1071)至熙宁七年(1074)之间。

【注释】

①孙本:"景宋本、吴钞本、宛钞本、王刻本、朱刻本调名下有词题'怨恨'。"

②蜀丝:《新唐书·地理志六》载蜀地产单丝罗。乾红:深红色。唐·无名氏《大唐传载》:"李昌夔为荆州,打猎大修妆饰,其妻独孤氏,亦出女队二千人,皆著乾红紫绣袄子。"

③面脂:孙本从毛本作"口脂"。罗箓:"《词统》作'口脂'。"博山:一种香炉的名称,因炉盖形状像重叠的山形而得名。南朝宋·鲍照《拟行路难》:"洛阳名工铸为金博山,千斲复万镂,上刻秦女携手仙。"细篆:古时香

如篆字。郑本、朱本：“《雅词》‘篆’作‘炷’。”唐·戴叔伦《宫词》：“尘暗玉阶綦迹断，香飘金屋篆烟清。”房栊：窗棂。《汉书·外戚传下·孝成班婕妤》：“广室阴兮帷幄暗，房栊虚兮风泠泠。”颜师古注：“栊，疏槛也。”

④静看：郑本：“《雅词》‘看’作‘著’。”唐·李商隐《水斋》：“卷帘飞燕还拂水，开户暗虫犹打窗。”

⑤虚幕：南北朝·庾信《窦氏墓志铭》：“空帷旧馆，虚幕新封。”

⑥疏钟：稀疏的钟声。唐·周繇《登甘露寺》：“日暮疏钟起，声声彻广陵。”

⑦团团：孙本从吴本、毛本作“团围”。罗笺：“《雅词》、《白雪》、《词统》皆作‘团围’。”王嘉《拾遗记》：“孙亮作绿琉璃屏风，甚薄而莹彻，每于月下清夜舒之。常与爱姬四人，皆振古绝色。……使四人坐屏风内，而外望之若无隔，惟香气不通于外。”

【汇评】

卓人月《古今词统》卷六：闺词千万，何以梦啼一事，直待美成始出。可见眼前情景，从来遗忘者甚多。“团围”，或作“团团”，非。孙亮作圆琉璃屏风，多布萤其中，月夜舒之，常笼四美姬于四座屏风内，望之若无隔，惟香气不通于外。

乔大壮手批《片玉集》：四声。

杨笺：（“蜀丝”句）言衣服。（“微暖”句）言颜容。（“博山”句）熏香时候。（“静看”句）写出闲情，虫为香来，欲度窗入内。（“博山”二句）二句一串，上阕指日间说。（“愁多胆怯”二句）以“暮景”融入情内，“胆怯”“虚幕”，则时近黄昏也。（“团团”句，杨本“团团”作“团围”）屏风围内即宿处，故（“啼尽”句）接以“梦魂”，一“啼”字藏得许多心事。

浣沙溪①

黄钟

争挽桐花两鬓垂②。小妆弄影照清池③。出帘踏袜趁蜂

儿④。　　跳脱添金双腕重⑤，琵琶拨尽四弦悲⑥。夜寒谁肯
剪春衣⑦。

【题解】

孙虹《周邦彦寄内系列词编年考证》认为此词写于周邦彦荆州、长安游
学期间，"从自己和妻子两个不同的视角写成了春冬(但时间并不一定都在
一年)两个季节的寄内词八首"。初步断定其写于熙宁四年(1071)至熙宁
七年(1074)之间。

【注释】

①见《浣沙溪》(翠葆参差竹径成)注释①。

②桐花：古时女子发髻名。唐·罗虬《比红儿诗》："薄罗轻剪越溪纹，
鸦翅低垂两鬓分。"

③小妆：稍作妆饰，淡妆。与"盛妆"对言。宋·梅尧臣《梦与公度同赋
藕花追录之》："西施魂不灭，娇艳照清池。"陈本注："司空图诗'池塘弄影
远'。"

④踏袜：唐·杜牧《池州送孟迟先辈》："呼儿旋供衫，走门空踏袜。"蜂
儿：即蜂。宋·韩琦《柳絮诗》之二："有时穿入花村过，无限蜂儿作队飞。"

⑤跳脱：腕钏。汉·繁钦《定情诗》："何以致契阔，绕腕双跳脱。"

⑥四弦：指琵琶。因有四弦，故称。唐·白居易《琵琶行》："曲终收拨
当心画，四弦一声如裂帛。"

⑦谁肯：犹言哪肯，表示不愿意。唐·王维《送綦毋潜落第还乡》："江
淮度寒食，京洛缝春衣。"

【汇评】

乔大壮手批《片玉集》：二声。

俞平伯《清真词释》：诗以不触及议论为常，而有狭义广义之别。狭义
之议论，即议论是也；广义，则凡在文字间加以点破者，皆议论之属也。如
此词，"双腕重"之"重"字，"四弦悲"之"悲"字，点睛之笔，亦即其议论也。
唯下得极斟酌，叙而不断，断而不议，使人自领其弦外之情，斯则善矣。昔

年曾和此章，附见于下：

一树梨花雪四垂。三分春色占萍池。几回玉蝶扑帘儿。　　惘惘停眸谁爱惜，匆匆闲忆总成悲。灯前重理研罗衣。

若夫清真原作，可谓至哉！低徊今昔，俛仰盛衰，玉腕笼金，顾端凝而可讶；琵琶挑弄，省欢笑之甚遥。隔鬓桐花，寻蜂划袜，虽儿情如昨，而回首俱非。末句复一拗一悲。夫"谁肯剪春衣"者，是剪春衣也。是愈悲也。其声疏冷而长，吾知其必为深闺刀尺之声矣。

浣沙溪①

雨过残红湿未飞。珠帘一行透斜晖②。游蜂酿蜜窃香归③。　　金屋无人风竹乱，衣篝尽日水沉微④。一春须有忆人时。

【题解】

孙虹《周邦彦寄内系列词编年考证》认为此词写于周邦彦荆州、长安游学期间，"从自己和妻子两个不同的视角写成了春冬（但时间并不一定都在一年）两个季节的寄内词八首"。初步断定其写于熙宁四年（1071）至熙宁七年（1074）之间。

【注释】

①毛本注："或刻欧阳永叔。"罗笺："《草堂》题作'春怀'。"《全宋词》："案此首别误作欧阳修词，见钱允治本《草堂诗余》卷一。"余参见《浣沙溪》（翠葆参差竹径成）注释①。

②残红：凋残的花；落花。唐·王建《宫词》之九十："树头树底觅残红，一片西飞一片东。"珠帘一行：孙本、吴本、郑本所引元本作"珠帘一桁"，毛本、郑本作"疏篱一带"。葛洪《西京杂记》卷二："汉诸陵寝，皆以竹为帘，帘皆为水纹龙凤之像。昭阳殿织珠为帘，风至则鸣，如珩佩之声。"斜晖：亦作

"斜辉"。指傍晚西斜的阳光。南朝·梁简文帝《序愁赋》："玩飞花之入户，看斜晖之度寮。"

③游蜂：飞来飞去的蜜蜂。唐·韩愈《戏题牡丹》："双燕无机还拂掠，游蜂多思正经营。"宋·李之仪《四时词拟徐陵用今体次韵东坡旧韵·夏》："空被梁间偷眼燕，黄蜂元是窃香人。"

④金屋：见《风流子》（新绿小池塘）注释④。衣篝：陈本、毛本、郑本作"夜篝"，罗笺："元本、《雅词》、《草堂》、《粹编》、《词萃》作'夜篝'。"五代·顾夐《木兰花》："博山炉冷水沉微，惆怅金闺终日闭。"

【汇评】

俞陛云《宋词选释》：上阕写雨后春光明媚，风景宛然。下阕风篁成韵，香霭初残，凡静境撩人，最易幽怀怅触，有"风竹"二句蓄势，则昼静怀人之意，自注笔端矣。

乔大壮手批《片玉集》：此开梦窗一派，切不可学。

杨笺：上阕写情，下阕写景，与常格不同。（"雨过"三句）以"雨过"引"斜晖"，以"斜晖"引蜂归，"归"字神注。下阕忆人，以所忆之人正未归也。（"金屋"二句）一种沉静景象，忆人神理已寓其中。末句"春"应"残红"。按此词"珠帘一行"四字，毛本作"疏篱一带"，篱在房外，与金屋衣篝不在一处，且"透"字无味。用"篱"不如"帘"之为佳。即此亦可知用字之消息，故并论之。

蒋礼鸿《大鹤山人校本〈清真词〉笺记》：（"疏篱一带透斜晖"）郑（文焯）校："疏篱一带"，元本作"珠帘一桁"。按：下阕言"金屋"夜香，则元本"珠帘一桁"为是矣。

蝶恋花①

叶底寻花春欲暮。折遍柔枝，满手真珠露②。不见旧人空旧处。对花惹起愁无数③。

却倚阑干吹柳絮。粉蝶多情，飞上钗头住④。若遣郎身如蝶羽。芳时争肯抛人去⑤。

【题解】

孙虹《周邦彦寄内系列词编年考证》认为此词写于周邦彦荆州、长安游学期间，"从自己和妻子两个不同的视角写成了春冬（但时间并不一定都在一年）两个季节的寄内词八首"。初步断定其写于熙宁四年（1071）至熙宁七年（1074）之间。

【注释】

①见《蝶恋花》（鱼尾霞生明远树）注释①。

②南朝宋·谢灵运《答谢惠连诗》："别时花灼灼，别后叶萋萋。"唐·姚合《游春十二首》（之九）："摘花盈手露，折竹满庭烟。"叶底寻花：唐·王驾佚诗《晴景》："雨前不见花间叶，雨后全无叶底花。"真珠：指露珠，水珠。宋·魏夫人《卷珠帘》："记得来时春未暮，执手攀花，袖染花梢露。"

③化用唐·崔护《题都城南庄》："去年今日此门中，人面桃花相映红。人面不知何处去，桃花依旧笑春风。"

④唐·李商隐《访人不遇留别馆》："闲倚绣帘吹柳絮，日高深院断无人。"唐·李白《春感诗》："尘萦游子面，蝶弄美人钗。"

⑤《汇释》："犹，怎也。自来谓宋人用怎字，唐人只用争字。"宋·晏殊《玉楼春》："绿杨芳草长亭路，年少抛人容易去。"芳时：良辰；花开时节。宋·欧阳修《减字木兰花》："爱惜芳时，莫待无花空折枝。"

【汇评】

卓人月《古今词统》徐士俊评："若遣"二句，又翻"君心蝴蝶飞"之案。

南　浦①

中吕

浅带一帆风,向晚来、扁舟稳下南浦②。迢递阻潇湘③,衡皋迥,斜舣蕙兰汀渚。危樯影里,断云点点遥天暮④。菰蒲里风⑤,偷送清香,时时微度⑥。　　吾家旧有簪缨⑦,甚顿作天涯,经岁羁旅。羌管怎知情⑧,烟波上,黄昏万斛愁绪⑨。无言对月,皓彩千里人何处⑩。恨无凤翼身,只待而今,飞将归去。

【题解】

《年谱》认为其写于元丰元年(1078)夏词人自荆州东归,并注云:"据'菰蒲里风'句,知归杭在六月中,'旧有簪缨'谓季父邠也。居士游荆州,先后三年,所以《齐天乐》云:'荆江留滞最久。'"薛瑞生《周邦彦两入长安考》:"词写荆州景事,'菰蒲袅风斜',又点明时令在六月(菰蒲六月开花)。若谓此词写于熙宁六年六月,其时游兴正浓,乐不思归,显然与下阕归心似箭及追悔游冶之心境不伴,七年六月又在长安,故知此词只能写于熙宁八年六月。何以在长安即归心似箭,反而至荆州又羁留弥年,无以确考,暂付阙如。然至熙宁八年六月写此词时,思家兼思仕进之情溢于言表,却是邦彦三年远游所未尝有者。若以为此词写于教授庐州之后知溧水之前,则'吾家'三句无法理解,因其时已出官,即已'簪缨',岂能出此语乎?"

孙虹《清真集校注》云:"观词中'吾家'句,显系未仕之时。且有'经岁羁旅'句,又写荆州景事,用'菰蒲'点明时令在六月花开送香时,必写于熙宁八年(1075)夏离荆州归钱塘东行时。"孙虹《周邦彦寄内系列词编年考证》:"周邦彦熙宁七年(1074)仲秋由长安经汉水原路返回荆州,第二年即熙宁八年(1075)秋归钱塘,途中写《南浦》一词,这首词与妻子有关,泛义上也可以作为寄内词作。""其中'恨无凤翼身,只待而今,飞将归去',语出李商隐《无题二首》(之一)'身无彩凤双飞翼,心有灵犀一点通',也明明写夫妻之情,并且此行如此匆匆,正妻子病笃也。"

【注释】

①吴本调名下注"中吕"。毛本注:"《清真集》不载。"

②一帆风:满帆风。常喻境地顺利。唐·吴融《送知古上人》:"振锡才寻三径草,登船忽挂一帆风。"向晚:傍晚。唐·李颀《送魏万之京》:"关城曙色催寒近,御苑砧声向晚多。"南浦:泛指水边送别之所。战国楚·屈原《九歌·湘君》:"子交手兮东行,送美人兮南浦。"南朝·江淹《别赋》:"送君南浦,伤如之何。"

③潇湘:湘江与潇水的并称。《山海经·中山经》:"帝之二女居之,是常游于江渊。澧沅之风,交潇湘之渊。"

④衡皋:即蘅皋,长有香草的沼泽。三国魏·曹植《洛神赋》:"尔乃税驾乎蘅皋,秣驷乎芝田。"舣:船着岸。左思《蜀都赋》:"试水客,舣轻舟。"汀渚:水中小洲或水边平地。唐·高适《自淇涉黄河途中作》之二:"清晨泛中流,羽族满汀渚。"危樯:高的桅杆。南朝陈·阴铿《渡青草湖》:"行舟逗远树,度鸟息危樯。"断云:片云。南朝·梁简文帝《薄晚逐凉北楼迥望》:"断云留去日,长山减半天。"

⑤郑本:"案谱此句疑有脱误。"孙本:"毛扆校本眉注:'里字上下脱一字。'孙案:《钦定词谱》作'蔼蔼裛风斜'。"

⑥时时微度:孙本:"底本(郑本)、毛刻本作'时微微度'。"

⑦簪缨:古代达官贵人的冠饰。后遂借以指世代做官的人家。南朝齐·谢朓《奉和随王殿下诗十六首》(之二):"观淄咏已失,怃然愧簪缨。"吕陶为周邦彦之父周原撰《周居士墓志铭》中有周家四世祖曾仕钱王的记载。

⑧天涯:犹天边。指极远的地方。语出《古诗十九首·行行重行行》:"相去万余里,各在天一涯。"羌管:羌族乐器,边塞之声,凄切悲凉。宋·范仲淹《渔家傲》:"羌管悠悠霜满地。"

⑨烟波:指烟雾苍茫的水面。唐·崔颢《黄鹤楼》:"日暮乡关何处是,烟波江上使人愁。"

⑩皓彩:月光。唐·窦群《同王晦伯朱遐景宿慧山寺》:"皓彩入幽抱,清气逼苍旻。"

南乡子①

商调

晨色动妆楼②。短烛荧荧悄未收③。自在开帘风不定④,飔飔⑤。池面冰澌趁水流⑥。　　早起怯梳头。欲绾云鬟又却休⑦。不会沈吟思底事⑧,凝眸。两点春山满镜愁⑨。

【题解】

孙虹《周邦彦寄内系列词编年考证》认为其写于熙宁八年(1075)左右:"三首《南乡子》虽然无法具体系年,但却是寄内词无疑;词中描写的妻子是雍容矜持的知识女性,故知是寄第二任妻子词。"

【注释】

①陈本、吴本调名下注"商调"。孙本:"景宋本、王刻本、朱刻本调名下注'商调'。戈本杜批:'此调从《阳春集》,冯正中词加一叠,宋元词皆同。'"罗笺:"《草堂》、《古今诗余醉》、《词统》题作'晚景'。"

②妆楼:指妇女的居室。唐·元稹《连昌宫词》:"寝殿相连端正楼,太真梳洗楼上头。晨光未出帘影黑,至今反挂珊瑚钩。"陈元龙误注"晨光未出帘影黑,太真梳洗楼上头。"

③短烛:孙本:"戈选本作'短蜡'。"荧荧:光闪烁貌。汉·秦嘉《赠妇诗》:"飘飘帷帐,荧荧华烛。"

④自在:安闲自得,身心舒畅。唐·杜甫《江畔独步寻花》之六:"留连戏蝶时时舞,自在娇莺恰恰啼。"陈注:"李益:'开帘风动竹。'"出自《霍小玉传》,李益原诗为《竹窗闻风寄苗发司空曙》:"开门复动竹,疑是故人来。"南

唐·李煜《应天长》："重帘静,层楼迥,惆怅落花风不定。"

⑤飕飀:孙本从吴本、毛本作"飕飗"。罗笺:"《词萃》作'飀飀'。"陈注引《风俗通》:"小风曰飕飀。"唐·杜甫《积草岭》:"飕飀林响交,惨惨石状变。"

⑥冰澌:解冻时流动的冰。宋·吴均《梅花落》:"流连逐霜影,散漫下冰澌。"

⑦绾:罗笺从朱刻本作"挽"。

⑧沉吟:深思。《古诗十九首·东城高且长》:"驰情整中带,沉吟聊踯躅。"底事:何事。诗词中常用方言字。《汇释》:"底,犹何也。"唐·李贺《示弟》:"病骨犹能在,人间底事无。"

⑨凝眸:注视;目不转睛地看。唐·李商隐《闻歌》:"敛笑凝眸意欲歌,高云不动碧嵯峨。"春山:春日山色黛青,因喻指妇人姣好的眉毛。宋·毛滂《惜分飞》:"泪湿阑干花著露,愁到眉峰碧聚。"

【汇评】

卓人月《古今词统》卷八:工在"满镜"二字。(按潘游龙《古今诗余醉》卷三同)

沈际飞《草堂诗余正集》:晓景确。末句工在"满镜"二字。

俞陛云《宋词选释》:集中《蝶恋花》及此调,皆纪晓别,各擅风情。因上阕言征人晓发,寒威尚劲,故转头处言既惮寒,又兼惜别,致怯绾云鬟,代别后红闺着想,惟有凝眸不语,愁满镜中耳。袁简斋诗"一声江上红船舣、两角眉峰万点秋"、厉樊榭诗"将归预想迎门笑,欲别俄成满镜愁",皆与此词结句情味相似。

乔大壮手批《片玉集》:二声。词客当行之笔。"会"者,解也。

吴世昌《词林新话》:此首纯是客观素描。上片二句曰"短烛",曰"未收",追写夜间景象。下片三句曰"不会",犹云"未稔",不知,盖宋人习语,"不理会"之省。

杨笺:("晨色"三句)"妆楼"二字已伏下阕之根,"烛荧"隔帘已见,帘非为人开,乃为风开,故曰"自在"。("早起"句)应妆楼。("欲挽"句)欲绾又休,曲折。("不会"三句)不知所思何事,但见愁锁双眉,末语含蓄不尽。

78

南乡子①

寒夜梦初醒。行尽江南万里程②。早是愁来无会处,时听。败叶相传细雨声。　　书信也无凭③。万事由他别后情④。谁信归来须及早,长亭。短帽轻衫走马迎⑤。

【题解】

《年谱》编此词于大观二年(1108),并注云:"《解蹀躞·候馆丹枫》、《蕙兰芳引·寒莹晚空》、《浪淘沙慢·万叶战秋》、《氐州第一·波落寒汀》、《南乡子·寒夜梦初》以上皆仲春出京,冬月还京之作。按居士自绍圣三年,由知溧水还为国子主簿,至宣和五年奉祠南归,计二十八年。""二次出守三次假归,此行春去冬归。""《点绛唇·征骑初停》'柳汀莲浦。看尽江南路'句与《南乡子》'行尽江南万里程'句相照映。"

孙虹《周邦彦寄内系列词编年考证》则认为其写于熙宁八年(1075):"三首《南乡子》虽然无法具体系年,但却是寄内词无疑;词中描写的妻子是雍容矜持的知识女性,故知是寄第二任妻子词。"

【注释】

①毛本注:"下四阕《清真集》不载。"孙本:"毛扆校本注:'四首《片玉集》无。'"

②唐·岑参《春梦》:"枕上片时春梦中,行尽江南数千里。"

③无凭:没有凭据。唐·韩偓《幽窗》:"无凭谙鹊语,犹得暂心宽。"南唐·李煜《清平乐》:"雁来音信无凭,路遥归梦难成。"

④别后情:离别的情感。南朝宋·谢灵运《酬从弟惠连诗五章》(之三):"别时悲已甚,别后情更延。"

⑤走马迎:骑马疾走;驰逐。唐·韩愈《送张侍郎》:"司徒东镇驰书谒,丞相西来走马迎。"

杨笨:此词似继上一阕"秋气绕城闉"词而作,前词望其信息,此词更望其归来也。("寒夜"句)从梦醒说起。("行尽"句)追记梦中所行之程,"江南"即前词"第一春"之江南。("早是愁来"句)醒后心情。("败叶"句)就叶声雨声顿住。("书信"句)"书信"即前词"收取莲心"之信。("万事"句)无可奈何之语。("谁信"二句)"谁信"者,望之极、怨之深也。长亭,迎客之地。("短帽"句)"短帽轻衫"指自己说,大有剑及履及之象。

南乡子①

咏秋夜

户外井桐飘②。淡月疏星共寂寥③。恐怕霜寒初索被,中宵。已觉秋声引雁高④。　　　　罗带束纤腰。自剪灯花试彩毫。收起一封江北信,明朝。为问江头早晚潮⑤。

【题解】

《年谱》认为其写于大观二年,并注云:"《丁香结·苍藓沿阶》、《夜游宫·秋暮晚景》、《南乡子·户外井桐》三首皆秋间杭州之作。"

孙虹《周邦彦寄内系列词编年考证》认为其写于熙宁八年(1075):"三首《南乡子》虽然无法具体系年,但却是寄内词无疑;词中描写的妻子是雍容矜持的知识女性,故知是寄第二任妻子词。"

【注释】

①毛刻本、丁刻本有词题"咏秋夜"。

②井桐:井边的梧桐。三国魏·曹睿《猛虎行》:"双桐生空井,枝叶自交加。"

③共寂寥:空旷;高远;辽阔。南朝梁·萧子范《入元襄王第诗》:"昔时

方毂处,于今共寂寥。"

④中宵:中夜,半夜。晋·陆机《赠尚书郎顾彦先》之二:"迅雷中宵激,惊电光夜舒。"南朝·江淹《谢光禄庄郊迎》:"气清知雁引,露华识猿音。"

⑤彩毫:画笔;彩笔。亦指绚丽的文笔。唐·温庭筠《塞寒行》:"彩毫一画竟何荣,空使青楼泪成血。"江头:江边,江岸。隋炀帝《凤艒歌》:"三月三日向江头,正见鲤鱼波上游。"唐·元稹《重赠》:"明朝又向江头别,月落潮平是去时。"

【汇评】

俞陛云《宋词选释》:纯以风韵胜,情味把挹弥永。

杨笺:上阕秋景,下阕人事。("户外井桐"句)户外秋景。("淡月疏星"句)天上秋景,"寂寥"二字为全词眼目。"共"者,非止月之与星,还有人在。("恐怕"二句)"今宵"郑刻作"中宵",铁夫按:"今"字与"已觉"较为叫应,且与"明朝"对照,故从元本。("罗带"句)束带为怯寒故,承"索被"来。("自剪灯花"句)因闻雁,故修书。("收起"句)修书故试毫。("为问"句)前已说闻雁,此用不着倚栏数归鸿等字,乃变为问潮,虽则因"江北"二字来,然意新而语含蓄,视他之书成待寄诸语若糟粕矣。

齐天乐①

正宫　秋思

绿芜凋尽台城路②,殊乡又逢秋晚③。暮雨生寒,鸣蛩劝织④,深阁时闻裁剪。云窗静掩⑤。叹重拂罗茵⑥,顿疏花簟⑦。尚有练囊⑧,露萤清夜照书卷。　　荆江留滞最久⑨,故人相望处,离思何限。渭水西风,长安乱叶⑩,空忆诗情宛转。凭高眺远⑪。正玉液新篘⑫,蟹螯初荐⑬。醉倒山翁,但愁斜照敛⑭。

【题解】

《遗事》云："集中《齐天乐·绿芜凋尽台城路》一首作于金陵，当在知溧水前后，而其换头云'荆江留滞最久，故人相望处，离思何限'，此其证也。"认为作于元祐八年知溧水前后。陈思《年谱》云："(元丰二年)八月丙申诏增太学生额，居士自杭赴京，将入太学也。道出金陵，时已秋晚，故赋《齐天乐》，起云：'绿芜凋尽台城路，殊乡又逢秋晚。'时将入太学，故又云：'尚有练囊露萤，清夜照书卷。'上年自荆州归杭，故又云：'荆江留滞最久，故人相望处，离思何限。渭水西风，长安乱叶，空忆诗情宛转。'《西河》(金陵怀古)一阕，当亦此时所作。"

薛瑞生《周邦彦两入长安考》认为写于熙宁八年(1075)："《齐天乐》词当视为邦彦三年远游总结之作"，"台城在金陵，故此词首二句点明地点与时间，即金陵晚秋"，"'罗茵'即锦褥，'花簟'指用竹皮编织而有花纹之凉席。故'暮雨'六句，乃写思妇之惯用手法，意谓自己三年远游，在故乡钱塘之妻却自冬至夏年复一年地独守空闺。若谓写于元丰二年(1079)，刚刚离开故乡钱塘至金陵，则何需言其妻既'重拂罗茵'，又'顿疏花簟'耶？""三年远游，除在长安约五个月外，其余均在荆州，故曰'荆江留滞最久'。别长安词《西河》曰'枫林凋晚叶'，故此词则曰'渭水西风，长安乱叶'。""词首言'绿芜凋尽台城路，殊乡又逢秋晚'，皆记实之语，并无什么寄慨。所谓晚年曾重游荆州之说，实为无据之臆测耳。"孙虹《周邦彦寄内系列词编年考证》亦云："(熙宁八年)词人自荆州归钱塘，在秋天荷花盛开时，重九就抵达金陵，写《齐天乐》词，词中也语及妻子。""'暮雨'三句写初入深秋，感受细微。雨生寒，蛩初鸣，深闺静掩的高窗内传出清晰可闻的剪裁声，细腻准确地表达出季节的推移，又深寓了对家室的思念。下面三句再回忆夏秋之交，一'拂'一'疏'，写罗茵蒙幸，花簟见弃，隐含妻子的哀怨。这些细节曲曲传达出了对妻子的思念。周邦彦此次归钱塘前后，红颜薄命的病妻溘然长逝。"

马成生、赵治中《周邦彦年谱》(下)则认为周邦彦政和五年(1115)徙知明州，"在任不久，即被召还。入都时，取道金陵，至荆南逢九日，作《齐天乐》(绿芜凋尽)词，追忆壮年在荆州旧事"。

【注释】

①《齐天乐》调始清真。景宋本、宛钞本、王刻本、朱刻本调名下注"正宫",有词题"秋思"。《花庵词选》题作"秋词",《花草粹编》题作"秋"。

②绿芜:丛生的绿草。唐·韩偓《船头》:"两岸绿芜齐似剪,掩映云山相向晚。"台城:东晋和南朝的朝廷禁省和皇宫的所在地,位于都城建康城内,遗址在今江苏省南京市江宁县玄武湖侧,与鸡鸣山相接。后人多称金陵为台城。《建康实录》卷七:"(晋显宗成皇帝咸和三年)夏五月乙未,(苏)峻逼帝迁于石头城。帝哀泣升车,群臣步徙。峻以仓屋为宫。……(咸和七年十一月)新宫成,署曰建康宫,亦曰显阳宫。开五门,南面二门,东西北各一门。案《图经》:即今所谓台城也,今在县城东北五里,周八里,有两重墙。"唐·刘禹锡《金陵五题·台城》:"台城六代竞豪华,结绮临春事最奢。万户千门成野草,只缘一曲后庭花。"

③殊乡:异乡;他乡。晋·王嘉《拾遗记·轩辕黄帝》:"帝乘云龙而游,殊乡绝域,至今望而祭焉。"秋晚:唐·鲍溶《晚山蝉》:"山蝉秋晚妨人语,客子惊心马亦嘶。"

④蛬:《尔雅·释虫》:"蟋蟀,蛬(通蛩)。"郭璞注:"今促织也,亦名青蚓。蛬,音拱。"邢昺疏:"蟋蟀,一名蛬,今促织也。亦名青蚓。《诗·唐风》云:'蟋蟀在堂,岁聿其暮。'陆玑疏云:'蟋蟀似蝗而小,正黑有光泽如漆,有角翅,一名蛬,一名蛩蚓,楚人谓之王孙,幽州人谓之趋织。里语曰"趋织鸣,懒妇惊",是也。'"

⑤唐·韩偓《倚醉》:"分明窗下闻裁剪,敲遍阑干唤不应。"云窗:饰有云纹的窗户,闺房的美称。唐·韩愈《华山女》:"云窗雾阁事恍惚,重得翠幕深金屏。"

⑥罗裀:亦作"罗茵",丝质褥子。南朝·鲍令晖《代葛沙门妻郭小玉作诗二首》(之一):"明月何姣姣,垂幌照罗茵。"

⑦花簟:唐·李贺《河南府试十二月乐词》:"仅厌舞衫薄,稍知花簟寒。"王琦《三家评注李长吉歌诗汇解》:"晋《子夜四时歌》:'反复花簟上,屏障了不施。'颜师古《急就篇》注:'织竹为席谓之簟。'《段氏蜀记》云:'渝州出花竹簟,为时所重。'"

⑧练囊:粗麻布袋。吴本、毛本作"练囊"。郑本校:"'练',汲古作'练',《草堂》本并同,今从《花庵》。"罗笺:"按此调始自清真,其后成常用词调,南宋人皆依之,此句可做仄仄平平。练字平声方合,若必据囊萤读书故事作'练囊',则失律矣,非是。"《晋书》卷八十三《车胤传》:"胤恭勤不倦,博学多通。家贫不常得油,夏月则练囊盛数十萤火以照书,以夜继日焉。"

⑨荆江:即今湖北江陵至湖南洞庭湖入江口的长江河段。唐·许浑《思妇》:"殷勤楼下水,几日到荆江。"

⑩渭水:黄河支流,流经长安附近。唐·贾岛《忆江上吴处士》:"秋风生渭水,落叶满长安。"

⑪眺远:陈本作"眺望"。

⑫玉液:郑本校、朱本校:"《雅词》'玉'作'渌'。"南朝梁·刘孝仪《谢晋安王赐宜城酒启》:"瓶泄椒芳,壶开玉液。"篘,漉酒竹器,此作动词"过滤"之意。新篘,新漉取的酒。《唐诗纪事》载杜荀鹤残句:"旧衣灰絮絮,新酒竹篘篘。"

⑬蟹螯:《晋书》卷四十九《毕卓传》:"卓尝谓人曰:'得酒满数百斛船,四时甘味置两头,右手持酒杯,左手持蟹螯,拍浮酒船中,便足了一生矣。'"

⑭山翁:《晋书》卷四十三《山简传》:"简优游卒岁,唯酒是耽。诸习氏,荆土豪族,有佳园池,简每出嬉游,多之池上,置酒辄醉,名之曰'高阳池'。时有童儿歌曰:'山公出何许,往至高阳池。日夕倒载归,茗艼无所知。时时能骑马,倒著白接䍦。举鞭向葛彊:何如并州儿?'"唐·王维《汉江临泛》:"襄阳好风日,留醉与山翁 。"

【汇评】

张炎《山中白云》卷一《国香》词序:"沈梅娇,杭妓也。忽于京都见之。把酒相劳苦,犹能歌周清真《意难忘》、《台城路》(即《齐天乐》)二曲,因嘱余记其事。词成,以罗帕书之。"

周济《宋四家词选》:此清真荆南作也,胸中犹有块垒。南宋诸公多模仿之。身在荆南,所思在关中,故有"渭水"、"长安"之句,碧山用作故实。

谭献评《词辨》:("绿芜"句)亦是以扫为生法。("荆江"句)应"殊乡"。("渭水"二句)点化成句,开后来多少章法。("醉倒"句)结束出奇,正是哀乐无端。

陈廷焯《词则·大雅集》卷二：苍凉沉郁，开白石、碧山一派。

陈廷焯《白雨斋词话》卷一：美成《齐天乐》云："绿芜凋尽台城路，殊乡又逢秋晚。"伤岁暮也。结云："醉倒山翁，但愁斜照敛。"几于爱惜寸阴。日暮之悲，更觉余于言外。此种结构，不必多费笔墨，固已意无不达。

陈廷焯《云韶集》卷四：只起二句，便觉黯然销魂。下字用意，无不精炼。沉郁苍凉，太白"西风残照"后，有嗣音矣。

王国维《人间词话删稿》："西风吹渭水，落叶满长安"，美成以之入词，白仁甫以之入曲，此借古人之境界为我之境界也。然非自有境界，古人亦不为我用。

夏孙桐评《清真词》：此黄钟宫正调，宜于深稳之词，他人或作激楚语，非合作也。

俞陛云《宋词选释》：起二句笼罩一切。其下以淡雅出之，清愁一片，摇漾于毫端。"乱叶"三句，极苍凉之思。"敛"字韵，夕阳光景，动人留恋，又最易感人，词客每以之作结句，闰庵云："此系黄钟宫正调。宜于深稳之词，他人或作激楚语者，非合作也。"

陈洵《抄本海绡说词》：此美成晚年重游荆南之作。观起句，当是由金陵入荆南，又先有次句，然后有起句，因殊乡秋晚，始念"绿芜凋尽"也。"留滞最久"，盖合前游言之。"渭水"、"长安"，指汴京，此行又将由荆南入开封矣。《渡江云》"晴岚低楚甸"，疑继此而作。王国维谓作于金陵，微论后阕，即第二句已不可通矣。周济谓渭水、长安指关中，亦非。

吴梅《词学通论·论平仄四声》：《齐天乐》有四处必须用去上声。清真词"云窗静掩"、"露萤清夜照书卷"、"凭高眺远"、"但愁斜照敛"是也。此四句中，如"静掩"、"眺远"、"照敛"，万不可用他声。故此词切忌用入韵。虽入可作上，究不相宜。

乔大壮手批《片玉集》：两宋作者甚多，四声可参。"暮雨"八字作对，"重拂"八字亦然。"掩敛"二字乃闭口韵，说与《过秦楼》同。"渭水"八字作对。慢词于此加入重大之境，非片玉不能为之。"玉液"八字作对。

杨笺：周止庵曰："此清真荆南作也。胸中犹有块垒，南宋诸公多效之。"铁夫按：（"绿芜"二句）"台城路"即由荆南往台城之路。台城，今南京。首句先将秋晚摄住，次句方出秋晚。此句为一词之主。（"暮雨"三句）从"深阁"刀尺写秋声。（"云窗"三句）从"云窗""茵""簟"写秋意，俱指闺阁边说。（"尚有"二句）"露萤"照读则从自己身边写秋，"尚有"二字宜玩。（"荆江"六句）自述今日己身所在之地，"故人"两句开下，"渭水""长安"故人所在地。周止庵曰："身在荆南，所思在关中。故有渭水长安之句。"（"凭高"句）承上。（"正玉液"二句）赏秋之物。（"醉倒"二句）醉本不辞，其如日晚何哀，时语也。此以伸为缩法。陈廷焯曰："'殊乡又逢秋晚'，伤岁暮也。结云'醉倒山翁，但愁斜照敛'，几于爱惜寸阴，日暮之悲更觉余于言外。此种结构不必多费笔墨，固己意无不达。"

俞平伯《清真词释》：情景融会无间，悲秋绝调也。诸评均是，犹多未尽之意。夏标深稳，止见大凡；谭举章法，未明胜诣。兹谓领起已全题在握，闻深闺刀尺之音而逆旅之无聊如画。"云窗"句略逗，瞬易花簟以罗茵，是一己且有炎凉之感矣。特用重笔，所以可叹也。只夏日之**练囊**犹在。不必**练囊**，有囊亦不必聚萤，姑如此说耳。其用典在虚实之间，耐人寻味。

"荆江"句，有桑下三宿之意，谭曰："应'殊乡'。"亦是。夫台城、荆南，并属殊方，而楚江暝宿，少年羁旅，秣陵秋老，迹委颓波，岂无今昔盛衰之异，唐诗所谓"无端更渡桑乾水，却望并州是故乡"者是也。故残叶西风，更牵凤忆，京华尘梦，不必泥定渭水都也。思如剥蕉，而笔意随之蹊径俱化。"凭高"以下，点染重阳，俯拾即是，玉田所谓不独措词精粹，又且见时节风物之感，陈氏以为此乃深知梅溪者，其实宋词皆然，不独梅溪也。结句用古入神，有烈士暮年之感，亦峰之言是也。

俞平伯《唐宋词选释》：本篇虽无题目，观"凭高望远"云云，盖亦是重九之作。《清真集》中艳词居多，此词形态皆胜，惟意境似衰飒。

吴世昌《词林新话》：此亦艳词。上片因深阁剪裁，联想到"罗茵"、"花簟"，下片"故人相望"，皆有所指。有选家但以为重九写意之作，则失其旨矣。虽夸其"辞意皆胜"，犹为皮相之谈。再曰"意境衰飒"，直是隔靴搔痒而已。又：亦峰亦谬言此词结句"几于爱惜寸阴"。"醉倒山翁，但愁斜照敛"，此谓及时行乐，与爱惜寸阴正相反。醉后惜阴，能作何事？

醉桃源①

大石

菖蒲叶老水平沙②。临流苏小家③。画阑曲径宛秋蛇④。金英垂露华⑤。　　烧蜜炬⑥，引莲娃⑦。酒香薰脸霞⑧。再来重约日西斜。倚门听暮鸦⑨。

【题解】

孙虹《周邦彦寄内系列词编年考证》认为其乃写于元丰三年（1080）左右周邦彦入汴京初的寄内词，"'菖蒲叶老水平沙'中的'菖蒲'是写钱塘风物"。

【注释】

①见《醉桃源》（冬衣初染远山青）注释①。

②菖蒲：水生植物。唐·李白《送祝八之江东赋得浣纱石》："桃李新开映古查，菖蒲犹短出平沙。"陈本"出"作"未"。唐·王贞白《送友人南归》："南国菖蒲老，知君忆钓船。"

③苏小：苏小小之省称。苏小小，钱塘名妓。唐·温庭筠《苏小小歌》："吴宫女儿腰似束，家在钱塘小江曲。"当时舞榭歌楼多在水边，故云"临流苏小家"。

④秋蛇：《晋书》卷八十《王羲之传》："子云近出，擅名江表，然仅得成书，无丈夫之气，行行若萦春蚓，字字如绾秋蛇。"陈本注"子云"作"王献之"误。

⑤金英：特指菊花。余见《木兰花》（郊原雨过金英秀）注释②。

⑥蜜炬：蜡烛。唐·李贺《河阳歌》："觥船饫口红，蜜炬千枝烂。"

⑦莲娃：采莲女。宋·柳永《望海潮》："羌管弄晴，菱歌泛夜，嬉嬉钓叟

莲娃。"

⑧脸霞:脸色晕红。宋·晏殊《浣溪沙》:"酒红初上脸边霞,一场春梦日西斜。"

⑨暮鸦:唐·窦巩《寄南游兄弟》:"独立衡门秋水阔,寒鸦飞去日衔山。"

【汇评】

俞平伯《清真词释》:此词有三奇,一章法之奇,二句法之奇,三意境之妙。调凡八句,以四句写景,两句记艳(过片三三句法,即破七字句为二,以乐拍言只是一句,连"酒香醺脸霞"为两句),似乎明白,然忆之与想,真之与幻,今之与昔,咸不辨也,全为虚宕之笔,得末两句叫破之,此章法陡变之奇也。夫以上片写景,留出下文转环,方有回旋之地。今则不然,闲闲迤逦行来,无言荏染,有意延俄,直至四句之多,始以银台挂蜡,捧出吴娃,着一"引"字,抵得"千呼万唤始出来,犹抱琵琶半遮面",姿态全出矣。娇女丽矜,不仅娇羞无那。起首至"脸霞",此三十五字一种境界,宜为一句,而下之七字却分三段,"再来"是一,"重约"是二,"日西斜"三也。合结尾言,实为跨句格,"日西斜"与"倚门听暮鸦"宜为一句,皆实紧也。此句法繁简互用,分合变幻之奇也。夫再来必缘重约,似不待言者。然此约,何约也?设为密约,当无不践。设为近约,则明日不来可后日,后日不来可大后日,亦何致遽有春风人面,秋水蒹葭之感乎?必当时亦泛泛言词,通常酬应,然佳期刻骨,垂老犹忱,若夫惘惘寻来,门阑如旧,惟有啼鸦三五,映带残红而已。以临歧一语之难忘,所谓未免有情,谁能遣此,漫谓之践约而来也,岂真尚有约之可践哉。寥落襟怀,苍茫境界,都在意中,而皆若意外,文心之细,文笔之佳,文情之厚,斯为三绝已。

又《乙稿》:此亦由景入情格。原系短词,上片四句,已去全幅之半,却只在闲闲写景。金英,菊也。《礼记》:"鞠有黄华。"《楚辞》:"夕餐秋菊之落英。"此不过是清秋丽景中,美人之家耳,初未尝抒情记事,摹写伊人。欲言一大段悲喜离合之怀,而下片只二十余字,掩卷试思,当如何着笔乎?以常法言,固当急转,今过片犹不断,奇已。"烧蜜炬"两句,仍承上文。有无限低徊珍重之意,美人声价可知。楚女曰娃,其江南佳丽乎?"酒香"句是欢

88

宴光景。奇幻于结尾陡变。尤妙在"再来"句一波三折也，而"再来重约"又是倒装句法，因有"重约"，故"再来"也。岂意门庭如故，而人面已非，只有凄凉斜日而已，足以"倚门听暮鸦"，真有对此苍茫，风流云散之感矣。读至篇终，则题底题面，信无一处不到，亦未觉其篇幅之如何逼仄。此清真篇章之妙也，然实从《珠玉》《浣溪沙》"酒红初上脸边霞，一场春梦日西斜"句脱化。惟青蓝冰水，令人不觉耳，才人狡狯，故不可测。周止庵评《瑞龙吟》曰："不过桃花人面，旧曲翻新耳。"吾于斯篇亦云然，特写一清秋残日之崔护重来耳。

玉楼春①

仙吕　惆怅

玉琴虚下伤心泪②。只有文君知曲意③。帘烘楼迥月宜人④，酒暖香融春有味⑤。　　萋萋芳草迷千里。惆怅王孙行未已⑥。天涯回首一销魂，二十四桥歌舞地⑦。

【题解】

孙虹《周邦彦四过扬州词及扬州歌妓即岳楚云考证》认为其写于元丰三年（1080）词人自钱塘入汴京途经扬州时所作。依据一是"二十四桥"是扬州名胜；二是"王孙"："此行词人年仅二十四岁，言'王孙'可也。"其《周邦彦寄内系列词编年考证》亦云："周邦彦熙宁八年（1075）归钱塘后，发妻卒；熙宁九年（1076）四月辛亥，其父周原卒，周邦彦依制丁外艰居钱塘家中。宋制，丧期之内，依制不婚娶、不听乐、不应试。至元丰三年（1080）道经天长（今安徽天长市）入汴京，过天长之前经扬州（今江苏扬州），写于扬州的《玉楼春》词曰……顾曲周郎称妻子为卓文君，则此续弦妻子也雅好音乐。"

【注释】

①陈本、吴本调名下注"仙吕"。陈本另有词题"惆怅"。毛本注："或另

见别卷，或刻'秦少游'。"孙本："毛扆校本勾去。孙案：秦少游《淮海长短句》诸刻不收。景宋本、王刻本、朱刻本调名下注'仙吕'并有词题'惆怅'；毛扆校本补词题'惆怅'。"

②玉琴：琴的美称。唐·李白《古风五十九首》其二十七："纤手怨玉琴，清晨起长叹。"唐·杜甫《暝》："正枕当星剑，收书动玉琴。"

③文君：《乐府诗集》卷六十引《琴集》云："司马相如客临邛，富人卓王孙有女文君，新寡，窃于壁间见之，相如以琴心挑之，为《琴歌》二章。"南朝梁·刘勰《文心雕龙·序志》："或有曲意密源，似近而远，辞所不载，亦不胜数矣。"

④帘烘：见《早梅芳》(缭墙深)注释③。唐·杜甫《垂白》："江喧长少睡，楼迥独移时。"

⑤酒暖：唐·李贺《秦宫诗》："人间酒暖春茫茫，花枝入帘白日长。"有味：有意味；有情趣。宋·柳永《木兰花》："黄金万缕风牵细，寒食初头春有味。"

⑥化用汉·刘安《招隐士》："王孙游兮不归，春草生兮萋萋。""王孙兮归来，山中兮不可以久留。"

⑦唐·杜牧《寄扬州韩绰判官》："二十四桥明月夜，玉人何处教吹箫。"

【汇评】

俞陛云《宋词选释》：前半阕足当深、稳二字。

乔大壮手批《片玉集》：结笔重大，惜作者曾到扬州与否，今不可知。

杨笺：此伤知己之无人，姑向青楼混迹也。"只有文君知"，则其余之不知可以言喻。("帘烘"二句)"帘烘楼迥"说地，"酒焕香融"说情，极言欢聚时景况，是逆入。("萋萋"句)客路上景。("惆怅"句)"王孙"，自指。("天涯"句)"回首"，回顾上阕；"歌舞地"，即月宜人、春有味之地也，紧抱完密。

一剪梅①

一剪梅花万样娇。斜插疏枝②，略点眉梢。轻盈微笑舞低回③,何事尊前,拍误招④。　　夜渐寒深酒渐消。袖里时闻玉钏敲⑤。城头谁恁促残更,银漏何如⑤,且慢明朝。

【题解】

孙虹《周邦彦四过扬州词及扬州歌妓即岳楚云考证》认为此词写于元丰三年(1080)词人由钱塘入汴京途经扬州与歌女作别时:"从风物、时节考察,《一剪梅》也应写在扬州,'疏隽少检'的周邦彦在扬州短暂逗留期间,已经与一位风情万种的歌妓结下恋情,《一剪梅》写于与歌女作别时。(词略)'梅花'与'二十四桥'同样是代表扬州城市的熟典。典出《全芳备祖》:'梁何逊在扬州,法曹廨舍有梅花一株,逊吟咏其下。后居洛思梅花,再请其任,从之。抵扬州,花方盛,逊对花彷徨。'杜甫《和裴迪登蜀州东亭送客逢早梅相忆见寄》中的'东阁官梅动诗兴,还如何逊在扬州'即用此典。从下文可以看到周邦彦此后的扬州词,只要涉及春季怀人,往往人面梅花相互叠映。这种写法,用典之外,正是因为分离前夕,那位歌妓疏插梅枝、略点梅妆、清新脱俗的装束永远镌刻在了记忆深处;并且人面梅花的映衬,更能刻画出所谓伊人的闲雅风标。"

【注释】

①毛本注:"《清真集》不载。"《全宋词》注:"案此下原有《水调歌头》中秋寄李伯纪大观文'今夕月华满'一首,乃何大圭作,见《岁时广记》卷三十四引本事词。又有《南柯子》梳儿'桂魄分馀晕'一首,乃张元干作,见《庐川词》卷上,今并不录。"

②疏枝:吴钞本作"梅枝"。

③舞低回:形容舞姿优美。唐·方干《赠美人四首》(之一):"舞袖低徊真蛱蝶,朱唇深浅假樱桃。"

④此句孙本作"何事尊前,拍手相招。"罗本佚"何事尊前"。

⑤敲:孙本作"轻敲"。玉钏:玉制的手镯。南朝·梁简文帝《赋乐器名得箜篌诗》:"钏响逐弦鸣,衫回半障柱。"《夜听伎诗》:"朱唇随吹尽,玉钏逐弦摇。"

⑥残更：旧时将一夜分为五更，第五更时称残更。唐·沈传师《寄大府兄侍史》："积雪山阴马过难，残更深夜铁衣寒。"银漏：银饰的漏壶。唐·王勃《乾元殿颂序》："虬箭司更，银漏与三辰合运。"

三部乐①

商调　梅雪

浮玉飞琼②，向邃馆静轩，倍增清绝③。夜窗垂练④，何用交光明月⑤。近闻道、官阁多梅⑥，趁暗香未远⑦，冻蕊初发。倩谁摘取，寄赠情人桃叶⑧。　　回文近传锦字⑨，道为君瘦损，是人都说。袄知染红著手⑩，胶梳粘发⑪。转思量、镇长堕睫⑫。都只为、情深意切。欲报消息，无一句、堪愈愁结。

【题解】

孙虹《周邦彦四过扬州词及扬州歌妓即岳楚云考证》认为其"写于词人元丰五年入太学之后、大观年间三入扬州之前"，"词中'官阁多梅'显用扬州典故。写此词时周邦彦已经离开扬州入汴京，故词中有'倩谁折取，持赠情人桃叶'。作为学人之词，周邦彦的用典向来都谨守规范，故知此'桃叶'即上引《点绛唇》中的'桃根'之姊，也即王灼纪事中的'岳楚云'。""此词应写于词人初入汴京不久后的某一年早春，故词中有'趁暗香未远'；但写此词时周邦彦已经就宿于'邃馆静轩'；在此之前，词人游学各地所居馆驿为'孤灯陋馆'（《月下笛》），居所条件的改善，意味着词人已入太学。"孙虹《周邦彦四过扬州及其曾为睦州地方官词考证》认为此词乃元丰三年（1080）在汴京忆扬州歌妓之作。

【注释】

①陈本、景宋本、吴钞本、宛刻本、王刻本、朱刻本调名下注"商调"。陈

本、吴本、毛本有词题"梅雪"。

②浮玉：传说中仙人居住的地方。南朝梁·任昉《同谢朏花雪诗》："散葩似浮玉，飞英若总素。"飞琼：传说中的仙女名。比喻雪。陈本、吴本、景宋本、毛扆校本注、朱刻本作"霏琼"。唐·无名氏《白雪歌》："皇穹何处飞琼屑，散下人间做春雪。"

③邃馆：邃宇。《宋史》卷一百四十《乐一五》："蓬莱邃馆，金碧照三山，真境胜人间。"清绝：形容美妙至极。唐·李山甫《山中览刘书记新诗》："记室新诗相寄我，蔼然清绝更无过。"

④唐·杜甫《湖城东遇孟云卿因为醉歌》："照室红炉促曙光，萦窗素月垂文练。"

⑤唐·李商隐《无题》："如何雪月交光夜，更在瑶台十二层。"

⑥近闻道：毛本脱"近"字。郑本校："汲古脱'近'字，从元本。"孙本："毛扆校本补'近'字。孙案：参校方、杨和词，亦可证毛刻本句首脱'近'字。"官阁：吴本、毛本、郑本作"宫阁"。唐·杜甫《和裴迪登蜀州东亭送客逢早梅见寄》："东阁官梅动诗兴，还如何逊在扬州。"

⑦宋·林逋《山园小梅》："疏影横斜水清浅，暗香浮动月黄昏。"

⑧摘取寄赠：孙本从毛本作"折取持赠"。桃叶：《乐府诗集》卷四十五引《古今乐录》："《桃叶歌》者，晋王子敬之所作也。桃叶，子敬妾名，缘于笃爱，所以歌之。……子敬，献之字也。"

⑨《晋书》卷九十六《烈女列传》："窦滔妻苏氏，始平人也，名蕙，字若兰，善属文。滔苻坚时为秦州刺史，被徙流沙，苏氏思之，织锦为《回文旋图》诗以赠滔。宛转循环以读之，词甚凄婉。凡八百四十字。"

⑩袄知：吴本作"祗如"。郑本校："汲古讹作'袄知'，元本并误。从《历代诗余》。"罗笺："《历代诗余》、《词谱》均作'祗如'，《彊村丛书》本据改。案杨易霖《周词订律》云：'《历代诗余》、《词谱》均作'祗知'，彊村翁从之。按《大典》二二六五引林淳《定斋诗余·鹧鸪天》云'天近袄知雨露浓'，杨泽民《宴清都》云'袄如宋玉难赋'，疑'袄'字乃宋人俗语。"张相《诗词曲语辞汇释》："袄知，犹云情知也。"

⑪《汉武故事》："陈皇后废，立卫子夫为皇后。初，上行幸平阳主家，子

夫为讴者,善歌,能造曲,每歌挑上。上意动,起更衣。子夫因侍衣得幸,头解,上见其美发,悦之,欢乐。主遂内子夫于宫。"胶梳黏发,意为红颜老去。

⑫镇长:二字重言,皆为"长"义。唐·韩愈《杏花》:"浮花浪蕊镇长有,才开还落瘴雾中。"堕睫:落泪。宋·欧阳修《舟中望京邑》:"挥手嵇琴空堕睫,开樽鲁酒不忘忧。"

【汇评】

乔大壮手批《片玉集》:东坡有此调。"消息"一本作"信息"。苏词亦是去声。

罗忼:上阕虽言雪言梅,而词非咏物,寥寥数语,发兴而已。"倩谁"二句,暗用陆凯《赠范蔚宗》"折花逢驿使"诗意,已与梅雪无涉,下阕愈说愈开,令人莫测。此中定有寄托,可与《玉烛新》"问岭外风光,故人知否"同参。

虞美人①

正宫

金闺平帖春云暖②。昼漏花前短③。玉颜酒解艳红消④。一面捧心啼困、不成娇⑤。　　别来新翠迷行径。窗锁玲珑影⑥。砑绫小字夜来封⑦。斜倚曲阑凝睇、数归鸿。

【题解】

孙虹《周邦彦寄内系列词编年考证》认为此词乃元丰三年(1080)周邦彦入汴京后的寄内词。

【注释】

①陈本、景宋本、吴钞本、宛刻本、王刻本、朱刻本调名下注"正宫"。

②南朝宋·江淹《别赋》:"金闺之诸彦。"李善注:"金闺,金马门也。"

唐·高蟾《偶作二首》(之一):"叮当玉佩三更雨,平帖金闺一觉云。"

③昼漏:谓白天的时间。漏,漏壶,古代计时的器具。汉·荀悦《汉纪·成帝纪四》:"上素康壮无疾病,向晨欲起,因失音不能言,昼漏十刻而崩。"唐·杜甫《紫宸殿退朝口号》:"昼漏稀闻高阁报,天颜有喜近臣知。"余参见《月下笛》(小雨收尘)注释⑧。

④唐·李白《古风》(四十四):"玉颜艳红彩,云发非素丝。"唐·白居易《王昭君二首》(其一):"满面胡沙满鬓风,眉消残黛脸消红。"

⑤《庄子·大宗师》:"故西施病心而矉其里。其里之丑人见之而美之,归亦捧心而矉其里。"

⑥新翠:犹新绿。唐·宋之问《龙门应制》:"河堤柳新翠,苑树花先发。"唐·韩愈《题百叶桃花》:"百叶双桃晚更红,窥床映竹见玲珑。"

⑦研绫:碾光的绫以做信笺。宋·王安石《金陵西斋诗》:"黄奴三倒频橘树,小研红绫斗诗句。"

【汇评】

俞陛云《宋词选释》:此首写别后之怀。"啼困"、"红消",想为郎之憔悴。亲封"小字",将报我以平安,乃从居者着想也。

乔大壮手批《片玉集》:二声。

杨笺:("金闺"句)说地。("画漏"句)说时。("玉颜"句)入人事。("一面"句)起下。("别来"句)别久。("窗锁"句)独处。("研绫"句)修书。("斜倚"句)此若言寄书则失之直矣。今但曰"倚曲阑""数归鸿",得此一缩,饶有余味。

塞翁吟①

大石

暗叶啼风雨②,窗外晓色珑璁③。散水麝④,小池东。乱一岸芙蓉。蕲州簟展双纹浪⑤,轻帐翠缕如空。梦念远别、泪痕重。淡铅脸斜红⑥。 怔怔。嗟憔悴、新宽带结⑦，羞艳冶、都销镜中。有蜀纸、堪凭寄恨⑧，等今夜、洒血书词，剪烛亲封⑨。菖蒲渐老，早晚成花，教见薰风⑩。

【题解】

孙虹《周邦彦寄内系列词编年考证》认为其写于元丰三年（1080）左右，是周邦彦入汴京初的寄内词："诗词所写景物陈设均为夏日之候，特别是粉、簟、帐、蝇等反复出现"，"'菖蒲渐老，早晚成花，教见薰风'中的'菖蒲'是写钱塘风物"。

【注释】

①《塞翁吟》调始清真。毛本、丁刻本调名下有词题"夏景"。陈本、景宋本、吴钞本、宛刻本、王刻本、朱刻本、罗笺调名下注"大石"。

②唐·李贺《伤心行》："秋姿白发生，木叶啼风雨。"

③晓色：拂晓时的天色；晨曦。唐·虞世南《和銮舆顿戏下》："银书含晓色，金辂转晨飙。"唐·李白《宫中行乐词八首》（之五）："绣户香风暖，纱窗曙色新。"珑璁（cōng），迷蒙貌。唐·李贺《九月》："鸡人罢唱晓珑璁，鸦啼金井下疏桐。"宋·朱熹《雪中有怀》："玄空杳霭低迷外，碧树珑璁掩映间。"吴则虞点校《清真集》：晓璁，元本作"珑璁"，陈允平和词作"胧臞"，毛本同。郑文焯以字书无"臞"字，一律改从玉旁作"珑璁"，注本即如是也。案郑改非是。珑为玉声，璁为石似玉者，鲜有连用。"胧臞"句出李长吉《九月》"鸡人唱罢晓胧臞"，其字当作"矇胧"或"瞳矓"。《文选·秋兴赋》注引《埤苍》："矇胧，欲明也。"又《文赋》注引《埤苍》："瞳矓，欲明也。"同。《广韵》一东："胧，日欲出也。"又："瞳矓，日欲明也。"俱与"晓色"义合。"璁"，盖"瞳"之俗字。

④水麝：香名。《本草纲目》卷五十一《兽》集解引陶弘景《名医别录》曰："麝形似獐而小。"又引苏颂《图经本草》曰："又有一种水麝，其香更奇，脐中皆水，沥一滴于斗水中，用洒衣物，其香不歇。唐天宝中，虞人曾一献之，养于囿中，每以针刺其脐，捻以真雄黄，则脐复合，其香倍于肉麝。此说

载在《酉阳杂俎》。"此句意为荷香,与水麝类似。南朝·梁简文帝《南湖》:"荷香乱衣麝,桡声送急流。"

⑤蕲州:古地名,治所一度在湖北蕲春。蕲竹色莹者为簟。余参见《齐天乐》(绿芜凋尽台城路)注释⑦以及《浣沙溪》(薄薄纱橱望似空)注释①。

⑥远别:汉·苏武《诗》之二:"黄鹄一远别,千里顾徘徊。"斜红:脸部装饰样式。南朝·梁简文帝《艳歌篇十八韵》:"分妆间浅靥,绕脸傅斜红。"陈本引金车美人与谢翱赠答诗。谢翱云:"斜月照人今夜梦,落花啼雨去年春。"鬼答云:"愁态上眉添浅绿,泪痕侵脸落残红。"

⑦忡忡:忧愁貌。《诗·召南·草虫》:"未见君子,忧心忡忡。"南朝陈·萧骥《咏袙复》:"纤腰非学楚,宽带为思君。"陈本注作者误为"萧邻"。

⑧艳冶:艳丽妖冶。多形容女子容态。南朝梁·庾肩吾《长安有狭斜行》:"少妇多艳冶,花钿系石榴。"蜀纸:蜀地产纸,素负盛名。唐·韩偓《寄恨》:"秦钗枉断长条玉,蜀纸虚留小字红。"寄恨:寄托愁怨憾恨的情意。唐·李商隐《夜思》:"寄恨一尺素,含情双玉珰。"

⑨唐·韩愈《归彭城》:"剜肝以为纸,沥血以书辞。"毛本注:"'等今夜洒血书词',或作'洒泪书词'。"罗笺:"上文既云'泪痕',下文云'洒泪',意重而字复矣。毛说非是。"剪烛:语出唐·李商隐《夜雨寄北》:"何当共剪西窗烛,却话巴山夜雨时。"后以"剪烛"为促膝夜谈之典。

⑩唐·李贺《河南府试十二月乐词》:"官街柳带不堪折,早晚菖蒲胜绾结。"薰风:和暖的风。指初夏时的东南风。《吕氏春秋·有始》:"东南曰薰风。"唐·白居易《首夏南池独酌》诗:"薰风自南至,吹我池上林。"

【汇评】

沈际飞《草堂诗余正集》:后段累累谆谆,真字字更长漏永,声声衣宽带松。

陈锐《袌碧斋词话》:美成之《塞翁吟》,换头"忡忡"二字,赋此者亦只能叠韵,以和琴声。

俞陛云《宋词选释》:夏闰庵云:"通首任笔直写,结语用宕,神味无穷。"

乔大壮手批《片玉集》:四声。"淡"字是领字,内转法。上半阕写夏闰如画,"梦远别"乃始入情。

杨笺:("暗叶"四句)均是窗外景。("蕲州"二句)写到窗内人,上句"簟"下句"帐"。("梦远"二句)中有忆别流泪人。("忡忡"三句)极写憔悴形容。("有蜀纸"五句)修书。("菖蒲"三句)"菖蒲"虽老,犹有花能见"熏风",何憔悴颜容,竟不能在"熏风"时见郎面耶?末是比体。

意难忘①

中吕　美咏

衣染莺黄②。爱停歌驻拍,劝酒持觞③。低鬟蝉影动,私语口脂香④。檐露滴,竹风凉⑤。拚剧饮淋浪⑥。夜渐深,笼灯就月,子细端相⑦。　　知音见说无双。解移宫换羽⑧,未怕周郎⑨。长颦知有恨⑩,贪耍不成妆⑪。些个事,恼人肠。试说与何妨⑫。又恐伊、寻消问息,瘦减容光⑬。

【题解】

蒋哲伦《周邦彦选集》:"这首词约作于元丰年间,时周邦彦在京都太学。"

【注释】

①《意难忘》调始清真。孙本:"景宋本、吴钞本、宛钞本、王刻本、朱刻本调名下注'中吕',有词题'美咏'。"罗笺:"《草堂》、《古今诗余醉》题作'美人',《粹编》题作'佳人',《词的》题作'歌伎',毛本无题。"

②莺黄:浅黄色。唐·温庭筠《舞衣曲》:"蝉衫麟带压愁香,偷得莺黄锁金缕。"宋·张先《定风波令》:"碧玉篦扶坠髻云,莺黄衫子退红裙。"

③爱停歌驻拍:吴本作"爱听歌住拍"。罗笺:"《雅词》作'解停歌驻客'。"

④低鬟:犹低首。蝉影,古代妇女两鬓薄如蝉翼的发式称蝉翼。唐·

元稹《会真诗三十韵》："低鬟蝉影动，回步玉尘蒙。"唐·白居易《江南喜逢萧九彻因话长安旧游戏赠五十韵》："暗娇妆面笑，私语口脂香。"

⑤檐露滴：罗笺："《花庵》、《古今诗余醉》作'荷露滴'，元本作'莲露滴'，《雅词》、《词统》作'莲露冷'。"竹风：罗笺："《草堂》作'竹松'。"竹风：竹间之风。唐·白居易《渭村退居寄礼部崔侍郎翰林钱舍人诗一百韵》："望春花景暖，避暑竹风凉。"

⑥剧饮：豪饮。淋浪：酣饮貌。唐·韩愈《醉后》："淋浪身上衣，颠倒笔下字。"

⑦朱校引《花庵》"子细"作"细与"。郑本、朱本："《雅词》作'漏渐深，移灯背壁，细与端详。'"笼灯：即灯笼。唐·殷尧藩《宫词》："夜深怕有羊车过，自起笼灯看雪纹。"端相：正视；细看。唐·司空图《障车文》："且子细思量，内外端相。"

⑧见说：犹听说。唐·李白《送友人入蜀》："见说蚕丛路，崎岖不易行。"换羽：郑本、朱本："《雅词》'羽'作'徵'。"移宫换羽：宫商角羽徵是古代乐曲五音调名，意为换调。宋·张炎《词源》卷下："美成诸人，又复增演慢曲、引、近，或移宫换羽，为三犯四犯之曲。"

⑨周郎：见《玉楼春·大堤花艳惊郎目》注释⑤。

⑩长颦：郑本、朱本："《雅词》作'颦眉'。"南朝·梁简文帝《妾薄命十韵》："玉貌歇红脸，长颦串翠眉。"

⑪贪要：清·沈雄《古今词话·词品·用字》："要，嬉也。周美成'贪要不成妆'，蒋竹山'羞与闹蛾争要'。"

⑫恼人肠：令人着恼。郑本、朱本："《雅词》'人'作'心'。"试说：罗笺："《雅词》、《词统》作'待说'。"

⑬问息：毛本、郑本引元本及《草堂》并作"听息"。瘦减：孙本："毛本、丁刻本、郑校和朱校所引元本及《草堂》本并作'瘦损'。"唐·元稹《会真记》："自从清瘦减容光，万转千回懒下床。"

【汇评】

周密《浩然斋雅谈》卷下：周美成长短句，纯用唐人诗句，如"低鬟蝉影动，私语口脂香"，此乃元、白全句。

张炎《词源》:词欲雅而正,志之所之,一为情所役,则失其雅正之音。耆卿、伯可不必论,虽美成亦有所不免。如"为伊泪落";如"最苦梦魂,今宵不到伊行";如"天便教人,霎时得见何妨";如"又恐伊、寻消问息,瘦损容光";如"许多烦恼,只为当时,一晌留情"。所谓淳厚日变成浇风也。

《山中白云》卷一《国香》词序:沈梅娇,杭妓也,忽于京都见之,把酒相劳苦,犹能歌周清真《意难忘》、《台城路》二曲,因嘱余记其事。词成,以罗帕书之。

《山中白云》卷四《意难忘》词序:中吴车氏号秀卿,乐部中之翘楚者,歌美成曲,得其音旨,余每听,辄爱叹不能已,因赋此以赠。

卓人月《古今词统》徐士俊评:"贪耍不成妆",娇痴触目。末句与孙夫人"怕伤郎、又还休道",皆曲体人情。

潘游龙《古今诗余醉》卷十二:低鬟下丰韵绝世,贪耍下娇痴触目。

沈际飞《草堂诗余正集》卷三:绝世风韵。恩爱了一回,瞻瞩一回,生情实是这样。"贪耍"句,娇痴触目。末几句,即孙夫人"归来都告,怕伤郎,又还休道"意思,何等体惜,何等机权。钟氏曰:写情若叙事,实开元曲滥觞。

尤侗《苍梧词序》:每念李后主"小楼昨夜又东风",辄欲以泪洗面。及咏周美成"低鬟蝉影动,私语口脂香",则泪痕犹在,笑靥自开矣。词之能感人如此。

王又华《古今词论》引毛稚黄语:清真"衣染莺黄"词,忽而欢笑,忽而悲泣,如同枕席,又在天畔,真所谓不可解、不必解者。此等最难作,作亦最难得佳。"夜渐深,笼灯就月,子细端相",义仍之"就月笼灯衫袖张"出此。

沈谦《填词杂说》:小令中有排荡之势者,吴彦高之"南朝千古伤心事",范希文之"塞下秋来风景异"是也。长调中极狎昵之情者,周美成之"衣染莺黄",柳耆卿之"晚晴初"是也。于此足以悟偷声变律之妙。

陈廷焯《云韶集》:此词香艳极矣。但香艳不难,难在吐弃一切泛语。谁不能作香奁词,谁能如此摆脱有致。

陈廷焯《白雨斋词话》:美成艳词,如《少年游》、《点绛唇》、《意难忘》、《望江南》等篇,别有一种姿态,句句洒脱,香奁泛语,吐弃殆尽。

陈廷焯《词则·闲情集》卷一:洒落有致,吐弃一切香奁泛语。

陈洵《抄本海绡说词》："檐露滴，竹风凉"六字，如繁休伯《与魏文帝笺》："是时日在西隅，凉风拂衽"也。

乔大壮手批《片玉集》：四声。"停歌"八字作对，甚密。"低鬟"十字作对，跳掷。"檐露"六字作对，写景。"长颦"十字甚新。

杨笺：（"衣染莺黄"五句）详写劝酒者之状态。（"莲露滴"二句）忽用景语，脱。（"拚剧饮"句）"拚饮"拍承"劝酒"来。（"夜渐深"三句）复上三均。（"知音见说无双"三句）知音，（"长颦"二句）心事，（"些个"二句）承"长颦"来。（"试说"句）"何妨"一开。（"又恐"二句）"又恐"一合，末均以缩作收，饶有余味。

俞平伯《论诗词曲杂著》：（结句）一经点破，上文艳冶都化作深悲，而深悲仍出之以微婉。

俞平伯《清真词释》：此乃首句出题，因事寓情之格。"衣染莺黄"，金缕衣也。温庭筠《舞衣诗》云："偷得莺黄琐金缕。"开首一句，已扣定题目。下接"停歌"两句，着一"爱"字，化景入情，即"惺忪言语胜闻歌"也。"低鬟"两句，实为密宠，用韦庄《江城子》"朱唇未动，先觉口脂香"。"檐露"两句，郑叔问据米南宫书及汲古阁本《草堂诗余》"竹风凉"之"风"字，订正作"松"，并云："按'凉'字韵例不对。"郑说是也。此二句似是写景，乃借以表示流连之久，非实笔也。于是不得不别，岂忍遽别乎？惟有拚剧饮淋浪耳。夜深终于要别，则笼烟就月，仔细端相之。似为醉惊狂态，然而未尽也。夫已耳鬓厮磨，脂香暗度，岂犹观之未审耶？是笼灯就月，仔细端相者，非事之宜有者明矣。写景固系点染，叙事亦属借寓，惟有神光离合之态，与夫一往无奈之情是实耳，此因事寓情之佳例也。下片详述往复心头之种种怀感。"知音"句，回溯闻名未见时，解移宫换羽，今则果然矣。周郎典故，在宋时犹未俗滥也，亦顾曲名堂之意耳。翠黛长颦，故知幽怨；傭妆贪要，却见娇嫒，是双面写美法。"些个事"，犹今越言"个些"，一点点之谓。一点点的心中事，待说与何妨乎？然还是不说的好。作三层转折，含蓄不尽。些个事，何事乎？作者既不说，我们自不便瞎猜。以文意揆之，得非名利牵人，有不能自主者乎？虽属情深，固无解于薄倖名狂也。观夫"寻消问息，瘦减容光"，则异日之藕折丝连，鱼沉雁杳之光景可识矣。"今夕已欢别，合会在何时?"执手临歧,断断有不忍说与伊行者。一经点破,上文艳冶都化深悲,而深悲仍出之以微婉。袤故弥新,沿浊更清,此美成之绝诣,前屡言之矣。

刘永济《微睇室说词》:此词描写一稚龄歌舞妓,极其工细,既以见此妓之美,亦可知作者爱惜之深,而且语不流于亵,此较柳七为胜,即前人所谓周词和雅处也。起四字写衣著,次句写其酬错,"低鬟"句,写其丰姿,"私语"句,写其言语。"莲露"三句,写饮宴之时,"夜渐深"三句,更添写一笔,以见"轻怜细阅"之情。("轻怜"四字,周氏《华胥引》词句,"莲露"原作"檐露",从郑文焯校改。)换头,写其歌舞之妙。"未怕周郎",言其唱曲之佳,暗用周瑜知音,闻曲有误必顾,时人谣曰:"曲有误,周郎顾。"今言"不怕",则无误也。"长颦"句,写其情态,"贪耍"句,写其娇痴。结尾数句,言不忍以"恼人肠"之"些个事"告之,怕他"寻消问息,瘦减容光"。"恼人肠"之事,乃将与之离别之事也。从此数句看,作者对于此女子爱惜甚深。宋代词人,从柳永以来,多有同情妓女的作品,其原因盖即白居易《琵琶行》所言"同是天涯沦落人"也。宋初晏几道有《浣溪纱》一首曰:"日日双眉斗画长。行云飞絮共轻狂。不将心嫁冶游郎。　　溅酒滴残歌扇字,弄花熏得舞衣香。一春弹泪说凄凉。"此词尤托意分明。盖写此女之遭遇与其内心之矛盾,即作者本人之遭遇与内心矛盾也。

吴世昌《词林新话》:首句著一"莺"字,便已透露能歌消息,绘色偏能传声,的是大家手法。末句"瘦损容光",陈注本作"瘦减"。按"瘦损"双声,"容光"叠韵,周氏音律之细正于此等处见之,一改"减"字,便失神韵。

又东坡词《意难忘》一调,与此字句多相类,不特句法相类,文意亦多雷同。如"劝酒持觞",即"亲度瑶觞";"私语口脂香",略似"低语唵莺黄";"夜渐深"即"向夜阑";"移宫换羽"亦是"移根换叶"句套;"些个事,恼人肠"一句仅易一字,意亦仍旧;"试又何妨",即苏词末句。又周词之利用此首成语者颇多,如《风流子》之"偷换韩香","厮见何妨",《解连环》之"想移根换叶",均是。

"私语口脂香"一句本白诗。

浣沙溪①

日射欹红蜡蒂香②。风干微汗粉襟凉。碧纱对掩簟纹光③。　自剪柳枝明画阁④,戏抛莲菂种横塘⑤。长亭无事好思量⑥。

【题解】

孙虹《周邦彦寄内系列词编年考证》认为写于元丰三年(1080)左右,是周邦彦入汴京初的寄内词:"'日射欹红蜡蒂香'与'融蜡粘花蒂'句,均用温庭筠《碌碌古词》中的'融蜡作杏蒂,男儿不恋家',采用藏词的手法,隐写夫君当春抛家远行。"蒋选则认为此词"约作于溧水任上"。

【注释】

①见《浣沙溪》(翠葆参差竹径成)注释①。《草堂诗余》题作"夏景"。

②唐·柳宗元《戏题阶前芍药》:"欹红醉浓露,窈窕留余春。"唐·李商隐《日射》:"日射纱窗风撼扉,香罗拭手春事违。"

③风干:借风力吹干。宋·叶适《无相寺道中》:"竹鸡露啄堪幽伴,芦菔风干待岁除。"碧纱对掩:孙本从毛本作"碧绡对卷"。罗笺:《词统》作'碧绡'。"《雅词》、《草堂》、《词萃》作'对卷'。"碧纱:窗也。白居易《邻女》:"何处闲教鹦鹉语,碧纱窗下绣床前。"簟纹:亦作"簟文",席纹。南朝·梁简文帝《咏内人昼眠》:"簟文生玉腕,香汗浸红纱。"

④画阁:彩绘华丽的楼阁。南朝梁·庾肩吾《咏舞曲应令》:"歌声临画阁,舞袖出芳林。"

⑤横塘:朱本:"《雅词》'横'作'池'。"莲菂:亦作"莲的"。莲实。《尔雅·释草》:"荷,芙蕖,其茎茄,其叶蕸,其本蔤,其华菡萏,其实莲,其根藕,其中的,的中薏。"的,通"菂"。唐·郭橐驼《种树书》:"以莲菂投靛瓮中,经年移种,发碧花。"南朝·梁简文帝《药名诗》:"朝风动春草,落日照横塘。"

⑥长亭:见《兰陵王·柳阴直》注释⑧。思量:考虑;忖度。唐·白居易《夜雨》:"肠深解不得,无夕不思量。"

【汇评】

潘游龙《古今诗余醉》:"好思量"三字妙。

沈际飞《草堂诗余正集》:"粉襟"句画出佳人。

俞陛云《宋词选释》:此为闺中逭暑之作。先言室内,虽仅言粉襟纹簟,而丽影已绰约其间。后半言室外,剪柳拋莲,写出闲雅之致。结句以含蕴出之,尤耐寻挹。

乔大壮手批《片玉集》:夏词,颇见新意。

杨铁笛:此在逆旅思家之作。"长亭无事好思量"一句为主。身在长亭,回思闺阁中事,上阕三句皆闺中景,下阕横塘二句闺中情,一一思量如在目前。妙在以"思量"二字押尾,愈觉神妙。"欹红蜡蒂"指髻上所戴纸花言,合下"粉襟"句,俱指闺人说。睡则花欹,是其午睡时态度,故下续以"簟纹"句。日射风干,从碧纱窗透入者,"簟"即其卧席也,"明"字"种"字是闺人游戏心理,皆思量中活现之象。

无　闷①

冬

云作轻阴②,风逗细寒,小溪冰冻初结。更听得,悲鸣雁度空阔。暮雀喧喧聚竹③,听竹上清响风敲雪。洞户悄,时见香消翠楼,兽煤红熱④。　　凄切。念旧欢聚,旧约至此,方惜轻别,又还是、离亭楚梅堪折⑤。暗想莺时似梦,梦里又却是,似莺时节⑥。要无闷⑦,除是拥炉对酒,共谭风月⑧。

【题解】

孙虹《周邦彦四过扬州词及扬州歌妓即岳楚云考证》认为其"写于词人

104

元丰五年入太学之后、大观年间三入扬州之前","此词用一明一暗之笔写莺柳,并兼及梅花,可知也是忆念扬州词。从这首忆念词中,知扬州歌妓岳楚云还有'共谭风月'的雅趣。"

【注释】

①罗箋:"《抄补》共收二十七首,其中二十三首均毛本所有,惟此及《玉团儿》(见前)、《琴调相思引》(见下)、《青房并蒂莲》(见下)四首,为他本所无,亦未知所据也。然皆与清真格调不侔,工力悬殊,一望而知出他人之手。"孙本:"诸本无,据吴抄本补入。"

②轻阴:淡云,薄云。唐·刘禹锡《秋江早发》:"轻阴迎晓日,霞霁秋江明。"

③南朝梁·王僧孺《秋闺怨诗》:"斜光隐西壁,暮雀上南枝。"暮,同"莫"。喧喧:形容声音喧闹。唐玄宗《春台望》:"阳乌黯黯向山沉,夕鸟喧喧入上林。"

④翠缕:此指香煤的青烟。爇,焚烧。五代·和凝《宫词百首》(之七):"红兽慢然天色暖,风炉时复爇沉香。"

⑤离亭:古代建于离城稍远的道旁供人歇息的亭子。南朝梁·阴铿《江津送刘光禄不及诗》:"泊处空余鸟,离亭已散人。"楚梅:指楚地的梅花。宋·梅尧臣《读吴正仲重台梅花诗》:"楚梅何多叶,缥蒂攒琼瑰。常惜岁景尽,每先春风开。"

⑥莺时:春光明媚之时。唐·金昌绪《春怨》:"打起黄莺儿,莫教枝上啼。啼时惊妾梦,不得到辽西。"

⑦无闷:多形容遗世索居或致仕退休者的心情。南北朝·庾信《拟咏怀诗二十七首》(之二十五):"无闷无不闷,有待何可待。"

⑧谭风月:谓清谈。《南史》卷六十《徐勉传》:"(徐勉)尝及门人夜集,有客人虞皓求詹事五官。勉正色答云:'今夕只可谈风月,不宜及公事。'"

解连环①

商调

怨怀无托②。嗟情人断绝,信音辽邈。信妙手、能解连环③,似风散雨收,雾轻云薄。燕子楼空④,暗尘锁、一床弦索⑤。想移根换叶。尽是旧时,手种红药⑥。　　汀洲渐生杜若⑦。料舟依岸曲,人在天角⑧。漫记得、当日音书,把闲语闲言,待总烧却⑨。水驿春回,望寄我、江南梅萼⑩。拚今生,对花对酒,为伊泪落。

【题解】

孙虹《周邦彦四过扬州词寄扬州歌妓即岳楚云考证》认为其"写于词人元丰五年入太学之后、大观年间三入扬州之前","'燕子楼空,暗尘锁、一床弦索',用关盼盼的典故,点明了词中人的歌妓身份。""词中再用'红药'典,清楚表明是忆念扬州之作。'想移根换叶。尽是旧时,手种红药',表明人去花存,彼物无情,花叶依旧。""'漫记得、当日音书,把闲语闲言,待总烧却',正是前引《三部乐·梅雪》中所说的'回纹锦字',但因为她后来长时间不寄'寸书'(《点绛唇》),早年书信,仅能空惹相思,故而做绝决语。但究其语意,却是拟待烧却而未曾烧却,更见缠绵不断之情愫。""词人知道岳楚云离开了扬州,并隐约知道她仍然身在江南,故希望寄我'江南梅萼'。"

【注释】

①《解连环》调始清真。陈本、吴钞本、宛钞本、王刻本、朱刻本调名下注"商调"。《花庵词选》、毛本有词题"怨别"。毛本调名下注:"谱名《玉连环》。"《草堂诗余》、《花草粹编》题作"闺情"。

②无托:孙本:"戈选本、丁刻本、朱校所引《草堂》作'谁托'。"罗笺:

"《花庵》、《草堂》、《粹编》、《诗余醉》作'难托'。"

③辽邈:犹辽远。《宋书·江夏文献王义恭传》:"交阯辽邈,畏丧藩将,政刑每阙,抚莅惟艰。"宋·陆游《登慧昭寺小阁》:"岁月消磨阅亭传,山川辽邈弊衣裘。"解连环:《战国策·齐策六》:"秦昭王尝遣使者遗君王后以玉连环,曰:'齐多智,而解此环不?'君王后以示群臣,群臣不知解。君王后引锥破之,谢秦使曰:'谨以解矣。'"以解连环比解决难题。

④唐·白居易《燕子楼三首并序》:"徐州故张尚书有爱妓曰盼盼,善歌舞,雅多风态。……尚书既殁,归葬东洛,而彭城有张氏旧第,第中有小楼名燕子。盼盼念旧爱而不嫁,居是楼十余年,幽独块然,于今尚在。"陈本注:"唐张建封节制武宁,好贤乐善。盼盼乃徐府奇色,公纳之燕子楼,三日乐不息,公薨,盼盼感激深恩,誓不他适。"孙本:"清汪立名《白香山年谱》考定纳盼盼为妾者乃张建封之子张愔,非建封。"后以"燕子楼"泛指女子居所。

⑤暗尘:南朝梁·何逊《赠族人秣陵兄弟诗》:"霏霏入窗雨,漠漠暗床尘。"弦索:弦乐器上的弦。指弦乐器。唐·元稹《连昌宫词》:"夜半月高弦索鸣,贺老琵琶定场屋。"化用苏轼《永遇乐》:"燕子楼空,佳人何在,空锁楼中燕。"

⑥移根换叶:比喻彻底变换处境。宋·苏轼《意难忘·妓馆》:"怎禁得恓惶。待与伊移根换叶,试又何妨。"红药:芍药的别称。清·李斗《扬州画舫录》卷十五《冈西录》:"二十四桥即吴家砖桥,一名红药桥。……筱园,本名小园,在二十四桥旁。康熙间士人种芍药处也。"其余见《玉楼春》(玉琴虚下伤心泪)注释⑥。

⑦杜若,香草名。《楚辞·九歌·湘君》:"采芳洲兮杜若,将以遗兮下女。"南朝齐·谢朓《怀故人诗》:"汀州有杜若,可以赠佳期。"

⑧舟依岸曲:南朝梁·陆倕《以诗代书别后寄赠诗》:"归舟随岸曲,犹闻歌棹音。"天角:犹天涯。指遥远的地方。苏轼《次韵僧潜见赠》:"故人各在天一角,相望落落如晨星。"

⑨音书:音讯,书信。唐·宋之问《渡汉江》:"岭外音书断,经冬复历春。""待总烧却"化用汉乐府《有所思》:"闻君有他心,拉杂摧烧之。摧烧之,当风扬其灰。"

⑩水驿:水路驿站。唐·朱庆余《送韦繇校书赴浙东幕》:"水驿迎船火,山城候骑尘。"三国吴·陆凯《赠范晔诗》:"折花逢驿使,寄与陇头人,江南无所有,聊赠一枝春。"按《荆州记》:"陆凯与范晔交善,自江南寄梅花一枝,诣长安与晔,兼赠诗。"梅萼:梅花的蓓蕾。宋·欧阳修《玉楼春·题上林后亭》:"池塘隐隐惊雷晓,柳眼未开梅萼小。"

【汇评】

张炎《词源》卷下:词欲雅而正,志之所之,一为情所役,则失其雅正之音,耆卿、伯可不必论,虽美成亦有所不免。如"为伊泪落";如"最苦梦魂,今宵不到伊行";如"天便叫人,霎时得见何妨";如"又恐伊寻消问息,瘦损容光";如"许多烦恼,只为当时,一饷留情";所谓淳厚日变成浇风也。

吴从先《草堂诗余隽》引李攀龙语:形容闺妇哀情,有无限怀古伤今处,至末尤见词语壮丽,体度艳冶。

沈际飞《草堂诗余正集》:新响。近日街市歌头所云闲话儿"丢开也,照旧来走走",无言语到没味。不烧却,又非情矣。末句惨痛。

况周颐《蕙风词话》卷二:元人沈伯时作《乐府指迷》,于清真词推许甚至。惟以"天便教人,霎时厮见何妨"、"梦魂凝想鸳侣"等句为不可学,则非真能知词者也。清真又有句云:"多少暗愁密意,惟有天知"、"最苦梦魂,今宵不到伊行"、"拚今生对花对酒,为伊泪落",此等语愈朴愈厚,愈厚愈雅,至真之情由性灵肺腑中流出,不妨说尽,而愈无尽。南宋词人如姜白石云:"酒醒波远,政凝想明珰素袜。"庶几近似,然已微嫌刷色。诚如清真等句,惟有学之不能到耳,如曰不可学也,讵必颦眉搔首,作态几许,然后出之,乃为可学耶。

陈洵《抄本海绡说词》:全是空际盘旋,"无托"起,"泪落"结。中间"红药"一情,"杜若"一情,"梅萼"一情,随手拈来,都成妙谛。梦窗"思和云结",从此脱胎。

又:味"纵妙手能解连环"句,当有事实在,疑亦谓李师师也。今既"信音辽邈",昔之"闲语闲言",又不足凭,篇中设景设情,纯是空中结想。此周词之极幻者。

俞陛云《宋词选释》:"燕子楼"二句,语隽而意悲,"移根"三句,倒装句法，倍觉其厚。下阕，"漫记得"以下五句，既烧却前书，又盼寄梅信，有"恩怨喁喁"之意。倘仍肯赠我梅花，当酬以泪点，长毋相忘也。

乔大壮手批《片玉集》：此大词，难在开阖。必须记诵。"怨怀无托"，以情入。"似"字领下，可惊。梦窗有留别石帚一篇，可校四声。"水驿"句是内转。此调无触韵处。

俞平伯《清真词释》：解连环，事见《战国策》，始皇遗齐君王后玉连环，曰："齐多智也，解此环否？"以示群臣，曰不知解。王后引椎破之，谢秦使曰：谨以解矣。调名用《解连环》，意本此。夫连环者，千秋万古，永无可分之理，解之惟有一法，曰破而已矣。破之者椎，乃出于掺掺女手。清真此词，借用此意，乃纯写情格。凡写情者，如抽茧，如剥蕉，回环往复，一注于此，虽旁及景物，无非借寓，此篇是也。开首三句，文意自明，乃一篇之根。下即云"信妙手、能解连环"，"信"字、"能"字妙，言除是妙手亲椎，更有谁能解此缠绵固结之双环乎？语气似赞似羡，适见幽恨之深。连环尚且可解，世间更有何物坚牢，大抵尽如风之散、雨之收、雾之轻、云之薄耳。此真心灰气绝，大无可如何之境地也。"燕子楼"句，所以证实此意，以关盼盼为张建封守节不下燕子楼事，用一"空"字，便反映出今之燕子楼中，佳人已去，只余当日常弄之一床弦索，闲被暗尘封锁而已。即当时手种红药，近当亦根叶全非，无复旧时光景。然无论如何换，如何移，我终记得分明，实是当时香泥亲护，玉手相将，共同扶植者也。此而可移，何不可移，然亦终于移矣，足见"风散雨收"，良非虚语。于心灰气绝之余，加此回忆两层，其情愈苦，其怨弥深，而仍无所托也。下片从移根之红药，联想到新生之杜若来。《楚辞·湘夫人》："搴汀洲兮杜若，将以遗兮远者。"欲折芳馨，以遗所思。然而舟移岸曲，人在天角，虽欲寻踪觅迹，其可得乎？是怨怀终不可托也。夫去亦可也，而竟去得如此干脆，是当日之种种要约，红笺密字，蓄锦回文，今我虽置诸怀袖，历历分明，无非闲语闲言而已，不如一总烧却之为得也。怨之极矣，此又一心灰气绝之境也。"水驿春回"句，陡转见奇，情痴语也。犹之乎频年潦倒之人，岁首忽有新生之意，以为或有佳运，随此新年翩然来乎？事虽万不可知，犹不得不姑作此想。"望寄我江南梅萼"者，只要他肯寄，无不可寄者，以你虽已去，我固未走也。借用《荆州记》朋友投赠典故。

109

然而真寄我以梅萼乎？未必然也，望之不得，明知其终不得，则唯有对花对酒，拚此有限年光，为伊泪落而已。写情至此，可谓怨而不怒，温柔敦厚矣。故此篇乃纯写情格也。篇中用盼盼事，又有"弦索"字样，则此意中人，殆亦青楼之佳丽乎？

刘永济《微睇室说词》：此词作法又换，一起即作决绝语。"怨怀"之所以"无托"者，盖因"情人断绝，音信辽邈"也。"纵妙手"三句，再纵写一笔，更见"无托"之怀。"解连环"，用《国策》秦遣使以连环致齐求解，齐后椎破之，报秦曰"连环解矣"事。"燕子"二句盖室迩人远，物是人非也。此用张建封妾于张亡后，独居燕子楼事。"想移根"二句则时过事非也。换头，点明"情人"所往。"漫记"三句，言旧日书信，阅之生怨，不如"烧却"。"水驿"二句，又于"音信辽邈"之后，仍望其"寄我江南梅萼"。"寄梅"，用陆凯寄范晔梅枝事。"拚今生"二句，更进一层说，不但望其寄信，且愿"拚今生""为伊泪落"，可谓一往情深。而此种痴情，乃从"情人断绝，音信辽邈"、从"燕子楼空"、"人在天角"种种绝望之后生出。且方言"待总烧却"当日音书，又"望寄我江南梅萼"，将种种矛盾心情，一一写出，亦奇笔也。

唐圭璋《唐宋词简释》：此首托为闺怨之词，起句"怨怀无托"，已摄全篇。"嗟情人"两句，承上，言人去信杳。"纵妙手"两句，言人不在，无与为欢。"纵"字与"似"字呼应。"燕子"两句，言独处之凄凉。"想移根"两句，因见红药换叶，又忆及人去之久。换头推开，从远处说起，"人在天角"与"情人断绝"相应。"漫记得"句一开，"把闲语"句一合。烧却音书，盖怨之深也。"水驿"两句，仍望寄梅以慰相思。末句，更述其思极落泪，并合忠厚之旨。

杨笺：此托为闺怨之词。"无托"，从下倒入。（"嗟情人"二句）即"无托"原因。（"信妙手"四句）"解连环"，能婉转随人意之意。"风散雨收"承"断绝"说，"雾轻云薄"承"辽邈"说，二句串落。（"燕子楼"三句）言独处。（"想移根"三句）言去久。（"汀洲"句）从对面说，因此处之"红药"联想及"汀洲"之"杜若"。（"料舟"二句）"人在天角"乃一词之主。（"谩记得"四句）"记得"一开，"烧却"一合。（"水驿"三句）怨之深，仍望之切，是诗人忠厚之旨。（"拚今生"三句）纵不我寄，我宁不思？故曰"拚今生，对花对酒，为伊落泪"也，曲折有味。

元祐三年(1088)后任庐州教授、溧水县令至绍圣四年(1097)还为国子监主簿之前的作品

醉落魄①

中吕

葺金细弱②。秋风嫩③、桂花初著。蕊珠宫里人难学④，花染娇黄，羞映翠云幄⑤。　　清香不与兰荪弱⑥。一枝云鬓巧梳掠。夜凉轻撼蔷薇萼⑦。香满衣襟，月在凤凰阁⑧。

【题解】

孙虹《周邦彦寄内系列词编年考证》："词人元祐三年（1088）春天任庐州（今安徽合肥）教授，此年夏天归钱塘，在钱塘度过中秋，在钱塘写有《醉落魄》。""钱塘以月中桂子闻名于世，故知此词咏家乡风物兼及咏内。""'清香不与兰荪弱'中的'兰荪'（菖蒲别名）是写钱塘风物。"

【注释】

①吴本调名下注"中吕"。毛本注："《清真集》不载。"

②葺：吴本、毛本、郑本作"葺"，《钦定词谱》作"茸"。孙本："丁刻本、王刻本作'茸金'，与词义未恰，据《钦定词谱》改。"借喻桂花缀于枝头的形态。

③形容早秋的风。唐·白居易《秋凉闲卧》："残暑昼犹长，早凉秋尚嫩。"

④亦省称"蕊宫"、"蕊珠"。道教指神仙所居之处。《黄庭内景经》："上清紫霞虚皇前太上大道玉晨君，闲居蕊宫。"

⑤黄，白茅嫩芽，比喻纤细的手指，这里借喻桂花的颜色。唐·颜真卿《谢陆处士杼山折青桂花见寄之什》："群子游杼山，山寒桂花白。"翠云幄：翠色帐幔，比喻桂花树的绿叶。宋·柳永《洞仙歌》："记得翠云偷剪，和鸣彩凤于飞。"

⑥兰荪，即菖蒲。孙本："菖蒲有香气，初夏开花，淡黄色。与桂花色相

似而不同时,故云。"南朝梁·沈约《和谢宣城》:"昔贤侔时雨,今守馥兰荪。"余参见《醉桃源》(菖蒲叶老水平沙)注释②及《塞翁吟》(暗叶啼风雨)注释⑩。

⑦梳掠:梳理;梳妆。唐·白居易《嗟发落》诗:"既不劳洗沐,又不烦梳掠。"无名氏《明月湖醉后蔷薇花歌》:"万朵当轩红灼灼,晚阴照水尘不著。西施醉后情不禁,侍儿扶下蕊珠阁。"以蔷薇花为蕊珠之花,此处以蔷薇花萼借指桂花萼。

⑧凤凰阁:指仙境中的楼阁。南朝梁·王僧孺《为人有赠诗》:"似出凤凰楼,言发潇湘渚。"

满庭芳①

忆钱塘

山崦笼春②,江城吹雨,暮天烟淡云昏。酒旗渔市,冷落杏花村③。苏小当年秀骨,萦蔓草、空想罗裙④。潮声起,高楼喷笛,五两了无闻⑤。　　凄凉,怀故国,朝钟暮鼓⑥,十载红尘。似梦魂迢递,长到吴门⑦。闻道花开陌上,歌旧曲、愁杀王孙⑧。何时见、名姓唤酒,同倒瓮头春⑨。

【题解】

蒋选:这首词约写于周邦彦流寓荆州时。从"十载红尘"句推算,作者从元丰二年(1079)离开故乡钱塘,至京师入太学,约元祐五年(1090)至荆州,整整十年。

【注释】

①孙本从陈本、毛本调名为《锁阳台》。毛本注:"《清真集》不载。"又注:"即《满庭芳》。"

②山崦：山坳。南朝宋·江淹《郭弘农璞游仙》："崦山多灵草，海滨饶奇石。"唐·许浑《岁暮自广江至新兴往复中题峡山寺》之一："树随山崦合，泉到石棱分。"

③暮天：孙本："丁刻本作'莫天'。"傍晚的天空。唐·王昌龄《潞府客亭寄崔凤童》："秋月对愁客，山钟摇暮天。"杏花村：唐·杜牧《清明》："借问酒家何处有，牧童遥指杏花村。"

④苏小：见《醉桃源》（菖蒲叶老水平沙）注释③。唐·李白《行路难三首》（之二）："昭王白骨萦蔓草，谁人更扫黄金台。"秀骨：不凡的气质。唐·杜甫《八哀诗·赠左仆射郑国公严公武》："巉然大贤后，复见秀骨清。"罗裙：丝罗制的裙子。多泛指妇女衣裙。唐·牛希济《生查子》："记得绿萝裙，处处怜芳草。"

⑤五两：古代测风的器具，用五两鸡毛结于高竿顶部，以测风向。南朝宋·鲍照《吴歌三首》（之三）："五两了无闻，风声那得达。"唐·王维《送宇文太守赴宣城》："何处寄相思，南风吹五两。"

⑥朝钟暮鼓：唐·李咸用《山中》："朝钟暮鼓不到耳，明月孤云长挂情。"

⑦似：孙本从毛本作"但"。吴门：指春秋吴都阊门（一作昌门）。唐·李白《殷十一赠栗冈砚》："洒染中山毫，光映吴门练。"

⑧《苏轼诗集》卷十《陌上花三首》引云："游九仙山，闻里中儿歌《陌上花》。父老云：吴越王妃，每岁春必归临安，王以书遗妃曰：'陌上花开，可缓缓归矣。'吴人用其语为歌，含思宛转，听之凄然，而其词鄙野，为易之云。"愁杀：亦作"愁煞"。谓使人极为忧愁。杀，表示程度深。《古诗十九首·去者日以疏》："白杨多悲风，萧萧愁杀人。"南唐·冯延巳《临江仙》："夕阳千里连芳草，风光愁杀王孙。"

⑨同倒：吴本作"同到"。瓮头春：北魏·贾思勰《齐民要术·法酒》："七月七日作法酒方：一石麴作糯饼四，编竹瓮下，罗饼竹上，密泥瓮头。"唐·岑参《喜韩樽相过》："三月灞陵春已老，故人相逢耐醉倒。瓮头春酒黄花脂，禄米只充沽酒资。"

宴清都^①

中吕

地僻无钟鼓^②。残灯灭，夜长人倦难度^③。寒吹断梗，风翻暗雪^④，洒窗填户。宾鸿谩说传书^⑤，算过尽、千侪万侣。始信得、庾信愁多^⑥，江淹恨极须赋^⑦。　　凄凉病损文园^⑧，徽弦乍拂^⑨，音韵先苦。淮山夜月^⑩，金城暮草^⑪，梦魂飞去。秋霜半入清镜^⑫，叹带眼、都移旧处^⑬。更久长、不见文君，归时认否^⑭。

【题解】

《年谱》认为其写于元祐四年(1089)或元祐五年(1090)庐州教授任上，词中"金城"为金牛城，"地属淮南西路。故山曰淮山，金城即金斗之省也。离京已久，故云'久长、不见文君'，此词当作于本年，或次年冬。若《倒犯》（咏月），则追忆庐州旧时月色"。孙虹《清真集校注》认同这一观点，并云："词中'秋霜半入清镜'，典出晋朝潘岳《秋兴赋序》中有'余春秋三十有二，始见二毛'。头发半黑半白称'二毛'，由潘鬓典故成为三十余岁的代称，此时周邦彦三十四至三十五岁，亦与典故意义相合，故此词正应写于这段时间。"罗忼烈《清真集笺注》也认为作于庐州教授任上，不过将时间定在元祐二年："据词中地名，知为教授庐州时作，州学在今安徽省合肥市。清真以元祐二年自太学正出教授庐州，时年三十二岁，旋遭时变，不能俯仰取容。乍别繁庶之都，远消荒凉之城，故词多凄苦之音。《友议帖》云：'此月末挈家归钱塘，展省坟城，季春远当西迈。'盖二年初携家回杭，然后赴任也。妇既相随，则词中所谓文君，当别有指拟，未可知也。"蒋哲伦《周邦彦选集》也云："据词中'淮山夜月，金城暮草'句，这首词约作于元祐二年(1087)至四年(1089)周邦彦教授庐州期间。"

孙虹后来在《周邦彦寄内系列词编年考证》中则认为作于溧水任上："结束庐州教授之任后,词人约在元祐八年(1093)绍圣三年(1096),知溧水县,此任上有寄内之作《宴清都》。""今考此词中虽有'淮山夜月,金城暮草',但并不是身处其中,而是'梦魂飞去',所以应是回忆庐州教授任上事;而此词的'地僻无钟鼓',与溧水任上词《满庭芳》中的'地卑山近,衣润费炉烟,黄芦苦竹,疑泛九江船',均从白居易《琵琶行》中化出。"

路成文《周邦彦出任庐州教授考》则认为是周邦彦离庐州任后赴溧水任前"罢废"期间的作品:"庐州为'望'州,当不得首句'地僻无钟鼓'五字。即就词意而言,也并非作于庐州,盖'淮山'、'金城'固指庐州而言,但词中明言淮山夜月,金城暮草,梦魂飞去,则'淮山夜月,金城暮草'乃是'梦魂飞去'之地,是魂牵梦萦之地,是词人追忆的地方。陈、罗、孙三家均未注意这几句词之情感祈向,遂致误断。这首词显然作于离开庐州以后,而非作于庐州。""词中所忆之地惟庐州,表明此时距其离开庐州的时间并不太久;词中所写之境荒僻萧瑟,所抒之情凄恻哀断,特别是孤身远游之羁旅况味非常强烈。此种情怀非任溧水令以后诸次外任所有(盖任溧水令后,清真仕途尚通显,没有遭遇什么特别挫折,恐怕不会经历此等苦境),惟离庐后赴任溧水前'自触罢废'期间为最有可能。""惟其'留滞荆江'之时,不仅深秋或初冬可见大雁成群南飞,且其地距离钱塘相当遥远;作品中凄苦的词情与前引《齐天乐》《琐窗寒》中所追忆的境况正相仿佛。排除溧水等地点后,这首《宴清都》作于荆襄或荆楚的可能性最大。"

【注释】

①《宴清都》调始清真。孙本:"景宋本、吴钞本、宛钞本、王刻本、朱刻本调名下注'中吕'。戈本杜批:'此调以此词为正体,各去上声皆定格。'"罗笺:"《草堂》、《粹编》、《古今诗余醉》题作'秋思'。"

②化用唐·白居易《琵琶行》:"浔阳地僻无音乐,终岁不闻丝竹声。"

③《古诗十九首》(孟冬寒气至):"愁多知夜长,仰观众星列。"欧阳修《锦香囊》:"一寸相思无著处,甚夜长难度。"残灯:将熄的灯。唐·白居易《秋房夜》:"水窗席冷未能卧,挑尽残灯秋夜长。"

117

④寒吹:冷风。南朝宋·鲍照《蒜山被始兴王命作》:"参差出寒吹,飂戾江上讴。"断梗:折断的苇梗。唐·李贺《咏怀》之一:"梁王与武帝,弃之如断梗。"暗雪:陈本、吴本作"暗雨"。罗笺:"《草堂》、《粹编》、《诗余醉》作'暗雨'。唐·储光羲《陇头水送别》:"暗雪速征途,寒云隐戍楼。"

⑤宾鸿:《礼记·月令》:"季秋之月……鸿雁来宾。"郑本注:"来宾,言其客止未去也。"南朝·梁元帝《言志赋》:"闻宾鸿之夜飞,想过沛而沾衣。"漫说:犹休说。毛本、吴本作"漫说"。孙本:"戈选本作'慢说'。"

⑥庾信愁多:南北朝·庾信《愁赋》残文(见叶廷珪《海录碎事》卷九"愁乐门"):"攻许愁城终不破,荡许愁门终不开!何物煮愁能得熟?何物烧愁能得然?闭门欲驱愁,愁终不肯去。深藏欲避愁,愁已知人处。"

⑦江淹恨极:宋·江淹有《恨赋》,见《文选》卷十六:"仆本恨人,心惊不已,直念古者,伏恨而死……自古皆有死,莫不饮恨而吞声。"余参见《早梅芳》(缭墙深)注释⑧及《过秦楼》(水浴清蟾)注释⑭。

⑧文园:司马相如汉武帝时拜孝文园令,故称文园。唐·杜牧《为人题赠二首》(之一):"文园终病渴,休咏《白头吟》。"

⑨徽弦:琴徽也。琴上表识抚抑之处或琴轸系弦之绳,皆谓之徽。这里泛指琴弦。唐·韩愈《秋怀诗十一首》(其七):"有琴具徽弦,再鼓听愈淡。"

⑩淮山:罗笺:"《粹编》、《诗余醉》作'淮水'。"一说在今江苏省盱眙县,一说泛指庐州(今安徽合肥)一带的山岭。

⑪金城:陈本注谓在金陵(今江苏南京),《年谱》谓金牛城,在庐州合肥县西北。罗笺引《续修庐州府志》认为指金城河,在合肥县西九十里。

⑫清镜:罗笺:"《诗余醉》作'青镜'。"秋霜:喻白发。唐·李白《秋浦歌》:"不知明镜里,何处得秋霜。"

⑬南朝·沈约《与徐勉书》:"百日数旬,革带常移旧孔;以手握臂,率计月小半分。"后遂以"沈腰"、"沈带"等指身体瘦损。杨亿《此夕》:"程乡酒薄难成醉,带眼频移奈瘦何。"宋·王安石《寄余温卿》:"平日离愁宽带眼,讫春归思满琴心。"

⑭宋·苏轼《江城子》:"纵使相逢应不识,尘满面,鬓如霜。"余参见《玉

楼春》(玉琴虚下伤心泪)注释②。

【汇评】

沈义父《乐府指迷》：词中用事，使人姓名，须委曲得不出最好。清真词多要两人名对使，亦不可学也。如《宴清都》云"庾信愁多，江淹恨极"、《西平乐》云"东陵晦迹，彭泽归来"、《大酺》云"兰成憔悴，卫玠清羸"、《过秦楼》云"才减江淹，情伤荀倩"之类是也。

沈际飞《草堂诗余正集》："千俦万侣"上，用个"算"字，妙。无疑生疑，以求其议。

先著、程洪《词洁》卷五："美成词，乍近之觉疏朴苦涩，不甚悦口，含咀久之，则舌本生津。"

黄苏《蓼园词选》：曰文园，曰文君，似为旅宦思家之作，或别有所托，亦未可知。而词旨自尔凄然欲绝。

俞陛云《宋词选释》：通首情与景融成一片，合为凄异之音。此调当在浑灏流转处着眼。结句涉想悠然，怨秋烟深处矣。

乔大壮手批《片玉集》：四声之词，吴梦窗、卢蒲江并有此作，可资参证。

又："寒吹"二句作对。庾信、江淹人名作对，固遭评骘，然此八字须是对句，上加"始信得"三字，下加"须赋"二字。"徽弦"二句作对，"淮山"二句亦然。此首庾信、江淹、文园、文君，人名太多，乃矜才使气之过，不可为训。

杨铁：("地僻"三句)因无钟鼓，愈见夜长愈觉难度。("寒吹"三句)写得寒威凛冽，无非为下愁恨出力。("宾鸿"二句)意说无书，说得曲折。("始信得"三句)"始信得"三字领起，"庾信愁多，江淹恨极"八字作对，"须赋"二字则双顶，与前之"留雁唳"(《华胥引》"川原澄映")句法单顶者不同。盖有总领则宜双顶，无总领则宜单顶也。("凄凉"三句)上文以词赋写愁，此则以音韵写愁。("淮山"三句)陈注皆言旧游之地。("秋霜"二句)上句老下句瘦，意对而句不对，所谓搓挪对也。("更久长"二句)"文君"指妻言，老瘦则貌变，故曰认否，以是否之否叶麌韵均，周吴皆用之，但今不宜从。

吴世昌《词林新话》：上片"寒吹断梗，风翻暗雪，洒窗填户"，《草堂诗余》、《花草粹编》等本"雪"作"雨"，按"雪"是也，雨岂能"洒窗填户"？

侧　犯①

大石

暮霞霁雨,小莲出水红妆靓②。风定。看步袜江妃照明镜③。飞萤度暗草,秉烛游花径④。人静。携艳质、追凉就槐影⑤。　　金环皓腕,雪藕清泉莹⑥。谁念省。满身香、犹是旧荀令⑦。见说胡姬⑧,酒垆寂静⑨。烟锁漠漠,藻池苔井⑩。

【题解】

此词有三说,一认为作于庐州教授任上。关于周邦彦教授庐州的时间,《遗事》认为在元祐二年,《年谱》引《宋史》"居五岁不迁,益进力于辞章,出教授庐州",认为其在元祐四年。薛瑞生《周邦彦两入长安考》则云:"邦彦教授庐州在元祐三年(1088),王断为元祐二年(1087),误,时三十三岁;知溧水在元祐八年(1093),时三十八岁。王氏所谓'虽云少年可也',不唯不符今人之俗,亦与宋人爱言老之俗不侔。"孙虹《清真集校注》:"此词是词人第一次离开汴京后的念旧之作,约写于元祐三年(1088)至元祐七年(1092)庐州任上。"路成文《周邦彦出任庐州教授考》:"清真又明言'特从官使,以劝四方'、'旋遭时变'、'自触罢废',这就是说,'时变'发生在庐州教授任上,其任职时间非常短暂,否则不得言'旋'。至此,我们有理由相信,清真所谓'自触罢废'的时期,即在任庐州教授与溧水令之间。也就是说,清真很可能在元祐四年(1089)秋冬间赴任庐州教授后不久或未届任满即遭罢废。直到元祐八年二月任溧水令。这段时间对于清真仕履而言,是一段不堪入史'罢废'时期,故《宋史》径言'出教授庐州,知溧水县,还为国子主簿'。"

二云作于溧水任上。罗笺注云:"出水芙蓉,步袜江妃,所写当是隔浦之莲。槐影追凉，花径秉烛，亦《满庭芳》'莫思身外，且近尊前'之意。自起句至过遍第二句，皆夏夜县圃行乐情景。薰香荀令，当垆胡姬，则缅怀汴京少年游也。时在绍圣，旧党既去，新党登坛，未见诏命，故有所思耳。当言外求之。"曾枣庄持此说(见白敦仁主编《周邦彦词赏析集》)，马成生《周邦彦在溧水任上的政事与创作》亦承其说，也认为"是写词人夏夜在县圃行乐时缅怀少年时在汴京的冶游生活"。

孙虹《周邦彦四过扬州及其曾为睦州地方官词考证》又认为是他离开越州忆念越妓时所作。

【注释】

①《侧犯》调始清真。孙本："景宋本、吴钞本、宛钞本、王刻本、朱刻本调名下注'大石'。"《花庵词选》作"荷花"。《草堂诗余》题作"夏景"。《古今诗余醉》题作"夏夜"。

②暮霞：晚霞。南朝梁·江淹《秋夕纳凉奉和刑狱舅》："虚堂起青霭，崦嵫生暮霞。"出水：出自水中。唐·白居易《因梦得题公垂所寄蜡烛因寄公垂》："照梁初日光相似，出水新莲艳不如。"南朝梁·何逊《看伏郎新婚诗》："雾夕莲出水，霞朝日照梁。"《北史》卷十四《冯淑妃传》："冯淑妃名小怜，……慧黠能弹琵琶，工歌舞。"怜，谐音莲。

③步袜江妃：合用江妃和洛神的典故。三国魏·曹植《洛神赋》："凌波微步，罗袜生尘。"《列仙传》载：江妃二女游于江滨，逢郑交甫，遂解佩与之。交甫受佩而去，数十步，怀中无佩，女亦不见。宋·张耒《对莲花戏寄晁应之》："水宫仙女斗新妆，轻步凌波踏明镜。"陈注误作《莲花诗》，"女"作"子"。

④秉烛：谓持烛以照明。《古诗十九首》(生年不满百)："昼短苦夜长，何不秉烛游。"唐·孟浩然《春初汉中漾舟》："良会难再逢，日入须秉烛。"花径：花间的小路。南朝梁·庾肩吾《和竹斋》："向岭分花径，随阶转药栏。"

⑤艳质：艳美的资质。南朝·陈后主《玉树后庭花》："丽宇芳林对高阁，新妆艳质本倾城。"追凉：乘凉；纳凉。南朝梁·庾肩吾《和晋安王薄晚逐凉北楼回望应教诗》："向夕纷喧屏，追凉飞观中。"槐影：南朝·梁简文帝《仰和卫尉新渝侯巡城口号诗》："水关凌却敌，槐影带重楼。"

⑥金环:金镯。三国魏·曹植《美女篇》:"怀袖见素手,皓腕约金环。"皓腕:洁白的手腕。多用于女子。三国魏·曹植《洛神赋》:"攘皓腕于神浒兮,采湍濑之玄芝。"唐·杜甫《陪诸贵公子丈八沟携妓纳凉晚际遇雨二首》(之一):"公子调冰水,佳人雪藕丝。"

⑦毛本注:"或作'旧时今',非"。荀令:《三国志》卷十《魏书·荀彧传》:"天子拜太祖(曹操)大将军。近(荀)彧为汉侍中,守尚书令。"故称荀令。《襄阳记》:"刘和季性爱香炉,上厕置香炉。主簿张坦曰:'人名公作俗人,真不虚也。'和季曰:'荀令君至人家,坐处三日香,君何恶我爱好也。'"

⑧胡姬:毛本注:"或作'文姬',非"。原指胡人酒店中的卖酒女,后泛指酒店中卖酒的女子。汉·辛延年《羽林郎》:"昔有霍家奴,姓冯名子都。依倚将军势,调笑酒家胡。胡姬年十五,春日独当垆。"

⑨寂静:罗笺:"《历代诗余》作'深迥'。"朱本校:"'静'韵与上复,按方、杨及陈允平和作,并押'迥'字。"孙本:"宋人词上下阕不忌复韵,如集中《花心动》两押'就'字,《西河》两押'水'字可证。"

⑩藻池苔井:唐·李建勋《归雁》:"待侣临书幌,寻泥傍藻池。"唐·李商隐《汴上送李郢至苏州》:"露桃涂颊依苔井,风流夸腰住水村。"

【汇评】

沈际飞《草堂诗余正集》:"飞萤"二句,选诗。"携艳质"句,元曲。"满身香"句亦香。"静"字韵重。

潘游龙《古今诗余醉》卷七:一本"风定"下俱作五字句,非。

卓人月《古今词统》卷十一:"静"字重韵,"锁"字失韵,方千里改之,是也。

乔大壮手批《片玉集》:四声。但梦窗之作亦可参阅。一本"飞萤"下作双拽头。

杨笺:("暮霞"二句)俱说莲,比也。"红妆"、"江妃",起下"艳质"。("看步袜"三句)说夜游,以"萤度"陪"秉烛"。("携艳质"句)携妓。("金环"句)"雪藕"由"暮霞"至此,追叙昔游。("犹是"句)忽然转身,"荀令"自指,犹是言己尚在。("见说"二句)"胡姬"指所谓"艳质"者,"寂静"言其人已亡。("烟锁"二句)以景结情。

122

玉楼春①

桃溪不作从容住②。秋藕绝来无续处③。当时相候赤栏桥④，今日独寻黄叶路⑤。　　烟中列岫青无数⑥。雁背夕阳红欲暮⑦。人如风后入江云⑧，情似雨余粘地絮⑨。

【题解】

罗忼云："此词当时元祐四年任满去庐州,祖帐留别时付声歌之作,味'今日独寻黄叶路'一语,其行当在秋冬间。《远游》诗云:'淮西渡两桨,江左随一鸥。苦嗟波涛窄,所至胶吾舟。借问舟中人,流转何时休……'首言渡淮,别庐而去也,以下皆伤行役之言,似与此词同时之作;'流转何时休',则又'人如风后入江云'耳,诗显词隐,可以互参。"

薛瑞生《周邦彦两入长安考》:"《玉楼春》一阕,似亦写与'萧娘'之感情瓜葛。""'桃溪'句用刘晨、阮肇入天台山遇仙女典,然又'不作从容住',盖因已'秋藕绝来无续处'矣。词写秋景,亦与别长安之时序合。""词中'赤栏桥'本谓赤色栏槛之桥,与下'黄叶路'句作对句。然有学人以为庐州有溪曰'桃溪',有桥曰'赤栏桥',即认为作于庐州,那么庐州是否也有'黄叶路'呢?仅据'桃溪'与'赤栏桥'即谓作于庐州,此断未必允当。"

【注释】

①陈本、吴本调名下注"大石"。《草堂诗余》、《古今词统》、《古今诗余醉》作"天台"。孙本:"戈本杜批:'《词林正韵》云:此调应全用去声韵。'按:宋词多用入声韵,后选录之梅溪词亦去上兼叶,想可不拘。又,前后短两起句,有用'仄仄平平平仄仄'不叶韵,为又一体。"

②南朝宋·刘义庆《幽明录》载,东汉刘晨、阮肇共入天台山采药于桃花溪上遇仙女,有"攀桃""沿溪"等事。从容:盘桓逗留。《楚辞·九章·悲回风》:"寤从容以周流兮,聊逍遥以自恃。"

③秋藕:南朝齐·谢朓《在郡卧病呈沈尚书》:"夏李沈朱实,秋藕折轻丝。"

④毛本注:"《绝妙好词选》作'当时无奈鸟声哀'。"罗笺:"《草堂》、《词的》、《诗余醉》同。案此词通体对句,作'无奈鸟鸣哀'不惟失对,文情亦与上句不接,当误。"赤栏桥:赤色栏杆桥,罗笺认为此为合肥桥。宋·姜夔《淡黄柳》词序:"客居合肥南城赤阑桥之西,巷陌凄凉,与江左异,惟柳色夹道,依依可怜。"罗笺:"案陈注引《北梦琐言》谓赤栏桥在桑干河,不止谬以千里也。"

⑤独寻:罗笺:"《草堂》、《词的》作'重寻'。"黄叶路:枯黄的树叶。亦借指将落之叶。罗笺:"《粹编》作'黄叶渡',《草堂》、《词的》、《词统》作'芳草路'。"宋·惟凤《秋日送人》:"去路正黄叶,别君堪白头。"

⑥列岫:远山。南朝齐·谢朓《郡内高斋闲望答吕法曹》:"窗中列远岫,庭际俯乔林。"

⑦夕阳:罗笺:"《词统》作'斜阳'。"唐·温庭筠《春日野行》:"蝶翎胡粉尽,鸦背夕阳多。"唐·李商隐《与赵氏昆季燕集》:"虹收青嶂雨,鸟没夕阳天。"

⑧入江云:云随江远去貌。宋·杜甫《江阁对雨有怀行营裴二端公》:"野流行地日,江入度山云。"陈本注误引作"风入渡江云"。

⑨沾地絮:柳絮被雨打湿在地貌。宋·参寥《子瞻席上令歌舞者求诗戏以此赠》:"禅心已作沾泥絮,肯逐春风上下狂。"宋·晏几道《玉楼春》:"便教春思乱如云,莫管世情轻似絮。"

【汇评】

沈际飞《草堂诗余正集》:"当时"二语固用刘、阮事,转有醒悟。风云入江散难聚,雨絮沾地牢不解,即"秋藕"句意,而味之有无迥别。

潘游龙《古今诗余醉》:"当时"二语用刘、阮事,转有醒悟。惜"秋藕"句甚俗,至"人如风后"二语又妙如神矣。

黄苏《蓼园词选》:美成由秘书监、徽猷阁待制出知顺昌,是其被出后借题寄托也。东坡亦由翰林学士被谪,其《点绛唇》一词亦其寓意耳。是皆工于写意者。

周济《宋四家词选》：只赋天台事，态浓意远。

陈廷焯《云韶集》卷四：只纵笔直写，情味愈出。

陈廷焯《白雨斋词话》卷一：美成词有似拙实工者，如《玉楼春》结句云："人如风后入江云，情似雨余沾地絮。"上言人不能留，下言情不能已，呆作两譬，别饶姿态，却不病其板，不病其纤，此中消息难言。

陈廷焯《词则·大雅集》卷二：（"人如"二句）上句人不能留，下句情不能已，平常意，写得姿态如许。

陈洵《抄本海绡说词》：上阕大意已足，下阕加以渲染，愈见精彩。

乔大壮手批《片玉集》："赤栏桥"，见温庭筠集。"人如"二语，宋人词话盛称不已。

俞陛云《宋词选释》：此调凡四首，以此首为最。上、下阕之后二句，寓情味于对偶句中，"江云"、"雨絮"，取譬尤隽。

杨筼：从别离说起。（"桃溪"句）正意。（"秋藕"句）喻意。（"当时"二句）上句逆入，下句平出。（"烟中"句）关山迢递。（"雁背"句）雁信渺茫。（"人如"二句）上句对面即一去不还意，下句本身即死心塌地意。陈廷焯曰：末二语上言人不能留，下言情不能已，呆作两譬，别饶姿态，却不病其板，不病其纤，此中消息难以言传。

吴世昌《词林新话》：结句亦峰以为"上言人不能留，下言情不能已"。其实此句言不由自主，犹云"禅心已作沾泥絮"，正与"不能已"相反。美成此词主题为"当时相候赤栏桥，今日独寻黄叶路"，即再访情人（女冠）已不可见，只好寻旧路回去。下片只说路上风景及心情而已。

满庭芳①

中吕

风老莺雏②，雨肥梅子③，午阴嘉树清圆④。地卑山近，衣润费炉烟⑤。人静乌鸢自乐⑥，小桥外、新绿溅溅⑦。凭栏久，黄芦苦竹,拟泛九江船⑧。　　　年年。如社燕⑨,飘流瀚海⑩,来寄修椽⑪。且莫思身外,长近尊前⑫。憔悴江南倦客⑬,不堪听、急管繁弦⑭。歌筵畔,先安簟枕,容我醉时眠⑮。

【注释】

①孙本:"景宋本、吴钞本、宛钞本、王刻本、朱刻本调名下注'中吕'。"元本题"夏日溧水无想山作",《花庵词选》、《花草粹编》题作"夏景"。溧水:位于今江苏南京东南,宋时属江宁府。《江宁府志》:"无想山在溧水县南十五里,其山巅有泉,下注成瀑布。"

②莺雏:幼小的莺。五代·路德延《小儿》:"莺雏金旋系,猫子彩丝牵。"唐·杜牧《赴京初入汴口晓景即事先寄兵部李郎中》:"露蔓虫丝多,风蒲燕雏老。"

③梅子:梅树的果实。味酸,立夏后成熟。生者青色,叫青梅;熟者黄色,叫黄梅。唐·杜甫《陪郑广文游何将军山林》:"绿垂风折笋,红绽雨肥梅。"

④午阴:中午的阴凉处。常指树荫下。宋·苏舜钦《寄题赵叔平嘉树亭》:"午阴闲淡茶烟外,晓韵萧疏睡雨中。"嘉树:毛本、《古今词统》作"佳树",《乐府雅词》作"槐影"。良木。《楚辞·九歌·桔树》:"后皇嘉树。"晋·支遁《咏禅思道人诗》:"回壑仞兰泉,秀岭攒嘉树。"唐·刘禹锡《昼居池上亭独吟》:"日午树阴正,独吟池上亭。"

⑤汉·贾谊《鵩鸟赋序》:"谊即以谪居长沙,长沙卑湿,谊自伤悼,以为

寿不得长。"唐·杜甫《遣兴》:"地卑荒野大,天远暮江迟。"句中"地卑"、"衣润",言其地卑湿,坎坷自伤之意。炉烟:熏炉或香炉中的烟。南朝·梁简文帝《晓思诗》:"炉烟入斗帐,屏风隐镜台。"

⑥人静:罗笺:"《乐府雅词》作'人去'。案欧阳修《醉翁亭记》:'树林阴翳,鸣声上下,游人去而禽鸟乐也。'词句意相似。"陈本注:"杜甫诗'人静乌鸢乐'。"当为佚诗。乌鸢:乌鸦和老鹰。均为贪食之鸟。《庄子·列御寇》:"庄子将死,弟子欲厚葬之……曰:'吾恐乌鸢之食夫子也。'"

⑦新绿:孙本从毛本作"新渌"。罗笺:"《雅词》、元本作'新渌'。"溅溅:《楚辞·湘君》:"石濑兮浅浅,飞龙兮翩翩。"王逸注:"浅浅,流疾貌。"浅同溅,水声。

⑧黄芦苦竹:唐·白居易《琵琶行》:"住近湓江地低湿,黄芦苦竹绕宅生。"拟泛:罗笺:"《雅词》、《花庵》作'疑泛'。"九江船:船,陈本作"舡",同船。《琵琶行并序》:"元和十年,余左迁九江郡司马。明年秋,送客湓浦口,闻船中夜弹琵琶者,听其音铮铮然有京都声。"用琵琶行其事喻天涯零落之意。

⑨社燕:《正字通》:"社,时令。有社立春后五戊为春社,祭后土也;立秋后逢戊为秋社。"燕子于春社前北归,于秋社后南飞,故云。唐·欧阳澥《燕诗》:"长向春秋社前后,为谁归去为谁来。"余参见《秋蕊香》(乳鸭池塘水暖)注释⑥。

⑩瀚海:本作"翰海",泛指边远荒寒之地。《史记·卫将军骠骑列传》:"(霍去病)封狼居胥山,禅于姑衍,登临翰海。"司马贞《索引》引崔颢云:"北海名。群鸟之所解羽,故云瀚海。"

⑪修椽:屋顶用来承瓦之长木。唐·杜甫《陈拾遗故宅》:"拾遗平昔居,大屋尚修椽。"

⑫身外:自身之外。晋·陆机《豪士赋》:"心玩居常之安,耳饱从谀之说。岂识乎功在身外,任出才表者哉!"唐·杜甫《绝句漫与九首》:"莫思身外无穷事,且尽生前有限杯。"尊前:在酒樽之前。指酒筵上。唐·马戴《赠友人边游回》:"尊前语尽北风起,秋色萧条胡雁来。"

⑬唐·杜甫《梦李白》:"冠盖满京华,斯人独憔悴。"唐·郑谷《席上贻

歌者》："坐中亦有江南客,莫向春风唱《鹧鸪》。"倦客:客游他乡而对旅居生活感到厌倦的人。南朝宋·鲍照《代东门行》："伤禽恶弦惊,倦客恶离声。"周邦彦自称"江南倦客",不得志貌。

⑭急管繁弦:形容节拍急促,演奏热闹的乐奏。晋·陆机《文赋》："炳若缛绣,凄若繁弦。"唐·杜甫《促织》："悲丝与急管,感激异天真。"繁弦,罗笺:"《雅词》、《花庵》作'危弦'。"

⑮歌筵:有歌者唱歌劝酒的宴席。南朝梁·何逊《拟青青河畔草》："歌筵掩团扇,何时一相见?"簟枕:《草堂诗余》、《花草粹编》、《古今诗余醉》作"枕簟"。《南史》卷七十五《陶潜传》:"(陶)潜若先醉,便语客:'我醉欲眠卿可去',其真率如此。"

【汇评】

沈义父《乐府指迷》:词中多有句中韵,人多不晓,不惟读之可听,而歌时最叶韵应拍,不可以为闲字而不押。如《木兰花慢》云:"倾城。尽寻胜去","城"字是韵。又如《满庭芳》过处"年年。如社燕","年"字是韵,不可不察也。

杨湜《古今词话》:"费",周美成"衣润费炉烟",谢勉仲"心情费消遣",晏小山"莫向花笺费泪行",本于"学书费纸"之"费"。

卓人月《古今词统》卷十二:"老"字、"肥"字、"费"字,字法俱灵。

沈际飞《草堂诗余正集》:起句,千炼。"衣润"句,景语也,景在"费"字。"不堪听"句,浅而得情。

潘游龙《古今诗余醉》:"风老"二语,炼。"衣润"句有景,景在"费"字。美成有《塞翁吟》一首,去此远矣。

先著、程洪《词洁》卷三:"黄芦苦竹",此非词家所常设字面,至张玉田《意难忘》词尤特见之,可见当时推许大家者自有在,决非后人以土泥脂粉为词耳。

许昂霄《词综偶评》:通首疏快,实开南宋诸公之先声。"人静乌鸢乐",杜句也;"黄芦苦竹",出香山《琵琶行》。

黄苏《蓼园词选》:此必其出知顺昌府后作。前三句见春光已去。"地卑"至"九江船",言其地之僻也。"年年"三句,见宦情如逆旅。"且莫思"句至末,写其心之难遣也。末句妙于语言。

周济《宋四家词选》:("人静"二句)体物入微,夹入上下文中,似褒似贬,神味最远。

陈廷焯《白雨斋词话》卷一:美成词,有前后若不相蒙者,正是顿挫之妙。如《满庭芳》上半阕云:"人静乌鸢自乐,小桥外、新绿溅溅。凭阑久,黄芦苦竹,拟泛九江船。"正拟纵乐矣,下忽接云:"年年。如社燕,飘流瀚海,来寄修椽。且莫思身外,长近尊前。憔悴江南倦客,不堪听、急管繁弦。歌筵畔,先安簟枕,容我醉时眠。"是乌鸢虽乐,社燕自苦,九江之船,卒未尝泛。此中有多少说不出处,或是依人之苦,或有患失之心。但说得虽哀怨,却不激烈,沈郁顿挫中别饶蕴藉。后人为词,好作尽头语,令人一览无余,有何趣味。

陈廷焯《云韶集》卷四:起笔绝秀,以意胜,不以词胜,笔墨真高。亦凄恻,亦疏狂。

谭献评《词辨》:"地卑"二句,觉《离骚》廿五,去人不远。"且莫"二句,杜诗韩笔。

谭献《复堂词自序》:周美成云:"流潦妨车毂。"又云:"衣润费炉烟。"辛幼安云:"不知筋力衰多少,只觉新来懒上楼。"填词者试于此消息之。

梁令娴《艺蘅馆词选》乙卷引梁启超语:最颓唐语,却最含蓄。

陈洵《海绡说词》:方喜"嘉树",旋苦"地卑";正羡"乌鸢",又怀芦竹。人生苦乐万变,年年为客,何时了乎。"且莫思身外",则一齐放下。"急管繁弦",徒增烦恼,固不如醉眠之自在耳。词境静穆,想见襟度,柳七所不能为也。

又《抄本海绡说词》:层层脱卸,笔笔钩勒,面面圆成。

乔大壮手批《片玉集》:二声。词中去上、去入处,则须遵守。"拟"字别本作"疑"。"年"字,句中韵,小山无之。

陈匪石《宋词举》卷下:此清真令溧水时作。前五句及"黄芦苦竹",写江南梅子黄时天气,读之如坐梅雨中,庭阴泼水,午梦蓇腾时也。一、二对起,写天时。第三句"阴"字,逗出四、五两句。"衣润费炉烟",不独模写天气入微,且非静中体会不出。谭献以此为词中消息,与《大酺》之"流潦妨车

129

穀"、稼轩之"只觉新来懒上楼"并称。"人静乌鸢自乐",紧接上句,乌鸢之乐,不知人之苦。周济谓:"夹入上下文中,似褒似贬,神味最远。"愚谓"人静乌鸢乐"原系杜诗,添一"自"字,更饶余味,此清真擅长处也。"小桥外、新绿溅溅",亦一静境。"凭阑久",远承"人静",近承"小桥",用白诗"黄芦苦竹绕宅生"之句,以白诗作于九江,地最卑湿,故有此疑。"泛船"固暗用白诗,然亦由"小桥"、"新绿"联想而得。统观前遍,皆写实境,以情融入景中,"倦客"之苦,在若隐若现之间,极匣剑帷灯之妙。过变以下,如流泉下泄,直抒胸臆;而旋垂旋缩,又如因风成漪,叠澜不定。"年年,如社燕"十三字,直入自身,言今年适然在此,过去未来,行踪靡定,劳悴之情,迁流之感,"社燕"一比,形容毕肖,实为下文"倦客"加倍出力。"且莫思身外",一撇;"长近尊前",一合。以前遍云云及"瀚海"、"修椽"皆属"身外",似解脱语,仍伤心语,而"尊前"又引起下四句也。"憔悴"句,一转。"身外"虽欲不思,身内则难忍置,十三字急泪进流,称心而道。"尊前"虽"近",无奈闻乐而忧,而"憔悴"之故,"不堪听"之故,又绝不肯说明,故只有醉眠一法,以不了了之。于是"歌筵"句再勒转。"先安"、"容我"四字,亦非轻下,似恐并此亦不可得。而姑为是请者,仍自安于"地卑山近"之境而已。陈廷焯谓"虽哀怨却不激烈,沉郁顿挫中别饶蕴藉",洵为知言。盖全篇之骨,为"江南倦客"四字,只一点睛,而既无露骨语,亦不作尽头语也。

　　俞陛云《宋词选释》:通首气脉之贯注,顿挫之蓄势,自是大家。下阕"身外"、"尊前"数语,不着闲愁,自成馨逸,尤为超妙。谭复堂拈出"地卑山近"二句,谓是五代人语,为词家度尽金针。夏闰庵云:"换头处,直贯篇终,有矫若游龙之势。"

　　杨笺:("风老莺雏"三句)从夏景入,以动物对植物,清真常例。("地卑山近"二句)溧水县署为负山而筑,故曰"地卑山近",卑近则"潮","潮"则"衣润","费炉烟"者,熏之也。"费"字妙。("小桥"二句)说水,为下"船"字安根。("凭栏"三句)入人事,顶"溅溅"来,以"凭栏久"三字领起,不直写心事,止就景上盘旋。("年年"四句)一官如寄,歇拍,恰合地步。("且莫思"二句)"身外"即功名身外事之意。二句自为开合。"憔悴"句应"漂流","急管"句应"尊前"。("歌筵畔"三句)应"倦客"。梁启超曰:"末处最颓唐,语却最含蓄。"海绡翁曰:"方喜嘉树,旋苦地卑;正羡乌莺,又怀芦竹。人生苦乐万变,年年为客,何时了乎?且莫思身外,则一齐放下。急管繁弦,徒增烦恼,固不如醉眠之自在耳。词境静穆,想见襟度。柳七所不能为也。"

俞平伯《清真词释》:词为清真中年之作,气恬韵穆,色雅音和,萃众美于一篇,会声辞而两得,在本集固无第二首,求之两宋亦罕见其俦。如东坡之"大江东去",超妙过之,而厚意差逊,盖稍近率,惟屯田之《八声甘州》有异曲同工之妙,骏快有余,沈郁亦微减耳。

得力在写景。起笔以下,语语含情,迟暮漂零,寄响弦外,而莺飞水逝复藉无情回映,神味尤远。稍一顿挫,即入过片,有水到成渠之乐。

又《乙稿》:此亦先景后情格,起首三句写夏景,便隐然有迟暮之感矣。"梅子"句,用杜诗"红绽雨肥梅"。"嘉树清圆","清圆"二字,是从刘梦得诗"日午树阴正"之"正"字化来。夏景于四时中吟咏独少,刻画最难。此阕起首三句,便如在薰风披拂、浓阴永昼之中也。"地卑"两句,最为诸家激赏。盖沦谪之恨,出之蕴藉。谭、周两评皆探骊得珠之论。下句将杜诗"人静乌莺乐",加一"自"字,不觉其赘,可谓用古入神。"乌莺自乐",见得正有不乐者在耳。小桥流水溅溅,生意活泼,无我之境,与"乌莺"句互相映带。"黄芦苦竹",见乐天诗,明写其地卑湿,似无可恋,故拟泛九江之船矣。然上用"凭栏久",下又着一"拟"字,想见回肠九曲,去住皆难。句法顿挫,恰为下半蓄势。"九江船"句,用杜诗:"闻道巴山里,春船正好行。都将百年事,一望九江城。"过片"年年"叶韵,"社燕"句,正面自喻,故用一"如"字。乌莺自乐,社燕自苦也。夏闰庵评曰:"换头处直贯篇终。""莫思身外"两句,亦用杜诗"莫思身外无穷事,且尽尊前有限杯"。何等沈郁,亦不觉其歇后。"憔悴"两句,似已放笔言情,而用"歌筵"三句兜转,神味悠然无尽。通篇用事,多系唐大家诗,意境沈雄,音调圆浑,此清真中年官溧水令着意之作也。结句注引陶潜语,实则仍借李白诗"我醉欲眠君且去",不仅用原典也。

俞平伯《唐宋词选释》:上片以景寓情,写江南初夏风景入妙,似褒似贬,含蓄顿挫。下片"年年"句换头,一气呵成,直贯篇终。

唐圭璋《唐宋词简释》:此首在溧水作。上片写江南初夏景色,极细密;下片抒飘流之哀,极宛转。"风老"二句,实写景物之美。莺老梅肥,绿阴如幄，其境可思。"地卑"二句，承上，言所处之幽静。江南四月，雨多树密，加之地卑山近，故湿重衣润而费炉烟，是静中体会之所得。"人静"句，用杜诗，增一"自"字，殊有韵味。"小桥"句，亦静境。"凭栏久"，承上。"黄芦"句，用白香山诗，言所居卑湿，恐如香山当年之住溢江也。换头，自叹身世，文笔曲折。叹年年如秋燕之飘流。"且莫思"句，以撇转作转，劝人行乐，意自杜诗"莫思身外无穷事，且尽尊前有限杯"出。"憔悴"两句，又作一转，言虽强抑悲怀，不思身外，但当筵之管弦，又令人难以为情。"歌筵畔"一句，再转作收。言愁思无已，惟有借醉眠以了之也。

张伯驹《丛碧词话》：按清真此词，前阕写景，后阕写情。"凭阑久，黄芦苦竹，疑泛九江船"，从"地卑山近"出；"'疑泛'之"疑"字，从"凭阑久"之"久"字出。《白雨斋词话》误"疑"为"拟"，遂致语全无当。所谓"乌莺自乐，社燕自苦，九江之船，卒未尝泛，即是说"拟"字也。汲古阁本作"拟"，《雅词》作"疑"，"疑"字何等灵幻，"拟"字则呆滞矣。后说此词"沈郁顿挫中别饶蕴藉，不作尽头语"，则深知清真之长处者。

蒋礼鸿《大鹤山人校本〈清真词〉笺记》：("凭阑久，黄芦苦竹，拟泛九江船")郑(文焯)校："疑泛"，元本、汲古本并作"拟"，今从《雅词》。按：彊村选《宋词三百首》亦从《雅词》，论者是之。愚谓"拟"有"准拟"、"拟似"二义，物之似者谓之"拟"。《汉书·公孙弘传》："臣闻管仲相齐，有三归，侈拟于君。"颜师古注："拟，疑也，言相似也。"《后汉书·张衡传》："吾观太玄，方知子云妙极道数，乃与五经相拟，非徒传记之属。"言与五经相似也。梅尧臣《和颖上人南徐十咏金山寺》诗："山隐众山殊，寺非诸寺拟。"拟者，比也，似也。白居易《琵琶行》："住近溢江地低湿，黄芦苦竹绕宅生。"周词正谓所居卑湿，与白相同。"拟泛九江船"，犹云"似泛九江船"耳。改"拟"为"疑"，于文似为径易，然恐转失其实矣。

132

隔浦莲①

大石

新篁摇动翠葆②。曲径通深窈。夏果收新脆③,金丸落、惊飞鸟④。浓霭迷岸草。蛙声闹⑤。骤雨鸣池沼。　　水亭小。浮萍破处⑥,檐花帘影颠倒。纶巾羽扇⑦,困卧北窗清晓⑧。屏里吴山梦自到⑨。惊觉。依然身在江表⑩。

【题解】

强焕《清真词叙》云:"溧水为负山之色,官赋浩穰,民讼纷沓,似不可以弦歌为政。而待制周公元祐癸酉春中为邑长于斯,其政敬简,民到于今称之。""余慕周公之才名,有年于兹,不谓于八十余载之后,踵公旧踪,既喜而且愧。故自到任以来,访其政事,于所治后圃得其遗政,有亭曰'姑射',有堂曰'萧闲',皆取神仙中事,揭而名之,可以想象其襟抱之不凡,而又睹新绿之地,隔浦之莲依然在目。"词题既曰"姑射亭避暑作",词自当作于周邦彦官溧水时。陈维崧《湖海楼词》有《念奴娇》题云:"途经溧水,是宋周美成作令地,慨焉赋此。"词中夹注云:"《隔莲浦》、《满庭芳》词,俱美成在溧水署中作。"又云:"美成令溧水时,署中构一亭,名曰姑射。"《年谱》也系此词于元祐八年(1093)至绍圣二年(1095)间溧水任上。郑文焯《清真词校后录要》、马成生、赵治中《周邦彦年谱》(下)则径编于元祐八年(1093),认为是周邦彦知溧水到任后不久的词作。

【注释】

①调始清真。孙本从毛本调名作《隔浦莲近拍》,有词题"中山县圃姑射亭避暑作"。《太平寰宇记·升州·溧水县》云:"中山,又名独山,在县东南十里,不与群山连接,古老相传中山有白兔,世称为笔最精。山前有水

源，号为独水。"《舆地志》："宣州溧水县，有独山，下有独水，流演不息。"罗
笺："《景定建康志》卷三十七乐府引此词题作'溧水县圃姑射亭避暑作'。"
《花庵词选》、《草堂诗余》、《古今诗余醉》同题作"夏景"。

②新篁：新生之竹。亦指新笋。唐·李贺《昌谷北园新笋》诗之三："今
年水曲春沙上，笛管新篁拔玉青。"翠葆：形容草木青翠茂盛。南朝齐·谢
朓《侍宴华光殿曲水奉敕》："翠葆随风，金戈动日。"

③曲径：常建《题破山寺后禅院》："曲径通幽处，禅房花木深。"夏果：泛
指夏季水果。唐·宋之问《登粤王台》："冬花采卢橘，夏果摘杨梅。"唐·韩
愈《李花》："冰盘夏荐碧实脆，斥去不御惭其花。"

④金丸：《西京杂记》："韩嫣好弹，常以金为丸，所失者日有十余。长安
为之语曰：'苦饥寒，逐金丸。'"唐·李白《少年子》："金丸落飞鸟，夜入琼楼
卧。"词中以金丸喻黄梅。

⑤浓霭：浓雾。唐·李商隐《李肱所遗画松诗书两纸得四十韵》："浓霭
深霓袖，色映琅玕中。"唐·韩愈《答柳柳州食虾蟆》："鸣声相呼和，无理只
取闹。"

⑥池沼：池和沼。泛指池塘。汉·刘向《新序·杂事五》："周文王作灵
台，及为池沼，掘地得死人之骨。"晋·潘岳《闲居赋》："池沼足以渔钓，春税
足以代耕。"水亭：临水的亭子。唐·杜审言《夏日过郑七山斋》："薜萝山径
入，荷芰水亭开。"宋·张先《题西溪无相院》："浮萍断处见山影，野艇归时
闻草声。"陈本注"断"误作"破"。

⑦纶巾：《正字通·服饰部》："纶巾，巾名。世传孔明军尝服之。"《世说
新语·简傲》："谢郎中（万）是王蓝田（述）女婿，尝著白纶巾，肩舆至扬州听
事，见王，直言曰：'人言君侯痴，君侯信自痴！'"羽扇：《太平御览》卷七百二
引裴启《语林》："（诸葛）武侯与宣王（司马懿）在渭滨将战，武侯乘素舆，葛
巾，白羽扇，指挥三军，三军皆随其进止。"头戴纶巾，手持羽扇，多用以形容
飘逸潇洒或儒雅风流的风度。唐·吕岩《雨中花》："岳阳楼上，纶巾羽扇，
谁识天人。"

⑧清晓：天刚亮时。唐·孟浩然《登鹿门山怀古》："清晓因兴来，乘流
越江岘。"晋·陶渊明《与子俨等书》："尝言五六月中北窗下卧，遇凉风暂

至,自谓是羲皇上人。"

⑨吴山:泛指吴越一带的山。唐·温庭筠《春日》:"屏上吴山远,楼中朔管悲。"

⑩江表:指长江以南的地区。《三国志》卷二《魏书·文帝纪》:"五月,以荆、扬、江表八郡为荆州。"

【汇评】

胡仔《苕溪渔隐丛话》前集卷五十九:周美成"水亭小。浮萍破处,檐花帘影颠倒"。按杜少陵诗"灯前细雨檐花落",美成用此"檐花"二字,全与出处意不相合,乃知用字之难矣。

王楙《野客丛书》卷十:苕溪渔隐谓周侍郎词"浮萍破处,帘花檐影颠倒","檐花"二字,用杜少陵"灯前细雨檐花落",全与出处意不相合。又赵次公注杜少陵诗,引刘邈"檐花初照日"之语。仆谓二说皆考究未至,少陵"檐花落"三字,元有所自,丘迟诗曰:"共取落檐花。"何逊诗曰:"燕子戏还飞,檐花落枕前。"少陵用此语尔,赵次公但见刘邈有此二字,引以证杜诗,渔隐但见杜诗有此二字,引以证周词,不知刘邈之先,已有"檐花落"三字矣。李白诗"檐花落酒中",李暇亦有"檐花照月莺对栖"之语,不但老杜也。详味周用"檐花"二字,于理无碍。渔隐谓"与出处不合",殆胶于所见乎?大抵词人用事圆转,不在深泥出处,其纽合之工,出于一时自然之趣。

杨慎《词品》卷二:杜诗"灯前细雨檐花落",注谓檐下之花,恐非,盖谓檐前两映灯光如花尔。后人不知,改作"檐前细雨灯花落",则直致无味矣。宋人小词多用"檐花"字,周美成云:"浮萍破处,檐花帘影颠倒。"又云"檐花细雨照芳塘",多不悉记。

沈际飞《草堂诗余正集》:果如丸,巧喻。"浮萍"句,小而致。

卓人月《古今词统》徐士俊评:"金丸"句,惊鱼错认月沉钩,正如鸟认果为丸耳。

潘游龙《古今诗余醉》卷五:杜诗:"灯前细雨檐花落",檐前雨映灯花,为花尔。后人改"檐前细雨灯花落",则直致无味矣。此词用檐花,苕溪云:"与出处意不合",乃知用字之难。及见词选作"帘花檐影"可以无疑。

陈洵《抄本海绡说词》:自起句至换头第三句,皆"惊觉"后所见。"纶

135

巾"、"困卧",却用逆叙。身在江表,梦到吴山,船且到,风辄引去。仙乎仙乎,周词固善取逆势,此则尤幻者。

吴则虞点校《清真集》:毛注云:"'帘花檐影',作'檐花帘影',杜子美诗云'灯前细雨檐花落',盖檐前雨映灯光如花尔,或改'檐前细雨灯花落',便无致味。周美成用'檐花',苕溪渔隐病其与本意未合。《花庵词选》作'帘花檐影'。"案非是。梦窗《解语花》"檐花旧滴",无逸词"檐花细雨照芳塘",亦用子美诗意。檐花非雨花也。"檐影摇花",王娇娘《满庭芳》语,见《词品》。(编者按:《全宋词》作"帘花檐影",据此当改作"檐花帘影",今从之。)

吴世昌《词林新话》:此词分段,毛本、《花庵词选》、《草堂诗余》、《花草粹编》均以"水亭小"属前片,西麓和作、履斋"会老香堂和美成"并同。陈注本以"水亭小"属下片,千里、泽民和作从之。此外,梅溪、竹屋、放翁、介庵如毛本,海野、处静、梦窗如陈本,则此词在宋代固已分片歧异。今就此词语义而论,则周词自"惊飞鸟"以下,明明为五言、三言之排句两列,且每句一韵,十六字中乃有四韵,声调紧凑异常,周词全集用韵之密,无有过于此首者。且每句皆有新意,不如他词之衍复,可谓调紧句峭、意繁韵密。自"浮萍破处"以下,则为四言、六言之排句两列,正与上片之五言、三言之排句隐隐相对。但下片四句二十字,仅用二韵,韵调疏松而语意闲散,亦与上文之紧峭繁密相对拒。自此以下,"屏里"一句,虽七字一韵,仍有摇曳悠闲之致,但已不复如前排之松散矣。至"惊觉"而骤紧,读者受此二字一韵之震荡,亦为之蘧然惊觉。末句六字一韵,仍极清挺,曰"依然身在江表",使读者对于上片所叙景物再作回味,故虽已读竟,而仍留不尽之意。若以"水亭小"一句属下片,则不特上片排列整齐之句法音节全为破坏,即下片多此三字,使四六言之两排亦为之扰乱,令人不易辨清。此三字之上下移动,足令前人用心圣处全被抹杀。而《周词订律》乃谓详其语意仍以属后为是,不知其所详者何语何意,而所是者是否果是也。

统观全词,虽句杂长短,而隐隐然未尝无秩序存乎其间。上片首句六言,次五言;又次五言,次六言,此内向对句也。以下五、三言两列,平行对句也。下片首为四、六之平行对句,末二句疑原作七言二句,以示平衡。若去末句之"身"字,而以"惊觉"二字连下句同读,即成两七言句。此"身"

136

字最初当为泛声增字也。盖自整齐之五七言唐人乐府，嬗变为长短句，虽似参差杂出，实有规律存乎其间，稍加排比当可见其句法之对称平衡之迹，一如泰西诗歌。厥后偷字减声，泛引漫延，踵事增华，愈趋繁杂，原来整齐之迹遂不可见。重以传写镌刻之讹误，遂使慢词之句法参差拗涩，不可卒读。以方小令，其差异乃远过于小令之方律绝，可不怪欤？

美成此词最能利用音韵节奏之美，使音节与文义浑然同化，令人即仅聆其音节而不审其文义，亦能与作者情感同起节奏。首二句闲闲叙来，预为读者布幽邃之静境，然逐句有韵，其韵且至峭。加以"新篁摇动"，读者但觉其境虽静，而人随境转，未尝停留。至"夏果收脆"，而渐有人间之味，"金丸惊鸟"而难藏飞动之致。以下四句则字少韵密，闹蛙骤雨，杂然并作，使自然现象随万籁以俱舞，而三字之韵尤为迫促急切，至"水亭小"而达高峰，亦为上片整段之结束。此三字虽未状声音动作，然承上文而来，曰"亭小"，则更足以反衬喧境之嘈杂迫切矣。至下片则易奇句为偶句，易逐句韵为隔句韵，大有雨过天青之致，更向动境回复到静境，至"梦到吴山"，而极尽幽闲安谧之致。读者至此，前此万籁齐发之情绪亦不觉为之催眠。乃又有"惊觉"一韵，奇短奇峭，于是为之蓦然而作，而昨夜喧境不觉犹萦耳际也。全首每句每列文义皆与韵节相配合，布局结构亦无一不佳。

乔大壮手批《片玉集》：四声词。"屏里"句已不易，其下二韵尤难。

杨笺：此词以"水亭"二字为主，余皆旁景也。（"新篁"句）先写沿径之竹。（"曲径"句）次写通亭之径。（"夏果"二句）次写傍亭之果树，"夏果收新脆"五字朴而丽。金丸者，果也。"落"承"收"，"惊"承"落"。（"浓霭"三句）又次写近池之草地，又次则及筑亭之池，"岸草"写色，"蛙闹"、"雨鸣"写声。（"水亭"句）至此方出"亭"字，千呼万唤始出来，此之谓也。（"浮萍"二句）写亭与池之关系。（"纶巾"二句）入人事。（"屏里"句）"梦"承"卧"来。（"惊觉"）由梦而觉，"惊觉"者，为"蛙闹""雨鸣"而"惊觉"也，包括许多心事在言外。

玉烛新^①

双调　梅花

溪源新腊后。见数朵江梅^②，剪裁初就。晕酥砌玉芳英嫩^③，故把春心轻漏^④。前村昨夜，想弄月、黄昏时候^⑤。孤岸峭，疏影横斜，浓香暗沾襟袖^⑥。　　尊前赋与多材，问岭外风光，故人知否^⑦。寿阳谩斗。终不似，照水一枝清瘦^⑧。风娇雨秀。好乱插、繁花盈首^⑨。须信道，羌管无情，看看又奏^⑩。

【题解】

《年谱》系此词于绍圣二年(1093)溧水任上。

【注释】

①陈本调名下注"双调"。吴本调名下注"大石"。陈本、吴本有词题"梅花"。毛本有词题"早梅"。孙本："景宋本、吴钞本、宛钞本、王刻本、朱刻本调名下注'双调'。戈本杜批：'第二句至第七句前后段相同，惟前之"破玉"、"昨夜"不叶韵；后之"慢斗"、"雨秀"叶韵为异，《词律》谓逃禅词前后并叶，为正体。按：词之韵即曲之拍，往往后多于前，不足为定。'"《全宋词》注："案此首别误作李清照词，见《梅苑》卷三。"

②新腊：腊祭之后，指阴历进入十二月。江梅：一种野生梅花。花小香清而疏瘦有韵。宋·范成大《梅谱》："江梅，遗核野生、不经栽接者，又名直脚梅，或谓之野梅。凡山间水滨荒寒清绝之趣，皆此本也。花稍小而疏瘦有韵，香最清，实小而硬。"唐·杜甫《徐九少尹见过》："何当看花蕊，欲发照江梅？"

③砌玉：罗笺："《粹编》、《诗余醉》作'破玉'。"孙本："戈选本作'破

玉'。"芳英:晋·许询《诗》:"青松凝素髓,秋菊落芳英。"

④春心:南朝·梁武帝《子夜四时歌·春歌四首》(之一):"春心一如此,情来不可限。"此处以花心喻春心,借指春光。

⑤前村昨夜:唐·齐己《早梅》:"前村深雪里,昨夜一枝开。"

⑥疏影横斜:宋·林逋《山园小梅》:"疏影横斜水清浅,暗香浮动月黄昏。"襟袖:衣襟衣袖。亦借指胸怀。南朝宋·谢惠连《白羽扇赞》:"挥之襟袖,以御炎热。"

⑦《白氏六帖》卷六《梅部》:"庾岭上梅花,南枝已落,北枝方开,寒暖之候异也。"唐·李峤《梅》:"大庾敛寒光,南枝独早芳。"唐·李商隐《对雪》:"梅花大庾岭头发,柳絮章台街里飞。"风光:风景;景色。宋·苏轼《追和子由去岁试举人洛下所寄·暴雨初晴楼上晚景之一》:"秋后风光雨后山,满城流水碧潺潺。"

⑧寿阳:参见《丑奴儿》(肌肤绰约真仙子)注释⑥。一枝清瘦:宋·参寥《梅花寄汝阴苏太守》:"一树轻明侵晓岸,数枝清瘦耿疏篱。"

⑨风娇:谓风姿娇柔。唐·李贺《三月过行宫》:"渠水红繁拥御墙,风娇小叶学娥妆。"唐·杜甫《苏端薛复筵简薛华醉歌》:"安得健步移远梅,乱插繁花向晴昊。"

⑩信道:知道;料知。宋·柳永《瑞鹧鸪》:"须信道,缘情寄意,别有知音。"羌管:即羌笛。罗笺:《梅苑》、《草堂》作'羌笛'。《乐府杂录》:"笛者,羌乐也,古有《落梅花》曲。"余参见《南浦》(浅带一帆风)注释⑧。

【汇评】

沈际飞《草堂诗余正集》:下阕全是一团梅花精灵,寿阳公主犹不似,誉梅极矣,爱梅极矣。

潘游龙《古今诗余醉》卷十三:前段略不可人,后则全是一团梅精灵,至寿阳犹不似,则誉极爱极矣。

王世贞《艺苑卮言》:王元泽"恨被榆钱,买断两眉长斗",可谓巧而费力矣。史邦卿"作冷欺花,将烟困柳",殆尤甚焉。然与李汉老"叫云吹断横玉",谢勉仲"染云为幌",美成"晕酥砌玉",鲁直"莺嘴啄花红溜,燕尾点波绿绉",俱为险丽。

乔大壮手批《片玉集》：四声。"羌管"，或指西夏、辽、金。

杨笺：（"溪源"三句）早梅。（"晕酥"二句）梅之态度。（"前村"二句）梅开之时。（"孤岸"三句）梅香沾袖则渐入人事。（"尊前"三句）今之在尊前赋梅花者皆多材也。岭指梅岭言。（"寿阳"句）一开。（"终不似"二句）一合。（"风娇"二句）就本题顿足。（"好乱插"句）推到后路。

琴调相思引①

生碧香罗粉兰香②。冷绡缄泪倩谁将③。故人何在，烟水隔潇湘④。　　花落燕去春欲老，絮吹思浪日偏长。一些儿事，何处不思量⑤。

【题解】

孙虹《周邦彦寄内系列词编年考证》认为此词写于周邦彦荆州、长安游学期间，"从自己和妻子两个不同的视角写成了春冬（但时间并不一定都在一年）两个季节的寄内词八首"。初步断定其写于熙宁四年（1071）至熙宁七年（1074）之间。

【注释】

①诸本无，仅见吴钞本。

②生碧：鲜嫩的绿色。唐·罗虬《句》："窗前远岫悬生碧，帘外残霞挂熟红。"

③缄泪：收敛眼泪。《类说》卷二十九引《丽情集》："灼灼，锦城官妓也，善舞柘枝，能歌水调，为幽抑怨怼之音。相府筵中，与河东御史裴质座接，神通目授，如故相识。相因夜饮，忽速召之。自此不复面矣。灼灼以软绡多聚红泪，密寄河东人。"

④烟水：雾霭迷蒙的水面。唐·孟浩然《送袁十岭南寻弟》："苍梧白云远，烟水洞庭深。"

⑤思浪:孙本从陈本、毛本作"鱼浪"。思量:考虑;忖度。《晋书·王豹传》:"得前后白事,具意,辄别思量也。"唐·杜荀鹤《秋日寄吟友》:"闲坐细思量,惟吟不可忘。"

花　犯①

小石　梅花

粉墙低,梅花照眼②,依然旧风味③。露痕轻缀。疑净洗铅华④,无限佳丽⑤。去年胜赏曾孤倚⑥。冰盘同宴喜⑦。更可惜,雪中高树,香篝熏素被⑧。　　今年对花最匆匆⑨,相逢似有恨,依依愁悴。吟望久,青苔上、旋看飞坠。相将见、脆丸荐酒⑩,人正在、空江烟浪里。但梦想、一枝潇洒,黄昏斜照水⑪。

【题解】

罗忼:"按清真以元祐八年(1093)二月知溧水,至绍圣三年(1096)三月何愈继任,旋入京任国子主簿。此词为在溧水最后一次赏梅之作,盖其时已奉召命矣,故有'相将见脆丸荐酒,人正在空江烟浪里'之叹。疑此篇作于绍圣二年冬或三年春初梅开之候。花庵所谓'三年间事',海绡翁所谓'三年情事',并得其实。黄蓼园谓'宦迹无常,情怀落寞',亦知言也。"薛瑞生《周邦彦并未"流落十年"考辨》认为"(周)邦彦于绍圣二年十一月离溧水内调","《花犯》词亦可视为邦彦于绍圣二年十一月离溧水之佐证"。

【注释】

①《花犯》调始清真。孙本:"景宋本、吴钞本、宛钞本、王刻本、朱刻本调名下注'小石',词题作'梅花';戈选本词题作'梅'。"《花庵词选》作"梅花",《古今诗余醉》题作"梅",毛本题作"咏梅",《乐府雅词》、《花草粹编》

无题。

②粉墙低:张先《菊花新》:"院深池静花相妒。粉墙低、乐声时度。"照眼:犹耀眼。唐·杜甫《酬郭十五受判官》:"药裹关心诗总废,花枝照眼句还成。"

③风味:《宋书》卷一百《自序》:"(沈伯玉)温雅有风味,和而能辨,与人共事,皆为深交。"宋·林逋《梅花三首》(之一):"堪笑胡雏也风味,解将声调角中吹。"

④疑净洗:罗笀:"《全芳备祖》无'疑'字。"宋·王安石《与微之同赋梅花得香字三首》(之二):"不御铅华知国色,只裁云缕想仙装。"余参见《丑奴儿·肌肤绰约真仙子》注释③。

⑤佳丽:《乐府雅词》、《阳春白雪》、《花庵词选》作"清丽",《花草粹编》误作"佳期"。南朝·梁简文帝《美女篇》:"佳丽尽关情,风流最有名。"

⑥胜赏:美景。《陈书》卷二十五《孙玚传》:"泛长江而置酒,亦一时之胜赏。"

⑦同宴喜:陈本、《草堂诗余》、《花草粹编》、《古今词统》作"共宴喜"。冰盘:盘内放置碎冰,上面摆列藕菱瓜果等食品,叫作冰盘。夏季用以解渴消暑。南朝·徐陵《春情诗》:"竹叶裁衣带,梅花莫酒盘。"余参见《隔浦莲》(新篁摇动翠葆)注释③。

⑧更可惜:《阳春白雪》作"最好是"。雪中高树:郑本校:"汲古作'高树',诸本并同。《雅词》作'高士',盖用卧雪故事,今从之。"唐·杜甫《江梅》:"雪树元同色,江风也自波。"香簟:陈本注:"簟,落也,可熏衣用。梅花如簟,雪如被。"

⑨最匆匆:《花庵词选》、《古今词统》、《古今诗余醉》作"太匆匆"。

⑩愁悴:《古今词统》作"憔悴"。忧伤憔悴。唐·罗隐《寄郑补阙》:"别来愁悴知多少,两度槐花马上黄。"吟望:《乐府雅词》、《花庵词选》、《花草粹编》作"凝望"。脆丸:代指青梅。陈本、吴本、毛本、《花庵词选》、《古今诗余醉》、《词苹》作"脆圆"。南朝·梁简文帝《奉答南平王康赉朱樱诗》:"宁异梅似丸,不羡萍如日。"余参见《隔浦莲》(新篁摇动翠葆)注释④。

⑪空江:浩瀚寂静的江面。唐·张泌《洞庭阻风》:"空江浩荡景萧然,

142

尽日孤蒲泊钓船。"宋·林逋《山园小梅》："疏影横斜水清浅,暗香浮动月黄昏。"余参见《玉烛新》(溪源新腊后)注释⑥。

【汇评】

林洪《山家清供》:剥梅浸雪酿之,露一宿,取去,蜜渍之,可荐酒。词正用其意。

黄昇《花庵词选》:此只咏梅花,而纡余反覆,道尽三年间事,昔人谓好诗圆美流转如弹丸,余于此词亦云。

何士信《增修笺注妙选群英草堂诗余》:愚谓此词梅词第一。

沈际飞《草堂诗余正集》:"愁悴"句,梅花传心。

吴从先《草堂诗余隽》录李攀龙语:机轴圆转,组织无痕,一片锦心绣口,端不减天孙妙手,宜占花魁矣。

卓人月《古今词统》徐士俊评:"香篝"句得其神,"相逢"句得其情。

周济《宋四家词选》:清真词其清婉者如此,故知建章千门,非一匠所营。

李佳《左庵词话》:晁无咎《水龙吟》(去年暑雨钩盘)、周美成《花犯·咏梅》二词层次曲折,一气舒卷,机轴相同。

黄苏《蓼园词选》:愚谓此词为梅词第一。总是见宦迹无常,情怀落寞耳。忽借梅花以写,意超而思永。言梅犹是旧风情,而人则离合无常。去年与梅共安冷淡,今年梅正开,而人欲远别,梅似含愁悴之意而飞坠;梅子将圆,而人在空江中,时梦想梅影而已。

谭献评《词辨》:("依然"句)逆入。("去年"句)平出。("今年"句)放笔为直干。"凝望久"以下,筋摇脉动。("相将见"二句)如颜鲁公书,力透纸背。

陈廷焯《云韶集》:此词非专咏梅花,以寄身世之感耳。黄叔旸谓"此词只咏梅花,而纡徐反覆,道尽三年间事,圆美流转如弹丸",可谓知言。

郑文焯校《清真集》:"同燕喜",《草堂》作"共"。案"共"即"供"字。杜诗:"开筵得屡供。"此盖言梅花供一醉之意,较"同"字意长。后人因此字宜平,误会"共"意,遂改作"同",不知"同"字与上句"孤倚"义未洽也。

陈洵《海绡说词》:只"梅花"一句点题,以下却在题前盘旋。换头一笔钩转。"相将"以下，却在题后盘旋，收处复一笔钩转。往来顺逆，盘控自如，圆美不难，难在拙厚。

又："正在"应"相逢"，"梦想"应"照眼"，结构天然，浑然无迹。

又：此词体备刚柔，手段开阔。后来稼轩有此手段，无此气韵；若白石，则并不能开阔矣。

陈洵《抄本海绡说词》：起七字，极沉著，已将三年情事，一齐摄起。"旧风味"，从"去年"虚提。"露痕"三句，复为"照眼"作周旋。然后"去年"逆入，"今年"平出，"相将"倒提，"梦想"逆挽。圆美不难，难在浑劲。

俞陛云《宋词选释》：宋词中咏梅花者，俪色擒称，各极其工。此词论题旨，在"旧风味"三字，而以"去年"、"今年"分前、后段标明之。下阕自"吟望久"至结句，纯从空处落笔，非实赋梅花。闰庵云："此数语极吞吐之妙。"

陈匪石《宋词举》：第一句直起点题，明说"梅花"，是美成老辣浑朴处，南宋人所不肯为，亦不敢为者。白石《暗香》，乃用侧笔，非其伦也。第二句叫起全篇，却倒戴而入，为全词眼目。"露痕"三句，正写梅花，还却题面，且引起以下种种感想。"去年"句入本意，承上"旧风味"来。"冰盘共燕喜"，是赏花对酒，与后遍之"脆圆荐酒"相映照，其不至犯复者，此是花供赏玩，彼以梅实供食品也。"更可惜"一转，亦即上文之"风味"，且见"孤倚"之意。从"士"字则惜无人共赏；从"树"字则以"冰盘"喻雪地，而惜雪之封枝，不能尽胜赏之兴。四句一气，皆"去年"事。过变径转入今年。"太匆匆"比"曾孤倚"别是一境，而"愁悴"相同。"依依""有恨"，起于相逢之际，则由去年以入今年，或由今年想及去年，皆包括在内，为前后遍之枢纽。"吟望久"、"旋看飞坠"，是伸说"匆匆"，即由花开说到花落。"相将见、脆圆荐酒"，又由今年之花想到明年之实，夫花既如此，则明年之我又在何处？遂料及"空江烟浪"，既非去年之"孤倚"，又非今年之"吟望"，而"孤倚"、"吟望"中所见"一枝潇洒，黄昏斜照水"者，只得于梦寐中想见之，其"可惜"、其"有恨"又当倍于今昔。辛稼轩曰"今不如昔，后更不如今"，吴梦窗曰"后不如今今非昔"，皆即此意。而清真却只说事实，于弦外得音，则超妙绝伦。且追溯去年，推想明年，写尽"依依"之情，益知"相逢似有恨，依依愁悴"似过脉语，而实极经意语也。黄昇曰："只咏梅花，而纡徐反复，道尽三年情事。昔人谓

'好诗圆美流转如弹丸',吾于此词亦云。"周济曰:"清婉至此,故知建昌千门,非一匠所营。"愚谓此词胜处,全在有雄浑之笔力,而出以和婉之辞气,倪来倜往,如神龙夭矫,不可捉摸。而文之波澜,仍依时之次第,平庸者固望洋而叹,矜才使气者又不能如此之安详,真神品也。谭献评"依然"句曰"逆入","去年"句曰"平出",过变曰"放笔为直干","相将"两句曰"如颜鲁公书,力透纸背"。又曰"凝望久"以下"筋摇脉动"。读者宜深味之。

乔大壮手批《片玉集》:四声词。此是古今绝唱,读之可悟词境。"旧风味"、"去年"、"曾"、"今年"、"相将见"、"梦想",皆时也。"粉墙"、"雪中"、"苔上"、"空江"、"照水",皆地也,合时与地,遂成境界。

杨笺:从今年梅花说起,"依然"句已神注四均。("露痕"三句)顶"照眼"。("去年"句)去年赏梅。("冰盘"句)"冰盘"者,开宴雪中之荐殽者。("更可惜"三句)梅被雪压,香不外透,如被盖箬上熏香然。("今年"三句)转到今年。("吟望久"二句)梅落。("将相见"二句)"脆圆"即梅子,因花落知将结子,"将见"直连到"空浪里"。("但梦想"二句)回到现在,此词妙以现在为主,忽前忽后,旋绕本题,极萦回之致。海绡翁曰:只"梅花"一句点题,以下却在题前盘旋。换头一笔钩转。"相将"以下,却在题后盘旋,收处复一笔钩转。往来顺逆,盘控自如,圆美不难,难在拙厚。又云:"正在"应"相逢","梦想"应"照眼",结构天成,浑然无迹。又云:此词体备刚柔,手段开阔。后来稼轩有此手段,无此气韵;若白石,则并不能开阔矣。黄叔阳曰:此只咏梅花而迂徐反复,道尽三年间事,圆美流转如弹丸。周止庵曰:清真词,其清婉者如此,故知建章千门,非一匠所营。

张伯驹《丛碧词话》:清真《花犯》词之妙,正与《兰陵王》同。明是离别之事,而即咏柳;明是离别之事,而即咏梅。所以能纡徐反复,更尽离情之惨。

瑞龙吟①

大石

　　章台路②。还见褪粉梅梢,试花桃树③。愔愔坊陌人家④,定巢燕子,归来旧处⑤。　　黯凝伫。因念个人痴小,乍窥门户⑥。侵晨浅约宫黄,障风映袖⑦,盈盈笑语。　　前度刘郎重到⑧,访邻寻里,同时歌舞。唯有旧家秋娘⑨,声价如故。吟笺赋笔,犹记燕台句⑩。　　知谁伴、名园露饮,东城闲步⑪。事与孤鸿去⑫。探春尽是,伤离意绪。官柳低金缕⑬。　　归骑晚,纤纤池塘飞雨。断肠院落,一帘风絮⑭。

【题解】

　　《年谱》曰:"《瑞龙吟》云:'章台路。还见褪粉梅梢,试花桃树。'又云:'前度刘郎重到,访邻寻里,同时歌舞。唯有旧家秋娘,声价如故。'按:本年(绍圣三年丙子)还京上距元祐己巳出任庐州教授已历八年,所以访邻寻里,惟有秋娘如故。"王国维《年表》、龙榆生《清真词叙论》、蒋哲伦《周邦彦选集》并以为还京任国子主簿时作,时在绍圣四年(1097)。孙注云:"此词约写于绍圣三年(1096)或绍圣四年(1097)周邦彦还为国子主簿时。"白敦仁《周邦彦及其〈清真词〉》(上),马成生、赵治中《周邦彦年谱》(下)亦云此词似为绍圣四年(1097)奉诏还京之作。

　　罗笺云:"看似章台感旧,而弦外之音,实寓身世之感,则又系乎政事沧桑者也。惟词情惝恍迷离,言近意远,若不迹其生平及仕宦得失而寻绎之,诚如周止庵所谓'不过桃花人面,旧曲翻新耳'。盖自元祐二年教授庐州,至是十载,十载之中,新旧党争未已。元祐时旧党为政,罢新法,逐新人;绍圣时新党复起,则又复新法,逐旧人,起新人,清真以是召还。词云'还见',

又云'重到',指十载之后再来京师,殆无疑义。'定巢燕子,归来旧处'二句,乍看似只写春景,其实亦有寓意。方元祐初政,新党既逐,旧党居政府,《忆旧游》则以'旧巢更有新燕'为言;方其知溧水时,自伤飘零不偶,则有'年年如社燕'之叹;今旧党既逐,新党复居政地,是'归来旧处'也。三词所言燕子,比而观之,其旨自见。'前度刘郎重到',取譬更显白,永贞变法败绩,刘梦得坐贬朗州司马十年;己亦因新党之故,去朝十载,事与时皆相似。比及反永贞变法者或老或死,失其政柄,于是梦得始获召回为主客郎中,其间得失之故,又相类也。梦得前后两绝句,盖寓人政沧桑之感,本无涉于冶游,而此词与'访邻寻里,同时歌舞'并称,扑索迷离,毋怪论者但以桃花人面视之也。'吟笺赋笔,犹记《燕台》句'二语,乍看似只谓昔日所欢,犹能歌其词;实则暗指《汴都赋》。《楼序》谓其'以一赋而得三朝之眷',所以不忘于当道者以此,故次年复重进此赋而擢官也。然则旧家秋娘,犹记《燕台》,其此之谓乎?王灼称清真词中有《离骚》者,大抵如是;所谓秋娘,当是有力者,惜无从考知其为谁耳。"

【注释】

①《瑞龙吟》调始清真。陈本调名下注"大石"。孙本:"景宋本、宛钞本、王刻本、朱刻本调名下注'大石'。"吴本注"越调"。罗笺:"《花庵》题作'春词'。"毛注:"按此调自'章台路'至'归来旧处'是第一段。自'黯凝伫'至'盈盈笑语'是第二段。此谓之双拽头,属正平调。自'前度刘郎'以下即犯,系第三段,至'归骑晚'以下四句再归正平。坊刻皆于'声价如故'分段者,非也。"

②章台:秦昭王台名,汉时章台街在其地。《汉书》卷七十六《张敞传》:"然(张)敞无威仪,时罢朝会,走马过章台街,使御吏驱,自以便面拊马。"颜师古注:"孟康曰:'在长安中。'臣瓒曰:'在章台下街也。'"后人因以章台称妓女聚居之地。宋·欧阳修《蝶恋花》:"玉勒雕鞍游冶处,楼高不见章台路。"

③还见:陈本、吴本作"还是"。罗笺:"《草堂》、《粹编》作'还是'。"褪粉:朱校:"明本《乐府雅词》作'退'。"试花:花朵初放。宋·范成大《两木》:"去年小试花,珑珑犯冰寒。"唐·张籍《新桃行》:"植之三年余,今年初

147

试花。"

④惝惝:幽深貌;悄寂貌。汉·蔡琰《胡笳十八拍》:"雁飞高兮邈难寻,空肠断兮思惝惝。"唐·韩愈《送浮屠令纵西游序》:"乘间致密,促席接膝,讥评文章,商较人士,浩浩乎不穷,惝惝乎深而有归。"坊陌:唐制妓女所居之地。孙本从戈选本作"坊曲"。唐·孙棨《北里志·海论三曲中事》:"平康里入北门东回三曲,即诸妓所居之聚也。妓中有铮铮者,多在南曲、中曲,其循墙一曲,卑屑妓所居,颇为二曲轻斥之。其南曲、中曲门前通十字街。初登馆阁者,多于此窃游焉。"郑校引杨慎云:"当时(指唐时)长安诸倡家其选入教坊者,居处则曰坊。"罗笺云:"街道曰陌,曲陌谓坊曲中道,坊陌亦然,盖单言则曰坊或曲也。坊陌即章台路,不必定做'坊曲'也。"

⑤《乐府诗集·杂曲歌辞十三·杨白花》:"秋去春还双燕子,愿衔杨花入窠里。"唐·杜甫《堂成》:"暂止飞乌将数子,频来语燕定新巢。"

⑥竚:同"伫"。宋·柳永《鹊桥仙》:"伤心脉脉谁诉,但黯然凝伫,暮烟寒雨,望秦楼何处?"因念:罗笺:"《雅词》作'曾记',《白雪》、《花庵》、毛本作'因记'。"个人:彼人,那人。宋·陈亮《念奴娇·至金陵》:"因念旧日山城,个人如画,已作中州想。"痴小:幼稚,幼弱。唐·白居易《井底引银瓶》:"寄言痴小人家女,慎勿将身轻许人。"宋·范成大《樱桃花》:"玉梅一见怜痴小,教向傍边自在开。"乍窥门户:宋人称妓院为门户人家,此即倚门卖笑之意。唐·长孙佐辅《伤故人歌妓》:"愁脸无红衣满尘,万家门户不容身。"

⑦侵晨:天快亮时,拂晓。罗笺:"《雅词》作'清晨'。"宫黄:毛本注:"或作宫妆,非。"古代妇女以黄粉涂于额上,称额黄,宫中所用为最上,称宫黄。障风映袖:南朝梁·庾肩吾《咏美人看画诗》:"看妆畏水动,敛袖避风吹。"

⑧前度刘郎:南朝宋·刘义庆《幽明录》载,相传东汉永平年间,刘晨、阮肇在天台桃源洞遇仙,还乡后,又重到天台。后因称去而重来者为"前度刘郎"。唐·刘禹锡《再游玄都观》:"种桃道士归何处,前度刘郎今又来。"余参见《玉楼春》(桃溪不作从容住)注释②。

⑨旧家秋娘:唐·杜牧《杜秋娘诗序》:"杜秋,金陵女也。年十五,为李锜妾。后锜叛灭,籍之入宫,有宠于景陵。穆宗即位,命秋为皇子傅姆。皇子壮,封漳王。郑注用事,诬丞相欲去己者,指王为根。王被罪废削,秋因

148

赐归故乡。予过金陵，感其穷且老，为之赋诗。"后成为歌女的通称。唐·白居易《琵琶行》："曲罢曾教善才服，妆成每被秋娘妒。"

⑩燕台句：毛本注："或作兰台，非。"唐·李商隐《赠柳枝》："长吟远下燕台句，唯有花香染未消。"诗序曰："柳枝，洛中里娘也。……余从昆让山，比柳枝居为近。他日春曾阴，让山下马柳枝南柳下，咏余《燕台诗》。柳枝惊问：'谁人有此，谁人为是？'让山谓曰：'此吾里中少年叔耳。'柳枝手断长带结让山，为赠叔乞诗。明日，余比马出其巷，柳枝丫环毕妆，抱立扇下，风障一袖，指曰：'若叔是？后三日，邻当去溅裙水上，以博山香待，与郎俱过。'余诺之。会所友偕当诣京师者，戏盗余卧装以先，不果留。"后因以"燕台句"指工于言情的诗词佳作。

⑪东城：唐·杜牧《张好好诗序》云："牧大和三年，佐故吏部沈公江西幕，好好年十三，始以善歌来乐籍中。后一岁，公移镇宣城，复置好好于宣城籍中。后二岁，为沈著作述师以双鬟纳之。后二岁，于洛阳东城重睹好好，感旧伤怀，故题诗赠之。"闲步：亦作"间步"。亦作"闲步"。漫步，散步。三国魏·曹植《七启》："雍容闲步，周旋驰耀。"

⑫杜牧《题安州浮云寺楼寄湖州张郎中》："恨如春草多，事与孤鸿去。"孤鸿：三国魏·阮籍《咏怀诗》之一："孤鸿号外野，翔鸟鸣北林。"唐·张九龄《感遇》诗之四："孤鸿海上来，池潢不敢顾。侧见双翠鸟，巢在三珠树。"

⑬意绪：罗笺："《草堂》、《粹编》脱'意'字。"心意，情绪。南朝齐·王融《咏琵琶》："丝中传意绪，花里寄春情。"五代·徐铉《柳枝辞》之十二："唯有美人多意绪，解依芳态画双眉。"官柳：官府种植的柳树。《晋书》卷六十六《陶侃传》："（陶侃）尝课诸营种柳，都尉夏施盗官柳植之于己门。侃后见，驻车问曰：'此是武昌西门前柳，何因盗来此种？'施惶怖谢罪。"余参见《宴桃源·尘满一缾纹绣》注释④。

⑭一帘：朱校："《雅词》一作'人'。"晏殊《寓意》："梨花院落溶溶月，柳絮池塘淡淡风。"化用此诗。

【汇评】

黄昇《唐宋诸贤绝妙词选》卷七：今按此词自"章台路"至"归来旧处"是第一段，自"暗凝伫"至"盈盈笑语"是第二段，此谓之双拽头，属正平调。自

"前度刘郎"以下，即犯大石，系第三段。至"归骑晚"以下四句，再归正平。今诸本皆于"吟笺赋笔"处分段者，非也。

沈义父《乐府指迷》：结句须要放开，含有余不尽之意，以景结情最好。如清真之"断肠院落，一帘风絮"，又"掩重关偏城钟鼓"之类是也。

田艺蘅《香芋诗谈》：今花始开日试花。张司业《新桃行》："植之三年余，今夏初试花。"

吴从先《草堂诗余隽》引李攀龙语：此词负才抱志，不得于君，流落无聊，故托以自况。

周济《宋四家词选》：（事与孤鸿去）只一句，化去町畦。

又：不过桃花人面旧曲翻新耳。看其由无情入，结归无情，层层脱换，笔笔往复处。

陈廷焯《词则·别调集》卷二：笔笔回顾，情味隽永。

吴梅《词学通论·概论二》：《瑞龙吟》一首，其宗旨所在，在"伤离意绪"一语耳。其入手先指明地点曰"章台路"，却不从目前景物写出，而云"还见"，此即沈郁处也。须知梅梢桃树，原来旧物，惟用"还见"云云，则令人感慨无端，低徊欲绝矣。首叠末句云："定巢燕子，归来旧处。"言燕子可归旧处，所谓前度刘郎者，即欲旧处而不得，徒彳亍于悄悄坊陌、章台故路而已，是又沈郁处也。第二叠"黯凝伫"一语为正文。而下文又曲折，不言其人不在，反追想当日相见时状态。用"因记"二字，则通体空灵矣，此顿挫处也。第三叠"前度刘郎"至"声价如故"，言个人不见，但见同里秋娘，未改声价，是用侧笔以衬正文，又顿挫处也。"燕台"句，用义山柳枝故事，情景恰合。"名园露饮，东城闲步"，当日己亦为之。今则不知伴着谁人，赓续雅举。此"知谁伴"三字，又沈郁之至矣。"事与孤鸿去"三语，方说正文。以下说到归院，层次井然，而字字凄切，末以"飞雨"、"柳絮"作结，寓情于景，倍觉黯然。通体仅"黯凝伫"、"前度刘郎重到"、"伤离意绪"三语为作词主意。此外则顿挫而复缠绵，空灵而又沈郁。骤视之，几莫测其用笔之意，此所谓神化也。

夏敬观评《清真集》（龙榆生《唐宋名家词选》引）：词中对偶，最忌堆砌板重。如此词"褪粉"二句，"名园"二句，皆极流动，所以妙也。

150

又:"悄悄"、"侵晨",挺接。

又:末段挺接处尤妙,用潜气内转之笔行之。

陈洵《海绡说词》:第一段,地。"还见"逆入,"旧处"平出。第二段,人。"因记"逆入,"重到"平出,作第三段起步。以下抚今追昔,层层脱卸。"访邻寻里",今;"同时歌舞",昔;"惟有旧家秋娘,声价如故",今犹昔。而秋娘已去,却不说出,乃吾所谓留字诀者。于是"吟笺赋笔"、"露饮"、"闲步",与"窥户"、"约黄"、"障袖"、"笑语",皆如在目前矣。又吾所谓能留,则离合顺逆,皆可随意指挥也。"事与孤鸿去",咽住;"探春尽是,伤离意绪",转出"官柳"以下,风景依稀,与"梅梢"、"桃树"映照,词境浑融,大而化矣。

乔大壮批《片玉集》:此调是双拽头。四声可参酌梦窗及杨泽民、方千里和作。近时作者多即依此篇四声,其触韵处仍可依之。惟戒添出触韵之字耳。"事与"句,用杜牧句作提笔,重大之至。

夏孙桐评《清真词》:清真平写处与屯田无异,至矫变处自开境界,其择言之雅,造句之妙,非屯田所及也。

又:后幅景中见情,妙在不说破,其味无穷。

陈匪石《宋词举》:周济曰:"此不过'桃花''人面',旧曲翻新耳。看其由无情入,结归有情,层层脱换,笔笔往复处。"愚按:本词第一段,以"还见"二字为骨。"章台"、"坊陌",即"个人"所在之地。"梅"、"桃"点出时令,亦"桃花依旧"之意。"燕子归来",物犹怀旧,不必说人,意已反透。第二段以"因念"二字为骨,而由"凝伫"说入。"个人痴小",点出"前度"之人,以追念出之,则"人面"之"不知何处",已见言外。而"乍窥"以下,但说其妆饰、其丰神,愈实写愈为后段蓄势。以局势言,两段皆前遍地位。"前度刘郎重到"为过变。而此六字者,事本在"还见"、"因念"之先,却在两段后突接,前者何其纤徐,此处何其卓荦。自此以下,似应直写胸臆矣,而"访邻寻里",与"个人""同时歌舞"者,惟有"旧家秋娘",其"声价"为"如故",反剔"个人"之不见。然仍不肯说破,但说"吟笺赋笔",我犹记得,而"露饮"、"闲步","谁"更"伴"我?此笔法之脱换处,即不肯使一直笔,而回环曲折,为"伤离"二字作顶上之盘旋。至"事与孤鸿去",则一笔揭穿。"探春"八字,点出作意。极老辣,极沉痛。盖有前之摩空作势,然后奋然一击为有力也。由"探春"而"伤离",因"伤离"而归去,故又转到"归骑"。着一"晚"字,弥见恋恋之意。"官柳"四句,全属"归骑"之所见所感。"飞雨"中之"金缕"、"风絮",处处牵愁。"池塘"、"院落",即第一段之"人家",第二段之"门户"。不去不可,欲去不忍。"断肠"二字,即"伤离意绪",以不经意出之。周氏所谓"无情入,无情结",实则即景见情,言情之入微而又极浑者也。

俞陛云《宋词选释》:首段言人如巢燕归来,花事方酣,人家依旧。次段回忆此地初逢,笑语风姿,宛然在目。三段实赋访旧,歌姬舞侣,大半飘零,闻说秋娘尚在,如洛中柳枝娘,犹能忆诵玉溪诗句。而此日名园寥寂,伴饮无人,伤别伤春,惟有一鞭归去,帘栊风絮,独自徘徊。通篇宛转写来,情景两融。"孤鸿"句至结句,景中见情,妙在不说破,其味无尽。夏闰庵云:"清真平写处,与屯田无异;至矫变处,自开境界。其择言之雅,造句之妙,非屯田所及也。"此调第一段、第二段属正平调,谓之双拽头。自"前度刘郎"以下,即犯大石调。至"归骑晚"以下四句,复入正平调。他本有从"声价如故"句分段者,非是。

俞平伯《清真词释》:此词《清真》、《片玉》各本俱列第一,当是压卷之作……以景起,以景结,春景为一篇之枢纽。先述归来所见,后方点出归来旧处,倒叙有力。见春物之恬静,遂想个人当年光景来。第三叠方仟细叙述本事,妙在吞吐回环,欲言又止,神味无穷。"探春"句八字,放笔为直干,以下仍细写春色,笔有余妍,闰庵所谓妙在不说破也。

清真词立意分明,安章停妥,复以细笔衬之,故"愈钩勒愈浑厚",在六朝文中可比陆士衡。如本篇"吟笺赋笔"句即一例也。"旧家秋娘"已有美人迟暮之感,忽借玉溪生《燕台》诗,以洛中里娘柳枝喻所谓"个人痴小",是逆挽法;昔则红粉有知音,今则谁伴名园露饮矣,以逗下文又极自然沈着。周氏所谓脱换往复,殆即此意耳。全集诸篇类此正多,可以隅反。

唐圭璋《唐宋词简释》:此首为归院后追述游踪之作,与《瑞鹤仙》、《夜飞鹊》追述送客之作作法相同。第一片记地,"章台路"三字,笔照全篇。"还见"二字,贯下五句,写梅桃景物依稀,燕子归来,而人则不知何往,但徘徊于章台故路、惝惝坊陌,其怅惘之情为何如耶!第二片记人,"黯凝伫"三字,承上起下。"因念"二字,贯下五句,写当年人之服饰情态,细切生动。

第三片写今昔之感，层层深入，极沉郁顿挫缠绵宛转之致。"前度"四句，不明言人不在，但以侧笔衬托。"吟笺"二句，仍不明言人不在，但以"犹记"二字，深致想念之意。"知谁伴"二句，乃叹人去。"事与孤鸿去"一句顿然咽住，盖前路尽力盘旋，至此乃归结，既以束上三层，且起下意。所谓事者，即歌舞、赋诗、露饮、闲步之事也。"探春"二句，揭出作意，唤醒全篇。前言所至之处，所见之景，所念之人，所记之事，无非伤离情绪，"尽是"二字，收拾无遗。"官柳"二句，写归途之景，回应篇首"章台路"。"断肠"二句，仍寓情于景，以风絮之悠扬，触起人情思之悠扬，亦觉空灵，耐人寻味。

龙榆生《清真词叙论》：欲见周词之风格，毕竟当于高健幽咽，层深浑成处，参取消息矣。

周采泉《清真词语》：清真《瑞龙吟》词云："因念个人痴小，乍窥门户。"此"窥"字，非窥探之义。盖宋人称妓院为"门户人家"，"乍窥门户"者，即初为妓时倚门接客也。（《词学》第一辑）

吴世昌《词林新话》：此调清真首创，前两段各三仄韵，后一段九仄韵，共一百三十三字，各家和词均同。独《词律拾遗》所收翁元龙一首一百三十二字，末段第六韵作七言一句，异于周词之作四言二句也。

近代短篇小说作法，大抵先叙目前情事，次追叙过去，求与现在上下衔接，然后承接当下情事，继叙尔后发展。欧美大家作品殆无不守此义例。清真生当九百年前已能运用自如。第一段叙目前景况，次段追叙过去，三段再回到本题，杂叙情景故事，又能整篇浑成，毫无堆砌痕迹。又，后人填长调，往往但写情景，而无故事结构贯穿其间，不失之堆砌，即流为空洞。《花间》小令多具故事，后世擅长调者，柳、周皆有故事，故语语真切实在。白石景多于情，梅溪情多于景，此王国维所以讥姜为隔，诋史为乡愿也。

又按：词中写景使事，曰"章台"、曰"乍窥门户"、曰"刘郎重到"、曰"旧家秋娘"、曰"燕台句"，凡所暗指韩翃、崔护、刘晨、杜牧、柳枝诸事，俱是伤离怨别、前欢后悲之情。

杨笺：(章台路)三字为全阕之础。("还见"二句)"还见"者，前已见惯，今又见也。从下文"前度"兜入，"褪粉"、"试花"为个人摄影。"定巢燕子"为己身摄影。(黯凝伫)承上，即以起下。("因记"句)"因记"二字为一段总掔。（"侵晨"三句）"侵晨"写妆，"映袖"写衣，"笑语"写态，画出"痴小"模样，绝不犯复。（"前度"句）郑文焯曰："度"字疑是短拍，而方千里、杨泽民、陈允平皆未和梦窗词，亦未叶，或未精审耶？铁夫按：字偶犯韵亦有之，未必一定是均也；况郑氏注《荔枝香近》末句，方、杨、陈三家皆押"炬"字，当从同，然则此处不当援此例耶。"重到"入今情，未说"旧家秋娘"，先说"同时歌舞"，有"千呼万唤始出来"之妙。（"惟有"句）"秋娘"指个人，"声价"虽如故，而人面已非。（"吟笺"二句）之犹记，（"知谁伴"二句）之"谁伴"，从下"去"字来。（"事与"句）事即"露饮""闲步"之事，"孤鸿"指个人，其人一去万事皆非，故曰"事与孤鸿去"。（"探春"二句）"探春"应"访邻寻里"，"伤离"应"鸿去"。（"官柳"句）就景上脱开一句，（"归骑"二句）"归骑"反应"凝伫"，"池塘"应"章台路"。（"断肠"二句）"院落"应"坊陌人家"，"风絮"远应"梅梢"、"桃树"，近应"官柳"。

应天长①

商调

　　条风布暖②，霏雾弄晴，池塘遍满春色③。正是夜堂无月，沉沉暗寒食④。梁间燕，前社客⑤。似笑我、闭门愁寂。乱花过，隔院芸香，满地狼藉⑥。　　长记那回时，邂逅相逢，郊外驻油壁⑦。又见汉宫传烛，飞烟五侯宅⑧。青青草，迷路陌。强带酒、细寻前迹。市桥远，柳下人家⑨，犹自相识。

【题解】

　　陈本注："乐天诗'天长地久无终毕'。词咏调名，则应为悼亡之作；据《钦定词谱》，知'夜堂'为'夜台'之讹，更可确定此词为悼亡之作。"

　　薛瑞生《周邦彦并未"流落十年"考辨》衍陈氏之说云："此词'夜台'，周词版本多作'夜堂',于意未洽。'夜台',即坟墓,亦借指阴间。沈约《伤美人赋》:"曾未申其巧笑,忽沦躯于夜台。"'芸香',本为香草,花叶香气浓郁,可入药,能驱虫、驱风、通经,妨蠹虫蛀书,故代指秘书省藏书、校书处,亦代指校书郎与书职。词既用'芸香'典,则知其必写于在书职期间。秘书省正字与校书郎均为书职,现知周邦彦自元符元年(1098)至元符三年(1100)在书职,《应天长》词当写于此期间,《祭王夫人文》亦当写于此期间,其王氏夫人卒年亦当在此之前。"孙注所考同于薛氏之说:"考词中'汉宫传烛'、'飞烟五侯宅',知写于京城;而'芸香'特指秘书省,今考知邦彦于元符元年(1098)授秘书省正字,元符三年(1100)迁校书郎,崇宁元年(1102)迁考功员外郎,故此词作于元符元年(1098)至建中靖国元年(1101)之间。"

罗笺则云:"此亦重返汴京,缅忆昔游之作。汉宫侯宅,所在京师。《东京梦华录》云:'京师以冬至后一百五日为大寒食,寒食第三日即清明节矣。四野如市,往往就芳树之下,或园圃之间,罗列杯盘,互相劝酬,都城之歌儿舞女,遍满园亭,抵暮而归。'词言'长记那回时,邂逅相逢,郊外驻油壁',即当时少年胜赏也。十载之后,细寻前迹,人已中年,心事都非,勉趁佳节而已,故云'强载酒'也。旧游如梦,惟'柳下人家,犹自相识'耳。宋人称倡家为门户人家,若姜白石《长亭怨慢》所谓'是处人家,绿深门户'之类是,'柳下人家'亦然也。所谓'犹自相识'者,盖旧家秋娘之类。……此词所写,起调三句为昨日事;'正是夜堂无月'至'满地狼藉',乃昨夜事;'又见'至末为今日事,皆在寒食中。海绡不知当时风俗,以为古之寒食亦犹后世,只有一日,于是'又见'以下明是实写,却谓'全是闭门中设想',强作通解,实则削趾就履耳。洪刍《香谱》引鱼豢《典略》云:'芸香辟纸鱼蠹,故藏书台称芸台。'芸阁、芸窗、芸编、芸籤、芸卷诸名,义亦本此。国子主簿掌文簿之官,若词作于此时,则芸香一语亦双关者也。"

路成文《清真〈还京乐〉(禁烟近)作年新考》比较认同罗笺的观点:"词中有'梁间燕,前社客。似笑我、闭门愁寂','青青草,迷路陌。强带酒、细寻前迹。市桥远,柳下人家,犹自相识'等句,显similar初还京师寻访旧迹之事,若至四、五年后任秘书省正字或校书郎之时,则早已身居其间,不必有此感慨。故此词应作于溧水任满后返京之初,罗编较胜。"

马成生、赵治中《周邦彦年谱》(下)云此词似作于绍圣四年(1097)。

【注释】

①孙本:"景宋本、吴钞本、宛钞本、王刻本、朱刻本调名下注'商调'。戈选本杜批曰:'此调十二体,九十八字者始于此词。'"元本、毛本、《花草粹编》题作"寒食"。寒食:冬至后一百零五天。《荆楚岁时记》:"去冬节一百五日,即有疾风甚雨,谓之寒食,禁火三日。"

②条风:东风。《淮南子·地形》:"东风曰条风。"《初学记》:"《易通卦验》曰:'立春,条风至。'宋均曰:'条风者,条达万物之风。'"《史记》卷二十五《律书》:"条风居东北,出主万物。条之言条治万物而出之,故曰条风。"

③霏雾:飘拂的云雾。晋·谢万《兰亭诗二首》(之一):"玄崿吐润,霏雾成阴。"春色:春天的景色。南朝齐·谢朓《和徐都曹》:"宛洛佳遨游,春色满皇州。"

④沉沉:南朝宋·鲍照《代夜坐吟》:"冬夜沉沉夜坐吟,含声未发已知心。"唐·罗隐《秋夜寄进士顾荣》:"秋河耿耿夜沉沉,往事三更尽到心。"唐·白居易《寒食夜》:"无月无灯寒食夜,夜深犹立暗花前。"宋·吴自牧《梦粱录》:"清明交三月节,前两日谓之寒食。京师人从冬后数起,至一百五日便是此日,家家以柳条插于门上,名曰明眼。"

⑤前社客:指燕子。参见《满庭芳》(风老莺雏)注释⑨。

⑥愁寂:忧愁寂寞。唐·杜甫《八哀诗·故司徒李公光弼》:"胡骑攻吾城,愁寂意不惬。"芸香:香草名。明·王象晋《群芳谱》:"此草香闻数百步外,栽亭园间,自春至秋,清香不歇。"唐·徐坚《初学记》卷十二引鱼豢《典略》:"芸香辟纸鱼蠹,故藏书台称芸台。"秘书省掌图籍,故称芸台。

⑦油壁:《乐府诗词》卷八十五《古辞·苏小小歌》:"妾乘油壁车,郎骑青骢马。何处结同心,西陵松柏下。"

⑧传烛:即传火。旧时寒食节禁烟后重新举火。古代宫中取火以赐近臣,再传递民家,故称。五侯:《汉书》卷九十八《元后传》:"明年,河平二年,上悉封舅谭为平阿侯,商成都侯,立红阳侯,根曲阳侯,逢时高平侯。五人同日封,故世谓之'五侯'。"后泛指权贵豪门。唐·韩翃《寒食》:"春城无处不飞花,寒食东风御柳斜。日暮汉宫传蜡烛,轻烟散入五侯家。"

⑨唐·杜甫《西郊》:"市桥官柳细,江路野梅香。"

【汇评】

吴从先《草堂诗余隽》引李攀龙语:上半叙景色寥寂,下半与世人暌绝。

又:不用介子推典实,但意俱是不求名,不邀功,似有埋光铲采之卓识。

毛先舒《诗辩坻》:前半泛写,后半专叙,盛宋词人多此法。如子瞻《贺新凉》后段只说榴花,《卜算子》后段只说鸣雁;清真《寒食》词后段只说邂逅,乃更觉意长。

先著、程洪《词洁》:空淡深远,较之石帚作,宁复有异? 石帚专得此种笔意,遂于词家另开宗派。如"条风布暖"句,至石帚皆淘洗尽矣。然渊源相沿,固是一祖一祢也。

周济《宋四家词选》:("池台"二句)生辣。("青青草"以下)反剔所寻不见。

陈洵《海绡说词》:"布暖"、"弄晴",已将后阕游兴之神提起。"夜堂无月",从"闭门"中见。梁燕笑人,乱花过院,一有情,一无情,全为"愁寂"二字出力。后阕全是"闭门"中设想,"强载酒细寻前迹",言意欲如此也;人家相识,反应"邂逅相逢"。

又《抄本海绡说词》:前阕如许风景,皆从"闭门"中过;后阕如许情事,偏从"闭门"中记。"青青草"以下,真似一梦;是日间事,逆出。

乔大壮手批《片玉集》:四声。可参证他家。此篇写景处,明示北宋法度,且多情景交融之处,尤宜三复。

俞陛云《宋词选释》:写寒食寂寥情况,以"梁间燕"、"隔院香"衬托出之,不使一平笔。下阕强寻前迹,而紫陌人遥,虽门巷依依,不异蓬山远隔。辞意之清永,如嚼水精盐,无尘羹俗味也。

俞平伯《清真词释》:此词前半以景寓情,自叙不用直笔。后半层叠回忆,戛然而止,不再明应起句。点寒食景,多写风雨,此却先写暖风晴雾,至"无月"句乃转入阴雨,便觉摇曳多姿。"沉沉暗寒食","暗"字用乐天诗"无雨无风寒食夜,夜深犹立暗花前",已明明是闭门苦寂情景,然绝不肯由正面写之,转用"梁燕"句,显得是由燕子眼中看出。"似笑我","似"字妙,既已闭门,是否愁寂,燕亦未能肯定也。尤妙在以下三句,乱红飞过,满地狼

157

藉,是眼前景,却将自己小院摊书情状,嵌在中间,奇幻在"隔院"二字,亦从"闭门"生出。乱花既飞过墙来,我虽明明在此,而花之视我已成隔院也,小院芸香,亦只有飞花曾见而已。后半全系回忆,用"长记"二字领起,"那回时"者,是遥远之本事,于年年寒食之中最值得追忆之那一回也。"邂逅"用《毛诗》。"油壁"句用乐府《苏小小》诗:"妾乘油壁车,郎骑青骢马。何处结同心,西陵松柏下。"已将其人之身分以及当日情事,完全扣定。"又见"句又是一回寒食,用唐韩翃诗,所以扣题。此距今虽远,距"那回"则较近,故虽草迷前迹,然尚得载酒细寻。"市桥"三句,真景明白如画,自己惘惘神情,在他人眼中看出,总不肯下一直笔也。即此煞住,神味无尽,见当时虽坠欢难拾,犹有踪迹可寻,今则凡百都空,除寂居外,真无一可说也。情致缠绵,笔意苍老,故不可及也。

　　杨笺:("条风布暖"三句)已画出寒食光景,暖晴反逗寒食。("正是夜堂"二句)入到寒食,妙在先以"夜夜无月"一句作垫,方出寒食,意厚。"沈沈"承无月来,孟华云食均生棘。("似笑我"句)"闭门"本极平常字,乃从"燕""笑"说出便佳。("乱花过"三句)门既闭矣,无可再着景语,乃从隔苑想出"芸香",用"乱花"飞过为线索,思路自然一串,就此歇拍,余地正宽。("长记"三句)逆入。("长记"三句)逆入。("又见"二句)平入。("青青草"二句)下欲言"寻前迹",此却以"迷路陌"一断,路何以迷,却以青青草点染。("强载酒"二句)迷而尚寻,故曰"强"。("市桥远"三句)若俗手至此,必写到见面欢叙作收。此止曰"柳下人家,犹自相识",蕴蓄有味。

还京乐①

大石

　　禁烟近②,触处、浮香秀色相料理③。正泥花时候,奈何客里,光阴虚费。望箭波无际④。迎风漾日黄云委⑤。任去远,中有万点,相思清泪⑥。　　　到长淮底⑦。过当时楼下⑧,殷勤为说,春来羁旅况味。堪嗟误约乖期,向天涯、自看桃李。想而今⑨、应恨墨盈笺,愁妆照水。怎得青鸾翼⑩,飞归教见憔悴。

【题解】

罗忼烈《清真集笺注》云:"词情哀怨,与《宴清都》同调。过遍:'到长淮底,过当时楼下,殷勤为说,春来羁旅况味',似是别庐州、初至荆州之作。《玉楼春》庐州惜别词有'今日独寻黄叶路'之语,则时在秋冬间;此云'春来',则次年春抵荆州也。清康熙敕编《骈字类编》卷一三五'黄云'条引《物类相感志》云:'襄阳石梁山出云应验符合,白云起定雨,黄云起则风。'盖风土早有此说。词中'迎风漾日黄云委'之句,未知是否暗用襄阳黄云事,若然,则作于荆南无疑也。"时间约在元祐五年(1090)。

薛瑞生《周邦彦两入长安考》考证此词作于政和二年(1112):"'禁烟近'即寒食节将近。'箭波',谓急波,典出《诸子集成·慎子逸文》:'河之下龙门,其流,驶如竹箭,驷马追,弗能及。''箭波'虽不专指黄河出龙门之波,然与下句'迎风漾日黄云委'联观,则非关陕之景莫属,谢灵运《拟魏太子邺中集》诗即曰:'河洲多沙尘,风悲黄云委。'故知此词当为入陕之作,不作于少年游长安时,即作于知河中府入长安时。少年游长安在熙宁七年三月底四月初,然查是年寒食在三月十五日,与词中所云'触处浮香秀色相料理'、'正泥花时候'之仲春景象不侔。且其时尚在荆州,时、景均不合。政和二年入陕在二月,而是年寒食在三月五日,正所谓'禁烟近'之时也。"孙注亦云:"词写'箭波',又谓'黄云',则非关陕之景莫属。不作于少年游长安,即作于知河中府时。然如前所考,邦彦少年游长安在熙宁七年三月底四月初,'禁烟近'初入三月之候,与'正泥花时候'不侔。政和二年的寒食在三月五日,邦彦二月入陕,正当'禁烟近'二月之候,亦'正泥花时候'也。故知必作于知河中府时,即政和二年(1112)二月。"孙虹在《周邦彦寄内系列词编年考证》进一步论证此词作于政和二年(1112):"周邦彦政和元年(1111)十月二十七日赴河中府任,并在政和二年(1112)春天和秋天两入长安。河中府宋属永兴军路,长安即其治所,因公往来长安当为常事。周邦彦在河中府任上的寄内之作有政和二年(1112)二月入长安途中之作《还京乐》。"《还京乐》中'怎得青鸾翼,飞归教见憔悴'与前引《南浦》词中的'恨无风翼身,只待而今,飞将归去'机辙相同,故知也是寄内之作。"

路成文《清真〈还京乐〉〈禁烟近〉作年新考》认为以上观点均有失断之处,并考证作于绍圣三年(1096):"清真或于溧水任满后即奉调还京,时间正在寒食前数日或旬余。其由溧水至汴京,必取道运河,即由溧水入江东行,至扬州入运河北行过淮再至京师。此时清真离京已十年,羁宦飘零,颇多感慨;而任满归京,心中自有几分期待,故心情可以说是焦虑之中有几分慰藉。此事合、情合。寒食将近,淮楚之间正值浮香秀色之泥花时候,其迎风漾日之油菜花正如阵阵'黄云',此时合、地合、景合。至此,我们有理由相信这首词是绍圣三年溧水任满返京途中沿运河经淮河触景兴怀而作。"

【注释】

①《还京乐》调始清真。陈本调名下注"大石调"。吴本调名下注"大石"。孙本:"景宋本调名下注'大石调'。""王刻本、朱刻本调名下注'大石'。"

②禁烟:亦曰禁火。南朝梁·宗懔《荆楚岁时记》:"去冬节一百五日,即有疾风甚雨,谓之寒食,禁火三日。"余参见《应天长》(条风布暖)注释④。

③触处:到处,随处。极言其多。《南史·循吏传序》:"凡百户之乡,有市之邑,歌谣舞蹈,触处成群,盖宋世之极盛也。"黄庭坚《寄杜家父》:"红紫争春触处开。"浮香:隋炀帝《宴东亭诗》:"清音出歌扇,浮香飘舞衣。"秀色:南朝梁·刘孝绰《侍宴饯庾于陵应诏诗》:"是日青春献,林堂多秀色。"料理:排遣;消遣。唐·韩愈《饮城南道边古墓上逢中丞过》:"为逢桃树相料理,不觉中丞喝道来。"

④客里:离乡在外期间。唐·牟融《送范启东还京》诗:"客里故人尊酒别,天涯游子弊裘寒。"箭波:流动迅速有如飞箭的水波。唐·卢照邻《江中望月》:"镜圆珠溜彻,弦满箭波长。"

⑤南朝宋·谢灵运《拟魏太子邺中集》:"河洲多沙尘,风悲黄云委。"

⑥唐·李贺《金铜仙人辞汉歌》:"空将汉月出宫门,忆君清泪如铅水。"

宋·苏轼《永遇乐》："凭仗清淮,分明到海,中有相思泪。"宋·晏几道《留春令》："楼下分流水,声中有、当日凭高泪。"宋·晏几道《虞美人》："随风飘荡已堪愁,更伴东流,流水过秦楼。"

⑦长淮:指淮河。南朝梁·何逊《望新月示同羁》："初宿长淮上,破镜出云明。"唐·杜甫《乾元中寓居同谷县作歌七首》："长淮浪高蛟龙怒,十年不见来何时。"

⑧唐·杜牧《题安州浮云寺楼寄湖州张郎中》："当时楼下水,今日到何处。"

⑨况味:景况和情味。宋·范仲淹《与工部同年书》："工部同年,近日况味如何?须是以道自乐。"而今:孙本从毛本作"如今"。

⑩青鸾翼:指信使。宋·柳永《法曲第二》："青翼传情,香径偷期,自觉当初草草。"唐·朱昼《喜陈懿老示新制》："将攀下风手,愿假仙鸾翼。"自注云:"予欲见诗人孟郊,故寄诚于此。"

【汇评】

俞陛云《宋词选释》:此调上、下阕自"箭波"句至结笔,一气贯注,言万点泪痕,逐波流至长淮尽处,更过当时楼下,想楼中人之念我,笔力如精铜作钩,曲而且劲。言情处则遥想妆楼中恨墨愁妆,相思无极,安知独客伤离,亦为伊憔悴,倘归飞有翼,方知两心相忆同深也。

乔大壮手批《片玉集》:陈匪石说此篇乃用古文笔法。梦窗有此调,可参阅。四声。

俞平伯《清真词释》:此亦纯写情格。首点明节令,禁烟节近,浮香秀色,触处生妍。"相料理"者,红紫招要之意,桓冲语王徽之曰:"卿在府日久,比当相料理。"杜诗"未须料理白头人。"在此时光,固应赏玩惟恐不足者也。可奈客邸凄凉,美人不见,有甚心情留连光景,九十春光亦只有任他虚费而已。春何关乎我?我亦何贵乎春也?观"望箭波"句,盖在汴京望河水,《慎子》所谓"河水初下龙门,其流如竹箭"是也。"黄云"句,见《淮南子》"黄泉之埃,上为黄云"。"相思清泪"句,如李贺诗"忆君清泪如铅水",杜甫诗"却寄双愁眼,相思泪点悬",李白诗"当时楼下水",皆在运用之列。盖自"望箭波"句起,直至过片"殷勤为说春来,羁旅况味"止,实为一长句。望河水之汤汤，不觉神魂俱远。一片河中水，泪耶、水耶？以我望之，一总是泪耳。身虽不得行，想此泪点已随流水直到长淮，而过当时楼下矣。我今日岂得如此水此泪哉？然我犹不得不深望彼，能代我殷勤向伊诉说我春来之羁旅况味也。羁旅况味，实亦他无可说，惟独向天涯，自看桃李耳。"自看桃李"，有二义焉。自看者，独看也。巫山梦断，再不为云，玉轸声消，难求知己。前不云乎，泥花时候，光阴虚费，是你不在此，我本无看花心绪矣。今又看桃李者，是你不在此，我便不看花，更有何事可做，乃只得又看耳。前不看得妙，此不得不看则尤妙。至此又为一句，皆所谓羁旅况味是也。然而明知其决不能代说也。我之苦绪，你终于无法知之。想至今日，必已是香笺有句：都恨萧郎，翠阁凝妆，空愁逝水，盖你既不能知我之苦，则必然有如此之怨，然则我真冤死，更不可一刻复耐也。到此直逼出以下之结句来，安得身傅青云之翼，一逐飞归，教伊亲眼见我之憔悴形容，至于此极，则我之旅邸凄凉，不曾负你之情，可不待烦言而解也。吁嗟！怎得此青鸾翼乎？"怎得"者，决不可得之辞。自己飞归，较无凭之逝水远为可靠，无奈自己亦终于不能奋飞乎！《忆旧游》词结句云："东风竟日吹露桃。"正是"天涯自看桃李"之意。彼则郁而不宣，此则快然直吐。全篇中间一长句，复三折至尾。胸无不达之情，文无不尽之意，笔力之劲直透纸背，非虚誉也。

吴世昌《词林新话》：上片"望箭波"至"相思清泪"一段，不过欲说泪落水中而已，却从极远极大处说起，又以风日黄云，映带其间，层层倒写，推剥无穷。俨若作者所注意者仅为当前景物，最后点出中有万点清泪，乃知上文铺叙全为陪衬导引之语，读者至此方悟作者用心。如善弈者闲闲落子，看似无关，最后一着，全盘皆活。小题大做，而小题赖以重大。再自统首之大处观之，则此上半阕仍只陪衬导引之话。盖下半阕自"长淮到底"到"羁旅况味"，为作者向流水嘱托，请为代达之语，实暗用《洛神赋》"托微波以通辞"之情调而加以变化，此即本篇主旨矣。自"堪嗟误约乖期"以下，则为作者独语，并所以说明"羁旅况味"、"误约乖期"，正与上文"光阴虚费"相呼应，"自看桃李"，正与"浮香秀色"、"泥花时候"相补足。自此以下，作者情思又随"长淮清泪"到伊人"楼下"，仿佛见其恨墨愁妆，继又悟旅人之依然天涯也，则惟有叹息身无鸾翼，难见憔悴而已。全篇结构严密，笔致曲折，情思往来忽远忽近，乍看如中宵惊电，罔识东西，细绎则雾縠绣组，纤缕可寻也。

　　蒋礼鸿《大鹤山人校本〈清真词〉笺记》：("触处浮香秀色相料理")按："料理"，犹言"撩拨"、"挑诱"，言浮香秀色诱引人也。韩愈《饮城南道边古墓上逢中丞过赠礼部卫员外少室张道士》诗："为逢桃树相料理，不觉中丞喝道来。"言桃树诱人，观赏忘情，致不觉中丞之过，与杜诗"仰面贪看鸟，回头错应人"，同一神理。方世举注韩诗引《世说》、《齐民要术》，非是。"料理"亦单言"料"。《云谣集杂曲子·凤归云》词："东邻有女，相料实难过。"用宋玉《登徒子好色赋》东邻之女登墙窥玉意，"料"即"挑"也。据韩诗，"料"字当读平声。至如稼轩《金缕曲》"被疏梅料理成风月"，此"料理"为常义，不与韩诗周词同。

　　杨笺："浮香秀色"，指花言故。即明出"花"字，以"泥花时候，费作客里光阴，负花多矣"，说花即说人。("望箭波"句)迎风漾日，从"望"字来。("任去远"句)"去远"从"无际"来，以"中有""清泪"吸起下阕。"到长淮底"者，"泪"到"也。("过当时"句)殷勤为说，托泪代说也。"羁旅况味"应"客里光阴"。《词律》收方千里和词，换头云："向笙歌底，问何人，能道平生。聚合欢娱。离别兴味。"于"人"字注豆，"生"字注句，"娱"字注句，盖误。以此词校之，当于"道"字注句，"平"至"味"作一句读。("堪嗟"句)自责语。("想而今"句)从对面着想。("怎得"句)假设语，于"飞归"后，不贪写欢聚，止说"教见憔悴"，下语极有分寸，此又与《荔枝香近》收处作法不同，各见其妙。

迎春乐①

双调

　　清池小圃开云屋②。结春伴、往来熟③。忆年时、纵酒杯行速。看月上、归禽宿④。　　墙里修篁森似束⑤。记名字、曾刊新绿⑥。见说别来长,沿翠藓、封寒玉⑦。

【题解】

罗忼烈《清真集笺注》疑此词作于元祐八年(1093)至绍圣二年(1095)间:"楚地以竹著,刊竹题名,土风所尚。陈注引《墨客挥犀》云:'楚竹初生,苔封之,土人斫之浸水中,洗去藓,故藓痕成紫晕封拥著也。'词结拍所言藓封寒玉,盖楚竹常见之象。味'见说别来'一语,当去荆南不久,疑是在溧水时忆荆州昔游之作。"

【注释】

①孙本:"景宋本、吴钞本、宛钞本、王刻本、朱刻本调名下注'双调'。"

②云屋:高楼。《汉书》卷九十七下《外戚传》班婕妤赋:"仰视兮云屋。"师古注:"云屋,言其黝霭,状若云也。"汉·徐幹《情诗》:"踟蹰云屋下,啸歌倚华榱。"

③春伴:唐·刘希夷《横吹曲辞·入塞》:"晓光随马度,春色伴人归。"唐·杜甫《闻官军收河南河北》:"白日放歌须纵酒,青春作伴好还乡。"

④年时:当年,往年时节。东晋·王羲之《杂帖一》:"吾服食久,犹为劣劣,大都比之年时,为复可耳。"禽宿:陈本注:"师旷《禽经》:'陆鸟曰栖,水禽曰宿。'"

⑤修篁:修竹,长竹。唐·司空图《二十四诗品·冲淡》:"犹之惠风,荏苒在衣。阅音修篁,美曰载归。"森似束:唐·元稹《连昌宫词》:"连昌宫中满宫竹,岁久无人森似束。"

⑥东晋·王羲之《兰亭集序》:"此地有崇山峻岭,茂林修竹。……故列序时人,录其所述。"此谓将同游者名字刊于竹上以志之。

⑦沿:孙本从毛本作"冷"。寒玉:喻竹。唐·雍陶《韦处士郊居》:"门外晚晴秋色老,万条寒玉一溪烟。"

【汇评】

乔大壮手批《片玉集》:四声,可与次篇参照。

杨笺:此忆人之作。("清池"句)从所游之地起。("结春伴"二句)逆入，"春伴"，寻春伴侣，盖女流也。（"忆年时"句）点"忆"字。（"看月上"句）"归禽宿"，比喻语。（"墙里"句）从别后倒入，即上一阕"新笋已成堂下竹"意。（"记名"句）梦窗"嫩篁细掐，相思字"本此。（"见说"二句）"别来"二字至此方点，"寒玉"指竹竿，竿上生藓，其久可知。下句为上句指证。

迎春乐①

双调

桃蹊柳曲闲踪迹②。俱曾是、大堤客③。解春衣、贳酒城南陌④。频醉卧、胡姬侧⑤。　　鬓点吴霜嗟早白⑥。更谁念、玉溪消息⑦。他日水云身⑧，相望处，无南北。

【题解】

罗忼烈《清真集笺注》认为其作于元祐八年（1093）至绍圣二年（1095）溧水任上：此首以大堤言，旧游之地视前词更明。"玉溪消息"一语用义山事，似有所托。孙光宪《北梦琐言》云："李商隐员外依彭阳令狐公楚，以笺奏受知。……彭阳之子绹，继有韦平之拜（按谓拜相），似疏陇西（按谓李），未尝展分。重阳日，义山诣宅，于厅事上留题，其略云：'十年泉下无消息，九日樽前有所思……郎君官重施行马，东阁无因许再窥。'相国睹之，惭怅而已。乃扃闭此厅，终身不处也。"绍圣间新党已再执政，清真犹在溧水任，未见知遇，故以令狐绹、李义山事为喻。溯自元祐二年出都，至绍圣三年，为时十载，正所谓"十年泉下无消息"也。时年逾四十矣，故有"鬓点吴霜"之叹。偃蹇薄宦，故有归隐水云之思耳。亦姑编次于此，更待查考。

【注释】

①见《迎春乐》（清池小圃开云屋）注释①。

②桃蹊柳曲：泛指游冶的场所。余参见《玉楼春》（桃溪不作从容住）注

165

释②。

③大堤：乐府曲名。南朝·梁简文帝《大堤》："宜城断中道，行旅极留连。出妻工织素，妖姬惯数钱。炊彫留上客，贳酒逐神仙。"李白《忆襄阳旧游赠马少府巨》："昔为大堤客，曾上山公楼。"余参见《玉楼春》（大堤花艳惊郎目）注释②。

④春衣：唐·杜甫《曲江二首》（之二）："朝回日日典春衣，每日江头尽醉归。"南陌：南面的道路。唐·权德舆《五杂组》："五杂组，旗亭客。往复远，城南陌。不得已，天涯谪。"

⑤胡姬：陈本作"□姬"。《晋书》列传第十九《阮籍传》："邻家少妇有美色，当垆沽酒，籍尝诣饮，醉，便卧其侧。籍既不自嫌，其夫察之，亦不疑也。"余参见《侧犯》（暮霞霁雨）注释⑧。

⑥吴霜：比喻白发。唐·李贺《还自会稽歌》："吴霜点归鬓，身与塘蒲晚。"

⑦玉溪消息：李商隐号玉溪生。《九日》："十年泉下无消息，九日樽前有所思。"

⑧水云身：佛教语。指行脚僧。因其身如行云流水，居无定处，故称。亦泛指来去自由、无所羁绊之身。

【汇评】

乔大壮手批《片玉集》：（解春衣句）此接好。结语高横。

杨笺：此词疑是送别之作。上阕逆入，述冶游时事；下阕平出，在今日则彼此俱已年老，况又离别在即。他日相望，依然各在水云一方而已。"水云身"应起句，"相望"应"醉卧"。

丑奴儿①

大石　梅花

肌肤绰约真仙子，来伴冰霜②。洗尽铅黄③。素面初无一点妆④。　　寻花不用持银烛⑤，暗里闻香⑥。零落池塘⑦。分付余妍与寿阳⑧。

【题解】

此首咏梅词，罗忼烈《清真集笺注》疑作于元祐八年（1093）至绍圣二年（1095）周邦彦溧水任上。

【注释】

①陈本、吴钞本、宛钞本、王刻本、朱刻本调名下注"大石"，有词题"梅花"。毛本词题作"咏梅"。

②《庄子·逍遥游》："藐姑射之山，有神人居焉。肌肤若冰雪，绰约若处子。"喻白梅。

③铅黄：铅粉和雌黄。古代妇女化妆用品。唐·卢纶《皇帝感词》："铅黄艳河汉，笑语合笙镛。"

④《杨太真外传》："封大姨为韩国夫人，三姨为虢国夫人，八姨为秦国夫人，同日拜命，皆月给钱十万，为脂粉之资。然虢国不施妆粉，自炫美艳，常素面朝天。"

⑤寻花：出游赏花。唐·白居易《且游》："弄水回船尾，寻花信马头。"南朝·陈后主《七夕宴玄圃各赋五言诗》："度更银烛尽，陶暑玉卮盈。"宋·苏轼《海棠》："只恐夜深花睡去，故烧高烛照红妆。"

⑥宋·林逋《山园小梅》："疏影横斜水清浅，暗香浮动月黄昏。"

⑦参见《风流子》（新绿小池塘）注释②。

⑧分付：交给。唐·白居易《题文集柜》："身是邓伯道，世无王仲宣。只应分付女，留与外孙传。"余妍：残花。宋·苏轼《雪后便欲与同僚寻春一病弥月杂花都尽独牡丹在尔刘景文左藏和顺阇黎诗见赠次韵答之》："残花怨久病，剩雨泣余妍。"《太平御览》卷三十引《杂五行书》："宋武帝女寿阳公主，人日卧于含章殿檐下。梅花落公主额上，成五出之花，拂之不去。皇后留之，看得几时。经三日，洗之乃落。宫女奇其异，竞效为之，今梅花妆是也。"

【汇评】

《乔大壮手批〈片玉集〉》：二声。即《采桑子》、《罗敷媚》也。"来伴"、"暗里"，先后承上。"洗尽"、"零落"先后启下，此北宋词法。

红林檎近①

双调

高柳春才软②，冻梅寒更香。暮雪助清峭，玉尘散林塘③。那堪飘风递冷④，故遣度幕穿窗。似欲料理新妆。呵手弄丝簧。　　冷落词赋客⑤，萧索水云乡。援毫授简，风流犹忆东梁⑥。望虚檐徐转⑦，回廊未扫⑧，夜长莫惜空酒觞。

【题解】

《年谱》引《太平寰宇记》、《江宁府志》系此词于绍圣二年（1095）："丹阳、石臼二湖皆在县，秦淮西源及胭脂河水环经县城，故《咏雪》云'萧索水云乡'，《雪晴》云'水乡增暮寒'、'对南山横素'。南山即赣船山。"罗笈、孙本以陈说为是。罗笈云："清真咏梅诸作，就其历官之地推之，当以溧水最切合。盖地处江南水乡，盛产梅，若隆德、真定，则纯属山国，顺昌亦非水国也。明州虽在江南，惟在任甚短，且年在桑榆，情怀当不如此。……案陈说是也。此首之'玉尘散林塘'，下一首之'清池涨微澜'，或即县圃中之新绿池，而'虚檐'、'回廊'，或即姑射等亭轩也。"孙本亦云："考邦彦于元丰初入京师前足迹未至东梁，此词有'风流犹忆东梁'句，必写于出京外任之后。词又有'萧索水云乡'句，'水云乡'泛指江南地区。邦彦出任'水云乡'者唯溧水、明州二地，然政和六年知明州时已为封疆大吏，与'萧索'句不侔。'萧索'者，官、地皆萧索耳。以官、地皆'萧索'原之，仅有溧水一地，故此词写于任溧水县令时，即元祐八年至绍圣三年（1093至1095）。陈说是。"

【注释】

①《红林檎近》调始清真。孙本:"景宋本、吴钞本、宛钞本、王刻本、朱刻本调名下注'双调'。戈本杜批:'后段结句拗体,清真另一首及各和词皆同。'毛本调名下有词题"咏雪"。罗笺:《粹编》题作'冬雪'。"

②南朝·梁简文帝《和湘东王阳云楼檐柳诗》:"柳枝无极软,春风随意来。"

③清峭:清丽挺拔。南朝梁·江淹《莲华赋》:"或凭天渊之清峭,或殖疏圃之蒙密。"玉尘:喻雪。南朝梁·何逊《和司马博士咏雪》:"若逐微风起,谁言非玉尘。"

④飘风:《楚辞·大司命》:"令飘风兮先驱。"王逸注:"回风为飘。"

⑤词赋客:原指司马相如等文学侍从,此处词人自况。南朝宋·谢惠连《雪赋》:"梁王不悦,游于兔园,乃置旨酒,命宾友。召邹生,延枚叟。相如末至,居客之右。俄而微霰零,密雪下。王乃歌北风于卫诗,咏南山于周雅。授简于司马大夫,曰:'抽子秘思,骋子妍辞,侔色揣称,为寡人赋之。'……其为状也,散漫交错,氛氲萧索。"《史记》卷一百一十七《司马相如列传》载:"(相如)因病免,客游梁。梁孝王令与诸生同舍,相如得与诸生游士居数岁,乃著《子虚》之赋。"

⑥萧索:雪花飘落状。南朝宋·谢惠连《雪赋》:"其为状也,散漫交错,氛氲萧索。"水云乡:水云弥漫,风景清幽的地方。多指隐者游居之地。宋·苏轼《南歌子·别润守许仲途》词:"一时分散水云乡,惟有落花芳草断人肠。"傅干注:"江南地卑湿而多沮泽,故谓之水云乡。"

⑦南朝宋·谢惠连《雪赋》:"回散萦积之势,飞聚凝曜之奇,固展转而无穷。"

⑧《后汉书》卷四十五《袁安传》:"袁安,字邵公,汝南汝阳人也。……后举孝廉。"注引《汝南先生贤传》曰:"时大雪,积地丈余,洛阳令身出案行,见人家皆除雪出,有乞食者。至袁安门,无有行路,谓安已死,令人除雪入户,见安僵卧。问何以不出,安曰:'大雪人皆饿,不宜干人。'令以为贤,举为孝廉。"

沈际飞《草堂诗余正集》：咏雪"高"字有力，"才"字有思，言雪时柳高而未软也，诗之兴体。

沈雄《古今词话·词辨》下卷：《古今词谱》曰：调始于周美成，"风雪"四句起，似古风。方千里和之，结句则云"岁华休作容易看"，句法当以结句之第六字为仄字。

乔大壮手批《片玉集》：四声，可参次篇。此是古乐府作法，高浑难及。

红林檎近①

双调

风雪惊初霁②，水乡增暮寒③。树杪堕飞羽，檐牙挂琅玕④。才喜门堆巷积⑤，可惜迤逦销残。渐看低竹翩翻⑤。清池涨微澜。　　步屐晴正好⑥，宴席晚方欢。梅花耐冷，亭亭来入冰盘。对前山横素⑦，愁云变色⑧，放杯同觅高处看⑨。

【题解】

见《红林檎近》（高柳春才软）题解。

【注释】

①罗笺："此首《粹编》题万俟咏作，非是。陈本无题，毛本题作'雪晴'，《草堂》《粹编》题作'冬初'。"《全宋词》注："案此首别误作万俟咏词，见《花草粹编》卷八。"

②南朝宋·江淹《谢法曹惠连赠别》："幸及风雪霁，青春满江皋。"陈本注作者误为谢灵运。

③水乡：河流、湖泊多的地区。晋·陆机《答张士然》："余固水乡士，总辔临清渊。"唐·祖咏《终南望馀雪》："林表明霁色，城中增暮寒。"

④树杪:树梢。《陈书·儒林传》:"元规自执棁棹而去,留其男女三人,阁于树杪。"飞羽:孙本从毛本作"毛羽"。罗笺:"《词萃》作'毛羽'。"琅玕:以美玉喻冰凌。唐·韩愈《咏雪赠张籍》:"定非燀鹄鹭,真是屑琼魂。"陈本注:"'定非燀鹄鹭',堕飞羽也;'真是屑琼魂','琅玕'当得此余意。"

⑤门堆巷积:陈本作"堆门巷积"。罗笺:"《草堂》、《粹编》作'堆门积巷'。"

⑤翩翩:毛本作"翩翩"。罗笺:"《词萃》作'翩翩'。"此句指承雪竹枝因积雪消融而恢复原状,如鸟翼翩翩。唐·王昌龄《灞上闲居》:"庭前有孤鹤,欲啄常翩翩。"

⑥步屐:吴本作"步履"。《宋书》卷六十七《谢灵运传》:"(谢灵运)寻山陟岭,必造幽峻。岩嶂千重,莫不备尽。登蹑常著木屐,上山则去其前齿,下山去其后齿。"唐·杜甫《答郑十七郎一绝》:"雨后过畦润,花残步屐迟。"

⑦冰盘:喻月亮。前山:陈本作"山前"。罗笺:"朱彊村据元本及毛本改。"《景定建康志》:"横山在城东南一百二十里,周回八十里,高二百丈。……四面望之皆横,故有是名。"

⑧愁云:谓色彩惨淡,望之易于引发愁思的烟云。南朝宋·谢惠连《雪赋》:"岁将暮,时既昏,寒风积,愁云繁。"庾信《拟咏怀诗二十七首》(之一):"风云能变色,松竹且悲吟。"

⑨唐·刘禹锡《终南秋雪》:"闲时驻马望,高处卷帘看。"

【汇评】

卓人月《古今词统》卷十一:起句亦胜。

俞平伯《论诗词曲杂著》:两首写雪景,由初雪而大雪,而晴雪,而再雪。两首可作一篇读,文笔细腻,写景明活,在清真长调中也是突出的作品。

罗笺:均是雪耳,《宴清都》则以"洒窗填户"为可悲,《红林檎近》则以"度幕穿窗"、"门堆巷积"为可喜。境自心生,因年事而变,亦因政事而变,此中消息,不难体会。

浣沙溪①

翠葆参差竹径成。新荷跳雨泪珠倾②。曲阑斜转小池亭。　　　风约帘衣归燕急③，水摇扇影戏鱼惊。柳梢残日弄微晴④。

【题解】

蒋哲伦《周邦彦选集》："这首词约作于知溧水任上。"

【注释】

①毛本、朱本、孙本调名作"浣溪沙"，陈本调名下注"黄钟"。

②翠葆：形容草木青翠茂盛。唐·杜牧《华清宫三十韵》："嫩岚滋翠葆，清渭照红妆。"泪珠：毛本、《雅词》作"碎珠"。唐·钱起《苏端林亭对酒喜雨》："濯锦翻红蕊，跳珠乱碧荷。"

③池亭：水池和亭台。唐·孟浩然《夏日与崔二十一同集卫明府宅》："言避一时暑，池亭五月开。"帘衣：《南史》卷五十五《夏侯亶传》："（亶）晚年颇好音乐，有妓妾十数人，并无被服姿容，每有客，常隔帘奏之，时谓帘为夏侯妓衣。"后称帘幕为帘衣。

④扇影：《雅词》作"花影"。指女子歌舞时摇扇的风姿韵态。唐·李峤《雪》："逐舞花光动，临歌扇影飘。"残日：谓夕阳。唐·李颀《奉送五叔入京》："云阴带残日，怅别此何时！"

【汇评】

沈际飞《草堂诗余正集》：景物一一不谬。

卓人月《古今词统》卷四：我愿为鱼戏莲叶。

俞陛云《宋词选释》：通首皆写景，别是一格。字字矜炼，"归燕"二句，宛似宋人诗集佳句，虽不涉人事，而景中之人，含有一种闲适之趣。"摇扇"句，虽有人在，只是虚写。

杨篯："翠葆"句）径。（"新荷"句）池。（"曲栏"句）亭。"风约"句应"池亭"，"水摇"句应"新荷"，"柳梢"句应"竹径"。此词佳处在句不在局。

浣沙溪①

黄钟

日薄尘飞官路平②。眼前喜见汴河倾③。地遥人倦莫兼程④。　　下马先寻题壁字⑤，出门闲记榜村名。早收灯火梦倾城⑥。

【题解】

罗忼烈《清真集笺注》认为其是溧水返京之作："此词似是绍圣三年赴京途中作。十载飘零，今始得归朝，故见汴河而欢喜；若是后来频频出入汴都，冉冉征途间，则感伤之不暇，何喜之有？寻题壁之字，记榜村之名，亦见重来之可喜。与《绮寮怨》之'当时曾题败壁，蛛丝罩、淡墨苔晕青。念去来岁月如流，徘徊久，叹息愁思盈'，又自不同。结拍未捐绮思，亦非晚年怀抱。"孙虹《清真集校注》则云："此词约写于绍圣三年（1096）或绍圣四年（1097）还为国子主簿时。"马成生、赵治中《周邦彦年谱》（下）也编于绍圣四年（1097）："在新党又被复用的政潮中被召还京。将抵汴京旅次，作有《浣溪沙》（日薄尘飞）（不为萧娘）词。"

【注释】

①见《浣沙溪》（翠葆参差竹径成）注释①。

②日薄：日暮。徐陵《为王仪同致仕表》："星回日薄，通人有乞告之言。"宋·欧阳修《黄杨树子赋》："日薄云昏，烟霏露滴。"尘飞：罗笺作"云飞"。官路：官府修建的大道。后泛称大道。汉·王褒《九日从驾》："黄山猎地广，青门官路长。"唐·杨炯《骢马》："帝畿平若水，官路直如弦。"

③眼前：孙本从毛本作"眼明"。汴河：《宋书》卷二《武帝纪》："（义熙十三年十二月）闰月，公自洛入河，开汴渠以归。"孟元老《东京梦华录·河道》："穿城河道有四。……中曰汴河，自西京洛口分水入京城，东去至泗州入淮，运东南之粮，凡东南方物，自此入京城，公私仰给焉。"

④兼程：一天走两天的路，以加倍速度赶路。唐·钱起《送原公南游》："有意兼程去，飘然二翼轻。"

⑤题壁字：《旧唐书》卷一百九十二《隐逸传》："（王绩）或经过酒肆，动

经数日,往往题壁作诗,多为好事者讽咏。"

⑥倾城:形容女子极其美丽。宋·柳永《引驾行》:"相萦,空万般思忆,争如归去独倾城。"《汉书》卷九十七《李夫人传》:"孝武李夫人,本以倡进。初,夫人兄延年性知音,善歌舞,武帝爱之。每为新声变曲,闻者莫不感动。延年侍上起舞,歌曰:'北方有佳人,绝世而独立,一顾倾人城,再顾倾人国。宁不知倾城与倾国,佳人难再得。'上叹息曰:'善!世岂有此人乎?'平阳主因言延年有女弟,上乃召见之,实妙丽善舞。由是得幸。"

【汇评】

俞陛云《宋词选释》:长途倦客,薄晚停车,土壁认攲斜之字,茅檐访村落之名,皆陆行旅客确有之情景。写景以真切为贵,此等词是也。结句匆匆旅宿,犹忆倾城,周郎其在邯郸道中,向卢生借枕耶?

乔大壮手批《片玉集》:大。

浣沙溪①

薄薄纱橱望似空。簟纹如水浸芙蓉②。起来娇眼未惺忪③。　　强整罗衣抬皓腕,更将纨扇掩酥胸。羞郎何事面微红④。

【题解】

蒋哲伦《周邦彦选集》:"这首词约作于知溧水任上。"

【注释】

①见《浣沙溪》(翠葆参差竹径成)注释①。

②宋·苏轼《南堂五首》(其五):"扫地焚香闭阁眠,簟纹如水帐如烟。"唐·李贺《美人梳头歌》:"辘轳咿哑转鸣玉,惊起芙蓉睡新足。"

③惺忪:陈本作"惺憁"。吴本、毛本作"惺惚"。孙本:"景宋本作'惺憁';王刻本作'惺忪'。"宋·苏轼《水龙吟》:"萦损柔肠,困酣娇眼,欲开还闭。"唐·元稹《送孙胜》:"桐花暗淡柳惺憁,池带轻波柳带风。"

④《乐府诗集》卷四十五《团扇郎》解题引《古今乐录》曰:"《团扇郎歌》者,晋中书令王珉捉白团扇,与嫂婢谢芳姿有爱,情好甚笃。嫂捶挞婢过苦,王东亭(王珉兄王珣)闻而止之。芳姿素善歌,嫂令歌一曲当赦之。应声歌曰:'白团扇,辛苦五流连,是郎眼所见。'珉闻,更问之:'汝歌何遗?'芳姿即改云:'白团扇,憔悴非昔容,羞与郎相见。'后人因而歌之。"

【汇评】

杨笺:此词是一幅睡起美人图。("薄薄"句)橱。("簟纹"句)"簟","芙蓉"二字起下。("起来"句)"未惺忪"疑"未"应作"尚",承芙蓉说。上二句无非为此句出力。("强整"二句)起后态度,"强""更"二字分层次。("羞郎"句)回想昨夜,亦是缩字诀。

鹤冲天①

溧水长寿乡作 《清真集》俱不载

梅雨霁,暑风和。高柳乱蝉多②。小园台榭远池波③。鱼戏动新荷④。　　薄纱厨⑤,轻羽扇。枕冷簟凉深院⑥。此时情绪此时天。无事小神仙⑦。

【题解】

《遗事》《年谱》认为其写于元祐八年至绍圣二年间溧水任上。孙虹《清真词校注》云:"周邦彦于元祐八年(1093)至绍圣四年(1097)任溧水县令,此词当作于这段时间。"马成生《周邦彦在溧水任上的政事与创作》认为其写于溧水任后期,"流露出一种消沉情调","约作于绍圣元年(1094)或二

175

年(1095)的夏天"。郑文焯《清真词校后录要》则径编于元祐八年(1093)，认为是周邦彦知溧水到任后不久的词作。

【注释】

①毛本有词题"溧水长寿乡作"，调名下注："《清真集》俱不载。"罗笺："元本题同。《雅词》无题。《景定建康志》卷三十七乐府引此词，题'溧水县长寿乡作'。"

②高柳乱蝉：柳树蝉鸣。晋·陆机《拟明月何皎皎》："凉风绕曲房，高柳鸣寒蝉。"唐·韩翃《寄雍丘窦明府》："独坐不堪朝与夕，高风萧索乱蝉悲。"唐·刘长卿《送元八游汝南》："繁蝉动高柳，匹马嘶平泽。"

③《乐府雅词》此句作"小栏庭槛绕池波"。台榭：泛指供游乐的亭台水榭。唐·李白《江上吟》："屈平词赋悬日月，楚王台榭空山丘。"

④南朝齐·谢朓《游东田》："鱼戏新荷动，鸟散余花落。"

⑤薄纱厨：床帐。唐·司空图《王官二首》(之二)："近日无人只高卧，一双白鸟隔纱厨。"

⑥枕冷簟凉：枕席冰凉。五代·顾夐《浣溪沙》："何处不归音信断，良宵空使梦魂惊。簟凉枕冷不胜情。"

⑦小神仙：仙之卑者。宋·魏野《述怀》："有名闲富贵，无事小神仙。"

【汇评】

罗笺：此词并无深致，远逊溧水他作，故陈本不收，毛氏所见《清真集》亦不载。然《乐府雅词·补遗》下录之，《景定建康志》卷三十七复采之以实溧水乐府，当非伪托，词题亦出自注也。盖即事之篇，不免稍率耳。

鹤冲天①

白角簟②，碧纱厨③，梅雨乍晴初。谢家池畔正清虚④，香散嫩芙蕖⑤。　　日流金⑥，风解愠⑦，一弄素琴歌舞。慢摇纨扇诉花笺⑧，吟待晚凉天。

见《鹤冲天》(梅雨霁)题解。

【注释】

①见《鹤冲天》(梅雨霁)注释①。

②白角簟:白色竹席。唐·曹松《白角簟》:"角簟功夫已到头,夏来全占满床秋。"

③碧纱厨:以木为架,顶及四周蒙以绿纱,可以折叠。夏令张之,以避蚊蝇。唐·王建《赠王处士》:"松树当轩雪满池,青山掩障碧纱厨。"

④谢家:罗笺:"谢娘家,犹言娼家也。"唐·张泌《寄人》:"别梦依依到谢家,小廊回合曲阑斜。多情只有春庭月,犹为离人照落花。"孙本:"因谢灵运有'池塘生春草,园柳变鸣禽'(《登池上楼》)一联名句,故称。"南朝宋诗人谢灵运家的池塘。后亦泛指诗人家中的池塘。

⑤芙蕖:荷花的别名。《尔雅·释草》:"荷,芙渠。其茎茄,其叶蕸,其本蔤,其华菡萏,其实莲,其根藕,其中的,的中薏。"郭璞注:"别名芙蓉,江东呼荷。"

⑥流金:形容天气酷热。战国楚·宋玉《招魂》:"十日代出,流金铄石些。"王逸注:"其热酷烈,金石坚刚,皆为销释也。"

⑦解愠:消除怨怒。《孔子家语》:"舜弹五弦之琴,歌南风之诗,其诗曰:'南风之薰兮,可以解吾民之愠兮;南风之时兮,可以阜吾民之财兮。'"

⑧纨扇:细绢制成的团扇。《西京杂记》卷二:"朱买臣为会稽太守,怀章绶还至舍亭,而国人未知也。所知钱勃见其暴露,乃劳之曰:'得无罢乎?'遗与纨扇。"南朝梁·江淹《杂体诗·效班婕妤〈咏扇〉》:"纨扇如团月,出自机中素。"花笺:精致华美的笺纸。南朝陈·徐陵《〈玉台新咏〉序》:"三台妙迹,龙伸蠖屈之书;五色花笺,河北、胶东之纸。"宋·孙光宪《河传》:"襞花笺,艳思牵,成篇。"

西　河①

大石　金陵

佳丽地。南朝盛事谁记②。山围故国绕清江③,髻鬟对起④。怒涛寂寞打孤城,风樯遥度天际⑤。　　断崖树,犹倒倚。莫愁艇子曾系⑥。空余旧迹郁苍苍,雾沉半垒⑦。夜深月过女墙来,赏心东望淮水⑧。　　酒旗戏鼓甚处市。想依稀、王谢邻里。燕子不知何世。入寻常、巷陌人家,相对如说兴亡,斜阳里⑨。

【题解】

罗忼烈《清真集笺注》认为其写于元祐八年(1093)至绍圣二年(1095)溧水任上:"溧水为江宁府属邑,西北接江宁,东北接句容,游踪所及,佚诗尚多。溧水以外,若《艺术歌》、《宿灵仙观》、《投子山》,句容茅山之作也;《凤凰台》、《越台曲》,则江宁金陵之作也,金陵怀古词当与此同时。故《景定建康志》与姑射亭、长寿乡两首,都为一录。"孙本亦云:"此词当写于溧水任上,溧水宋时属江宁府,往来金陵当为常事。"

【注释】

①《西河》调始清真。孙本:"景宋本、吴钞本、宛钞本、王刻本调名下注'大石',朱刻本注'大吕'。""景宋本、吴钞本、宛钞本、王刻本、朱刻本题作'金陵'。""戈本杜批:'清真另一首起句三字不叶韵,后结九字分作三字三句,为又一体,后之梦窗词小异。'"毛本题为"金陵怀古"。罗笺:"《景定建康志》、《花庵》、《草堂》、《粹编》、《词统》皆作'金陵怀古'。"毛本注:"《花庵词选》作三叠,'风樯遥度天际'作一截,'赏心东望淮水'又作一截。"郑本校:"(汲古)又云:'《清真集》在"空余旧迹"句分段。'此调方、陈和作及梦窗词并三叠,与《花庵》同,元本'断崖树'句为换头,今从之。"

②佳丽地:特指金陵(今江苏南京)。南朝齐·谢朓《入朝曲》:"江南佳丽地,金陵帝王州。"南朝,又称六朝,指偏安南方的吴、东晋、宋、齐、梁、陈,均以金陵为都城。余参见《齐天乐》(绿芜凋尽台城路)注释②。

③唐·刘禹锡《石头城》:"山围故国周遭在,潮打空城寂寞回。"

④髻鬟对起:古时妇女发式。将头发环曲束于顶。罗笈:"髻鬟状山之形,对起指钟山与石头山对峙。"《山海经·中山经》:"又东南一百二十里,曰洞庭之山,……帝之二女居之,是常游于江渊。"任渊注曰:"按君山状如十二螺髻。"

⑤风樯:指帆船。唐·刘禹锡《鱼复江中》:"风樯好住贪程去,斜日青帘背酒家。"

⑥莫愁艇子:《乐府诗集》卷四十八《莫愁乐》:"莫愁在何处,莫愁石城西。艇子打两桨,催送莫愁来。"唐·李商隐《莫愁》:"若是石城无艇子,莫愁还自有愁诗。"《旧唐书》卷二十九《音乐志》:"石城有女子名莫愁,善歌谣。"石城即郢州,在今湖北钟祥市,县西有莫愁村(见《清一统志》),宋人赵彦卫《云麓漫钞》、洪迈《容斋随笔》及曾三异《同话录》中均有考辨。

⑦垒:营垒。金陵有白石垒和药垒。《建康实录》卷七:"(晋显宗成皇帝咸和三年)夏五月乙未,(苏)峻逼帝迁于石头城。……贼盛,未即决战,议与查浦筑垒,监军李根固争之:'查浦地下,又在水南,惟白石,峻固修之,灭贼之术也。'(陶)侃等许之曰:'若垒不立,卿当腰斩。'根引兵夜修,晓讫,贼众见垒大惊。……李阳临阵斩峻于白石彼岸,至今呼此陂为苏峻湖,今在县西北十二里,石头城北,白石垒即在彼东岸。"

⑧刘禹锡《石头城》:"淮水东边旧时月,夜深还过女墙来。"女墙:《释名·释宫室》:"城上垣曰睥睨,亦曰女墙。言其卑小,比于城,若女子之于丈夫也。"赏心,亭名。《景定建康志》:"赏心亭在下水门之城上,下临秦淮,尽观览之胜。丁晋公谓建。"

⑨唐·刘禹锡《乌衣巷》:"朱雀桥边野草花,乌衣巷口夕阳斜。旧时王谢堂前燕,飞入寻常百姓家。"胡仔《苕溪渔隐丛话》后集卷十二引《舆地志》云:"晋时王导自立乌衣宅,宋时诸谢曰乌衣之聚,皆此巷也。"

【汇评】

洪迈《容斋三笔》卷十一:莫愁者,郢州石城人,今郢有莫愁村。画工传其貌,好事者多写寄四远。……近世周美成乐府《西河》一阕,专咏金陵,所云"莫愁艇子曾系"之语,岂非误指石头城为石城乎?

王楙《野客丛书》卷二九：有两石城，一在金陵，一在竟陵。在金陵者，即左思所谓"戎车次于石城"者也。在竟陵者，即莫愁所居之城也。而周美成词乃以金陵石城为莫愁事用，无乃误乎！

陈鹄《耆旧续闻》卷九：周美成《西河》词"赏心东畔淮水"，今作"伤心"。如此之类甚多。

赵彦卫《云麓漫钞》：周美成作《西河》词有云："莫愁艇子曾系。"此郢州之石城，皆误用。莫愁，郢人，古乐府云："莫愁在何处，莫愁石城西；艇子打两桨，催送莫愁来。"人不知考。

曾三异《同话录》：周美成词《金陵怀古》用"莫愁"字，金陵石头城非莫愁所在，前辈指其误。予当守郢郡，治西偏邻汉江，上石崖峭壁可长数十丈，两端以城续之，流传此为石头城。莫愁名见古乐府，意者是神。汉江之西岸至今有莫愁村，故谓"艇子往来"是也。莫愁像有石本，衣冠甚古，不知何时流传，郢中娼女常择一人，名以莫愁，示存古意，亦儹渎矣。

卓人月《古今词统》徐士俊评：介甫《桂枝香》独步不得。

沈际飞《草堂诗余正集》：如此江山，还有王者气否？介甫《桂枝香》独步不得。"王谢"，金陵事。吴彦高"旧时王谢，堂前燕子，飞向谁家"，逊婉切。

许昂霄《词综偶评》：隐括唐人诗句，浑然天成。"山围故国绕清江"四句，形胜；"莫愁艇子曾系"三句，古迹；"酒旗戏鼓甚处市"至末，目前景物。

陈廷焯《云韶集》：此词纯用唐人成句融化入律，气韵沉雄，苍凉悲壮，直是压遍古今。金陵怀古词，古今不可胜数，要当以美成此词为绝唱。

陈廷焯《词则·放歌集》卷一：此词以"山围故国"、"朱雀桥边"二诗作蓝本，融化入律，气韵沉雄，音节悲壮。

梁令娴《艺蘅馆词选》引梁启超语：张玉田谓清真最长处，在善融化古人诗句，如自己出。读此词，可见此中三昧。

俞陛云《宋词选释》：闰庵评此词前二段云："佳处在境界之高。若仅以点化唐人诗意论之，尚浅。"余谓第三段"燕子"、"斜阳"数语，在神韵之远，若仅以点化"王谢堂前"诗意论之，尚浅。

乔大壮手批《片玉集》：四声之作。别刻片玉又有此调，题是"长安"，可参看之。此调必须记诵。"丽"、"事"、"髻"、"子"、"戏"、"子",皆绲(混)大韵。

杨笺:题是金陵,自离不了吊古,更离不了南朝。看他避熟就生,人详我略,说古事止拣莫愁、王谢之无关国事者说,而人物消沉,自饶感慨,说到末了,止将"兴亡"字面点过,仍从燕子边出,真是虚之又虚,始觉王半山之"门外楼头",陈允年之"后庭玉树",犹是粗材,知此开人无数法门。起用"佳丽地"三字笼罩全篇,与《瑞龙吟》之"章台路"同。("南朝"句)即将南朝事撇开,作意已定于此。("山围"四句)不说史事,不能不说山水。("莫愁"句)入美人艳事,先以上句("断崖"句)中安放一"树"字,为下句"系"字安根。("空余"二句)"旧迹"承"艇系","半垒"承"孤城"。("夜深"二句)"女墙"承"垒",莫愁湖贴近城根,故吊莫愁即联想及女墙,月映雾淮,水映清江。("酒旗"句)即东望所得。("想依稀"句)不曰是王谢邻里,而曰"想依稀",最得吊古神理。("燕子"四句)即从唐人诗"旧时王谢堂前燕,飞入寻常百姓家"语化出。曰不知何世,曰为说兴亡,其沉痛比《哀江南赋》之从实处写者,又别具一格,至以"谢"做"榭",引王榭到乌衣国后,坐飞云轩归家,犹见梁上双燕呢喃之,非是,陈元龙已辟之矣。梁启超曰:张玉田谓清真最长处,在善融化古人诗句如自己出。读此词可见其中三昧。

唐圭璋《唐宋词简释》:此首金陵怀古,隐括刘禹锡诗意,但从景上虚说,不似王半山之"门外楼头"、陈西麓之"后庭玉树",搬弄六朝史实也。起言"南朝盛事谁记",即撇去史实不说。"山围"四句,写山川形胜,气象巍峨。第二片,仍写莫愁与淮水之景象,一片空旷,令人生哀。第三片,藉斜阳、燕子,写出古今兴亡之感。全篇疏荡而悲壮,足以方驾东坡。

张伯驹《丛碧词话》:清真《西河》咏金陵词,万红友《词律》未收,而收其"长安道"一阕,其词较此阕少一字,"后尽"作"往来人"句,"尽"字下少一"是"字,犹倒倚句;"为愁如苇"后复有"如水"、"如醉"二句,共三"如"字,有误。又《词谱》及万《律》后阕,句读为"入寻常"逗,"巷陌人家"句,"相对如说兴亡"句,"斜阳里"韵。依吴梦窗词句读,"向沙头更续"逗,"斜阳一醉"叶,"双玉杯和流光洗"韵。则此词句读应为"入寻常巷陌"豆,"人家相对"叶,"如说兴亡斜阳里"韵。照《词谱》与万《律》句读,不惟失"对"字一韵,而

181

亦大害词意矣。又红友不收此阕，而收"长安道"多讹误者一阕，亦所不解。

罗忼烈《清真集笺注》：刘过《清平乐》"赠妓"云："忺憎憎地。一捻儿年纪。待道瘦来肥不是。宜著淡黄衫子。　　唇边一点樱多。见人频敛双蛾。我自金陵怀古，唱时休唱《西河》。"正谓此词。盖南宋偏安之局与南朝等，而燕安鸩毒，种种淫奢粉饰之为，亦六朝金粉之覆辙也，故结有感而云。清真词传唱之盛，于此亦可见一斑。

风流子①

大石

新绿小池塘②。风帘动、碎影舞斜阳③。羡金屋去来④，旧时巢燕，土花缭绕，前度莓墙⑤。绣阁凤帏深几许⑥，曾听得理丝簧。欲说又休，虑乖芳信⑦，未歌先咽，愁近清觞⑧。　　遥知新妆了，开朱户⑨，应自待月西厢⑩。最苦梦魂，今宵不到伊行⑪。问甚时说与，佳音密耗⑫，寄将秦镜，偷换韩香⑬。天便教人，霎时厮见何妨⑭。

【题解】

周必大《文忠集》卷一六七《泛舟游山录》云"周美成作(溧水)邑时长短句云'新绿小池塘'"，而强焕《片玉词序》曰："溧水为负山之邑，官赋浩穰，民讼纷沓，似不可以弦歌为政。而待制周公，元祐癸酉(1093)春中为邑长于斯，其政敬简，……余慕周公之才名，有年于兹，不谓于八十余载之后，踵公旧踪，既喜且愧。故自到任以来，访其政事，于所治后圃，得其遗政，有亭曰'姑射'，有堂曰'萧闲'，皆取神仙中事，揭而名之，可以想象其襟抱之不凡。而又睹'新绿'之池，'隔浦'之莲，依然在目。"按宋代三年一磨勘的官制，周邦彦于元祐八年(1093)仲春到溧水，当于绍圣三年(1096)仲春离任。

词既云"新绿",应指初春,故词应作于元祐九年至绍圣三年间某一年的初春。

【注释】

①孙本:"景宋本、吴钞本、宛钞本、王刻本、朱刻本调名下注'大石'。"罗笺:"《粹编》题作'风情',《花庵》题作'初夏'。"《全宋词》注:"《历代诗余》误作贺铸词。"

②新绿:初春草木显现的嫩绿色。南朝梁·鲍泉《春日诗》:"新水新绿浮,新禽新听好。"罗笺:"据强焕《题周美成词》:'又睹新绿之池',知池在县治后圃,其名为清真所号。"

③风帘:指遮蔽门窗的帘子。南朝齐·谢朓《怨诗》:"花丛乱数蝶,风帘入双燕。"宋·范成大《爱雪歌》:"须臾未遑妨性命,呼童尽捲风帘钩。"

④金屋:《汉武故事》:"胶东王(汉武帝)数岁,长公主嫖抱置膝上,问曰:'儿欲得妇不?'胶东王曰:'欲得妇。'长主指左右长御百余人,皆云不用。末指其女问曰:'阿娇好不?'于是乃笑对曰:'好!若得阿娇作妇,当作金屋贮之。'"

⑤旧时:唐·刘禹锡《乌衣巷》:"旧时王谢堂前燕,飞入寻常百姓家。"土花,莓:苔藓。唐·李贺《金铜仙人辞汉歌》:"画栏桂树悬秋香,三十六宫土花碧。"前度:前一次;上一回。唐·元稹《醉醒》:"积善坊中前度饮,谢家诸婢笑扶行。"宋·晏几道《喜团圆》:"眠思梦想,不如双燕,得到兰房。"

⑥绣阁:《雅词》、元本、毛本作"绣阁里"。张炎《词源》引作'凤阁'。"凤帏:闺中的帷帐。深几许:陈本作"深处几许"。

⑦芳信:原意是花开的讯息,这里指闺中人的书信。唐·刘元济《怨诗》:"玉关芳信断,兰闺锦字新。"宋·史达祖《双双燕·咏燕》:"应自栖香正稳,便忘了天涯芳信。"

⑧先咽:吴本、毛本作"先噎"。愁近清觞:孙本从毛本作"愁转清商"。罗笺:"《雅词》作'愁近清商'。案方、杨、西麓和词皆押'觞'字。"欧阳修《诉衷情》:"拟歌先敛,欲笑还颦,最断人肠。"清觞:指美酒。《太平御览》卷二二九引汉·扬雄《太官令箴》:"群物百品,八珍清觞,以御宾客,以膳于王。"

⑨遥知:《雅词》作"暗想"。新妆:谓女子新扮饰好的容色。南朝陈·

徐陵《〈玉台新咏〉序》:"至如青牛帐里,余曲既终;朱鸟窗前,新妆已竟。"陆瑜《东飞伯劳歌》:"新妆年几才三五,隐隐羞藏临洞户。"

⑩应自:《雅词》作"应是"。元稹《会真记》:"待月西厢下,迎风户半开。"

⑪最苦:《雅词》作"苦恨"。梦魂:唐·刘希夷《巫山怀古》:"颓想卧瑶席,梦魂何翩翩。"伊行:意为到你那里。蔡伸《极相思》:"不如早睡,今宵梦魂,先到伊行。"

⑫说与:《雅词》、毛本作"却与"。佳音:《雅词》作"嘉音"。

⑬秦镜:秦嘉镜。后汉秦嘉因妻徐淑卧病还家,不获面别,赠以明镜、宝钗等。秦嘉《重报妻书》:"间得此镜,既明且好。形观文彩,世所稀有。意甚爱之,故以相与。"韩香:韩寿香。晋贾充女贾午与韩寿私通,并把皇帝赐其父之外域异香赠寿。见《世说新语·惑溺》。此处"秦镜"、"韩香"泛指男女定情信物。刘禹锡《泰娘歌》:"秦嘉镜有前时结,韩寿香销故箧衣。"

⑭厮见:《雅词》作"相见",《词源》引作"得见"。

【汇评】

王明清《挥麈录》:周美成为江宁府溧水令,主簿之室有色而慧,美成常款洽于尊席之间,世所传《风流子》词盖有所寓意焉。……词中"新绿""待月"簿厅亭轩之名。

张炎《词源》卷下:词中句法要平妥精粹,一曲之中安能句句高妙?只要拍搭衬副得去,于好发挥笔力处,极要用工,不可轻易放过,读之使人击节可也。……如美成《风流子》云:"凤阁绣帏深几许,听得理丝簧。"……此皆平易中有句法。

又:词欲雅而正,志之所之,一为情所役,则失其雅正之音。耆卿、伯可不必论,虽美成亦有所不免。如"为伊泪落";如"最苦梦魂,今宵不到伊行";如"天便教人,霎时得见何妨";如"又恐伊寻消问息,瘦损容光";如"许多烦恼,只为当时,一饷留情",所谓淳厚日变成浇风也。

沈义父《乐府指迷》:结句须要放开,含有余不尽之意,以景结情最好。……或以情结尾亦好。往往轻而露,如清真之"天便教人,霎时厮见何妨"……之类,便无意思,亦是词家病,却不可学也。

沈际飞《草堂诗余正集》："土花"对"金屋"，工。

又：末句驰骋，恣其望，申其郁。张玉田云"词欲雅而正……"，此胶柱鼓瑟之论也。沈谦《填词杂说》："天便教人，霎时厮见何妨"；"花前月下，见了不教归去"，卞急迁妄，各极其妙，美成真深于情者。

黄苏《蓼园词选》：因见旧燕度莓墙而巢于金屋，乃思自身已在凤帏之外，而听别人理丝簧，未免苦咽耳。

叶申芗《本事词》：此词虽极情致缠绵，然律以名教，恐亦有伤风雅也。

况周颐《蕙风词话》：元人沈伯时作《乐府指迷》，于清真词推许甚至。惟以"天便教人，霎时厮见何妨"、"梦魂凝想鸳侣"等句为不可学，则非真能知词者也。清真又有句云"多少暗愁密意，惟有天知"、"最苦梦魂，今宵不到伊行"、"拚今生对花对酒，为伊泪落"，此等语愈朴愈厚，愈厚愈雅，至真之情由性灵肺腑中流出，不妨说尽，而愈无尽。南宋词人如姜白石云"酒醒波远，正凝想明珰素袜"，庶几近似，然已微嫌刷色。诚如清真等句，惟有学之不能到耳，如曰不可学也，讵必颦眉搔首，作态几许然后出之，乃为可学耶。明以来词纤艳少骨，致斯道为之不尊，未始非伯时之言阶之厉矣。窃尝以刻印比之，自六代作者以萦纤拗折为工，而两汉方正平直之气荡然无复存者，救敝起衰，欲求一丁敬身、黄大易而未易遽得。乃至倚声小道，即亦将成绝学，良可慨夫。

陈洵《抄本海绡说词》："池塘"在"莓墙"外，"莓墙"在"绣阁"外，"绣阁"又在"凤帏"外，层层布景，总为"深几许"三字出力，既非巢燕，可以任意去来，则相见亦良难矣。"听得"、"遥知"，只是不见。梦亦不到。"见"字绝望，"甚时"转出"见"字。后路千回百折，逼出结句，画龙点睛，破壁飞去矣。

乔大壮手批《片玉集》：重在写景，不在言情。四声可与卷五大石调一首（指"枫林凋晚叶"）参看。"金屋"四句作对，"欲说"四句亦然。"绣阁"句比卷五一首少一字，或是夺文，或是别体，宋刻本已然，不可考矣。"最苦"、"天便"二句是十字句，上四下六或上六下四均可。

唐圭璋《唐宋词简释》：此首写怀人，层次极清。"新绿"三句，先写外景，图画难足。帘影映水，风来摇动，故成碎影，而斜日反照，更成奇丽之景，一"舞"字尤能传神。"羡金屋"四句，写人立池外之所见，燕入金屋，花

185

过莓墙，而人独不得去，一"羡"字贯下四句，且见人不得去之恨，徒羡燕与花耳。"绣阁里"三句，写人立池外之所闻。"欲说"四句，则写丝簧之深情。换头三句，写人立池外之所想，故曰"遥知"。"最苦"两句，更深一层，言不独人不得去，即梦魂亦不得去。"问甚时"四句，则因人不得去，故问可有得去之时。通篇皆是欲见不得之词。至末句乃点破"见"字。叹天何妨教人厮见霎时，亦是思极恨极，故不禁呼天而问之。

张伯驹《丛碧词话》：清真《风流子》"新绿小池塘"词，神貌俱似屯田。清真与屯田不惟词同，而人亦为一流，皆多于情者。

杨笺：("新绿"句)闻歌之地。("风帘动"句)帘者，所以隔内外也。动则几几有窥见其人之机会。("羡金屋"四句)即不见意。不比"燕"之能到"金屋"，"土花"之能过莓墙也。("绣阁里"三句)入闻"丝簧"，先用"绣阁"八字一断，而后出"听"字，词笔曲折。("欲说又休"四句)从"听得"上想像，极力腾挪。("遥知新妆"三句)"遥知"从上"近"字来，因闻声而想及其人。("最苦"两句)不独身不能到，即梦魂亦不能到，比上之"燕"与"土花"，更深一层。("问甚时"四句)进一步想。("天便教人"两句)退一步想，即使不能"寄镜"、"偷香"，即暂时得见亦所愿意，是缩字诀。

法曲献仙音①

大石

蝉咽凉柯,燕飞尘幕②,漏阁签声时度③。倦脱纶巾,困便湘竹,桐阴半侵朱户④。向抱影凝情处。时闻打窗雨⑤。耿无语⑥。叹文园、近来多病,情绪懒,尊酒易成间阻⑦。缥缈玉京人,想依然、京兆眉妩⑧。翠幕深中,对徽容、空在纨素⑨。待花前月下,见了不教归去。

【题解】

孙虹《周邦彦寄内系列词编年考证》:"词人元祐三年(1088)初秋曾从庐州归钱塘,秋后返回庐州,至溧水任后期,已经将近十年未归钱塘,故云'更久长、不见文君,归时认否'。准以《宴清都》和写于溧水的《隔浦莲近拍》《隔浦莲》),知《法曲献仙音》也写于溧水任上","此词中的'倦脱纶巾,困便湘竹'与《隔浦莲近拍》中的'纶巾羽扇,困卧北窗清晓'写同一情景,加上词中所用'文园'典故,指司马相如,与卓文君典同一机杼,而张敞画眉,也是写夫妻闺房乐事。"

【注释】

①孙本:"景宋本、吴钞本、宛钞本、王刻本、朱刻本调名下注'大石'。"《草堂诗余》《花草粹编》题作"初夏"。

②蝉咽:蝉声。南朝·徐陵《山池应令诗》:"猿啼知谷晚,蝉咽觉山秋。"燕飞:晋·陶渊明《杂诗十二首》(之十一):"春燕应节起,高飞拂尘梁。"

③漏阁,载漏之器。毛本注:"或作'满阁',非。"签,筹箭、漏签,即漏壶(古代计时器),用来计时的浮标。余参见《过秦楼》(水浴清蟾)注释⑤及《月下笛》(小雨收尘)注释⑧。时度:谓按时。《墨子·节葬下》:"若苟乱,

是祭祀不时度也。”

④纶巾：见《隔浦莲》(新篁摇动翠葆)注释⑦。湘竹：借指竹席。李端《古别离》："空令猿啸时，泣对湘簟竹。"朱户：孙本从毛本作"庭户"。见《风流子》(新绿小池塘)注释⑨。

⑤抱影：守着影子。形容孤独。汉·严忌《哀时命》："廓抱景而独倚兮，超永乎故乡。"晋·左思《咏史》之八："落落穷巷士，抱影守空庐。"凝情：情意专注。唐·李康成《玉华仙子歌》："转态凝情五云里，娇颜千岁芙蓉花。"宋·孙光宪《浣溪沙》："凝情半日不梳头。"打窗雨：唐·韩偓《效崔国辅体四首》(之三)："欲明天更寒，东风打窗雨。"

⑥耿：心中不宁帖。《诗·邶风·柏舟》："耿耿不寐，如有隐忧。"

⑦文园：唐·杜甫《赠李八秘书别三十韵》："文园多病后，中散旧交疏。"余参见《宴清都·地僻无钟鼓》注释⑧。尊酒：犹杯酒。唐·高适《赠别沈四逸人》："耿耿尊酒前，联雁飞愁音。"间阻：阻隔。唐·苏鹗《杜阳杂编》卷上："(元)载肃宗、代宗两朝宰相，贵盛无比，广葺亭台，交游贵族，客候其门，或多间阻。"

⑧玉京：也称"玉清"，道家天帝所居之处。晋·葛洪《枕中书》引《真记》："元都玉京，七宝山，周回九万里，在大罗之上。"唐·李商隐《杏花》："仙子玉京路，主人金谷园。"京兆眉妩：京兆，汉代行政区域，为三辅之一。在今陕西西安以冬至华县之间。《汉书》卷七十六《张敞传》："(张)敞为京兆，……又为妇画眉，长安中传张京兆眉妩。"

⑨翠幕：翠色的帷幕。晋·潘岳《藉田赋》："青坛蔚其岳立兮，翠幕默以云布。"徽容，形容美貌。毛本注："或作嫩容，非。"纨素，用来画像的细绢。唐·元稹《崔徽歌序》："崔徽，河中府娼也。裴敬中以兴元幕使蒲州，与徽相从累月。敬中使还，崔不得从为恨，因而成疾。有丘夏善写人形，徽托写真寄敬中，约：'崔徽一旦不及画中人，且为郎死。'发狂卒。"

【汇评】

沈义父《乐府指迷》：炼字下语，最是紧要。如说桃不可直说破桃，须用"红雨"、"刘郎"等字。如咏柳，不可直说破柳，须用"章台"、"灞岸"等字。又用事如曰"银钩空满"，便是'书'了，不必更说'书'字；'玉箸双垂'，便是

'泪'了，不必更说'泪'。如'绿云缭绕'，隐然'鬘发'；'困便湘竹'，分明是簟。正不必分晓如教初学小儿，说破这是甚物事，方见妙处。

沈际飞《草堂诗余正集》："向抱影"几句，钻心。"不教归去"，痴心语，实快心语。

周济《宋四家词选》：结是本色俊语。

陈洵《海绡说词》：着眼两"时"字，曰"倦"、曰"困"，皆由此生。又着眼"向"字、"处"字，窗外窗内，一齐收拾。以换头三字结足上阕，"文园"以下，全写"抱影凝情"。虚提实证，是清真度人处。

乔大壮手批《片玉集》：四声。可与姜词参证。白石歌曲"处"字不押大韵。

俞陛云《宋词选释》：前半将幽居景物闲闲写出，后始转入言情，纨素犹存，而玉京人远，在静境中易涉幽想。后阕虽寄怀宛转，而纯用疏朗之笔，绝无缋饰，见格调之高。

杨笺：（"蝉咽"三句）从景起，笺阁藏有人在。（"倦脱"三句）"倦脱""困便"入人事，以"桐阴"景融入。（"向抱影"二句）"抱影""凝尘"，以"打窗"雨景融入。（"耿无语"句）承上"抱影凝尘"。（"尊酒"句）"间阻"为一词之主，谓与玉京人间阻也。（"缥缈"三句）出"玉京人"，从对面写，"眉妩"开下"徽容"。（"翠幕"三句）"眉妩"不可目见，"徽容"却见诸"翠幕""纨素"中。（"待花前"二句）于今日不可见时作将来见了，想在俗手不知作如何浓艳语。看其止说"不教归去"，朴而大方。此等语最难学。

菩萨蛮①

正平　梅雪

银河宛转三千曲②。浴凫飞鹭澄波绿③。何处是归舟。夕阳江上楼④。　　天憎梅浪发。故下封枝雪⑤。深院卷帘看。应怜江上寒。

189

【题解】

【题解】

罗忼烈《清真集笺注》疑此词作于溧水任上。

【注释】

①孙本:"景宋本、吴钞本、宛钞本、王刻本、朱刻本调名下注'正平'并有词题'梅雪'。"

②银河:陈本注:"银河,天河也,出昆仑虚,其色白也。"罗笺:"指环绕溧水县城之秦淮西源及臙脂河,二水穿插河梁城壕间,受城西南山溪水。以溪河宛转曲折,故云。"

③波绿:毛本作"波渌"。浴凫飞鹭:唐·杜甫《涪城县香积寺官阁》:"小院回廊春寂寂,浴凫飞鹭晚悠悠。"

④是:孙本从毛本作"望"。归舟:南朝齐·谢朓《之宣城出新林浦向板桥》:"天际识归舟,云中辨江树。"南朝梁·何逊《慈姥矶》:"客悲不自已,江上望归舟。"

⑤封枝雪:《西京杂记》:"太平之世……雪不封条,凌殄毒害而已。"南朝梁·鲍照《发长松遇雪诗》:"振风摇地局,封雪满空枝。"

【汇评】

周济《宋四家词选》:("天憎"二句)造语奇险。

陈廷焯《白雨斋词话》卷一:美成《菩萨蛮》上半阕云:"何处望归舟,夕阳江上楼。"思慕之极,故哀怨之深。下半阕云:"深院卷帘看,应怜江上寒。"哀怨之深,亦忠爱之至。似此不必学温、韦,已与温、韦一鼻孔出气。

陈廷焯《词则·大雅集》卷二:美成小令,于温、韦、晏、欧外,别开境界,遂为南宋诸名家所祖。

吴世昌《词林新话》:亦峰称为"哀怨之深,亦忠爱之至"。此亦只是思妇想象情人旅途苦况而已,与忠爱无关。

乔大壮手批《片玉集》:二声。

杨笺:("银河"二句)为归舟作势。"何处是望归舟"者,心口相商之词,望者何在?("夕阳"句)"夕阳江上楼"是也。("天憎"二句)沤师曰:憎梅浪发者,憎梅花之放浪先发也。按如此解,方与"下封枝雪"相串。作梅花开时之波浪解者，非，此说前人无及之者。（"深院"句）因此知卷帘看者非看归舟，乃看梅也。以"深院"二字知之，归舟非深院所能见者。（"应怜"句）因梅枝之雪，故怜江上之寒，则因此思彼耳。陈廷焯曰：上半阕云："何处是归舟，夕阳江上楼。"思慕之极，故哀怨之深。下半阕云："深院卷帘看，应怜江上寒。"哀怨之深，亦忠爱之至。似此不必学温、韦，已与温、韦一鼻孔出气。

玉楼春

大石

玉奁收起新妆了①。鬓畔斜枝红袅袅②。浅颦轻笑百般宜，试著春衫犹更好③。　　裁金簇翠天机巧④。不称野人簪破帽⑤。满头聊插片时狂，顿减十年尘土貌⑥。

【题解】

罗忼："此盖重返汴京，歌席赋赠之作。野人破帽，十年尘土者，自元祐二年（1087）出都，漂零不偶，至是十载矣。"孙虹《清真集校注》："观'顿减'句，似当作于绍圣四年（1097），还为国子主簿时。邦彦于元祐三年（1088）出教授庐州，至绍圣四年，则整整'十年'耳。"马成生、赵治中《周邦彦年谱》（下）云此词似作于绍圣四年（1097）。

【注释】

①参见《玉楼春》（大堤花艳惊郎目）注释①。

②玉奁：玉制的盛香物或梳妆用品的器具。唐·元稹《开元观闲居酬吴士矩侍御三十韵》："醮起彤庭烛，香开白玉奁。"新妆：陈本作"新装"。装同"妆"。鬓畔：鬓边，鬓角部位。《艺文类聚》卷十八引南朝·梁简文帝《晚间出行》："轻花鬓畔堕，微汗粉中光。"一本作"鬓边"。袅袅：南北朝·魏收

191

《晦日泛舟应诏诗》："袅袅春枝弱,关关新鸟呼。"

③釂:孙本从毛本、吴本作"嚬"。犹更好:孙本从吴本、毛本作"应更好"。唐·韩偓《无题》："妆好方长叹,欢余却浅釂。"唐·李商隐《饮席代官妓赠两从事》："新人桥上著春衫,旧主江边侧帽檐。"

④裁金簇翠:南朝梁·宗懔《荆楚岁时记》："正月七日为人日,以七种菜为羹,剪彩为人或镂金箔为人,以贴屏风,亦戴之头鬓。又造华胜以相遗,登高赋诗。"

⑤不称:不如。破帽:《晋书》卷九十三《外戚列传·王濛》:"(王濛)美姿容,尝览镜自照,称其父字曰:'王文开生此儿邪!'居贫,帽败,自入市买之,妪悦其貌,遗以新帽,时人以为达。"与上一句化用杜甫《赠李白》:"二年客东都,所历厌机巧。野人对腥膻,蔬食常不饱。"

⑥聊插:孙本从毛本作"聊作"。罗笺:"《词萃》作'聊插'。"片时:片刻。隋·江总《闺怨篇》:"愿君关山及早度,念妾桃李片时好。"尘土:指尘世;尘事。唐·沈亚之《送文颖上人游天台》:"莫说人间事,崎岖尘土中。"宋·苏轼《书王定国所藏烟江叠嶂图》:"江山清空我尘土,虽有去路寻无缘。"

【汇评】

乔大壮手批《片玉集》:不是率笔,乃老到也。

钱锺书《管锥编》第三册《全后汉文》卷九十:王粲《神女赋》:"婉约绮媚,举动多宜。"按苏轼《西湖》称西施"淡妆浓抹总相宜",王实甫《西厢记》第一本第一折张生称莺莺:"我见他宜嗔宜喜春风面",即"多宜"之谓,厥意首发于兹。……后世词人,都为笼罩。苏诗、王曲而外,如梁简文帝《鸳鸯赋》:"亦有佳丽自如神,宜羞宜笑复宜嚬",周邦彦《玉楼春》:"浅釂轻笑百般宜",谢绛《菩萨蛮》:"一瞬百般宜,无端笑与啼",杨无咎《柳梢青》:"一自别来,百般宜处,都入思量",又《生查子》:"妖娆百种宜,总在春风面,含笑又含嚬,莫作丹青现";尹唯晓《眼儿媚》:"一好百般宜"……

元符元年(1098)后任京官至政和元年(1111)知河中府之前的作品

蓦山溪①

楼前疏柳,柳外无穷路。翠色四天垂②,数峰青、高城阔处③。江湖病眼,偏向此山明④,愁无语。空凝伫。两两昏鸦去。　　平康巷陌,往事如花雨⑤。十载却归来,倦追寻、酒旗戏鼓⑥。今宵幸有,人似月婵娟⑦,霞袖举⑧。杯深注。一曲黄金缕⑨。

【题解】

孙虹《清真集校注》:"此词约写于绍圣三年(1096)或绍圣四年(1097)还为国子主簿时。"蒋选:"这首词约作于哲宗元符元年(1098)。周邦彦浮沉州县十年之后重回京师,时年 43 岁。"

【注释】

①毛本注:"此二阕《清真集》不载。"孙本:"戈本杜批:'此调十三体,皆八十二字。此前后段七、八句俱叶韵,为又一体。'"

②四天:四方的天空。唐·韩偓《有忆》:"愁肠泥酒人千里,泪眼倚楼天四垂。"

③数峰青:形容青山。唐·钱起《省试湘灵鼓瑟》:"曲终人不见,江上数峰青。"

④谓老眼昏花。唐·白居易《曲江亭晚望》:"诗成暗著闲心记,山好遥偷病眼看。"前蜀·韦庄《酬吴秀才雪川相送》:"离心不忍闻春鸟,病眼何堪送落晖。"

⑤平康:见《瑞龙吟》(章台路)注释④。唐·窦群《春雨》:"人间尽似逢花雨,莫爱芳菲湿绮罗。"

⑥化用唐·杜牧《遣怀》:"十年一觉扬州梦,赢得青楼薄幸名。"唐·李

贺《酬答二首》(之二)："试问酒旗歌板地,今朝谁是拗花人。"

⑦幸有:本有;正有。唐·杜甫《曲江》之三:"杜曲幸有桑麻田,故将移住南山边。"婵娟:颜色美好貌。孟郊《婵娟篇》:"月婵娟,真可怜。"

⑧宋·钱惟演《夜宴》:"蹁跹霞袖舞,潋滟羽觞飞。"

⑨黄金缕:词牌名,蝶恋花的别称。唐·杜牧《杜秋娘诗》:"秋持玉斝醉,与唱金缕衣。"自注:"劝君莫惜金缕衣,劝君须惜少年时。花开堪折直须折,莫待无花空折枝。李锜常唱此辞。"

【汇评】

俞陛云《宋词选释》:下阕之叙事,不及上阕之寓情于景,江山城阙,极目飞鹊,托思在云天苍莽处。刘肃序《清真集》曰:"辞不轻措,辞之工也。阕辞必详其所措。"此词擅胜在上阕,即其措意处,阅词者可以类推。

陈洵《抄本海绡说词》:"无穷路",从"归来"后追忆,此柳真是黯然销魂。"偏向此山明",有多少往事在。"倦追寻酒旗戏鼓",所以见此山而无语凝伫也。前虚后实,钩勒无迹。"今宵"以下,聊复尔尔,正见往事都非。"幸有"云者,聊胜于无耳。

杨筤:("楼前"四句)写景入,用"楼"字冠首,与《感皇恩》之用"小阁"同法。楼前柳,柳外路,路上天,城外峰,由近而远。("江湖"五句)"病眼"句入人事,无语延伫下妙以"两两昏鸦(去)"五字歇拍,两两有意。("平康巷陌"二句)念往。("十载"句)"倦寻"一折,"今宵幸有"又一转,霞袖举者,劝酒也。"黄金缕"应起均"柳"字。

一寸金①

小石　江路

　　州夹苍崖,下枕江山是城郭②。望海霞接日,红翻水面③,晴风吹草,青摇山脚。波暖凫鹥作④。沙痕退、夜潮正落⑤。疏林外、一点炊烟,渡口参差正寥廓⑥。　　自叹劳生⑦,经年何事，京华信漂泊。念渚蒲汀柳，空归闲梦，风轮雨楫⑧，终孤前约。情景牵心眼，流连处、利名易薄。回头谢、冶叶倡条，便入渔钓乐⑨。

【题解】

《遗事》："先生晚年自杭徙居睦州，故《严陵集》有先生《敕赐唐二高僧师号记》，《景定严州续志》载州校书板《清真集》、《清真诗余》。以此集中《一寸金》词，恐亦在睦州时改定也"。《遗事·年表》考证周邦彦于宣和二年（1120）居睦州，故认为《一寸金》"恐亦在睦州时改定也。"《年谱》编此词于重和元年（1118），并注云："《广舆记·宁波府》：翠崖山在府城。起云'州夹苍崖'当即翠崖；鄞江在城东北二里，四明在西南，天童、太白在城东，故曰'下枕江山'。入拜秘（书）监已年余，故曰'经年何事，京华信漂泊'。伤时势日非，将归老于四明，故结曰'回头谢、冶叶倡条，更入渔钓乐'。"

罗笺则云："清真于徽宗建中靖国元年（1101）曾客新定，有记二篇可证。《敕赐唐二高僧师号记》见宋董棻《严陵集》卷八，略云（有节录）：'有二大士，显于有唐，在新定城，住阿兰若，咸举宗教，转大法轮。其故道场，皆有遗像，而奉事弗虔，称号无闻，为日久矣。元符二年，马公玗来守是邦，始知崇敬，乞加褒显。元符三年十二月二十四日命下，明年三月十七日，具花幡威仪，表揭新号。'末署'年月日钱塘周邦彦记'，虽省去某年某月字，然元符三年之明年则建中靖国元年也。又《睦州建德县清理堂记》见《永乐大典》卷七千二百四十一，末署'建中靖国元年七月十日钱塘周某记'。两文所记，皆亲见者，是则自春至秋皆在新定也。此词题'新定作'，当是同年之作。"孙注编年与罗笺同："疑此词应写于建中靖国元年（1101）后不久。其时邦彦在校书郎任，何以至新定，无考。"蒋选亦云："毛本题作'新定词'。词当作于徽宗建中靖国元年（1101），时作者居新定。"马成生、赵治中《周邦彦年谱》（下）亦编建中靖国元年（1101），并云："是年春，告假南归，至睦州（今浙江建德县）客居，写有《睦州建德县清理堂记》、《敕赐唐二高僧师号记》两文，《一寸金》（州夹苍崖）词。"

【注释】

①陈本、吴本调名下注"小石",有词题"江路"。毛本有词题"新定词"。孙本:"景宋本、吴钞本、宛钞本、王刻本、朱刻本调名下注'小石'。""景宋本、吴钞本、毛扆校本、宛钞本题作'江落'。""王刻本、朱刻本题作'江路'。"郑本校:"汲古题作'新定词',今从《花庵》订正。"新定:郑瑶《景定严州续志》:"天宝元年,改睦州为新定郡。""严州在国初,仍唐旧为睦州……宣和三年,改为严州。"

②写沿浙水通往建德的途中之景。周邦彦《睦州建德县清理堂记》:"浙西之壤与江而接者,穷于新定。大江渺绵,陆地阻险,其势若与下流诸郡斗绝。重山拂岭,环抱万室,朝霏夕岚,与人俯仰,长溪泻其前,大路缀其后。"

③《水经注·浙水》:"(下游紫溪)中道挟水有紫色磐石,石长百余丈,望之如朝霞,又名此水为赤濑,盖以倒影在水故也。"唐·杜甫《晴二首》:"碧知湖外草,红见海东云。"

④山脚:山接近平地的部分。唐·崔橹《重阳日次荆南路经武宁驿》:"茱萸冷吹溪口香,菊花倒绕山脚黄。"凫鹭作:郑本校:"'作',《词谱》作'泳',不叶,考梦窗、筠溪二词,此句并叶。梦窗又一首前后俱叶,清真则惟前叶。盖词例当以上阕定礼耳。"《诗·大雅·凫鹭》:"凫鹭在泾,公尸来燕来宁。"孔颖达疏:"鹭,鸥也,一名水鴞。"唐·赵嘏《发青山》:"凫鹭声暖野塘春,鞍马嘶风驿路尘。"

⑤沙痕:沙上的痕迹。唐·王建《上张弘靖相公》:"草开旧路沙痕在,日照新池凤迹重。"《水经注·浙水》:"(紫溪东南流)十余里中,积石磊砢,相挟而上,涧下白沙细石,状若霜雪。"

⑥疏林:稀疏的林木。唐·王昌龄《途中作》:"坠叶吹未晓,疏林月微微。"寥廓:《楚辞·远游》:"下峥嵘而无地兮,上寥廓而无天。"洪兴祖补注引颜师古曰:"寥廓,广远也。"

⑦劳生:《庄子·大宗师》:"夫大块载我以形,劳我以生,佚我以老,息我以死。"后以"劳生"指辛苦劳累的生活。

⑧渚蒲:吴本作"渚芦"。风轮雨楫:风中车驾,雨中舟楫,道途辛苦之

意。风轮本为佛家语,《华严经》:"金轮水际,外有风轮。"

⑨冶叶倡条:原形容杨柳的枝叶婀娜多姿,后比喻任人玩赏攀折的花草枝叶,借指妓女。唐·李商隐《燕台诗》:"蜜房羽客类芳心,冶叶倡条遍相识。"渔钓:唐·戴叔伦《喜雨》:"樵歌野田中,渔钓沧江浔。"

【汇评】

卓人月《古今词统》卷十五:"作"字妙。

俞陛云《宋词选释》:胜处全在上阕,写江路景物如画,好语穿珠,无懈可击。但此等词宋贤尚有能手,未见清真本色也。

乔大壮手批《片玉集》:四声。重大之作,必须记诵。"海霞"四句作对。"渚蒲"四句作对。

蒋礼鸿《大鹤山人校本〈清真词〉笺记》:("波暖凫鹥作。沙痕退、夜潮正落")郑(文焯)校"作",《词谱》作"泳",不叶。考梦窗、筠溪二词,此句并叶。梦窗又一首前后俱叶。清真则唯前叶,盖词例当以上阕定体耳。按:此首下阕"情景牵心眼,流连处,利名易薄",与此"波暖"以下句位相对,而"眼"字不叶。大鹤所云词例当以下阕定体,谓"凫鹥"下一字当依梦窗、辑溪二词及梦窗又一首叶韵耳。此其订律之精,自无可议。然"凫鹥作","作"字但能训"起",与"波暖"意不相接。以《词谱》作"泳"推之,当是"浴"字耳。上卷《菩萨蛮》词:"浴凫飞鹭澄波绿。"杜甫《愁》诗:"盘涡鹭浴底心性。"则凡于水禽言浴,固自然成文也。

瑞鹤仙①

清真集不载

暖烟笼细柳②。弄万缕千丝,年年春色。晴风荡无际③,浓于酒、偏醉情人调客。阑干倚处,度花香、微散酒力。对重门半掩,黄昏淡月,院宇深寂。　　愁极。因思前事,洞房佳宴,正值寒食④。寻芳遍赏,金谷里,铜驼陌⑤。到而今、鱼雁沉沉无信息⑥，天涯常是泪滴。早归来，云馆深处⑦，那人正忆。

【题解】

孙虹《周邦彦寄内系列词编年考证》认为其作于元符元年（1098）至靖国元年（1101），乃悼亡之作。

【注释】

①毛本注："《清真集》不载。"《集外词》收，《抄补》弗录。

②暖烟：指春天的烟霭。唐·郑谷《曲江春草》："花落江堤簇暖烟，雨余草色远相连。"

③晴风：晴朗天气的风。唐·白居易《同韩侍郎游郑家池吟诗小饮》："宿雨洗沙尘，晴风荡烟霭。"

④洞房：战国楚·宋玉《招魂》："姱容修态，絙洞房些。"王逸注："房，室也。言复有美好之女，其貌姱好，多意长智，群聚罗列，竟于洞达，满于房室也。"一般指幽深的内室。寒食：见《应天长》（条风布暖）注释④。

⑤金谷，地名，在河南洛阳市西北。《晋书》卷三十三《石崇传》："崇有别馆在河阳之金谷，一名梓泽。送者倾都，帐饮于此焉。"铜驼陌：《太平御览》卷一五八引陆机《洛阳记》："洛阳有铜驼街，汉铸铜驼二枚，在宫南西会道相对。俗语曰：'金马门外集众贤，铜驼陌上集少年。'"

⑥鱼雁：比喻传送书信的使者。《饮马长城窟行》："客从远方来，遗我双鲤鱼。呼儿烹鲤鱼，中有尺素书。"《汉书》卷五十四《苏武传》："教使者谓单于，言天子射上林中，得雁，足有系帛书。"

⑦云馆：高耸入云的馆舍。亦为馆名。晋·左思《吴都赋》："寒暑隔阂于邃宇，虹蜺回带于云馆。"李周翰注："云馆，馆名。言此馆至高，虹蜺之气绕带于傍也。"在这里指洞房。如清真《感皇恩》："洞房见说，云深无路。"

蓦山溪①

大石

湖平春水,菱荇萦船尾^②。空翠入衣襟^③,拊轻桹、游鱼惊避^④。晚来潮上,迤逦没沙痕^⑤,山四倚。云渐起。鸟度屏风里^⑥。　　周郎逸兴,黄帽侵云水^⑦。落日媚沧洲^⑧,泛一棹、夷犹未已^⑨。玉箫金管,不共美人游^⑩,因个甚,烟雾底。独爱莼羹美^⑪。

【题解】

《年谱》编于大观三年(1109)词人自京师过吴时:"《蓦山溪》起云:'湖平春水,藻荇萦船尾。'结云:'因个甚,烟雾底。独爱莼羹美。'则抵杭时已暮春初矣。"马成生、赵治中《周邦彦年谱》(下)崇宁三年(1104),并云:"校书郎秩满,乞假南归,曾游越州,写有《二月十四日至越州置酒泛湖欲往诸刹风作不能前》和《次韵周朝宗六月十日泛湖五首》等诗,以及《蓦山溪》(湖平春水)词。"蒋选亦云:"这首词为泛舟游湖之作。周邦彦佚诗有《次韵周朝宗六月十日泛湖五首》、《二月十四日到越州置酒泛湖欲往诸刹风作不前》一首,可能为同时之作。周邦彦中年以后,曾知明州(今浙江宁波),泛湖诗词或许作于知明州或其前后。诗有'百年欲半'句,则将近五十岁时。"

薛瑞生《周邦彦两入长安考》引用其"玉箫金管,不共美人游,因个甚,烟雾底。独爱莼羹美"句,云"写水乡而乐不思归",仅有熙宁六年(1093)至八年(1095)荆州长安作。孙注云"此词为熙宁六年(1073)自钱塘赴荆州之作",孙虹《周邦彦四过扬州及其曾为睦州地方官词考证》则又认为其是建中靖国元年(1101)睦州任上过越州作。

【注释】

①景宋本、吴钞本、宛钞本、王刻本、朱刻本、陈本注"大石"调。

②菱荇:孙本从毛本作"藻荇"。船尾:景宋本、宛钞本、王刻本、陈本作"舡尾"。唐·储光羲《贻余处士》:"迟迟菱荇上,泛泛孤蒲里。"

③空翠:指青色的潮湿的雾气。唐·王维《阙题二首》之一:"山路元无雨,空翠湿人衣。"入衣:孙本从毛本作"扑衣"。

④《文选》潘岳《西征赋》:"纤经连白,鸣桹厉响。"李善注:"《说文》:'桹,高木也。以长木扣舷为声,言曳纤经于前,鸣长桹于后,所以惊鱼,令入网也。'"

⑤迤逦:曲折连绵貌。南朝齐·谢朓《治宅诗》:"迢递南川阳,迤逦西山足。"唐·杜甫《春水》:"三月桃花浪,江流复旧痕。朝来没沙尾,碧色动柴门。"

⑥唐·李白《清溪行》:"人行明镜中,鸟度屏风里。"

⑦黄帽:船夫。《汉书》卷九十三《佞幸传》:"邓通,蜀郡南安人也,以濯船为黄头郎。"颜师古注:"土胜水,其色黄,故刺船之郎皆着黄帽,因号为黄头郎也。"唐·杜甫《奉酬寇十侍御赐》:"南瞻按百越,黄帽待君偏。"侵云水:唐·齐己《过商山》:"云水侵天老,轮蹄到月残。"

⑧媚:南朝宋·谢灵运《初往新安至桐庐口诗》:"江山共开旷,云日相照媚。"沧州:滨水之地,暗指隐士居处。南朝齐·谢朓《之宣城出新林浦向板桥》:"既欢怀禄情,复协沧洲趣。"

⑨一棹:一桨。借指一舟。唐·杜牧《送薛种游湖南》:"怜君片云意,一棹去潇湘。"夷犹:《九歌·湘君》:"君不行兮夷犹,蹇谁留兮中洲。"王逸注:"夷犹,犹豫也。"唐·李商隐《无题》:"万里风波一叶舟,忆归初罢更夷犹。"

⑩罗笺:"不共美人游,谓不载妓也。"玉箫金管:泛指雕饰华美的管乐器。唐·李白《江上吟》:"木兰之枻沙棠舟,玉箫金管坐两头。美酒樽中置千斛,载妓随波任去留。"

⑪独爱:元本、毛本作"偏爱"。莼羹:用莼菜烹制的羹。《晋书》卷九十二《文苑列传》:"翰因见秋风起,乃思吴中菰菜、莼羹、鲈鱼脍,曰:'人生贵在适志,何能羁宦数千里以要名爵乎!'遂命驾而归。"

【汇评】

乔大壮手批《片玉集》:二声词。晁在此前可查。遣词良美。触韵太多。"周郎"句亦浅薄,不足为法。

杨笺:此词上阕言景,下阕言情,界限甚清。"黄帽"用《汉书》武帝以邓通擢船为黄头郎,颜注刺船皆着黄帽。周郎自指,或谓有余桃人在,不然何下"不共美人游","独爱菰羹美",似别有所嗜之适合也。("玉箫"四句)不过写泛湖,乃用"落日媚沧州"一句垫住,便觉气象万千。甚矣!垫句之不可少也。

烛影摇红①

芳脸匀红,黛眉巧画宫妆浅②。风流天付与精神,全在娇波眼③。早是萦心可惯。向尊前、频频顾盼④。几回相见,见了还休,争如不见⑤。　　烛影摇红,夜阑饮散春宵短⑥。当时谁会唱阳关,离恨天涯远。争奈云收雨散⑦。凭阑干、东风泪满。海棠开后,燕子来时,黄昏庭院。

【题解】

罗笺:"宋吴曾《能改斋漫录》卷十七《乐府》:王都尉(诜)有《忆故人》词云:'烛影摇红,向夜阑、乍酒醒,心情懒。尊前谁为唱阳关,离恨天涯远。

无奈云沉雨散。凭阑干,东风泪眼。海棠开后,燕子来时,黄昏庭院。'徽宗喜其词意,犹以不丰容宛转为恨。遂令大晟府别撰腔。周美成增损其词,而以首句为名,谓之《烛影摇红》。据此,则词为政和六、七年间提举大晟府时奉敕作也。《遗事》谓清真提举大晟府时,'不闻有所建议,集中又无一颂圣贡谀之作',信然。此非颂圣贡谀之作,不似府中旧员晁端礼、万俟咏诸人之所制也。"马成生、赵治中《周邦彦年谱》(下)编政和七年(1117),疑似提举大晟府时奉敕之作。

【注释】

①诸本无,吴曾《能改斋漫录》卷十七收。《全宋词》注:"案此首别作王

诙词,见《唐宋诸贤绝妙词选》卷三。别又误作柳永词,见《菊坡丛话》卷二十六。"罗笈:"《烛影摇红》调始清真,盖增饰王诜《忆故人》而成,故《草堂》、《花庵》误以为亦晋卿作,题曰'春恨',《粹编》仍其误。以此,各本周词皆不载。前此,《雅词·拾遗》下及吴曾《能改斋漫录》卷十七,均题清真作,并无可疑。且晋卿既作《忆故人》,又复自行增饰为《烛影摇红》,亦无此理。"

②黛眉:黛画之眉。特指女子之眉。晋·左思《娇女诗》:"明朝弄梳台,黛眉类扫迹。"唐·温庭筠《春日》:"草色将林彩,相添入黛眉。"宫妆:亦作"宫装"。宫中女子的妆束。唐·高适《听张立本女吟》:"危冠广袖楚宫妆,独步闲庭逐夜凉。"

③风流:谓风韵美好动人。前蜀·花蕊夫人《宫词》之三十:"年初十五最风流,新赐云鬟使上头。"娇波:妩媚可爱的目光。唐玄宗《题梅妃画真》:"霜绡虽似当时态,争奈娇波不顾人。"宋·柳永《河传》:"愁蛾黛蹙,娇波刀剪。"

④萦心:牵挂心间。唐·段成式《闲中好》:"闲中好,尘务不萦心。"顾眄:曹植《美女篇》:"顾眄遗光彩,长啸气若兰。"

⑤宋·司马光《西江月》:"相见争如不见,有情何似无情。"

⑥烛影摇红:灯烛光亮晃动貌。宋·王诜《忆故人》:"烛影摇红向夜阑,乍酒醒,心情懒。"宋·柳永《昼夜乐》:"金炉麝袅青烟,凤帐烛摇红影。"夜阑:见《琐窗寒》注释④。

⑦阳关:古曲《阳关三叠》的省称。亦泛指离别时唱的歌曲。唐·李商隐《饮席戏赠同舍》:"唱尽《阳关》无限叠,半杯松叶冻颇黎。"宋·柳永《少年游》:"一曲《阳关》,断肠声尽,独自上兰桡。"云收雨散:喻欢会结束,彼此分离。

【汇评】

刘克庄《后村诗话》:嘉定更化,收召故老。一名公拜参政,虽好士而力不能援,谓客曰:"贽而来见者,吾皆倒屣,未尝敢失一士,外议如何?"客素滑稽,答曰:"自公大用,外间盛唱《烛影摇红》之词。"参政问何故,客举卒章曰:"几回相见,见了还休,争如不见。"宾主相视一笑。

解蹀躞①

商调

候馆丹枫吹尽②,面旋随风舞。夜寒霜月③,飞来伴孤旅。还是独拥秋衾,梦余酒困都醒,满怀离苦④。　　甚情绪。深念凌波微步。幽房暗相遇⑤。泪珠都作,秋宵枕前雨⑥。此恨音驿难通,待凭征雁归时,带将愁去⑦。

【题解】

《年谱》认为其写于大观二年,并注云:"《解蹀躞·候馆丹枫》、《蕙兰芳引·寒莹晚空》、《浪淘沙慢·万叶战秋》、《氐州第一·波落寒汀》、《南乡子·寒夜梦初》以上皆仲春出京,冬月还京之作。按居士自绍圣三年,由知溧水还为国子主簿,至宣和五年奉祠南归,计二十八年。""二次出守三次假归,此行春去冬归。"

【注释】

①《解蹀躞》调始清真。孙本:"景宋本、吴钞本、宛钞本、王刻本、朱刻本调名下注'商调'。"毛本有词题"秋思"。罗笺:"《花庵》题作'秋词',《草堂》作'秋怨'。"

②候馆:《周礼·地官·遗人》:"市有候馆。"郑注:"候馆,楼可以观望者也。"后以接待行旅之馆舍,亦称之。唐·常建《泊舟盱眙》:"平沙依雁宿,候馆听鸡鸣。"宋·欧阳修《踏莎行》:"候馆梅残,溪桥柳细。"丹枫:经霜泛红的枫叶。唐·李商隐《访秋》:"殷勤报秋意,只是有丹枫。"

③面旋:舞姿名。谓落花、飞雪等徘徊飞旋貌。宋·欧阳修《蝶恋花》:"面旋落花风荡漾,柳重烟深,雪絮飞来往。"霜月:寒夜的月亮。南朝宋·鲍照《和王护军秋夕》:"散漫秋云远,萧萧霜月寒。"

④梦余：梦后。唐·许浑《秦楼曲》："秦女梦余仙路遥，月窗风簟夜迢迢。"

⑤幽房：深暗的房间。晋·张华《情诗》："清风动帷帘，晨月照幽房。"

⑥秋宵：秋夜。唐·曹松《僧院松》诗："此木韵弥全，秋宵学瑟弦。"音驿：书信传递。《后汉书》卷二十四《马援传》："（马）援又为书与（隗）嚣将杨广，使晓劝于嚣，曰：'春卿无恙？前别冀南，寂无音驿。'"

⑦征雁：迁徙的雁，多指秋天南飞的雁。南朝梁·刘潜《从军行》："木落雕弓燥，气秋征雁肥。"带将：郑本、朱本："《花庵》作'寄将'。"

【汇评】

沈际飞《草堂诗余正集》：首句新谱作七字，非。有"还是"二字遂委折。春江都是泪，秋雨都是泪，泪何多也！文人之舌，地老天荒。

俞陛云《宋词选释》：词有放笔为直干而亦有趣致者，此词上阕之抒写旅怀是也。歇拍二句，闰庵云："音驿难通，而征雁翻能带去，似不可解。而中有至情，词中措语之妙也。"

乔大壮手批《片玉集》：梦窗有此作。"夜寒"、"泪珠"皆九字句。

杨笠：（"候馆"二句）"候馆"二字是眼目。"面旋"即回旋之意。（"夜寒"二句）孤旅。（"还是"三句）独拥秋衾，满怀离苦等，全归下阕伏笔。（"深念"二句）回忆。（"泪珠"二句）不过说泪珠如雨，看其如此点化，便化朽腐为神奇。（"此恨"三句）信不能寄，惟有寄愁，待凭意拟之词也。"音驿"，音书驿递之省语。

长相思①

晓行　《清真集》俱不载

举离觞。掩洞房。箭水泠泠刻漏长②。愁中看晓光。
整罗裳。脂粉香③。见扫门前车上霜④。相持泣路傍⑤。

【题解】

《年谱》云:"《夜游宫·客去车尘》(据'念归计'句知将出京惜别)、《庆宫春·山围寒》(《庆春宫·云接平冈》)、《蝶恋花》(早行)、《长相思》(晓行)、《虞美人·疏篱曲径》、《华胥引·川原澄映》以上六首皆冬间南行途中之作,此行当在大观二年冬,所以三年春初过苏州,蔡太守座上遇岳楚云之妹,据《绕佛阁》'浪飐春灯'句足证是时节近上元。"

【注释】

①毛本注:"《清真集》俱不载。"

②离觞:离杯。唐·王昌龄《送十五舅》:"夕浦离觞意何已,草根寒露悲鸣虫。"箭水:见《法曲献仙音》(蝉咽凉柯)注释③及《月下笛》(小雨收尘)注释⑧。

③晓光:清晨的日光。南朝·梁简文帝《侍游新亭应令》:"晓光浮野映,朝烟承日回。"梁武帝《东飞伯劳歌》:"南窗北牖挂明光,罗帷绮帐脂粉香。"

④车上霜:张籍《羁旅行》:"晨鸡喔喔茅屋傍,行人起扫车上霜。"

⑤路傍:孙本从郑本、毛本作'路旁'。宋·苏轼《王中父哀词》:"轼自黄州量移汝海,与中父之子沇之相遇于京口,相持而泣。"

【汇评】

杨笺:("举离觞"二句)别前情事。("箭水"句)未晓。("愁中"句)出"晓"字,说到行字顶上。("罗裳"二句)送别时妆束。("见扫"句)门前车上,串下,车在门前也。车露天,其上必有霜,将套车,必先扫霜。见者,送行人见之也,仍在行前盘旋。("相持"句)止说"泣送",始终不说出一行字,缩字诀之妙笔也。

庆春宫①

越调

云接平冈,山围寒野,路回渐转孤城②。衰柳啼鸦③,惊风驱雁,动人一片秋声④。倦途休驾,澹烟里、微茫见星⑤。尘埃憔悴,生怕黄昏,离思牵萦。　　华堂旧日逢迎,花艳参差,香雾飘零。弦管当头,偏怜娇凤⑥,夜深簧暖笙清⑦。眼波传意,恨密约、匆匆未成。许多烦恼,只为当时,一饷留情⑧。

【题解】

见《长相思·晓行》。

【注释】

①《庆春宫》调始清真。孙本:"毛注:'或刻柳耆卿。'毛扆校本删。《草堂诗余》前集卷下误作柳永词,别又误入吴文英《梦窗词集》。景宋本、吴钞本、宛钞本、王刻本、朱刻本调名下注'越调'。毛刻本、戈选本、丁刻本调名下有词题'悲秋'。罗笺:"《粹编》作'秋怨'。"

②云接:郑本、朱本:"《雅词》'云'作'天'。"平冈:指山脊平坦处。南朝梁·沈约《宿东园》:"茅栋啸愁鸱,平冈走寒兔。"寒野:寒冷或凄凉的原野。南朝宋·鲍照《学刘公干体》:"曀曀寒野雾,苍苍阴山柏。"路回渐转:郑本、朱本所引《雅词》作"路长渐乍转"。《全宋词》注:"案《草堂诗余前集》卷下误作柳永词。又误入吴文英梦窗词集。"

③南朝齐·谢朓《始出尚书省诗》:"衰柳尚沉沉,凝露方离离。"唐·杜甫《遣怀》:"天风随断柳,客泪堕清笳。……夜来归鸟尽,啼杀后栖鸦。"

④驱雁:郑本、朱本:"《雅词》'驱'作'过'。"南朝宋·鲍照《代白纻曲二首》:"穷秋九月荷叶黄,北风驱雁天雨霜。"秋声:指秋天里自然界的声音,

208

如风声、落叶声、虫鸟声等。南北朝·庾信《周谯国公夫人步陆孤氏墓志铭》："树树秋声，山山寒色。"

⑤休驾：停住车马。唐·杜甫《发同谷县》："始来兹山中，休驾喜地僻。"微茫：陈本、毛本作"微芒"。五代·韦庄《江城子》："角声呜咽，星斗渐微茫。"

⑥花艳：《乐府诗集·清商曲辞五·襄阳乐一》："朝发襄阳城，暮至大堤宿。大堤诸女儿，花艳惊郎目。"香雾：香气。南朝梁·刘孝标《送橘启》："南中橙甘，青鸟所食。始霜之旦，采之风味照座，劈之香雾噀人。"偏怜娇凤：郑本、朱本："《雅词》作'惟他绝艺'。"

⑦夜深：唐·杜甫《玩月呈汉中王》："夜深露气清，江月满江城。"簧暖笙清：宋·周密《齐东野语》卷十七："赵元父祖母齐安郡夫人徐氏，幼随其母入吴郡王家，又入平原郡主家，尝谈两家侈盛之事。……只笙一部，已是二十余人，自十月旦至二月终，日给焙笙炭五十斤，用锦熏笼藉笙于上，复以四和香熏之。盖笙簧必用高丽铜为之，艳以绿蜡，簧暖则字正而声清越，故必用焙而后可。陆天随诗云：'妾思冷如簧，时时望君暖。'乐府亦有'簧暖笙清'之语，举此一事，余可想见也。"

⑧密约：秘密约会。唐·韩偓《幽窗》："密约临行怯，私书欲报难。"只为：朱本："《雅词》'只'作'都'。"当时：朱本所引元本作"常时"。留情：郑本、朱本："《雅词》'留'作'心'。"一饷：片刻。唐·白居易《对酒》："无如饮此销愁物，一饷愁消直万金。"

【汇评】

周密《齐东野语》卷十七：簧暖则字正而声清越，故必用焙而后可。陆天随诗云："妾思冷如簧，时时望君暖。"乐府亦有"簧暖笙清"之语。

张炎《词源》：词欲雅而正，志之所之，一为情所役，则失其雅正之音。耆卿、伯可不必论，虽美成亦有所不免。如"为伊泪落"，如"最苦梦魂，今宵不到伊行"，如"天便教人，霎时得见何妨"，如"又恐伊寻消问息，瘦损容光"，如"许多烦恼，只为当时，一饷留情"，所谓淳厚日变成浇风也。

沈际飞《草堂诗余正集》：蘸着点儿麻上来，口香，便是崔张两家题跋。姑苏台半生帖肉，不及若耶溪头之一面，情固不可以久暂时日论。"一饷留情"博"许多烦恼",世缘深重,何能脱离我意,如笼鸟瓶花,得失随时,到底来,各自奔前程,大家不致耽误。

王国维《人间词话》:词家多以景写情,其专作情语而绝妙者,如牛峤之"甘作一生拚,尽君今日欢";顾夐之"换我心为你心,始知相忆深";欧阳修之"衣带渐宽终不悔,为伊消得人憔悴"(按此乃柳永词);美成之"许多烦恼,只为当时,一晌留情"。此等词,求之古今人词中,曾不多见。

陈洵《海绡说词》:前阕离思,满纸秋气;后阕留情,一片春声。而以"许多烦恼"一句,作两边呼应,法极简要。

乔大壮手批《片玉集》:四声。起作对。"衰柳"二句同。"花艳"二句同。结意甚窘。

杨铁:("云接"三句)由"野"而"城","围""回""转"三字一串而下,是眼中景。("衰柳"三句)鸦啼暮、雁鸣秋,是耳中景。"倦途"二字承上文,陆行歇站,多在黄昏以后,故曰"微茫见星"。余尝走大河南北道中,故知之。"尘埃憔悴"句总承,"离思牵萦"句开下,由"华堂"至"未成",俱回忆语。("华堂"句)总挈。("花艳"二句)貌。("弦管"三句)歌。("眼波"二句)情。"许多烦恼"句指现在心事,末句倒捲上四均。海绡翁曰:"前阕离思,满纸秋气;后阕留情,一片春声,而以'许多烦恼'一句作两边呼应,法极简要。"

俞平伯《清真词释》:此乃上写实景,下抒忆想,措词含蓄之格也。开首三句,是穷秋景况。"渐转孤城","渐"字迤逗有神。"惊风驱雁",陈注引山谷诗"惊风鸿雁不成行",似未甚的。鲍照诗"穷秋九月落叶黄,北风驱雁天雨霜",殆此词所本。"倦途"二句,状草草劳人,不遑启处,夏闰庵密圈。以片刻悠闲,尘鞅未消,而无边离思,即乘隙而来,遣之不去,故曰"尘埃憔悴,生怕黄昏"也。下片从此过渡,完全入回忆状态,一片锦绣风光,俄然幻见,与上半凄凉秋旅,恰成对照,是大开大合笔。"华堂",歌舞之地也。"花艳",其人也。"参差",喻多,而香霭迷离,是加倍写法。更特写出意中人来,弦管当头,所谓前头人者耶?簧,原乐器名,此则笙中之簧耳。簧暖则声清,庾信《春赋》:"更炙笙簧。"此"暖"字,不仅写实,妙在含情,与南唐中主词"小楼吹彻玉笙寒",异曲同工。深闺思远之怀,佳侠情浓之态,得此表里俱活,洵一字千金也。以为纯虚固非,以为甚实亦非也。"眼波"二句用

《楚辞》，平常语耳，妙在结句，于柔厚之中涵超脱意，仿佛有悟，而缠绵难遣。不仅怨而不怒，并怨亦不曾。一饷留情，怪着谁来，此其所以为含蓄欤？夫美既在含蓄，分析则大不含蓄矣。沉吟讽诵，庶会文心，蛇足之诮，吾岂免夫。

刘永济《微睇室说词》：此词前后两半，用对比法描写，以见今昔情事，如此不同，而人情可知。过拍"离思"四字为全首主旨，"云接"三句为秋时远景，"衰柳"三句则秋时近景。此六句写景颇工，写远景则写目所见，写近景则写耳所闻，六句中上八字皆密，下六字皆疏，此疏密相间之法也。"倦途"二句，写休歇时，而"尘埃"四字又将上面所写概括净尽，于是提出旅情离思，以结上起下。换头以下，即专从离思着笔，"华堂"三句，形容旧日之乐，如此香艳。"弦管"三句又写旧日音乐之盛。皆以形今日旅途之愁情也。"眼波"则写旧日欢乐中人事。歇拍三句，以今日之愁，由昔日之乐来作结，故极深厚。歇拍所言"一饷留情"，尚非极欢，盖上言"密约匆匆未成"也。然即此"一饷"之情，已足使人生出许多"烦恼"矣。此所以深厚也。

浪淘沙①

万叶战，秋声露结，雁度砂碛②。细草和烟尚绿，遥山向晚更碧。见隐隐、云边新月白。映落照、帘幕千家，听数声何处倚楼笛②。装点尽秋色。　　脉脉。旅情暗自消释。念珠玉、临水犹悲感，何况天涯客。忆少年歌酒，当时踪迹。岁华易老，衣带宽、懊恼心肠终窄③。飞散后、风流人阻，蓝桥约④、怅恨路隔。马蹄过、犹嘶旧巷陌⑤。叹往事、一一堪伤，旷望极。凝思又把阑干拍⑥。

【题解】

《年谱》编于大观二年(1108)，并注云："《解蹀躞·候馆丹枫》、《蕙兰芳引·寒莹晚空》、《浪淘沙慢·万叶战》、《氏州第一·波落寒汀》、《南乡子·寒夜梦初》以上皆仲春出京,冬月还京之作。按居士自绍圣三年,由知溧水还为国子主簿,至宣和五年奉祠南归,计二十八年。"二次出守三次假归,此行春去冬归。"

【注释】

①毛本注:"《清真集》不载。"毛扆校本注:"《片玉集》无。"王刻本调名为《浪淘沙漫》。

②秋声:指秋天里自然界的声音,如风声、落叶声、虫鸟声等。南北朝·庾信《周谯国公夫人步陆孤氏墓志铭》:"树树秋声,山山寒色。"沙碛(qì):沙滩;沙洲。《西京杂记》卷四:"路乔如为《鹤赋》。其辞曰:'……宛修颈而顾步,啄沙碛而相欢。'"

②帘幕:用于门窗处的帘子与帷幕。唐·杜牧《题宣州开元寺水阁阁下宛溪夹溪居人》:"深秋帘幕千家雨,落日楼台一笛风。"唐·赵嘏《长安晚秋》:"残星几点雁横塞,长笛一声人倚楼。"

③衣带宽:南朝·梁简文帝《赋得当垆》:"欲知心恨急,翻令衣带宽。"唐·白居易《古意》:"心肠不自宽,衣带何由窄。"

④蓝桥:在陕西省蓝田县东南蓝溪之上。相传蓝桥有仙窟,为唐裴航遇仙女云英处。后常比喻男女约会之处。唐·裴铏《传奇·裴航》:"一饮琼浆百感生,玄霜捣尽见云英。蓝桥便是神仙窟,何必崎岖上玉清。"

⑤巷陌:街巷的通称。唐·顾况《送柳宜城葬》:"鸣笳已逐春风咽,匹马犹依旧路嘶。"

⑥宋·王辟之《渑水燕谈录》卷四《高逸》:"刘孟节先生概,青州寿光人。少师种放。笃古好学,酷嗜山水。而天姿绝俗,与世相龃龉,故久不仕。……先生少时,多寓居龙兴僧舍之西轩,往往凭栏静立,怀想世事,吁唏独语。或以手拍栏干,尝有诗曰:'读书误我四十年,几回醉把栏干拍。'"

【汇评】

《人间词话》:长调自以周、柳、苏、辛为最工,美成《浪淘沙慢》二词,精壮顿挫,已开北曲之先声。若屯田之《八声甘州》、东坡之《水调歌头》,则仙兴之作,格高千古,不能以常调论也。

杨笺：("万叶战"三句)秋声。("细草"三句)俱秋色。("映落照"二句)秋色秋声齐到人家。("装点"句)一句总结，此阕专写景，以一"听"字将消息通入下阕。("脉脉")以下写情。("旅情"句)"旅情"二字是眼目。("念珠玉"二句)"犹"字一开，"何况"一合。("忆少年"二句)忆往，逆入。("岁华易老"二句)伤今，平出，但止从己边说。("飞散后"三句)别后不能再会，从己边说到对边。("马蹄过"句)从己边挽合，对边从今迹挽合昔游。("叹往事"句)"一一"二字将旧事一齐收拾起来，凝思句应("脉脉"二句)两均。

　　吴世昌《词林新话》：清真《浪淘沙慢》下片"念珠玉临水犹悲感"一句，殊不可通。"珠玉"必为"宋玉"之误。盖"宋"字易讹为"朱"，二字互讹，由来已久。后人以为"朱玉临水"不辞，遂妄加"玉"旁，改为"珠玉"，而不悟"珠玉临水"仍无意义也。今按原文当为"宋玉临水犹悲感"，乃用《楚辞·九辩》："悲哉秋之为气也"、"登山临水兮送将归"文章。此首上片有"万叶战，秋声露结，雁度沙碛"之语，正写秋景，与《九辩》合，谓宋玉送人犹悲感，况身为天涯游子，故下文云云。清真此句，实受柳永《戚氏》之暗示，柳词云："当时宋玉悲感，对此临水与登山。"周集他词用此典者，如《丁香结》上片云："登山临水，此恨自古，消磨不尽。"《红罗袄》下片收句云："楚客忆江篱，算宋玉、未必为愁悲。"更以格律证之：周词同调第一首下片同位句云"向露冷风清无人处"，首三字皆为仄声。此首若为"念珠玉"，则为仄平仄，显不合律。若为"念宋玉"，则首二字皆为去声，与前一首同。故知"珠"字平声必误，"宋"字去声乃合律。《词律》卷一并列此二首，而竟不辨第二首之误字。盖万氏学力虽深，究非行家，读词不多，则于声律不能上口即知其误。而万氏于文义亦不求甚解，遂以不了了之也。

　　罗笺：按此首字面滑熟，铺叙处语多意少，勾勒无方，与清真"昼阴重"阕之力透纸背，骤雨飘风，不可遏抑者，相去何止一尘。绝类柳屯田口吻，置《乐章集》中犹不失中等而已。

点绛唇①

仙吕

征骑初停，酒行莫放离歌举②。柳汀莲浦③。看尽江南路。　　苦恨斜阳，冉冉催人去。空回顾。淡烟横素④。不见扬鞭处⑤。

【题解】

《年谱》编于大观二年(1108)，"《点绛唇·征骑初停》'柳汀莲浦。看尽江南路'句与《南乡子》'行尽江南万里程'句相照映"。

【注释】

①吴本调名下注"仙吕"。孙本："朱刻本调名下注'仙吕'。"

②征骑：指战马。唐·韩愈《送汴州监军俱文珍》："晓日驱征骑，春风咏采兰。"酒行：《史记》卷一百一十三《南越传》："酒行，太后谓嘉曰：'南越内属，国之利也。'"离歌：伤别的歌曲。南朝梁·何逊《答丘长史诗》："宴年时未几，离歌倏成赋。"莫放：郑本作"欲散"。毛本作："《清真集》作'画筵欲散离歌举'。"

③柳汀莲浦：罗笺从朱本作"烟浦"。柳汀：柳树成行的水边平地。唐·陆龟蒙《冬柳》："柳汀斜对野人窗，零落衰条傍晓江。"唐·褚载《残句》："莲浦浪澄堪倚钓，柳堤风暖好垂鞭。"

④苦恨：甚恨，深恨。唐·秦韬玉《贫女》："苦恨年年压金线，为他人作嫁衣裳。"淡烟：宋·柳永《轮台子》："匆匆策马登途，满目淡烟衰草。"

⑤唐·温庭筠《春洲曲》："紫骝蹀躞金衔嘶，岸上扬鞭烟草迷。"

【汇评】

陈廷焯《云韶集》卷四：情景兼胜，笔力高绝，较柳耆卿"今宵酒醒何处"

更高一着。

乔大壮手批《片玉集》：二声。送别似不经意，然小词能臻重大之境。结意厚。

杨笺：此疑是小站打尖时所作。观首句曰"征骑初停"，换头曰"斜阳催去"，便知是打尖时候放教也。（"看尽"句）回记顷间所过路程，是缩字诀。用于歇拍最宜，有劳倦欲留意。（"苦恨"二句）须赶歇站之程，不能再行。（"空回顾"句）既去，即又有酒行之所恋，又不能不回顾。（"不见"句）"扬鞭处"即出门起行处，以"淡烟横素"四字化上阕为烟云矣。

夜游宫①

般涉

客去车尘未敛②。古帘暗、雨苔千点。月皎风清在处见③。奈今宵，照初弦，吹一箭④。　　池曲河声转。念归计，眼迷魂乱。明日前村更荒远。且开尊，任红鳞，生酒面⑤。

【题解】

孙虹《周邦彦年青时期荆州、长安词考补正》云："周邦彦于熙宁六年（1073）夏初到达长安，于深秋季节离开长安至咸阳。"《夜游宫》是两首内容相衔的组词，一首作于离开长安时：'客去车尘未敛……'其中'初弦'指阴历每月初七、初八的月亮，词中景物为月皎风清、为一箭霜风，均写深秋时节；再作大胆推论，很可能就是深秋九月的初弦月。"并指出此词不可能写于长安归荆州时，与《风流子》对比，一为陆路"客去车尘未敛"，一为水路"亭皋分襟地"；时间上《夜游宫》是初弦月时，而《风流子》是'半规凉月'时"。

【注释】

①孙本："景宋本、吴钞本、宛钞本、王刻本、朱刻本调名下注'般涉'。"

②车尘:车行扬起的尘埃。喻奔走的辛苦。唐·温庭筠《秋日》:"天籁思林岭,车尘倦都邑。"

③古帘:丁刻本、《词萃》作"空阶"。唐·李贺《崇义里滞雨》:"南宫古帘暗,湿景传签筹。"唐·韩偓《江南送别》:"关山月皎清风起,送别人归野渡空。"

④初弦:指阴历每月初七、八的月亮。其时月如弓弦,故称。南朝梁·庾肩吾《奉使江州舟中七夕》:"九江逢七夕,初弦值早秋。"一箭:唐·徐昌图《木兰花》:"沈檀烟起盘红雾,一箭霜风吹绣户。"

⑤归计:回家乡的打算、办法。宋·陆游《行在春晚有怀故隐》:"归计已栽千个竹,残年合挂两梁冠。"开樽:举杯。唐·杜甫《独酌》:"步屧深林晚,开樽独酌迟。"红鳞,指脸部酒红潮。宋·黄庭坚《南乡子》:"风力袅黄枝,酒面红鳞惬细吹。"

【汇评】

乔大壮手批《片玉集》:"月照"、"风吹"可见两承之妙。

杨箓:此因送客而动思归之作。"客去未敛"起下。("古帘"句)"暗"字承"未敛","雨苔"又从"帘暗"申言之,皆愁境也。("月皎"句)宕开。("奈今宵"三句)"奈"字一转,说到现情。"初弦"承月,"一箭"承风,难得"弦""箭"是同类字。("池曲"句)"河声",天河之声,天河何以有声?因天风有声,疑为天河之声耳。何以在池曲?影落池中也。("念归计"二句)"归计"是眼目。("明日"句)推后一层。("且开尊"三句)缩回现在,红鳞生酒面者,言酒后红涨于面,如鱼鳞之层叠也,故曰"任"。

虞美人①

正宫

疏篱曲径田家小。云树开清晓②。天寒山色有无中③。野外一声钟起、送孤蓬④　　　添衣策马寻亭堠。愁抱惟宜

216

酒⑤。菰蒲睡鸭占陂塘⑥。纵被行人惊散⑦、又成双⑧。

【题解】

见《长相思·晓行》。

【注释】

①孙本："景宋本、吴钞本、宛钞本、王刻本、朱刻本调名下注'大石'。"

②云树：唐·王维《送崔兴宗》："塞迥山河净，天长云树微。"清晓：《雅词》、《词统》、毛本作"秋晓"。

③唐·王维《汉江临泛》："江流天地外，山色有无中。"

④孤蓬：随风飘转的蓬草。常比喻飘泊无定的孤客。南朝宋·鲍照《芜城赋》："棱棱霜气，簌簌风威，孤蓬自振，惊砂坐飞。"吕向注："孤蓬，草也，无根而随风飘转者。明远自喻客游也。"

⑤亭堠：古代侦查、瞭望以防敌人入侵的亭子。唐·高适《塞上》："亭堠列万里，汉兵犹备胡。"愁抱：忧伤的怀抱。南朝梁·江淹《灯赋》："秋夜如岁，秋情如丝，怨此愁抱，伤此秋期。"唐·杜甫《可惜》："宽心应是酒，遣兴莫过诗。"

⑥菰蒲：泛指水生植物。南朝宋·鲍照《野鹅赋》："立菰蒲之寒渚，托只影而为双。"陂(bēi)塘：池塘。《国语·周语下》："陂塘污庳，以钟其美。"韦昭注："畜水曰陂，塘也。"

⑦纵被：郑本、朱本："《雅词》'纵'作'疑'。"惊散：受惊而逃散。南朝·梁武帝《古意》之一："飞鸟起离离，惊散忽差池。"

⑧又：郑本、朱本："《雅词》作'不'。"唐·李商隐《柳枝》之五："画屏绣步障，物物自成双。"

【汇评】

卓人月《古今词统》卷七：按"山色有无中"，欧公咏平山堂句也。

俞陛云《宋词选释》：此首纪客途之渐远也。偶见野塘双鸭，触绪怀人。与"微雨燕双飞"之词同感。

乔大壮手批《片玉集》："野外"，内转可思。

杨笺：(上阕)田家景。起行曰"孤蓬"，始则水行，"孤"字宜玩，神注末句"成双"。("添衣"句)曰趱路，知又改陆行。("愁抱"句)"宜酒"者，非酒不能消此愁怀也。因"宜酒"，故不能不急寻"亭堠"。("菰蒲"二句)仅说成双有何意思，必从惊散而又成双说方有味。又鸭之聚散与行人何涉，今日惊散，其散也，以为惊行人而散其双也，似为傲行人而双矣。

蒋礼鸿《大鹤山人校本〈清真词〉笺记》：("菰蒲睡鸭占陂塘。纵被行人惊散、又成双")郑(文焯)校：《雅词》"纵"作"疑"，又作"不"。按：此自伤孤旅，不如睡鸭也。《雅词》大谬，郑君不加平议，有污简牍矣。

满庭芳①

花扑鞭梢，风吹衫袖，马蹄初趁轻装②。都城渐远，芳树隐斜阳。未惯羁游况味，征鞍上③、满目凄凉。今宵里，三更皓月，愁断九回肠④。　　佳人，何处去，别时无计，同引离觞。但唯有相思，两处难忘⑤。去即十分去也，如何向、千种思量。凝眸处，黄昏画角，天远路岐长⑥。

【题解】

《年谱》编于大观三年(1109)，并注云："《锁阳台·花扑鞭梢》、《大酺》(春雨)、《浣溪沙·贪向津亭》、《早梅芳引·花竹深》、《绮寮怨·上马人扶》""杨琼善歌，居士游荆州时所欢，必杨其姓，而能歌，故借用之。"

【注释】

①见《满庭芳》(山崦笼春)注释①。

②鞭梢：鞭子的末端。亦指鞭子。宋·陆游《得季长书追怀南郑幕府慨然有作》："绿树啼莺窥帽影，画桥飞絮逐鞭梢。"化用唐·韩翃《送故人归鲁》："雨馀衫袖冷，风急马蹄轻。"

③芳树:泛指佳木;花木。三国魏·阮籍《咏怀》之十三:"芳树垂绿叶,清云自逶迤。"况味:景况和情味。宋·范仲淹《与工部同年书》:"工部同年,近日况味如何?须是以道自乐。"征鞍:犹征马。指旅行者所乘的马。唐·杜审言《经行岚州》:"自惊牵远役,艰险促征鞍。"

④九回肠:愁肠反复翻转。比喻忧思郁结难解。汉·司马迁《报任安书》:"是以肠一日而九回,居则忽忽若有所亡,出则不知其所往。"

⑤但:吴本作"似"。南朝宋·鲍照《代春日行》:"两相思,两不知。"唐·白居易《偶作寄朗之》:"老来多健忘,唯不忘相思。"

⑥画角:古管乐器,传自西羌。形如竹筒,本细末大,以竹木或皮革等制成,因表面有彩绘,故称。发声哀厉高亢,古时军中多用以警昏晓,振士气,肃军容。帝王出巡,亦用以报警戒严。南朝·梁简文帝《折杨柳》:"城高短箫发,林空画角悲。"路歧:吴本作"路岐"。孙本:"丁刻本'路岐'。"

品　令①

商调　梅花

夜阑人静。月痕寄、梅梢疏影②。帘外曲角栏干近③。旧携手处,花发雾寒成阵④。　　应是不禁愁与恨⑤。纵相逢难问。黛眉曾把春衫印。后期无定。断肠香销尽⑥。

【题解】

孙虹《周邦彦四过扬州词及扬州歌妓即岳楚云考证》:"周邦彦约于大观三年(1109)春天,在议礼局检讨任时,假归钱塘。《清真集校注》考定此程有两首苏州诗,即《点绛唇》(辽鹤归来)、《绮寮怨》(上马人扶残醉)。""此程至苏州前先过扬州,在扬州写有《品令·梅花》词,……此词写于春天,是经过苏州之前的扬州词,理由有三:(一)此词写梅树盛花的春天景象,过扬州之后的苏州词《绮寮怨》中有'垂杨里、乍见津亭'之句,可夹证苏州词与春入扬州为同一行程之作。(二)'黛眉曾把春衫印'是苏州词《点绛唇》中'旧时衣袂,犹有东风泪'同一内容的表述。(三)此词最后三句的意思是,她依偎印染在我春衫上的香气因时间流逝已经淡到欲无,令人肝肠欲绝的是至今仍然无从确定与她重见的时间。"孙虹《周邦彦四过扬州以及曾为睦州地方官词考》也认为其是大观三年初春假归钱塘经扬州作。罗忼烈《清真集笺注》则认为此词与《花犯》(粉墙低)似为同时同地所作,即绍圣二年(1095)冬或三年春初梅开之候:"近帘外曲角阑干之梅,《花犯》粉墙之梅,皆县圃中梅也;'黛眉曾把春衫印',即'去年胜赏曾孤倚'也;'后期难定'者,盖'人正在空江烟浪里'矣。"

【注释】

①孙本:"景宋本、吴钞本、宛钞本、王刻本、朱刻本调名下注'商调'。"陈本、吴本、毛本有词题"梅花"。

②夜阑:夜残;夜将尽时。汉·蔡琰《胡笳十八拍》:"山高地阔兮,见汝无期;更深夜阑兮,梦汝来斯。"月痕:月影;月光。宋·陆游《晓寒》:"鸡唱欲阑闻井汲,月痕渐浅觉窗明。"

③曲角:拐角。唐·周贺《玉芝观王道士》:"蠹根停雪水,曲角积茶烟。"

④孙本从毛本作"花雾寒成阵"。毛本注:"或刻'花发雾寒成阵',按谱第五句宜五字,且沈诗'落花纷似雾',增一'发'字便少味。"花雾:南朝·沈约《会圃临春风》:"游丝暖如网,落花雾似雾。"唐·储光羲《至嵩阳关》:"花雾生玉井,霓裳画列仙。"

⑤唐·杜甫《暮秋将归秦留别湖南幕府亲友》:"途穷那免哭,身老不禁愁。"唐·张籍《寄昭应王中丞》:"长贫唯要健,渐老不禁愁。"

⑥后期:后会。唐·方干《送沛县司马丞之任》:"鹢游故交少,远别后期难。"断肠:孙本从毛本作'肠断'。唐·钱珝《春恨三首》(之二):"久戍临洮报未归,箧香销尽别时衣。"

【汇评】

陈洵《抄本海绡说词》:如此美景,只于帘内依稀。"曲角栏干"却不敢凭,以其为"旧携手处"也。如此则"应是不禁愁与恨"矣,以换头结上阕。

"纵相逢难问",加一倍写。"黛痕"七字,即恨即愁。"后期无定",未有相逢,"肠断香销",收足起句。

夏孙桐评《清真词》:此中有人,呼之欲出。

乔大壮手批《片玉集》:此篇"梗"、"敬"与"轸"、"震"二韵合押,与片玉他作不类,乃似南宋之法,可疑者也。

杨笺:前阕之"旧携手处"忆前,后阕之"后期无定"思后,"相逢难问"是现在,一则"雾寒成阵",一则"肠断香销",其愁恨为何如耶?

罗笺:白石《暗香》云:"长记曾携手处,千树压西湖寒碧。"从"旧携手处,花雾寒成阵"变化而来。

蓦山溪①

江天雪意②,夜色寒成阵。翠袖捧金蕉③,酒红潮、香凝沁粉④。帘波不动⑤,新月淡笼明,香破豆,烛频花,减字歌声稳。

恨眉羞敛⑥,往事休重问⑦。人去小庭空⑧,有梅梢、一枝春信。檀心未展,谁为探芳丛,消瘦尽⑨,洗妆匀,应更添风韵。

【题解】

《年谱》编于大观二年(1108),"杨琼善歌,居士游荆州时所欢,必杨其姓,而能歌,故借用之"。"《蓦山溪·江天雪意》一词,'江'即荆江,所谓'减字偷声稳'着,当即此姝。"孙虹《周邦彦四过扬州词及扬州歌妓即岳楚云考证》认为写于大观三年(1109):"《蓦山溪》与前引《品令》的时节、风物、情感、记忆均相似,故知是同一行程写于扬州。"

【注释】

①见毛本卷上,注云:"此二阕《清真集》不载。"孙本:"戈本杜批:'此词

前后结上三字二句均不叶韵,与前一首异。'"

②江天:南朝梁·范云《之零陵郡次新亭》:"江天自如合,烟树还相似。"雪意:将欲下雪的景象。唐·韦应物《咏春雪》:"裴回轻雪意,似惜艳阳时。"

③翠袖:翠色的衫袖。唐·杜甫《佳人》:"天寒翠袖薄,日暮倚修竹。"金蕉:即金蕉叶,酒杯名。宋·张先《天仙子·观舞》:"固爱弄妆傅粉,金蕉并为舞时空。"

④沁粉:孙本:"戈选本作'粉晕'。"

⑤帘波:帘影摇曳如水波。唐·李商隐《烧香曲》:"玉佩呵光铜照昏,帘波日暮冲斜门。"

⑥恨眉:蹙眉。唐·关盼盼《和白公诗》:"自守空楼敛恨眉,形同春后牡丹枝。"

⑦重问:再一次问。唐·朱庆余《题娥皇庙》:"往事难重问,孤峰尚惨然。"

⑧小庭空:南唐·李煜《捣练子》:"深院静,小庭空,断续寒砧断续风。"

⑨檀心:指女子额上点的梅花妆。后蜀·毛熙震《女冠子》:"修蛾慢脸,不语檀心一点。"唐·宋之问《江南曲》:"待君消瘦尽,日暮碧江潭。"

【汇评】

陈洵《抄本海绡说词》:"恨眉羞敛",结上阕所谓往事也。"人去"五字,转出今情;却从梅写,气味醲厚。

杨笁:上阕盛述歌酒往事,下阕转到人去庭空,则今情矣。此句为一词之主,仍以梅妆比人作收,反不寂寞。

点绛唇①

仙吕　伤感

辽鹤归来②,故乡多少伤心地。寸书不寄。鱼浪空千里③。　　　凭仗桃根④，说与凄凉意。愁无际⑤。旧时衣袂。
犹有东门泪⑥。

【题解】

王灼《碧鸡漫志》卷二云："周美成初在姑苏，与营妓岳七楚云者游甚
久，后归自京师，首访之，则已从人矣。明日，饮于太守蔡峦子高坐中，见其
妹，作《点绛唇》曲寄之。"《夷坚三志》壬集七亦云："周美成顷在姑苏，其营
妓岳七楚云者追游甚久，后从京师归，过苏访之，则已从人数年矣。明日，
饮于太守蔡峦子高坐中，因见其妹，作《点绛唇》词寄之。……楚云得词，累
日感泣。"《遗事》以《吴郡志》所载苏州太守并无蔡峦其人而疑是说附会。
罗忼辨云："按明人王鏊《姑苏志》（景印《四库全书》本）卷三古今令守表中
宋知州：'蔡崈，《实录》：大观二年十一月，除显谟阁待制，知苏州。三年七
月，落职提举嵩山崇福观。'按崈为崇之别体，与子高之字正相应；然其字罕
见，又与峦之俗体峦形近，故易误。《年谱》所引《苏州府志》，即作蔡峦。又
引《吴门补乘》云：'崈，亦作峦，字子高。周美成在姑苏，曾饮于衙斋，见王
灼《碧鸡漫志》。'《遗事》但据《吴郡志》，谓并无其人，非是。盖方志常有疏
漏，《吴郡志》于此阙如耳，当以明修《姑苏志》为是。王灼生长北宋，其《颐
堂词》中有题政和癸丑，盖与清真先后同时，所闻或多得实，且蔡崈其人无
赖，亦不足附会也。倘所记可据，则大观二三年之间，清真曾乞假南归而过
姑苏也。惟与楚云从游甚久之说，似未必是。"《年谱》系此词于大观三年
（1109）太守蔡峦席上。孙注也认为"此词是大观二年（1108）冬或大观三年
（1109）春，邦彦经过苏州时，写于太守蔡崈席上"。马成生、赵治中《周邦彦
年谱》（下）亦编大观三年（1109），并云："任卫尉、宗正少卿。上年冬至是年
夏，曾乞假南归，赋《点绛唇》（辽鹤归来）恋情词。"

孙虹在《周邦彦四过扬州词及扬州歌妓即岳楚云考证》进一步分析：
"周邦彦约于大观三年（公元1109年）春天，在议礼局检讨任时，假归钱塘。
《清真集校注》考定此程有两首苏州词，即《点绛唇》（辽鹤归来）、《绮寮怨》
（上马人扶残醉）。""《点绛唇》一词，只有'凭仗桃根，说与相思意。愁无际'

三句是苏州记实。'辽鹤归来，故乡多少伤心地'，是面对'桃根'，倾诉自己入苏之前曾至扬州，故地重游时，物是人非之感不禁沛然而生。'寸书不寄。鱼浪空千里'，则写'桃叶'很久以前就不再凭借由扬至汴的水路传递'情深意切'（《三部乐·梅雪》）的书信，'旧时衣袂。犹有东风泪'则是对初离扬州前与楚云临岐分袂、洒泪惜别的回忆；所以这首《点绛唇》，虽然是苏州词，实际上却是以扬州情事为内容。"

【注释】

①陈本、吴本调名下注"仙吕"。孙本："景宋本、吴钞本、王刻本、朱刻本有词题'伤感'。"罗笺："《粹编》题作'寄楚云'，《词统》题作'寄妓'。"

②辽鹤：晋·陶渊明《搜神后记》："辽东城门有华表柱，忽有一白鹤集柱头，时有少年，举弓欲射之，鹤乃飞，徘徊空中而言曰：'有鸟有鸟丁令威，去家千岁今来归，城郭如故人民非，何不学仙冢累累。'遂高上冲天。"归来：罗笺："王灼《碧鸡漫志》、洪迈《夷坚三志》、《粹编》、《词统》作'西归'，《雅词》作'重来'。"

③故乡：《夷坚志》、《粹编》、《词统》作"故人"。伤心地：《夷坚志》、《粹编》、《词统》作"伤心事"。寸书：罗笺："《夷坚志》、《碧鸡漫志》、《粹编》、《词统》作'短书'，《雅词》作'锦书'。"余参见《瑞鹤仙》（暖烟笼细柳）注释⑥。鱼浪：波浪；鳞纹细浪。前蜀·牛峤《江城子》："帘卷水楼鱼浪起，千片雪，雨濛濛。"

④凭仗：依赖，依靠。唐·元稹《苍溪县寄扬州兄弟》："凭仗鲤鱼将远信，雁回时节到扬州。"桃根：相传为桃叶之妹。《桃叶歌》："桃叶复桃叶，桃树连桃根。相怜两乐事，独使我殷勤。"余参见《三部乐》（浮玉飞琼）注释⑧。

⑤凄凉：孙本从毛本作"相思"。罗笺："《夷坚》、《碧鸡》、《粹编》作'相思'。"无际：《夷坚》、《碧鸡》、《粹编》、《词统》作"何际"。

⑥衣袂：借指衣衫。宋·刘过《贺新郎》："衣袂京尘曾染处，空有香红尚软。"东门：孙本从毛本作"东风"。罗笺："《夷坚》、《碧鸡》、《雅词》、《粹编》、《词统》、元本作'东风'。"《东门行》："出东门，不顾归。"东门盖别离之地，唐·刘长卿《送马秀才》："南客怀归乡梦频，东门怅别柳条新。"

【汇评】

许昂霄《词综偶评》：淡淡写来，深情无限，宜楚云为之感泣也。

陈廷焯《白雨斋词话》：美成艳词，如《少年游》、《点绛唇》、《意难忘》、《望江南》等篇，别有一种姿态，句句洒脱，香奁泛语，吐弃殆尽。

又：余所爱者，……周美成之"旧时衣袂，犹有东风泪。"……皆极其雅丽，极其凄秀。

陈廷焯《词则·闲情集》卷一：缠绵凄咽，措语亦极大雅，艳体正则也。

俞陛云《宋词选释》：起笔即包举感旧怀乡之意。既乡书不达，姑且诉向桃根；而回顾襟边，泪痕犹在，次句之伤心事，可于泪痕证之。唐五代词承乐府之遗，以小令为多，北宋渐有长调，至清真而开合矫变，极长调之能事。而集中小令，亦秀雅而含风韵。小晏、屯田，无以过之。此词之"衣袂"两句，即其一也。

乔大壮手批《片玉集》：小词大作。

杨笺：（"辽鹤"二句）说归来，始知此事。（"寸书"二句）不能通书，反逼下阕。（"凭仗桃根"二句）凭妹寄语。（"愁无际"二句）动以旧情，不曰今日而曰"旧时"，是缩法，否则直写无味。

绮寮怨①

中吕　思情

上马人扶残醉②，晓风吹未醒③。映水曲、翠瓦朱檐，垂杨里、乍见津亭④。当时曾题败壁，蛛丝罩、淡墨苔晕青⑤。念去来、岁月如流，徘徊久、叹息愁思盈⑥。　　去去倦寻路程⑦。江陵旧事，何曾再问杨琼⑧。旧曲凄清。敛愁黛、与谁听。尊前故人如在，想念我、最关情。何须渭城⑨。歌声未尽处，先泪零。

【题解】

《年谱》编此词于大观三年(1109)，并注云："《锁阳台·花扑鞭梢》、《大酺》(春雨)、《浣溪沙·贪向津亭》、《早梅芳引·花竹深》、《绮寮怨·上马人扶》""杨琼善歌，居士游荆州时所欢，必杨其姓，而能歌，故借用之。"孙虹《清真集校注》亦云："邦彦曾于大观二年(1108)冬或大观三年(1109)春至苏州。此词又用元稹中年在苏州遇荆州歌女杨琼的典故，则应写于此时。"马成生、赵治中《周邦彦年谱》(下)编于绍圣三年(1096)："二月秩满。秩满前已先离溧水，重返荆州一游，写有怀旧之作《绮寮怨》(上马人扶)。"

【注释】

①《绮寮怨》调始清真。孙本："景宋本、吴钞本、宛钞本、王刻本、朱刻本调名下注'中吕'并有词题'思情'。"毛本、《萃编》无题。郑本注："案：此属中吕均，夹协短韵最多，如下阕'清'、'城'二韵，万氏《词律》并失考，陈允平和于过片'程'字及此二韵亦不叶，以宋人和宋词，而疏于审律如是。"毛本注："或于'徘徊久叹息'下分段。"

②上马：唐·李白《鲁中都东楼醉起作》："阿谁扶上马，不省下楼时。"宋·晏几道《玉楼春》："来时醉倒旗亭下，知是阿谁扶上马。"

③陈本注："古诗云：'晓风吹人，酒醒时候。'"《全宋词》列此二句为无名氏作。

④水曲：水流曲折处；曲折的水滨。《周礼·地官·保氏》"四曰五驭"郑玄注："五驭：鸣和鸾，逐水曲，过君表，舞交衢，逐禽左。"翠瓦：绿色的琉璃瓦。唐·沈亚之《送文颖上人游天台》诗："露花浮翠瓦，鲜思起芳丛。"朱檐：孙本从毛本作"朱帘"。津亭：渡口亭馆。唐·钱起《江行无题一百首》(之五十六)："晚泊武昌岸，津亭疏柳风。"宋·晏几道《生查子》："三月柳浓时，又向津亭见。"

⑤苔晕：苔藓的模糊痕迹。五代·欧阳炯《贯休应梦罗汉画歌》："芭蕉花里刷轻红，苔藓文中晕深翠。"宋·徐积《宿山馆》诗之一："君看床头铁鳞甲，雨痕苔晕几千层。"

⑥岁月如流：形容时光消逝如流水之快。南朝陈·徐陵《与齐尚书仆射杨遵彦书》："岁月如流，人生何几！"愁思：忧愁的思绪。南朝·江淹《别

赋》："明月白露，光阴往来，与子之别，思心徘徊。是以别方不定，别理千名。有别必怨，有怨必盈。"唐·柳宗元《登柳州城楼寄漳汀封连四州刺史》："城上高楼接大荒，海天愁思正茫茫。"

⑦去去：越行越远。汉·苏武《诗四首》（之三）："参辰皆已没，去去从此辞。"

⑧杨琼：唐代江陵歌妓，代指词人熟悉的荆州歌女。唐·元稹《和乐天示杨琼》："我在江陵少年日，知有杨琼初唤出。腰身瘦小歌圆紧，依约年应十六七。去年十月过苏州，琼来拜问郎不识。青衫玉貌何处去，安得红旗遮头白。我语杨琼琼莫语，汝虽笑我我笑汝。汝今无复小腰身，不似江陵时好女。杨琼为我歌送酒，尔忆江陵县中否。江陵王令骨为灰，车来嫁作尚书妇。卢戡与第严涧在，其馀死者十八九。我今贺尔亦自多，尔得老成馀白首。"自注："杨琼本名播，少为江陵酒妓，去年姑苏过琼叙旧，及今见乐天此篇，因走笔追书此曲。"唐·白居易《问杨琼》："古人唱歌兼唱情，今人唱歌惟唱声。欲说向君君不会，试将此语问杨琼。"

⑨愁黛：犹愁眉。唐·吴融《玉女庙》："愁黛不开山浅浅，离心长在草萋萋。"渭城：即《阳关曲》，王维《送元二使安西》诗。

【汇评】

陈锐《袌碧斋词话》：周清真《绮寮怨》第三、四句："映水曲、翠瓦朱檐，垂杨里，乍见津亭。"元人王竹涧则云："疏帘下、茶鼎孤烟，断桥外、梅豆千林。"纯用对偶语，不成《绮寮怨》矣。此不明句调之失。鄙人尝论词有单行、有俪体，学者不可不考。至陈西麓和作，失去"清"字一韵，尤为疏忽。

陈洵《抄本海绡说词》：此重过荆南途中作。杨琼，江陵歌者，见白香山诗。徘徊、叹息，盖有在矣。念我、关情，已是黯然销魂，正不见此故人，故闻歌落泪也。所谓何曾再问，正急于欲问也。旧曲、谁听、念我、关情，问之不已，特不知故人在否耳。拙重之至，弥见沉浑。

俞陛云《宋词选释》：起二句，工于发端，"败壁"二句，凡昔年村店题墙，客子重过，自有一种征途怀旧之感，况蛛丝苔晕，极荒寒耶！下阕"旧曲"三句，作一顿挫，以下如乘溜放舟，不须篙艄，其情词之幽咽，若清夜啼猿，令人不怡也。

乔大壮手批《片玉集》：四声，须记诵。转折之法必须潜心究之。杨琼，见香山诗。

杨笺：此为宿津亭之作。（"上马"二句）晓行是题前一起，有多少情致包在上马之前，所谓意在笔先者。（"映水曲"二句）到第二站了，先说"水曲"之影，次方点"津亭"，一句中亦倒装。（"当时"二句）旧题暗淡。（"念去来"二句）因知岁月迁流，愁思起下。（"江陵"二句）津亭是旧地，亭壁有旧题，则亭中自应有旧识之人。（古者归驿亭中，必有歌妓以娱过客。王涣之"旗亭画壁"即遇此辈。今河北尚沿此习，所谓邯郸大道娼者，余亦曾遇之。）换头处，目（疑当为"自"）宜以旧人衔接，乃偏以赶路不暇徵歌宕开，是谓善脱。（"旧曲"二句）旧曲犹是，旧人已非。（"尊前"二句）不说不在，乃向如在时着想，声未尽泪先零，从"如在"神理写出，是谓善于言情。

夏承焘《唐宋词字声之演变》（《唐宋词论丛》）：作"平去平"者，如《绮寮怨》一首中六句如此："晓风吹未醒"、"澹墨苔晕青"、"叹息愁思盈"、"去去倦客寻路程"、"何须渭城。歌声未尽处，先泪零"（按指每句末三字）。去声最为拗怒，取介乎两平之间，有击撞戛捺之妙；今虽词乐失传，但依字声读之，犹含异响。

虞美人①

三首　正宫

灯前欲去仍留恋。肠断朱扉远②。未须红雨洗香腮。待得蔷薇花谢、便归来③。　　舞腰歌版闲时按。一任傍人看④。金炉应见旧残煤。莫使恩情容易、似寒灰⑤。

【题解】

《年谱》编于大观三年（1109），并注云："《虞美人·灯前欲去》以'待得蔷薇花谢便归来'句，与《丁香结》'谁念留滞故国，旧事劳方寸'句，《氏州第

228

一》'也知人,悬望久,蔷薇花谢,归来一笑'句,对勘足证此行春去秋回。"孙虹《周邦彦寄内系列词编年考证》则认为"写于政和元年(1111)十月前后别汴京妓"。

【注释】

①见《虞美人》(金闺平帖春云暖)注释①。

②朱扉:罗笺:"《粹编》作'朱屏'。"红漆门。宋·柳永《凤栖梧》:"玉砌雕阑新月上,朱扉半掩人相望。"

③未须:孙本从毛本、吴本作"不须"。罗笺:"《粹编》作'不须'。"红雨:比喻女子落泪。唐·杜甫《留赠》:"不用镜前空有泪,蔷薇花谢即归来。"

④歌版:又作"歌板",即拍板。乐器。歌唱时用以打拍子,故名。唐·李贺《酬答二首》:"试问酒旗歌板地,今朝谁是拗花人。"一任:听凭。唐·杜甫《鸥》:"雪暗还须浴,风生一任飘。"

⑤莫使:孙本从毛本作"莫遣"。罗笺:"《草堂》作'莫遣'。"南朝梁·吴均《行路难》:"御街行路生细草,金炉香灭变成灰。"宋·苏轼《翻香令》:"金炉犹暖麝煤残。惜春更把宝钗翻。"炉中香炭,先成残煤,尚存香气,一旦成灰,则无香气。以残煤喻尚有余情,以寒灰喻情义断绝。

【汇评】

俞陛云《宋词选释》:此首纪临别之语也。既告以春暮归期,勿弹别泪;又言但毋忘我,不妨歌舞依然,以消闲寂,宛转写来,如听喁喁情话。取譬炉灰,意新而情挚。

杨笺:此别后寄所欢之词。("灯前"句)追溯昔日别时情景,是逆入。("肠断"句)说到今日忆人心事,是平出。("未须"句)慰藉之词。("待得"句)豫订之约。("舞腰"句)"闲时"应"灯前欲去"时。("一任"二句)傍人尚可任看,奈我则不能见何,"炉"、"煤"脱开。("莫遣"句)"恩情"拍合。

感皇恩①

大石　标韵

露柳好风标②，娇莺能语。独占春光最多处③。浅嚬轻笑，未肯等闲分付。为谁心子里，长长苦④。　　洞房见说，云深无路⑤。凭仗青鸾道情素⑥。酒空歌断，又被涛江催去⑦。怎奈向、言不尽，愁无数⑧。

【题解】

《宋词互见考》："案此首晁冲之词，见《乐府雅词》。毛本《片玉词》亦收之，陈注本不收。王鹏运据毛本补《清真集外词》一卷，是阕亦在其中，盖亦未辨为晁词也。"《年谱》认为其写于大观三年自京师归吴时。"《感皇恩》一词亦此行作，'露柳好风标'谓楚云之妹。'洞房见说，云深无路'谓闻楚云从人，'凭仗青鸾道情素'谓以《点绛唇》转寄。"

【注释】

①孙本："景宋本、吴钞本、宛钞本、王刻本、朱刻本调名下注'大石'。景宋本、吴钞本、毛扆校本补、王刻本、朱刻本调名下有词题'标韵'。"

②风标：形容优美的姿容神态。《南史·文学传论》："文章者盖性情之风标，神明之律吕也。"宋·柳永《临江仙》："觉新来，憔悴旧日风标。"

③独占春光：宋·徐积《长春花》："谁言造物无偏处，独遣春光住此中。"

④分付：付托；寄意。宋·毛滂《惜分飞》："今夜山深处，断魂分付潮回去。"宋·杨恢《祝英台近》："都将千里芳心，十年幽梦，分付与一声啼鴂。"《子夜四时歌·春歌二十首》(之二十)："黄蘖向春生，苦心日日长。"

⑤见说：犹听说。唐·李白《送友人入蜀》："见说蚕丛路，崎岖不易

行。”余见《瑞鹤仙》(暖烟笼细柳)注释④。

⑥青鸾:青鸟,能传消息。《太平御览》卷九一六引《抱朴子》:“昆仑图曰:‘鸾鸟似凤而白缨,闻乐则蹈节而舞,至则国安乐。’”《汉武故事》:“七月七日,忽有青鸟飞集殿前,东方朔曰:‘此王母欲来。’有顷,王母至。”唐·李商隐《相思》:“相思树上合欢枝,紫凤青鸾共羽仪。”

⑦催去:孙本从毛本作“催度”。罗笺:“《粹编》作‘催度’。”

⑧怎奈向:孙本从郑本、毛本作“怎向”。罗笺:“《粹编》作‘怎奈何’。”朱本:“毛本‘向’上无‘奈’字,按律是句五字。”言不尽:《周易·系辞上》:“书不尽言,言不尽意。”南朝宋·谢瞻《王抚军庾西阳集别时为豫章太守庾被征还东》:“谁谓情可书,尽言非尺牍。”

【汇评】

乔大壮手批《片玉集》:二声。

蝶恋花①

商调　秋思

月皎惊乌栖不定②。更漏将残,辘轳牵金井③。唤起两眸清炯炯④。泪花落枕红棉冷。　　执手霜风吹鬓影⑤。去意徊徨⑥,别语愁难听。楼上阑干横斗柄⑦。露寒人远鸡相应⑧。

【题解】

《年谱》云:“《夜游宫·客去车尘》(据‘念归计’句知将出京惜别)、《庆宫春·山围寒》(《庆春宫·云接平冈》)、《蝶恋花》(早行)、《长相思》(晓行)、《虞美人·疏篱曲径》、《华胥引·川原澄映》以上六首皆冬间南行途中之作,此行当在大观二年冬,所以三年春初过苏州,蔡太守座上遇岳楚云之妹,据《绕佛阁》‘浪飚春灯’句足证是时节近上元。”

【注释】

①陈本、《百家词》本、吴本调名下注"商调",题作"秋思",《花庵词选》题作"早行",《草堂诗余》《花草粹编》《词的》《古今词统》《古今诗余醉》题作"晓行"。

②月皎:月色皎洁。语本《诗·陈风·月出》:"月出皎兮,佼人僚兮!"栖不定:陈注引毕公叔《早行》:"水远天俱白,烟深月欲黄。惊乌栖不定,拂下一林霜。"唐·孟浩然《秋宵月下有怀》:"惊鹊栖不定,飞萤卷帘人。"

③将残:孙本从毛本作"将阑"。罗笺:"《花庵》《诗余醉》作'将阑'。"更漏:见《法曲献仙音》(蝉咽凉柯)注释③。辘轳:井上汲水的装置。孙本从朱本作"辘轳"。金井:井栏上有雕饰的井。一般用以指宫廷园林里的井。南朝梁·吴均《行路难五首》(之四):"唯闻哑哑城上乌,城上金井牵辘轳。"

④清炯炯:毛本作"青炯炯"。双目不闭貌。多形容有心事而彻夜不寐。《楚辞》严忌《哀时命》:"夜炯炯而不寐兮,怀隐忧而历兹。"王逸注:"言己中心愁怛,目为炯炯而不能眠。"晋·潘岳《寡妇赋》:"目炯炯而不寝。"

⑤霜风:刺骨寒风。北周·庾信《卫王赠桑落酒奉答》:"霜风乱飘叶,寒水细澄沙。"鬓影:鬓发的影子。唐·骆宾王《在狱咏蝉》:"那堪玄鬓影,来对白头吟。"唐·李贺《咏怀二首》(之一):"弹琴看文君,春风吹鬓影。"

⑥徊徨:孙本从毛本作"徘徊"。南朝·梁武帝《孝思赋》:"晨孤立而萦结,夕独处而徊徨。"

⑦阑干:横斜的样子。古乐府《善哉行》:"月落参横,北斗阑干。"斗柄:北斗七星中三星如柄。斗柄横斜,谓拂晓时分。南朝·梁简文帝《夜夜曲》:"北斗阑干去,夜夜心独伤。"隋炀帝《月夜观星诗》:"更移斗柄转,夜久天河横。"唐·刘禹锡《和河南裴尹宿斋太平寺》:"咿喔晨鸡鸣,阑干斗柄垂。"

⑧陈注本引《金楼子》:"桃都山,大树有天鸡,日出即鸣,则天下鸡皆鸣。"唐·温庭筠《商山早行》:"鸡声茅店月,人迹板桥霜。"

【汇评】

王士禛《弇州山人词评》:美成能作景语,不能作情语;能入丽字,不能

232

入雅字。以故价微劣于柳。然至"枕痕一线红生玉",又"唤起两眸清炯炯,泪花落枕红棉冷",其形容睡起之妙,真能动人。

沈际飞《草堂诗余正集》:"唤起"句,形容睡起之妙。

又:末句"鸡相应",妙在想不到,又晓行时所必到。闽刻谓"鸳鸯冷"三字妙,真不可与谈词。

卓人月《古今词统》徐士俊评:夜色晨光将断将续之际,写得黯然欲绝。

沈谦《填词杂说》:"唤起两眸清炯炯"、"闲里觑人毒"、"眼波才动被人猜"、"更无言语空相觑",传神阿堵,已无剩美。

《词学集成》张祖望曰:泪花落枕红绵冷,……苦语也。

黄苏《蓼园词选》:首一阕言未行前闻乌惊漏残,辘轳响而惊醒落泪。次阕言别时情况凄楚,玉人远而惟鸡相应,更觉凄婉矣。

俞陛云《宋词选释》:此纪别之词,从将晓景物说起,而唤睡醒,而倚枕泣别,而临风执手,而临别依依,而行人远去,次第写出,情文相生,为自来录别者希有之作。结句七字,神韵无穷,吟讽不厌,在五代词中,亦上乘也。

乔大壮手批《片玉集》:秀语。

杨笺:此送别词中之至真挚缠绵者。欲说更残,先说"月皎";欲说"唤起",先说"辘轳";欲说泪落,先说眸清,以上是起床前事。下阕说到临歧,曰"鬓影",则犹有月可知,"去意"指行者言,别语指送者言,语多不能记,以"难听"括之。"斗柄"句一断,"人远"句一复,人远则人已行矣。"鸡相应"者,鸡声相呼应也,应"别语"。"露寒"应"霜风","横斗柄"应"月皎"。

俞平伯《清真词释》:上叠起首三句是由离人枕上所闻,写曙色欲破之景,妙在全从听得(月皎为乌栖不定之原因,着重仍在乌啼,不在月色也),为下文"唤起两眸"张本。乌啼、残漏、辘轳皆惊梦之声。下两句实写枕上别情,"唤起"一句能将凄婉之情怀,惊怯之意态曲曲绘出。美成写离别之细腻熨帖,每于此等处见之。此句实是写乍闻声而惊醒。乍醒之眼应曰蒙眬,而彼反曰"清炯炯"者,正见其细腻熨帖之至也。若夜来甜睡早被惊觉,则惺忪乃是意态之当然;今既写离人,而仍用此描写,则似小失之矣。美成《早梅芳》曰:"正魂惊梦怯,门外已知晓。"可与此句互相发明。此处妙在言近旨远,明写的是黎明枕上,而实已包孕一夜之凄迷情况。只一句,个中人之别恨已呼之欲出。"泪花"一句另是一层,与"唤起"非一事。读者勿疑,试着眼于一"冷"字,便知吾言不诬。红绵为装枕之物,若疏疏热泪亦只能微沾枕函而已,决不至湿及枕内之红绵,且不至于冷也。今既曰"红绵冷",则泪痕之交午,及别语之缠绵,可想知矣。故"唤起"一句,为乍醒之况,"泪花"一句,为将起之况,程叙分明。两句中又包孕无数之别情在内,作一句读下,殆非善读者。离人至此,虽欲恋此枕衾,已至万无可再恋之时分,于是不得不起而就道矣,在此逗入下片。"执手"三句已起矣,由房闼而庭院矣,"楼上"两句已去矣,由庭除而途路矣。上极其委婉纡徐,下极其飘忽骏快,写"将别"时之留恋,"别"时之匆促,调与意会,情与词兼矣。末两句,上写空闺,下写野景,一笔而两面俱彻,闺中人天涯之思有非言说所能尽者,"一声村落鸡",飞卿《更漏子》结句,此易一为多耳。清真善用前人绝构,略加点染,便有味外味,今人辄曰创造如何,因袭如何,半耳食之论也。

刘永济《微睇室说词》:此词上半阕写别之前一刹那的时间,下半阕写临别及别后一刹那的时间,而上半过拍二句,为全首最佳者。盖行者闻人汲水声而惊起,即须早行,乃唤起与之作别之人。而此人睡意方酣,骤然唤醒,尚未意识到即须离别,故有"两眸清炯炯"之句。然立即省悟到离在即,故有"泪花落枕红绵冷"之句,可谓传神之笔。否则亦平平别情词也。

唐圭璋《唐宋词简释》:此首写送别,景真情真。"月皎"句点明夜深。"更漏"两句,点明将晓。天将晓即须赶路,故不得不唤人起,但被唤之人,猛惊将别,故先眸清,而继之以泪落,落泪至于湿透红绵,则悲伤更甚矣。以次写睡起之情,最为传神。"执手"句,为门外送别时之情景,"风吹鬓影",写实极生动。"去意"二句,写难分之情亦缠绵。"楼上"两句,则为人去后之景象。斗斜露寒,鸡声四起,而人则去远矣。此作将别前、方别及别后都写得沈着之至。

蝶恋花①

下五阕　《清真集》不载

鱼尾霞生明远树②。翠壁粘天，玉叶迎风举③。一笑相逢蓬海路④。人间风月如尘土。　　剪水双眸云鬟吐。醉倒天瓢⑤，笑语生青雾。此会未阑须记取。桃花几度吹红雨⑥。

【题解】

《年谱》编于大观三年(1109)，并注云："《蝶恋花·鱼尾霞生》一阕结云：'此会未阑须记取。桃花几度红成雨。'与《点绛唇》'凭仗桃根，说与相思意。愁无际。旧时衣袂。犹有东风泪'关联密致，此词当即赠楚云也。"

【注释】

①毛本注："下五阕《清真集》不载。"罗笺："此首《永乐大典》卷二〇三五三席字韵引周美成《清真集》，题为'席上赋'。……《阳春白雪》有此词，题何大圭作。'霞生'作'霞收'，'翠壁'作'翠色'，'玉叶'作'一叶'，'鬟吐'作'半吐'，'青雾'作'香雾'，'桃花'作'蟠桃'。"唐圭璋《宋词互见考》云："案此首周邦彦词，见《片玉词》。《阳春白雪》误作何大圭词。"《全宋词》注："案《阳春白雪》卷二录此首作何据之。"

②鱼尾霞：形容霞光如鲤鱼尾之红色。宋·苏轼《游金山寺》："微风万顷靴纹细，断霞半空鱼尾赤。"

③粘天：谓贴近天，仿佛与天相连。宋·黄庭坚《次韵奉答存道主簿》："旅人争席方归去，秋水黏天不自多。"玉叶：即玉叶冠。唐高宗武后女太平公主为道士时所戴冠名。唐·郑处诲《明皇杂录》卷下："太平公主玉叶冠，虢国夫人夜光枕，杨国忠锁子帐，皆稀代之宝，不能计其直。"这里指道士装束。

④蓬海：《史记》卷二十八《封禅书》："自威、宣、燕昭使人入海求蓬莱、方丈、瀛洲，此三神山者，其传在渤海中，去人不远。患且至，则船风引而去。盖尝有至者，诸仙人及不死之药皆在焉。其物禽兽尽白，而黄金银为宫阙。未至，望之如云；及到，三神山反居水下。临之，风辄引去，终莫能至云。"

⑤云鬟吐：孙本从《阳春白雪》作"云半吐"。天瓢：孙本："王刻本作'天风'。"本指天神行雨用的瓢，此指道士用来盛酒的器具。唐·吕岩《题全州道士蒋晖壁》："醉舞高歌海上山，天瓢承露结金丹。"《全宋词》注："'瓢'原作'飘'，据《永乐大典》卷二万零三百五十三席字韵引清真集改。"

⑥红雨：比喻落花。唐·李贺《将进酒》："况是青春日将暮，桃花乱落如红雨。"

【汇评】

陈廷焯《白雨斋词话》卷八：美成《蝶恋花》……语带仙气，似赠女冠之作，否则故为隐语，已为梦窗"北斗秋横"、"春温红玉"两篇开其先路。

陈廷焯《词则·闲情集》卷一：语带仙气，赠女冠之作。

杨笺：此亦冶游忆旧而托为游仙之词。（"鱼尾霞"三句）相会之时与地。（"一笑"二句）不同凡缘。（"剪水"句）其人容貌。（"醉倒"二句）其人风情。（"此会"二句）有山中七日、世上千年意。

青房并蒂莲①

维扬怀古

醉凝眸。正楚天秋晚，远岸云收。草绿莲红，□映小汀洲②。芰荷香里鸳鸯浦③，恨菱歌、惊起眠鸥。望去帆、一派湖光，棹声咿哑橹声柔④。　　愁窥汴堤细柳，曾舞送莺时，锦缆龙舟。拥倾国纤腰皓齿，笑倚迷楼⑤。空令五湖夜月⑥，也羞照三十六宫秋⑦。正浪吟⑧、不觉回桡,水花风叶两悠悠。

【题解】

孙虹《周邦彦四过扬州词及扬州歌妓即岳楚云考证》:"周邦彦还有三首扬州秋词,秋入扬州明显逸出以上三程之外,由此可见词人最少四次经过扬州时留下了作品。词人秋过扬州的具体时间虽不可考,但根据扬州秋词词意,知必写于元丰三年(1080)与大观三年(1109)之间,也就是二过扬州之什。""《青房并蒂莲》词题即'维扬怀古',因《尚书·禹贡》中有'淮海惟扬州',后人遂截取'惟扬'(也作'维扬')二字作为扬州的别称,并且词中借隋炀帝幸江都(即扬州,隋大业初改扬州置)事咏史怀古,故写在扬州无疑。此词虽写于扬州,但限于体例,与怀人无涉,可存而不论。"

【注释】

①诸本无,仅见于吴本。《全宋词》:"案此首又见《阳春白雪》卷四,题王圣与作,注云:'明本误附美成集后。'所云明本,殆指明州所刊《清真集》二十四卷。此书刊于嘉泰中,王沂孙时代较晚。此词是否周邦彦作,尚未可知,但亦非王沂孙作。"

②凝眸:注视;目不转睛地看。唐·李商隐《闻歌》:"敛笑凝眸意欲歌,高云不动碧嵯峨。"汀州:水中小洲。南朝梁·柳恽《江南曲》:"汀洲采白苹,日落江南春。"余参见《解连环》(怨怀无托)注释⑦。

③芰荷,菱叶与荷叶。南朝梁·王台卿《山池应令诗》:"池香出芰荷,石幽衔细草。"鸳鸯浦:鸳鸯栖息的水滨。比喻美色荟萃之所。前蜀·毛文锡《中兴乐》:"红蕉叶里猩猩语,鸳鸯浦,镜中鸾舞。"

④咿哑:象声词。多形容物体转动或摇动声。唐·韩偓《南浦》:"应是石城艇子来,两桨咿哑过花坞。"唐·吴融《汴上晚泊》:"萧然正无寐,夜橹莫咿哑。"

⑤锦缆:锦制的缆绳;精美的缆绳。南朝陈·张正见《公无渡河》:"金堤分锦缆,白马渡莲舟。"迷楼:吴本作"建楼"。韩偓《迷楼记》载隋炀帝所造迷楼,楼阁高下,轩窗掩映,"工巧之极,自古无有也。费用金玉,帑库为

之一虚。人误入者,虽终日不能出。帝幸之,大喜,顾左右曰:'使真仙游其中,亦当自迷也。可目之曰迷楼。'"

⑥五湖:古代吴越地区湖泊。唐·陆广微《吴地记》引《越绝书》轶文:"西施亡吴国后,复归范蠡,同泛五湖而去。"

⑦三十六宫:极言宫殿之多。汉·班固《西都赋》:"离宫别馆,三十六所。"唐·温庭筠《郭处士击瓯歌》:"吾闻三十六宫花离离,软风吹春星斗稀。"

⑧浪吟:犹言"沧浪吟"。唐·储光羲《酬李壶关奉使行县忆诸公》:"青枫江上沧浪吟,白月宫中鹦鹉林。"回桡:掉转船头,改变航向。桡,船桨。北齐·萧悫《奉和济黄河应教诗》:"回桡避近碛,放舳下前洲。"

诉衷情①

商调

堤前亭午未融霜②。风紧雁无行③。重寻旧日岐路,茸帽北游装④。　　期信杳⑤,别离长。远情伤。风翻酒幔⑥,寒凝茶烟,又是何乡⑦。

【题解】

《年谱》认为其写于大观三年(1109)自京师归吴时:"《西平乐》为宣和三年避贼复过天长之作,自叙已明。《诉衷情》(堤前)一首,据'重寻旧日岐路,茸帽北游装'句,亦属此行。"

孙本认为《年谱》似是而实误,认为此词作于政和元年(1111):"此行虽系'重寻旧日岐路',但与'霜'、'雁'所示之物候不符。雁为候鸟,春分之后北飞,秋分之后南飞。查宣和三年春分约在三月一日,邦彦此年'正月二十六日'即至天长,三月岂能不至顺昌而仍行役于路耶?且其时早已春暖花开,别说南方,即使北方亦无须再著'茸帽',又焉有'亭午未融'之霜乎?

‘霜’、‘雁’并见，必在深秋之后，且以‘亭午未融霜’、‘寒凝茶烟’观之，则已入冬矣。据《新证》，邦彦出京外任行役于途且著‘北游装’者为河中、隆德、真定三地，然知隆德在政和二年六、七月间，知真定在重和元年四月，均不当词中之意。唯出知河中府在政和元年十月二十七日，与‘亭午未融霜’、‘风紧雁无行’、‘茸帽北游装’相符。河中府宋属永兴军路，永兴为陕西三路之一，先生于熙宁七年(1074)尝游长安，故云‘重寻旧日歧路’，然河中府先生此前又未尝一至，故结句云‘又是何乡’。准此，则此词当写于赴河中府途中。”其《周邦彦寄内系列词编年考证》则又编于政和二年：“周邦彦约在政和二年(1112)暮秋回到汴京，此行因刘昺举以自代户部尚书事未果，所以又在深秋出任隆德府(今山西长治)。赴隆德任时，先走水程，赴隆德舟行至孟州(今河南巩义市)过河阳桥后，须弃舟陆行向北，《诉衷情》就是陆行向北的纪程之作。”

【注释】

①陈本、吴本调名下注“商调”。毛本有词题“残杏”。孙本：“景宋本、吴钞本、宛钞本、王刻本、朱刻本调名下注‘商调’。”

②亭午：正午。晋·孙绰《游天台山赋》：“羲和亭午，游气高褰。”五臣注：“亭，至也。”

③无行：没有行阵；不成行。《禽经》：“鸿雁属，大曰鸿，小曰雁，飞有行列也。”唐·杜甫《冬晚送长孙渐舍人归州》：“云晴鸥更舞，风逆雁无行。”

④岐路：岔路。三国魏·曹植《美女篇》：“美女妖且闲，采桑岐路间。”茸帽：毛皮帽子。唐·杜牧《扬州》：“喧阗醉年少，半脱紫茸裘。”

⑤期信：约定好的时间。南朝《读曲歌八十九首》(之三十三)：“春风难期信，托情明月光。”

⑥酒幔：酒旗。唐·许浑《送人归吴兴》：“春桥悬酒幔，夜栅集茶樯。”

⑦唐·郑谷《雪中偶题》：“乱飘僧舍茶烟湿，密洒歌楼酒力微。”

【汇评】

乔大壮手批《片玉集》：二声。“期信”二句作对，下接“远情”三字，乃真北法。

杨笎：此客途中作。(“堤前”句)午霜未融，其冷可知。(“风紧”句)雁行凌乱,风紧可知,俱为"茸帽"句出力。("重寻"二句)先垫重寻歧路句,后乃说"茸帽北游装",为倒装法。若互易之则索然无味矣。以上说旅况。("期信"二句)信杳一事,别长一事。("远情伤")伤情,总承。("风翻"二句)写得客情迢递光景,从"柳暗花明又一村"句脱胎。

政和二年(1112)后知河中府、隆德府、明州、真定、顺昌府、处州的作品

渡江云①

小石

晴岚低楚甸②,暖回雁翼,阵势起平沙③。骤惊春在眼,借问何时,委曲到山家。涂香晕色,盛粉饰、争作妍华。千万丝、陌头杨柳,渐渐可藏鸦④。　　堪嗟。清江东注,画舸西流⑤,指长安日下⑥。愁宴阑、风翻旗尾⑦,潮溅乌纱⑧。今宵正对初弦月⑨,傍水驿、深舣蒹葭⑩。沉恨处,时时自剔灯花⑪。

【题解】

王国维《清真先生遗事·尚论》云:"先生少年曾客荆州……《渡江云》词云:'晴岚低楚甸'……此时作也。其时当在教授庐州之后,知溧水之前。"蒋哲伦《周邦彦选集》辨云:"词中'清江东注,画舸西流,指长安日下'当为逆水西上汴京,途经荆南时语。又'愁宴阑、风翻旗尾,潮溅乌纱',非早年未宦之时,而是中年已仕之后。考周邦彦一生仕迹,曾两度由南方回京途经荆南:一为绍圣四年(1097),溧水任期既满,还京任国子主簿;一为政和六年(1116)自明州入为秘书监。词人自元祐二年(1087)至绍圣四年(1097),浮沉州县达十年之久,一旦奉命还朝,欣喜之情,溢于言表,故有'骤惊春在眼','何时委曲到山家'之语,则本词似当作于绍圣四年第一次返京途中。又,由于南北地域气温差异,故在南方已见春色,舟至北方则仍停靠苇岸。"

《年谱》则编于政和六年(1116)召为秘书监时,并引《一统志·鄞县》云:"鄞江在鄞县东北二里,即甬江也。奉化江自南来,慈溪江自西来,俱至县东三港口河流而入镇海。县界为大浃江,东入海。"此词为召为秘(书)监,明州解组时作,故曰:'清江东注,画舸西流',家住杭州,为归途所经,故又曰'问何时,委曲到山家',据'暖回雁翼'及'今宵正对初弦月'句,则去明州为二月上旬。"马成生、赵治中《周邦彦年谱》(下)编于绍圣三年(1096):"二月秩满。秩满前已先离溧水,重返荆州一游,写有……和漏泄政治托喻消息的《渡江云》(晴岚低楚甸)。"

薛瑞生《周邦彦两入长安考》所考又有不同:"此词接前《扫花游》,为过河桥之后又沿渭河舟行赴长安之作","王国维未详案词意,仅据此数句即断为作于荆州,惜其亦智者之失矣。陈思顾及'东注''西流'之行程方向,谓明州还朝时作。然政和七年(1117)春明州还朝,正当其春风得意之时,焉能有此感慨?""词写二月景事,又云'初弦月',故知写于政和二年二月初七、初八日。""凡少年游长安之作,盖自荆州经邹州、宜城、襄阳至武关或湖城入陕,返时亦由此程,所写之词不及'河桥'、'邮亭'。政和元年(1111)冬至二年夏秋间,邦彦知河中府,二年春以事至长安,此时所写之词始及'河桥'、'邮亭'。""邦彦二次入长安在政和二年(1112)春。《宋史》本传谓其'以直龙图阁知河中府。徽宗欲使毕礼书,留之逾年,乃知隆德府',《东都事略·文艺传》根本未提知河中府事,谓其'又迁卫尉卿,出知隆德府',故《遗事》与《年谱》均谓河中府'未之任'。""今查《会要·选堂三三》之二十六明载","知邦彦于政和元年冬至二年六七月间在知河中府任,二年二月至三月曾以事入长安。"

【注释】

①《渡江云》调始清真。陈本调名下注"小石"。吴本调名下注"大石"。孙本:"景宋本、吴钞本、宛钞本、王刻本、朱刻本调名下注'小石'。""戈本杜批:'首句五字,后段第四句间叶一仄韵,为此调正格。梦窗之首句四字,及陈西麓之全叶平全叶仄,皆变体也。'"《花庵词选》题作"春词",《古今诗余醉》题作"春景"。

②晴岚:晴日山中的雾气。唐·郑谷《华山》:"峭仞耸巍巍,晴岚染近畿。"楚甸:犹楚地。甸,古代指郊外的地方。唐·刘希夷《江南曲》:"潮平见楚甸,天际望维扬。"南朝齐·谢朓《和伏武昌登孙权故城》:"鹊起登吴山,凤翔凌楚甸。"

③暖回:楚地南岳衡山有"回雁峰",雁至衡山即止,春来即北归,故曰:

"暖回"。平沙：指广阔的沙原。南朝梁·何逊《慈姥矶》诗："野岸平沙合，连山远雾浮。"宋·沈括《梦溪笔谈》："度支员外郎宋迪工画，尤善为平远山水，其得意者有平沙落雁、远浦归帆、山市晴岚、江天暮雪、洞庭秋月、潇湘夜雨、烟寺晚钟、渔村落照，谓之八景。"

④陌头：路上；路旁。《宋书·刘穆之传》："时穆之闻京城有叫噪之声，晨起出陌头，属与信会。"唐·孟郊《古离别》："杨柳织别愁，千条万条丝。"唐·王昌龄《闺怨》："忽见陌头杨柳色，悔教夫婿觅封侯。"藏鸦：南朝·梁简文帝《金乐歌》："槐香欲覆井，杨柳可藏鸦。"

⑤清江：泛指江河。南朝齐·孔稚珪《旦发青林诗》："孤征越清江，游子悲路长。"画舸：画船。《方言》第九："南楚江湘，凡船大者谓之舸。"南朝·梁元帝《赴荆州泊三江口》："莲舟夹羽鹭，画舸覆缇油。"汉·扬雄《方言·九》："南楚、江、湘，凡船大者谓之舸，小舸谓之艖。"

⑥日下：郑本校："'下'字夹叶，梦窗是词亦然。"《世说新语·夙慧第十二》："晋明帝年数岁，坐元帝膝上。……因问明帝：'汝意谓长安何如日远？'答曰：'日远。不闻人从日边来，居然可知。'明日，集群臣宴会，告以此意，更重问之。乃答曰：'日近。'元帝失色，曰：'尔何故异昨日之言耶？'答曰：'举目见日，不见长安。'"唐·李峤《扈从还洛呈侍从群官》："将交洛城雨，稍远长安日。"唐·王勃《滕王阁序》："望长安于日下，目吴会于云间。"

⑦旗尾：旗帜的尾端。杜甫《奉和严中丞西城晚眺十韵》："旗尾蛟龙会，楼头燕雀驯。"唐·刘禹锡《飞鸢操》："旗尾飘扬势渐高，箭头耑划声相似。"

⑧乌纱：起自东晋，其后贵贱于宴私皆著之，至唐始为官服。李白《答友人赠乌纱帽》："领得乌纱帽，全胜白接䍦，山人不照镜，稚子道相宜。"唐·皮日休《夏景冲淡偶然作》："祇限蒲褥岸乌纱，味道澄怀景便斜。"宋·王禹偁《〈李太白真赞〉序》："龙竹自携，乌纱不整；异貌无匹，华姿若生。"

⑨初弦月：指农历初七、八的月亮。唐·杜甫《遣意》："云掩初弦月，香传小树花。"南朝梁·庾肩吾《奉使江州舟中七夕》："九江逢七夕，初弦值早秋。"

⑩水驿：《新唐书》卷四十六《百官志》："视路要隙置官马，水驿有舟。"

唐·岑参《送张升卿宰新滏》:"水驿楚云冷,山城江树重。"唐·朱庆余《送韦繇校书赴浙东幕》:"水驿近船火,山城候骑尘。"舣,停船靠岸。《集韵》:"南方人谓整舟向岸曰舣。"

⑪时时自剔:毛本作"但时时频剔"。罗笺:"《白雪》作'但时时'。""元本作'频剔'。"灯花:灯芯余烬结成的花状物。郑本校:"汲古是句句首衍'但'字,'自'作'频',注引吴融《剪刀赋》:'画眉而频剔灯花。'案:'时时'即'频'意,今据《草堂》本勘正,又梦窗是调末句作'澄波澹绿无痕','澹'字亦去声也。"唐·唐彦谦《无题》:"满园芳草年年恨,剔尽灯花夜夜心。"

【汇评】

陈霆《渚山堂词话》:周清真《渡江云》首云:"晴岚低楚甸,暖回雁翼,阵势起平沙。"继云:"千万丝陌头杨柳,渐渐可藏鸦。"今以景物而观,暖初回雁,柳渐藏鸦,则仲春候也。后乃云:"今宵正对初弦月,傍水驿深舣蒹葭。"则又似夏秋之际,容语病乎?谓若少更句中云:"今宵正对江心月,忆年时水宿蒹葭。"庶几映带过无碍也。

沈际飞《草堂诗余正集》:"委曲"、"渐渐"四字内,意境只管生出来。

潘游龙《古今诗余醉》卷五:"委曲"、"渐渐",四字妙。

黄苏《蓼园词选》:想是由待制出守,水程舣舟时作也。"雁起平沙"是舟中所见。"借问"句,是因目中而想到家中之春耳。"涂香"句至"藏鸦",是心中摹想春到家园光景如此。次阕起处,写身在舟中,心怀魏阙之意。"宴阑"句是写被黜之故。"今朝"二句,点明其时其地。收处含蓄不露。

陈廷焯《云韶集》:写秋去春来,意亦犹人,而笔法自别。雅韵欲流,视《花间》、秦、柳如皂隶矣。笔力劲绝,是美成独步处,所谓"清真"。结句情真语切。

陈锐《裒碧斋词话》:词中四声最为着眼,如《扫花游》之起句,《渡江云》之第二句,《解连环》、《暗香》之收句是也。

陈洵《抄本海绡说词》:"暖回"二句,"人归落雁后"也,"骤惊春在眼","偏惊物候新"也,皆从前人诗句化出,又皆宦途之感,于是不禁有羡于"山家"矣。"何时"妙,"委曲"又妙。下四句极写春色,乃极写"山家"。换头"堪嗟"二字突出,甚奇,"东"、"西"又奇,"指长安"又奇。如此则还山无日矣。春到而人不到,谓之何哉。此行当是由荆南入都,"风翻"、"潮溅",视"山家"安稳如何。"水驿"、"蒹葭",视"山家"偃息如何。"处"字如"此心安处"之"处",是全篇结穴。

俞陛云《宋词选释》:上阕,言楚江作客,春光取次而来,皆平序景物。其写怀全在下阕,宴阑人散,送行者皆自崖而返,而扁舟孤客,泊苇荻荒滩,与冷月残灯相对,此词与柳屯田之"晓风残月",皆善写客愁者。

乔大壮批《片玉集》:四声。可参看宋人他家。重、大。过变非周不办。"清江"八字,作对。"清江"二对句境界至大。"下"字押上声韵。

杨铁夫笺:此词以下阕"傍水驿"三字为主。舟中所见"阵势"句,人多以"雁"字缩在此句上,作"雁阵起平沙",今放"雁"字于上句,用"暖回"染色分之,更觉有意。"雁"本是逐暖而来,逗起下"春"字。("骤惊"句)"骤"字突接,因其"骤",故问何时山家,船上近见之景"春"字明点。("涂香"二句)指花言,承上"春"到,即山家景色。("千万丝"二句)春深则绿暗,故曰"渐渐可藏鸦"。"堪嗟"二字,冠下半阕。("清江"二句)逆水行舟,愈见长安之远。"下"字以仄叶平。("愁宴"二句)回想饯行时情事,何以知是?回想因下文"今宵"兜转现境,开梦窗"空际转身"法门,因彼而知此也。("今宵"二句)现处地位。("沉恨处"二句)今情。

扫地花①

双调

晓阴翳日②,正雾霭烟横,远迷平楚③。暗黄万缕④。听鸣禽按曲⑤,小腰欲舞⑥。细绕回堤,驻马河桥避雨⑦。信流去。想一叶怨题⑧,今在何处⑨。　　春事能几许。任占地持杯,扫花寻路⑩。泪珠溅俎⑪。叹将愁度日,病伤幽素⑫。恨入金徽,见说文君更苦⑬。黯凝伫。掩重关、遍城钟鼓⑭。

247

马成生、赵治中《周邦彦年谱》(上)编于元祐五年(1090),未言何因。薛瑞生《周邦彦两入长安考》认为其写于政和二年(1112)由河中府赴长安时,并云:"'平楚'犹云'平野',非谓楚地也","词有'黯黄万缕'句,显系二月景事,少年游长安在春末夏初,二月尚在荆州,时序岂能倒流? 此'河桥',乃河中府通同州朝邑之桥,桥甚古,战国秦昭襄王所建,唐称蒲津桥,宋时仍为河中府入陕必经之桥。"且认为"一叶怨题"之典是"因坐蔡京死党刘炳事而获谴出知河中,用此典殆非儿女柔情,当为君臣遇合之寄慨,且为自己曲意洗刷耳"。

孙虹《周邦彦寄内系列词编年考证》亦云:"周邦彦政和元年(1111)十月二十七日赴河中府任,并在政和二年(1112)春天和秋天两入长安。河中府宋属永兴军路,长安即其治所,因公往来长安当为常事。周邦彦在河中府任上的寄内之作有政和二年(1112)初春过河桥的行游之作《扫花游》《扫地花》。""周词总共两用红叶典(《六丑》与《扫地花》),这也是此二词都是寄内词的显证,宋制出仕后可携家眷,周邦彦不仅庐州、溧水没有携家眷同行,知河中府时虽为封疆官员,但从河中府任上寄内词作两用红叶典,可以确认周邦彦此行仍没有携家眷。"

【注释】

①《扫花游》调始清真。孙本从吴本、郑本调名作"扫花游"。陈本、吴本调名下注"双调"。孙本:"景宋本、吴钞本、宛刻本、王刻本、朱刻本调名下注'双调'。""戈本杜批:'此调以此词为正格,后之梦窗、碧山、玉田各词皆同。有首句叶韵者可不拘。'"《草堂诗余》作《扫地花》,题作"春恨"。

②晓阴翳日:指树木枝叶繁茂成荫,遮蔽了阳光。魏·曹植《感节赋》:"折若华之翳日,庶朱光之常照。"又《情诗》(一作《杂诗》):"微阴翳阳景,清风飘我衣。"

③平楚:谓从高处远望,丛林树梢齐平。杨慎《升庵诗话》:"楚,丛木也,登高望远,见木杪如平地,故云'平楚',犹《诗》所谓'平林'也。"南朝齐·谢朓《宣城郡内登望》:"寒城一以眺,平楚正苍然。"

④唐·李贺《河南府试十二月乐词正月》:"上楼迎春新春归,暗黄著柳

宫漏迟。"唐·李涉《柳枝词》："不必如丝千万缕,只禁离恨两三条。"

⑤鸣禽:罗笺:"《白雪》、《词萃》作'鸣琴',非是。"按曲:击节唱曲。唐·李廓《长安少年行》之十:"虽然长按曲,不饮不曾听。"唐·方干《李侍御上虞别业》："直为援毫方掩卷,常因按曲便开尊。"

⑥《战国策·楚策一》："昔者先君灵王好小要,楚士约食,凭而能立,式而能起。"花蕊夫人《宫词》："回鹘衣装回鹘马,就中偏称小腰身。"

⑦驻马:使马停下不走。唐·蒋吉《高溪有怀》："驻马高溪侧,旅人千里情。"河桥:《晋书》卷三十四《杜预传》:"(杜)预又以孟津渡险,有覆没之患,请建河桥于富平津。议者以为殷周所都,历圣贤而不作者,必不可立故也。预曰:'"造舟为梁",则河桥之谓也。'及桥成,帝从百僚临会,举觞属预曰:'非君,此桥不立也。'对曰:'非陛下之明,臣亦不得施其微巧。'"后也泛指黄河上的桥。

⑧想一叶:陈本、毛本作"一叶"。郑本校:"汲古无'想'字,元本同,今从《阳春白雪》补正。"庞元英《谈薮》:"唐小说记红叶事凡四:其一《本事诗》:顾况在洛乘间与一二诗友游苑中,流水上得一大梧叶,题诗云:'一入深宫里,年年不见春。聊题一片叶,寄与有情人。'况明日于上流亦题云:'愁见莺啼柳絮飞,上阳宫女断肠时。君恩不禁东流水,叶上题诗寄与谁?'后十余日,有客来苑中,于叶上得诗以与况曰:'一叶题诗出禁城,谁人酬和独含情?自嗟不及波中叶,荡漾乘春取次行。'又,明皇代以杨妃、虢国宠盛,宫娥皆衰悴,不顾备掖庭,尝书落叶随御沟水流出云:'旧宠悲秋扇,新恩寄早春。聊题一片叶,将寄接流人。'顾况闻而和之,既达圣听,遣出禁内人不少,或有五使之号。况所和即前四句也。其二《云溪友议》:卢渥舍人应举之岁,偶临御沟,见红叶上诗云:'流水何太急,深宫尽日闲。殷勤谢红叶,好去到人间。'其三《北梦琐言》:进士李茵尝游花中,见红叶自御沟出,上有题诗曰(与卢渥诗同,略)。其四《玉溪编事》:侯继图秋日于大慈寺倚阑楼上,忽木叶飘坠,上有诗曰:'拭翠敛愁蛾,为郁心中事。捣笔下庭除,书作相思字。此字不书石,此字不书纸。书向秋叶上,愿逐秋风起。天下有心人,尽解相思死。'余意前三则本只一事,而传记者各异耳。刘斧《青琐》中有《御沟流红叶记》,最为鄙妄。盖窃取前说,而易其名为于祐云。本

朝词人罕用此事,惟周清真乐府两用之。《扫花游》云:'随流去,想一叶怨题,今到何处?'《六丑·咏落花》云:'飘流处,莫趁潮汐,恐断红尚有相思字,何由见得。'脱胎换骨之妙极矣。"

⑨今在:孙本从毛本作"今到"。

⑩春事:春色;春意。唐·徐晶《同蔡孚〈五亭咏〉》:"幽栖可怜处,春事满林扉。"唐·白居易《三月三十日作》:"今朝三月尽,寂寞春事毕。"唐·杜牧《惜春》:"怅望送春杯,殷勤扫花帚。"

⑪唐·杜甫《春望》:"感时花溅泪,恨别鸟惊心。"唐·韩愈《元和圣德诗》:"戚见容色,泪落入俎。"

⑫幽素:幽寂,寂静。唐·李贺《伤心行》:"咽咽学楚吟,病骨伤幽素。"唐·李商隐《房中曲》:"蔷薇泣幽素,翠带花钱小。"

⑬金徽:琴的代称和美称。唐·元稹《小胡茄引》:"雷氏金徽琴,王君宝重轻千金。"注曰:"桂府王推官出蜀匠雷氏金徽琴,请姜宣弹。"唐·李商隐《寄蜀客》:"金徽却是无情物,不许文君忆故夫。"余参见《宴清都》(地僻无钟鼓)注释⑨。

⑭黯凝伫:暗自伤感而凝神久立。宋·柳永《鹊桥仙》:"但黯凝伫,暮烟寒雨,望秦楼何处。"重关:层层的宫殿门或屋门。唐·戴叔伦《奉酬卢端公饮后赠诸公》:"绮席昼开留上客,朱门半掩拟重关。"

【汇评】

沈义父《乐府指迷》:结句须要放开,含有余不尽之意。以景结情最好,如清真之"断肠院落,一帘风絮";又"掩重关遍城钟鼓"之类是也。或以情结尾亦好。往往轻而露,如清真之"天边教人,霎时厮见何妨";又云"梦魂凝想鸳侣"之类,便无意思,亦是词家病,却不可学也。

沈际飞《草堂诗余正集》:词浓意稳。

陈廷焯《词则·大雅集》:婉雅幽怨,梅溪全祖此种。

陈锐《袌碧斋词话》:词中四声句最为着眼,如《扫花游》之起句,《渡江云》之第五句,《解连环》、《暗香》之收句是也。又如《琐窗寒》之"小唇秀靥"、"冷熏沁骨",《月下调》之"品高调侧",美成、君特无不用上平去入,乃词中之金科玉律。今人随手乱填又何也。

陈洵《抄本海绡说词》：微雨春阴，绕堤驻马，闲闲写景。"信流去"陡接，"怨题"逆出。"任占地持杯，扫花寻路"，言任是如此，春亦无多耳；缩入上句。"看将愁度日"，再推进一层，如此则日日好春，亦只是愁，而春事之多少，更不足问矣。"文君更苦"，复从对面反逼"遍城钟鼓"，游思飘渺，弥见沉郁。

俞陛云《宋词选释》："信流去"三句，宕笔有远神。下阕"占地持杯"二句，细腻而老当。"泪珠"以下五句，闰庵云："笔势一气挥洒。""恨入金徽"二句，透到对面，顿挫有力。

乔大壮手批《片玉集》：此首必须熟读。四声可参阅宋人诸作。此结情景交融，宋人词话盛称之。

俞平伯《清真词释》：此亦旅邸相思之作也。然专以松秀潇荡之笔出之，遂另是一番丰致。夏闰庵云："宋人词最善写景。"此言似浅实深。盖写景非仅如画点缀而已，乃有种种不同之作用焉。如《还京乐》春景只略点，而曰"光阴虚费"。盖人不在此，则无论光景如何好，皆不足重也。此阕似是写景多，而意在写胸中之幽怨，所谓"幽素"是也。故上半点景，曲曲含情，下片一经指明，神态都活。然若无以前之细针密缕，则亦不见下半之入骨萦心，此实以众妙成一妙，最足耐人寻味者也。开首三句，写眼前景"晓阴翳日"，是晨起所见。曹子建诗云："微阴翳阳景。"楚，荆楚。"平楚"者，平林远望如楚耳。谢玄晖诗："寒城一以眺，平楚正苍然。"烟横雾霭，平楚都迷，望所思其可见乎？"暗黄万缕"，是新柳也，中有鸣禽，有"双柑载酒听黄鹂"意，而起首既明所思不见，万种风情，亦惟有都付之眼前妙景而已。难得鸣禽巧啭，樊素之口宛然，弱柳垂丝，小蛮之腰如见，此所以怅触绮怀，而"细绕回堤"欤？遂至春阴酿雨，驻马河桥，"信流去"三字，使人意远，一叶怨题，杳不可寻，春水碧波，伊人何处？极怨深情，却只是轻轻点逗，用宕开之笔写之，最是幽微灵秀境界。过片"春事能几许"，正写伤春，却是倒装句法。"任占地持杯"，才赏春也；"扫花寻路"，已饯春也，一任珍爱留连，春事究能几许乎？赢得泪珠溅落樽俎而已。俎，承食器之盘，《元和圣德诗》："泪落入俎。"此句所出也。"将愁度日"两句，正写自己，李贺《伤心行》："咽咽学楚吟，病骨伤幽素。"幽抑郁闷之意，愁深而至于病伤幽素，又岂独伤春？大抵好梦难常，多情易别，对此花飞水逝，不觉百端交集，所谓"芳心相向尽，所得是沾衣"耳。"恨入金徽，见说文君更苦"，渡到彼方，一语便透。结尾是归后实景，与《瑞龙吟》同，沈伯时《乐府指迷》所谓以景结情是也。通篇以低徊荏苒，勾出黯然凝伫之神，亦与《瑞龙吟》略同，彼词固亦有"黯凝伫"三字也。但此词多用虚拟之笔，着墨不多，而神味隽永，耐人寻索耳。

杨笺：（"晓阴"三句）说晓景，绘出寒食景象。（"暗黄万缕"）说柳，将"歌舞"坐入柳边，神注"文君"。（"听鸣琴"二句）入人事。（"细绕"二句）以"河桥"引下"题叶"，以"绕堤"引"驻桥"。（"信流去"三句）"何处"，已到"文君"处否？亦神注"文君"。一本"到"作"在"，信流以"到"为佳，故从《谈薮》。（"春事"句）寒食，春将暮，故曰"几许"。（"任占地"二句）花、酒二事，"任"者，纵有此事也。（"泪珠"三句）从己边说"愁"，"日"顶"春事"。押"俎"字，匪夷所思。（"恨入"二句）从"文君"边说"恨"，"更"字显从上均推进一层。"文君"比所思之人，盖指己妻说。（"黯凝伫"三句）承"将愁度日"来，"钟鼓"回映"金徽"。"遍城钟鼓"亦不着一听闻字，与《荔枝香近》之"细响当窗雨"同。收是以景结情。

琐窗寒①

越调

　　暗柳啼鸦，单衣伫立②，小帘朱户。桐花半亩③，静锁一庭愁雨。洒空阶、夜阑未休，故人剪烛西窗语④。似楚江暝宿⑤，风灯零乱⑥，少年羁旅⑦。　　迟暮⑧。嬉游处。正店舍无烟，禁城百五⑨。旗亭唤酒⑩，付与高阳俦侣⑪。想东园、桃李自春，小唇秀靥今在否⑫。到归时、定有残英，待客携尊俎⑬。

【题解】

　　《年谱》编于熙宁九年（1076）游荆州时，并注云："此数句语意，居士西游荆州,当正值寒食,故居京师逢寒食追忆及之。"马成生、赵治中《周邦彦年谱》(下)疑作于政和七年(1117):"进徽猷阁待制,提举大晟府。《春帖子》诗和《琐窗寒》(暗柳啼鸦)词,疑作于待制时。"

薛瑞生《周邦彦两入长安考》则认为作于政和二年(1112):"词换头处言'迟暮',当然指老年或晚年。然若写于汴京,词尾何云'到归时',又归至何处耶?若归家,则家其时即在汴京,岂能'到归时、定有残英,待客携樽俎'耶?'残英',即残落之花,点明时已晚春。同在京城,寒食写此词,归时却已残春,岂可信乎?须知寒食无论如何也不会在三月底的。总观词义,当为政和二年(1112)寒食节(三月五日)写于旅居长安时,与前《还京乐》时序亦妙合无垠。"孙虹《周邦彦寄内系列词编年考证》持相同看法:"周邦彦政和元年(1111)知河中府(今山西永济一带)后,曾于政和二年(1112)再入长安,写于此时的《锁窗寒》中的'桐花半亩,静锁一庭愁雨。洒空阶、夜阑未休,故人剪烛西窗语。似楚江暝宿,风灯零乱,少年羁旅'数语回忆的就是此次楚江水程行役的生活,词人少年时春天行于楚江之上仅此一次。"蒋哲伦《周邦彦词选》也认为"这首词约作于周邦彦中年回京任职期间"。

【注释】

①吴本、毛本调名作"锁窗寒"。陈本、吴本调名下注"越调"。毛本有词题"寒食"。毛本注:"时刻或于'迟暮'下分段。"孙本:"景宋本、吴钞本、宛钞本、王刻本、朱刻本调名下注'越调'。"罗笺:"元本、《草堂》、《粹编》题作'寒食'。""《粹编》调名作'锁寒窗'。"

②单衣:单层无里子的衣服。一说为古代官吏的朝服。《管子·山国轨》:"春缣衣,夏单衣。"宋·苏轼《回文冬闺怨》词:"欺雪任单衣,衣单任雪欺。"《资治通鉴·晋简文帝咸安元年》胡三省注云:"单衣,江左诸人所以见尊者之服,所谓巾褠也。"伫立:久立。《诗·邶风·燕燕》:"瞻望弗及,伫立以泣。"唐·孟浩然《游精思观回王白云在后》:"衡门犹未掩,伫立望夫君。"

③朱户:古代帝王赏赐诸侯或有功大臣的朱红色的大门,古为"九锡"之一种。后泛指富贵人家。在这单指朱红色大门。宋·柳永《西江月》词:"凤头绣帘高卷,兽镮朱户频摇。"桐花:桐树的花。毛本作"桐阴"。郑本校:"题作'寒食',《月令》:三月,桐始华,且下句言雨,焉得有阴?其为花字

无疑。当从《草堂》诸本订正。"罗笺:"《词萃》作'花阴'。"韩鄂《岁华纪丽·寒食》:"桐始开花,榆方出火。"唐·白居易《桐花》:"春令有常候,清明桐始发。何此巴峡中,桐花开十月?"

④洒空阶:罗笺:"《词统》作'滴空阶'。"《苕溪渔隐丛话》前集卷七引《冷斋夜话》中许彦周语:"嘉祐中,河滨渔者,网得一小石,石上刻一小诗云:'雨滴空阶晓,无心换夕香。井桐花落尽,一半在银床。'银床,井栏也,不知谁作。"夜阑:罗笺:"《草堂》、《粹编》、《词萃》作'更阑'。"夜残;夜将尽时。汉·蔡琰《胡笳十八拍》:"山高地阔兮,见汝无期;更深夜阑兮,梦汝来斯。"唐·杜甫《羌村》诗之一:"夜阑更秉烛,相对如梦寐。"李商隐《夜雨寄北》:"何当共剪西窗烛,却话巴山夜雨时。"化用此句。

⑤暝宿:夜宿。陆倕《以诗代书别后寄赠》:"朋故远追寻,暝宿清江阴。"

⑥风灯:有罩能防风的灯。唐·杜甫《漫成一绝》:"江月去人只数尺,风灯照夜欲三更。"又比喻生命短促,人事无常。唐·吕岩《沁园春》:"人世风灯,草头珠露,我见伤心眼泪流。"宋·朱熹《淳熙甲辰仲春精舍闲居戏作武夷棹歌十首呈诸同游相与一笑》之四:"桑田海水今如许,泡沫风灯敢自怜。"

⑦羁旅:寄居异乡。《左传·庄公二十二年》载齐侯聘陈公子完为卿,公子完辞曰:"羁旅之臣……敢辱高位,以速官谤。"杜预注:"羁,寄;旅,客也。"宋·陆游《六言》诗之四:"壮岁京华羁旅,暮年湖海清狂。"

⑧迟暮:比喻晚年。《楚辞·离骚》:"惟草木之零落兮,恐美人之迟暮。"王逸注:"迟,晚也……而君不建立道德,举贤用能,则年老耄晚暮,而功不成事不遂也。"

⑨嬉游处:亦作"嬉游"。游乐;游玩。《史记·司马相如列传》:"若此辈者,数千百处。嬉游往来,宫宿馆舍,庖厨不徙,后宫不移,百官备具。"店舍无烟:唐·元稹《连昌宫词》:"初过寒食一百六,店舍无烟宫树绿。"百五:寒食日。在冬至后的一百零五天,故名。《东京梦华录·清明节》:"自此三日,皆出城上坟。但一百五日最盛。""四野如市,往往就芳树之下,或园圃之间,罗列杯盘,互相劝酬。"禁城:宫城也。彭大翼《山堂肆考·宫集》卷八

254

引唐人韦述语:"西都京城街衢,有执金吾晓暝传呼,以禁夜行,唯正月十五夜,敕许弛禁,前后各一日,谓之放夜。"唐·姚合《寒食二首》:"今朝一百五,出户雨初晴。"

⑩旗亭:酒楼。悬旗为酒招,故称。汉·张衡《西京赋》:"旗亭五重"注曰:"旗亭,市楼也。"唐·刘禹锡《武陵观火》诗:"花县与琴焦,旗亭无酒濡。"唐·李贺《开愁歌》:"旗亭下马解秋衣,请贳宜阳一壶酒。"

⑪高阳:古乡名,在今河南杞县西南。《史记》卷九十七《郦生陆贾列传》:"郦食其陈留高阳人,沛公领兵过陈留,郦食其到军门求见。沛公见说其人状类大儒,使使者出谢曰:'沛公敬谢先生,方以天下为事,未暇见儒人也。'郦生瞋目案剑叱使者曰:'走,复入言沛公,吾高阳酒徒也,非儒人也'……沛公遽雪足仗予曰:'延客入'。"侪侣:伴侣,朋辈。嵇康《兄秀才公穆入军赠诗》(之一):"徘徊恋侪侣,慷慨高山陂。"唐·白居易《效陶潜体诗》之二:"村深绝宾客,窗晦无侪侣。"

⑫东园:泛指园圃。晋·陶潜《停云》诗之三:"东园之树,枝条再荣。竞用新好,以怡余情。"唐·李白《古风》之四七:"桃花开东园,含笑夸白日。"桃李:桃花与李花。《诗·召南·何彼秾矣》:"何彼秾矣,华如桃李。"后因以"桃李"形容貌美。唐·张说《崔讷妻刘氏墓志》:"圭璋其节,桃李其容。"自春:毛本作"经春"。小唇秀靥:李贺《兰香神女庙》:"团鬟分蛛巢,浓眉笼小唇。"又《恼公》:"晓奁妆秀靥,夜帐减香筒。"

⑬尊俎:盛酒肉之器。《礼记·乐记》:"铺筵席,陈尊俎,列笾豆。"

【汇评】

沈际飞《草堂诗余正集》:"静锁"句霎然有声,"无烟"、"禁城"二句点题。

吴从先《草堂诗余隽》引李攀龙语:上描旅思最无聊,下描酒兴最无聊。又云:寒窗独坐,对此禁烟时光,呼卢浮白,宁多逊高阳生哉?

卓人月《古今词统》卷十三:("桐花"二句)惨于卢子之秋霖。

黄苏《蓼园词选》:前阕写宦况凄清,次阕起处点清寒食,以下引到思家情怀,风情旖旎可想。

周济《宋四家词选》:奇横。

陈廷焯《云韶集》：起三语精工，若他人写来，秀丽或过之，骨韵终逊。"少年羁旅"四字凄惨。一味直来直往，自非他手所能到。

俞陛云《宋词选释》：词为寒食雨而作。闲淡写来，因雨而念故人，更念及湘楚旧游，苍凉寄感。"风灯"二句，写出楚江夜泊风景。下阕，因佳节而回忆当年，非特酒徒云散，即绛唇清唱，今在谁边？姑盼归期，冀堕欢重拾耳。上阕，"故人剪烛"四句，能情中带景，情味便厚，亦词家途径也。

陈洵《海绡说词》：由户而庭，由昏而夜，一步一境，总趋归"故人剪烛"一句。"楚江暝宿，少年羁旅"，又换一境，一"似"字极幻。"迟暮"钩转，浑化无迹。以下设景设情，层层脱换，皆收入"西窗语"三字中。美成藏此金针，不轻与人。

又《抄本海绡说词》：此篇机抒，当认定"故人剪烛西窗语"一句。自起句至"愁雨"，是从"夜阑"追溯。由户而庭，乃有此"西窗"；由昏而夜，乃为此"剪烛"，用层层赶下。"嬉游"五句，又从"暗柳"、"单衣"前追溯。旗亭无分，乃来此户庭；俦侣俱谢，乃见此故人。用层层缴足，作意已极圆满。"东园"以下，复从后一步绕出，笔力直破余地。"少年""迟暮"，大开大阖，是上下片紧凑处。

夏孙桐评《清真词》：("似楚江"三句)此处情中带景，所以不薄。

乔大壮手批《片玉集》：四声之作，但仍可证宋人它作。"似"字用笔领出下文，是柳、周二公家法，别家能之者少。境界开阔，惟必在一篇之中，分出时地，乃可云境界也。

俞平伯《清真词释》："暗柳"句，逗春暮欲雨光景，"单衣"二句出人物环境，"桐花"二句，初雨。以后从夜雨说到话雨，又从话雨想起昔年楚江羁旅况味来，笔笔虚摹，笔笔宕开。至"夜阑未休"尚系实景，"故人"句已幻，用玉溪"何当共剪西窗烛，却话巴山夜雨时"诗(陈注失引，却录温飞卿《舞衣曲》"回鸾笑语西窗客"，殊失作意)，原典亦正虚说，了不牵强，以散文释之，当日安得故人剪烛西窗语耶，是非实笔也。"似楚江"三句则幻中之幻，此周氏之所以目为奇横软？盖当时之境本系暮年寂居，岂有情人西窗话旧耶？双栖已为幻想，忽由此境转想少年羁旅情味。杜诗曰："风起春灯乱，江鸣夜雨悬。"陈注已引，夫同一羁旅也，而少年与迟暮则不同，在似乎极不相干的词句生出下片来，却有水到渠成、丝丝入扣之妙，似疏实密，疏而愈密，此中神理读者所宜深思潜玩也。

后片极为容易，"迟暮"点出，与"少年"作偶，章法大开大合。以前荡漾遥远，一语即归本题。以下点寒食节令，落落大方，不落纤巧。"想东园"以下直贯结尾，一气呵成，自为清真之惯技，固一篇之警策也。意谓春光晼晚，尚有残英可陪樽俎，而小唇秀靥则何如耶？着一"否"字，又着一"定"字，在有意无意间。"定"字有"或"、"应"的意思，却较重，亦半虚半实也。杜诗"闻汝依山寺，杭州定越州"是其例。《瑞龙吟》词，周评云："不过桃花人面，旧曲翻新耳。"此曲亦然，袭故弥新，以"创意之才少"病清真，此不知清真也。

前片似雨甚，后片不复照应。"正店舍"以下，只说空逢令节，无绪嬉遨，本未作描写，自不必再点雨景。汲古阁本题为"寒食"，前叠写雨，想系即目，然据《荆楚岁时记》："去冬节一百五日，即有疾风甚雨，谓之寒食。"于即景之中仍寓贴切本题之意。

唐圭璋《唐宋词简释》：此首寒食感怀词。起句点染，次句入事，第三句记地。"桐花"两句写雨。"洒空阶"两句承上，言夜深话雨。"似楚江"三句，因今思昔，文笔荡开。"暝宿"与"夜雨"应，"风灯"与"剪烛"应。"迟暮"自"少年"转下，更写羁客之凄寂。旗亭唤酒，已属他人之事，故曰"付与"，用撇笔以衬己之无心作乐。"想"字直到底，言思家之切。家中桃李无人同赏，故曰"自春"。"定有"与"在否"应。"携尊俎"与"唤酒"应。"待客"之"客"字，从"笑问客从何处来"之"客"字悟出，颇有意味。

杨笺：(暗柳啼鸦)起四字已将"寒食"摄起，"伫立"入人事，"帘户"即伫立之地。("桐花"两句)入雨。("故人"句)承"雨"，用《巴山话雨》句意，"翦烛西窗"有"雨"在，"语"字起下。("似楚江暝宿"三句)忽想到少年羁旅，以展拓局势，"暝宿"应"夜语"，"风灯"应"翦烛"，三句亦倒装法，用"少年"二字在末句，正好反挑下阕。周止庵曰"旅"均奇横。"迟暮"由"少年"转下。"嬉游处"由"宿"字转下。("正店舍"两句)正写寒食，反应风灯。("旗亭"句)从旁面写快乐，用"付"字撇开，正见独处之凄凉。("想东园"二句)"小唇秀靥"承"桃李"，是物，亦疑是人，"在否"，悬想之词。("到归时"二句)

"定有"与"在否"相呼应。暮春花落,最易说得衰飒。看他曰"有残英",曰"待客",大有俞曲园"花落春仍在"之意,收场绝不寂寞。若作人解,则与上"旗亭唤酒"应,盖乐不图目前,而图归后也。

绕佛阁①

大石　旅情

　　暗尘四敛。楼观迥出,高映孤馆②。清漏将短。厌闻夜久,签声动书幔③。桂华又满。闲步露草,偏爱幽远。花气清婉。望中迤逦,城阴度河岸④。　　倦客最萧索,醉倚斜桥穿柳线⑤。还似汴堤,虹梁横水面。看浪飐春灯⑥,舟下如箭。此行重见。叹故友难逢,羁思空乱。两眉愁、向谁舒展⑦。

【题解】

　　《年谱》编于大观三年(1109):"蔡子高于上年十一月,知苏州,居士过吴,当在本年春间,《绕佛阁》(旅况)一首似此行过吴所作,结云:'浪飐春灯,舟下如箭。'足证前曾过此。又云:'叹故友难逢,羁思空乱。两眉愁、向谁舒展。''故友'、'谁行',盖谓岳楚云也。"

　　薛瑞生《周邦彦两入长安考》则云:"此词所写之河桥为陕州灵宝桥,观其'还似汴堤,虹梁横水面'可知。""词云'清漏将短','穿柳线',则三月之候;又云'桂华又满',则为月满之象,故知写三月十五日夜'醉倚斜桥'所观之景。其政和元年(1111)冬赴河中府任必经此桥,故曰'此行重见'。陕州与河中府为邻郡,宋时均属永兴军路。邦彦陕州之行为归京过此耶,抑或自长安归河中府绕道游此也? 无考。然以邦彦三月五日寒食在长安原之,三月十五日经陕州似当为回河中府绕道所至。此次长安之行,盖二月初发河中至长安,在长安过寒食后不久即返程,经临潼,三月中旬过陕州,旋即

258

归河中尔。长安为永兴军路治所,故此次长安之行殆因公往而非私游。邦彦知河中府之前正当飞黄腾达之际,却忽焉外任,与卷入政治旋涡有关。其时蔡京为张商英、何执中等人所攻而罢相,京死党刘炳因二十余年不葬祖母及父母为清流所劾而罢官以至勒停,邦彦亦因为刘炳之祖作埋铭而出任河中。故二次入长安词中之悲苦愁怨,亦多于弦外结响。"马成生、赵治中《周邦彦年谱》(下)则认为周邦彦于政和六年(1116)"还京为秘书监。入都途中,作有《绕佛阁》(暗尘四敛)词"。

【注释】

①《绕佛阁》调始清真。陈本、吴本调名下注"大石",有词题"旅情"。毛本有词题"旅况"。孙本:"景宋本、吴钞本、宛钞本、王刻本、朱刻本调名下注'大石'。""戈本杜批:'此调与后梦窗词平仄相同,戈顺(卿)谓应是三叠,以"桂花又满"为二段起句。盖字数相等,合双曳头之体。又梦窗词首句不叶,而陈西麓和词首句亦用"敛"字,似亦叶也。'"罗笺:"《草堂》题作'旅况'。"《全宋词》注:"案此首别误入梦窗词集。"

②暗尘:积累的尘埃。前蜀·薛昭蕴《小重山》:"思君切,罗幌暗尘生。"楼观:泛指楼殿之类的高大建筑物。宋·辛弃疾《满江红·江行和杨济翁韵》:"楼观才成人已去,旌旗未卷头先白。"迥出:高耸貌。南朝·梁元帝《巫山高》:"巫山高不穷,迥出荆门中。"孤馆:孤寂的客舍。唐·许浑《瓜州留别李诩》:"孤馆宿时风带雨,远帆归处水连云。"

③签声:更漏壶中的木签,上刻时辰,又称漏箭。余参见《法曲献仙音》(蝉咽凉柯)注释③。

④桂华:指月。北周·庾信《舟中望月》:"天汉看珠蚌,星桥视桂花。"露草:沾露的草。唐·李华《木兰赋》:"露草白兮山凄凄,鹤既唳兮猿复啼。"望中:视野之中。唐·权德舆《酬冯监拜昭陵途中遇雨》:"甘谷行初尽,轩台去渐遥。望中犹可辨,耘鸟下山椒。"城阴:唐·杜甫《东楼》:"楼角凌风迥,城阴带水昏。"

⑤斜桥:唐·韦庄《菩萨蛮》:"骑马倚斜桥,满楼红袖招。"柳线:柳条细长下垂如线,故名。南朝·梁武帝《送别诗》:"东风柳线长,送郎上河梁。"

⑥虹梁:即虹桥。宋·孟元老《东京梦华录·河道》:"自东水门外七里

至西水门外,河上有桥十三。从东水门外七里,曰虹桥,其桥无柱,皆以巨木虚架,饰以丹腹,宛如飞虹。"春灯:春夜的灯。唐·杜甫《船上夔州郭宿雨湿不得上岸别王十二判官》:"风起春灯乱,江鸣夜雨悬。"

⑦眉愁:唐·韩偓《闺情》:"敲折玉钗歌转咽,一声声入两眉愁。"舒展:孙本从毛本作"行展"。

【汇评】

沈际飞《草堂诗余正集》:"还似"句,布虚景,拈实景。

先著、程洪《词洁》:一刻吴文英,玩其笔意,亦颇似梦窗,然望中迤逦,浪飐春灯,则多属美成本色语。

俞陛云《宋词选释》:"桂华"五句及下阕"浪贴"二句,写景真切,语复俊逸,惟清真擅此,柳屯田差相伯仲。后幅,旧境重逢,而故人不见,停云落月,今古同慨也。

乔大壮手批《片玉集》:四声词。梦窗亦有此作。此是梵音。一说"桂华"以下是双拽头。"敛"字又以闭口韵绳(混)入。草堂本"舒"字作"行"字,与此有上四下三之异。此篇组织甚密,不可轻之。"此行"四字,提笔可思。

杨笁:拙朴为此调特色。("暗尘四敛"六句)"书幔"中所闻两段,以"厌"字为转揿。("倦客最萧索"六句)承河岸。("看浪飐春灯"二句)来舟虽多,("此行"句)故人未见。("叹故友"二句)此句是歇后语。"重见"者,见别绪之零乱也。("两眉愁"句)承羁思来。

蒋礼鸿《大鹤山人校本〈清真词〉笺记》:("两眉愁、向谁舒展")郑(文焯)校:"行",元本作"舒"。按:"谁行"即上卷《少年游》词"低声问向谁行宿"之"谁行",元本此阕"行"作"舒",写者妄改之也。又上卷《风流子》:"最苦今宵,梦魂不到伊行。""谁行"、"伊行","行"字义同,"行"犹"边"也。而《少年游》"谁行",《雅词》作"谁边",亦出妄改。

张伯驹《丛碧词话》:《听秋声馆词话》云:"美成《绕佛阁》词,有陈西麓和韵词可证。《词综》误编吴梦窗词内,'桂华'作'桂花','浪飐'作'浪飐',更以'浪'作'绿',均误。玩词意,'桂华'言月,非言桂也。"余按《词谱》及万红友《词律》均作"绿飐",亦能解。又清真《解语花》元宵词,有"桂华流瓦"

句，与此词"桂花又满"句，两用"桂华"以代言月。如非必用去声字，径用"月华"，岂不可乎。《乐府指迷》谓："炼句下语，最是紧要。如说桃，不可直说破桃，须用'红雨'、'刘郎'等字。咏柳，不可直说破柳，须用'章台''灞岸'等字。如'玉筋'便是泪，'绿云'便是鬟发等。"此又与《人间词话》隔与不隔之说不同，如谢灵运"池塘生春草"，便是不隔，欧阳永叔《咏草》"千里万里，二月三月"，便是不隔。后阕"谢家池上，江淹浦畔"，便是隔。盖说破即是不隔，用典代言，即是隔也。余以为词有法与时代不同，法有白描与色绘，北宋词多白描，南宋词多色绘。故清真词白描者为佳，梦窗词色绘者为长。清真词有白描，亦有色绘，故其词已界于南北宋之间矣。

六　丑①

中吕　落花

正单衣试酒②，恨客里、光阴虚掷③。愿春暂留，春归如过翼④。一去无迹。为问花何在，夜来风雨，葬楚宫倾国⑤。钗钿堕处遗香泽⑥。乱点桃蹊，轻翻柳陌⑦。多情为谁追惜。但蜂媒蝶使，时叩窗隔⑧。　　东园岑寂⑨。渐蒙笼暗碧。静绕珍丛底⑩，成叹息。长条故惹行客。似牵衣待话，别情无极⑪。残英小、强簪巾帻。终不似一朵，钗头颤袅，向人敧侧⑫。漂流处、莫趁潮汐。恐断红⑬、尚有相思字，何由见得⑭。

【题解】

《浩然斋雅谈》谓宣和中清真因赋《少年游》词而得官，自此通显。"既而朝廷赐酺，师师又歌《大酺》、《六丑》二解。上顾教坊使袁綯问，綯曰：'此起居舍人新知潞州周邦彦作也。'问《六丑》之义，莫能对。急召邦彦问之，对曰：'此犯六调，皆声之美者，然绝难歌。昔高阳氏有子六人，才而丑，故以比之。'"事诚无稽,盖宣和中清真已卒矣,遑论其他。故郑文焯《清真词校后录要》非之曰:"按《宋史·文苑传》,言邦彦仕至徽猷阁待制,出知顺昌府,徙处州,卒,未尝释其知潞州。玉田《词源》云:'崇宁立大晟府,命美成诸人讨论古音,八十四调之声稍传。美成复增慢曲引近,或为三犯四犯之曲,依月律进之,其曲遂繁。'是其《六丑》犯六调之曲,当在提举大晟府时所制。"罗忼辨之云:"按草窗固非,郑氏亦不必然。唐之潞州,宋升为隆德府,金、元复称潞州;清真以政和二年出知隆德府,故云潞州耳。……黄蓼园谓此词盖'自叹年老远宦,意境落寞',庶几近是。然词中未见老年怀抱,飘零之感则满纸尽是,当与《满庭芳》之'年年如社燕'同看可也。"似认为作于政和二年(1112)。

孙虹《周邦彦寄内系列词编年考证》云:"周邦彦政和元年(1111)十月二十七日赴河中府任,并在政和二年(1112)春天和秋天两入长安。河中府宋属永兴军路,长安即其治所,因公往来长安当为常事。周邦彦在河中府任上的寄内之作有政和二年(1112)暮春归河中府之后所作的《六丑·蔷薇谢后作》。""周词总共两用红叶典(《六丑》与《扫地花》),这也是此二词都是寄内词的显证,宋制出仕后可携家眷,周邦彦不仅庐州、溧水没有携家眷同行,知河中府时虽为封疆官员,但从河中府任上寄内词作两用红叶典,可以确认周邦彦此行仍没有携家眷"。

【注释】

①罗忼:"《六丑》调始清真。陈本注'中吕'宫,题作'落花',《白雪》、《草堂》、元本、《词的》、《词统》、《百家词》同。毛本、《词萃》题作'蔷薇谢后作'。"

②试酒:品尝新酒。《武林旧事》卷三:"户部点检所十三酒库,例于四月初开煮,九月初开清,先至提领所呈样品尝,然后迎引至诸所隶官府而散。"

③恨客里:罗忼:"《草堂》、《粹编》、《词的》、《词统》、《诗余醉》作'怅客里'。"客里:离乡在外期间。唐·牟融《送范启东还京》:"客里故人尊酒别,天涯游子弊裘寒。"唐·刘禹锡《河南白尹有喜崔宾客归洛兼见怀长句因而继和》:"遥羡光阴不虚掷,肯令丝竹暂生尘。"

④春归:南朝梁·费昶《和萧记室春旦有所思诗》:"水逐桃花去,春随杨柳归。"过翼:经过的飞鸟。唐·杜甫《夜二首》(之二):"城郭悲笳暮,村墟过翼稀。"

⑤花何在:陈本作"家何在"。罗笺:"《草堂》、《粹编》、《词的》、《词统》、《诗余醉》、《词萃》皆作'家何在'。"葬:陈本、吴本作"送"。罗笺:"《草堂》、《粹编》作'送楚宫'。"唐·韩偓《哭花》:"若是有情争不哭,夜来风雨葬西施。"楚宫倾国,原指美人,此喻落花。《韩非子·二柄》:"楚灵王好细腰,而国中多饿人。"余参见《浣沙溪》(日薄尘飞官路平)注释⑥。

⑥《新唐书》卷七十六《杨贵妃传》:"遗钿堕舄,瑟瑟玑玼,狼藉于道,香闻数十里。"用其事喻落花。唐·徐夤《蔷薇》:"朝露洒时如濯锦,晚风飘处似遗钿。"

⑦桃溪柳陌:旧指风月场所。唐·刘禹锡《踏歌词》:"桃溪柳陌好经过,灯下妆成月下歌。"

⑧为谁:孙本从毛本作"最谁"。罗笺:"《草堂》、《粹编》、《词统》、《词萃》作'更谁'。"窗隔:即窗格,上面糊纸或纱以挡风。唐·裴说《牡丹》:"游蜂与蝴蝶,来往自多情。"

⑨东园岑寂:毛本以此句属上阕,注曰:"或于'时叩窗槅'分段,字句稍异。"宋·黄庭坚《次韵黄斌老晚游池亭二首》(之二):"岑寂东园可散愁,胶胶扰扰梦神游。"

⑩蒙笼:《世说新语·言语》:"顾长康从会稽还,人问山川之美,顾云:'千岩竞秀,万壑争流,草木蒙笼其上,若云兴霞蔚。'"西晋·郭璞《游仙》:"绿萝结高林,蒙笼盖一山。"珍丛:美丽的花丛。南朝梁·刘缓《看美人摘蔷薇》:"绕架寻多处,窥丛见好枝。"唐·韩偓《大庆堂赐宴元珰而有诗呈吴越王》:"笙歌风紧人酣醉,却绕珍丛烂漫看。"

⑪南朝·梁简文帝《采莲曲二首》(之一):"荷丝傍绕腕,菱角还牵衣。"无极:无穷尽;无边际。唐·元稹《奉和窦容州》:"自叹风波去无极,不知何日又相逢?"

⑫巾帻:帻里头巾,单言曰帻,重言曰巾帻。三国魏·应璩《百一诗》:"醉酒巾帻落,秃顶赤如壶。"钗头:宋·柳永《木兰花》:"美人纤手摘芳枝,

插在钗头和凤颤。"欹侧:倾斜;歪斜。北魏·杨炫之《洛阳伽蓝记·闻义里》:"自此以西,山路欹侧,长坂千里,悬崖万仞,极天之阻,实在于斯。"

⑬断红:陈本、吴本、毛本作"断鸿"。孙本:"景宋本、戈选本、丁刻本、王刻本、朱刻本作'断鸿'。"郑本校:"此词通首赋落花,又题云:'蔷薇谢后作',则此句承上漂流之意,本作'断红',其义甚显,有《阳春白雪》可证。"见《扫地花》(晓阴翳日)注释⑧。谓稍抹胭脂,妇女的一种淡妆。唐·元稹《莺莺传》:"常服睟容,不加新饰,垂鬟浅黛,双脸断红而已。"

⑭何由:罗笺:"《白雪》作'无由'。"从何处,从什么途径。《楚辞·天问》:"上下未形,何由考之?"

【汇评】

庞元英《谈薮》:唐小说记红叶事凡四,……本朝词人罕用此事,惟周清真乐府两用之。《扫花游》云:"随流去,想一叶怨题,今到何处。"《六丑》咏落花云:"飘流处、莫趁潮汐,恐断红、上有相思字,何由见得。"脱胎换骨之妙极矣。

沈际飞《草堂诗余正集》:首句摆开言意。"钗钿"句芳香泥入。真爱花者,一花将萼,移枕携褥,睡卧其下,以观花之由微至盛,至落,至于委地而后已,善哉!长条有似,残英不似,眨眼即知,锥心必尽。"况漂流"一段,节起新枝,枝发奇萼,长调不可得矣。

卓人月《古今词统》徐士俊评:长条有似,残英不似,眨眼即知锥心必尽。"漂流"一段,节起新枝,枝发奇萼,长调中不多得也。"断红"用红叶事,一作"断鸿",引诗"来春纵有相思字,三月天南断雁飞"为证。

黄苏《蓼园词选》:自叹年老远宦,意境落寞,借花起兴。以下是花是自己,比兴无端,指与物化,奇情四溢,不可方物,人巧极而天工生矣。结处意致尤缠绵无已,耐人寻绎。

周济《宋四家词选》:("愿春"三句)十三字,千回百折,千锤百炼,以下如鹏羽自逝。

又:不说人惜花,却说花恋人。不从无花惜春,却从有花惜春。不惜已簪之残英,偏惜欲去之断红。

谭献《复堂词话》:但以七言古诗长篇法求之,自悟。

264

谭献评《词辨》：（"愿春"三句）逆入平出，亦平入逆出。（"为问"三句）搏兔用全力。（"静绕"三句）处处断，处处连。（"残英"二句）"愿春暂留"。（"飘流"数句）即"春归如过翼也"。（末二句）仍用逆挽，此片玉所独。

蒋敦复《芬陀利室词话》：清真《六丑》一词，精深华妙，后来作者，罕能继踪。

陈廷焯《白雨斋词话》卷一：美成词极其感慨，而无处不郁，令人不能遽窥其旨。……《六丑》（蔷薇谢后作）云："为问家何在。"上文有"怅客里光阴虚掷"之句，此处点醒题旨，既突兀，又绵密，妙只五字束住。下文反覆缠绵，更不纠缠一笔，却满纸是羁愁抑郁，且有许多不敢说处，言中有物，吞吐尽致。大抵美成词，一篇皆有一篇之旨，寻得其旨，不难迎刃而解，否则病其繁碎重复，何足以知清真也。

陈廷焯《云韶集》卷四：如泣如诉，语极呜咽，而笔力沉雄，如闻孤鸿，如听江声。笔态飞舞，反覆低徊，词中之圣也。结笔愈高。

又：美成词，大半以纡徐曲折制胜，妙于纡徐曲折中，有笔力，有品骨，故能独步千古。

陈廷焯《词则·大雅集》卷二：（为问家何在）沉郁。（残英小……）思深意苦，亦哀惋，亦恣肆。

陈洵《抄本海绡说词》：蔷薇谢后，言春去也，故直从惜春起。"留"字、"去"字，将大意揭出。"为问家何在"，犹言春归何处也。"夜来"以下，从蔷薇谢后指点。结则言蜂蝶但解惜花，未解惜春也，惜花小，惜春大。"东园"二句，谢后又换一境。"成叹息"三字用重笔，盖不止惜花矣。"长条"三句，花亦"愿春暂留"。"残英"七字，"留"字结束。"终不似"至"欹侧"，"去"字结束。"漂流"七字，"愿"字转身。"断红"句，逆挽"留"字。"何由见得"，逆挽"去"字。言外有无限意思，读之但觉回肠荡气，复何处寻其源耶？

夏敬观评《清真集》：一气贯注，转折处如天马行空。所用虚字，无一不与文情相合。

俞陛云《宋词选释》：前五句言客里送春。"翼"、"迹"二韵，力破余地，词家赋送春者，无此健笔。"楚宫"三句，哀艳而有缥缈之思。以下言惜花无人，不如蜂蝶之尚有余恋。下阕，言花落之后，但余暗碧。王荆公所谓

"春风取花去,酬我以清阴",而在惜花者徒增太息耳。"长条"三句,就花刺钩衣,以寓恋别,词为蔷薇花谢后作,故即事生情。"残英"四句承别情而言,因簪取残花,而绮思离愁一时齐赴,如小凤钗头之曾窥香颈。夏闰庵云:"是人是花,合而为一,变化无方。"结句言纵使花片随潮,相思留字,而长此飘流,无缘更见,一句一意,收来敏妙。闰庵云:"白石之《暗香》《疏影》,似脱胎于此。"但彼之迹象未化,尚隔一尘也。

蒋兆兰《词说》:词叶入声韵者,如美成《六丑》《兰陵王》……皆宜谨守前规,押入声韵,勿用上去,其上去韵孤调亦然,不得以上、去、入皆是仄声,任意混押。

陈匪石《宋词举》:此词非咏落花,乃花落后之"追惜",命意全在此处,与将落时、方落时之说法绝不相同,此审题之法所宜知者也。至其俳恻缠绵、沉郁顿挫,转折操纵,不使一直笔平笔,而用意皆透过一层,且觉言中有物,南宋诸家未尝不学步,而苦不能及,即碧山咏莼"江湖兴,昨夜西风又起。年年轻误归计。如今不怕归无准,却怕故人千里",吞吐之妙,亦犹逊之。起处二句,周济曰:"千回百折,千锤百炼。以下如鹏羽自逝。"盖"客里光阴虚掷",是作词之本意。"单衣试酒",是人事,是天时。着一"正"字、"怅"字,直贯全篇。故虽翻腾曲折,如环无端,仍自一气贯注。而十三字之妙,尤在虽包括而无剩义,却含浑而不露骨,想见其意在笔先,踌躇满志也。"愿春暂留",是不忍"虚掷"。"春归如过翼",则竟成"虚掷"。谭献曰:"逆入平出,亦平入逆出。"前者以意言,后者以笔言。实则作者此时已入化境,并无平逆之成心耳。"过翼"既喻其速,又继之曰"一去无迹",直说到尽头,不留余地,读者试掩卷一思,将不知以下应作何语。而以"为问花何在"一笔喷醒,又轻轻顿住。谭献谓其"搏兔用全力"。陈廷焯曰:"既突兀,又绵密,妙只五字束住。下文反复缠绵,更不纠缠一笔,却满纸羁愁抑郁,且有许多不敢说处。言中有物,吞吐得妙。"愚谓自下句起至结拍,皆从此一问开出,振起全神。"夜来风雨"二句,落花正面。仅此九字交过排场。"香泽"之遗,是从"无迹"想出,引起"追惜"。知其"无迹"而因"香泽"以强寻其迹,故由"追惜"之一念中,说出"乱点桃蹊,轻翻柳陌"八字,实境而虚写之。然又不自承为已知"追惜",故又以"更谁"二字叫起"蜂蝶"。"蜂蝶"不知

"追惜"，而"时叩窗隔"，则似教人"追惜"者。自"夜来"至此，层累曲折，仍拍转到"怅"字，而又虚笼便住，留下段地步，此章法也。"东园"二句，是"窗隔"外景象，是花落后景象，亦"光阴虚掷"、"一去无迹"之实况。"静绕珍丛底"，则因"蜂蝶"之"叩窗隔"，往寻所"遗"之"香泽"者。曰"成叹息"，包一切，扫一切，达上达下，骨节通灵，不可作长调中衬句看。若以章法言，四句皆属过变也。花已"无迹"，但有"长条"，而"故惹行客"，话别"牵衣"，无情之物，又似有情，是人心所造之境，极无中生有之妙。"长条"之上，偶见"残英"，以为话别者即此，虽本非可"簪巾帻"，而以此之故"强"为"簪"之，"无迹"而竟有迹，更是想入非非。然而"颤袅敧侧"，终不似未残之花，一番觉悟，如梦初醒，又无可奈何之感。于是知春之去者终不可留，而人之于花终不愿其"一去无迹"，故只对花之"漂流"劝以"莫趁潮汐"，冀"断红"之上尚有"相思"之字，可以常得见之，更是依依不舍，一往而深，情之至者矣。周济曰："不说人恋花，却说花恋人；不从无花惜春，却从有花惜春；不惜已簪之残英，却惜欲去之断红。"盖用意极其奇幻，用笔极娇变。且一段议论，皆从"长条"生出，人人所欲言而人人不能言，浑化之境，词之极轨，真千古绝唱也。谭献谓"'残英'句应'愿春暂留'，'漂流'句应'春归如过翼'"，亦是章法。盖其前后贯穿之绵密处，不隔不漏，读者尤当细心体会之。至结句曰"恐"，曰"何由"，逆挽而不直下，拙重而不呆滞，尤清真所独。白石《暗香》结句虽极模仿之能事，而比此犹嫌滞相，且觉吃力矣。

乔大壮手批《片玉集》：四声。必须记诵。一题蔷薇谢后作。古今绝唱，妙在直笔而能绝处转回，慢词至此，可叹观止，属和实可不必。其法则不可不知。北法。以一"正"字领起至结，无第二手能之。只此一篇，可悟北宋转法。汲古本"鸿"作"红"，以此本宋注证之，"红"必讹误。

杨笈：见蔷薇谢即知春去，故（"正单衣"二句）即说客里光阴虚掷。"客里"二字莫轻轻看过，从"正单衣"至"一去无迹"止，俱说春去，为"客"字傍托，妙在以"单衣试酒"句冠首。则下云去俱在人心目中。（"为问"三句）"家何在"承"无迹"来，"家"指春，非自指。"楚宫"即春之家，清真此时尚在荆南，故曰"楚宫"。（"钗钿"句）承花落。（"乱点"二句）落到远处。（"多情"句）开下，"为谁"即谁为。（"但蜂媒"二句）蜂蝶即追惜者，"扣窗隔"，寻香也。窗隔似应用槅字，盖古无槅，故用"隔"代，今苏州城木店招牌尚写"窗隔"。（"东园"句）承上花落。（"渐朦胧"句）绿多。（"静绕"二句）除蜂蝶外亦有绕丛叹息之人。（"长条"句）蔷薇多刺，动惹人衣，本极常事。（"似牵衣"二句）看得似牵衣话别，亦以无知之物作为有知用。（"残英"句）说到落后残英，一开。（"终不似"句）"一朵"指未落者言，"终不似"，一合。（"漂流"句）翻用"落花随流水"意。（"恐断红"二句）疑花瓣上有相思题字，流去则不见，故以"莫趁"祝之。陈廷焯《白雨斋词话》曰："为问家何在"上文有"怅客里光阴虚掷"之句，此处点醒题旨，既突兀，又绵密，妙只五字束住。下文反覆缠绵，更不纠缠一笔，却满纸是羁愁抑郁，且有许多不敢说处，言中有物，吞吐尽致。大抵美成词，一篇皆有一篇之旨，寻其旨，不难迎刃而解，否则病其繁碎重复，何足以知清真也。周止庵曰：起十三字如千锤百炼，下阕不说人惜花，却说花恋人。不从无花惜春，却从有花惜春。不惜已簪之残英，偏惜欲去之断红。

俞平伯《唐宋词选释》："试酒"，夏历四月初，酒库呈样尝酒（指煮酒），见《武林旧事》卷三。张镃《赏心乐事》"三月季春……花院尝煮酒"，见同书卷十。南宋风俗多沿汴都之旧。周词亦指三四月间。

又：下片以人为主，用花来比美人。储光羲《蔷薇歌》："低边绿刺已牵衣。"

又："何由见得"，即何由得见，亦"几时重见"意。此处另转一意，谭献评"结笔仍用逆挽"。

唐圭璋《唐宋词简释》：此首"蔷薇谢后作"，精深华妙，后难为继。起句，点天时人事。次句，言久客之感。"愿春"三句，言花落春去，留之不住。上言"光阴虚掷"，已是怅惘；此言留春不住，怅惘更甚。又"春归如过翼"，已见春之速，再足"一去无迹"一句，更见花尽春尽矣。周止庵谓此十三字"千回百折，千锤百炼"，信不诬也。"为问"五字，一"问"字振起全篇，意亦双关。"夜来"两句，承上作答，风雨葬倾国，是无家也。"钗钿"三句，言落花狼藉之状。"多情"句一问，又作顿挫，蜂蝶叩窗槅寻香，即追惜者。换头，承上花落。花已落尽，无人来赏，故曰"岑寂"。"朦胧"句，以绿叶为衬。"静绕"句，可见徘徊之久，与惜花之深。"成叹息"，束上起下，亦顿挫处。

此下三事，皆可叹息之事也。"长条"三句，言长条恋人。"残英"三句，言残英无神。末三句，言断红难见。"何由见得"一问，尤见情致缠绵，依依不尽。

张伯驹《丛碧词话》：《六丑》为清真制调。万红友《词律》云："此调杨升庵以其名不雅，改曰《个侬》，已无谓。《图谱》乃于《六丑》之外，又收《个侬》一调，两篇相接，何竟未一点勘耶？且本和周韵，而两调分句大异，可怪之甚。是则升庵和而误，其误者十之三，《图谱》创立新调而误，其误者十之七矣。"《听秋声馆词话》云："周美成制《六丑》调，杨升庵嫌其名不雅，改称《个侬》。若不知宋人廖莹中自有《个侬》本调，前后极整齐。万氏《词律》因升庵所作虽用周韵，而句读参差，只知辨其错谬，亦不知调本《个侬》，词系廖作。其词云：'个侬无赖卖娇眼，春心偷掷。莎软芳堤，苔平苍径，即印下几弓纤迹。花不知名，香才闻气，似月下箜篌，蒋山倾国。半解罗襟，蕙熏微度，镇宿粉栖香双蝶。语态眠情。感多时轻留细阅。休问、望宋墙高、窥韩路隔。寻寻觅觅，又暮雨遥峰凝碧。花坞横烟，竹扉映月，尽一刻千金堪值。卸袜熏笼，藏灯衣桁，任裹臂金斜，搔头玉滑。更怪檀郎，恶怜深惜。几颤鬐、周旋倾侧。碾玉香钩，甚天端凤珠微脱。多少、怕听晓钟，琼钗暗擘。'按莹中，字群玉，为贾似道客，乃宋末人。升庵生有明中叶，其为窃易廖词，窃为己作可知。相传升庵未贬时，每阑入文渊阁攘所藏书，妄意似此单调，世无传本，可以公然剽掠。初不料二百年后原词复行于世。余尝谓升庵得志，决非纯臣。盖自视过高，意天下后世皆可欺。其不为无忌惮之小人也几希。"

吴世昌《词林新话》：汲古阁本与此有四字不同：一"恨"，显系形近而误，"怅"字为长。二"花"，是也。正应"夜来风雨"。"家"，于义不合。三"最"字为善，"为"字义劣。四"鸿"字，毛晋引诗为证，然于义似不连续。而称落花为"断红"，"断"字亦不合。以单词言，"断鸿"胜"断红"。又庞元英以"红叶"为解，殊误。此词题为"蔷薇谢后作"，词中"桃蹊"、"柳陌"、"蜂媒"、"蝶使"，皆指春景，宋人亦不可尽信也。又汲古阁本在"东园岑寂"分片，不如此本（俞平伯《唐宋词选》所据本）。

蒋礼鸿《大鹤山人校本〈清真词〉笺记》：（"春归如过翼"）按：《文选·张

景阳《七命》》曰:"浮三翼,戏中沚。"洪迈《容斋四笔》卷十一据李善注而为之说曰:"盖战船也。……大抵皆巨战船,而昔之诗人乃以为轻舟。梁元帝云:'日华三翼舸。'元微之云:'光阴三翼过。'"周词首言光阴虚掷,次言春归,春归即光阴之过。"如过翼"三字盖即本于微之之诗,非必谓鸟翼也。梁元帝云日华,日华即光阴,又微之所本。寒山诗云:"快榜三翼舟,善乘千里马。"

任二北《研究词集之方法》:此词大意,乃作者借谢后蔷薇自表身世,时而单说人,时而单说花,时而花与人融会一处,时而表人与花之所同,时而表人不如花之处。曰"客里",曰"家何在",曰"行客",曰"漂流",是其意旨所在也。前后阕固一贯。

前阕首二句说羁人,次三句说花谢,"春归"实花谢之替代语也。以上皆衬副,"为问"三句精粹。既谓因风雨之葬送,致倾国于无家,更谓因属无家之物,故虽擅倾国之姿,风雨亦不见怜,含思哀惋之至。此乃说花与说人融会之处也。"钗钿"三句衬副,"多情"三句精粹。"但"字非"仅有"之意,乃转语"犹有"之意也。零落之余,祇遗香泽,应无复追惜之人物,但蜂蝶痴憨,犹来叩窗寻问,堪许知己。言外谓客里飘零,终不能得慰藉,人固不如谢后之蔷薇耳。何以知其然?曰:两处精粹,皆特用问语领起,重在表示无家与无人追惜之意,甚分明也。

后阕"东园"三句,因物及人,衬副而已,引起下文"牵衣话别",强簪残英,及断红难见三事。"成叹息"一语,直贯到底,所叹息者上三事皆在内也。落花向行客话别,自多同病之怜,残英强簪,乃令人回想芳时姿韵,映带谢后景况,有无限珍惜。推此珍惜之意,觉芳时固当郑重,即谢后亦何容草草,断红之内,固仍寓相思无限也。前一事花与人自为联络,后二事似全说花,而由花与人之处,消息只可以神会,而难于说实。末句复用一问语以示有物无可表见之意。若于"东园"三句中,词意即先及流水,则歇拍之"潮汐"、"断红"便属有根,组织乃益为致密矣。

章法乃因人及物,因物及人,纠纽拍搭而成;修辞则专择情景幽通之处,融会入细,并重用问语,以提明意旨。(龙榆生《清真词叙论》引自《东方杂志》第二十卷第九号)

夜飞鹊^①

道宫　别情

　　河桥送人处，凉夜何其^②。斜月远堕余辉。铜盘烛泪已流尽^③，霏霏凉露沾衣。相将散离会，探风前津鼓^④，树杪参旗^⑤。花骢会意^⑥，纵扬鞭、亦自行迟。　　迢递路回清野，人语渐无闻^⑦，空带愁归。何意重红满地，遗钿不见^⑧，斜径都迷。兔葵燕麦^⑨，向残阳、欲与人齐。但徘徊班草^⑩，欷歔酹酒^⑪，极望天西。

【题解】

　　薛瑞生《周邦彦两入长安考》："词中'河桥'当为泛指，或即灞桥。总观词义，当为自长安归河中府经临潼华清宫时作。因少年入长安时曾游，故云'重经前地'。""此词'何意'二句用杨贵妃陪侍华清宫事。《新唐书》卷七十六《杨贵妃传》曰：'每十月，帝幸华清宫，五宅车骑皆从，家别为队，队一色。俄五家队合，烂若万花，川谷成锦绣，国忠导以剑南旗节。遗钿堕舄，瑟瑟玑珄，狼藉于道，香闻数十里。''兔葵燕麦'，既喻荒凉之境，又暗点时令在三月。"

　　孙虹《清真集校注》："此乃政和二年（1112）自长安归河中经临潼作，二月去长安作《扫花游·晓阴翳日》，三月五日寒食作《锁窗寒·暗柳啼鸦》，盖过寒食不久即离长安，经临潼。此处之'河桥'乃泛指，或即灞桥。词又用杨贵妃陪侍华清之典，当写于临潼，殆无疑义。熙宁七年（1074）游长安曾到临潼，写《早梅芳近·缭墙深》，故此词云'重经前地'，可互证。"

【注释】

　　①《夜飞鹊》调始清真。陈本调名下注"正宫"。孙本："景宋本、吴钞

本、王刻本、朱刻本调名下注'道宫'。"吴本题作"别根",毛本题作"别情",《草堂诗余》、《古今诗余醉》题作"离别"。

②凉夜何其:陈本、《草堂诗余》误作"凉夜何期"。吴本、毛本、《古今词统》、《古今诗余醉》作"良夜何其"。余参见《四园竹·浮云护月》注释⑤。

③斜月:西斜的落月。《乐府诗集·清商曲辞一·子夜四时歌秋歌八》:"凉风开窗寝,斜月垂光照。"铜盘:指烛台。唐·杜甫《从事行赠严二别驾》:"铜盘烧蜡光吐日,夜如何其初促膝。"与下文"树杪参旗"化用李商隐《明日》:"天上参旗过,人间烛焰消。"

④霏霏:细密纷乱貌。《楚辞·九章·涉江》:"霰雪纷其无垠兮,云霏霏而承宇。"相将:行将。离会:陈本、吴本、《草堂诗余》、《花草粹编》、《古今诗余醉》作"离会处",多一字。津鼓:渡口催换渡客并报时的更鼓。唐·李端《古别离》:"天晴见海樯,月落闻津鼓。"

⑤参旗:星名。参星西边的九颗星,又名天旗、天弓。《史记·天官书》:"参旗九星在参西,一曰天旗,一曰天弓。"参星与北斗在后半夜转了方向,所谓"斗转参横"。

⑥花骢:青白色的马。《草堂诗余》作"华骝"。唐·杜甫《骢马行》:"初得花骢大宛种。"

⑦清野:清旷的原野。北魏·郦道元《水经注·获水》:"其楼之侧,襟汳带泗,东北为二水之会也。耸望川原,极目清野,斯为佳处矣。"渐无:《古今诗余醉》作"尽无"。

⑧何意:岂料;不意。重红满地:孙本从毛本作"重经前地"。罗笈:"《词统》作'重经前地'。"遗钿:唐·徐黄《蔷薇》:"朝露洒时如濯锦,晚风飘处似遗钿。"余参见《夜飞鹊》(河桥送人处)注释⑥。

⑨兔葵燕麦:形容景象荒凉。唐·刘禹锡《再游玄都观序》:"余贞元二十一年为屯田员外郎,时此观未有花。是岁出牧连州,寻贬朗州司马。居十年,召至京师。人人皆言,有道士手植仙桃满观,如红霞,遂有前篇,以志一时之事。旋又出牧。今十有四年,复为主客郎中,重游玄都观,荡然无复一树,惟兔葵、燕麦动摇于春风耳。"

⑩欲与:毛本、《草堂诗余》作"影与"。班草:《后汉书·陈留父老传》:

272

"张升去官归里,道逢有人,共班草而言。"南朝·江淹《别赋》:"左右兮魂动,亲戚兮泪滋。可班荆兮赠言。"宋·王安石《次韵十四叔赐留别》:"班草数行衣上泪,何时携杖却相亲。"

⑪欷歔:哀叹。杜甫《羌村三首》:"感叹亦欷歔。"酹酒:以酒浇地,表示祭奠。古代宴会往往行此仪式。隋·杜台卿《玉烛宝典·正月孟春》:"元日至月晦为醋食,度水。士女悉湔裳,酹酒于水湄,以为度厄。"

【汇评】

沈际飞《草堂诗余正集》:今之人务为欲别不别之状,以博人欢,避人议,而真情什无二三矣。能使华骢会意,非真情所潜格乎?物既如是,人何以堪?妆衬幽凉,怎奈玉人不见。

卓人月《古今词统》徐士俊评:"花骢"二句,今人伪为欲别不别之状,以博人叹、避人议者多矣。能使骅骝会意,非真情所潜格乎?

黄苏《蓼园词选》:一首送别词耳。自将行至远送,又自去后写怀望之情,层次井井,而意致绵密,词采秾深,时出雄厚之句,耐人咀嚼。

周济《宋四家词选》:"班草"是散会处,"酹酒"是送人处。二处皆前地也。双起,故须双结。

陈廷焯《白雨斋词话》卷一:美成《夜飞鹊》云:"何意重经前地,遗钿不见,斜径都迷。兔葵燕麦,向斜阳、影与人齐。但徘徊班草,欷嘘酹酒,极望天西。"哀怨而浑雅。白石《扬州慢》一阕从此脱胎,超处或过之,而厚意微逊。

梁令娴《艺蘅馆词选》乙卷引梁启超语:"兔葵燕麦"二语,与柳屯田之"晓风残月",可称送别词中双绝。皆熔情入景也。

陈洵《海绡说词》:"河桥送人处",逆入;"何意重经旧地",平出。换头三句,将上阕尽化烟云,然后转出下句,事过情留,低徊无尽。

陈洵《抄本海绡说词》:"河桥",逆入,"前地",平出。换头三句,钩勒浑厚,转出下句,始觉沉深。

乔大壮手批《片玉集》:四声词。和缓之笔,可与《四园竹》参看。乃片玉独到之处,古今无第二手。必须记诵。平仄合押。

俞陛云《宋词选释》:"津鼓"二句写别时风景,清峭。"华骢"二句,善状离情。下阕言别后独归，"重红"五句，在景中写情，方见深厚，为后人度尽金针。

杨笺：上阕追叙别时景况。（"河桥"二句）"送人处"是一篇眼目，"何其"是问词，一呼。（"斜月"句）言月已下堕，一应。（"铜盘"二句）复良夜。（"相将"三句）入离会于将散时，先收拾旗鼓，为起行之预备。（"花骢"二句）"花"，四印斋本作"华"，但"华"亦音花，不如迳做花为妥。"纵"字一开，"亦自"一合，不曰人不愿行，止曰"花骢会意"，措辞巧妙。（"迢递"三句）送后而归，叙送行直至此上较板，板于上阕。末句，为界者，有变化。（"何意"三句）"何意"一转，"前地"即送人处，同一地而前后异色矣。（"兔葵"二句）欲与人齐者，别久而葵麦之高欲与人齐也。（"但徘徊"三句）班草酾酒是别时事。抚今伤昔，但有徘徊旧日班草之地，歆歠旧日酾酒之情，而人远天西，徒劳极目而已。梁启超曰："兔葵燕麦"二语与柳屯田之"晓风残月"，可称送别词中双绝，皆镕情入景也。周止庵曰："班草"是散会处，"酾酒"是送别处。二处皆前地，双起故须双结。陈廷焯曰："何意"以下哀怨而浑雅。白石《扬州慢》一阕，从此脱胎，超处或过之，而厚意微逊。海绡翁曰："河桥送人处"，逆入；"何意重经前地"，平出。换头三句，将上阕尽化烟云，然后转出下句，事过情留，低徊无尽。

俞平伯《唐宋词选释》引夏孙桐语：以景写情，方能深厚。

陈匪石《宋词举》：起句从"送人"说入。"送人"是事，即全篇感慨所由生。"河桥"是地，为后遍之"前地"伏根。然缓缓说去，有地有事，渐引到当时情景。"良夜何其"，贯下三句。"斜月"是夜景。"烛泪"是"离会"。"凉露沾衣"是将散未散时。由此"离会"即散，故继之曰"相将散离会"。"风前津鼓，树杪参旗"，着一"探"字，则夜已向晨，行色匆匆矣。于是再言"花骢"，言"扬鞭"，则竟由会散而送一程矣。临别依依之意，早含于"月堕余辉"、"烛泪流尽"之中。至"花骢"两句，则马且"行迟"，人意可想，透一层写法，一语可抵千万。以"意"字替代无数言语，极简括，极恢廓，是省字妙法，以措语沉痛到极处，不能再加一句也。前遍将"送人"之事已依次说尽，则后遍更有何说？故过变即说归途。送时愿其"行迟"，归时觉其"迢递"，同此经行之地，而心理不同。所以然者，前此有人对语，今则各自西东，临歧之语已渐无闻，但带离别之愁独自归去。然有作万一之想者，"重经前地"，或有遗迹可寻耳。而有无"遗钿"既不可见，并所经"斜径"亦都迷惘，惟如刘禹锡之重过玄都观，"兔葵燕麦，摇动春风"，"向残阳，欲与人齐"。旷地无人，见葵麦而觉其似人，凄恻之境，亦情景交融之极。"残阳"与"斜月"对照，将昨夜至今晡情事，曲曲写出。荏苒光阴，不觉向夕，乍见葵麦，始知已是残阳，其妙处尤耐寻味也。"但"字以下，写此时感触。所送之人既不可见，只有"徘徊"于"班草"之旧处，"歔欷"于"酹酒"之往事，向"天西""极望"，致其深情。于前遍之"送人"、"离会"，遥遥绾合，词境词笔既深厚沉着，章法亦极完密。至此词全篇以实笔写实境，句句往下坠，无一笔往上提，在清真集为别一机抒，亦他人展齿所不到也。陈廷焯曰："'何意重经前地'以下，哀怨而浑雅。白石之《扬州慢》由此脱胎，超处或过之，而厚意微逊。"就命意造境言之，固如是也，然仍当统观全局，始见其妙。

唐圭璋《唐宋词简释》：此首上片追述昨夜送行情况，下片则述送客归来，更写一夜到晓之景。"相将"句、束上起下。"风前"两句，写前程景色，曙光已可见，故曰"探"。"花骢"两句，写离会散后，再送一程，不言人不愿行，而言花骢会意，语极巧妙，"纵"字与"亦"字呼应。"迢递"三句，言归路，去时难分，故不觉远，归来无侣，故觉迢递。"何意"一转，贯下数句。"前地"应篇首，地则犹是，而情景大异矣。寻昨日之遗迹既无，而路又遥远，但见斜阳影里葵麦之高与人齐耳。"但徘徊"三句，抚今追昔，怅望无极！

吴世昌《词林新话》：过变已言"路回"，则非如某注家所言"仍言送别情事"。已送别，而马犹不忍别，故"行迟"。"人语渐无闻"，非谓初别情况，乃谓初别后耳中仿佛犹有别语余音，久行其音始消，此可于"渐"字见之，"渐"字之妙正在于此。若非指袅袅余音之逐渐消失，则何必用"渐"字？若谓人一别即不闻其语，则应曰"人语顿无闻"或"已无闻"矣。"重经前地"则又回到送别情事，"前地"，即此次送时经过之地，故回程曰"重经"，非昔年送别之地。回程又在"离会"处酹酒，必为祖神，想古代自有此风。以为可祝行人平安，否则此句绝无意义矣。

上片云"相将散离会"既已散矣，不至再送行一日，直至回时已"残阳"。

有以为此词写残夜清晨，黄昏落日。余恐回程未必有一日之久。"残阳"，《四家词选》作"斜阳"。按：疑当作"斜阳"。阳光之斜，早晚可见，早为初阳，晚为"残阳"。上片送人在后半夜，送毕归来已清晨，重经祖饯之处，已在初阳斜照之时。又"斜阳"如此用法，亦为诗词中仅见。

亦峰曰"白石《扬州慢》一阕，从此脱胎"云云，其实未懂美成此词用意。《扬州慢》写敌人去后城市残破，家国之痛，怎能比情人送别之景？可见陈氏对于二词全未看懂，故有此说。

氏州第一①

商调

波落寒汀，村渡向晚，遥看数点帆小。乱叶翻鸦②，惊风破雁③，天角孤云缥缈④。官柳萧疏⑤，甚尚挂⑥、微微残照。景物关情，川途换目⑦，顿来催老。　　渐解狂朋欢意少。奈犹被、思牵情绕。座上琴心⑧，机中锦字⑨，觉最萦怀抱。也知人、悬望久，蔷薇谢、归来一笑⑩。欲梦高唐⑪，未成眠、霜空又晓⑫。

【题解】

《年谱》编此词于大观三年(1109)，并注云："《虞美人·灯前欲去》以'待得蔷薇花谢便归来'句，与《丁香结》'谁念留滞故国，旧事劳方寸'句，《氏州第一》'也知人，悬望久，蔷薇花谢，归来一笑'句，对勘足证此行春去秋回。"

孙虹《周邦彦寄内系列词编年考证》则云："周邦彦此任，约在政和二年(1112)仲秋时离开河中府，到长安小驻之后，即由长安启程归汴京。离长安之前，写有寄内兼赠妓词《氏州第一》。""此词'座上琴心，机中锦字，觉最萦怀抱'双用卓文君和苏若兰(红叶题诗)典","其中'也知人、悬望久,蔷薇谢、归来一笑'一句涉及汴京歌妓的内容,写于政和元年(1111)十月前后别汴京妓的《虞美人》中的'不须红雨洗香腮。待得蔷薇花谢、便归来',可以与此互证。"

【注释】

①《氏州第一》调始清真。陈本、吴本调名下注"商调"。毛本注:"《清真集》作《熙州摘遍》,字句稍异。"孙本:"景宋本、王刻本、朱刻本调名下注'商调'。"《草堂诗余》题作"秋怨",《花草粹编》、《古今诗余醉》题"秋思"。

②寒汀:清寒冷落的小洲。唐·骆宾王《在江南赠宋五之问》:"秋江无绿芷,寒汀有白苹。"向晚:傍晚。唐·李颀《送魏万之京》:"关城曙色催寒近,御苑砧声向晚多。"唐·李绅《望海亭》:"夕岚明灭江帆小,烟树苍茫客思迷。"宋·苏轼《书王定国所藏烟江叠嶂图》:"丹枫翻鸦伴水宿,长松落雪惊昼眠。"

③惊风:指猛烈、强劲的风。汉·司马相如《上林赋》:"然后扬节而上浮,凌惊风,历骇焱。"南朝陈·江总《并州羊肠阪》:"翻嗟马骨伤,惊风起朔雁。"宋·黄庭坚《和答元明黔南赠别》:"急雪脊令相并影,惊风鸿雁不成行。"

④天角:谓天之一隅。南北朝·庾信《和张侍中述怀》:"奔河绝地维,折柱倾天角。"晋·陶渊明《喻贫士》:"万族各有托,孤云独无依。"李善注:"孤云,喻贫士也。"宋·苏轼《虔州八境图八首》(之七):"云烟飘渺郁孤台,积翠浮空两半开。"

⑤官柳:吴本、毛本作"宫柳"。孙本:"王刻本作'宫柳'。"郑本校:"'官',汲古作'宫',元本同,今从《草堂》本。"萧疏:稀疏;稀少。唐·唐彦谦《秋雾夜吟寄友人》:"槐柳萧疏溇暑收,金商频伏火西流。"

⑥甚尚挂:陈本作"甚上挂"。

⑦关情:动心,牵动情怀。唐·陆龟蒙《又酬袭美次韵》:"酒香偏入梦,花落又关情。"川途:指水路。陶渊明《始作镇军参军经曲阿》:"目倦川途异,心念山泽居。"唐·刘长卿《越江西湖上赠皇甫曾之宣州》:"莫恨扁舟去,川途我更遥。"

⑧牵情:触动感情;动情。唐·朱庆余《中秋月》:"孤高稀此遇,吟赏倍牵情。"座上琴心:琴声表达的情意。见《玉楼春》(玉琴虚下伤心泪)注释②。

⑨机中锦字:指晋窦滔妻苏蕙所作织锦回文《璇玑图》。《晋书》卷九十六《烈女列传》:"窦滔妻苏氏,始平人也。名蕙,字若兰。善属文。滔,符坚时为秦州刺史,被徙流沙,苏氏思之,织锦为回文旋图诗以赠滔。宛转循环以读之,词甚凄婉。"相传其锦纵横八寸,题诗二百馀首,计八百馀言,纵横反复,皆成章句。

⑩悬望:盼望,挂念。唐·张鷟《游仙窟》:"积愁肠已断,悬望眼应穿。"余见《虞美人》(灯前欲去仍留恋)注释②。蔷薇谢、归来一笑:唐·杜牧《留赠》:"不用镜前空有泪,蔷薇花谢即归来。"

⑪高唐:战国楚·宋玉《高唐赋》并序:"昔者先王尝游高唐,怠而昼寝,梦见一妇人曰:'妾,巫山之女也。为高唐之客。闻君游高唐,愿荐枕席。'王因幸之。去而辞曰:'妾在巫山之阳,高丘之阻,旦为朝云,暮为行雨。朝朝暮暮,阳台之下。'旦朝视之,如言。故为立庙,号曰'朝云'。"

⑫霜空:秋冬的晴空。唐·张说《和朱使欣》之二:"霜空极天静,寒月带江流。"又晓:陈本作"自晓",毛本作"已晓"。孙本:"景宋本、毛扆校本注、朱刻本作'又晓'。"罗笺:"《草堂》、元本作'已晓'。"

【汇评】

沈际飞《草堂诗余正集》:"翻鸦"、"破雁"句再见,下色色描就。

周济《宋四家词选》:竭力追逼得换头一句出,钩转"思牵情绕",力挽千钧。此与《瑞鹤仙》一阕,皆绝新机抒,而结体各别,此轻利,彼沉郁。

黄苏《蓼园词选》:词旨凄清,情怀阑淡,其境地可于笔墨外思之。

陈廷焯《云韶集》卷四:"翻"字"破"字炼得妙。写秋景凄凉,如闻商音羽奏。语极悲婉,一波三折,曲尽其妙。美成词大半皆以纡徐曲折制胜,妙于纡徐曲折中有笔力有品骨,故能独步千古。

俞陛云《宋词选释》:前八句,状水天景物,"残照"二句,为秋柳传神,而以"关情"、"换目"承上入句,则所见景色,皆有"物换星移"之感。自转头至结句,如明珠走盘,一丝萦曳。夏闰庵以"曲而婉"三字评之,殊当。

陈匪石《宋词举》：此词在清真集中亦别一机抒。前段平平叙景，先就所在之"村渡"，说"波"说"帆"。"遥看数点"，渐望渐远之意。"乱叶"二句，仰观所得。而"天角"云云，又与"数点帆小"相映。"甚尚挂"一问，谓"萧疏"之柳似不应挂"残照"，加以"微微"二字，体物尤工。凡此皆为"景物关情，川途换目"设色，故"景物"八字，一拍即合，透出心事。"顿来催老"，则直说破矣。过变曰"渐解狂朋欢意少"，从"波落寒汀"起，以前遍全文为此句蓄势，至此乃逼拶而出。"渐解"接"顿来"，似一转，然实"催老"二字之神髓。与前结紧承。"奈犹被、思牵情绕"，忽又一转。梅溪《湘江静》前结及过变三句，全学此笔法，而神味犹逊其隽永，用笔亦逊其朴辣。"琴心"、"锦字"，为"思牵情绕"之由。"最萦怀抱"之感觉，即"牵"与"绕"之说明也。"也知人、悬望久"，代所思者设想。"蔷薇谢"时，已望归来，自春徂秋，足见其"久"且为"霜空"蓄势。"欲梦高唐"，则于无可奈何中谋所以慰其悬望者，拍转自身，并作开笔。"未成眠、霜空已晓"，一合便收，更与"乱叶"三句相应，既饶有余不尽之味，章法且见完密。周济曰："竭力追逼出过变一句，钩转'思牵情绕'，力挽六钧。与《瑞鹤仙》一阕皆绝新机抒，而结体各别，此轻利，彼沉郁。"

乔大壮手批《片玉集》：四声。"乱叶"二句作对，写难状之景。"关情"以后入情。"坐上"二句作对。当是思家之作。"蔷薇"三字是未来之景。

杨铁夫：此作客思家之作。上阕皆客中所见景。（"波落寒汀"三句）先俯察，以"村渡"引"帆小"。（"乱叶翻鸦"三句）次仰观，以"惊风"引"孤云"。（"官柳"二句）微微由"萧疏"来。"景物"二句承上，"催老"句一面束住，一面起下。（"渐解"二句）"欢意少"本可忘情。"奈犹被"转进一层。（"座上"三句）"琴心""锦字"含下"人"字，"萦怀抱"承"思牵情绕"。（"也知人"二句）"知人悬望"是代为悬想之词。望者，望其当蔷薇开时归也。奈今不能归何。（"欲梦"二句）即欲作高唐一梦亦不可得，跌进一层。

刘永济《微睇室说词》：此词前半阕皆"景物关情，川途换目"，而以"顿来催老"作小结。起处三句将时、地、人事俱写到。"乱叶"三句则晚景从远处写，"官柳"二句又晚景从近处写，皆川途景物关情换目者也。换头以下写情，转折极多，随生随扫。换头七字由过拍"催老"来。"狂朋"言人见己

279

老来"欢意少"也。下句七字言彼此犹不免牵萦也。"坐上"句属己边言，"机中"句则属人言。"琴心"用《汉书·司马相如传》相如以琴心挑文君事，"机中"用《晋书》窦滔妻苏蕙以回文锦寄窦滔事。盖"欢意"虽少，犹有情也。"也知"句又遥想人"悬望"而以"蔷薇谢归来"慰之。"蔷薇"句用杜牧《留赠》诗"不用镜前空有泪，蔷薇花谢即归来"句意。"欲梦"二句又入己边说来作结。后半阕中"渐解"二句两层，"坐上"三句一层，"也知"二句两层，"欲梦"二句三层，共得八层，亦一特色也。

尉迟杯①

大石　离恨

隋堤路②。渐日晚、密霭生深树。阴阴淡月笼沙，还宿河桥深处。无情画舸，都不管、烟波隔南浦③。等行人、醉拥重衾，载将离恨归去。　　因念旧客京华，长偎傍、疏林小槛欢聚。冶叶倡条俱相识④，仍惯见、珠歌翠舞⑤。如今向、渔村水驿，夜如岁、焚香独自语。有何人、念我无憀，梦魂凝想鸳侣⑥。

【题解】

《年谱》云："《兰陵王》(柳)、《尉迟杯》(离怀)皆宣和二年(1120)丐祠出京惜别之作。"孙注则云："词写秋景，又及'隋堤'与'河桥'，当与前《忆旧游·记愁横浅黛》阕写于同时，即政和二年(1112)秋赴隆德府任，舟西行至河阳桥北去隆德时。"其《周邦彦寄内系列词编年考证》亦去："周邦彦约在政和二年(1112)暮秋回到汴京，此行因刘昺举以自代户部尚书事未果，所以又在深秋出任隆德府(今山西长治)。赴隆德任时，先走水程，别汴京有《尉迟杯》。"

【注释】

①陈本、吴本调名下注"大石"。陈本、吴本、毛本有词题"离恨"。孙本："景宋本、吴钞本、宛钞本、王刻本、朱刻本调名下注'大石'。"罗笺："《草堂》《词的》《词统》《诗余醉》题作'离别',《粹编》题作'离情'。"

②隋堤：隋炀帝开通济渠,沿河筑堤植柳,谓之隋堤。此处应指汴河故道之隋堤。《隋书》卷二十四《食货志》载炀帝即位,始建东都,"开渠,引穀、洛水,自苑西入,而东注于洛;又自板渚引河达于淮海,谓之御河。河畔筑道,树以柳……又造龙舟凤䴙,黄龙赤舰,楼船篾舫。募诸水工,谓之殿脚,衣锦行幐,执青丝缆挽船,以幸江都。"

③河桥：见《扫地花·晓阴翳日》注释⑦。南浦：孙本从毛本作"前浦"。南面的水边。后常用称送别之地。《楚辞·九歌·河伯》："子交手兮东行,送美人兮南浦。"王逸注："愿河伯送己南至江之涯。"南朝梁·江淹《别赋》："春草碧色,春水渌波,送君南浦,伤如之何。"

④因念：孙本从毛本作"因思"。偎傍：挨近;紧靠。宋·柳永《凤栖梧》："旋暖熏炉温斗帐,玉树琼枝迤逦相偎傍。"冶叶倡条：见《一寸金》(州夹苍崖)注释⑨。

⑤珠歌翠舞：《杨妃外传》："上令宫妓配七宝璎珞,舞霓裳羽衣曲。曲终,珠翠可扫。"

⑥无憀：空闲而烦闷的心情,闲而郁闷。唐·李商隐《杂曲歌辞·杨柳枝》："暂凭樽酒送无憀,莫损愁眉与细腰。"凝想：陈本作"疑想"。罗笺："元本作'疑想'。"汉·司马相如《长门赋》："忽寝寐而梦想兮,魄若君之在旁。"《玉台新咏·古乐府六首》："鸳鸯七十二,罗列忽成行。"唐·李端《同苗发慈恩寺避暑》："卧草同鸳侣,临池似虎溪。"

【汇评】

沈义父《乐府指迷》：结句须要放开,含有余不尽之意,以景结情最好。……或以情结尾亦好。往往轻而露,如清真之"天便教人,霎时厮见何妨",又云"梦魂凝想鸳侣"之类,便无意思,亦是词家病,却不可学也。

沈际飞《草堂诗余正集》：苏词"只载一船离恨向西州",秦词"载取暮愁归去",又一触发。

卓人月《古今词统》徐士俊评："无情"四句，等到醉时放船，煞有情矣，犹谓无情，情真哉！

周济《宋四家词选》：南宋诸公所断不能到者，出之平实，故胜。

又：一结拙甚。

黄苏《蓼园词选》：按此词应是美成由待制出知顺昌，初出汴京时作，自汴水买船东下，因念京中旧友，故曰"想鸳侣"也，情辞自尔凄切。

谭献评《词辨》：（"无情"二句）沉着。（"因思"句）章法。（"如今"三句）挽。（"梦魂"句）收处颇率意。

陈廷焯《词则·大雅集》卷二：窈曲幽深，挚情隽上。

况周颐《蕙风词话》：元人沈泊时作《乐府指迷》，于清真词推许甚至。惟以"天便教人，霎时厮见何妨"、"梦魂凝想鸳侣"等句为不可学，则非真能知词者。清真又有句云："多少暗愁密意，惟有天知"、"最苦梦魂，今宵不到伊行"、"拚今生对花对酒，为伊泪落"，此等语愈朴愈厚，愈厚愈雅，至真之情由性灵肺腑中流出，不妨说尽，而愈无尽。南宋词人如姜白石云："酒醒波远，政凝想明铛素袜"，庶几近似，然已微嫌刷色。诚如清真等句，惟有学之不能到耳，如曰不可学也，讵必颦眉搔首，作态几许然后出之，乃为可学耶。

陈洵《海绡说词》：隋堤一境，京华一境，渔村水驿一境，总入"焚香独自语"一句中。鸳侣则不独自矣，只用实说，朴拙浑厚，尤清真之不可及处。"长偎傍"九字，红友谓于"傍"字豆，正可不必。"偎傍疏林"与"小槛欢聚"是搓挪对。"冶叶倡条"、"珠歌翠舞"，"俱相识"、"仍惯见"，皆如此法。

陈洵《抄本海绡说词》：淡月河桥，始念隋堤日晚。画舸烟波，重衾离恨，节节逆溯，还他隋堤。"旧客京华"，仍用逆溯，"渔村水驿"，收合河桥。梦魂是重衾里事，无聊自语，则酒梦都醒也。"小槛"对"疏林"，"欢聚"对"偎傍"，"珠歌翠舞"对"冶叶倡条"，"仍惯见"对"俱相识"，是搓挪对法。红友谓于"傍"字读，非。

乔大壮手批《片玉集》：方回有此调，与此颇异，想是宫调不同。此是汴京留别之作，笔力可思。

杨笺：（"隋堤路"二句）晚景。（"阴阴"二句）夜景，以"宿"字起下，宿是宿于舟中。（"无情"二句）"南浦"，送行之地，船宿于此，是隔送别之南浦已远。开船多在将晓时，故曰"等行人，醉拥重衾，载将离恨归去"也。艺蘅词馆评云：一结拙甚。（"因念"四句）回潮京华旧事，是逆入。（"如今向"二句）宿河桥，现情。（"有何人"句）鸳侣即"念我无憀"人，今念我无人，空劳梦想而已。周止庵曰：南宋诸公所断不能到者，出之平实，故胜。一结拙甚。

海绡翁曰：隋堤一境，京华一境，渔村水驿一境，总收入"焚香独自语"一句中，鸳侣则不独自矣。只用实说，朴拙浑厚，尤清真之不可及处。"长偎傍"九字，红友谓于"傍"字豆，正可不必。"偎傍疏林"与"小槛欢聚"是搓挪对。"冶叶倡条"、"珠歌翠舞"，"俱相识"、"仍惯见"，皆如此法。

俞平伯《清真词释》：此清真离汴京时作也，亦先景后情正格。开首三句，薄暮上船时之景也。古人行旅，有二境焉。陆路无论车马或步行，多在绝早起身上路，如"鸡声茅店月，人迹板桥霜"是也。水行则多在傍晚上船，开船在半夜或侵晨，然总在醉梦朦胧之际，故别有一番风味。如此词"淡月笼沙"两句，用小杜诗"烟笼寒水月笼沙，夜泊秦淮近酒家"，乃是初上船时。"无情画舸"以下是一长句，乃将郑仲贤"亭亭画舸系寒潭，直到行人酒半酣。不管烟波与风雨，载将离恨过江南"一诗揉化而成。既将上船后之心情历历绘出，句法亦自然沈着。"载将离恨归去"一句最妙，既曰归去，何有离恨？盖繁华久客，仿佛故乡，不无系念之情，怅惘良有不能自己者。下片用"因念"二字领起，盖其可念者多矣。疏林小槛，文意自明。"冶叶"句，用李义山诗"冶叶倡条遍相识"。"珠翠"句，借用太真霓裳羽衣舞，舞罢珠翠如扫故事，以见声容徵逐之乐，俱见陈注。中以"仍惯见"三字贯串之，拗句有力。"如今"以下，挽到眼前，亦一长句。着墨无多，而意无不尽。周止庵曰："南宋诸公所不能到者，出之平实，故胜。"

唐圭璋《唐宋词简释》：此首夜宿舟中之作。"隋堤路"两句，写舟行所见两岸之晚景。"阴阴"两句，写舟泊河桥之夜景。"无情"四句，逆入近事，用唐人郑仲贤诗意，恨舟行之速，载人到此荒凉之景。换头逆入远事。"因思"二字，直贯五句。"旧客"三句，是当日欢聚之地。"冶叶"两句，是当日欢聚之人。"如今向"，勒转现境，"渔村水驿"正应"河桥深处"。陈述叔云：

"隋堤一境,京华一境,渔村水驿一境,总收入'焚香独自语'一句中。"盖所语者,即当日之乐与今日之苦也。清真之因今及昔,因景及情,皆从柳出,特较之更深婉,更多变化耳。末句,言此际无人念我,我则念人不置,用意极朴拙浑厚。

蒋礼鸿《大鹤山人校本〈清真词〉笔记》:("无情画舸,都不管、烟波隔前浦。等行人、醉拥重衾,载将离恨归去")郑(文焯)校:元本"前"作"南"。按:《苕溪渔隐丛话》前集卷二十四引《蔡宽夫诗话》云:"'亭亭画舸系寒潭,直到行人酒半酣。不管烟波与风雨,载将离恨过江南。'尝有人客舍壁间见此诗,莫知谁作。或云郑兵部仲贤也。"(礼鸿按:陈元龙注即以为仲贤诗。)周词全用其语,与"南浦"无涉,当作"前浦"。"前浦"者,去程之所经者也。

华胥引①

黄钟　秋思

　　川原澄映②,烟月冥濛③,去舟如叶④。岸足沙平,蒲根水冷留雁唼⑤。别有孤角吟秋,对晓风鸣轧⑥。红日三竿,醉头扶起还怯⑦。　　　离思相萦,渐看看、鬓丝堪镊⑧。舞衫歌扇⑨,何人轻怜细阅。点检从前恩爱⑩,但凤笺盈箧⑪。愁剪灯花,夜来和泪双叠。

【题解】

《年谱》云:"《夜游宫·客去车尘》(据'念归计'句知将出京惜别)、《庆宫春·山围寒》(《庆春宫·云接平冈》)、《蝶恋花》(早行)、《长相思》(晓行)、《虞美人·疏篱曲径》、《华胥引·川原澄映》以上六首皆冬间南行途中之作,此行当在大观二年(1108)冬,所以三年春初过苏州,蔡太守座上遇岳楚云之妹,据《绕佛阁》'浪飐春灯'句足证是时节近上元。"马成生、赵治中

《周邦彦年谱》(下)编宣和元年(1119):"后移改顺昌府(府治在今安徽阜阳市)。赴任途中,作有《华胥引》(川原澄映)词。"

孙注不认为作于宣和年间:"观词意乃由水路离京外任之作,出知真定不由水路,不计。知顺昌在宣和二年(1120),已至老境,又与'鬓丝堪镊'之言始生二毛不符。知河中离京时在冬季,此明言'孤角吟秋'。"孙虹《周邦彦寄内系列词编年考证》则云:"周邦彦约在政和二年(1112)暮秋回到汴京,此行因刘昺举以自代户部尚书事未果,所以又在深秋出任隆德府(今山西长治)。赴隆德任时,先走水程,记水程有《华胥引》。"

【注释】

①陈本、吴本调名下注"黄钟"。吴本有词题"秋思"。孙本:"景宋本、吴钞本、宛钞本、王刻本、朱刻本调名下注'黄钟'。""景宋本、吴钞本、王刻本、朱刻本调名下有词题'秋思'。"罗笺:"《草堂》题作'秋怨'。"

②川原:河流与原野。形容波光清澈明净。晋·桓玄《南游衡山诗序》:"清川穷澄映之流,涟漪无纤埃之秒。"唐·韩愈《和李相公摄事南郊览物与怀呈一二知旧》:"川原共澄映,云日还浮飘。"

③烟月:云雾笼罩的月亮;朦胧的月色。唐·张九龄《初发道中赠王司马》:"林园事益简,烟月赏恒余。"冥濛:陈本作"溟濛"。幽暗不明。汉·左思《吴都赋》:"旷瞻迢递,迥眺冥蒙。"宋·苏轼《欧阳少师令赋所蓄石屏》:"崖巍涧绝可望不可到,孤烟落日相冥蒙。"

④如叶:陈本、吴本、毛本作"似叶"。孙本:"戈选本、丁刻本朱校所引《草堂》作'似叶'。"南朝·梁元帝《燕歌行》:"那堪春日上春台,乍见远舟如落叶。"

⑤唐·李商隐《子初全溪作》:"战蒲知雁唼,皱月觉鱼来。"唐·杜牧《初春雨中舟次和州》:"蒲根水暖雁初浴,梅径香寒蜂未知。"

⑥鸣轧:吹角声。唐·杜牧《题齐安城楼》:"鸣轧江楼角一声,微阳潋潋落寒汀。"

⑦红日三竿:太阳升起已有三竹竿之高。谓时光已晚。唐·杜牧《醉起》:"醉头扶不起,三丈日还高。"宋·谢逸《蝶恋花》:"红日三竿帘幕捲,画楼影里双飞燕。"

⑧离思:离别后的思绪。三国魏·曹植《九愁赋》:"嗟离思之难忘,心惨毒而含哀。"看看:估量时间之词。有渐渐、眼看着、转瞬间等意思。唐·刘禹锡《酬杨侍郎凭见寄》:"看看瓜时欲到,故侯也好归来。"鬓丝:唐·卢纶《秋中野望寄舍弟绶兼令呈上西川尚书舅》:"尘容不在照,雪鬓那堪镊。"唐·李商隐《赠司勋杜十三员外》:"心铁已从干镆利,鬓丝休叹雪霜垂。"

⑨舞衫歌扇:歌舞者服用的衫和扇。亦借指歌舞或歌舞妓。北魏·魏澹《初夏应诏诗》:"舞衫飘细縠,歌扇掩轻纱。"宋·苏轼《朝云》:"经卷药炉新活计,舞衫歌扇旧因缘。"

⑩点检:罗笺:"《粹编》作'检点'。"反省;检点。唐·韩愈《赠刘师服诗》:"丈夫命存百无害,谁能点检形骸外。"宋·晏殊《木兰花》:"当时共我赏花人,点检如今无一半。"

⑪但:毛本无此字。郑本作"□"。戈选本作"有"。罗笺:"元本、《草堂》皆无'但'字。"凤笺:凤纹纸张,代指书信。唐·皇甫枚《非烟传》:"盖鄙武生粗悍,非良配耳。乃复酬篇,写于金凤笺。"南朝梁·任昉《出郡传舍哭范仆射诗三章》(之二):"已矣平生事,咏歌盈箧笥。"

【汇评】

沈际飞《草堂诗余正集》:叶几个险韵,难得。"点检"句,精心巧笔。

卓人月《古今词统》徐士俊评:叶险韵甚工。宋子京"乱峰锁、一竿残照","三竿"、"一竿"都妙。

毛先舒《诗辩坻》卷四:词家刻意、俊语、浓色,此三者皆作者神明,然须有浅淡处平处,忽著一二乃佳耳。如美成秋思,平叙景物已足,乃出"醉头扶起还怯",便动人工妙。

黄苏《蓼园词选》:美成由徽猷阁待制出知顺昌府,徙处州,此词或在顺昌作乎?后结三句,恋恋主恩,情词俳恻,不失敦厚之致。

陈洵《抄本海绡说词》:日高醉起,始念夜来离思,即景叙情,顺逆伸缩,自然深妙。

乔大壮手批《片玉集》:四声词。起是对句,"岸足"二句亦然。"嗏"韵新艳,为梦窗所祖。"舞衫歌扇"、"从前恩爱"乃与歌者别离之作耳。"双叠"指灯花。

286

杨笺:上阕回忆别时情景。起二句写夜景,为"去舟"点染,舟去必乘潮退,潮退则岸足见沙,舟去而蒲根尚在,故可供雁唼也。凡以多字句对少字句法,以上截数字对上句,以余胜之字单顶对句,不兼顶出句,此常法也。如此句"蒲根水冷"对"岸足沙平",又以"留雁唼"单顶"蒲根水冷"是也。以上目见。("别有"二句)"别有",另一事。"孤角",耳闻。"晓"字是眼目。舟去后则天晓。("红日"二句)"红日"上"三竿"矣,醉者因别而践,因践而醉,因醉而眠,至此日上三竿时醉犹未解也。("离思"二句)"离思"总承上阕,"鬓丝"句开下。"看看",将然未然之词,故曰"堪"。"渐"字妙。否则发白不因愁,有何趣味。("舞衫"二句)行人去后知音者稀。("点检"二句)未卜后会,且忆前情,是缩字诀。("愁剪"二句)人去即影单,今尚双叠旧笺,亦不忘双栖意。"双"字极有意。"和泪"二字不言情而情自见。

忆旧游①

越调

记愁横浅黛,泪洗红铅,门掩秋宵②。坠叶惊离思③,听寒螀夜泣④,乱雨潇潇⑤。凤钗半脱云鬓⑥,窗影烛光摇。渐暗竹敲凉⑦,疏萤照晚⑧,两地魂销。　　迢迢。问音信,道径底花阴,时认鸣镳⑨。也拟临朱户,叹因郎憔悴,羞见郎招⑩。旧巢更有新燕⑪,杨柳拂河桥⑫。但满目京尘,东风竟日吹露桃⑬。

【题解】

罗笺云:"此词似有弦外之音,疑作于元丰末、元祐初,将出都教授庐州之前。盖其时哲宗以冲龄继位,高太后主政,逐新党,起旧党,司马光、吕公著相继为相,以次召复昔之被摈者,是'旧巢更有新燕'也。十载之后,哲宗亲政,又逐旧党而起新党,清真自溧水召还,赋《瑞龙吟》,则云'定巢燕子,归来旧处'，两相印证，托意自见。方旧党得政之初，亦稍招揽新党之操两可而非居高位者，若蔡肇本出王安石门下，至是复交结苏轼诸人是也。大抵清真不为所动，词云：'也拟临朱户，叹因郎憔悴，羞见郎招。'或即指此。观其后来《重进汴都赋表》，自称'旋遭时变，不能俛仰取容，自触罢废'；而楼钥《清真先生文集序》，亦谓'未几神宗上宾，公亦低徊不自表襮。'则所谓'羞见郎招'者，非无故也。王国维《清真先生遗事》云：'先生于熙宁、元祐两党均无依附，其于东坡为故人子弟。哲宗初，东坡起谪籍，掌两制，时先生尚留京师，不闻有往复之迹。'按清真实右熙宁变法，属新党，观《汴都赋》及《田子茂墓志铭》可证，非无依附，惟事功不著，故知之者鲜耳。东坡只长清真二十岁，清真叔父邠与东坡交好，是所谓故人子弟也。元祐初东坡复起时，清真尚在太学正任，不容不相知，然而无交往之迹者，其'羞见郎招'欤？抑道不同不相为谋欤？文献无证，不可知矣。"

孙本则编于政和二年（1112）："邦彦于政和二年（1112）秋出隆德府。词写秋景，又有'满眼京尘''杨柳拂河桥''时认鸣镳'之句，显系过河阳桥出陆北行赴隆德之证。此'河桥'乃鞏县之河阳桥，因赴隆德不至灵宝桥与大荔桥也。'旧巢更有新燕'，既寄慨又写实，因赴河中曾经此地，此次重至，则巢旧而燕新矣。燕于晚秋方南去，燕尚未南飞，知其尚不至晚秋也。则此词亦写于政和二年。"

【注释】

①《忆旧游》调始清真。陈本、吴本调名下注"越调"。毛本注："《清真集》不载。"孙本："景宋本、吴钞本、宛钞本、王刻本、朱刻本调名下注'越调'。"罗笺："《草堂》题作'春恨'。"

②浅黛：指用黛螺淡画的眉。宋·张先《卜算子慢》："欲上征鞍，更掩翠帘相晌，惜弯弯浅黛长长眼。"红铅：胭脂和铅粉。唐·温庭筠《江南曲》："倚瑟红铅湿，分香翠黛颦。"唐·李贺《金洞仙人辞汉歌》："空将汉月出宫门，忆君清泪如铅水。"秋宵：秋夜。唐·韦庄《抚盈歌》："玉庭兮春昼，金屋兮秋宵。""愁横"、"泪洗"、"门掩"三句相对，谓之三对或鼎足对。

③南朝宋·谢灵运《山居赋》："送坠叶于秋晏，迟含萼于春初。"离思：离别后的思绪。三国魏·曹植《九愁赋》："嗟离思之难忘，心惨毒而含哀。"

④寒螿:郑本:"陈刻《草堂》作'寒蜩'。"《尔雅·释虫》郭璞注:"寒螿也,似蝉而小,青赤。"唐·高适《宋中遇林虑杨十七山人因而有别》:"朔风忽振荡,昨夜寒螿啼。"

⑤潇潇:风雨急骤貌。孙本从毛本作"萧萧"。罗笺:"《白雪》作'萧萧'。"《诗·郑风·风雨》:"风雨潇潇,鸡鸣胶胶。"

⑥《中华古今注》:"钗子,盖古笄之遗像。始皇以金银坐凤头,以玳瑁为脚,号曰凤钗。"罗虬《比红儿诗》:"妆成浑欲认前朝,金凤双钗逐步摇。"

⑦烛光:蜡烛的光焰。孙本从吴本、毛本作"烛花"。罗笺:元本、《草堂》、《粹编》作'烛花'。"梁元帝《对烛赋》:"烛烬落,烛华明。"唐·郑谷《池上》:"露荷香自在,风竹冷香敲。"

⑧照晚:陈本、毛本、郑本作"照晓"。孙本:"戈选本、丁刻本作'照晓'。"南朝·梁简文帝《初秋诗》:"晚花栏下照,疏萤篝上飞。"魂销:谓灵魂离体而消失。形容极度悲伤或极度欢乐激动。宋·张先《南乡子》:"何处可魂消?京口终朝两信潮。"

⑨道径:道路。《后汉书·南蛮传》:"蛮氏知尚粮少人远,又不晓道径,遂屯聚守险。"唐·王建《射虎行》:"朝朝暮暮空手回,山下绿苗成道径。"鸣镳:汉·枚乘《七发》:"逐马鸣镳,鱼跨麋角。"李善注:"鸣镳,銮鸣于镳也。"余参见《六幺令》(快风收雨)注释⑥。

⑩唐·元稹《会真记》:"不为旁人羞不见,为郎憔悴却羞郎。"

⑪新燕:晋·陶渊明《拟古诗九首》(之三):"翩翩新来燕,双双入我庐。先巢故尚在,相将还旧居。"

⑫河桥:见《扫地花》(晓阴翳日)注释⑦。

⑬满目:孙本从毛本作"满眼"。罗笺:"《草堂》、《粹编》、《词萃》作'满眼'。"京尘:郑本引《白雪》作"惊尘"。竟日:孙本:"戈选本作'尽日'。"亦作"京雒尘"。晋·陆机《为顾彦先赠妇》之一:"京洛多风尘,素衣化为缁。"后以"京洛尘"比喻功名利禄等尘俗之事。唐·司空图《下方》:"三十年来往,中间京洛尘。"露桃:《乐府诗集》卷二十八《鸡鸣》:"桃生露井上,李树生桃旁。"用露桃指代桃树,桃花。唐·杜牧《题桃花夫人庙》:"细腰宫里露桃新,脉脉无言度几春。"

【汇评】

沈际飞《草堂诗余正集》：一起下个"记"字，后来下个"听"字。"新燕""东风"题旨。有以"门掩秋宵"明说是秋。寒蛩疏萤，秋宵物类，疑是错简，则虚字何往。"因郎"二句，散活尖酸过崔氏语。

先著、程洪《词洁》卷五："旧巢"下如琴曲泛音，尽而不尽。美成词是此等笔意处最难到，玉田亦似十分模拟者。

陈廷焯《云韶集》卷四：无限凄凉，炼字炼句，精劲绝伦。

俞陛云《宋词选释》：先将窗外之秋声，闺中之愁态，细细写出，以"两地魂消"句彼此开合，遂与下阕衔接一气。"朱户"三句殆"为郎憔悴却羞郎"，妙在不说尽。"拂柳"、"吹桃"等句，仍寄情于空际，弥觉蕴藉。"巢燕"句，感光阴之易过耶？抑喻人事之更新耶？词境入空明之界矣。夏闰庵云："上阕之结句，不可无此顿挫；下半阕一气带出，其得势在此。"

乔大壮手批《片玉集》：二声词。"迢"是句中韵。"但满目京尘，东风竟日吹露桃"，此二句音律最要。此词玉田有之。

俞平伯《清真词释》：此阕乃上半回忆，下半想象，本意始终含蓄格。首用一"记"字，是怀往也，非眼前实景可知。自"愁横浅黛"句起，皆追摹别离之夕情景。"疏萤照晓"，"晓"字从汲古阁本。盖此句用老杜《倦夜》"暗飞萤自照"诗意，连上"渐暗竹敲凉"之"渐"字，可见牵衣恨别，竟夕无眠，不觉低徊，渐至天晓也。"魂销"用《别赋》，此句拓开，临歧分手，云飞水逝也。过片转入近事，然只用"迢迢"二字，极虚之笔。"问音信"、"道径底花明"，"问"字、"道"字均妙，我闻如是，岂遂可凭耶？人言于径底花阴，时听郎马之声；不惟倾听，且拟临朱户以窥之矣。然终于不曾也，何则？以"为郎憔悴却羞郎"耳，此正用《会真记》崔氏诗。情深怨切，而用笔则极虚极幻，倍觉委婉。至此则更不能不说到自家矣。却只写旧巢新燕，杨柳垂丝，见京尘之满目，叹倦旅之依然。"东风"句，用顾况诗"露桃秋李自成蹊"。东风竟日，吹绽露桃，毕竟为谁妍也。全篇至此已毕，更无一句说到自家，更无一笔落在实际，乃摹神之极笔也。试就上下文意，一演绎之。夫牵襟别恨，问信萦怀，固不得谓之薄于情也。然而芳韶轻掷，佳会久虚，情浓者固如是乎？彼方之幽怨已深，此日之薄情难辩。虽然，中间委曲，正有难言者，或缚于利锁名缰,或困于穷愁客病,我岂有心负你者哉?然而相思相望,竟至于今日矣。春去春来,皆于我无干矣。迟误之咎,固属百喙难辞;懊侬之怀,更是万言莫罄。惟其难言,乃索性不说也。故"旧巢"句以下,虽是一片空虚,实乃本篇主句。全在虚神笼罩之中,透出回肠百转,此其所以为神欤?凡词用平韵者,其声婉转舒徐,与《浪淘沙》一阕虚实合参,最得异曲同工之妙。

吴世昌《词林新话》:上片起三句记伊人,四、五、六句为自感,"凤钗"两句,再记伊人,"暗竹""疏萤"两句复写自感,末句合语。

杨笺:(上阕)"门掩秋宵"四字已将下阕"彼固不来,此亦不往"意吸起,"坠叶寒虫"、"钗脱烛摇"、"竹敲萤照"诸境皆从此化出。"两地魂销"一勒。"迢迢"二字指音信说。("问音信"三句)"问"字一问,"道"字一答。花阴鸣镳,门内听得。("也拟"三句)虽召不往,写出赌气神理。("旧巢"二句)说其新有所恋。("但满目"二句)但"露桃""竟日"在"京尘"中,未见"东风"一抬举耳。此词若出他人,可疑其自伤身世之作,但清真惯说青楼景况,或无此感触也。《词律》云:收语第四字"日"字,宜用入声。

大 酺①

越调　春雨

对宿烟收②,春禽静,飞雨时鸣高屋③。墙头青玉旆,洗铅霜都尽④,嫩梢相触。润逼琴丝⑤,寒侵枕障,虫网吹粘帘竹⑥。邮亭无人处⑦,听檐声不断,困眠初熟。奈愁极顿惊⑧,梦轻难记,自怜幽独。　　行人归意速。最先念、流潦妨车毂⑧。怎奈向、兰成憔悴⑨,卫玠清羸⑩,等闲时、易伤心目。未怪平阳客,双泪落、笛中哀曲⑪。况萧索、青芜国⑫。红糁铺地,门外荆桃如菽⑬。夜游共谁秉烛⑭。

《年谱》编于大观三年(1109),并注云:"杨琼善歌,居士游荆州时所欢,必杨其姓,而能歌,故借用之。"罗笈疑作于政和二年(1112)或政和七年(1117):"王灼谓清真词中有《离骚》,并举此词及《兰陵王》为例,极堪玩味。马季长自负博学知音,而出京逾年,自伤仕途坎坷,故闻笛兴悲。清真亦自负如季长,而暮年数绾州麾,屡别京华,所遇复与季长之作督邮略同,故对雨伤怀也。此词当是离京赴任,途中遇雨作。考其仕历,或在政和二年,以直龙图阁出知隆德府时;或在政和七年,自徽猷阁待制出知真定府时,未可知也。"马成生、赵治中《周邦彦年谱》(下)亦疑作于政和二年(1112):"以奉直大夫直龙图阁知隆德军府(府治今山西长治市),并管勾学事。《大酺》(对宿烟收)词,疑为离京赴任,途中遇雨时作。"孙注则认为写于宣和二年(1120)春:"重和元年(1118)四月,周邦彦因刘昺获罪的牵连,出真定府;宣和二年(1120)春,移知顺昌府(今安徽阜阳)。词用乐广、马融典,知必写于因刘昺事件牵连出任年余后,亦即移知顺昌府时。"

【注释】

①《大酺》调始清真。孙本:"景宋本、吴钞本、宛钞本、王刻本、朱刻本调名下注'越调。'"陈本、元本、毛本、《白雪》有词题"春雨"。

②宿烟:夜里的烟雾。唐·刘禹锡《登陕州城北楼却寄京都亲友》:"尘息长道白,林清宿烟收。"

③南朝宋·鲍照《拟行路难十八首》(之十三):"春禽喈喈旦暮鸣,最伤君子忧思情。"飞雨:飞飘的雨。唐·杜甫《立秋雨院中有作》:"萧萧梁栋秋,飞雨动华屋。"唐·杜甫《酬本部韦左司》:"好鸟依桂树,飞雨洒高屋。"

④青玉旆:旆,古代旌旗末端形如燕尾的垂旒飘带。唐·刘禹锡《庭竹》:"露涤铅粉节,风摇青玉枝。"

⑤汉·王充《论衡·变动篇》:"故天且雨,蝼蚁徙,蚯蚓出,琴弦缓,固疾发:此物为天所动之验也。"

⑥枕障:犹枕屏。唐·张曙《浣溪沙》:"枕障熏炉隔绣帏。"南朝·沈约《直学省愁卧》:"网虫垂户织,夕鸟傍檐飞。"

⑦邮亭:《汉书》卷八十三《薛宣传》:"(薛)宣子惠亦至二千石。始惠为

彭城令,宣从临淮迁至陈留,过其县。桥梁邮亭不修。"颜师古注:"邮,行书之舍,亦如今之驿及行道馆舍也。"唐·元稹《酬乐天东南行诗一百韵》:"邮亭一萧索,烽候各崎岖。"

⑧幽独:静寂孤独。亦指静寂孤独的人。《楚辞·九章·涉江》:"哀吾生之无乐兮,幽独处乎山中。"顿惊:孙本从毛本作"频惊"。罗笺:"《白雪》作'频惊'。"

⑨流潦,路上的积水。三国魏·曹植《赠白马王彪》:"霖雨泥我途,流潦浩纵横。"《荀子·法行篇》:"诗曰:'涓涓源水,不雝不塞。毂已破碎,乃大其辐。事已败矣,乃重太息。'"毂,车轮中心的圆柱。代指车马。宋·苏辙《立冬闻雷》:"半夜发春雷,中天转车毂。"

⑩兰成憔悴:兰成,庾信小字。《北史》卷八十三《文苑传》载庾信奉命出使西魏,留异乡。后入北周,"信虽位望通显,常作乡关之思"。乃作《哀江南赋》以致其意。余参见《宴清都》(地僻无钟鼓)注释⑥。

⑪卫玠:《阳春白雪》、毛本作"乐广"。《世说新语·容止》:"卫玠从豫章下都,人久闻其名,观者如堵墙。玠先有羸疾,体不堪劳,遂成病而死,时人谓看杀卫玠。"

⑫平阳客:指离京客居平阳的马融。平阳在今陕西眉县。汉·马融《长笛赋序》:"融既博览典雅,精核数术,又性好音,能鼓琴吹笛。而为督邮,无留事,独卧郿平阳邬中。有洛客舍逆旅,吹笛为《气出》、《精列》、《相和》。融去京师,逾年,暂闻,甚悲而乐之。"唐·陈嘉言《晦日宴高氏林亭》:"人是平阳客,地即石崇家。"

⑬青芜:杂草丛生的草地。唐·杜甫《徐步》:"整履步青芜,荒庭日欲晡。"唐·温庭筠《春江花月夜词》:"玉树歌阑海云黑,花庭忽作青芜国。"

⑭红糁(shēn):糁,碎米粒。唐·韩愈《送无本师归范阳》:"始见洛阳春,桃枝缀红糁。"荆桃如菽:《尔雅·择木》:"楔,荆桃。"郭璞注:"今樱桃。"菽,豆子,比喻初结的小樱桃。

⑮秉烛:谓持烛以照明。《古诗十九首》:"昼短苦夜长,何不秉烛游。"

【汇评】

王灼《碧鸡漫志》:前辈云:"《离骚》寂寞千载后,《戚氏》凄凉一曲终。"

《戚氏》，柳（永）所作也，柳何敢知世间有《离骚》，惟贺方回、周美成时时得之。贺《六州歌头》、《望湘人》、《吴音子》诸曲，周《大酺》、《兰陵王》诸曲，最奇崛。或谓深劲乏韵，此遭柳氏野狐涎吐不出者也。歌曲自唐虞三代以前，秦汉以后皆有，造语险易则无定法。今必以"斜阳芳草"、"淡烟细雨"绳墨后来作者，愚甚矣。故曰不知书者，尤好着卿。

沈义父《乐府指迷》：词中用事，使人姓名，须委曲得不用出最好。清真词多要两人名对使，亦不可学也。如《宴清都》云"庾信愁多，江淹恨极"、《西平乐》云"平陵晦迹，彭泽归来"、《大酺》云"兰成憔悴，卫玠清羸"、《过秦楼》云"才减江淹，情伤荀倩"之类是也。

吴从先《草堂诗余隽》引李攀龙语："自怜幽独"又"共谁秉烛"，如常山蛇势，首尾自相击应。

沈际飞《草堂诗余正集》：问懂也不懂？痛也不痛？"梦轻"，"轻"字妙。许敬宗云："春雨如膏，行人恶其泥泞。"末句，竖句。

潘游龙《古今诗余醉》："梦轻难记"，"轻"字妙。

卓人月《古今词统》徐士俊评：《草堂选》云："应折柳条过千尺"，自不伤雅。至"斜阳冉冉春无极"，如此咏物，淡宕有情矣。

许昂霄《词综偶评》：通首俱写雨中情景。

黄苏《蓼园词选》：观"平阳客"句，用马融去京事，知为由待制出知顺昌后作。写得凄清落寞，令人恻恻。

周济《宋四家词选》："怎奈向"，宋人词。"向"作"一向"二字解，今语"向来"也。

谭献评《词辨》：（"墙头"三句）辟灌皆有赋心，前周后吴，所以为大家也。（行人二句）此亦新亭之泪。（"况萧索"至末）一句一折，一步一态，然周昉美人，非时世妆也。"向"、"况"去声，方言也。

谭献《复堂词自序》：周美成云："流潦妨车毂"；又云："衣润费炉烟。"辛幼安云："不知筋力衰多少，只觉新来懒上楼。"填词者试于此消息之。

梁令娴《艺蘅馆词选》引梁启超语："流潦妨车毂'"句，托想奇拙，清真最善用之。

陈锐《袌碧斋词话》：清真词《大酺》云："墙头青玉旆。""玉"字以入代平。下文云："邮亭无人处。"句法皆四平一仄。梦窗此句第四字亦用入声，守律之严如此。

俞陛云《宋词选释》：起笔言"烟收"、"禽静"，以下"琴丝"三句，从旁面景物着想，为"春雨"传神。"愁极"、"梦轻"三句从听雨者着想，皆不落滞相。转头处恐"流潦妨车"，别开意境，兼寓思归之意。"憔悴"三句用垫笔，为下文作势。"哀曲"句下复用"况"字以振起之，更见力量。结处不欲一泻无余，故"秉烛"句以含蓄出之。通首如公孙舞剑，极浑脱流利之观。史梅溪《春雨》词云"恐妨他佳约风流"，与此结句意略同。

陈洵《海绡说词》：自"宿烟收"至"相触"六句，屋外景，"润逼"至"帘竹"三句，屋内景。"困眠初熟"四字逆出，"听檐声不断"是未眠熟时情景，"邮亭"上九句是惊觉后情事。困眠则听，惊觉则愁，"邮亭"一句作中间停顿，"愁极"二句作两边照应。曰"烟收"，曰"禽静"，则不特"无人"。虫网吹粘，铅霜洗尽，静中始见，总趋归"幽独"二字。"行人归意速"陡接，"最先念、流潦妨车毂"，倒提；复以"怎奈向"三字钩转；将上阕所有情事，总纳入"伤心目"三字中。"未怪平阳客"垫起，"况萧索、青芜国"跌落，"共谁秉烛"与"自怜幽独"，顾盼含情，神光离合，乍阴乍阳，美成信天人也。

又《抄本海绡说词》云：玩一"对"字，已是惊觉后神理。"困眠初熟"，却又拗转。而以"邮亭"五字作中间停顿，前后周旋。换头五字陡接。"流潦"八字，复绕后一步出力。然后以"怎奈向"三字钩转。将前阕所有情景，尽收入"伤心目"中。"平阳"二句，脱开作垫，跌落下六字。"红惨"二句，复加一层渲染，托出结句，与"自怜幽独"。顾盼含情，神光离合，乍阴乍阳，美成信天人也。

乔大壮手批《片玉集》：四声。"宿烟"六字作对。草窗有此作，恐不足参证耳。内转之笔，必须记诵。"听"字以下入情。人名作对，前人已非之。"宿"、"玉"、"逼"、"极"、"客"、"落"、"笛"、"索"必须避大韵。"国"字是大韵。

杨笺：起首"对"字一气贯至"帘竹"止，以上说景，"邮亭"以下方入情。（"邮亭"三句）均止说听说眠。（"奈愁极"三句）均则说愁说独，意分深浅先后。（"行人"二句）思归。"流潦妨车毂"一缩。梁启超曰："流潦妨车毂等语，托想奇拙。清真最善用之。"（"怎奈向"三句）之"憔悴""清羸"、（"双泪落"句）之"泪落"，俱纳入思归一念中。（"况萧索"句）复前阕景语。（"红糁"二句）兴，（"况萧索"二句）连"红糁铺地"，正萧索景象，"桃如菽"，则春深矣。（"夜游"句）现情，"夜游"反映困眠，"共谁"反映幽独。海绡翁曰：自"宿烟收"至"相触"六句，屋外景；"润逼"至"帘竹"三句，屋内景。"困眠初熟"，四字逆出，"听檐声不断"，是未眠熟前情景，"邮亭"上九句，是惊觉后情事。困眠则听，惊觉则"对"也，"邮亭"一句作中间停顿，"奈愁极"二句作两边照应。曰"烟收"，曰"禽静"，则不特"无人"。虫网吹粘，铅霜洗尽，静中始见，总趋归"幽独"二字。"行人归意速"陡接，"最先念、流潦妨车毂"，倒提；复以"怎奈向"三字钩转；将上阕所有情事，总纳入"伤心目"三字中。"未怪平阳客"垫起，"况萧索、青芜国"跌落，"共谁秉烛"与"自怜幽独"顾盼含情，神光离合，乍阴乍阳，美成信天人也。

　　唐圭璋《唐宋词简释》：此首因春雨而有感。起三句，点春雨。"墙头"三句，写屋外景；"润逼"三句，写屋内景，皆于静中会得。"邮亭"三句，写听雨入梦；"奈愁极"三句，写雨惊梦醒，皆足见雨声之繁，与独处之愁。换头，抒思归之情。"怎奈向"三句一转，言归去不得，触景伤感。"伤心目"三字，是全篇主脑，与《瑞龙吟》之"伤离意绪"相同。"未怪"二句，言伤极而泪落。"况萧索"三句，重述雨景。"夜游"句与"自怜幽独"相应，余情凄绝。

　　唐圭璋《读词札记》：武陵词人陈伯镤亦近代作手，其《褎碧斋词话》有论清真词云："清真《大酺》云：'未怪平阳客。'又有《月下笛》云：'最感平阳孤客。'按平阳，帝都，见于《春秋》、《史》、《汉》，此'平阳客'未知何指。唐陈嘉言《宴高氏园诗》云：'人是平阳客，地即石崇家。'或所本也。"按清真《大酺》云："未怪平阳客，双泪落、笛中哀曲"，正是吹笛故事，见《文选》卷十八马融《长笛赋》。文云："融既博览典雅，精核数术。又性好音，能鼓琴吹笛。而为督邮，无留事，独卧郿平阳坞中。有洛客，舍逆旅，吹笛，为《气出》、《精列》、《相和》。"融有感作《长笛赋》，此为清真所本，亦人所共知者。不知陈氏何忽于此，而反引唐诗为证。

解语花①

高平　元宵

　　风销焰蜡②,露浥烘炉③,花市光相射④。桂华流瓦。纤云散,耿耿素娥欲下。衣裳淡雅⑤。看楚女、纤腰一把⑥。箫鼓喧,人影参差⑦,满路飘香麝⑧。　　因念都城放夜。望千门如昼,嬉笑游冶⑨。钿车罗帕⑩。相逢处,自有暗尘随马⑪。年光是也。唯只见、旧情衰谢。清漏移⑫,飞盖归来,从舞休歌罢⑬。

【题解】

　　杜甫《清明二首》作于潭州,故有"楚女腰支"之语,周济《宋四家词选》遂据以为此词作于荆南。罗忼以其为非:"盖诗词中楚女字多泛用,若李贺《屏风曲》之'城上乌啼楚女眠'、《钓鱼诗》之'楚女泪沾裾',李商隐《细雨》之'楚女当时意',温庭筠《酒泉子》之'楚女不归',此类甚多,不必实指。且词中有'年光是也'、'旧情衰谢'之叹,则年在桑榆矣,若客荆南时在元祐,方壮岁,当无此等语。"

　　《年谱》编于政和五年(1115)明州任上,并引《武林旧事》云:"元夕至五夜,则京尹乘小提轿。诸舞出队,此地簇拥,前后连亘十余里。锦绣填委,箫鼓振作,耳目不暇。""仍沿浙东西之旧俗也。"罗忼认同此说,也认为此词为政和五年知明州元宵节作,并加按语云:"按清真于政和二年以卫尉卿直龙图阁出知隆德府(治今山西长治市),五年徙知明州,见《乾道四明图经》、《宝庆四明志》、《延祐四明志》太守题名,次年入为秘书监,而以毛友代之。此词果为明州元宵作,则是时六十岁矣,故曰'年光是也'。徐陵《答李颙之书》云:'年光遒尽,触目崩心。'殆有同感。"马成生、赵治中《周邦彦年谱》

（下）亦编政和五年(1115)："徙知明州(州治今浙江宁波)。《解语花》(风销焰蜡)词，系刚到任所之作。"

【注释】

①《解语花》调始清真。陈本、吴本调名下注"高平"，有词题"元宵"。毛本有词题"上元"。孙本："景宋本、吴钞本、宛钞本、王刻本、朱刻本调名下注'高平'，词题作'元宵'。"罗笺："《白雪》同，《词源》引作'元夕'。"

②焰蜡：正在燃烧的蜡烛。孙本从毛本作"绛蜡"。

③烘炉：孙本从毛本作"红莲"。罗笺："《词萃》作'红莲'。"宋·司马光《送邵兴宗之丹阳》："赤日裂后土，万家如烘炉。"

④花市：孙本从毛本作"灯市"。罗笺："《词萃》作'灯市'。"宋·孟元老《东京梦华录·元宵》："至正月七日，人使朝辞出门，灯山上彩，金碧相射，锦绣交辉。面北悉以彩结山，上皆画神仙故事……两朵楼各挂灯毬一枚，约方圆丈馀，内燃椽烛。"《东京梦华录·十六日》："于是华灯宝炬，月色花光，霏雾融融，动烛远近。"

⑤桂华：指月。唐·段成式《酉阳杂俎》卷二："旧言月中有桂，有蟾蜍。故异书言月桂高五百丈，下有一人常斫之，树创随合。人姓吴，名刚，西河人。学仙有过，谪令伐树。"唐·韩愈《明水赋》："桂华吐耀，兔影腾精。"耿耿：明亮貌。南朝齐·谢朓《暂使下都夜发新林至京邑赠西府同僚》："秋河曙耿耿，寒渚夜苍苍。"李善注："耿耿，光也。"唐·李商隐《霜月》："青女素娥俱耐冷，月中霜里斗婵娟。"

⑥纤腰：郑本："《阳春白雪》'纤'作'宫'。"南朝陈·江总《新入姬人应令诗》："本持纤腰惑楚宫，暂回舞袖惊吴市。"余参见《六丑》(正单衣试酒)注释⑤。

⑦宋·孟元老《东京梦华录·元宵》："正月十五元宵，大内前自岁前冬至后，开封府绞缚山棚，立木正对宣德楼。游人已集御街，两廊下奇术异能，歌舞百戏，鳞鳞相切，乐声嘈杂十余里。"

⑧香麝：香味。罗笺："《白雪》作'兰麝'。"南朝梁·刘遵《繁华应令诗》："腕动飘香麝，衣轻任好风。"余参见《塞翁吟》(暗叶啼风雨)注释④。

⑨都城：陈本作"帝城"。罗笺："《草堂》、《诗余醉》作'帝城'。按《词

298

源》亦引作'帝城'。"宋·孟元老《东京梦华录·十六日》："别有深坊小巷，绣额珠帘，巧制新妆，竞夸华丽。春情荡飏，酒兴融洽，雅会幽欢，寸阴可惜，景色浩闹，不觉更阑。宝骑骎骎，香轮辘辘，五陵年少，满路行歌，万户千门，笙簧未彻。"宋·欧阳修《生查子》："去年元夜时，花市灯如昼。"放夜：参见《琐窗寒》(暗柳啼鸦)注释⑨。

⑩钿车：以金花装饰的车子。唐·元稹《痁卧闻幕中诸公征乐会饮》诗："钿车迎妓乐，银翰屈朋侪。"罗帕：曾慥《类说》卷二十九《丽情集》："贾知微曾城夫人杜兰香既别，赠贾秋云罗帕裹丹五十粒云：'此罗是玉女缫玉蚕茧以织成。'"

⑪暗尘随马：马后尘土飞扬貌。唐·苏味道《正月十五夜》："暗尘随马去，明月逐人来。"

⑫只见：吴本、郑本所引《阳春白雪》作"只有"。清漏：见《月下笛》(小雨收尘)注释⑧。

⑬飞盖：驰车；驱车。三国魏·曹植《公宴》："清夜游西园，飞盖相追随。"舞休歌罢：唐·吴少微《古意》："歌终舞罢欢无极，乐往悲来长叹息。"

【汇评】

张炎《词源》卷下：昔人咏节序，不为不多，付之歌喉者，类是率俗，不过应时纳祜之声耳。所谓清明"拆桐花烂漫"，端午"梅霖初歇"，七夕"炎光谢"，若律以词家调度，则皆未然。岂如美成《解语花》赋元夕云……如此等妙词，不独措辞精粹，又且见时序风物之胜，人家宴乐之同。

吴从先《草堂诗余隽》引李攀龙语：上是佳人游玩，下是灯下相逢，一气呵成。

张綖《草堂诗余别录》：来教谓"草堂词多取周美成诸公丽语，如诗尚晚唐，亦何贵也？"信如尊谕。愚按：美成词正为不能丽耳。夫丽者，岂在纨绮珠翠乎？不假铅华而光彩射人意态殊绝者，天下之丽也，故西施衣毛褐而国人称美，秦兰服敝襦而陶縠心醉。今美成多取古人绮语饾饤成篇，种种皆备，而飘洒之风、隽永之味，独其所少，如富室女，服饰虽盛，欠天然妩媚耳。但其人长于音律，所作谐声歌叶弦管，无所沾滞，故为词家所宗，先辈尝称其为词人之甲乙者，以此也。独元宵词不类诸作，"桂华流瓦。纤云

299

散，耿耿素娥欲下"，语甚奇，"衣裳淡雅。看楚女、纤腰一把"，亦俊逸，"年光是也。唯只见、旧情衰谢"，又感慨沉著。"瓦"字、"雅"字、"怕"字、"也"字，皆不觉用韵，诚佳作也。

刘体仁《七颂堂词绎》：词起结最难，而结尤难于起，盖不欲转入别调也。"呼翠袖，为君舞"，"倩盈盈翠袖，揾英雄泪"，正是一法。然又须结得有"不愁明月尽，自有夜珠来"之妙，乃得。美成《元宵》云："任舞休歌罢。"则何以称焉？

周济《宋四家词选》：此美成在荆南作，当与《齐天乐》同时。到处歌舞太平，京师尤为绝盛。

陈廷焯《白雨斋词话》卷一：美成《解语花》后半阕云：（略）纵笔挥洒，有水逝云卷、风驰电掣之感。

陈廷焯《云韶集》卷四：因元宵而念禁城放夜时，屈指年光，已成往事。此种着笔，何等姿态，何等情味。若泛写元宵衣香灯影如何艳冶，便写得工丽百二十分，终觉看来不俊。

陈廷焯《词则·大雅集》卷二：后半阕念及禁城放夜时，纵笔挥洒，有水逝云卷、风驰电掣之感。

俞陛云《宋词选释》：词因"元宵"而抚今追昔，分前、后段赋之，笔势流转，一往情深。张文潜序贺方回词，谓其"满心而发，肆口而成，虽欲已焉而不得者"。论者谓深得贺词之妙，余谓此词亦然。

王国维《人间词话》：词忌用替代字。美成《解语花》之"桂花流瓦"，境界极妙，惜以"桂花"二字代月耳。梦窗以下，则用代字更多。其所以然者，非意不足则语不妙也。盖意足则不暇代，语妙则不必代。此少游之"小楼连苑""绣毂雕鞍"，所以为东坡所讥也。

乔大壮手批《片玉集》：四声，必须记诵。古今传唱名作也。此从楚女而念都城，以异地而生情景，足见北宋词家境界。"年光"一转，见重大之笔。"马"韵，巧而重大。

杨笺：（"风销"三句）说灯。（"桂华"三句）说月。（"衣裳"二句）妇女。（"箫鼓"三句）元宵热闹情形。（"因念"句）回想京城元宵，由"都城"至"随马"，皆纳入"因念"二字中，此处句语每易与前阕同，看他（"望千门"二句）

均写人家嬉春,("钿车"句)均写少女游春,绝不犯复。("相逢处"二句)均兜头一转。("年光"句)旧情,即上文。("唯只见"句)现情,他词收处,悠然不尽见长,此却恝然而止,"衰谢"二字神理更足。陈廷焯曰:"下阕纵笔挥洒,有水逝云卷风驰电掣之感。"周止庵曰:"此美成在荆南作,当与作《齐天乐》同时,到处歌舞太平,京师尤为绝盛。"

吴世昌《词林新话》:下片"年光"两句,言年光依然如是,不同者只是情减。"飞盖",乃用曹植诗。

蒋礼鸿《大鹤山人校本〈清真词〉笔记》:("风销绛蜡,露浥红莲,灯市花光相射")郑(文焯)校:元本"绛"作"焰","红莲"作"烘炉","灯"作"花"。按:此写上元灯市所见也。宋人以红莲为灯。姜夔《鹧鸪天·元夕有所梦》词:"谁教岁岁红莲夜,两处沈吟各自知。"夏瞿禅师《姜白石词编年笺校》云:"'红莲',谓灯,与前首'芙蓉'同。(礼鸿按:白石同调"元夕不出"词云:"芙蓉影暗三更后,卧听邻娃笑语归。")欧阳修《六一词》,《蓦山溪·元夕》:'纤手染香罗,剪红莲满城开遍。'郭应祥《笑笑词》,《好事近·丁卯元夕》:'不比旧家繁盛,有红莲千朵。'张镃《南湖诗余》,《烛影摇红·灯夕玉照堂梅花盛开》:'柳塘花院,万朵红莲,一宵开了。'"苏轼《四十年前元夕与故人夜游得此句》诗:"午夜朦胧淡月黄,梦回犹有暗尘香。纵横满地霜槐影,寂寞莲灯半在亡。"亦足相证。作"烘炉",则于情事不切矣。

玲珑四犯[①]

大石

秾李夭桃[②],是旧日潘郎,亲试春艳。自别河阳[③],长负露房烟脸。憔悴鬓点吴霜[④],念想梦魂飞乱[⑤]。叹画阑玉砌都换。才始有缘重见[⑥]。　　夜深偷展香罗荐。暗窗前、醉眠葱茜[⑦]。浮花浪蕊都相识[⑧],谁更曾抬眼。休问旧色旧香[⑨],但认取、芳心一点[⑩]。又片时一阵,风雨恶,吹分散[⑪]。

罗笺："此首似为重返汴京赠旧欢之作，以花譬人，不即不离。'秾李'三句，往日情惊。'自别河阳'，喻当时出都远行。比及重来，'有缘重见'，己则'鬓点吴霜'，地则栏砌都换，人则色香俱褪矣，故曰'休问'。绮艳盈纸，亦不外沧桑之感耳。"马成生、赵治中《周邦彦年谱》(下)云此词似作于绍圣四年(1097)。孙本云："政和二年(1112)秋赴隆德府时经孟州河阳(今河南鞏县西北)桥，政和六年(1116)夏前离任，此词写春景，或作于离任时。"

【注释】

①陈本、吴本调名下注"大石"。孙本："景宋本、吴钞本、宛钞本、王刻本、朱刻本调名下注'大石'。"罗笺："《草堂》、《粹编》题作'春思'。"

②秾李：华美的李花。宋·张先《玉树后庭花》："落花秾李还依旧，宝钗沽酒。"夭桃：《诗·周南·桃夭》："桃之夭夭，灼灼其华。"后以"夭桃"称艳丽的桃花。唐·沈佺期《芳树》："夭桃色若绶，秾李光如练。"

③潘郎，指潘岳，亦词人自指。春艳，桃李花。唐·温庭筠《定西番》词之二："双鬓翠霞金缕，一枝春艳浓。"河阳，在今河南孟州市一带。《白氏六帖·县令》："潘岳为河阳令，树桃李花，人号曰：'河阳一县花。'"南北朝·庾信《枯树赋》："若非金谷满园树，即使河阳一枝花。"南朝齐·江淹《别赋》："君居淄右，妾家河阳。"

④露房：带露的花蕊。《类说》卷五七引宋·蔡绦《西清诗话》："王君玉琪《秋莲诗》云：蚕寒冰茧瘦，蜂老露房空。"吴霜：吴地的霜，亦比喻白发。见《玉楼春》(当时携手城东道)注释⑤。

⑤念想：孙本从毛本作"细念想"。朱本校："元本无'细'字，从毛本。按方、杨和作并作七字句。"《青琐高议·温泉记》张俞题骊山温汤驿时："梦魂飞入瑶台路，九霞宫里曾相遇。"

⑥画阑：有画饰的栏杆。唐·李贺《金铜仙人辞汉歌》："画栏桂树悬秋香，三十六宫土花碧。"南唐·李煜《虞美人》："雕栏玉砌应犹在，只是朱颜改。"

⑦罗荐：丝织席褥。唐·刘禹锡《秦娘歌》："长鬓如云衣似雾，锦茵罗

荐承轻步。"葱茜：草木葱郁茂盛。东晋·王廙《春可乐》："野晖赫以挥绿，山葱倩以发苍。"

⑧浮花浪蕊：指桃花以外的寻常花草。余参见《三部乐》（浮玉飞琼）注释⑫。

⑨抬眼：举目。宋·李之仪《临江仙·景修席上再赋》："虽然公子暗招魂，其如抬眼看，都是旧时痕。"唐·温庭筠《三洲词》："门前有路轻别离，惟恐归来芳香灭。"

⑩认取：记住；记得。唐·吕岩《步蟾宫》："坎离乾兑逢子午，须认取自家根祖。"宋·苏轼《岐亭道上见梅花戏赠季常》："数枝残绿风吹尽，一点芳心雀啅开。"

⑪又片时：毛本、郑本作"奈又片时"。唐·皮日休《桃花赋》："狂风猛雨，一阵红去。"

【汇评】

沈际飞《草堂诗余正集》：下片后几句，有层节，凄痛自笃。

俞陛云《宋词选释》：此调精湛处，在"旧色"、"芳心"二句。已色衰香退，而芳心一点，历久不渝，句意并美，宜为后人传诵。通首皆本此意。"画阑"、"重见"二句，人事都非，而旧人相遇，更续前缘，彼浪蕊浮花，何足语此。下阕，离合悲欢，转展曲尽。"浮花"句，用垫笔有力。收句尤劲绝。

乔大壮手批《片玉集》：此四声词。清真用韵太宽，不可为法。白石歌曲中宫调与此异。"谁更"句是一四或二三，宜两存。

杨笠：此殆冶游之词。（"秾李"三句）忆旧。河阳县花，潘岳所种花。今因"种"字不能用，改"试"字，极妙。（"自别"二句）言别来。（"憔悴"二句）回想。（"叹画阑"二句）再来。（"夜深"句）今情。（"暗窗"句）承"偷展"。（"浮花"二句）压低"浮花浪蕊"。（"休问"二句）抬高"旧色旧香"，又以色、香陪"芳心"。（"又片时"三句）吹散是后路，有"篇终接渺茫"之妙。

垂丝钓^①

商调

　　缕金翠羽^②。妆成才见眉妩。倦倚绣帘，看舞风絮^③。愁几许。寄凤丝雁柱^④。　　春将暮。向层城苑路^⑤。钿车似水^⑥，时时花径相遇。旧游伴侣。还到曾来处。门掩风和雨。梁间燕语^⑦。问那人在否。

【题解】

　　罗笺："据'层城苑路'语，此词当作于京师。按汴京旧城周回二十里一百五十五步，有十门，新城周回五十里一百六十五步，有十一门，见《宋史·地理志》。杨侃《皇畿赋》云'高城千雉'，《东京梦华录》云'城门皆瓮城三层'，是所谓'层城'也。《皇畿赋》又云：'其东则有汴水之阳，宜春之苑。'李长民《广汴都赋》云：'苑囿非一，聚众芳而骈罗。'清真《汴都赋》云：'上方欲与百姓同乐，大开苑囿，凡黄屋之所息，鸾辂之所驻，皆得穷观而极赏。'以其不禁游人，故'苑路'之上，'钿车似水'也。此词自起句至'时时花径相遇'，皆追忆汴京初旅时事。'旧游伴侣'，作者自谓，重来访旧则楼空人去矣，故末数语云云。辛稼轩《念奴娇》(书东流村壁)云：'楼空人去，旧游飞燕能说。'似从此出，特化去町畦耳。"孙本："此词当写于政和七年(1117)召还秘书监时。"马成生、赵治中《周邦彦年谱》(下)云此词似作于绍圣四年(1097)。

【注释】

　　①《垂丝钓》调始清真。孙本："景宋本、吴钞本、宛钞本、王刻本、朱刻本调名下注'商调'。"

　　②缕金：金缕之衣。李献民《云斋广录》载高氏《春怨》："一瞬青春速于

304

电,等闲宽尽缕金衣。"一说以金丝为饰。宋·陶谷《清异录·北苑妆》:"江南晚季建阳进茶油花子,大小形制各别,极可爱,宫嫔缕金于面,皆以淡妆,以此花饼施于额上,时号'北苑妆'。"翠羽:翠鸟的羽毛。古代多用作饰物。《白孔六帖·锦》:"翡翠黄金缕:绣成歌舞衣上。"三国魏·曹植《七启》:"戴金摇之熠耀,扬翠羽之双翘。"

③绣帷:毛本、郑本作"玉奁"。唐·李商隐《访人不遇留别馆》:"闲倚绣帷吹柳絮,日高深院断无人。"风絮:随风飘悠的絮花。多指柳絮。唐·薛能《折杨柳》之二:"闲想习池公宴罢,水蒲风絮夕阳天。"

④几许:多少;若干。《古诗十九首·迢迢牵牛星》:"河汉清且浅,相去复几许?"凤丝:琴弦的美称。唐·温庭筠《和沈参军招友生观芙蓉池》:"桂栋坐清晓,瑶琴商凤丝。"雁柱:乐器筝上整齐排列的弦柱。宋·欧阳修(一作张先)《生查子》:"雁柱十三弦,一一春莺语。"

⑤孙本从毛本、郑本以此句为上结。层城苑路:均以神仙之地代指美人居所。汉·张衡《思玄赋》:"登阆风之层城兮,构不死而为床。"注:"《淮南子》曰:'昆仑虚有三山,阆风、铜板、玄圃,有层城九重。'"苑路,陈本作"花路"。

⑥钿车:《后汉书》卷十上《皇后纪》载马太后诏书,有句曰:"前过濯龙门上,见外家问起居,车如流水,马如游龙,仓头衣绿,领袖正白,顾视御者,不及远矣。"余参见《解语花》(风销焰蜡)注释⑩。似水:孙本从毛本作"如水"。

⑦旧游:昔日的游览。唐·白居易《忆旧游》:"忆旧游,旧游安在哉?旧游之人半白首,旧游之地多苍苔。"梁燕语:朱校:"原本梁下衍间字,从元本。"后蜀·欧阳炯《菩萨蛮》:"双双梁燕语,蝶舞相随去。"

【汇评】

陈廷焯《云韶集》卷四:重寻旧迹,却写得如许凄凉,唐人"桃花依旧笑东风",不及此也。

乔大壮手批《片玉集》:四声。

杨笺:("缕金"二句)写装束,二句倒装。("倦倚"二句)写闲情。("寄凤丝"句)写寄愁,由妆成而倚帘,而弹琴,合下阕之出游,似一篇美人起居

注。("春将暮"二句)自指。"钿车"句一宕,指凡游女言。"相遇"者,遇上
阕所写之人。自指已脱,泛言游女又脱,乃以"相遇"忽然拍合,夭矫如游
龙,真是不可捉摸。以上是逆入。昔人于"相遇"分段,泥于今昔,整分两段
耳。不知周吴词整分两段者亦有之,而横穿竖插、离合倏忽者,往往而见
也。("旧游"句)空际转身,以下是平出。此句当自指,既曰相遇,故可以旧
游。"伴侣",自命也。("还到"句)"曾来处",即其人之家。("门掩"句)门
外徘徊。("梁燕"二句)"梁燕语"者,与梁燕语也。燕巢在门外梁上,故可
在门外问讯,在与不在,妙不明说,又妙不作答,有弦外音。

黄鹂绕碧树①

双调　春情

双阙笼嘉气②,寒威日晚③,岁华将暮。小院闲庭④,对寒
梅照雪,淡烟凝素。忍当迅景⑤,动无限、伤春情绪。犹赖是、
上苑风光渐好⑥,芳容将煦。　　草莱兰芽渐吐⑦。且寻芳、
更休思虑。这浮世、甚驱驰利禄,奔竞尘土⑧。纵有魏珠照
乘⑨,未买得流年住。争如盛饮流霞⑩,醉偎琼树⑪。

【题解】

《年谱》编于重和元年(1118),并注云:"'甚驱驰利禄,奔竞尘土。纵有
魏珠照乘,未买得流年住。'谓始以党败人,终以党败国也;'对寒梅照雪',
自况也;'犹赖是、上苑风光渐好,芳容将煦',亦前首'主人未肯教去也'意
也。""如盛饮流霞,醉偎琼树'……然楚雨含情,意别有托,亦复不少。"罗
笺云:"此首盖刺徽宗及蔡京党人之作,非佳篇,而用意颇明白,度其时当在
政和末提举大晟府时。词调始晁端礼,端礼于政和三年以承事郎为大晟府
协律,此曲疑是大晟府所制新声。徽宗耽于淫乐,蔡京复逢迎怂恿之,自崇

306

宁以来，营宫观苑囿无虚日，而极于政和七年作万岁山。《宋史纪事本末》卷五十《花石纲之役》言政和七年，'大率灵璧、太湖、慈溪、武康诸石，二浙奇竹、异花、海错，福建荔枝、橄榄、龙眼，南海椰实，登、莱文石，湖、湘文竹，四川佳果木，皆越海渡江，毁桥梁，凿城郭而至，植之皆生。'方其时也，外则金人日逼，内则民不聊生，犹逸乐之是务。词云：'双阙龙嘉气'，又云：'犹赖是，上苑风光渐好，芳容将煦。'"

孙注云："此词当写于政和七年（1117）召还秘书监时。"马成生、赵治中《周邦彦年谱》（下）亦编政和七年，"疑作于大晟府提举时"。

【注释】

①孙本："景宋本、吴钞本、宛钞本、王刻本、朱刻本调名下注'双调'，有词题'春情'。"

②双阙：晋·崔豹《古今注》："阙，观也。古每门树两观于其前，所以表宫门也。"此喻皇城。《古诗十九首》："两宫遥相望，双阙百余尺。"嘉气：孙本从毛本作"佳气"。瑞气。《宋史·乐志七》："嘉气四塞，丹诚上腾。"唐·李商隐《为安平公兖州谢上表》："欢声雷动，嘉气云高。"

③霜威：严寒的威力。南朝梁·庾肩吾残句："劲气方凝海，霜威正折绵。"

④南朝梁·萧子云《岁暮直庐赋》："日曜女度，岁华云暮。"闲庭：寂静的庭院。唐·杨炯《梓州惠义寺重阁铭》："闲庭不扰，退食自公，远览形势，虔心净域。"

⑤迅景：光阴。南朝宋·谢灵运《塘上行》："促生靡缓期，迅景无迟踪。"

⑥上苑：即上林苑，代指皇家园林。唐·独孤授《花发上林》："上苑韶容早，芳菲正吐花。"唐·李咸用《同游人秋日登庾楼》："六代风光无问处，九条烟水但凝愁。"

⑦草荚兰芽：晋·皇甫谧《帝王世纪》："尧时有草荚生庭，每月朔日生一荚，至月半则生十五荚。至十六日后，日落一荚，至月晦而尽，若月小，余一荚。王者以是占历，唯盛德之君，应和气而生，以为尧瑞，名曰蓂荚，一名历荚，一名瑞草。"泛指一般花草。

⑧奔竞：奔走竞争。多指对名利的追求。晋·干宝《晋纪总论》："悠悠风尘，皆奔竞之士。列官千百，无让贤之举。"宋·苏舜钦《答韩持国书》："终日劳苦，应持之不暇，寒暑奔走尘土泥沼中，不能了人事，羸马敝仆，日栖栖取辱于都城。"

⑨魏珠照乘：《史记》卷四十六《田敬仲完世家》："（威王）二十四年，与魏王会田于郊。魏王问曰：'王亦有宝乎？'威王曰：'无有。'魏王曰：'若寡人国小也，尚有经寸之珠照车前后各十二乘者十枚，奈何以万乘之国而无宝乎？'威王曰：'寡人之所以为宝与王异。吾臣有檀子者，使守南城，则楚人不敢为寇东取，泗上十二诸侯皆来朝……吾臣有种首者，使备盗贼，则道不拾遗。将以照千里，岂特十二乘哉！'"后以"魏车委照"谓不用明珠照亮车乘。比喻珍惜人才。

⑩毛本作"剩引榴花"。孙本："丁刻本作'剩引榴花'。"流霞：汉·王充《论衡·道虚》："有仙人数人，将我上天……口饥欲食，仙人辄饮我以流霞一杯，每饮一杯，数月不饥。"后人因以流霞名仙酒。

⑪琼树：《汉书》卷五十七下《司马相如传》颜师古注引张揖曰："琼树生昆仑西流沙滨，大三百围，高万仞。华，蕊也，食之长生。"比喻美人。《陈书》卷七《列传第一》："其曲有《玉树后庭花》、《临春乐》等，大指所归，皆美张贵妃、孔贵嫔之容色也。其略曰：'璧月夜夜满，琼树朝朝新。'"

【汇评】

蒋礼鸿《大鹤山人校本〈清真词〉笺记》：（"争如盛饮流霞，醉偎琼树"）郑（文焯）校："盛饮流霞"，汲古作"剩引榴花"四字，并以音近讹。注云："《清真集》作'盛饮流霞'。"元本正同，从之。按：汲古本是也。凡作"盛饮流霞"之本者，以为此四字言盛饮酒也。彼特不知"剩"字之义，又不知"榴花"之为酒耳。唐宋以"剩"为"多"，说见张相《诗词曲语辞汇释》及余《敦煌变文字义通释》，无烦举证。白居易《咏家酝》诗云："犹嫌竹叶为凡浊，始觉榴花不正真。""榴花"为酒名，灼然无疑。凡美成之言饮酒，如下卷二页前《锁阳台》云："别时无计，同引离觞。"十二页后《瑞鹤仙》云："有流莺劝我，缓引春酌。"上卷三十四页前《丹凤吟》"痛饮浇酒"，元本作"痛引浇愁酒"。余既以"愁"字必不可少，著之本条之下矣。乃若"痛饮"、"痛引"，以《锁阳台》、《瑞鹤仙》校之，则亦"引"字为是。彼三"引"字，与此阕"剩引"字而为四，其语出于古之"引满"。《汉书·叙传》云："引满举白。"又杜甫《晚宴左氏庄》诗："看剑引杯长。"其义皆同。然则"剩引榴花"，字字可解，字字允惬，且"榴花"与"琼树"相对切，而乃谓为讹文，得乎？大鹤未知俗语"剩"之为"多"，于"榴花"又失考，遂踵前人之谬。校词虽细事，犹有甚难者在夫。

蝶恋花①

商调　柳

爱日轻明新雪后②。柳眼星星③，渐欲穿窗牖④。不待长亭倾别酒。一枝已入骚人手⑤。　　浅浅挼蓝轻蜡透⑥。过尽冰霜，便与春争秀。强对青铜簪白首⑦。老来风味难依旧。

【题解】

罗笺云："味'老来风味难依旧'、'渭城荒远无交旧'等语，疑是政和七年，真定之命既下，将出都前作。"马成生、赵治中《周邦彦年谱》(下)亦云这五首《蝶恋花》作于政和七年(1117)，"岁杪，真定(府治在今河北正定县)命下，疑作《蝶恋花》词五首，借咏柳伤别，暗讽奸党无节"。孙本则云"此词当写于政和二年(1112)游长安时"。

【注释】

①陈本、吴本调名下注"商调"，有词题"柳"。毛本有词题"咏柳"。

②毛本注：《清真集》作'缓日轻明新霁后'。《左传·文公七年》："赵衰，冬日之日也；赵盾，夏日之日也。"杜预注："冬日可爱，夏日可畏。"故后人称冬日为"爱日"，夏日为"畏日"。轻明：轻丽明媚。王安石《钟山西庵白莲亭》："野艳轻明非傅粉，秋光清浅不凭材。"

③柳眼：早春初生的柳叶如人睡眼初展，因以为称。唐·元稹《生春》

之九:"何处生春早,春生柳眼中。"

④南朝梁·王筠《和吴主簿诗六首·游望二首》(之一):"落日照红妆,挟瑟当窗牖。"

⑤骚人:孙本从郑本作"离人"。唐·许浑《送从兄别驾归蜀》:"远道书难达,长亭酒莫持。"余参见《兰陵王》(柳阴直)注释⑧。一枝:见《瑞龙吟》(章台路)注释②。

⑥挼(ruó)蓝:孙本从毛本作"柔黄"。浸揉蓝草作染料。诗词中用以借指湛蓝色。唐·白居易《春池上戏赠李郎中》:"直似挼蓝新汁色,与君南宅染罗裙。"

⑦青铜:镜子。南朝齐·释宝月《行路难》:"寄我匣中青铜镜,倩人为君除白发。"唐·李益《罢镜》:"手中青铜镜,照我少年时。"

【汇评】

乔大壮手批《片玉集》:四首一韵。

杨铁:此咏初萌芽时之柳也,故为第一首。("爱日"句)冬后。("柳眼"二句)柳芽。("不待"二句)上句开,下句合。("浅浅"句)新柳半青半黄,故曰"轻蜡"。("过尽"二句)回顾起处。("强对"句)应骚人。下三首略。

蝶恋花

商调

桃萼新香梅落后①。暗叶藏鸦②,苒苒垂亭牖③。舞困低迷如著酒。乱丝偏近游人手④。　　雨过朦胧斜日透。客舍青青,特地添明秀。莫话扬鞭回别首。渭城荒远无交旧⑤。

【题解】

孙本:"此词写二月景事,又有渭城典,或当作于政和二年(1112)游长安时。确否,待详考。后三首('小阁阴阴人寂后'、'蠢蠢黄金初脱后'、'晚步芳塘新霁后')为步韵,当作于同时。"

【注释】

①唐·元稹《琵琶歌》:"胭脂耀眼桃正红,雪片满溪梅已落。"

②暗叶:孙本从毛本作"叶暗"。罗笺:"《全芳备祖》作'叶叶'。"见《渡江云》(晴岚低楚甸)注释④。

③苒苒:柔软下垂貌。孙本从毛本作"冉冉"。三国魏·曹植《美女篇》:"柔条纷冉冉,叶落何翩翩。"王粲《迷迭赋》:"布萋萋之茂叶兮,挺苒苒之柔茎。"

④低迷:迷离,迷濛。唐·元稹《红芍药》:"受露色低迷,向人娇婀娜。"乱丝:罗笺:"《全芳备祖》作'轻丝'。"游人:吴本作"离人"。南朝·沈约《春咏诗》:"杨柳乱如丝,绮罗不自持。"

⑤莫话:罗笺:"《全芳备祖》作'停话'。"化用王维《送元二使安西》:"渭城朝雨浥轻尘,客舍青青柳色新。劝君更尽一杯酒,西出阳关无故人。"交旧:旧友;老朋友。《后汉书·张奂传》:"(张奂)既被锢,凡诸交旧莫敢为言。"

蝶恋花

商调

小阁阴阴人寂后。翠幕褰风,烛影摇疏牖①。夜半霜寒初索酒②。金刀正在柔荑手③。   彩薄粉轻光欲透④。小叶尖新,未放双眉秀⑤。记得长条垂鹢首⑥。别离情味还依旧。

【题解】

见《蝶恋花》(桃萼新香梅落后)题解。

【注释】

①阴阴:幽暗貌。唐·李端《送马尊师》:"南入商山松路深,石床溪水

昼阴阴。"翠幕:唐·温庭筠《菩萨蛮》:"玉钩褰翠幕,妆浅旧眉薄。"疏牖:格子稀疏的或破损的窗。唐·元稹《感石榴》:"新帘裙透影,疏牖烛笼纱。"

②唐·杜甫《少年行》:"不通姓字粗豪甚,指点银瓶索酒尝。"

③金刀:剪子。唐·白居易《题令狐家木兰花》诗:"腻如玉指涂朱粉,光似金刀剪紫霞。"唐·李远《剪彩》:"叶逐金刀出,花随玉指新。"柔荑:喻指女子柔嫩的手。《诗·卫风·硕人》:"手如柔荑,肤如凝脂。"朱熹集传:"茅之始生曰荑,言柔而白也。"

④彩薄粉轻:孙本从毛本作"粉薄丝轻"。罗笺:"《全芳备祖》作'丝薄粉香',并误为方千里作。"唐·来鹄《梅花》:"枝枝倚栏照池水,粉薄香残恨不胜。"

⑤尖新:形容幼叶初萌。梁元帝《绿柳诗》:"露霑疑染绿,叶小未障空。"晏殊《山亭柳》:"花柳上,斗尖新。"

⑥鹢首:即鹢艒,船头。《淮南子·本经训》:"龙舟鹢首,浮吹以娱。"高诱注:"鹢,大鸟(一作水鸟)也,画其象著船头,故曰鹢首。"梁元帝《绿柳诗》:"长条垂拂地,轻花上逐风。"

蝶恋花①

商调

蠢蠢黄金初脱后②。暖日飞绵,取次粘窗牖③。不见长条低拂酒。赠行应已输先手④。　　莺掷金梭飞不透⑤。小榭危楼,处处添奇秀。何日隋堤萦马首。路长人倦空思旧⑥。

【题解】

　　此词咏柳。写柳叶成荫和柳絮飘飞的景象,也寄寓了词人倦旅思归的心情。余见《蝶恋花》(桃萼新香梅落后)题解。

312

【注释】

①毛本调名下有词题"咏柳"。郑校:"案:集中咏柳五首皆同韵,元本存其四,汲古本独于'晚步芳塘'一首落次于后,疏舛已甚。今据韵例订正,类例第五。"

②蠢蠢:众多而杂乱貌。晋·郭璞《蜜蜂赋》:"嗟物品之蠢蠢,惟贞虫之明族。"黄金初脱:喻柳渐渐由黄而绿。唐·李白《早春寄王汉阳》:"昨夜东风入武阳,陌头杨柳黄金色。"唐·李白《宫中行乐词》:"柳色黄金嫩,梨花白雪香。"

③飞绵:南朝陈·祖孙登《咏柳诗》:"抽翠争连影,飞绵乱上空。"取次:随便,任意。唐·杜甫《送元二适江左》:"经过自爱惜,取次莫论兵。"

④长条:特指柳枝。南朝·梁元帝《绿柳》:"长条垂拂地,轻花上逐风。"赠行:临别相赠。《汉书·段会宗传》:"虽然,朋友以言赠行,敢不略意。"颜师古注:"赠行谓将别相赠也。"唐·李白《送鲁郡刘长史迁弘农长史》:"相国齐晏子,赠行不及言。"唐·慕幽《柳诗》:"今古凭君一赠行,几回折尽复重生。"先手:郑本作"织手"。唐·吴圆《答李曜》:"韶光今已输先手,领得蝾珠掌上看。"

⑤《石林诗话》评杜甫体物精微,又能气格超胜:"唐末诸子为之,便当入'鱼跃练江抛玉尺,莺穿柳丝织金梭。'"

⑥人倦:罗笺从陈本作"人远"。孙本:"景宋本、毛扆校本注、朱刻本作'人远'。"思旧:怀念旧事或旧友。南朝梁·范云《赠张徐州谡》:"思旧昔言有,此道今已微。"

【汇评】

蒋礼鸿《大鹤山人校本〈清真词〉笺记》:(不见长条低拂酒,赠行应已输纤手)郑(文焯)校:"纤手",汲古诸本并作"先手",劳氏旧钞本"先"作"纤",今从之。按:"不见长条"者,长条已为前之赠行之人折去,而今欲折以赠行,则已后矣,故曰"输先手"。若作"纤手",则与"输"字何涉乎?

蝶恋花

晚步芳塘新霁后①。春意潜来②,迤逦通窗牖③。午睡渐多浓似酒④。韶华已入东君手⑤。　　嫩绿轻黄成染透⑥。烛下工夫,泄漏章台秀⑦。拟插芳条须满首。管交风味还胜旧⑧。

【题解】

罗笺云:"此五首(按指五首《蝶恋花》)与《黄鹂绕碧树》皆非佳作,而有所指拟则同。除每首卒章悲年老远别外,其余皆反覆再三,以柳为譬,不惮辞费,亦乏韵致,不类他作。按集中所谓'冶叶倡条',意指蔡京一党,亦以柳取譬,此五首则刺蔡京也。窃谓词中'窗牖'、'亭牖'、'疏牖'喻政地;'先手'、'骚人手'、'游人手'、'柔黄手'、'东君手',则蔡京'怀奸植党,威福在手'也。(《宋史纪事本末》四十九)京本阴险小人……词借杨柳之自微之显,穿牖垂亭,落落盘据,无处不有,卒至'与春争秀',喻京之伺机蠢动,权威日盛,金刀在手,生杀予夺,无所不至,而人皆为鱼肉矣。孰令致之,则君主荒淫愚昧,'舞困低迷如著酒','午睡渐多浓似酒',遂使权柄入'游人手'、'骚人手'、'柔黄手'、'东君手'矣,而与之争权夺利者皆'输先手'矣。……按清真实主熙宁,但不齿附党人以求进耳,《楼序》称其'虽归班于朝,坐视捷径,不一趋焉',盖不欲同流合污也。其交际蔡氏,亦冀所谓明哲保身而已。在朝既置之闲散,中间复累徙州郡,未始非不附蔡氏之故。国事日非,蔡氏实为祸首,此《蝶恋花》五首之微旨也。味'老来风味难依旧'、'渭城荒远无交旧'等语,疑是政和七年,真定之命既下,将出都前作。"

另参《蝶恋花》(桃萼新香梅落后)题解。

【注释】

①芳塘:池塘的美称。谢朓《联句·闲坐》:"雨洗花叶鲜,泉漫芳塘

溢。"新霁：雨雪后初晴。战国·楚·宋玉《高唐赋》："遇天雨之新霁兮，观百谷之俱集。"

②姚康《礼部试早春残雪》："微暖春潜至，轻明雪尚残。"

③迤逦：渐次，逐渐。宋·柳永《六幺令》："溪边浅桃深杏，迤逦染春色。"

④韩琮《春愁》："劝君年少莫游春，暖风迟日浓于酒。"苏轼《寒具》："夜来春睡浓于酒，压褊佳人缠臂金。"

⑤韶华：美好的时光。常指春光。唐·戴叔伦《暮春感怀》："东皇去后韶华尽，老圃寒香别有秋。"东君：司春之神。《尚书纬》："春为东皇，又为青帝。"

⑥唐·刘禹锡《杨柳枝》："迎得春光先到来，浅黄轻绿映楼台。"

⑦泄漏：孙本："丁刻本作'漏泄'。"罗笈："《历代诗余》作'漏泄'，误倒。"

⑧管交：孙本作"管教"。春秋齐管仲与鲍叔牙至交，见《史记·管仲传》。杜甫《贫交行》："君不见管鲍贫时交，此道今人弃如土。"

兰陵王①

越调　柳

柳阴直②。烟里丝丝弄碧③。隋堤上④、曾见几番，拂水飘绵送行色⑤。登临望故国⑥。谁识。京华倦客⑦。长亭路⑧，年去岁来，应折柔条过千尺⑨。　　闲寻旧踪迹。又酒趁哀弦⑩，灯照离席。梨花榆火催寒食⑪。愁一箭风快⑫，半篙波暖⑬，回头迢递便数驿⑭。望人在天北。　　凄恻⑮。恨堆积。渐别浦萦回⑯，津堠岑寂⑰。斜阳冉冉春无极。念月榭携手⑱，露桥闻笛⑲。沈思前事，似梦里，泪暗滴⑳。

【题解】

张端义《贵耳集》卷下附会李师师与宋徽宗事,以《兰陵王》为李师师"知周邦彦得罪,押出国门,略致一杯相别"时的赠词,并且宋徽宗因此"召为大晟乐正"。沈雄《古今词话》亦载同一故事。《年谱》云:"《兰陵王》(柳)、《尉迟杯》(离怀)皆宣和二年(1120)丐祠出京惜别之作。"罗忼则认为写于重和元年(1118)知真定府时留别汴京时:"此词当是重和元年春,自徽猷阁待制提举大晟府出知真定府时,留别汴京故旧之作。隋堤、京华,明指汴京。据《樵隐笔录》,谱是宣和大晟乐府协律郎某所传,其为清真提举时所撰新腔无疑,而此协律郎某者,或亦清真昔日属僚也。真定今河北正定,在开封(汴京)北,故词云'望人在天北'。'人'谓作者自己,犹《花犯》'人正在空江烟浪里'之'人','望'乃设想送别者望行人也。周止庵谓此为客中送客之词,盖为此一语所惑耳。陈亦峰谓无处非淹留之苦,亦非;政和二年自卫尉卿直龙图阁出知隆德府。是再别京华;至是复自待制出知真定府,是三别京华矣。故云:'曾见几番,拂水飘绵送行色。'又云:'长亭路年去岁来,应折柔条过千尺。'皆人送己,非己送人,论者昧于作者行实,故生眩惑耳。至如《鲅水轩词筌》云云,盖据《贵耳集》无稽之谈,不足深论。"马成生、赵治中《周邦彦年谱》(下)亦编重和元年(1118):"出知真定府。出都时赋《兰陵王》(柳阴直)词,留别汴京故旧。"

蒋哲伦《周邦彦选集》则云:"从'京华倦客'句推断,这首词约作于元丰末至元祐初,时周邦彦为太学正,'居五岁不迁',故有厌倦之意。"

【注释】

①《兰陵王》调始清真。陈本、吴本调名下注"越调"。陈本、吴本、毛本有词题"柳"。孙本:"景宋本、吴钞本、宛钞本、王刻本、朱刻本调名下注'越调'。"罗忼:"《花庵》、《草堂》、元本题同('柳')。""《词统》题作'咏柳'。"

②柳阴:柳下的阴影。诗文中多以柳阴为游憩佳处。《东京梦华录》一:"东都外城方圆四十余里,城壕曰护龙河,阔十余丈,壕之内外,皆植杨柳。"直:长。指两端之间的距离大。《故训汇纂》:"直训长,凡物曲则必短,直则必长。故直有长义。"南北朝·庾信《奉和司水看治渭桥》:"平堤石岸直,高堰柳阴长。"

316

③烟里：毛本作"烟缕"。唐·李商隐《曲江》："张盖欲判江滟滟，回头更望柳丝丝。"宋·魏野《柳》："硬渡临桥绕客亭，丝丝能系别离情。"

④隋堤：见《尉迟杯·隋堤路》注释②。

⑤拂水：南朝梁·吴均《春咏诗》："春从何处来，拂水复惊梅。"行色：行旅出发前后的情状。《庄子·盗跖》："今者阙然数日不见，车马有行色，得微往见跖邪？"

⑥故国：汉·冯衍《显志赋》："览河华之泱漭兮，望秦晋之故国。"此指故乡。

⑦谁识：陈本作"惜识"。罗笺："《草堂》、《粹编》作'谁惜'。"京华：京都的美称。唐·杜甫《奉赠韦左丞丈二十二韵》："骑驴三十载，旅食京华春。"倦客：客游他乡而对旅居生活感到厌倦的人。晋·陆机《长安有狭邪行》："余本倦游客，豪彦多旧亲。"

⑧长亭：十里为长亭，五里为短亭。南北朝·庾信《哀江南赋》："十里五里，长亭短亭。"余参见《无闷·冬》注释⑤。

⑨应折：罗笺："雅词作'攀折'，《全芳备祖》作'因折'。"柔条：特指垂柳的枝条。古人折柳赠别。《三辅黄图·桥》："灞桥在长安东，跨水作桥。汉人送客至此桥，折柳赠别。"余参见《西河》（长安道）注释③。

⑩酒趁：罗笺："《全芳备祖》作'酒听'。"哀弦：悲凉的弦乐声。南北朝·庾信《王昭君》："别曲真多恨，哀弦须更张。"

⑪离席：饯别的宴席。南朝齐·谢朓《送江水曹还远馆》："日暮有重城，何由尽离席。"榆火：《周礼·夏官·司爟》"四时变国火"汉·郑玄注："郑司农说以鄹子曰：'春取榆柳之火。'"本谓春天钻榆、柳之木以取火种，后因以"榆火"为典，表示春景。寒食：见《锁窗寒·暗柳啼鸦》注释③及《应天长》（条风布暖）注释④。

⑫一箭：罗笺："《粹编》作'一翦'。"唐·徐昌图《木兰花》："沈檀烟起盘红雾，一剑霜风吹绣户。"余参见《还京乐·禁烟近》注释④。

⑬半篙：宋·苏轼《和鲜于子骏郓州新堂月夜二首》（之一）："池中半篙水，池上千尺柳。"

⑭回头：罗笺："《粹编》作'回首'。"迢递：遥远貌。晋·嵇康《琴赋》：

"指苍梧之迢递,临回江之威夷。"宋·梅尧臣《永叔内翰见索谢公游嵩书感叹希深师鲁子聪几道皆为异物独公与余二人在因作五言以叙之》:"遂由龙门归,里埃环数驿。"余参见《渡江云》(晴岚低楚甸)注释⑩。

⑮凄恻:宋·江淹《别赋》:"行子肠断,百感凄恻。"

⑯别浦:唐·徐坚《初学记》:"大水有小口别通曰浦。"唐·杜甫《赠李八秘书别三十韵》:"清秋凋碧柳,别浦落红蕖。"萦回:盘旋往复。汉·应场《驰射赋》:"尔乃萦回盘厉,按节和旋。"

⑰津埭:渡口上供瞭望用的土堡。唐·张九龄《骊山下逍遥公旧居游集》:"岑寂罕人至,幽深获我思。"

⑱月榭:月下台榭。南北朝·庾信《哀江南赋》:"月榭风台,池平树古。"念月榭:罗笺:"《花庵》作'记月榭',《全芳备祖》同。"朱校:"《雅词》作'空'。"

⑲闻笛:罗笺:"《草堂》、《粹编》、《词统》作'吹笛'。"《乐府诗集》卷二十二《折杨柳·解题》引《唐书·乐志》曰:"梁乐府有胡吹歌云:'上马不捉鞭,反拗折杨柳。下马吹横笛,愁杀行客儿。'此歌辞元出北国,即鼓角横吹曲《折杨柳枝》是也。"唐·李白《春夜洛城闻笛》:"此夜曲中闻折柳,何人不起故园情。"一说魏晋之间,向秀与嵇康、吕安友善,康安为司马昭所杀,秀经嵇康山阳旧居,闻邻人笛声,感怀亡友,作《思旧赋》。后因以"闻笛"为悼念故人之词。

⑳沈思:罗笺:"《雅词》作'追思'。"唐·耿沣《宋中》:"空思前事往,向晓泪沾巾。"

【汇评】

王灼《碧鸡漫志》:前辈云:"《离骚》寂寞千载后,《戚氏》凄凉一曲终。"《戚氏》柳所作也,柳何敢知世间有《离骚》,惟贺方回、周美成时时得之。贺《六州歌头》、《望湘人》、《吴音子》诸曲,周《大酺》、《兰陵王》诸曲,最奇崛。或谓深劲乏韵,此遭柳氏野狐涎吐不出者也。歌曲自唐虞三代以前,秦汉以后皆有,造语险易则无定法。今必以"斜阳芳草"、"淡烟细雨"绳墨后来作者,愚甚矣。故曰不知书者,尤好著卿。

毛开《樵隐笔录》(据冯金伯《词苑萃编》卷二十四引):绍兴初,都下盛行周清真"咏柳"《兰陵王慢》，西楼南瓦皆歌之，谓之《渭城三叠》。以周词凡三换头，至末段声尤激越，唯教坊老笛师能倚之以节歌者。其谱传自赵忠简家。忠简于建炎丁未九日南渡，泊舟仪真江口，遇宣和大晟府协律郎某，叩获九重故谱，因令家伎以习之，遂流传于外。

沈际飞《草堂诗余正集》：闲寻旧迹以下，不沾题而宣写别怀，无抑塞。

又：快匀。

又："斜阳"句淡宕有情。

卓人月《古今词统》徐士俊评："闲寻"以下，不沾题而宣写别怀无抑塞。

贺裳《皱水轩词筌》：周清真避道君，匿师师榻下，作《少年游》以咏其事。吾极喜其"锦幄初温，兽烟不断，相对坐调笙"，情事如见。至"低声问向谁行宿，城上已三更。马滑霜浓，不如休去"等语，几于魂摇目荡矣。乃被谪后，师师持酒伐别，复作《兰陵王》赠之，中云："愁一箭风快，半篙波暖，回头迢递便数驿。"酷尽别离之惨，而题作咏柳，不书其事，则意趣索然，不见其妙矣。

《古今词话·词辨下》引《南濠诗话》：清真之作"应折柔条过千尺"，尽人以为咏柳也，殊不知别李师师而作，更觉离愁在目。师师为道君皇帝述之，遂传遍都下。

《古今词话·词品上》引《耆旧续闻》：美成作《兰陵王》云"应折柔条过千尺"，至"斜阳冉冉春无极"，人尽以为咏柳，淡宕有情，不知为别师师而作，更觉离愁在目。

周济《介存斋论词杂著》：北宋有无谓之词以应歌，南宋有无谓之词以应社。然周美成《兰陵王》、东坡《贺新凉》，当筵命笔，冠绝一时。碧山之《齐天乐》咏蝉，玉潜《水龙吟》之咏白莲，又岂非社中作乎。故知雷雨郁蒸，是生芝菌；荆榛蔽芾，亦产蕙兰。

周济《宋四家词选》：客中送客，一"愁"字代行者设想。以下不辨是情是景，但觉烟霭苍茫。"望"字、"念"字尤幻。

谭献评《词辨》：已是磨杵成针手段，用笔欲落不落。（"愁一箭风快"等句）此类喷醒，非玉田所知。（"斜阳"句）"斜阳"七字，微吟千百遍，当入三昧，出三昧。

陈廷焯《白雨斋词话》卷一：美成词极其感慨，而无处不郁，令人不能遽窥其旨。如《兰陵王·柳》云："登临望故国，谁识京华倦客。"二语是一篇之主，上有"隋堤上曾见几番，拂水飘绵送行色"之句，暗伏"倦客"之根，是其法密处。故下接云："长亭路，年去岁来，应折柔条过千尺。"久客淹留之感，和盘托出。他手至此，以下便直书愤懑矣。美成则不然，"闲寻旧踪迹"二叠，无一语不吞吐，只就眼前景物，约略点缀，更不写淹留之故，却无处非淹留之苦。直至收笔云："沉思前事，似梦里，泪暗滴。"遥遥挽合，妙在才欲说破，便自咽住，其味正自无穷。

陈廷焯《云韶集》卷四：意与人同，而笔力之高，压遍今古。又沉郁，又劲直，有独往独来之概。

陈廷焯《词则·大雅》：一则曰"登临望故国"，再则曰"闲寻旧踪迹"，至收笔"沉思前事，似梦里，泪暗滴"遥遥挽合，妙有许多说不出处，欲语复咽，是为沉郁。

梁令娴《艺蘅馆词选》乙卷引梁启超语："斜阳"七字，绮丽中带悲壮，全首精神提起。

陈洵《海绡说词》：托柳起兴，非咏柳也。"弄碧"一留，却出"隋堤"；"行色"一留，却出"故国"；"长亭路"应"隋堤上"，"年去岁来"应"拂水飘绵"；全为"京华倦客"四字出力。第二段"旧踪"，往事，一留；"离席"，今情，一留；于是以"梨花榆火催寒食"一句脱开。"愁一箭"至"数驿"三句逆提，然后以"望人在天北"合上"离席"作歇拍。第三段"渐别浦"至"岑寂"，乃证上"愁一箭"至"波暖"二句；盖有此"渐"，乃有此"愁"也。"愁"是逆提，"渐"是顺应；"春无极"正应上"催寒食"。"催寒食"是脱，"春无极"是复。"月榭携手，露桥闻笛"是"离席"前事；"似梦里，泪暗滴"，仍用逆挽。周止庵谓复处无脱不缩，故脱处如望海上仙山。词境至此，谓之不神不可也。

陈洵《抄本海绡说词》：托柳起兴，非咏柳也。"弄碧"一留，却出"隋堤"；"行色"一留，却出"故国"；"长亭路"复"隋堤上"，"年去岁来"复"曾见几番"，"柔条千尺"复"拂水飘绵"；全为"京华倦客"四字出力。第二段"踪迹"往事，一留；"离席"今情，又一留。于是以"梨花榆火"一句脱开，"愁一箭"至"数驿"三句逆提，然后以"望人在天北"一句，复上"离席"作歇拍。第三段"渐别浦"至"岑寂"，证上"愁一箭"至"波暖"二句。盖有此"渐"，乃有此"愁"也。"愁"是倒提，"渐"是逆挽。"春无极"遥接"催寒食"，"催寒食"是脱，"春无极"是复。结则所谓"闲寻旧踪迹"也。"踪迹"虚提，"月榭"、"露桥"实证。

俞陛云《宋词选释》：上阕但赋"柳"字，而有清刚之气。中阕之"梨花"句、下阕之"斜阳"句，闰庵云："有此二语顿挫之力，以下便一气奔赴。"余亦谓然。无此二语，则中阕于别后，即言行舟迅发；下阕在客途，即言回首前欢，便少纡徐之致。赖此顿挫，非特涵养局势，且句中风韵悠然，名作也。

陈匪石《宋词举》：陈廷焯论此词曰："'登临'二句，是一篇之主，上有'隋堤上'云云，暗伏'倦客'之恨，是其法密处。故下接'长亭路'二句，久客淹留之感，和盘托出。他手作此，以下便直抒愤懑矣，美成则不然。'闲寻旧踪迹'二叠，无一语不吞吐，只就眼前景物约略点缀，更不说淹留之故，却无处非淹留之苦。直至收笔云：'沉思前事，似梦里，泪暗滴'，遥遥挽合，才欲说破，便自咽住，其味正自无穷。"周济曰："客中送客，一'愁'字代行者设想。以下不辨是情是景，但觉烟霭苍茫。'望'字、'念'字尤幻。"愚按以"柳"命题却说别情，咏物而不说物，专说与物相关之事，此亦兴体作法。视《六丑》、《花犯》为别一机杼，更与《乐府补题》不同。起处点题直起，只两句将题面还足。"柳阴"自"直"而"丝丝弄碧"，且在"烟里"，已含有依依惜别之意。"曾见几番"与"年去岁来"，紧相呼应。见之者人，折之者亦人，以"倦客"点明，且点出"京华"之地，而此情此景皆从"登临望故国"得来。先着"隋堤上"二语，故作迷离之致，说柳说人，以囫囵出之；然后突接以"登临望故国"，如破空而来；又接以"谁识、京华倦客"，落到自身，将上文之"故国"抛开不说，而以作者之本意为"曾见"与"应折"之枢纽。此种用笔之法为清真最擅长处。张惠言圈出"登临"五字，谭献曰"已是磨杵成针手段，用笔欲落不落"，盖赏此句接法之奇者。至"送行色"三字，亦一篇之眼，下二叠即由此生出。"应折柔条过千尺"，充类至尽，措语奇绝，实亦因"几番"而发挥之。此第一段，紧就柳说，而将全篇作意以警策之笔写出者也。"闲寻旧踪迹"，以"闲寻"承"登临"，以"旧"字承"曾见"及"年去岁来"，将上段束住，下文一"又"字，以进一层说法拍到本意。"酒趁哀弦，灯照离席"，是饯别;"梨花榆火催寒食",是时令,点明现在情事,仍吐中有茹。"愁"字以下放笔为之,直说到相望而不相见,词境正如周氏所云:"词笔亦'一箭风快'。"此第二段,说送别时之感想,而不说别后之情愫,留下段地步,梦窗《莺啼序》之做法即学此也。"凄恻"承"愁"字来。"恨堆积"以足其意。"渐别浦"九字承前段"愁"字下四句,而由虚入实,别是一种神味。"斜阳冉冉"七字,是"别浦"、"津堠"间情景,其情景交融之妙,有难以言语形容者。谭献谓"微吟千百遍,当入三昧,出三昧",洵非过言。"念"字以推想为转,"月榭携手,露桥闻笛",即前事。"念"为意思触动,"沉思"则更进一层。"似梦里,泪暗滴",非实非幻,不欲说明,与第一段息息相通,又不着迹象。如此收法,真所谓反虚入浑者,词中绝高之境。梦窗"怨曲重招,断魂在否",比此尚嫌其露。此第三段,说别后而遥顾首段者也。此词妙处全在虚处着想,无一沾滞之笔,而"寒食"、"数驿"、"别浦"、"津堠"、"斜阳"、"月榭"、"露桥",仍与"柳"绾合,题面不至抛荒。至宋人短书谓美成以《少年游》词得罪,押出国门,濒行作此,闻于徽宗,又复召还,郑文焯曾辨其非实。周氏谓"客中送客",陈氏谓"久客淹留",说亦各异,读者不必执一以求之。

乔大壮手批《片玉集》:四声。但宋作良多,惜不可从。古今绝唱,必须记诵。第一过变入情。"望人"句,两宋词人有作一四字句,有作二三字句,仍应是一四字句。"渐别浦"以下又回入景,此神力也。

杨笺:《少年游》非为道君作,前已辨之。此词知必非押出都门时作,可知。但此词是借柳赋别则瞭然,或与李师师别亦未可知。故首段说柳,以下即不复提,意重别不重柳也。("柳阴直")直从柳起。"阴"字之神。("隋堤"二句)言柳是惯看人离别者。("登临"二句)言知己难遇。("长亭路"三句)故离京之客多。("闲寻旧踪迹")即《应天长》之"强载酒细寻前迹"意。观此知美成是就妓家话别,非妓出郊践行,贵耳之言愈不足信。("又酒趁"二句)二句为一篇之正文。("梨花"句)就景上脱一句。("愁一箭风快"三句)以此为愁耳,非已在行也。下"渐"字亦是此意。("凄恻"二句)别情。("渐别"二句)临行。("斜阳"句)又脱一句。("念月榭"五句)以回忆作收,他词收处多向后推,此独向前溯,亦一法也。周止庵曰:客中送客,一"愁"字代行者设想。以下不辨是情是境,但觉烟霭苍茫。"望"字、"念"字尤幻。

唐圭璋《唐宋词简释》：此首第一片，紧就柳上说出别恨。起句，写足题面。"隋堤上"三句，写垂柳送行之态。"登临"一句陡接，唤醒上文，再接"谁识"一句，落到自身。"长亭路"三句，与前路回应，弥见年来漂泊之苦。第二片写送别时情景。"闲寻"承上"登临"。又"酒趁"三句，记目前之别筵。"愁一箭"四句，是别去之设想。"愁"字贯四句，所愁者即风快、舟快、途远、人远耳。第三片实写人。愈行愈远，愈远愈愁。别浦、津堠、斜阳冉冉，另开拓一绮丽悲壮之境界，振起全篇。"念月榭"两句，忽又折入前事，极吞吐之妙，"沈思"较"念"字尤深，伤心之极，遂迸出热泪。文字亦如百川归海，一片苍茫。

　　龙榆生《清真词叙论》：此越调《兰陵王》，疑为当时大晟府因旧曲创新声之一，而又谓为"九重故谱"，则非坊曲流行之曲可知。其词虽叙离情，而以声之激越，读之使人慷慨。清真词之高者，如《瑞龙吟》、《大酺》、《西河》、《过秦楼》、《氐州第一》、《尉迟杯》、《绕佛阁》、《浪淘沙慢》、《拜星月慢》之属，几全以健笔写柔情，则王灼以"奇崛"评周词，盖为独具只眼矣。

　　张伯驹《丛碧词话》：余按清真此词，全是就眼前真情景以白描法写之。从柳说起，说到古来别离，又说到今时别离，再说到现在与师师别离。"望人在天北"，望师师也。然后再说到别离后自身情况，再归到"沉思前事，似梦里，泪暗滴"作结。篇法次第井然，而亦是眼前真情景，天然篇法。《海绡词话》讲得极细，足为后学示范。但清真当时应非如此枝枝节节而写之，后学有眼前真情景来写词，看到海绡所说应如何留，如何出，如何应，如何脱开，如何逆提，如何合，如何证，如何脱，如何复，如何顺应，如何逆挽，则反而如坠五里雾中，不知如何著笔矣。

　　吴世昌《词林新话》卷三：第一片泛论古往今来隋堤上折柳送客之众，只是晏小山所谓"世间离恨何年罢"的感慨，并非有所特指。周济所谓"客中送客"，盖泥于"谁识京华倦客"一句而言之，殊不知"柔条千尺"，非一人一朝所折，而折之者又岂尽是"客中送客"之人？

　　第二片写实景，比较曲折，故周济也"以下不辨是情是景"。今按："闲寻"以下四十字，为全首结构中的枢纽，一"愁"字又是四十字的枢纽。行客并未下船，故"愁"字不是代行者设想，乃作者自言预愁或预想，从李商隐

《曲池》诗"迎忧急鼓疏钟断,分隔休灯灭烛时"的"迎忧"中化出。"回头迢递便数驿"即"相去日已远"之意,也是预愁,作者自己设想在送走了客人后,于回程的船中一人孤寂地归去。第三片上接第二片所预想的船行之速,下接"别浦萦回,津堠岑寂",使二、三片看来好似浑然一体。船中所见之景,仍是作者预愁别后回程所必经的凄恻情景。在孤寂的回程船中,又回忆起从前和情人"月榭携手,露桥闻笛"的韵事,觉得往后只有在梦中相见了。

又:汲古阁本结句"梦"下有"魂"字,作"似梦魂里"。而陈允平和词作六字句,则原无"魂"字,殆毛氏因六仄声字太拗而加一平声也。

留客住①

嗟乌兔②。正茫茫、相催无定,只恁东生西没,半均寒暑③。昨见花红柳绿④,处处林茂。又睹霜前篱畔,菊散余香⑤,看看又还秋暮。　　忍思虑⑥。念古往贤愚,终归何处。争似高堂⑦,日夜笙歌齐举。选甚连宵彻昼,再三留住。待拟沉醉扶上马⑧,怎生向、主人未肯交去⑨。

【题解】

《年谱》编于重和元年(1118)伤朋党思乞归也。《宋史·本纪》:"二月庚子,遣武义大夫马政由海道使女真,约夹攻辽。九月癸巳,禁群臣朋党。""'待拟沈醉扶上马,怎生向、主人未肯交去。'谓无党无偏,惟以文章受三朝恩遇,纵情歌酒,何忍独醒。九月禁朋党,故曰:'看看又还秋暮'。"

【注释】

①毛本注:"《清真集》不载。"

②嗟:吴本作"叹"。乌兔:指日月。《后汉书》志第十《天文志》序文刘

昭注引张衡《灵宪》："日者,阳精之宗。积而成鸟,象乌而有三趾。阳之类,其数奇。"晋·傅咸《拟天问》："月中何有,玉兔捣药。"晋·左思《吴都赋》："笼乌兔于日月,穷飞走之栖宿。"

③只恁:就这样;只是这样。宋·辛弃疾《卜算子·饮酒不写书》词:"万札千书只恁休,且进杯中物。"半均:孙本从郑本作"平均"。

④昨见:孙本从郑本作"乍见"。花红柳绿:形容花木繁茂的样子。前蜀·魏承班《生查子》之三:"花红柳绿间晴空。"

⑤篱畔:篱边。唐·罗隐《登高咏菊尽》："篱畔霜前偶得存,苦教迟晚避兰荪。"唐·李商隐《过伊仆射旧宅》:"幽泪欲干残菊露,余香犹入败荷风。"

⑥吴本以此句为上阕结句。《全宋词》注:"从毛扆校片玉词。"思虑:思索考虑。《楚辞·九章·悲回风》:"曾歔欷之嗟嗟兮,独隐伏而思虑。"

⑦贤愚:贤者和愚者,指所有人。唐·白居易《浩歌行》:"贤愚贵贱同归尽,北邙塚墓高嵯峨。"高堂:借指华屋。汉·桓谭《新论·琴道》:"居则广厦高堂,连闼洞房。"

⑧选甚:管甚,论甚。犹言不管,不论。宋·杨万里《阊门外登溪船》:"选甚天时晴未晴,舟行终是胜山行。"扶上马:见《绮寮怨·上马人扶残醉》注释②。

⑨交去:孙本从郑本作"教去"。

【汇评】

罗笈:此词数用清真字面,且师其《黄鹂绕碧树》下阕之意,原作已非佳构,此又画虎不成者也。

水龙吟①

越调　梨花

素肌应怯馀寒②,艳阳占立青芜地③。樊川照日④,灵关遮路⑤,残红敛避。传火楼台⑥,妒花风雨,长门深闭⑦。亚帘栊半湿,一枝在手,偏勾引、黄昏泪⑧。　　别有风前月底。布繁英,满园歌吹⑨。朱铅退尽,潘妃却酒⑩,昭君乍起⑪。雪浪翻空,粉裳缟夜,不成春意⑫。恨玉容不见,琼英谩好⑬,与何人比。

【题解】

　　罗忮疑作于知真定时:"咏物之词,多有寄托。起句至'残红敛避',《离骚》初服之意;'传火楼台'至'黄昏泪',则蛾眉见妒也;'别有'至'不成春意',则孤芳自赏也;结三句,伤珷玞之乱玉也。《楼序》谓其'学道退然','坐视捷径,不一趋焉';黄蓼园谓此词'但写梨花冷淡性情',即安于冷淡,寓己退然不求捷径之意。清真集中咏物词,每因当地草木而发,故咏梅则在溧水,咏柳多以汴堤。真定以梨著,《艺文类聚》八十六引魏文帝诏曰:'真定郡梨,甘若蜜,脆若凌,可以解烦饴。'又引何晏《九州论》云:'安平好枣,中山好栗,魏郡好杏,河内好稻,真定好梨。'而谢朓谢启,亦有'岂徒定归美'之语。则此词之作,或在知真定时乎?"马成生、赵治中《周邦彦年谱》(下)云周邦彦于宣和元年(1119)"知真定府,咏梨花词《水龙吟》(素肌应怯),疑为是年春天所作"。孙注亦持同样观点:"刘逵注《文选》左思《魏都赋》'真定之梨'之句曰:'真定出御梨。'周邦彦重和元年(1118)至宣和元年(1119)出知真定,疑此词写于出知真定时。果若此,则此词当作于宣和元年(1119),因周邦彦于重和元年(1118)四月至真定任,唯宣和元年一见梨花开故。"

【注释】

　　①孙本:"景宋本、吴钞本、宛钞本、王刻本、朱刻本调名下注'越调'。"陈本、吴本、毛本有词题"梨花"。

　　②素肌:原指蔬菜、瓜果的白色肉质。此喻梨花。宋·林逋《山园小梅二首》(之二):"日薄从甘春至晚,霜深应怯夜来寒。"余参见《丑奴儿》(肌肤绰约真仙子)注释②。

③占立：罗笺："《草堂》、《粹编》、《诗余醉》作'占尽'。"

④樊川：《艺文类聚》卷八十六引《三秦记》："汉武帝园，一名樊川，一名御宿，有大梨，如五升瓶，落地则破。其主取者，以布囊承之，名含消梨。"

⑤灵关：山名，在今四川宝兴县南，以产梨著称。南朝齐·谢朓《谢隋王赐紫梨启》："味出灵关之阴，旨玠玉津之澨。"

⑥传火：古时寒食节禁烟后，宫中传火于近臣。宋·吴自牧《梦粱录》卷二《清明节》："寒食第三日，即清明节，每岁禁中命小内侍于阁门用榆木钻火，先进者赐金碗、绢三匹。宣赐臣僚巨烛，正所谓钻燧改火者，即此时也。"余参见《还京乐·禁烟近》注释②。

⑦长门深闭：司马相如《长门赋序》："孝武皇帝陈皇后时得幸，颇妒，别在长门宫，愁闷悲思。"唐·刘长卿《长门怨》："何事长门闭，珠帘只自垂。月移深殿早，春向后宫迟。蕙草生闲地，梨花发旧枝。芳菲自恩幸，看却被风吹。"

⑧宋·江淹《张司空华离情》："秋月映帘栊，悬光入丹墀。"唐·白居易《山石榴寄元九》："闲折两枝持在手，细看不似人间有。"与下阕"恨玉容不见"化用白居易《长恨歌》："玉容寂寞泪阑干，梨花一枝春带雨。"

⑨繁英：《乐府雅词》、《阳春白雪》、毛本作"繁阴"。《新唐书》卷二十八《音乐志》："玄宗又于听政之暇，教太常乐工子弟三百人为丝竹之戏，音响齐发，有一声误，玄宗必觉而正之。号为皇帝弟子，又云梨园弟子，以置院近于禁苑之梨园。"唐·白居易《新丰折臂翁》："惯听梨园歌管声，不识旗枪与弓箭。"

⑩潘妃却酒：《南史》卷五《齐本纪》记齐废帝尝在宫内立店肆，以潘妃为市，令百姓歌云："阅武堂，种杨柳。至尊屠肉，潘妃沽酒。"又《南史》卷五十五《王茂传》："时东昏妃潘玉儿有国色，武帝将留之，以问茂，茂曰：'亡齐者此物，留之恐贻外议。'帝乃出之。军主田安启求为妇，玉儿泣曰：'昔者见遇时主，今岂下匹非类？死而后已，义不受辱。'及见缢，洁美如生。"按饮则脸红，却酒不饮则洁白，以喻梨花。

⑪昭君乍起：宋·江淹《恨赋》："若夫明妃去时，仰天太息。"注："会匈奴遣使，请一女子，帝谓后宫：'欲至单于者起。'昭君喟然而叹，越席而起。

乃赐单于。"《后汉书》卷八十九《南匈奴传》:"昭君丰容靓饰,光明汉宫,顾影裴徊,竦动左右。"

⑫春意:郑本、朱校:"《雅词》'意'作'思'。"

⑬琼英:《类说》卷二十九引《丽情集》:"元载妓薛琼英,幼以香杂饮食啖之,长而肌香,又名香儿。"喻梨花之香。

【汇评】

沈义父《乐府指迷》:如咏物须时时提调,觉不分晓,须用一两件事印证方可。如清真咏梨花《水龙吟》第三第四句,引用"樊川"、"灵关"事。又"深闭门"及"一枝带雨"事。觉后段太宽,又用'玉容'事,方表得梨花。若全篇只说花之白,则凡是白花皆可用,如何见得是梨花?

又:咏物最忌说出题字,如清真梨花及柳,何曾说出一个梨、柳字?梅川不免犯此戒,如《月上海棠》咏月,出两个"月"字,便觉浅露。周草窗诸人多有此病,宜戒之。

沈际飞《草堂诗余正集》:"残红敛避",四字神动,心力强人。

潘游龙《古今诗余醉》卷十三:"残红敛避",四字神动。

黄苏《蓼园词选》:但写梨花冷淡性情,曰"占尽青芜",曰"长门闭",曰"引黄昏泪",曰"不成春意",为梨花写神矣,却移不到桃、李、梅、杏上。

吴衡照《莲子居词话》卷一:周美成咏梨花云:"传火楼台,妒花风雨,长门深闭。亚帘栊半湿,一枝在手,偏勾引,黄昏泪。"用"深闭门"及"一枝春带雨"意,圆转工切。

俞陛云《宋词选释》:前五句实赋"梨花",其下"传火"二句从侧面写,"雪浪"二句从正面写,非特词笔妍秀,且以"长门"句、"春意"句承之,更觉情味不尽。结句"比"字韵,语新而情重,洵芳俳善怀者。

乔大壮手批《片玉集》:二声。体物之笔,以称艳著。四字句法,足资师守,转接处、动荡处,尤开无数法门。必须记诵之作。韩翃诗:日暮汉宫传蜡烛。"亚"字好。"玉容寂寞泪阑干,梨花一枝春带雨"见《长恨歌》。

杨笙:("素肌"二句)梨花开在暮春,故曰"应怯余寒"。艳阳有暖意,因怯冷,故曰"占立"。("樊川"三句)"照日"言丽,"遮路"言多,"残红"反托。("传火"三句)"传火"言寒食,"妒花"言花落,"长门"句切梨。("亚帘"三句)不过用"梨花一支春带雨"句意,"雨"字上均已出,看他以湿代雨,"亚帘枕"承"长门"来。"泪"字是正意,原是说人,今用"在手",已见是人,又莫妙于"勾引"二字。诗意是人泪比之花雨,此说花雨引人堕泪,连用灵妙无匹。上阕全说雨中梨花。("别有"句)"别有"一字另出一境,风前月底,则非雨时。("布繁英"二句)天晴则花繁歌吹,由梨园借用。("朱铅"三句)"潘妃""昭君",比也。"雪浪翻空","粉裳缟夜",言梨花纷纷落时状态,故曰"不成春意"。("恨玉容"二句)美人宜与花比,今梨花落后,寂寞之玉容经已不见,琼英将与何人比乎?"玉容"指梨,"琼英"指人,盖有所忆,故云然。

蕙兰芳引①

仙吕

寒莹晚空,点清镜、断霞孤鹜②。对客馆深扃,霜草未衰更绿③。倦游厌旅④,但梦绕、阿娇金屋⑤。想故人别后,尽日空疑风竹⑥。　塞北氍毹⑦,江南图障⑧,是处温燠⑨。更花管云笺,犹写寄情旧曲。音尘迢递⑨,但劳远目。今夜长,争奈枕单人独⑩。

【题解】

《年谱》编于大观二年(1108),并注云:"《解蹀躞·候馆丹枫》、《蕙兰芳引·寒莹晚空》、《浪淘沙慢·万叶战秋》、《氐州第一·波落寒汀》、《南乡子·寒夜梦初》以上皆仲春出京,冬月还京之作。按居士自绍圣三年,由知溧水还为国子主簿,至宣和五年奉祠南归,计二十八年。""二次出守三次假归,此行春去冬归。"

孙本云:"观'塞北'句,似当写于重和元年至宣和元年(1118至1119)出守真定时。"

【注释】

①《蕙兰芳引》调始清真。吴本调名作"惠兰芳"。陈本、吴本调名下注"仙吕"。毛本有词题"秋怀"。罗笺:"《草堂》题作'秋怨'。"孙本:"景宋本、吴钞本、宛钞本、王刻本、朱刻本调名下注'仙吕',无词题。"

②清镜:明镜。喻水。孙本从吴本、毛本、郑本作"青镜"。孙本:"景宋本、朱刻本作'清镜'。"唐·韩愈《池上絮》:"为将纤质凌清镜,湿却无穷不得归。"断霞:片段云霞。南朝·梁简文帝《舞赋》:"似断霞之照彩,若飞鸾之相及。"唐·王勃《滕王阁序》:"落霞与孤鹜齐飞,秋水共长天一色。"

③扃(jiōng),门窗上的插闩开关。此为关锁。吴融《咏晓赋》:"旅馆犹扃。"霜草:衰草,枯草。唐·李白《览镜书怀》:"自笑镜中人,白发如霜草。"南朝齐·谢朓《酬王晋安德元诗》:"春草秋更绿,公子未西归。"

④倦游:厌倦于行旅生涯或游览已倦。晋·陆机《长安有狭邪行》:"余本倦游客,豪彦多旧亲。"余参见《兰陵王》(柳阴直)注释⑦。

⑤阿娇金屋:见《风流子》(新绿小池塘)注释④。

⑥疑风竹:见《南乡子》(晨色动妆楼)注释④。

⑦氍毹(qúshū):旧时演剧用红氍毹铺地,因用以为歌舞场、舞台的代称。《陇西行》:"请客北堂上,坐客毡氍毹。"应劭注引《风俗通》云:"织毛褥谓之氍毹。"

⑧图障:绘有图画的屏风或软帐。唐·李肇《国史补》:"李益诗名早著,有《征人歌且行》一篇,好事者画为图障。"

⑨温燠(yù):《诗·唐风·无衣》:"不如子之衣,安且燠兮。"《梁书·任昉传》:"叙温燠则寒谷成暄,论严枯则春丛零叶。"唐·白居易《浥浦竹》:"浔阳十月天,天气仍温燠。"音尘:音信,消息。南朝宋·谢庄《月赋》:"美人迈兮音尘阙,隔千里兮共明月。"

⑩罗笺:"王士禛《衍波词·蕙兰芳引》,题作'春思用清真秋怀韵',结句云'依旧锦衾孤宿',押'宿'字,似有别本如此。"唐·白居易《冬至宿杨梅馆》:"若为独宿杨梅馆,冷枕单床一病身。"

【汇评】

沈际飞《草堂诗余正集》:"想故人"句,一部《西厢》只此句。"今夜长"

句,直吐真情,亦老。

乔大壮手批《片玉集》:四声,必须记诵之作。换头重大,且是对句。结句,夜长则不能梦绕,情景可思。

杨笺:此亦在荆南时怀人之作。("寒莹晚空"二句)从冬景起,"莹",凝也。"青镜"喻"晚空","断霞孤骛"即点空之物。上句虚下句实。("对客馆"二句)说到旅况,观"霜草未衰更绿",知身在南方矣。("倦游"二句)客中怀人。("想故人"二句)从对面写,故人自指。("塞北"三句)"塞北氍毹"指长安北妓家,"江南图障"指台城南妓家。"是处"即到处。"温燠"句双顶。("更花管"二句)"更"字进一层,"犹"字宛然如昨。("音尘"二句)空际转身。("今夜长"二句)收合旅况,"枕单人独",结穴在此。

浪涛沙^①

商调

昼阴重^②,霜凋岸草,雾隐城堞^③。南陌脂车待发^④。东门帐饮乍阕^⑤。正拂面垂杨堪揽结^⑥,掩红泪^⑦、玉手亲折。念汉浦离鸿去何许^⑧,经时信音绝。   情切。望中地远天阔。向露冷风清,无人处、耿耿寒漏咽^⑨。嗟万事难忘,唯是轻别。翠尊未竭^⑩。凭断云留取,西楼残月。   罗带光消纹衾叠。连环解、旧香顿歇^⑪。怨歌永、琼壶敲尽缺^⑫。恨春去、不与人期,弄夜色、空余满地梨花雪^⑬。

【题解】

《年谱》编于政和四年(1114)徙明州之时,并引《东京梦华录·东都外城》云:"东城一边,其门有四:东南曰东水门,乃汴河下流水门也,……次则曰新宋门,次曰新曹门,又次曰东北水门,乃五丈河之水门也。""词曰'东门帐饮','东门'即新宋门。词为赴明州任时所作,故'南陌脂车''东门帐饮'。如赴隆德,则当出封丘门,或卫州门也。词曰'霜凋岸草',又曰'空余满地梨花雪',则赴任出都正值孟冬,拜徙明州之命当在秋间。"

孙本辨云:"今知邦彦政和四年在隆德府任,六年下半年赴明州任,七年即入拜秘书监(详参《新证》),故《年谱》误。词中景物以梨花杨柳对举,写作时间非季秋孟冬,而为春天无疑。词中'东门帐饮'为用二疏典故,非实指。然味其词显系离京南去之作,今考知邦彦宣和二年(1120)知顺昌府,或当作于此时。"

【注释】

①陈本调名作《浪涛沙》,吴本调名作《浪淘沙》,毛本调名作《浪淘沙

慢》。陈本、吴本调名下注"商调"。毛本有词题"恨别"。孙本："毛扆校本改、朱刻本调名作《浪淘沙》。""景宋本、王刻本、朱刻本调名下注'商调'。"罗笺："《草堂》作'春别'。"

②昼阴：孙本从毛本作"晓阴"。孙本："景宋本、毛扆校本改、朱刻本、郑校所引《草堂》作'昼阴'。"白昼阴暗。汉·司马相如《长门赋》："浮云郁而四塞兮，天窈窕而昼阴。"

③城堞：城上短墙。元稹《欲曙》："片月低城堞，稀星转角楼。"

④南陌：南面的道路。南朝梁·沈约《鼓吹曲同诸公赋·临高台》："所思竟何在，洛阳南陌头。"脂车：古代以脂涂车辖。辖，轴头键也。南朝·梁简文帝《大同八年秋九月》："时余守西掖，脂车归北宫。"

⑤帐饮：《汉书》卷七十一《疏广传》："上疏乞骸骨……公卿大夫故人邑子设祖道，供张东都门外，送者车数百两，辞决而去。"南朝宋·江淹《别赋》："帐饮东都，送客金谷。"宋·柳永《雨霖铃》："都门帐饮无绪，留恋处，兰舟催发。"

⑥垂杨：垂柳。古诗文中杨、柳常通用。南朝齐·谢朓《隋王鼓吹曲·入朝曲》："飞甍夹驰道，垂杨荫御沟。"揽结：陈本作"缆结"。罗笺："元本、《草堂》亦然。"唐·韦庄《河传》："翠娥争劝临邛酒，纤纤手，拂面垂丝柳。"与下句化用南朝梁·陆琼《长相思》："鸿已去，柳堪结。"

⑦红泪：晋·王嘉《拾遗记》："文帝所爱美人，姓薛名灵芸，常山人也……灵芸闻别父母，嘘唏累日，泪下霑衣。至升车就路之时，以玉唾壶承泪，壶则红色。既发常山，及至京师，壶中泪凝如血。"

⑧汉浦离鸿：失群的雁，离散的雁。罗笺："《词律》作'溪浦离魂'。"见《侧犯》（暮霞霁雨）注释③。晋·潘岳《笙赋》："夫其悽戾辛酸，嘤嘤关关，若离鸿之鸣子也。"

⑨望中：视野之中。唐·权德舆《酬冯监拜昭陵途中遇雨》："甘谷行初尽，轩台去渐遥。望中犹可辨，耘鸟下山椒。"露冷风清：南朝梁·何逊《入西塞示南府同僚》："露清晓风冷，天曙江晃爽。"耿耿：明亮状。南朝齐·谢朓《暂使下都夜发新林至京邑赠西府同僚》："秋河曙耿耿，寒渚夜苍苍。"唐·白居易《长恨歌》："迟迟钟鼓初长夜，耿耿星河欲曙天。"余参见《解语

花》(风销焰蜡)注释⑤。寒漏咽：寒天漏壶的滴水呜咽有声。此三句化用宋·柳永《二郎神》："乍露冷风清庭户，爽天如水，玉钩遥挂。……极目处，乱云暗度，耿耿银河高泻。"

⑩轻别：吴本作"离别"。翠尊：又作翠樽。饰以绿玉的酒器。三国魏·曹植《七启》："于是盛以翠樽，酌以彫觞，浮蚁鼎沸，酷烈馨香。"吕延济注："翠樽，以翠饰樽也。"

⑪连环解：见《解连环》(怨怀无托)注释③。旧香：见《玲珑四犯》(秾李天桃)注释⑨。

⑫怨歌：南朝·梁简文帝《筝赋》："情长响怨，意满声多。奏相思而不见，吟夜月而怨歌。"《晋书》卷九十八《王敦传》："(王敦)每酒后辄咏魏武帝乐府歌曰：'老骥伏枥，志在千里。烈士暮年，壮心不已。'以如意打唾壶为节，壶边尽缺。"

⑬梨花雪：形容梨花满地。后晋·毛熙震《菩萨蛮》："梨花满地飘香雪，高楼一夜风筝咽。"

【汇评】

沈际飞《草堂诗余正集》：不累藻，不掩情，读去平平，莫之能訾。又云：幽情。"凭断云"二句，若云"断云残月"，致减矣。"怨歌"句，思绪冥纷。

万树《词律》卷一：精绽悠扬，真千秋绝调。其用去声字，尤不可及。又按此词各刻俱作两段，而《词综》于"西楼残月"分段，作三叠，必有所据。

周济《宋四家词选》：("情切"数句)空际出力，梦窗最得其诀。

又：("连环解"三句)一气赶下，是清真长技。

又：钩勒，劲健峭举。

陈廷焯《云韶集》卷四：美成善于摹写秋景。每读晏、欧词后，再读美成词，正如水逝云卷，风驰电掣，觉万汇哀鸣，天地变色。第三段急管繁弦，飘风骤雨，如聆乐章之乱。

陈廷焯《词则·大雅集》卷二：第三段飘风骤雨，急管繁弦，至曲终觉万汇哀鸣，天地变色。"恨春去"七字甚深。

陈廷焯《白雨斋词话》卷一：美成词操纵处有出人意表者。如《浪淘沙慢》一阕，上二叠写别离之苦，如"掩红泪，玉手亲折"等句，故作琐碎之笔。

334

至末段云:"罗带光消纹衾叠,连环解、旧香顿歇,怨歌永、琼壶敲尽缺。恨春去不与人期,弄夜色,空余满地梨花雪。"蓄势在后,骤雨飘风,不可遏抑,歌至曲终,觉万汇哀鸣,天地变色。老杜所谓"意惬关飞动,篇终接混茫"也。

谭献评《词辨》:("正拂面"句)难忘在此。("翠尊"三句)所谓"以无厚入有间"。"断"字、"残"字,皆不轻下。(末三句)本是人去不与春期,翻说是无聊之思。

陈洵《海绡说词》:自"晓阴重"至"玉手亲折",全述往事。"东门",京师;"汉浦",则美成今所在也。"经时信音绝",逆挽。"念"字,益幻。"不与人期"者,不与人以佳期也。"梨花"无情,固不如"拂面垂杨"。

又《抄本海绡说词》:"经时信音绝",是全篇点睛。自起句至"亲折",皆是追叙别时。下二段全写忆别,上下神理,结成一片,是何等力量。

王国维《人间词话》:长调自以周、柳、苏、辛为最工。美成《浪淘沙慢》二词,精壮顿挫,已开北曲之先声。或屯田之《八声甘州》,东坡之《水调歌头》,则仁兴之作,格高千古,不能以常调论也。

蒋兆兰《词说》:词叶入声韵者,如美成《六丑》、《兰陵王》、《浪淘沙慢》……皆宜谨守前规,押入声韵,勿用上去,其上去韵孤调亦然,不得以上、去、入皆是仄声,任意混押。

俞陛云《宋词选释》:上阕"垂杨"句以下数语,临歧与别后次第写出,其胜处在音节之脆,腕力之劲。下阕以"难忘"、"轻别"四字引起下文。"翠尊"至"敲壶"数语,分六、七层写来,但见其宛转而凄艳,而不觉其藻饰堆叠。闰庵亦云:"此七八句全是直写正面,再接再厉,急管繁弦,声声入破矣。"结处梨花如雪,在空际写怨,而先以"恨春去"句动荡之。末二句用倒装法,不着一平率之笔也。

乔大壮手批《片玉集》:四声词。内转处为梦窗之祖。"罗带"句以色彩作提笔。此下内转,俨然急管繁弦。"色",不入韵。

俞平伯《清真词释》:开首三句,略点别时景物。"南陌"、"东门"两句,方位似乎迷离,实则"南陌"或系写实,"东门"则用典,固绝不相妨耳。东门乃长安东门,用西汉疏广设祖道供帐东都门外事。"脂车",用《左传》"巾车脂辖"，言以脂涂车辖也。"拂面垂杨"句，用温庭筠诗"杨柳千条拂面丝"。"红泪"句，用唐官妓灼灼以轻绡聚红泪故事。至"玉手轻折"句，皆琐琐述别时情况。下以"念汉浦离鸿"两句宕开，见得此别经时，信音久断。着一"念"字，则以前记别况诸句，皆今日辘轳回肠，层层追忆者也。换头用"情切"二字，直写眼前心事，更无回互。"望中地远天阔"以下，沈着之笔。"翠尊"句，用唐诗"雁归南浦人初静，月满西楼酒半醒"，似是描写酒醒香销，百无聊赖之情，实则藉此顿挫，故为下半蓄势。以下"罗带"、"连环"、"旧香"三折而下，层层追迫，一层一追，一追一紧，文如骤雨飘风，情则泪枯血竭，真有万玉哀鸣之感。凡词用入声叶韵者，其音调多激切悲亢。夏闰庵评曰："七八句全是直写正面，再接再厉，急管繁弦，声声入破，结句束得住，音节之脆，笔力之劲，无人能及。"盖的评也。至此则好梦都醒，惟余长恨，"恨春去不与人期"者，正恨人去无情，春来有信，夜色堪怜，空见落花似雪而已。结句落到眼前之景，然用"空余"二字，仍是化景入情，倍觉幽咽不尽。此阕乃纯以主体作词，念者，自念也。嗟者，自嗟也。恨者，自恨也。凡文实写最难，此词通体着力，无一懈处，乃正面纯写情格也。

唐圭璋《唐宋词简释》：此首怀人。自起处至"亲折"，皆追述往事。"晓阴重"三句，述晓发时景色。"南陌"两句，述饯行。"正拂面"二句，述折柳送别。"念汉浦"二句，始拍到现在。以下两片皆承上，念怅望之深。"嗟万事"二句，叹轻别之难忘。"翠尊"两句，即承述难忘之实。第三片，写别后之怨情，一气贯注。所谓光消、衾叠、香歇、壶缺，皆层层深入，如骤雨飘风，飒然而至。"恨春去"二句，总束春去无情，不与人以佳期，但铺满一地梨花，使人愁绝。"弄夜色"三字，于前路奔驰之下，忽作停顿，姿态横生。末句，又畅说，极尽摇曳之致。万红友谓此词"精绽悠扬，真千秋绝调"，确是的评。

杨笺：("昼阴"三句，杨本作"晓阴")写晓起待发时景象。("南陌"句)脂车。("东门"句)恨饮。("正拂面"二句)折柳赠行，先写柳，次写折，海绡以为全记往事，是也。("念汉浦"二句)方缴到现在音信绝，前读此词，以为"念汉浦"句如何续得上。今乃知海绡之评确也。("望中"句)怅望神理。("向露冷"二句)不过说"漏咽"而已，看他以"向露冷风清，无人处"一垫，句便不薄。("嗟万事"二句)引古语作证。("翠尊"句至"琼壶"句)皆将难忘处，层层描写。("恨春去"二句)"不与人期"，海绡作"不与人佳期"，即不与人后会之期。末句即"雨打梨花深闭门"意，"梨花"紧贴"春去"。

瑞鹤仙①

高平

悄郊原带郭②。行路永，客去车尘漠漠③。斜阳映山落。敛余红、犹恋孤城栏角④。凌波步弱⑤。过短亭、何用素约⑥。有流莺劝我，重解绣鞍，缓引春酌⑦。　　不记归时早暮，上马谁扶⑧，醒眠朱阁。惊飙动幕。扶残醉，绕红药⑨。叹西园⑩、已是花深无地，东风何事又恶⑪。任流光过却。犹喜洞天自乐⑫。

【题解】

关于此词本事，王明清《挥麈馀话》卷二云："周美成晚归钱塘乡里，梦中得《瑞鹤仙》一阕。……未几，方腊盗起，自桐庐拥兵入杭。时美成方会客，闻之，仓黄出奔，趋西湖之坟庵。次郊外，适际残腊，落日在山，忽见故人之妾，徒步亦为逃避耳。约下马，小饮于道旁旗亭，闻莺声于木杪分背。少焉抵庵中，尚有余醺，困卧小阁之上，恍如词中。逾月贼平，入城，则故居皆遭蹂践，旋营缉而处。继而得请提举杭州洞霄宫，遂老焉。悉符前作。美成尝自记甚详。今偶失其本，姑追记其略，而书于编。"其《玉照新志》亦云："明清《挥麈馀话》记周美成《瑞鹤仙》事，近于故箧中得先人(指其父王铚)所叙，特为详备，今具载之。美成以待制提举南京鸿庆宫，自杭徙居睦州，梦中作长短句《瑞鹤仙》一阕，既觉，犹能全记，了不详其所谓也。未几，青溪贼方腊起，逮其鸱张，方还杭州旧居，而道路兵戈已满，仅得脱死。始

337

入钱塘门，但见杭人仓皇奔避，如蜂屯蚁沸，视落日半在鼓角楼檐间，即词中所谓'斜阳映山落。敛馀霞、犹恋孤栏角'者应矣。当是时，天下承平日久，吴越享长闲之乐，而狂寇啸聚，径自睦将直捣苏、杭，声言遂踞二浙。浙人传闻，内外响应，求死不暇。美成旧居既不可往。是日，无处得食，饥甚。忽于稠人中有呼'待制何往'者，视之，乡人之侍儿素所识者也。且曰：'日昃，必未食，能舍车过酒家乎？'美成从之，惊遽间连引数杯，散去。腹枵顿解。乃词中所谓'凌波步弱。过短亭，何用素约。有流莺劝我，重解绣鞍，缓引春酌'之句验矣。饮罢，觉微醉，便耳目惶惑，不敢少留，径出城北。江涨桥，诸寺士女已盈满，不能驻足。独一小寺经阁偶无人，遂宿其上。即词中所谓'上马谁扶，醒眠朱阁'者应矣。既见两浙处处奔避，遂绝江居扬州。未及息肩，而传闻真贼已尽据二浙，将涉江之淮、泗，因自计方领南京鸿庆宫，有斋厅可居，乃挈家往焉。则词中所谓'念西园、已是花深无地，东风又恶'之语应矣。至鸿庆，未几，以疾卒。'别任流光过了，归来洞天自乐'又应于身后矣。美成平生好作乐府，将死之际，梦中得句，而字字皆验；卒章又应于身后，岂偶然哉？美成之守颍上，与仆相知，其至南京又以此词见寄，尚不知此词之言待其死乃尽验如此。"

王明清的这两条记载，有学者认为可信，如罗忼即云："按王明清父铚字性之，两宋间汝阴人，所著《雪溪集》、《四六话》、《默记》、《续清夜录》、《补侍儿小名录》今尚存。清真于重和元年自真定徙知顺昌府（治今安徽阜阳），地在颍河旁，故称颍上。是时清真已六十三岁，王铚盖以晚辈相知也。陆游《老学庵笔记》云：'王性之记问该洽，尤长于国朝故事，莫不能记，对客指画诵说，动数百千言，退而质之，无一语谬。予自少至老，惟见一人。'其所推崇者如此。铚所记谓《瑞鹤仙》词作于睦州，复自南京以此词见寄，必当不误。则作词在宣和二年（1120），寄词在次年卒前不久也。所谓梦中作及附会于词谶之谈，古人多有之，固属无稽，然不得因此而并疑其他也。"马成生、赵治中《周邦彦年谱》（下）亦编宣和二年，并云："自杭州徙居睦州，春间，写有纪事之作《瑞鹤仙》（悄郊原带郭）词。"孙注亦云"此词写于宣和二年（1120）十月间"。

也有研究者认为王明清所记乃传疑之谈资。如陈思《年谱》认为词虽写于宣和二年(1120)，但王明清所记本事则多不可信："晚居四明，见《临安志》及《杭州府志》，《志》(按即《玉照新志》)曰徙居睦州，误。十二月戊辰，方腊陷睦州，继陷杭州，烟尘遍野，安能絜眷自睦回杭。《志》曰'脱免'，又曰：'自计方领南京鸿庆宫，有斋厅可居，乃絜家往。'更误。推寻致误之原，盖词为本年(按指宣和二年)所作，又遭方腊之乱；次年，《西平乐》一词。好事遂以晚年之仕履行踪穿凿附会，资为谈助。"孙虹在《周邦彦四过扬州词及扬州歌妓即岳楚云考证》中亦云："今以《瑞鹤仙》与《西平乐》参看，可以洞见王明清所谓周邦彦梦中得《瑞鹤仙》属于牵强附会。其实《瑞鹤仙》一词并不写于宣和二年，而是写于宣和三年《西平乐》词之后。""《西平乐》写于避方腊起义、淹留天长时，时间是宣和三年'正月二十六日'。因为天长故人有'劝此淹留，共过芳时'之举，词人稍作流连后，继续北上入颍昌或汴京。不久即有处州之任，词人随即南下再经扬州赴处州任。所以词人三月底甚至四月上旬都滞留在扬州。"由词中"流莺"和"红药"典故得知此词写于扬州，宣和三年(1121)三月底四月上旬。"此词结句中的'洞天'有两层意思：一是道家以仙人住的地方为洞天福地，有时用作'仙逝'的婉辞；一是风景名胜之地。《玉照新志》所谓'应于身后矣'，就是以'洞天'为'仙逝'的婉辞。此亦古人误我。事实上，周词中的'洞天'是指扬州的风景胜地，意思是虽然时光如流水，当年朱颜绿鬓的我已经步入华发晚年，但仍然能够在扬州的风景中得到愉悦。词人宣和三年四月尚在扬州，五月前已经逝世，则周邦彦应该就是死于赴处州任途中。这样看来，一贯被人忽略、南宋楼钥所谓'旅死'的说法实为不疑之论。……若笔者对《瑞鹤仙》的考证不误，此词就是周邦彦现存可考的最后一首词作，也就是他的绝笔。"

【注释】

①陈本、吴本调名下注"高平"。孙本："景宋本、吴钞本、宛钞本、王刻本、朱刻本调名下注'高平'。罗笺：《草堂》《粹编》题作'春游'。按此调北宋人惟山谷、清真有之，而后来倚声家多本清真。"

②带郭：绕城外郭；近城郭。《史记·货殖列传》："及名国万家之城，带郭千亩亩钟之田。"唐·皎然《寻陆鸿渐不遇》："移家虽带郭，野径入桑麻。"

③车尘：车行扬起的尘埃。喻奔走的辛苦。唐·温庭筠《秋日》："天籁

思林岭,车尘倦都邑。"漠漠:迷蒙貌。汉·王逸《九思·疾世》:"时眐眐兮
旦旦,尘漠漠兮未晞。"一本作"莫莫"。唐·杜甫《茅屋为秋风所破歌》:"俄
顷风定云墨色,秋天漠漠向昏黑。"

④孤城:边远的孤立城寨或城镇。唐·王昌龄《从军行》之四:"青海长
云暗雪山,孤城遥望玉门关。"唐·杜甫《登四安寺钟楼寄裴十四迪》:"孤城
返照红将敛,近市浮烟翠且重。"

⑤凌波:比喻美人步履轻盈,如乘碧波而行。三国魏·曹植《洛神赋》:
"凌波微步,罗袜生尘。"吕向注:"步于水波之上,如尘生也。"南朝·梁简文
帝《咏舞诗》:"娇情因曲动,弱步逐风吹。"余参见《侧犯》(暮霞霁雨)注
释③。

⑥短亭:见《兰陵王》(柳阴直)注释⑧。素约:先前约定。《史记》卷四
十五《韩世家》:"楚、韩非兄弟之国也,又非素约而谋伐秦也。"

⑦唐·白居易《三月二十八日赠周判官》:"一春惆怅残三日,醉问周郎
忆得无。柳絮送人莺劝酒,去年今日别东都。"春酌:春饮;春宴。唐·杜甫
《醉时歌》:"清夜沉沉动春酌,灯前细雨檐花落。"

⑧早暮:早晚,时候。《素问·玉机真藏论》:"一日一夜五分之,此所以
占死生之早暮也。"上马谁扶:见《绮寮怨》(上马人扶残醉)注释②。

⑨朱阁:红色的楼阁。晋·陆机《赠尚书郎顾彦先》诗之二:"玄云拖朱
阁,振风薄绮疏。"惊飙(biāo):《南齐书·苏侃传》:"惊飙分澌汨,淮流分潺
湲。"唐·李商隐《送从翁从东川弘农尚书幕》:"是非过别梦,时节惨惊飙。"
扶残醉:指略带醉态之身。罗笺:"《挥麈馀话》、《诗话总龟》作'犹残醉'。"
红药:见《解连环》(怨怀无托)注释⑥。

⑩西园:汉·张衡《东京赋》:"岁惟仲冬,大阅西园。"薛综注:"西园,上
林苑也。"曹魏时邺都上林苑有西园。《景定建康志》卷二十二《城阙志三·
园苑》载,西园,一名别苑,晋桓玄所筑,在石头城。此泛指文期酒会之集
所。唐·张说《邺都引》:"城郭为墟人代改,但见西园明月在。"

⑪无地:犹言至极;不尽。形容无限喜爱、惶恐、惊喜、感愧等感情。南
朝梁·任昉《〈王文宪集〉序》:"若乃统体必善,缀赏无地;虽楚赵群才,汉魏
众作,曾何足云!"何事:为何,何故。晋·左思《招隐》诗之一:"何事待啸

歌？灌木自悲吟。"东风：唐·李商隐《无题》："相见时难别亦难，东风无力百花残。"宋·柳永《凤凰阁》："音信难托，这滋味，黄昏又恶。"

⑫过却：过去。孙本从郑本作"过郤"。罗笺："《馀话》、《总龟》作'过了'。"南唐·冯延巳《思越人》："酒醒情怀恶，金缕褪玉肌如削。寒食过却，海棠零落。"犹喜：罗笺："《馀话》、《总龟》作'归来'。"洞天：道家神仙所居之地。《茅君内传》："大天之内，有地之洞天三十六所，乃真仙所居。"

【汇评】

沈际飞《草堂诗余正集》："流莺相劝"，目空海内人物，真醉人情事。末句周郎才尽。

吴从先《草堂诗余隽》引李攀龙语：自斟自酌，独往独来，其庄漆园乎？其邵尧叟乎？其葛天、无怀氏乎？

许昂霄《词综偶评》："任流光过却"，紧接上文；"犹喜洞天自乐"，收拾中间。

黄苏《蓼园词选》：此词美成或在出守顺昌后作乎？似有郁郁不得意而托于游、托于酒，以自排遣。醉中犹自绕阑而怨东风，所云"洞天自乐"，亦无聊之意也。细玩应自得其用意所在。

俞陛云《宋词选释》：前四句写郊行风景，"余红"句兼含情韵，与周草窗词"一片斜阳恋柳"并推佳咏。"凌波"至"春酌"数语，论词而不过言途逢旧眷，小饮留连，须于句秀而笔劲处着眼。转头处承上"春酌"句，回忆醉时，颇得神态。以下扶醉惜花，更多余感。结句开拓，不落恒蹊。夏闰庵云："此阕与《兰陵王》、《浪淘沙》、《大酺》、《六丑》诸作，人巧至而天机随，词中之圣。与史迁之文，杜陵之诗，同为古今绝作，无与抗手者。"

陈匪石《宋词举》：《挥麈录》、《玉照新志》均谓此词梦中所作；未几方腊乱起，仓皇出走，途遇故人之妾，小饮旗亭，归卧庵阁；后得领宫观，挈家以往，所遭一如词中情境。此所谓词谶也。周济不主是说，而着眼"客去"二字，谓是送客后追溯之词。其言曰："不'扶残醉'，不见'红药'之系情、'东风'之作恶。因而追溯昨日送客后，薄暮入城，因所携之妓倦游，访伴小憩，复成酣饮。过变二句，反透出一'醒'字。'惊飙'句倒插'东风'，然后以'扶残醉'三字点睛。结构精奇，金针度尽。"愚谓本事之说，不论是否可信，"凌波"、"流莺"何指,亦无须强求。就词论词,开首徐徐引入。"郊原带郭"以所在之地言。着一"悄"字,大有四顾无人之概。第二句"客"字,指人指己,皆可说得。"永"字、"漠漠"字,上与"悄"应,且反映下文种种。"斜阳"二句写景,透出恋恋不舍之情,且亦日暮无归之况。"凌波"句陡接。"过短亭"四句,意外遭逢,有"山重水复疑无路,柳暗花明又一村"之境。"何用"、"重解"、"缓引",皆从"悄"字"永"字反跌出来,全神为之一振。词境、词意、词笔融合为一,此化境也。过变不直承"春酌",而从醉醒以后倒折出来。"不记归时早暮,上马谁扶",忽作醒后惊讶状,即所眠之"朱阁"亦非复"郊原"之"短亭"。于是重"扶残醉",自"绕红药",始知"西园""花深","东风"作"恶",而以一"念"字描出醒后之觉悟。曰"东风何事又恶",益信"斜阳"、"余红"之"恋",绝非无故矣。然而"惊飙"终不能障,只有不管"流光"之"过隙"而得过且过,"自乐""洞天",引为欣幸。解脱语,亦无奈何语,仍"悄"字、"永"字之心境也。奇幻之境,矫变之笔,沉郁之思,开后人门径不少。收句拙朴,尤北宋人擅长处。

乔大壮手批《片玉集》:入手字峭拔。此是四声之作,检梦窗之作可知。"任"字一转,他人不能。

唐圭璋《唐宋词简释》:此首追述昨日送客之作。起句,点送客之地。"客去"句言"客去"之状。"斜阳"三句,是送客后返城之所见。"凌波"三句,写过短亭时又有所遇,因解鞍重酌。换头,从酒醒说起,略去昨日薄暮醉时之事。"惊飙"三句,因风起而念花落,故扶醉往视。"叹西园"三句,极写东风之恶与花落之多。末两句,聊以自娱之意也。

杨笺:此送客后再有所遇之作。("悄郊原"三句)"郊原",送客之地。"车尘",客行之状。("斜阳"二句)先说"斜阳""山落",次说"余红""城角",是返身入城所见。("凌波步弱")指所携之妓言。("过短亭"句)偶然有所遇。("有流莺"三句)解鞍畅饮。("不记"三句)换头处,忽从醉醒说起,略过醉时事不说,如异军之突起。("惊飙动幕"),从景上一断。("扶残醉"二句)"醉"字至此方出,"绕"字开下。("叹西园"二句)"叹"承"绕"来,"花"即红药所落之花,红药,红芍药也,暮春乃开。"深无地"者,花落已多,厚铺而不见地也,"已"、"又"二字相呼应。("任流光"二句)此或指得奉祠禄,言不

342

管世乱若何，既得此闲曹微禄，亦足以视为洞天之乐也。

西平乐①

小石

元丰初，予以布衣西上，过天长道中②。后四十余年，辛丑正月，避贼复游故地③。感叹岁月，偶成此词。

稚柳苏晴，故溪歇雨④，川迥未觉春赊⑤。驼褐寒侵⑥，正怜初日，轻阴抵死须遮。叹事逐孤鸿尽去⑦，身与塘蒲共晚⑧，争知向此，征途迢递，伫立尘沙。追念朱颜翠发⑨，曾到处、故地使人嗟。　　道连三楚⑩，天低四野，乔木依前，临路敧斜。重慕想、东陵晦迹⑪，彭泽归来⑫，左右琴书自乐，松菊相依⑬，何况风流鬓未华。多谢故人，亲驰郑驿⑭，时倒融尊⑮，劝此淹留，共过芳时，翻令倦客思家。

【题解】

此词创作时、地甚明，乃宋徽宗宣和辛丑三年（1121）正月二十六日作于天长道中，惟行程有异。罗忼认为是自扬州赴南京鸿庆宫途中作："辛丑乃宋徽宗宣和三年，清真六十六岁，上溯四十余年'元丰初，予以布衣西上'，即元丰二年自杭州入都为太学生也，盖相去四十二载矣。据小序及词，知是卒之年正月二十六日重过天长为居停主人作，盖自扬州赴南京（今河南商丘）鸿庆宫途中也。旋卒于宫之斋厅，见《玉照新志》，则此词在集中为绝笔矣。"马成生、赵治中《周邦彦年谱》（下）亦持相同之说。《遗事》《年谱》、孙注则认为此词写于宣和三年（1121）自杭州归顺昌任时，如《年谱》云："宣和三年辛丑，上距元丰己未正四十三年，故曰四十余年。""三月方腊再犯杭州，王禀与贼战于城外。时浙西人民离乱之苦，何可思议，感故人情

重,仅云'翻令'、'思家',足为眷属于上年移居明州鄞县之证。"孙本亦云:
"此词应写于宣和三年(1121),自杭归顺昌任,正月二十六日至天长时。"

【注释】

①陈本、吴本调名下注"小石"。孙本:"宛钞本、王刻本、朱刻本调名下注'小石'。景宋本、吴钞本、毛扆校本、宛钞本、朱刻本无此序。王刻本、朱校所引元本序中无'二十六日'四字。"罗笺:"《草堂》题作'春游'。按周词自行标题者甚少,有小序者惟此一首而已,绝非后人所代拟。"

②天长:宋属淮南东路,辖境在今安徽省天长市一带。宋时是杭州北上京师的必经之路。

③宣和二年十一月至宣和三年四月,方腊起义,先后占领睦州、杭州等地。词人于宣和二年底回到杭州,又于翌年正月从杭州北上,渡江经过天长县,赴顺昌任。

④歇雨:孙本从毛本作"渴雨"。唐·郑谷《下第退居诗》:"年来还未上丹梯,正著渔蓑谢故溪。"《新安文献志》:"宣和三年,洪中孚知扬州,岁大旱,飞蝗蔽空。"

⑤春赊:南朝·梁简文帝《有所伤三首》(之三):"入林看磣磻,春至定无赊。"

⑥驼褐:用驼毛织成的衣服。宋·孙光宪《北梦琐言》卷十五:"(昭宗)宴于寿春殿,茂贞肩舆,衣驼褐,入金鸾门,易服赴宴。咸以为前代跋扈,未有此也。"宋·欧阳修《下直》:"轻寒漠漠侵驼褐,小雨班班落燕泥。"

⑦初日:刚升起的太阳。南朝梁·何逊《晓发》诗:"早霞丽初日,清风消薄雾。"轻阴:疏淡的树荫。与浓阴相对。南朝梁·柳恽《长门怨》:"秋风动桂树,流月摇轻阴。"尽去:孙本从毛本作"去尽"。迢递:遥远貌。《草堂》、《毛本》作"区区","争知向此征途"为一句,"区区伫立尘沙"为一句。孙本作"争知向此征途,伫立尘沙。"余参见《瑞龙吟》(章台路)注释⑫。

⑧见《玉楼春》(当时携手城东道)注释⑤。

⑨朱颜:《汉书》卷八十《宣元六王传》载朱博遗淮阳宪王刘钦书中有言:"博自以弃捐,不意大王还意反义,结以朱颜,愿杀身报德。"翠发:乌发。王勃《采莲赋》:"复有泽宫年少,期门公子,翠发蛾眉,赪唇皓齿。"

344

⑩三楚：《汉书》卷一《高帝纪》："二月，（项）羽自立为西楚霸王，王梁、楚地九郡，都彭城。""文颖注：'《史记·货殖传》曰：淮以北沛、陈、汝南、南郡为西楚，彭城以东东海、吴、广陵为东楚，衡山、九江、江南、豫章、长沙为南楚。羽欲都彭城，顾自称西楚。'"宋代天长在东楚。阮籍《咏怀诗》："三楚多秀士，朝云进荒淫。"

⑪依前：照旧；仍旧。唐·韩愈《黄家贼事宜状》："不能别立规模，依前还请攻讨。"东陵晦迹：《史记·萧相国世家》："召平者，故秦东陵侯。秦破，为布衣，贫，种瓜于长安城东。瓜美，故世俗谓之东陵瓜，从召平为名也。"李白《题元丹丘颍阳山居》："卜地初晦迹，兴言且成文。"

⑫彭泽：县名。汉代始设。在今江西省北部。《晋书》卷九十四《陶潜传》："（陶潜）以亲老家贫，起为州祭酒。不堪吏职，少日自解归。"后为彭泽令，"郡遣督邮至县，吏白应束带见之，潜叹曰：'吾不能为五斗米折腰，拳拳事乡里小人邪！'义熙二年（应为义熙元年）解印去县，乃赋《归去来》。"

⑬陶渊明《归去来辞》："悦亲戚之情话，乐琴书以消忧。""三径就荒，松菊犹存。"

⑭郑驿：即郑庄驿。《史记》卷一百二十《汲郑列传》："孝景时，（郑当时）为太子舍人。每五日洗沐，长置驿马长安诸郊，存诸故人，请谢宾客，夜以继日，至其明旦，常恐不遍。"后因以"郑庄驿"为好客主人迎宾待客之所。

⑮融尊：《三国志》卷十二《魏书·崔琰传》注引张璠《汉纪》曰："（孔融）虽居家失势，而宾客日满其门，爱财乐酒，常叹曰：'坐上客常满，樽中酒不空，吾无忧矣。'"芳时：良辰；花开时节。南朝宋·颜延之《北使洛》："游役去芳时，归来屡徂愆。"倦客：客游他乡而对旅居生活感到厌倦的人。南朝宋·鲍照《代东门行》："伤禽恶弦惊，倦客恶离声。"

【汇评】

沈义父《乐府指迷》：词中用事使人姓名，须委曲得不用出最好。清真词多要两人名对使，亦不可学也。……《西平乐》云："东陵晦迹，彭泽归来"……之类是也。

沈际飞《草堂诗余正集》：起句奇练。"事逐"二句佳联。浮生碌碌，何人不为孤鸿塘蒲？故地那堪追念。"郑驿"、"融尊"，工，怎样真。

陆辅之《词旨·属封》:稚柳苏晴,故溪歇雨。

乔大壮手批《片玉集》:梦窗运典过多,四声可查。"事逐"二语,对句。"楚""野"是侧韵。此乃片玉杰作,必须背诵。

龙榆生《清真词叙论》:细玩此阕,一种萧飒凄凉景象,想见作者内心之悲哀,结构亦不及前此诸作之谨严,所谓"深劲"之风格,驳不复有。年龄环境与作风之消长,从可知矣。

杨笺:("稚柳苏晴"二句)起八字朴而老,极难学步,地理对花木,清家法。("驼褐"三句)先说寒,次说阴。("叹事逐"五句)客途景象,融情于景。("追念"二句)故此重来,行年已老。("道连三楚"四句)就地方上着笔。("重慕想"五句)"东陵"、"彭泽"比喻故人,"鬓未华"反映自己。("多谢故人"六句)就朋情上点缀,"倦客思家"四字将上阕完全收住,乱时遇此,煞是难得,故感极而赋,如杜甫之发秦州到同谷,有同谷宰以书迎公,故《积草岭》诗曰:"旅泊吾道穷,衰年岁时倦。卜居尚百里,休驾投诸彦。邑有佳主人,情如已会面。"患难中感人招待,发为歌咏,亦人情也。然若无"倦客思家"四字,则精神涣散矣。周词末均,回顾上文,往往如此。

倒　犯^①

仙吕调　新月

霁景、对霜蟾乍升^②,素烟如扫。千林夜缟。徘徊处、渐移深窈。何人正弄,孤影蹁跹西窗悄^③。冒霜冷貂裘^④,玉斝邀云表^⑤。共寒光、饮清醥^⑥。　　淮左旧游^⑦,记送行人,归来山路窎^⑧。驻马望素魄,印遥碧、金枢小^⑨。爱秀色、初娟好。念漂浮、绵绵思远道^⑩。料异日宵征^⑪,必定还相照。奈何人自衰老^⑫。

【题解】

罗笈:"此词亦多抑郁之情,味其'淮左旧游'等语,似亦客荆州时有怀合肥之作。"孙本:"邦彦词咏扬州者不少,然岁月无考。唯此词咏月且有'冒露冷貂裘'句,与《西平乐·稚柳苏晴》序谓宣和三年'正月二十六日'至天长时序合。盖正月中旬至扬州,自扬之天长,在扬写下此词耳。"蒋选:"从'淮左旧游'句推测,这首词约作于周邦彦离开庐州之后,流寓荆州之时。"

【注释】

①《倒犯》调始清真。吴本调名作"侧犯",陈本调名下注"仙吕调",吴本调名下注"仙吕"。毛本有词题"咏月",注云:"《清真集》作《吉了犯》。"孙本:"景宋本、吴钞本、毛扆校本注、宛钞本、王刻本、朱刻本词题作'新月'。"

②霁景:雨后晴明的景色。唐·杜甫《寄岳州贾司马六丈》:"哭庙悲风急,朝正霁景鲜。"霜蟾:喻月亮。唐·贯休《诗》:"吟向霜蟾下,终须鬼神哀。"

③深窈:幽深。宋·苏轼《与客游道场何山得鸟字》:"高堂俨像设,禅室各深窈。"孤影:南朝·梁武帝《拟明月照高楼》:"延思照孤影,凄怨还自怜。"翩跹:汉·张衡《南都赋》:"翘遥迁延,蹩躠翩跹。"这两句化自李白《月下独酌》:"我歌月徘徊,我舞影零乱。"

④霜冷:孙本从毛本作"露冷"。《后汉书》卷四十二《光武十王列传》:"六年冬,(刘)苍上求朝。……帝以苍冒涉霜露,潜遣者赐貂裘,及太官食物珍果,使大鸿胪窦固持节郊迎。"

⑤玉斝(jiǎ):玉杯。云表:借指上天,上苍。化用李白《月下独酌》"举杯邀明月"。唐·卢藏用《夜宴安乐公主宅》:"珠钮缀日那知夜,玉斝流霞畏底晨。"

⑥清醥(piǎo):酒之清者。毛本注:"或作'清醪',非韵。"晋·左思《蜀都赋》:"觞以清醥,鲜以紫鳞。"

⑦谓教授庐州旧事。宋庐州属淮南西路,在淮水以南,故曰淮左,犹江南之称江左。

⑧窎(diào):幽深。

⑨素魄:月的别称。孙本:"魄,一般特指月初出或将没时的微光。一说指月初生或圆而始缺时不明亮处。"南朝·梁简文帝《京洛篇》:"夜轮悬素魄,朝光荡碧空。"金枢:传说中月亮出没之处。晋·木华《海赋》:"若乃大明,弯于金枢之穴,翔阳逸骇于扶桑之津。"晋·伏韬《望清赋》:"金枢理辔,素月告望。"杜甫《大理三年春白帝城放船出瞿塘峡》:"落霞沈绿绮,残月坏金枢。"

⑩化用乐府古辞《饮马长城窟行》:"青青河畔草,绵绵思远道。"

⑪宵征:夜行。《诗·召南·小星》:"肃肃宵征,夙夜在公。"毛传:"宵,夜;征,行。"

⑫自衰老:孙本从毛本作"自老"。

【汇评】

乔大壮手批《片玉集》:四声。"霜蟾"八字作对。冠以"霁景",乃柳、周之法。"念漂浮、绵绵思远道"五平。结跌,极有力。

作年不详之词

少年游①

黄钟　楼月

檐牙缥缈小倡楼②。凉月挂银钩③。聒席笙歌，透帘灯火，风景似扬州④。　　当时面色欺春雪，曾伴美人游。今日重来，更无人问，独自倚阑愁⑤。

【题解】

罗笺云："此亦旧地重游，抚今追昔之作，'今日重来'一语，意甚明白。"孙虹《周邦彦四过扬州词及扬州歌妓即岳楚云考证》："周邦彦还有三首扬州秋词，秋入扬州明显逸出以上三程之外，由此可见词人最少四次经过扬州时留下了作品。词人秋过扬州的具体时间虽不可考，但根据扬州秋词词意，知必写于元丰三年(1080)与大观三年(1109)之间，也就是二过扬州之什。""《少年游》和《玉楼春》写在扬州，两首词是同一行程之作，理由也很充分：一是《少年游》明示此行是'今日重来'，《玉楼春》也有'别来人事如秋草'；而且初来扬州有'楼迥'、有'歌舞地'，重来也有'檐牙缥缈小倡楼'和'月堕檐牙'、有'聒席笙歌'和'酒边谁使客愁轻'之歌舞，内容相合之处判然可见。二是两词的主要内容与扬州春词一样，都是多情地追念那位与自己曾结下恋情，如今却不知去向的扬州歌妓。从'面色欺春雪'、'卢郎'两个典故，可知此歌妓白皙美丽并富有才情。"词既云"风景似扬州"，所写之地自然不是扬州，孙说颇值得商榷。

【注释】

①孙本："景宋本、吴钞本、宛钞本、朱刻本调名下注'黄钟'。""景宋本、吴钞本、毛扆校本补、宛钞本、王刻本、朱刻本、郑校所引元本调名下有词题'楼月'。"

②檐牙:檐际翘出如牙的部分。唐·杜牧《阿房宫赋》:"廊腰缦回,檐牙高啄。"缥缈:唐·杜甫《白帝城最高楼》:"城尖径昃旌旆愁,独立缥缈之飞楼。"倡楼:罗笔;《雅词》《粹编》作'红楼'。倡女所居处,妓院。南朝·梁简文帝《东飞伯劳歌》之二:"西飞迷雀东鸐雉,倡楼秦女乍相值。"

③凉月:秋月。唐·戴叔伦《兰溪棹歌》:"凉月如眉挂柳湾,越中山色镜中看。"

④聒席,通宵夜饮,管弦齐作。也称"聒帐"。宋·宋敏求《春明退录》卷下:"(庄宗)终日沉饮,听郑卫之声,与胡乐合奏,自昏彻旦,谓之聒帐。"扬州,陈本'州'前空格缺一字。唐·杜牧《题扬州禅智寺》:"谁知竹西路,歌吹是扬州。"

⑤倚阑:凭靠在栏杆上。唐·赵嘏《宿灵岩寺》:"倚栏香径晚,移石太湖秋。"

【汇评】

乔大壮手批《片玉集》:"当时"、"今日"此词家划分时地,刓造境界之法。

杨笺:此词上阕昔况,下阕今情,显然分界。"面欺雪"是少年时貌,"无人问"是老来景况。

玉楼春①

大石

当时携手城东道②。月堕檐牙人睡了③。酒边难使客愁惊④,帐底不教春梦到。　　别来人事如秋草。应有吴霜侵翠葆⑤。夕阳深锁绿苔门,一任卢郎愁里老⑥。

【题解】

见《少年游》(檐雅缥缈小倡楼)题解。

①见《玉楼春》(大堤花艳惊郎目)注释①。

②城东：即东城，见《瑞龙吟》(章台路)注释⑪。唐·白居易《中隐》："君若爱游荡，城东有春园。"

③檐牙：见《少年游·檐牙缥缈小倡楼》注释②。

④难使：陈本、《全宋词》注："一作谁"。吴本、毛本作"谁使"。客愁：行旅怀乡的愁思。南朝梁·刘孺《至大雷联句》："若非今宴适，讵使客愁轻。"

⑤吴霜，比喻鬓斑。翠葆，比喻头发。唐·李贺《还自会稽歌》："吴霜点归鬓，身与塘蒲晚。"翠葆：形容草木青翠茂盛。这里喻乌发。

⑥绿苔：毛本、丁刻本作"绿杨"。五代·钱易《南部新书》："卢家有子弟，年已暮而犹为校书郎。晚娶崔氏子。崔有词翰，结缡之后，微有惭色。卢因请诗，以述怀为戏，崔立成诗曰：'不怨卢郎年纪大，不怨卢郎官职卑。自恨妾身生较晚，不见卢郎年少时。'唐·杜荀鹤《秋宿临江驿》："举世尽从愁里老，谁人肯向死前闲。"

【汇评】

杨笺：上阕别时情况。("当时"句)握别。("月堕"句)在夜尽将晓时。("酒边"二句)说到客愁，却以"不教春梦到"歇拍，是缩字诀。("别来"句)"别"字至此方点。("应有"句)人老，"翠葆"承"秋草"。("夕阳"二句)"苔门"就景上脱，"卢郎"复"人事"句。

钱锺书《管锥编》第四册《全后周文》卷十四：庾信有《愁赋》一首，惟见之叶廷珪《海录碎事》卷九《圣贤人事部》下，有"谁知一寸心，乃有万斛愁"云云十数句，似非全文。……文同《山城秋日野望感事书怀呈吴龙图》所谓"此愁万斛谁量得，直为重拈庾信文"，正指斯篇。……不知何时佚失，遂尔淹没无闻。博雅如文廷式，其《纯常子枝语》卷四〇论周邦彦《玉楼春》，只云："'庾郎愁'字乃是宋人常语。"

罗笺：上阕"当时"，汴京初旅。"携手城东"，与《瑞龙吟》之"东城闲步"同意；"酒边难使客愁惊"，与《渔家傲》之"赖有蛾眉能暖客，长歌屡劝金杯侧"同意。下阕别后重来，则鬓点吴霜，愁老卢郎矣。

少年游^①

商调

　　并刀如水^②，吴盐胜雪^③，纤手破新橙^④。锦幄初温，兽烟不断^⑤，相对坐调笙^⑥。　　低声问向谁行宿^⑦，城上已三更^⑧。马滑霜浓^⑨，不如休去，直是少人行^⑩。

【题解】

　　周密《浩然斋词话》下："宣和中，李师师以能歌善舞称。时周邦彦为太学生，每游其家。一夕值佑陵临幸，仓促隐去。继而赋小词，所谓'并刀如水，吴盐胜雪'者，尽纪此夕事也。"罗忼烈《遗事》、郑本考证此说不可信，宣和中李师师已然"年逾六十"，而周邦彦"已五六十岁，官至列卿，应无冶游之事"，此乃南宋笔记小说杜撰。孙本《附录》："《少年游》约可确定写于元丰二年(1079)至元祐二年(1087)京师游学时，或崇宁元年(1102)至大观四年(1110)在朝为官时"。

【注释】

　　①孙本从郑本题作"感旧"。罗注："《草堂》及《词统》题作'冬景'。"孙注："景宋本、吴钞本、宛钞本、王刻本、朱刻本调名下注'商调'，无词题。"

　　②并刀：古并州(今山西太原)出产的刀，以锋利著称。唐·杜甫《戏题王宰画山水图歌》："焉得并州快剪刀，剪取吴松半江水。"

　　③吴盐：古吴地(今江苏浙江一代)产盐，以洁白著称。古人以橙蘸盐去其酸味。唐·李白《梁园吟》："玉盘杨梅为君设，吴盐如花皎如雪。"

　　④孙本从毛本作"纤指破"，郑本、朱本、罗忼烈："《雅词》作'纤指割'"。纤指：柔细的手指。《古诗·迢迢牵牛星》："纤纤擢素手。"唐·李白《凤笙篇》："欲叹离声发绛唇，更嗟别调流纤指。"

⑤锦幄:锦制的帷幄。亦泛指华美的帐幕。唐·温庭筠《题翠微寺二十二韵》:"岚湿金铺外,溪鸣锦幄傍。"兽烟:孙本从毛本、吴本作"兽香"。

⑥调笙:孙本从毛本作"吹笙",毛注:"'相对作吹笙',或用王建《宫词》'沈香火底坐吹笙'句。"罗注:"杨泽民、陈允平于此并作'吹笙',知原作非'吹笙'也。"唐·刘禹锡《早夏郡中书事》:"高帝覆朱阁,忽尔闻调笙。"

⑦郑本、朱本、罗笺:"《雅词》'行'作'边'。"

⑧罗注:"《贵耳集》作'严城上'。"

⑨马滑霜浓:唐·杜甫《放船》:"直愁骑马滑,故作放船回。"又《水会渡》:"霜浓木石滑,风急手足寒。"

⑩直是:郑本、朱本作"直自",罗注:"《雅词》、《草堂》、《词的》、《古今诗余醉》作'直自'。"

【汇评】

卓人月《古今词统》卷六徐士俊语:即事直书,何必益毛添足。

沈际飞《草堂诗余正集》:冬景大不寂寞。"低声"数语,娓娓婉变,足以移情而夺嗜。

潘游龙《古今诗余醉》:说尽冬景行路意思,辗转有味。

王又华《古今词论》节录毛稚黄《与沈去吟论填词书》:周清真《少年游》题云"冬景",却似饮妓馆之作。起句"并刀如水"四字,若掩却下文,不知何为徒作此语。"吴盐""新橙"写境清别,"锦幄"数语,似为上下太淡宕,故著浓耳。后阕绝不作了语,只以"低声问"三字贯彻到底,蕴藉袅娜,无限情景,都自纤手破新橙人口中说出,更不必别著一语,意思幽微,篇章奇妙,真神品也。

又:周美成词家神品。如《少年游》:"马滑霜浓,不如休去,直是少人行。"何等境味!若柳七郎,此处如何煞得住。

沈谦《填词杂说》:"马滑霜浓,不如休去,直是少人行。"言马,言他人,而缠绵偎倚之情自见。若稍涉牵裾,鄙矣。

贺裳《皱水轩词筌》:周清真避道君,匿师师榻下,作《少年游》以咏其事。吾极喜其"锦幄初温,兽烟不断,相对坐调笙",情事如见,至"低声问向谁行宿,城上已三更。马滑霜浓,不如休去"等语,几于魂摇目荡矣。

许昂霄《词综偶评》：情景如绘，宜遭道君之怒也。

周济《宋四家词选》：此亦本色佳制也。本色至此便足，再过一分便入山谷恶道矣。

谭献评《词辨》：丽极而清，清极而婉。然不可忽过"马滑霜浓"四字。

孙麟趾《词迳》：恐其平直，以曲折出之，谓之婉。如清真"低声问"数句，深得婉字之妙。

陈廷焯《云韶集》卷四：秀艳。情急而语甚婉约，妙绝古今。

又《词则·别调集》卷一：曰向谁行宿，曰城上三更，曰马滑霜浓，曰不如休去，曰少人行，颠倒重复，层折入妙。

又《白雨斋词话》卷一：美成艳词，如《少年游》、《点绛唇》、《意难忘》、《望江南》……等篇，别有一种姿态，句句洒脱，香奁泛语，吐弃殆尽。

又卷八：美成以《少年游》一词通显，以《望江南》一阕得罪。荣枯皆系于一词，异矣。

乔大壮手批《片玉集》：二声。起句作对。"锦幄"二句亦然。

俞陛云《宋词选释》：此调凡四首，乃感旧之作。其下三首皆言别后，以此首最为擅胜。上阕橙香笙语，乃追写相见情事。下阕代留宾之言，情深而语俊，宜其别后回思，丁宁片语，为之咏叹长言也。皋文《词选》录此及《六丑》二调。余所录较多，且加以诠释。毛晋刻《清真集》，其评注庞杂者删之，余妄加评论，得无为汲古翁所笑耶？

杨箓：刀以分橙，盐以点橙。（"并刀"三句）先说刀，次说盐，次方说橙，句倒装，起处略去景语，专说事实，是一变例。（"锦幄"三句）于香烟缭绕中调笙，亦当时实情。（"低声问"二句）入艳情，"低声问"三字为下阕总挈，先问宿何处，后说夜深，亦是倒装。（"马滑霜浓"三句）"马滑霜浓"与"锦幄烟温"对照，"不如休去"四字、"少人行"三字俱从此四字想出。先说休去，后说少人行，亦是倒装。

俞平伯《清真词释》：此调在《片玉集》中分为二，此注"商调"，其在卷三者注"黄钟"，似非一调。而《词谱》卷八曰："此调最为参差，今分七体，其源俱出于晏（殊）词，或添一字，摊破前后段起句，作四字两句者。"在白石《少年游》下注曰："此词摊破，晏词前后段起句七字一句，作四字两句，周邦彦

'并刀如水'词正与此同。"是以在此集中注"黄钟"者为本调，而以注"商调"者为其摊破格。《乐章集》中《少年游》首句七字，与本调合，但注"林钟商调"。今按林钟商即商调也，是二者为一调之转换，非二调明矣，疑《片玉》之注有误。

此词醒快，说之则陋。但如"并刀如水，吴盐胜雪"，状冬闺静物，至"明"而且"清"，与感觉心象，匀融无间，写景之圣也。说"如画"，画似不到，说是"如见"，见似亦不到，盖画逊其肖，见逊其妙也。一妙肖者，其唯文章乎！虽有此境，人不及知；虽知此境，如何可到。虽暂近蓬山，而风辄引去。偶然身到便是良缘，岂能时时到，刻刻到，说到就到耶。若清真，圣矣！

溯其"明"、"清"之故，又似有申说之必要，自知凡下，幸勿哂耳。窃谓明、清之原唯在于简，简斯明且清矣。上说《望江南》，乃章之简，此言句之简。其了悟从"注"中得来，陈氏在"吴盐"句下曰："李白诗吴盐如花皎如雪。"初读之，觉其青出于蓝，徐思而讶，不解其故。无非圈去了"如花皎"三个字耳，如何便会蓝青。三思之，始见怪不怪，反觉以前少见之谬。（或曰，再思可矣。其言亦是，看官们自己理会。）其诀正是简。单刀直入，简之喻也。百发百中，亦简之喻。有的焉，矢如飞蝗，傍行斜出，虽有数中，不足为善射，而观场者昏昏欲睡矣，何则？多中捞摸，混水捉鱼故也。若矢之所向唯在于鹄，一发而破，三发以至百发如之，于是射者掷弓，观者叫绝，皆大欢喜。何则？眼目清凉也。知有此清凉世界而后可与言文矣。即如此诗句，既曰"如花"，又曰"如雪"，兼花雪而喻，花乎，雪乎？又曰"皎如雪"，雪之皎，何待言？迳将三字一勾，熔裁之妙，不可名言矣。"并刀如水"，与此同之。"如水"一喻外，着一形容字以状刀不得，"如雪"一喻外，着一形容字以状盐不得，细思之，确是不得，始信鄙言最平实也。或尚病其远，以常言申之。如语人曰："这像什么。"够像了，他已点头，便不须说，如不够像，他不点头，再说一个，如够像了，便不须说，如不够像，再说一个，以至于n，是谓通晓。同是喻也，亦均可通晓，而固有等差。说一个而点头，他是真点头，说几十个几百个而点头，他是无奈点头，他是迷糊了也。再说看射箭，你射了几百支而有一二支中的，他虽随人拍手叫好，究竟不知你射的那一箭是中的，那些箭是不中的；于是在他心眼中，不中是不中，中亦是不中，岂不冤屈

357

此一支好箭么？然而汝之过也，非他之过。文章之道，射道也。八字讲了这么许多，分明骂题。太不好意思，就此打住，然而晚矣。

其他亦不须说，谭评曰："丽极而清，清极而婉。然不可忽过'马滑霜浓'四字。"鄙人仅发"明清"一譬，而复堂三之，丽啦，清啦，婉啦，究竟是什么？看他用两"而"字，是读时感觉原是整的，析言之耳。可见状文心之匪易，其间正有苦心，前言固戏之。唯谭氏曰："然不可忽过'马滑霜浓'四字。"郑重之语也，而鄙人太鲁，有牛之心，再思不得，三思亦然，鬼神通之无效。谭公自是射雕手，一箭射了，掉头而去，好不闷杀人也。诸位英雄，在下愿闻明教。《词释》之作，殊自病其觇缕，今此一言作迷，已令人闷损无聊，则下笔不自休，亦复大有功行也。自是解嘲语耳。

通观全章，其上写景，其下纪言，极呆板而令人不觉者，盖言中有景，景中有情也。先是实写，温香暖玉，旖旎风流。后是虚写，城上三更，霜浓马滑。室内何其甘稣，室外何其凄苦，使人正有一粟华灯明灭万暗中之感。而其述虚实之景复含情吐媚，姿态奇横，在清真词中只有"衣染莺黄"一首正堪匹敌，却有令慢之别。过片以下，絮话家常，喁喁尔汝，一字字出自朱唇皓齿间，先是问，问之不已，又一个人絮絮叨叨在那儿说，什么城上已经三更啦，霜多浓啦，马蹄要滑的呢。说够了，于是才转到"不如休去"，——至此意词俱竭矣。而调未尽，忽又找补了一句"直是少人行"，不知是埋怨呢，还是痛惜与深怜。泥人无那，宛转伤悲，秃笔取纸之间，风情如活，可谓奇哉怪事矣。"不如休去"本是正文，因为那一句之找补，忽而变成穿插，章法亦奇幻之至。原非作者意使之然，——天末飞云，彼亦复奇幻，岂有意耶？然终不谓之奇怪不得也。

《贵耳集》及《浩然斋雅谈》载此词佚闻颇相似，而皆属臆想。王静安《清真先生遗事》曾驳之，谓先生在宣政间，年已六旬，官至列卿，应无冶游事。且二书记事，其他亦误。立说精确。盖先生以乐府独步海内，贵人学士市侩妓女，皆知清真词为可爱，而李师师事亦为宋人所乐道，如唐士之于太真，于是芳闻艳迹，奕世流传，其实强半出于傅会也。即此一节，谓为隐括当时语，而不悟其非。曰"低声问向谁行宿"，岂似对官家口吻耶？

张伯驹《丛碧词话》：周清真《少年游》词，《耆旧续闻》谓清真以此得罪。

《浩然斋雅谈》则谓以此释褐，两说不同。又《贵耳录》云："邦彦闻道君谵语，隐括成《少年游》，道君问知为邦彦作，大怒，宣谕蔡京，周邦彦职事废弛，可日下押出国门。"《耆旧续闻》则云："美成至汴，主角妓李师师家，为赋《洛阳春》。师师欲委身而未能。道君幸师师家，美成匿复壁间，遂制《少年游》以纪其事。徽宗知而谴发之。"一则以为美成向纪其本事；一则以为纪道君之事，两说不同。余意则谓依人情推论，美成自纪其本事，则道君应怒；如为纪道君之事，则道君应喜。使余为道君，喜怒亦当准此。有美成如此好词，以纪道君之风流韵事，而道君不喜反怒，未免太不解事。如依词而论，则应为美成本事，始不负《少年游》、《兰陵王》两佳制。非其本事，亦不能有此好词，则道君之怒也亦宜。

吴世昌《词林新话》：寥寥五十一字中，不但写故事，使当时情景重现，而且写对话，使读者如见词中人，能闻词中人语，此境界非一般写景抒情所能创造。此词本只写情人晚会，与政治无关，但南宋末年文人张端义在《贵耳集》中编造本事，全是胡言。张端义行为不"端"，出言不"义"。

凤来朝①

越调　佳人

逗晓看娇面②。小窗深、弄明未遍③。爱残朱宿粉云鬟乱④。最好是、帐中见。　　说梦双蛾微敛⑤。锦衾温、酒香未断⑥。待起难舍拚⑦。任日炙、画栏暖⑧。

【题解】

孙本《附录》："《凤来朝》约可确定写于元丰二年（1079）至元祐二年（1087）京师游学时，或崇宁元年（1102）至大观四年（1110）在朝为官时。"《古今词话》引《耆旧续闻》："与同起止，美成复作《凤来朝》云。"又将此词附会于李师师。罗注："毛晋跋《山谷词》谓鲁直（黄庭坚字鲁直）答曰：'空中语耳。'案宋人艳词亦多属空中语,非夫子自道也。"

【注释】

①此调始于清真词。孙注:"景宋本、吴钞本、宛钞本、王刻本、朱刻本调名下注'越调'"。刘本、孙本从陈本,题作"佳人"。

②逗晓:破晓,天刚亮。南朝·梁武帝《藉田诗》:"严驾伫霞昕,泄露逗光晓。"陈本作"逗晓光"。娇面:娇美的容貌。唐·刘希夷《公子行》:"愿作轻罗著细腰,愿为明镜分娇面。"

③未遍,罗注:"《古今词话》引《耆旧续闻》作'未辨',毛本、《词统》同。"郑本:"汲古作'未辨',以音讹,从元本。"小窗:唐·方械《失题》(一作陈叔宝诗):"夕阳如有意,长伴小窗明。"李商隐《晚晴》:"并添高阁迥,微注小窗明。"

④残朱:罗注:"《续闻》作残妆,毛本、《词统》同。"孙注:"底本(郑本)、毛刻本、丁刻本作'残妆'。"南朝梁·沈约《早行逢故人车中为赠诗》:"残朱犹暧暧,馀粉尚霏霏。"云鬟:高耸的环形发髻。唐·李白《久别离》:"至此肠断彼心绝,云鬟绿鬓罢梳结。"

⑤说梦:诉说梦境。唐·吴融《宋玉宅》:"已怀湘浦招魂事,更忆高唐说梦时。"

⑥罗注:"《续闻》作'兽香',毛本、《词统》同。"

⑦孙本从郑本作"待起又如何拚",《清真集》同。宋·晏几道《鹧鸪天》:"彩袖殷勤捧玉钟,当年拚却醉颜红。"

⑧日炙:炎热的阳光。唐·李贺《公莫舞歌》:"横楣粗锦生红纬,日炙锦嫣王未醉。"罗注:"毛本、《词统》作'画楼'。"孙本从毛本。

【汇评】

乔大壮手批《片玉集》:四声。"敛"是闭口韵。

俞平伯《清真词释》:好一幅晓窗睡美人也。

又:《片玉集》中题编者所加,此篇题作"佳人",却尚贴切。佳人好相唯在于姿。《神女赋》曰:"姿态横溢。"又《文赋》曰:"其为体也多姿。"无他,文如其人耳。"玉艳珠鲜"、"柳敬花鹉"者,姿也。

"逗晓看娇面",入手擒题,而次句即顿。天明矣,以小窗之深,故弄明而犹未遍。无非片饷之延挨耳，却有多少的从容，是期待、是留恋、是惋惜……是的，也都不，在宁耐，犹是深闺梦里人耳。

紧接一句，"爱残朱宿粉云鬟乱"，文姝婉而格大道。吾辈但个中人之那般活现为快，如何而活现而觉得快活却每不暇辨。以措辞精粹为解，难道不精粹么？是矣，而未尽也。刚健者气，婀娜者姿。毕竟是姿也，执柯伐柯也，美人词以活的美人做胎子也。固亦有所出。郑叔问评本曰："王建《宫词》'宿妆残粉未明天'，此词前阕所本。"斯言是也。惟姿态之胜，有青出于蓝处。

笔致的挪转，语气的吐纳，顾盼飞扬，无垂不缩，上片结句遂于此回环往复中直下深微，而在琐窗罗帐间迟回一霎。宁耐的心情至此完全揭出，读者当知吾前言之非傅会也，然竟似复复。似复而又不复何？盖一笔渲染，作两层钩勒耳。周保绪曰："清真浑厚，正于钩勒处见，他人一钩勒便刻削，清真愈钩勒愈浑厚。"(《宋四家词选》序论)此言是也。以景言之，皆朦明也，以心情言之，皆宁耐也，一笔也，复也。然而不然，小窗弄明，蓁而不见，是朦胧之朦明也，是期待之宁耐也，有一星半点儿不耐烦之宁耐也。最好帐中见，观之不足也，已不甚朦胧而要他多朦胧会子的朦明也，痛痒相关之宁耐也。正于钩勒处见浑厚，则厚之至也。妙在其上"残朱宿粉"句已把美人写得威灵显赫，为造化怜才，为美人惜遇，则爱此朦胧，固人之情也，未免节外生枝矣。——即不节外生枝，亦人之情也。

申言钩勒之义，他人何以薄，清真何以厚。释之曰，以钩勒为钩勒则薄，以不钩勒为钩勒则厚。或曰，滥调耳，请再释之。曰，描头画角是钩勒也，鞭辟入里是不钩勒也。钩勒是了解清真词之入门，然何足尽之哉。若曰"愈钩勒愈浑厚"，言至善也，不愈重君惑耶。

……

下片四句皆折腰格，而末句直下，如下：

说梦｜双蛾微敛。锦衾温｜酒香未断。待起｜难舍拚。任日炙画栏暖。

此词以姿态胜，又题作"佳人"，而实写佳人姿态者，一首只"说梦"一句，而"说梦"一句中又只"双蛾微敛"四字是实写，蜻蜓点水之笔，犹清真《丹凤吟》"弄粉调朱柔素手"句，犹小山《临江仙》"两重心字罗衣"句，粉痕脂浣，唯此而已。以文字代感觉难而非，以钩想像易而是，固不独写艳为然。即《清真集》中实写美人，亦非无俗笔，如《望江南》"宝髻玲珑"两句之类。"说梦双蛾微敛"，一气读之，有一气读之之妙，顿挫读之，有顿挫读之之妙，一专以神情言，一通上下文言之也。"说梦"是醒了，"双蛾微敛"又是要睡罢，另外有一人自己老是这么磨咕着，而美人之美却多半在其磨咕中见，此通上下文之领会也。以上言之，醒已迟也。以下言之，又慵起也。"酒香未断"既找足昨夜欢恋，又将朝慵缘故轻轻收拾，随手变换，针缕细甚。《漱玉词》曰："被冷香销新梦觉，不许愁人不起。"此对镜台打反镜，飞卿所谓"照花前后镜"也。彼曰"被冷香销"，此则曰"锦衾温酒香未断"也；彼曰"新梦觉"，此则曰"说梦双蛾微敛"也，彼曰"不许愁人不起"，此则曰"待起难舍拚，任日炙画栏暖"也。一个是要不起来而不得不起来，一个是要起来而偏偏起不来，触手兰芬都成愁艳，又大有将正立的照片翻过来径见其背之乐。

此犹其形迹然也，漱玉彼词清无可咽，过颊即空，清真此词丰若有余，到口立化。然此犹其笔墨之蹊径也。寻其根柢，宁有二耶。目凄神悚，是醒之情，必径呈其陡削，柳暝花困，是睡之态，必曲貌以葳蕤，然此犹局于文情也。谛观之，陡削而愈韶秀，足征漱玉之良奇，葳蕤而反道逸，以见清真之甚大。通乎性情之际，特假借之以言文耳，以为根柢在是，失之远矣。作者当日不知其所以然，读者今日亦不知其所以然而然，无间之妙，吾何间然哉。彼辄曰某某风裁如何，某某格调如何，皆耳食也，目论也。人世虽大，风裁格调又在何处耶？若曰在吾怀中，则寸心固足以括之也。若曰不在怀中，又安在耶？此不可不辨也。借曰有之，亦如行云流水耳。观者只赏幻变，以为舒卷漪沦得大自在，而不知彼受他力之支配正有其大不自在处。此又不可不辨也。

词写冬闺。飞卿《菩萨蛮》"暖香惹梦鸳鸯锦"，虽是新春情景，然彼锦衾温之不冬，固无碍此锦衾温之为冬也，至少亦无由证其非冬。观其逗晓弄明，迟迟不曙，通篇复不见花鸟点缀，与夫"日炙画栏暖"句，……或曰"春暖春暖，暖一定是春"，无如之奈何。然日已高春，画栏乍暖，亦春融气象否？至于新年残岁，节候依稀，当参校清真他作以辨之。

……结句分照全篇，"日炙"以照"逗晓"、"弄明"，"画栏"以照"小窗"、"帐中"，"画栏暖"以照"锦衾温"，而"任"字一领，先将"待起"扫却，继将"难舍拚"缴足，又如卷帘，层层倒卷而上，直到首句。此通上下文而析言之也。

一落索①

双调

眉共春山争秀。可怜长皱。莫将清泪湿花枝②，恐花也、如人瘦③。　　清润玉箫闲久④。知音稀有⑤。欲知日日倚阑愁⑥，但问取、亭前柳⑦。

【题解】

《古今词话》所引《耆旧续闻》云："周美成至汴京，主角妓李师师家，为作《洛阳春》(即《一落索》)，师师欲委身而未能也。"罗笺："《古今词话》所引《耆旧续闻》，谓此亦为李师师作，已见前引文。此盖应歌之词，代妓而作耳，苟如《续闻》所言，则作者乃主李师师家，又何离恨之有？亦自相牴牾也。"孙本《附录》："《一落索》约可确定写于元丰二年(1079)至元祐二年(1087)京师游学时，或崇宁元年(1102)至大观四年(1110)在朝为官时。"

【注释】

①毛注："《清真集》作《洛阳春》。"罗注："按《古今词话》引《耆旧续闻》亦作《洛阳春》。《词统》作《一络索》。皆别名也。"孙注："景宋本、吴钞本、宛钞本、王刻本、朱刻本调名下注'双调'。"

②春山：春日山色黛青，因喻指妇人姣好的眉毛。唐·李商隐《代董秀才却扇》："莫将画扇出帷来，遮掩春山滞上才。"湿花枝：唐·李商隐《天涯》："莺啼如有泪，为湿最高花。"宋·苏轼《生查子》："酒罢月随人，泪湿花如雾。"

③罗注:"按'恐'作'怨'、'如'作'知'者,或是形近而字误。"孙注:"黄庭坚《蓦山溪》(赠衡阳妓陈湘):'春未透,花枝瘦,正是愁时候'。"

④清润:清丽温润。南朝梁·钟嵘《诗品》卷下:"祐诗猗猗清润,弟祀明靡可怀。"罗注:"《礼记·聘义》谓玉有五德,'温润而泽','叩之其声清越以长',皆玉德也,'清润'字本此。"

⑤汉·枚乘《杂诗九首(其五)》:"不惜歌者苦,但伤知音稀。"

⑥罗注:"王昌龄《闺怨》:'闺中少妇不知愁,春日凝妆上翠楼。忽见陌头杨柳色,悔教夫婿觅封侯。'此用其意。"唐·许浑《秋晚云阳驿西亭莲池》:"空怀远道难持赠,醉倚阑干尽日愁。"

⑦罗注:"戴叔伦有《赋得长亭柳》诗,'亭前柳'即长亭柳也。"孙注:"晏殊《山亭柳》词,亦伤知音稀少,此双关之。"问取:问,询问。取,助词,无义。唐·岑参《与鲜于庶子泛汉江》:"山公醉不醉,问取葛疆知。"

【汇评】

陈廷焯《云韶集》:情词双绝,奴婢秦、柳。

乔大壮手批《片玉集》:二声,亦可与下首(指"杜宇思归声苦")参酌。"知音"句,可叹。

杨笺:("眉共春山"二句)以"皴""眉"二字挪开两句用,不嫌其薄者,以其自具开合之势,暗中有曲折也。("莫将"三句)推进一层,瘦从花说,人瘦带点,是烘云托月之法。("清润"二句)知音者去,故令玉箫闲久,二句为一词之主。("欲知"二句)问柳知愁者,因日日倚栏,柳固习见之。亦唯柳深知之,故可问。问柳知愁,湿枝恐瘦,皆以无知物看作有知意,以婉曲而愈深。

罗笺:"倚阑"二句,写景俊逸,拟诸诗境,有"十里晓风吹不断,乱红飞雨过长亭"意境。

红罗袄①

大石　秋悲

画烛寻欢去,羸马载愁归②。念取酒东垆③,尊罍虽近,采花南浦,蜂蝶须知④。　　自分袂、天阔鸿稀⑤。空怀梦约心期⑥。楚客忆江蓠⑦。算宋玉、未必为秋悲⑧。

【题解】

罗忼:"《风流子》云:'枫林凋晚叶,关河迥、楚客惨将归。'是将去荆南之作。此云:'楚客忆江蓠。'是别后有忆而作,词情凄怨与客江陵诸篇同调,似是知溧水前、甫离荆时作,故与溧水及以后之作,格调殊异。"

【注释】

①《红罗袄》调始清真。陈本、吴本调名下注"大石"。吴本调名下有词题"秋思"。孙本:"景宋本、吴钞本、宛钞本、王刻本、朱刻本调名下注'大石'。景宋本、毛扆校本补、王刻本、朱刻本调名下有词题'秋悲'。吴钞本调名下有词题'秋思'。"

②画烛:有画饰的蜡烛。唐·李峤《烛》:"兔月清光隐,龙盘画烛新。"羸马:瘦弱的马。唐·胡曾《咏史诗·黄金台》:"北乘羸马到燕然,此地何人复礼贤。"

③东垆:邻家酒店。孙本:"暗用陶潜《饮酒》诗'采菊东篱下,悠然见南山'句意,采菊东篱,故以东垆为近。"

④尊罍:泛指酒器。南唐·徐铉《和张少监晚菊》:"采撷也须盈掌握,馨香还解满尊罍。"蜂蝶:陈本注:"冉宗敏《未开牡丹》:'密藏嫩蕊蜂难见,微敛香浓蝶已知'。"

⑤分袂:分手。南朝宋·谢惠连《西陵遇风献康乐》:"饮饯野亭馆,分

袂澄湖阴。"

⑥心期：心中相许。晋·陶潜《酬丁柴桑》："实欣心期，方从我游。"南朝梁·何逊《刘博士江丞朱从事同顾不值作诗云尔》："心期不会面，怀之成首疾。"

⑦楚客：指屈原，这里泛指客居他乡的人。《楚辞·离骚》："扈江蓠与辟芷兮，纫秋兰以为佩。"唐·李商隐《九日》："不学汉臣栽苜蓿，空教楚客咏江蓠。"余参见《风流子》(枫林凋晚叶)注释③。

⑧《楚辞》宋玉《九辩》："悲哉秋之为气也，萧瑟兮草木摇落而变衰。"又云："坎廪兮，贫士失职而志不平；廓落兮，羁旅而无友生。"

【汇评】

乔大壮手批《片玉集》：四声。此调不易作。

杨笺：("画烛"二句)去欢、归愁对起。("念取酒东垆"四句)分承，每二句尚有下文未说，"虽近"者，去亦不常；"须知"者，归必载愁也。("自分袂"句)此句为一词之主。("空怀"句)梦者，梦见；约者，后约。二字平列。("楚客"句)正意。("算宋玉"句)反托。

少年游①

黄钟

朝云漠漠散轻丝②。楼阁淡春姿。柳泣花啼③，九街泥重④，门外燕飞迟。　　而今丽日明金屋，春色在桃枝⑤。不似当时，小桥冲雨⑥，幽恨两人知。

【题解】

罗笺云："上阕旧游，下阕重来，抚今追昔，与《垂丝钓》同。据'九街'句，当是汴京再旅之作。"马成生、赵治中《周邦彦年谱》(下)云此词似作于绍圣四年(1097)。路成文《周邦彦几首寻常妓情词的编年问题》云:"两首《少年游》时序均为暮春,表明词作于某个暮春时节。但每首词中皆有昔日暮春和现在暮春之别,两词过片均用'而今'二字作转,表明上片非写眼前情事,乃追忆昔日情事。两词下片第三句又有一转","'朝云漠漠'一首用'不似当时'四字,亦将昔日情事与眼前情事进行钩连比较,即昔日'小街冲雨,幽恨两人知',今日则'丽日明金屋,春色在桃枝'。""真正提示创作地点的词汇其实是'南陌'、'九街'和'小桥'等。详词意,'南陌'乃归程所经之路,'九街'是女子所居之楼阁所在之地,'小桥'则为昔日期约之地。合而观之,这两首词写的是女子盼望夫君(或恋人)归家之词","这显然是两首寻常的闺情或妓情词,而不是什么'荆州纪行词'","据'九街'二字推断,此二词或作于清真游学京师期间,惜少铁证,不敢遽定"。

【注释】

①孙本从毛本有词题"雨后"。

②朝云:三国魏·曹植《赠丁仪》:"朝云不归山,霖雨成川泽。"漠漠:迷蒙貌。汉·王逸《九思·疾世》:"时咄咄兮旦旦,尘漠漠兮未晞。"南朝齐·谢朓《侍筵西堂落日望乡》:"漠漠轻云晚,飒飒高树秋。"唐·杜甫《茅屋为秋风所破歌》:"俄顷风定云墨色,秋天漠漠向昏黑。"散轻丝:晋·张协《杂诗十首》(之三):"腾云似涌烟,密雨如散丝。"

③柳泣花啼:形容风雨中花柳憔悴黯淡的情景。唐·李咸用《和殷衙推春霖即事》:"柳眉低带泣,蒲剑锐初抽。"宋·欧阳修《蝶恋花》:"和露采莲愁一饷。看花却是啼妆样。"

④九街:即九陌、九衢,京师街巷之通称。《三辅黄图》:"长安城中……八街、九陌、三宫、九府、三庙、十二门、九市、十六桥。"唐·薛能《送浙东王大夫》:"宾客招闲地,戎装拥上京。九街鸣玉勒,一宅照红旌。"唐·韩偓《初伏期集》:"轻寒著背雨凄凄,九陌无尘未有泥。"

⑤宋·林逋《梅花三首》(之三):"惭愧黄鹂与蝴蝶,只知春色在桃溪。"

⑥小桥:毛本作"小楼"。孙本:"戈选本、朱校所引元本作'小楼'。"冲雨:冒雨。唐·韩偓《即目》:"须信闲人有忙事,早来冲雨觅渔师。"

【汇评】

俞陛云《宋词选释》：此在荆州听雨怀旧之作。"不似当时"句，淡语也，而得力全在此句，使通篇筋骨俱动。

乔大壮手批《片玉集》：起轻倩，亦一法。结意翻新。此"不似"二字之用，非泛然也。"而今"、"当时"，如何拉拢。"支"、"脂"韵字多，尤易触，不必效之。

杨笺：此词以"晴雨"为眼目，上阕说雨，下阕说晴。（"楼阁"句）言楼阁中有人在。（"柳泣"三句）写足"雨"字。（"而今"五句）《诗余》"而今"改作"今朝"，减却陡转力量，非是。"丽日"反映云雨，"金屋"应"楼阁"，"桃枝"应花柳，"小桥"应"九街"，"冲雨"应"飞迟"。"不似当时"，忽又缴到雨时，与上一阕"喜无风雨"（《少年游》"南都石黛扫晴山"中句）法同。

浣沙溪

贪向津亭拥去车①。不辞泥雨溅罗襦②。泪多脂粉了无余。　　酒酽未须令客醉③，路长终是少人扶。早教幽梦到华胥④。

【题解】

《年谱》编于大观三年（1109），并注云："《锁阳台·花扑鞭梢》、《大酺》（春雨）、《浣溪沙·贪向津亭》、《早梅芳引·花竹深》、《绮寮怨·上马人扶》。""杨琼善歌，居士游荆州时所欢，必杨其姓，而能歌，故借用之。"罗笺则云："此词上片所叙，当是解职州郡，行时官妓送别情景，下片设想于登程以后。按宋时官妓送迎官长故事，多见于北宋人词，惟此类应歌代言之作，每不标题，后人不知，见其哀艳缠绵，遂以为真个作者自道也。东坡于此等词常加标题，千载以后，庶堪解惑。……大抵当官妓须有一副急泪，送行时例作掩抑啼妆之状，故东坡《木兰花令》'次马中玉韵'又云：'故将别语恼

368

佳人，要看梨花枝上雨。'可谓一语道破矣，此又证书宋词者不可不知。……味此词下片，似是晚年之作。身已衰老，故叹道路无人扶持，一也。前自溧水还京，赋《浣溪沙》(日薄云飞官路平)结拍云：'早收灯火梦倾城。'盖时年犹壮盛，未捐绮思。此则曰：'早教幽梦到华胥。'老年不堪烦剧，但愿任所如华胥之国，冀能无为而治耳，二也。按清真数绾州麾，并在晚年：政和四年自隆德府徙知明州，时五十九岁；明州解组时六十岁；重和元年知真定时，时六十三岁；其后又改知顺昌府，徙处州。惟未知此词作于何时。"

【注释】

①津亭：古代建于渡口旁的亭子。唐·王勃《江亭夜月送别》诗之一："津亭秋月夜，谁见泣离群。"

②不辞：不辞让；不推辞。《庄子·天下》："惠施不辞而应，不虑而对，遍为说万物，说而不休，多而无已。"成玄英疏："不辞谢而应机，不思虑而对答。"罗襦：绸制短衣。《史记·滑稽列传》："罗襦襟解，微闻芳泽。"唐·裴虔馀《咏篙水溅妓衣》："从教水溅罗襦湿，知道巫山行雨归。"

③酒酽：酒味浓烈。唐·曹唐《小游仙诗九十八首》(之十四)："酒酽春浓琼草齐，真公饮散醉如泥。"

④华胥：《列子·黄帝》："(黄帝)昼寝而梦，游于华胥氏之国。"后成为梦境的代称。三国蜀·张绍《冲佑观》："心悬真洞，梦到华胥。"宋·王安石《书定林院窗》之一："竹鸡呼我出华胥，起灭篝灯拥燎炉。"

南乡子①

下四阕《清真集》不载

秋气绕城闉②。暮角寒鸦未掩门。记得佳人冲雨别，吟分。别绪多于雨后云③。　　小棹碧溪津。恰似江南第一春。应是采莲闲伴侣，相寻。收取莲心与旧人④。

【题解】

罗笺云："一样四首,见毛本卷下,注云:'下四阕《清真集》不载。'《集外词》俱录,《抄补》则否。按《少年游》云:'不似当时,小桥冲雨,幽恨两人知。'此云'记得佳人冲雨别',似出一口。然以'寻'叶'春'、'云',失黏,知音如清真者定不至此,《片玉集》中亦无其例也。"

【注释】

①毛本注:"下四阕《清真集》不载。"毛扆校本注:"四首《片玉集》无。"按指此首及《南乡子》"寒夜梦初醒"、"户外井桐飘"、"轻软舞时腰"。

②秋气:指秋日凄清、肃杀之气。《吕氏春秋·孝行览》:"春气至则草木产,秋气至则草木落。"城闉,城内重门。亦泛指城郭。谢瞻《王抚军庾西杨集别时为豫章太守庾被征还东诗》:"分手东城闉,发棹西江隩。"南朝梁·庾肩吾《经陈思王墓诗》:"枯桑落古社,寒鸦归孤城。"

③暮角:日暮的号角声。唐·刘禹锡《洞庭秋月行》:"岳阳城头暮角绝,荡漾已过君山东。"冲雨:冒雨。唐·韩偓《即目》:"须信闲人有忙事,早来冲雨觅渔师。"南朝齐·王融《和南海王殿下咏秋胡妻诗七章》(之四):"参差兴别绪,依迟起离慕。"

④碧溪:绿色的溪流。唐·杜甫《园》:"碧溪摇艇阔,朱果烂枝繁。"莲心:谐音"怜心"。《杂曲歌辞·西洲曲》:"置莲怀袖中,莲心彻底红。"

望江南①

大石　咏妓

歌席上,无赖是横波②。宝髻玲珑攲玉燕③,绣巾柔腻掩香罗。人好自宜多④。　　无个事,因甚敛双蛾。浅淡梳妆疑见画⑤,惺松言语胜闻歌⑥。何况会婆娑⑦。

【题解】

罗笈:"《浩然斋雅谈》谓清真自言颇悔少作,并录此词以实之。按《雅谈》叙事虽失实,而此等艳词出于少作以付声妓则是也。"

【注释】

①孙本:"景宋本、吴钞本、宛钞本、朱刻本调名下注'大石'。景宋本、吴钞本、毛扆校本补、王刻本、朱刻本调名下有词题'咏妓'。"

②无赖:指似憎而实爱。含亲昵意。隋炀帝《嘲罗罗》:"个人无赖是横波,黛染隆颅簇小蛾。幸好留侬伴成梦,不留侬住意如何?"

③宝髻:古代妇女发髻的一种。唐·王勃《登高台》:"为君安宝髻,蛾眉罢花丛。"玉燕:汉·郭宪《洞冥记》:"元鼎元年,起招仙阁于甘泉宫西……以迎神女。神女留玉钗以赠帝,帝以赐赵婕好。至昭帝元凤中,宫人犹见此钗。黄琳欲之,明日示之,既发匣,有白燕飞升天。后宫人学作此钗,因名玉燕钗,言吉祥也。"

④掩:罗笈从朱本作"染"。香罗:绫罗的美称。唐·杜甫《端午日赐衣》:"细葛含风软,香罗叠雪轻。"人好自宜多:《浩然斋雅谈》作"何况会婆娑"。汉·扬雄《方言·二》:"自关而西秦晋之间,凡美色或谓之好,或谓之窕。"

⑤疑见画:南朝·梁简文帝《咏美人看画诗》:"可怜俱是画,谁能辨伪真。"

⑥惺鬆:陈本、吴本、毛本作"惺松"。孙本作"惺忪"。孙本:"景宋本、丁刻本、王刻本、朱刻本作'惺忪'。"形容声音轻快。宋·晏几道《丑奴儿》:"莺语惺忪,似笑金屏昨夜空。"

⑦何况会婆娑:罗笈:"《雅谈》作'好处是情多'。"婆娑:舞貌。《诗·陈风·东门之枌》:"子仲之子,婆娑其下。"毛传云:"婆娑,舞也。"

【汇评】

陈廷焯《云韶集》卷四:此词最芊绵而有则,他手自不及。

陈廷焯《白雨斋词话》:美成艳词,如《少年游》、《点绛唇》、《望江南》……等篇,别有一种姿态,句句洒脱,香奁泛语,吐弃殆尽。

陈廷焯《词则·闲情集》卷一：美成以《少年游》一词通显,以此词得罪,荣枯皆系于一词,异矣。

又：艳词至美成,一空前人,独辟机杼。如此词下半阕,不用香泽字面,而姿态更饶,浓艳益至,此美成独绝处也。

况周颐《蕙风词话》：清真《望江南》云:"惺忪言语胜闻歌",谢希深《夜行船》云:"尊前和泪不成歌",皆熨帖入微之笔。

乔大壮手批《片玉集》：片玉小令极近五季,不为当行。"宜多"者,谓多所相宜也。

杨笺:("横波")眼波。("宝髻"二句)髻饰及巾。("人好"句)"自宜多"者,多多益善也。("双蛾")眉黛。("浅淡"二句)梳妆及言语。("何况"句)跌进一层。"惺忪"陈注作"清轻",疑当作半醒半睡时之言语,故从郑刻作惺忪。"婆娑",舞态。

望江南①

大石

游妓散,独自绕回堤②。芳草怀烟迷水曲,密云衔雨暗城西③。九陌未沾泥④。　　桃李下,春晚未成蹊⑤。墙外见花寻路转,柳阴行马过莺啼。无处不凄凄⑥。

【题解】

前词(按指《望江南·歌席上》)有"人好自宜多"句,谓与游群妓,此云"游妓散",当是曲终人散,相继而作。

【注释】

①陈本、吴本调名下注"大石"。毛本有词题"春游"。孙本:"景宋本、吴钞本、宛钞本、王刻本、朱刻本调名下注'大石'。无词题。"

②唐·苏味道《正月十五日夜》："游伎皆秾李，行歌尽落梅。"

③水曲：水流曲折处；曲折的水滨。《周礼·地官·保氏》"四曰五驭"，汉郑玄注："五驭：鸣和鸾，逐水曲，过君表，舞交衢，逐禽左。"密云：密布的浓云。《易·小畜》："密云不雨，自我西郊。"南朝梁·刘孺《至大雷联句》："密云穷浦暗，飞电远洲明。"

④九陌：见《少年游》（朝云漠漠散轻丝）注释④。

⑤未：孙本从毛本作"自"。春晚：犹春暮。唐·张彦胜《露赋》："昔时春晚，拂杨柳于南津；今日秋深，落芙蓉于北渚。"《史记》卷一百九《李将军列传》："谚曰：'桃李不言，下自成蹊。'"晋·阮籍《咏怀》："嘉树下成蹊，东园桃与李。"

⑥凄凄：草木盛貌。唐·罗隐《谒文宣王庙》："晚来乘兴谒先师，松柏凄凄人不知。"

【汇评】

乔大壮手批《片玉集》：二声。

俞平伯《清真词释》：谭评《词辨》，于欧阳修《采桑子》首句"群芳过后西湖好"，旁批曰："扫处即生。"正可移用。猛下"游妓散"三字，便觉繁华过眼而空，笔力竟直注结尾矣。以下步步逼紧，直逼出"无处不凄凄"之神理来，一首只是一句，一句只是一感觉。有以简为贵者，盖唯简则明，积明斯厚，故贵简也。

"芳草"句以下，全系写景，烘染之笔。"怀"、"迷"、"衔"、"暗"，下得极精稳，可悟炼字之法。设圈去之，"芳草□烟□水曲，密云□雨□城西"，在四字之外另想四字，得乎不得乎？固知一字千金，为不虚也。如"芳草怀烟迷水曲"，原难释以口语，而逐观本文，固甚分明，若以"怀"、"迷"二字为不甚可解而易之，虽更近于白话，而其境界反令读者想象不出。故知原句似晦而实明，臆改之句，似明而终晦也。凡遇此等处，均宜细心体玩其唤起之心象如何，不可梗一流俗之见，以为衡量之准。

"芳草"三句写尽天阴欲雨，春寒中人。下"衔"字、"暗"字，雨意垂垂已在眉睫之间，复以"九陌未沾泥"略略一挑，所谓"万木无声待雨来"，虽境界不复尽同，而亦正堪融会。须知真了了雨，下雨何奇之有，便失却了紧张

373

味，结尾挑起，似宽放出一句，而实紧追了一句，文心细甚。

过片典出《汉书·李广传赞》。汲古阁本"未"作"自"，误。词中不忌重字，上云"未沾泥"，下云"未成蹊"，固不相妨耳。夫桃李甜美，人孰不爱吃，虽标语未贴，口号不呼，其下明明无路，而自然慢慢会有，故曰："其实存也。"春晚矣，犹未成蹊，"似这等荒凉地面"，信步行来，真成孤迥。见花而寻路，是无路也，行马而莺啼，是无人也。句句摹景，句句含情，末轻点一"凄凄"，以"无处不"三字重压之，便全神俱活，而款款欲飞。

归去难①

仙吕　期约

佳约人未知，背地伊先变②。恶会称停事，看深浅。如今信我③，委的论长远。好来无可怨④。泊合教伊，因些事后分散⑤。　　密意都休⑥，待说先肠断。此恨除非是，天相念。坚心更守，未死终相见⑦。多少闲磨难。到得其时⑧，知他做甚头眼。

【题解】

罗笺："吴则虞《清真集》校点云：'此类词未必美成所撰，抑或当筵付歌者之作，故不著隽语，信手拈来，只合音拍易于演唱耳。'案以俚语为词，宋人游戏之作有此一路，山谷其尤者也。《中原音韵》云：'不必要上纸，但只要好听，俗语、谑语、市语皆可。前辈云：街市小令唱尖新茜意。'词曲一例，此之谓也。此词阑入山谷之调耳，但与毛本多收伪托庸滥之作有异，不必疑非清真作也。又此等市井俗语，当时无人不晓，时易世移，言语亦变，今则不易通解矣。"

【注释】

①郑本注："此与《满路花》同调而异名。"陈本、吴本调名下注"仙吕"，

陈本有词题"期约"。孙本:"景宋本、吴钞本、王刻本、朱刻本调名下注'仙吕'。"

②佳约人未知:罗笺作"佳人约未知"。伊先变:陈本作"伊变"。孙本:"景宋本、毛扆校本改、宛钞本作'伊变'。"

③停事:陈本作"亭事"。孙本:"景宋本、宛钞本'亭事'。"称停:亦作"称亭"。称量平正。比喻公正,恰当。宋·叶适《除吏部侍郎谢表》:"驭下极称亭之审,待臣循理分之宜。"信:凭,让之意。宋·晏殊《渔家傲》:"须信道,人间万事何时了。"

④委的:的确。好来:毛本、郑本作"好彩"。孙本:"吴钞本、丁刻本、王刻本、朱刻本作'好采'。"罗笺作"好采"。

⑤泊合:孙本从毛本作"自合"。因些:孙本从毛本作"推些"。

⑥密意:亲密的情意。南朝陈·徐陵《洛阳道》之二:"相看不得语,密意眼中来。"

⑦相见:孙本从毛本作"须见"。坚心:坚定的心志。唐·孟郊《择友》诗:"若是效真人,坚心如铁石。"唐·白居易《长恨歌》:"惟将旧物表深情,钿合金钗寄将去。钗留一股合一扇,钗擘黄金合分钿。但令心似金钿坚,天上人间会相见。临别殷勤重寄词,词中有誓两心知。七月七日长生殿,夜半无人私语时。"

⑧闲磨难:罗笺:"《粹编》作'关磨难'。"其时:孙本:"丁刻本作'其间'。"

【汇评】

乔大壮手批《片玉集》:四声。缠令可厌,语体之敝如此。"念"字又混入闭口韵。"坚心"九字自好。

木兰花令①

歌时宛转饶风措②。莺语清圆啼玉树③。断肠归去月三更,薄酒醒来愁万绪④。　　孤灯翳翳昏如雾⑤。枕上依稀闻笑语⑥。恶嫌春梦不分明⑦,忘了与伊相见处。

【注释】

①毛本、《全宋词》注:"《清真集》不载。原本二首,考'残春一阵狂风雨'是《六一词》,删去。"

②风措:形容风韵美好动人。宋·柳永《合欢带》:"身材儿早是妖娆,算风措,实难描。"

③宋·郭祥正《醉翁操》:"花落溪边。萧然。莺语林中清圆。"

④薄酒:度数不高的酒,谦称待客之酒。唐·韩偓《丙寅二月二十二日抚州如归馆雨中有怀诸朝客》:"薄酒旋醒寒彻夜,好花虚谢雨藏春。"万绪:唐·李益《送诸暨王主簿之任》:"别愁已万绪,离曲方三奏。"

⑤翳翳:晦暗不明貌。晋·陶渊明《癸卯岁十二月中作与从弟敬远诗》:"凄凄岁暮风,翳翳经日雪。"

⑥韦庄《女冠子》:"昨夜夜半,枕上分明梦见。语多时,依旧桃花面。"

⑦化用唐·张泌《寄人》:"倚柱寻思倍惆怅,一场春梦不分明。"

【汇评】

陈洵《抄本海绡说词》:"薄酒"七字是全阕点睛,"歌时"三句从醒后逆溯,下阕句句是愁。

塞垣春①

大石

暮色分平野②。傍苇岸、征帆卸③。烟村极浦④,树藏孤馆⑤,秋景如画。渐别离气味难禁也⑥。更物象、供潇洒⑦。念多材浑衰减,一怀幽恨难写⑧。　　追念绮窗人,天然自、风韵娴雅⑨。竟夕起相思,谩嗟怨遥夜⑩。又还将、两袖珠泪,沉吟向寂寥寒灯下⑪。玉骨为多感,瘦来无一把⑫。

【注释】

①孙本:"景宋本、吴钞本、宛钞本、王刻本、朱刻本调名下注'大石'。"《草堂诗余》《花草粹编》题作"秋怨"。

②暮色:傍晚昏暗的天色。南朝宋·鲍照《幽兰》之一:"倾辉引暮色,孤景留恩颜。"平野:平坦广阔的原野。南朝宋·鲍照《送盛侍郎钱候亭》:"高塘宿寒雾,平野起秋尘。"唐·杜甫《旅夜抒怀》:"星垂平野阔,月涌大江流。"

③苇岸:五代·李中《泊秋浦》:"苇岸风高宿燕惊,维州特地起乡情。"征帆:指远行的船。何逊《赠诸游旧诗》:"无由下征帆,独与暮潮归。"

④烟村:指烟雾缭绕的村落。孙本从毛本作"烟深"。唐·白居易《东南行一百韵》:"水市通阛阓,烟村混轴轳。"极浦:遥远的水滨。《楚辞·九歌·湘君》:"望涔阳兮极浦,横大江兮扬灵。"王逸注:"极,远也;浦,水涯也。"唐·戎昱《采莲曲二首》(之一):"烟生极浦色,日落半江阴。"

⑤孤馆:孤寂的客舍。南朝宋·傅亮《九月九日登凌嚣馆赋》:"度回壑已停辕,凌孤馆而远憩。"唐·许浑《瓜州留别李诩》:"孤馆宿时风带雨,远帆归处水连云。"

⑥气味:指情绪。唐·李廓《落第》:"气味如中酒,情怀似别人。"

⑦物象:自然界的景象。唐·常建《西山》:"物象归馀清,林峦分夕丽。"潇洒:指秋色爽丽清明。唐·杜甫《玉华宫》:"万籁真笙竽,秋色正潇洒。"

⑧多材:吴本、毛本、戈选本、丁刻本、郑本作"多才"。《尚书·周书·金縢》:"史乃祝册,(周公)曰:'……予仁若考,能多材多艺,能事鬼神。'"幽恨:唐·元稹《楚歌》之十:"各自埋幽恨,江流终宛然。"唐·韩偓《春闷偶成十二韵》:"相思不相信,幽恨更谁知。"难写:孙本:"戈选本作'谁写'。"

⑨绮窗:雕刻或绘饰得很精美的窗户。晋·左思《蜀都赋》:"开高轩以

临山，列绮窗而瞰江。"吕向注："绮窗，雕画若绮也。"风韵：风度，韵致。《晋书·桓石秀传》："石秀，幼有令名，风韵秀彻。"娴雅：毛本、戈选本、丁刻本、郑本作"闲雅"。

⑩唐·张九龄《望月怀远》："情人怨遥夜，竟夕起相思。"谩嗟：空叹。谩，通"漫"。宋·王安石《桂枝香·金陵怀古》："千古凭高，对此谩嗟荣辱。"

⑪珠泪：眼泪。南朝梁·张率《长相思》："空望终若斯，珠泪不能雪。"寂寥：《花草粹编》作"寂寞"。寒灯：寒夜里的孤灯。多以形容孤寂、凄凉的环境。宋·卢纶《长安疾后首秋夜即事》："楚客病来相思苦，寂寥灯下不胜愁。"唐·李商隐《别薛岩宾》："还将两袖泪，同向一窗灯。"

⑫玉骨：清瘦秀丽的身架。多形容女子的体态。唐·李商隐《偶成转韵七十二句赠四同舍》："天官相吏府中趋，玉骨瘦来无一把。"

【汇评】

沈际飞《草堂诗余正集》：调逼侧，读之难忘。"念多才"二句，恨无异意。"将""泪珠""沉吟"，伤矣。"沉吟向寒灯"，伤如之何！结得奇，恐惊肉眼。

黄苏《蓼园词选》：比耶？兴耶？情文相生，音节俱极清隽。

潘游龙《古今诗余醉》卷七：结得奇，恐惊肉眼。

陈洵《海绡说词》："渐别离气味难禁也"，脱。"更物象供潇洒"，复上五句，然后以"念多才"十二字，归到"别离气味"上。后阕全从对面写，层联而下，总收入"追念"二字中，正是"难禁""难写"处。比"金花落烬灯"一首，又加变化。学者悟此，固当飞升。

乔大壮手批《片玉集》：四声。必须记诵之作。两"念"字不可为训。"情人怨遥夜，竟夕起相思"，张九龄诗；"玉骨瘦来无一把"，义山诗。

杨笺：此晚泊怀人之作。（"暮色"句）野暮。（"傍韦岸"二句）帆卸。（"烟深"三句）入旅舍。（"渐别离"句）以别离宕一句。（"更物象"句）况值秋天。（"念多材"二句）外景，心情交相煎逼，有时还可以材思写之，今材既衰减，则恨亦难写矣。换头"追念"二字领起下半阕。（"追念"二句）说其态度。（"竟夕"二句）说其心事。（"又还将"二句）"又"字进一层，说其为己流泪。("玉骨"二句)说其为己消瘦。全从对面着笔,因念而怨,因怨而泪,因泪而瘦,一层深一层,如牟尼一串。说到瘦,戛然便止,并未拍合旅况。此又一法。海绡翁曰:"'渐别离气味难禁也',脱。'更物象供潇洒',复'暮色分平野'五句。然后以念"多才浑衰减,一怀幽恨难写",归到别离气味上。后阕却全从对面写,总归纳'追念'二字中止,是难禁难写处。前用虚提,后用实证。"

霜叶飞①

大石

露迷衰草。疏星挂,凉蟾低下林表②。素娥青女斗婵娟③,正倍添凄悄。渐飒飒、丹枫撼晓④。横天云浪鱼鳞小⑤。似故人相看⑥,又透入、清晖半饷,特地留照。　　迢递望极关山⑥,波穿千里,度日如岁难到⑦。凤楼今夜听秋风,奈五更愁抱⑧。想玉匣、哀弦闭了⑨。无心重理相思调⑩。见皓月、牵离恨,屏掩孤颦⑪,泪流多少。

【注释】

①孙本:"景宋本、吴钞本、宛钞本、王刻本、朱刻本调名下注'大石'。"《草堂诗余》题作"秋怨",《花草粹编》作"秋夜"。

②迷:秦观《踏莎行》:"雾失楼台,月迷津渡。"衰草:枯草。南朝·沈约《岁暮悯衰草》:"悯衰草,衰草无容色。憔悴荒径中,寒荄不可识。"凉蟾:见《月下笛·小雨收尘》注释②。林表:林梢,林外。南朝齐·谢朓《休沐重还丹阳道中》:"云端楚山见,林表吴岫微。"李善注:"表,犹外也。"

③素娥:嫦娥。南朝宋·谢庄《月赋》:"引玄兔于帝台,集素娥于后庭。"李善注:"常娥,羿妻也。"李周翰注:"常娥窃药奔月,因以为名,月色

白,顾云素娥。"青女:霜神。《淮南子·天文训》:"至秋三月,青女乃出,以降霜雪。"高诱注:"青女,天神,青霄玉女,主霜雨也。"余参见《解语花·风销焰蜡》注释⑤。斗婵娟:争艳比美。唐·李商隐《霜月》:"青女素娥俱耐冷,月中霜里斗婵娟。"

④丹枫:经霜泛红的枫叶。南朝宋·谢灵运《晚出西射堂诗》:"晓霜枫叶丹,夕曛岚气阴。"唐·李商隐《访秋》:"殷勤报秋意,只是有丹枫。"

⑤鱼鳞:鱼鳞状的云。《吕氏春秋·有始览·应同篇》:"山云草莽,水云鱼鳞,旱云烟火,雨云水波,无不皆以其所生以示人。"南朝梁·王筠《春日》:"风生似羊角,云上若鱼鳞。"

⑥似故人:陈本作"但故人"。《草堂诗余》、吴本、毛本作"见皓月"。迢递:遥远貌。三国魏·嵇康《琴赋》:"指苍梧之迢递,临回江之威夷。"南朝齐·谢朓《郡内高斋闲坐答吕法曹》:"结构何迢递,旷望极高深。"关山:关隘山岭。《乐府诗集·横吹曲辞五·木兰诗一》:"万里赴戎机,关山度若飞。"宋·江淹《恨赋》:"若夫明妃去时,仰天太息,紫台稍远,关山无极。"

⑦《诗·王风·采葛》:"一日不见,如三秋兮。"

⑧凤楼:女子妆楼的美称。宋·江淹《征怨》:"荡子从征久,凤楼萧管闲。"愁抱:忧伤的怀抱。南朝梁·江淹《灯赋》:"秋夜如岁,秋情如丝,怨此愁抱,伤此秋期。"唐·张谓《同王徵君洞庭有怀》:"还家万里梦,为客五更愁。"

⑨玉匣:玉饰的匣子。亦指精美的匣子。南朝宋·鲍照《拟古·拟〈行路难〉》之一:"奉君金卮之美酒,玳瑁玉匣之雕琴。"唐·崔珏《孤寝怨》:"自君辽海去,玉匣闭春弦。"

⑩相思调:宋·陶穀《春光好》:"琵琶拨尽相思调,知音少。"

⑪见皓月:孙本从吴本、毛本作"念故人"。罗笺:"《草堂》作'念故人'。"唐·李商隐《燕台诗》:"云屏不动掩孤颦,西楼一夜风筝急。"

【汇评】

沈际飞《草堂诗余正集》:看"凉蟾低下"句,还须"见皓月"三句,多。下片后半,曼声冶容。

陈廷焯《云韶集》:写秋夜景色,字字凄断。"撼"字下得精神。"晓"何

380

可"撼"？"撼晓"何可解？惟其不可撼，所以为奇妙；惟其不可解，所以为神化也。

陈洵《抄本海绡说词》：只是"美人迈兮音尘绝，隔千里兮共明月"二句耳。以换头三句结上阕。"凤楼"以下，则为其人设想。一边写景，即景见情；一边写情，即情见景。双烟一气，善学者自能于意境中求之。

俞陛云《宋词选释》：前段以清利之笔写秋色，已足制胜。后段言情，"秋风"、"玉匣"四句，凄清欲绝。虽上阕写景，下阕写情，而"清辉"与"暗月"句相映带，非情景前后判然，且句中复顿挫生姿。

乔大壮手批《片玉集》：四声。可参阅梦窗。"凉蟾"、"素娥"、"清晖"、"皓月"，似太多，不可为法。一本"似故人"句与"见皓月"句前后倒置，不可从。

杨笺：此在客途怀人之作。（"露迷"句）先俯察。（"疏星"二句）次仰观。（"素娥"二句）双顶推进。（"渐飒飒"二句）向晓风声。（"横天"句）向晓霞色。（"似故人"三句）不过言此时尚有月影而已，乃先插入"似故人相看"句，使所怀之人先现纸上，豫通下阕消息。又曰"特地留照"，写得月似人之多情，语朴而挚，以上俱自己在客途中所感受景况。（"迢递"三句）山遥水远，承上阕来。"波"眼，"波"紧承"望"字，"难到"，难到彼处。（"凤楼"二句）"凤楼"其人所在地，从对面着想，以客途之晓景卜"凤阁"之宵愁，即此可知彼。"想"字一气贯下。末句牵恨泪流，俱从想象中出，故问其多少也。

伤情怨[①]

林钟

枝头风势渐小[②]。看暮鸦飞了。又是黄昏，闭门收返照[③]。　　江南人去路缈[④]。信未通、愁已先到[⑤]。怕见孤灯，霜寒催睡早[⑥]。

①陈本、吴本调名下注"林钟"。孙本:"戈选本调名为《清商怨》。""景宋本、王刻本、朱刻本调名下注'林钟'。"《钦定词谱》:"古乐府有清商曲辞,其音多哀怨,故取以为名。周邦彦以晏词有'关河愁思'句,更名'关河令',又名'伤情怨'。"

②风势:吴本、毛本作"风信"。宋·梅尧臣《喜雨》:"看看一百五,风势莫狂颠。"

③暮鸦:唐·李商隐《隋宫》:"于今腐草无萤火,终古垂杨有暮鸦。"返照:夕阳。唐·骆宾王《夏日游山家同夏少府》:"返照下层岑,物外狎招寻。"唐·杜甫《返照》:"返照入江翻石壁,归云拥树失山村。衰年肺病唯高枕,绝塞愁时早闭门。"

④路绅:孙本从毛本作"路杳"。吴本作"路渺"。罗笺:"毛扆校本注、朱刻本作'路渺'。"五代·韩熙载《感怀诗》:"仆本江北人,今作江南客。"

⑤信:罗笺:"戈选本作'讯'。"

⑥孤灯:孤单的灯。多喻孤单寂寞。南朝宋·谢惠连《秋怀》:"寒商动清闺,孤灯暖幽幔。耿介繁虑积,展转长宵半。"

【汇评】

陈廷焯《云韶集》:"又"字妙,"收"字妙。

又《词则·别调集》卷二:("信未通"二句)警绝。

乔大壮手批《片玉集》:四声,宋人亦有此作。

杨笺:鸦避风站枝头不飞,风势减则飞去,故"枝头"句、"看暮鸦"句云然。("又是黄昏"二句)"又"字由风小转出,才得风小,已是黄昏返照,承"暮"来。不遇,说闭门不出耳,乃著"收返照"三字,何等寂寞。"闭门"二字开下。("江南"二句)忆人。("怕见"二句)不过言早睡耳,乃用"怕见孤灯"四字,何等悱恻。"孤灯"应"返照","霜寒"应"风势"。

玉团儿①

双调

铅华淡伫新妆束②。好风韵、天然异俗。彼此知名,虽然初见,情分先熟。　　垆烟淡淡云屏曲③。睡半醒、生香透肉④。赖得相逢,若还虚过,生世不足⑤。

【注释】

①唐圭璋《宋词互见考》:"案此首周邦彦词,见《片玉词》,又误入赵长卿《惜香乐府》。"《全宋词》注:"案此首误入赵长卿《惜春乐府》卷八。"吴本调名下注"双调"并另有一调。毛本注:《清真集》不载。"罗笺引《粹编》题为"风韵"。

②铅华:妇女化妆用的铅粉。三国魏·曹植《洛神赋》:"芳泽无加,铅华弗御。"李善注引张衡《定情赋》:"思在面为铅华兮,患离尘而无光。"淡伫:郑本、吴本、毛本作"淡伫"。孙本:"王刻本作'淡伫'。""丁刻本作'澹伫'。"

③情分:犹情谊。亲友间的情感。宋·孙光宪《浣溪沙》:"何事相逢不展眉,苦将情分恶猜疑。"云屏:有云形彩绘的屏风,或用云母作装饰的屏风。见《虞美人》(玉觞才掩朱弦悄)注释⑤。

④生香:散发香气。唐·薛能《杏花》:"活色生香第一流,手中移得近青楼。"透肉:透出肌肤。唐·阎选《谒金门》:"水溅青丝珠断续,酥融香透肉。"

⑤赖得:幸亏,好在。唐·元稹《人道短》:"岂非天道短,赖得人道长。"虚过:《惜香乐府》作"虚度"。生世:唐·鲍溶《秋思二首》之一:"生世不如鸟,双双比翼翎。"

玉团儿①

双调

妍姿艳态腰如束。笑无限、桃粗杏俗②。玉体横陈，云鬟斜坠，春睡还熟③。　　夕阳斗转阑干曲④。乍醉起、馀霞衬肉⑤。搦粉搓酥，剪云裁雾，比并不足⑤。

【注释】

①诸本无，仅见吴钞本。

②妍姿：美好的姿容。三国魏·曹丕《善哉行》："妍姿巧笑，和媚心肠。"艳态：艳美的姿态。唐·杨衡《白纻辞》："轻身起舞红烛前，芳姿艳态妖且妍。"唐·白居易《与沈杨二舍人阁老同食敕赐樱桃玩物感恩因成十四韵》："杏俗难为对，桃顽讵客伦。"

③玉体横陈：唐·李商隐《北齐》之一："小怜玉体横陈夜，已报周师入晋阳。"南唐·冯延巳《贺胜朝》："云鬟斜坠，春应未已，不胜娇困。"

④斗转：见《蝶恋花》（月皎惊乌栖不定）注释⑦。

⑤馀霞：吴本作"徐霞"。残霞。南朝齐·谢朓《晚登三山还望京邑》："余霞散成绮，澄江静如练。"

⑥唐·韩偓《偶见背面是夕兼梦》："酥凝背胛玉搓肩，轻薄红绡覆白莲。"比并：比拟；比喻。《敦煌曲子词·苏莫遮》："聪明儿，禀天性，莫把潘安才貌相比并。"

丑奴儿①

南枝度腊开全少②，疏影当轩。一种宜寒③。自共清蟾别

有缘。　　江南风味依然在④，玉貌韶颜⑤。今夜凭阑。不似
钗头子细看。

【注释】

①毛本、《全宋词》注："下两阕《清真集》不载。"孙本："王刻本调名为
《采桑子》。"

②南枝：借指梅花。宋·苏轼《次韵苏伯固游蜀冈送李孝博奉使岭
表》："愿及南枝谢，早随北雁翩。"余见《玉烛新》(溪源新腊后)注释⑦。

③疏影：疏朗的影子。唐·杜牧《长安夜月》："古槐疏影薄，仙桂动秋
声。"一种：一样，同样。南朝·梁简文帝《咏美人看画诗》："分明净眉眼，一
种细腰身。"

④见《解连环》(怨怀无托)注释⑩。

⑤韶颜：美好的容貌。南朝宋·鲍照《发后渚诗》："华志分驰年，韶颜
惨惊节。"

丑奴儿①

香梅开后风传信，绣户先知②。雾湿罗衣③。冷艳须攀最
远枝④。　　高歌羌管吹遥夜⑤，看即分披⑥。已恨来迟。不
见娉婷带雪时。

【注释】

①见《丑奴儿》(南枝度腊开全少)注释①。

②宋·周辉《清波杂志》卷第九："江南自初春至首夏，有二十四番风
信，梅花风最先，楝花风居后。"宋·程大昌《演繁露》卷一："三月花开时风
名花信风。初而泛观，则似谓此风来报花之消息耳。"绣户：雕绘华美的门

户。多指妇女居室。南朝宋・鲍照《拟行路难》之三:"璇闺玉墀上椒阁,文窗绣户垂罗幕。"

③雾湿人衣:唐・杨凭《春情》:"暮雨朝云几日归,如丝如雾湿人衣。"

④冷艳:素雅美好。五代・和凝《望梅花》:"越岭寒枝香自折,冷艳奇芳堪惜。"南朝・梁简文帝《雪里觅梅花》:"绝讶梅花晚,争来雪里窥。下枝低可见,高处远难知。"

⑤遥夜:长夜。南朝宋・谢灵运《燕歌行》:"调弦促柱多哀声,遥夜明月鉴帷屏。"南朝陈・江总《梅花落》:"长安少年多轻薄,两两共唱梅花落。"余参见《玉烛新》(溪源新腊后)注释⑩。

⑥分披:指梅花凋谢。晋・葛洪《西京杂记》卷六:"华叶分披,条枝摧折。"

渔家傲①

般涉

灰暖香融销永昼②。蒲萄架上春藤秀③。曲角栏干群雀斗④。清明后。风梳万缕亭前柳。　　日照钗梁光欲溜⑤。循阶竹粉沾衣袖⑥。拂拂面红如著酒⑦。沈吟久。昨宵正是来时候。

【注释】

①孙本:"景宋本、吴钞本、宛钞本、王刻本、朱刻本调名下注'般涉'。"

②唐・李贺《谢秀才有姜缟练改从于人秀才引留之不得后生感忆座人制诗嘲诮贺复继四首》:"灰暖残香炷,发冷青虫簪。"

③蒲萄:亦作"蒲陶"、"蒲萄"、"蒲桃"。架上:孙本从毛本作"上架"。罗笈:《白雪》作'上格'。"唐・张谔《延平门高斋亭子应岐王教》:"昨夜蒲

萄初上架,今朝杨柳半垂堤。"

④曲角:拐角。唐·周贺《玉芝观王道士》:"蠹根停雪水,曲角积茶烟。"栏干:以竹、木等做成的遮拦物。南朝梁·王筠《奉和皇太子忏悔应诏》:"睿艳似烟霞,栏杆若珠琲。"唐·李绅《宿扬州水馆》:"闲凭栏干指星汉,尚疑轩盖在楼船。"唐·雍陶《和刘补阙秋园寓兴六首》:"雀斗翻檐散,蝉惊出树飞。"

⑤钗梁:钗的主干部分。南北朝·庾信《镜赋》:"悬媚子于搔头,拭钗梁于粉絮。"唐·李百药《笙赋》:"风摇裙佩,日照钗梁。"

⑥竹粉:笋壳脱落时附着在竹节旁的白色粉末。唐·姚合《游春十二首》(之十一):"嚼花香满口,书竹粉黏衣。"唐·李商隐《闲游》:"危亭题竹粉,曲沼嗅荷花。"

⑦如著酒:孙本从吴本作"新著酒"。罗笺:"元本作'新著酒'。""《白雪》作'新酌酒'。"拂拂:散布貌。唐·白居易《红线毯》:"彩丝茸茸香拂拂,线软花虚不胜物。"唐·顾况《公子行》:"红肌拂拂酒光凝,当街背拉金吾行。"

【汇评】

杨笺:("灰暖"句)一"销"字便有人在。("蒲萄"句)之上架春藤、("曲角"句)斗栏群雀、("风梳"句)之梳风亭柳,皆"销永昼"之材料,不独"灰暖香融"已也。下阕请出一个主人来。("日照"句)说装饰。("循阶"句)说行动。("拂拂"句)说容貌。("沈吟"二句)则说心事也,回忆"昨宵",仍是缩笔。"来"者,所思之人来也,颇有"月上柳梢头,人约黄昏后"之意。

渔家傲①

般涉

几日轻阴寒测测。东风急处花成积②。醉踏阳春怀故国③。归未得。黄鹂久住如相识④。 赖有蛾眉能暖客⑤。

长歌屡劝金杯侧。歌罢月痕来照席⑥。贪欢适。帘前重露成涓滴⑦。

【注释】

①罗笈："《草堂》、《粹编》题作'春恨'。《永乐大典》卷二万三百五十三引周美成《清真集》题为"席上作"。当以《大典》为近是，盖应歌之词也。"

②轻阴：微阴的天色。唐·张旭《山中留客》："山光物态弄春晖，莫为轻阴便拟归。"恻恻：陈本作"测测"。成：孙本从吴本作"如"。南朝齐·谢朓《和别沈右率诸君诗》："重树始芬蒀，芳洲转如积。"

③怀：吴本作"思"。唐·邢凤《梦中美人歌》："长安少女踏春阳，无处春阳不断肠。舞袖弓腰浑忘却，峨眉空带九秋霜。"

④唐·戎昱《移家别湖上亭》："黄莺久住浑相识，欲别频啼四五声。"

⑤暖客：孙本作"缓客"。罗笈："《词萃》作'缓客'。"唐·杜甫《自京赴奉先县咏怀五百字》："暖客貂鼠裘，悲管逐清瑟。"

⑥月痕：月影；月光。宋·陆游《晓寒》："鸡唱欲阑闻井汲，月痕渐浅觉窗明。"金杯：陈本作"金盏"。唐·杜甫《送孔巢父谢病归游江东，兼呈李白》："罢琴惆怅月照席，几岁寄我空中书？"

⑦涓滴：一点一点地流淌。南朝宋·鲍照《遇铜山掘黄精》："铜溪昼深沉，乳窦夜涓滴。"唐·杜甫《倦夜》："重露成涓滴，稀星乍有无。"

【汇评】

卓人月《古今词统》卷九：美成久住之"鹂"，同叔归里之"燕"，一样因缘。"暖"字应"劝"字，妙。

潘游龙《古今诗余醉》卷四："暖"字应上"寒"字，极妙，极妥。如"缓"字、"爱"字，则俗矣。"黄鹂"句最俊而慧。"侧"字亦趣。

刘体仁《七颂堂词绎》：美成"春恨"《渔家傲》，以"黄鹂久住如相识"、"帘前重露成涓滴"作结，有离钩三寸之妙。

陈洵《海绡说词》："醉"字倒提。"金杯侧"逆挽。上阕是朝来事，下阕是昨宵事。

乔大壮手批《片玉集》：起处急拍哀弦。

蒋礼鸿《大鹤山人校本〈清真词〉笺记》：（"赖有蛾眉能暖客"）郑（文焯）校："缓"，诸本并作"暖"，疑讹，今从《词萃》作"缓"。按：以酒食饷人曰"餪"，俗以"软"字为之，音"暖"，亦以"暖"字为之，见《邵氏闻见后录》卷二十九。此云"暖客"，下句即接以长歌劝酒金杯侧；金杯劝饮，即是"暖客"，"暖"字不误。改作"缓"字，岂谓缓其愁思乎，是则所谓增文解义矣。

杨笺：（"黄鹂"句）戎昱遣妓诗："黄莺久住如相识，欲别频啼四五声。"（"赖有"句）杜甫诗："暖客黑貂裘。"（"帘前"句）杜甫诗："重露成涓滴。"此必妓席上之作。（上阕）因寒酿风，因风花落，因花落知春归，因春归方悟己尚未归。未归故久住，久住故与黄鹂相识，意原一串。（下阕）换头忽转出一"暖"字，暖不在天气而在蛾眉，貂裘之暖在身体，长歌劝酒暖在心理，其暖一也。"月照"应"风急"，"重露"应"轻阴"，"涓滴"应"成积"。

定风波①

商调　美情

莫倚能歌敛黛眉。此歌能有几人知②。他日相逢花月底③。重理。好声须记得来时。　　苦恨城头更漏永④，无情岂解惜分飞⑤。休诉金尊推玉臂。从醉。明朝有酒遣谁持⑥。

【注释】

①陈本、吴本调名下注"商调"，有词题"美情"。孙本："景宋本、吴钞本、宛钞本、王刻本、朱刻本调名下注'商调'并有词题'美情'。毛扆校本补词题'美情'。"

②唐·杜甫《赠花卿》："此曲只应天上有，人间能得几回闻。"

③相逢：朱本：《雅词》作'风前'。花月：陈本作"花下"。泛指美好的景色。唐·王勃《山扉夜坐》："林塘花月下，别似一家春。"

④苦恨：甚恨，深恨。唐·秦韬玉《贫女》："苦恨年年压金线，为他人作嫁衣裳。"更漏永：陈本、毛本作"传漏永"。余参见《法曲献仙音》（蝉咽凉柯）注释③。

⑤无情岂解惜分飞：毛本作"□□，无情岂解惜分飞"，《乐府雅词》作"催起，无情岂解惜分飞"，郑本从《雅词》补入。郑本、朱本："《雅词》'岂'作'那'、'分飞'作'相思'。"唐·徐夤《蝴蝶二首》："无情岂解关魂梦，莫信庄周说是非。"

⑥休诉：郑本、朱本："《雅词》'休'作'莫'。"唐·韦庄《菩萨蛮》："须愁春漏短，莫诉金杯满。"又《对梨花赠皇甫秀才》："且恋残阳留绮席，莫推红袖诉金卮。腾腾战鼓正多事，须信明朝难重持。"南朝·沈约《别范安成》："勿言一樽酒，明日难重持。"

【汇评】

乔大壮手批《片玉集》：二声。此是平侧合韵之作。

蒋礼鸿《大鹤山人校本〈清真词〉笺记》：按：张相《诗词曲语辞汇释》卷五"诉"条云："诉，辞酒之义。"凡引十一例，周此词即其一也。礼鸿案：本卷《鹤冲天》云："慢摇纨扇诉花笺，吟待晚凉天。"此言待晚凉乃吟诗，昼间则但摇扇取凉，因却花笺而不用尔。是则"诉"为辞义，不仅限于辞酒矣。唐孙棨《北里志》郑举举条，有诉酿罚钱事，"诉"亦棨辞也。

施蛰存《北山丛谈》：古人以铜壶滴漏计时，水滴时移，故词章家或以"漏水"代时光。李白《乌栖曲》云："金壶丁丁漏水多，起看秋月坠江波。"又云："银箭金壶漏水多。""漏水多"，言时光速也。周美成《定风波》词云："苦恨城头传漏水。催起。无情岂解惜分飞"，诸本皆误作"漏永"，至郑大鹤校本始据元本改正。许谦《蝶恋花》云："银烛未残尊未倒，鸡声漏水频催晓。"朱竹垞《词综》亦误作"漏永"。"漏水"或作"夜水"，梁萧子显《乌栖曲》云："金壶夜水讵能多，莫持奢用比悬河。"《艺文类聚》引此诗，亦误作"夜永"。盖习见"夜永"、"漏永"，反以"水"字为不可解，故妄改也。

蝶恋花

酒熟微红生眼尾①。半额龙香②，冉冉飘衣袂。云压宝钗撩不起。黄金心字双垂耳。　　愁入眉痕添秀美。无限柔情，分付西流水③。忽被惊风吹别泪。只应天也知人意④。

【注释】

①陶潜《和郭主簿二首》(之一)："春秫作美酒，酒熟吾自斟。"李贺《谢秀才有妾缟练改从于人秀才引留之不得后生感忆座人制诗嘲诮贺复继四首》(之三)："腮花弄暗粉，眼尾泪侵寒。"

②半额，喻长眉。《后汉书》卷二十四《马廖传》："长安语曰：'城中好高髻，四方高一尺；城中好广眉，四方且半额；城中好大袖，四方全匹帛。'"南朝梁·吴均《与柳恽相赠答诗六首》(之二)："纤腰曳广袖，半额画长蛾。"龙香：即龙涎香。宋·辛弃疾《念奴娇》："透户龙香，隔帘莺语，料得肌如雪。"

③西流水：晋·陆机《赠弟士龙诗》："我若西流水，子为东峙岳。"

④别泪：伤别之泪。南朝·江淹《拟咏怀诗二十七首》(之七)："纤腰减束素，别泪损横波。"《西洲曲》："南风知我意，吹梦到西洲。"

【汇评】

蒋礼鸿《大鹤山人校本〈清真词〉笺记》：按：据此词，"心字"乃为耳饰。乃知晏几道《临江仙》词曰："记得小苹初见，两重心字罗衣。""心字"亦此物耳。晏词"心字"为一物，"罗衣"又为一物，"两重"犹此云"双垂"。

丹凤吟①

越调

迤逦春光无赖②，翠藻翻池，黄蜂游阁。朝来风暴，飞絮乱投帘幕。生憎暮景③，倚墙临岸，杏靥夭斜④，榆钱轻薄⑤。昼永惟思傍枕，睡起无僇，残照犹在亭角⑥。　　况是别离气味，坐来但觉心绪恶⑦。痛引浇愁酒，奈愁浓如酒，无计消铄⑧。那堪昏暝,簌簌半檐花落⑨。弄粉调朱柔素手,问何时重握。此时此意,长怕人道著⑩。

【注释】

①《丹凤吟》调始清真。孙本:"景宋本、吴钞本、宛钞本、王刻本、朱刻本调名下注'越调',无词题。"《草堂诗余》、《花草粹编》、《古今词统》、毛本题"春恨"。

②迤逦:渐次;逐渐。宋·苏轼《与杨元素书》之八:"厥直六百千,先只要二百来千,余可迤逦还。"宋·贺铸《更漏子》:"迤逦黄昏,景阳钟动,临风隐隐犹闻。"无赖:指似憎而实爱。含亲昵意。唐·杜甫《绝句漫兴九首》(之一):"眼见客愁愁不醒,无赖春色到江亭。"

③风暴:风迅烈。《诗·邶风·终风》:"终风且暴,顾我则笑。"毛传:"暴,疾也。"帘幕:用于门窗处的帘子与帷幕。唐·杜牧《题宣州开元寺水阁》:"深秋帘幕千家雨,落日楼台一笛风。"生憎:最恨;偏恨。唐·杜甫《送路六侍御入朝》:"不分桃花红胜锦,生憎柳絮白于绵。"宋·晏几道《木兰花》:"生憎繁杏绿阴时,正碍粉墙偷眼觑。"暮景:傍晚的景象。唐·杜牧《题敬爱寺楼》:"暮景千山雪,春寒百尺楼。"

④夭斜:袅娜多姿貌。罗笺从陈本、吴本作"夭邪"。孙本:"景宋本、毛扆校本改、朱刻本作'夭邪'。"唐·白居易《和春深二十首》(之二十):"杭州苏小小,人道最夭斜。"

⑤榆钱:《本草纲目·木部二》:"榆……未生叶时,枝条间先生榆荚,形状似钱而小,色白成串,俗呼榆钱。"唐·施肩吾《戏咏榆荚》:"风吹榆钱落如雨,绕邻绕屋来不住。"轻薄:轻盈纤弱。唐·罗虬《比红儿诗》:"金粟妆成扼臂环,舞腰轻薄瑞云间。"

⑥昼永:白昼漫长。宋·洪迈《容斋三笔·李元亮诗启》:"元亮亦工诗,如'人闲知昼永,花落见春深'。"惟思:思虑。陈本作"思惟"。罗笺:"《草堂》、《粹编》、《词统》作'思惟'。"残照:落日余晖。唐·李白《忆秦娥》:"西风残照,汉家陵阙。"亭角:孙本从陈本、吴本、毛本作"庭角"。

⑦气味：比喻意趣或情调。唐·白居易《白发》："雪发随梳落，霜毛绕鬓垂。加添老气趣，改变旧容仪。"坐来：犹本来；向来。唐·马戴《汴上劝旧友》："坐来生白发，况复久从戎。"但觉：吴本作"便觉"。郑本、朱本所引《草堂》作"便觉"。《世说新语·言语》："谢太傅语王右军曰：'中年伤于哀乐，与亲友别，辄作数日恶。'"

⑧痛饮：陈本、吴本作"痛引"。孙本："景宋本、王刻本、朱刻本、郑校所引元本作'痛引'。"消铄：消解。亦作"消烁"。汉·枚乘《七发》："虽有金石之坚，犹将消铄而挺解也。"唐·元稹《赛神》："吏来官税迫，求质倍称缗。贫者日消铄，富亦无仓困。"

⑨昏暝：傍晚。蔌蔌：陈本、吴本、毛本作"蕲蕲"。孙本："景宋本、丁刻本、王刻本作'蕲蕲'。"唐·杜甫《醉时歌》："清夜沈沈动春酌，灯前细雨檐花落。"

⑩弄粉调朱：谓以脂粉饰容。长怕：元本、毛本、丁刻本、王刻本作"生怕"。

【汇评】

沈际飞《草堂诗余正集》："夭"，音歪。奈酒至愁还，又酒与愁尚分二候，愁浓如酒，知酒之为愁，愁之为酒乎！"重握"句，可住。转云"怕人道著"，直出数丈。

卓人月《古今词统》卷十五：（"杏靥"句）张仲宗"薄劣东风，夭斜落絮"，似此。

黄苏《蓼园词选》：此亦犹前词（指《风流子》二首）之意也。"翠藻翻池"，喻自己之颠覆也；"黄蜂游阁"，喻别人之得意也。"杏靥"、"榆钱"，俱刺谗之意耳。次阕是别京中好友而作。"素手重握"，指素心之友也。细玩自得其用意处。

陈洵《海绡说词》：本是"睡起无聊"，却说"春光无赖"；已"残照"矣，始念"朝来"；已"暮景"矣，因思"昼永"。笔笔断，笔笔逆，为"迤逦"二字曲曲传神，以垫起换头"况是"二字。不为"别离"，已是"无聊"，缩入上阕，小歇然后转出下句。二句不可连读。"心绪恶"则比"无聊"难道，故曰"无计"。到此一步，已是尽头，复作何语？却以"那堪"二句钩转，"弄粉"二句放开；

至"怕人道著",则"无聊"、"无计",一齐收起,惟有"无赖"之春光耳。三"无"字极幻化。

俞陛云《宋词选释》:起笔直揭"春光无赖"四字,以下八句,将无赖意写得十分酣足,惟有无聊倚枕,以消永昼耳。上阕写景,下阕写情,而因恼人春色,益动离心,则景与情仍融成一片。转头以下五句,笔转如环,更用"昏暝"、"花落"二句作回旋顿挫,以蓄笔势。且"昏暝"二字,回应上文之暮景残照,章法周密。结处仍意不说尽,全阕无一率懈之笔。

《乔大壮手批周邦彦〈片玉词〉》:此四声词。"翠藻"二句,对句。"奈愁浓如酒"二句,勾勒可思。

杨笺:("迤逦"三句)"无赖"二字足以涵罩全词,不独萍(当作"藻")翻、蜂游为无赖征象已也。("朝来"二句)"风暴"由"无赖"进一层。("生憎"四句)承"风暴","倚墙"说"杏","临岸"说"榆",此是倒装。("昼永"三句)前曰"朝",此曰"昼",曰"残照",后曰"昏暝",一日之景全见。("况是"二句)"别离"正意至此方出,用"况是"推进一层,"心绪恶"开下。("痛引"三句)承"心绪恶"。("那堪"二句)又说到"昏暝"。("弄朱"二句)由别离而想到重会。("此时"二句)"怕人道著",即不欲人言及,正所谓"但觉心绪恶"也。

拜星月①

高平　秋思

夜色催更,清尘收露②,小曲幽坊月暗③。竹槛灯窗,识秋娘庭院④。笑相遇,似觉琼枝玉树⑤,暖日明霞光烂。水眄兰情⑥,总平生稀见。　　画图中、旧识春风面⑦。谁知道、自到瑶台畔⑧。眷恋雨润云温,苦惊风吹散。念荒寒、寄宿无人馆。重门闭、败壁秋虫叹。怎奈向、一缕相思,隔溪山不断⑨。

①《拜星月》调始清真。孙本从毛本、郑本调名作《拜星月慢》。陈本、吴本调名下注"高平",有词题"秋思"。孙本:"景宋本、吴钞本、宛钞本、王刻本、朱刻本调名下注'高平'并有词题'秋思'。"罗笺:"《草堂》题作'秋怨',《词的》、《词统》、《诗余醉》同。"

②催更:谓更鼓之声一声接着一声。清尘:清轻的尘埃。晋·左思《魏都赋》:"增搆岌岌,清尘影影。"

③小曲幽坊:指娼女居处。见《瑞龙吟》(章台路)注释④。

④秋娘:见《瑞龙吟》(章台路)注释⑨。

⑤琼枝:比喻娇贵的女子。南朝·江淹《古离别》:"愿一见颜色,不异琼树枝。"余参见《黄鹂绕碧树》(双阙笼嘉气)注释⑪。玉树:《晋书》卷七十九《谢玄传》:"(谢)安尝戒约子侄,因曰:'弟子亦何豫人事?而正欲使其佳?'诸人莫有言者。玄答曰:'譬如芝兰玉树,欲使其生于庭阶耳。'"后遂以玉树喻彦才。宋·柳永《尉迟杯》:"深深处,琼枝玉树相倚。"暖日明霞:形容女子光彩照人。三国魏·曹植《洛神赋》:"皎若太阳升朝霞。"相倚:吴本、陈本无此二字。罗笺:"元本、《草堂》、《词的》、《词统》均无此二字。"

⑥水眄:指眼神流动如水波。兰情:喻素雅温柔的性情。唐·韩琮《春愁》:"吴鱼岭雁无消息,水眄兰情别来久。"

⑦旧识:《草堂诗余》、毛本作"误识"。唐·杜甫《咏怀古迹五首》(之三):"画图省识春风面,环佩空归夜月魂。"

⑧瑶台:神话传说中神仙居处。东晋·王嘉《拾遗记》:"昆仑山有昆陵之地,其高出日月之上。山有九层……第九层山形渐小狭,下有芝田蕙圃,皆数百顷,群仙种耨焉。旁有瑶台十二,各广千步,皆五色玉为台基。"屈原《离骚》:"望瑶台之偃蹇兮。"借喻秋娘庭院。唐·李白《清平调》:"若非群玉山头见,会向瑶台月下逢。"

⑨怎奈向:罗笺:"《草堂》作'怎奈何',《词的》、《词统》作'争奈何'。"

顾启元《说略》卷二十:唐世妓女所居曰坊曲。《北里志》有南曲、北曲,犹今之南院、北院也。宋陈敬叟词:"窈窕青门紫曲。"周美成词:"小曲幽坊月暗。"又:"喑喑坊曲人家。"谢皋羽《天地间集》载孟梗《南京诗》云"悄悄坊曲傍深春"是也。今称妓居犹曰曲中。

卓人月《古今词统》徐士俊评:虫曰"叹",奇。实甫草桥店许多铺写,当为此一字屈首。

吴从先《草堂诗余隽》引李攀龙语:上,相遇间如琼玉生光;下,相思处浑如溪山隔断。

潘游龙《古今诗余醉》:前"一饷留情",此"一缕相思",无限伤怀。

黄苏《蓼园词选》:美成以内庭供奉出守顺昌,道中寂寞,旅况凄清,自所不免。而依依恋主之情,"隔溪山不断",饶有敦厚之致。"惊风吹散"句,怨自有所归也,可以怨矣。

周济《宋四家词选》:全是追思,却纯用实写。但读前阕,几疑是赋也。换头再为加倍跌宕之,他人万万无此力量。

陈廷焯《云韶集》:迤逦写来,入微尽致。当年画中曾见,今日重逢,其情愈深。旅馆凄凉,相思情况,一一如见。

陈廷焯《词则·别调集》卷二:曲折恣肆,笔情酣畅。

陈洵《抄本海绡说词》:荒寒寄宿,追忆旧欢,只消秋虫一叹。"伊威在室,蟏蛸在户","不可畏也,伊可怀也"。画图昭君,瑶台玉环,以比师师,在美成为相思,在道君为长恨矣。当悟此微旨。

乔大壮手批《片玉集》:四声,须记诵。起句作对。"暗"字又混入闭口韵。"琼枝"两六字句作对。此篇转折酣美,学此法者不可不知。自"念荒寒"以后,始知"夜色"至"稀见"纯是追摹之笔,而"画图"至"吹散"横出今昔之思,可谓回肠荡气者矣。

俞陛云《宋词选释》:起笔五句,写景幽丽,仿佛见小姑居处。下阕"雨润云温",何等旖旎;"秋虫空馆",何等荒寒,两相写照,情孰能堪!人与寒蛩,同声叹息矣。

杨铁:("夜色"三句)觅路。("竹槛"二句)到门。("笑相遇"三句)见人。("水眄"二句)跌宕,作歇。("画图中"句)见画图,一宕。("谁知道"句)"自到"一合。("眷恋"二句)到后情事,一合即开。("念荒寒"句)旅宿。("重门闭"句)旅况。("怎奈向"二句)隔溪山相思应断,今日不断,意以曲而有致。周止庵曰：全是追思，却纯用实写。但读前阕，几疑是赋也。换头再为加倍跌宕之，他人万无此力量。

　　唐圭璋《唐宋词简释》：此首追思昔游，无限伤感。昔日之乐与今日之哀，俱能加倍写足。起三句写坊曲之夜色。"竹槛"两句，写入门见人。"笑相遇"以下数句，极称人情态缠绵。"似觉"两句贯下，"总平生"一句总承上文。"画图中"一句开，"谁知道"一句合。"瑶台畔"与"竹槛灯窗"相应。"眷恋"句承上，"苦惊风"句起下。"念荒寒"三句，皆写现今苦况，与上片对照，最为出色。末句，说出相思之情，亦悠然不尽。

减字木兰花①

清真集不载

　　风鬟雾鬓。便觉蓬莱三岛近②。水秀山明③。缥缈仙姿画不成。　　广寒丹桂④。岂是夭桃尘俗世。只恐乘风。飞上琼楼玉宇中⑤。

【注释】

　　①毛本注："《清真集》不载。"

　　②风鬟雾鬓：形容女子头发美丽。蓬莱三岛：见《蝶恋花》（鱼尾霞生明远树）注释④。

　　③水秀山明：形容山水清丽，风景优美。宋·陆游《练塘》："水秀山明何所似？玉人临镜晕螺青。"宋·黄庭坚《蓦山溪》："眉黛敛秋波，尽湖南，山明水秀。"

　　④宋·王铚《龙城录·明皇梦游广寒宫》："开元六年，上皇与申天师、道士鸿都客，八月望日夜，因天师作术，三人同在云上，游月中。过一大门，在玉光中飞浮，宫殿往来无定，寒气逼人，露濡衣袖皆湿，顷见一大宫府，榜曰：'广寒清虚之府'。……少焉，步向前，觉翠色冷光，相射目眩，极寒不可

进。下见有素娥十余人,皆皓衣,乘白鸾,往来笑舞于广寒大桂树之下。"南唐·李中《送姚端秀才游毗陵》:"此去高吟须早返,广寒丹桂莫迁延。"余参见《解语花·风销焰蜡》注释⑤。

⑤夭桃:喻少女容颜美丽。《敦煌变文集·维摩诘经菩萨品》:"夭桃而乃越姮娥,艳质而休夸妲妃。"化用宋·苏轼《水调歌头》:"我欲乘风归去,又恐琼楼玉宇,高处不胜寒。"

青玉案①

　　良夜灯光簇如豆。占好事、今宵有②。酒罢歌阑人散后③。琵琶轻放,语声低颤④,灭烛来相就。　　　玉体偎人情何厚。轻惜轻怜转唧嚼。雨散云收眉儿皱。只愁彰露,那人知后。把我来僝僽⑤。

【注释】

①毛本注:"《清真集》不载。"

②良夜:美好的夜晚。旧题汉·苏武《诗》之四:"芳馨良夜发,随风闻我堂。"五代·顾夐《玉楼春》:"良宵好事枉教休,无计那他狂耍婿。"

③酒罢歌阑:歌席结束后。唐·姚合《惜别》:"酒阑歌罢更迟留,携手思量凭翠楼。"

④语声犹颤:颤抖的声音。宋·柳永《燕归梁》:"语声犹颤不成娇,乍见得、两魂消。"

⑤僝僽(chánzhòu):责骂;埋怨。宋·黄庭坚《忆帝京·私情》:"那人知后,把夯你来僝僽。"

【汇评】

王国维《人间词话删稿》:《片玉词》"良夜灯光簇如豆"一首,乃改山谷

《忆帝京》词为之者,似屯田最下之作,非美成所宜有也。

龙榆生《清真词叙论》:邦彦年少风流,又居汴梁声歌繁盛之地,闲游坊曲,自在意中。集中侧艳之词,时有存者。如《青玉案》云:(略)。试与《乐章集》中"淫冶讴歌"之作相较,亦"伯仲之间"。此类作品,或亦有如雅言之悔其"无赖太甚",稍自芟除。今所传清真词,要多淳雅之作耳。

关河令①

清真集不载,时刻清商怨

秋阴时晴向暝②,变一庭凄冷。伫听寒声③,云深无雁影。更深人去寂静,但照壁、孤灯相映。酒已都醒,如何消夜永④。

【注释】

①毛本注:"《清真集》不载。时刻作《清商怨》。"

②秋阴:汉·范晔《乐游应招诗》:"兰池夏气清,修帐含秋阴。"时晴渐向暝:罗笺:"《历代诗余》、《词萃》、《宋四家词选》作'时作'。"孙本:"毛扆校本删'渐'字,戈选本作'时作'。"《全宋词》注云:"按'晴'下原有'渐'字,毛扆以底本美成长短句校,删去。"暝:日暮,天色昏暗。

③寒声:凄凉的声音。南朝·沈约《寒松诗》:"梢耸振寒声,青葱标暮色。"唐·李白《秋夕书怀》:"北风吹海雁,南渡落寒声。"

④夜永:长夜。南朝宋·谢庄《山夜忧》:"夜永兮忧绵绵,晨寒起长渊。"

【汇评】

周济《宋四家词选》:淡永。

陈廷焯《云韶集》卷四:"云深无雁影",五字千古。不必说借酒消愁,偏说"酒已都醒",笔力劲直,情味愈见。

陈廷焯《词则·别调集》卷二评下阕:追一层说,愈劲直,愈缠绵。

陈洵《抄本海绡说词》:由"更深"而追想过去之暝色,预计未尽之长夜,但神味拙厚,总是笔有余力。

杨笺:("秋阴"二句)由"阴"而"暝",由"暝"而"冷",皆一片凄清景象。("伫听"二句)"寒声"者,雁声也。伫听者,望雁信之来也,无影者,无来信也。此从下"人去"倒入。("更深人去静"二句)人去则庭静,所对者但有孤灯而已。("酒已都醒"二句)不另想消遣长夜方法,乃曰"酒已都醒",亦一缩字诀。

唐圭璋《唐宋词简释》:此首写旅况凄清。上片是日间凄清,下片是夜间凄清。日间由阴而暝而冷,夜间由入夜而更深而夜永。写景抒情,层层深刻,句句精绝。小词能拙重如此,诚不多见。上片末两句,先写寒声入耳,后写仰视雁影。因闻声,故欲视影,但云深无雁影,是雁在云外也。天气之阴沈、寒云之浓重,并可知已。下片,"人去"补述,但有孤灯相映,其境可知。末两句,一收一放,哀不可抑。搏兔用全力,观此愈信。

鹊桥仙令①

歇[指](拍)

浮花浪蕊②,人间无数,开遍朱朱白白③。瑶池一朵玉芙蓉④,秋露洗、丹砂真色⑤。　　晚凉拜月⑥,六铢衣动⑦,应被姮娥认得。翩然欲上广寒宫⑧,横玉度、一声天碧⑨。

【注释】

①毛本注:"《清真集》不载。"吴本调名下注"歇拍"。
②见《玲珑四犯》(秾李夭桃)注释⑧。
③朱朱白白:红白相间,形容花开得繁盛鲜艳。唐·韩愈《感春三首》

（之三）：“晨游百花林，朱朱兼白白。”

④瑶池：西王母所居。唐·杜光庭《墉城集仙录》：“昆仑之圃，阆风之苑，有城千里，玉楼十二。琼华之阙，光碧之堂，九层玄室，紫翠丹房。左带瑶池，右环翠水。”玉芙蓉：白莲花。宋·朱熹《莲沼》：“亭亭玉芙蓉，迥立映澄碧。”

⑤秋露：秋日的露水。南朝宋·颜延之《祭屈原文》：“秋露未凝，归神太素。”唐·王建《上李益庶子》：“昏思愿因秋露洗，幸容阶下礼先生。”真色：犹言本色。宋·张先《少年游·井桃》：“银瓶素绠，玉泉金甃，真色浸朝红。”

⑥宋·吴自牧《梦粱录》卷四《七夕》：“又于广庭中设香案及酒果，遂令女郎望月瞻斗列拜。”

⑦六铢衣：佛经称忉利天衣重六铢，谓其轻而薄。见《长阿含经·世纪经·忉利天品》。后称佛、仙之衣为“六铢衣”。唐·宋之问《奉和幸大荐福寺》：“欲知皇劫远，初拂六铢衣。”

⑧翩然：孙本：“王刻本作‘翻然’。”姮娥：见《霜叶飞》(露迷衰草)注释③。广寒宫：见《减字木兰花》(风鬟雾鬓)注释④。

⑨横玉，指笛子。唐·崔橹《闻笛》：“横玉叫云天似水，满空霜逐一声飞。”天碧：青碧如天空之色。后蜀·欧阳炯《浣溪沙》：“天碧罗衣拂地垂，美人初著更相宜。”

花心动①

双调

　　帘卷青楼，东风暖，杨花乱飘晴昼②。兰袂褪香，罗帐褰红，绣枕旋移相就③。海棠花谢春融暖④，偎人恁、娇波频溜。象床稳，鸳衾漫展，浪翻红绉。　　　　一夜情浓似酒。香汗渍鲛绡，几番微透⑤。鸾困凤慵⑥，娅姹双眉⑦，画也画应难就。

问伊可煞□人厚。梅萼露、胭脂檀口。从此后⑧、纤腰为郎管瘦。

【注释】

①毛本注："《清真集》不载。"吴本调名下注"双调"。

②东风暖：孙本从郑本作"东风满"。唐・孟浩然《赋得盈盈楼上女》："夫婿久离别，青楼空望归。妆成卷帘坐，愁思懒缝衣。燕子家家入，杨花处处飞。"晴昼：晴朗的白天。唐・韩愈《南山诗》："昆明大池北，去覒偶晴昼。"

③《子夜四时歌七十五首・夏歌二十首》(之四)："罗帐为谁褰，双枕何时有。"

④唐・罗隐《送人赴职任襄中》："海棠花谢东风老，应念京都共苦辛。"春融：春气融和。亦指春暖解冻。唐・罗隐《春日湘中题岳麓寺僧院》："春融只待乾坤醉，水阔深知世界浮。"

⑤鲛绡：南朝梁・任昉《述异志》卷上："南海出鲛绡纱，泉室潜织，一名龙纱。其价百馀金，以为服，入水不濡。"唐・顾非熊《子夜夏秋二曲》(之一)："君筵呈妙舞，香汗湿鲛绡。"

⑥《山海经・大荒西经》："西有王母之山、壑山、海山。……鸾鸟自歌，凤鸟自舞。爰有百兽，相群是处，是谓沃之野。"比喻情侣倦怠的样子。

⑦娅姹：形容妖娆多姿态，眉目含情。五代・和凝《江城子》："娅姹含情娇不语，纤玉手，抚郎衣。"双眉：孙本从郑本、丁刻本作"双眸"。毛本作"双眼"。

⑧可煞：亦作"可杀"。表示疑问，犹可是，是否。宋・李清照《鹧鸪天・桂花》："骚人可煞无情思，何事当年不见收?"从此后：吴本作'从此'。

【汇评】

蒋礼鸿《大鹤山人校本〈清真词〉笺记》：郑(文焯)校："难就"与上阕韵复。案宋人词不忌重韵，如吴梦窗《采桑子》"时"字，周明叔《点绛唇》"去"字，集中《西河》"水"字韵之类，并非踬驳。按：郑(文焯)校是矣，抑此词上

"就"为"迁就",下"就"为"成就",义各不同,其得重叶也尤宜。东坡《送江公著知吉州》诗:"忽忆钓台归洗耳。"又曰:"亦念人生行乐耳。"自注云:"二'耳'义不同,故得重用。"与美成是阕同例。

双头莲①

双调

一抹残霞,几行新雁,天染云断,红迷阵影②,隐约望中,点破晚空澄碧。助秋色。门掩西风,桥横斜照,青翼未来③,浓尘自起,咫尺凤帏,合有人相识。　　叹乖隔④。知甚时恣与,同携欢适。度曲传觞⑤,并辔飞辔⑥,绮陌画堂连夕⑦。楼头千里,帐底三更,尽堪泪滴。怎生向⑧,无聊但只听消息。

【注释】

①毛本注:"《清真集》不载。"吴本调名下注"双调"。

②孙本从陈本、吴本作"天染断红,云迷阵影"。阵影:阵云的阴影。唐太宗《赋得含峰云》:"横天结阵影,逐吹起罗文。"唐·王勃《滕王阁序》:"落霞与孤鹜齐飞,秋水共长天一色。"

③孙本从郑本在"助秋色"下分阕。青翼:青鸾翼。代指青鸟。宋·柳永《法曲第二》:"青翼传情,香径偷期,自觉当初草草。"

④孙本从郑本在"叹乖隔"下分阕。乖隔:分离;别离。汉·蔡琰《悲愤诗》:"存亡永乖隔,不忍与之辞。"

⑤欢适:欢乐惬意。唐·白居易《咏怀》:"先务身安闲,次要心欢适。"度曲:按曲谱歌唱。汉·张衡《西京赋》:"度曲未终,云起雪飞。"注:"度曲歌终,谓之度曲。"传觞:宴饮中传递酒杯劝酒。唐·卢纶《送张郎中还蜀歌》:"回首岷峨半天黑,传觞接膝何由得。"

⑥并辔飞辔:并马而行。晋·陆机《拟青青陵上柏诗》:"方驾振飞辔,远游入长安。"

⑦绮陌:繁华的街道。南朝·梁简文帝《登烽火楼诗》:"万邑王畿旷,三条绮陌平。"

⑧楼头:楼上。唐·王昌龄《青楼曲》之一:"楼头小妇鸣筝坐,遥见飞尘入建章。"怎生向:犹怎向。宋·柳永《法曲第二》:"怎生向人间好事到头少。"

长相思①

闺怨

马如飞。归未归。谁在河桥见别离。修杨委地垂②。
掩面啼。人怎知。桃李成阴莺哺儿③。闲行春尽时④。

【注释】

①孙本:"王刻本无题名。"余参见《长相思·晓行》注释①。

②河桥:见《扫地花》(晓阴翳日)注释⑦。委地:拖垂于地。南朝宋·刘义庆《世说新语·贤媛》:"湛(陶侃母)头发委地,下为二髲,卖得数斛米。"

③唐·元稹《送友封二首》(之一):"桃叶成阴燕引雏,南风吹浪飐樯乌。"唐·李贺《残丝曲》:"垂杨叶老莺哺儿,残丝欲断黄蜂归。"

④唐·白居易《魏王堤》:"花寒懒发鸟慵啼,信马闲行到日西。"

长相思慢^①

高调

夜色澄明。天街如水^②,风力微冷帘旌^③。幽期再偶^④,坐久相看才喜,欲叹还惊。醉眼重醒。映雕阑修竹,共数流萤。细语轻盈。尽银台^⑤、挂蜡潜听。　　自初识伊来,便惜妖娆艳质,美盼柔情。桃溪换世^⑥,鸾驭凌空^⑦,有愿须成。游丝荡絮,任轻狂、相逐牵萦。但连环不解,流水长东^⑧,难负深盟。

【注释】

①孙本从陈本、毛本调名为《长相思慢》。毛本注:"《清真集》不载。"

②澄明:清澈;明净。南朝·梁元帝《乌栖曲》:"月华似璧星如佩,流影澄明玉堂内。"天街:京城中的街道。唐·韩愈《早春呈水部张十八员外二首》(之一):"天街小雨润如酥,草色遥看近却无。"唐·赵嘏《江楼感旧》:"独上江楼思渺然,月光如水水如天。"

③帘旌:帘端所缀之布帛。五代·李珣《酒泉子》:"细和烟,冷和雨,透帘旌。"

④幽期:男女间的幽会。唐·皎然《晚冬废溪东寺怀李司直纵》:"幽期谅未偶,胜境徒自寻。"

⑤细语:低声细说。唐·李端《拜新月》:"细语人不闻,北风吹裙带。"轻盈:孙本从郑本作"轻轻"。银台:银质或银色的烛台。唐·李白《清平乐》:"更被银台红蜡烛,学姜泪珠相续。"

⑥艳质:艳美的资质。南朝·陈后主《玉树后庭花》:"丽宇芳林对高阁,新妆艳质本倾城。"美盼:孙本从郑本作"美盼"。桃溪:见《玉楼春》(桃溪不作从容住)注释②及《瑞龙吟》(章台路)注释⑧。

⑦鸾驭：驾御鸾鸟飞升。形容进入仙境。唐·刘威《赠道者》："高风已驾祥鸾驭，浮世休惊野马尘。"

⑧毛本、郑本无"流水长东"四字。孙本所引丁刻本、王刻本同。南唐·李煜《相见欢》："胭脂泪，相留醉，几时重。自是人生长恨水长东。"

大　有①

小石

仙骨清羸，沈腰憔悴②，见傍人、惊怪消瘦。柳无言，双眉尽日齐斗③。都缘薄幸赋情浅，许多时、不成欢偶④。幸自也，总由他，何须负这心口。　　令人恨、行坐儿断了更思量⑤，没心求守。前日相逢，又早见伊仍旧。却更被温存后⑥。都忘了、当时偻儌。便搊撮、九百身心，依前待有⑦。

【注释】

①毛本注："《清真集》不载。"吴本调名下注"小石"。

②仙骨：比喻超凡拔俗的气质。唐·杜甫《送孔巢父谢病归游江东兼呈李白》："自是君身有仙骨，世人那得知其故。"余见《大酺》(对宿烟收)注释⑩及《宴清都》(地僻无钟鼓)注释⑬。

③韦庄《谒巫山庙》："惆怅庙前无限柳，春来空斗画眉长。"

④赋情：天性。唐·吴融《古别离》："赋情更有深缱绻，碧甃千寻尚为浅。"

⑤杜安世《鹤冲天》："行坐深闺里，懒更妆梳，自知新来憔悴。"

⑥温存后：吴钞本"后"字下注："一作厚。"

⑦搊(chōu)撮：犹打迭，振作。九百：亦作"九伯"、"九陌"。宋、元、明讥人痴呆、神气不定。宋·陈师道《后山诗话》卷二十三："世以痴为九百，

谓其精神不足也。"

万里春^①

清真集不载

千红万翠。簇定清明天气。为怜他、种种清香,好难为不醉^②。　　我爱深如你。我心在、个人心里。便相看、老却春风^③,莫无些欢意^④。

【注释】

①毛本注:"《清真集》不载。"

②清明:清澈明亮。唐·陆龟蒙《春思二首》(之二):"江南酒熟清明天,高高绿旆当风悬。谁家无事少年子,满面落花犹醉眠。"

③化用唐·白居易《清明日观妓舞听客诗》:"可惜春风老,无嫌酒盏深。"

④欢意:欢乐的意兴。唐·刘禹锡《令狐相公附赠篇章斐然仰谢》:"旅愁随冻释,欢意待花开。"

满庭芳^①

白玉楼高,广寒宫阙^②,暮云如幛褰开。银河一派,流出碧天来^③。无数星躔玉李^④,冰轮动、光满楼台^⑤。登临处,全胜瀛海,弱水浸蓬莱^⑥。　　云鬟,香雾湿^⑦,月娥韵压,云冻江梅^⑧。况餐花饮露,莫惜裴徊^⑨。坐看人间如掌,山河影、倒入琼杯⑪。归来晚,笛声吹彻,九万里尘埃⑫。

【注释】

①见《满庭芳》(山崦笼春)注释①。《全宋词》注:"案以上三首,王鹏运四印斋所刻词本清真集不录,盖以为非周邦彦作。"

②白玉楼:传说唐诗人李贺昼见绯衣人,云"帝成白玉楼,立召君为记。天上差乐,不苦也",遂卒。见唐·李商隐《李长吉小传》。后因以为文人逝世的典故。宋·岳珂《桯史·王义丰诗》:"碧纱笼底墨才干,白玉楼中骨已寒。"广寒宫:见《减字木兰花》(风鬟雾鬓)注释④。

③一派:一条支流;一条水流。唐·刘威《黄河赋》:"惟天河之一派,独殊类于百川。"唐·贯休《海觉禅师山院》:"六环金锡飞来后,一派银河泻落时。"

④星躔玉李:躔,指日月星辰在轨道上运行,也指轨迹。梁武帝《闺阗篇》:"长旗扫月窟,凤迹展星躔。"玉李,李星的美称。宋·杨万里《三辰砚屏歌》:"东方亭亭升火轮,西有玉李伴金盆。"

⑤冰轮:圆月。南朝梁·庾肩吾《和望月诗》:"渡河光不湿,移轮辙讵开。"宋·苏轼《江月》:"冰轮横海阔,香雾入楼寒。"

⑥瀛海:大海。汉·王充《论衡·谈天》:"九州之外,更有瀛海。"蓬莱:见《蝶恋花》(鱼尾霞生明远树)注释④。

⑦唐·杜甫《月夜》:"香雾云鬟湿,清辉玉臂寒。"

⑧月娥:指传说的月中仙子。亦借指月亮。唐·孟郊《看花》之一:"月娥双双下,楚艳枝枝浮。"云冻:谓天气寒冷时阴云凝聚。唐·杜牧《雪中书怀》:"腊雪一尺厚,云冻寒顽痴。"

⑨屈原《离骚》:"朝饮木兰之坠露兮,夕餐秋菊之落英。"裴徊:吴本作"裴回"。孙本从丁刻本作"徘徊"。回环。北魏·郦道元《水经注·谷水》:"又言遥遥九曲间,裴徊欲何之者也。"

⑩坐看:唐·李贺《梦天》:"坐看齐州几点烟,一泓海水杯中泻。"山河影:唐·吕岩《卜算子》:"卷尽浮云月自明,中有山河影。"《春渚纪闻》:"王荆公言月中仿佛有物,乃山河影也。东坡诗'正如大圆镜,写此山河影'。"

⑪《庄子·逍遥游》:"北冥有鱼,其名为鲲。鲲之大,不知其几千里也。化而为鸟,其名为鹏。鹏之背,不知其几千里也。怒而飞,其翼若垂天之云。是鸟也,海运则将徙于南冥。南冥者,天池也。《齐谐》者,志怪者也。《谐》之言曰:'鹏之徙于南冥也,水击三千里,抟扶摇而上者九万里,去以六月息者也。'"尘埃:犹尘俗。《淮南子·俶真训》:"芒然仿佯于尘埃之外,而消摇于无事之业。"

【汇评】

吴世昌《词林新话》:清真《锁阳台》之一下片"歌旧曲,愁杀王孙",应作"平平仄、平仄平仄",或"仄平仄,平仄平平"。其下二首同位句云:"如何向、千种思量","山河影、倒入琼杯"。前三字均为"平平仄"。又此调即《满庭芳》。清真此调同位句云:"不堪听急管繁弦",首三字为"仄平平",故此句第二字必为平声,则全句应为"旧歌曲、愁杀王孙"。更以文义求之:若为"歌旧曲",则歌为动词,歌者为谁,其前必有主语,否则文义不足。"旧歌曲、愁杀王孙",则主语即为歌曲,文义自足,于理较胜。

满路花①

仙吕

金花落烬灯②,银砾鸣窗雪③。夜深微漏断,行人绝。风扉不定④,竹圃琅玕折⑤。玉人新间阔⑥。著甚情悰⑦,更当恁地时节。　　无言敧枕,帐底流清血⑧。愁如春后絮,来相接⑨。知他那里,争信人心切。除共天公说。不成也还,似伊无个分别。

【注释】

①陈本、吴本调名下注"仙吕"。毛本有词题"咏雪"。孙本:"景宋本、

吴钞本、宛钞本、王刻本、朱刻本调名下注'仙吕',无词题。"

②金花:比喻烛火。南朝梁·萧子显《燕歌行》:"明月金花徒照妾,浮云玉叶君不知。"李商隐《无题》:"曾是寂寥金烬暗,断无消息石榴红。"

③银砾:比喻雪。南朝·梁简文帝《同刘咨议咏春雪》:"晚霰飞银砾,浮云暗未开。"

④夜深:孙本从毛本作"庭深"。罗笺:"《草堂》、《粹编》、《诗余醉》作'庭深'。"唐·杜甫《雨》:"风扉掩不定,水鸟过仍回。"

⑤琅玕:玉名,喻竹子。唐·杜甫《郑驸马宅宴洞中》:"主家阴洞细烟雾,留客夏簟青琅玕。"

⑥间阔:久别。《汉书》卷七十七《诸葛丰传》:"(诸葛丰)刺举无所避,京师为之语曰:'间何阔,逢诸葛。'"

⑦著甚情悰:悰,乐也。孙本从毛本作"著这情怀"。清血:《韩非子·和氏》:"楚人和氏得玉璞楚山。奉而献之,厉王使玉人相之,玉人曰:'石也。'王以和为诳,而刖其左足。厉王薨,武王即位,和又奉其璞而献之武王。武王使玉人相之,又曰:'石也。'王又以为和诳,而刖其右足。武王薨,文王即位,和乃抱其璞而哭于楚山之下,三日三夜泪尽而继之以血。王闻之,使人问其故,曰:'天下之刖者多矣,子奚哭之悲也!'和曰:'吾非悲刖也,悲夫宝玉而题之以石,贞士而名之以诳,此吾所以悲也。'王乃使玉人理其璞而得宝焉,遂命曰和氏之璧。"

⑧唐·贯休《古塞下曲四首》(之二):"岂知塞上望乡人,日日双眸滴清血。"

⑨唐·杜牧《题安州浮云寺楼寄湖州张郎中》:"楚岸柳何穷,别愁纷若絮。"

【汇评】

沈际飞《草堂诗余正集》:起句炼。

又:"争信"几句,一信了有何意味?"说"、"行"、"成",一发没味了。

又:"知他"几语如食橄榄,多回味。

潘游龙《古今诗余醉》卷五:"知他"几语如食橄榄,回味甚多。

贺裳《皱水轩词筌》:词家用意极浅,然愈翻愈妙。如周清真《满路花》

410

后半云："愁如春后絮，来相接。知他那里，争信人心切。除共天公说。不成也还，似伊无个分别。"酷尽无聊赖之致。至陆放翁《一丛花》则云："从今判了，十分憔悴，图要个人知。"其情加切矣。至孙夫人《风中柳》则更云："别离情绪，待归来都告，怕伤郎又还休道。"则又进一层。然总此一意也，正如剥蕉者转入转深耳。

陈洵《海绡说词》："玉人新间阔"，脱，"更当恁地时节"，复上六句，后阕全写"著这情怀"。前用虚提，后用实证。

乔大壮手批《片玉集》：北宋作者尚多，可与卷八仙吕一调参稽四声。

杨笺：（"金花"二句）上句室中景，下句窗外景。（"庭深"二句）次说到庭。（"风扉"二句）次说到圃。（"玉人"句）"玉人""间阔"已属无俚。（"著甚"二句）况当此时节耶，忽断忽续，词笔变化之极，二句倒装。（"无言"二句）"敧枕""流血"，承"著甚情悰"来。（"愁如"二句）雪本似絮，今愁亦如之。（"知他"二句）他那里指所忆之人，说争信人心切者，怎知我思念之深耶？（"除共天公说"三句）除非说与天知，天本聪明，必不如伊懵懂之无分别也。海绡翁曰："玉人新间阔，脱；恁地时节复起六句，后阕全写著这情怀，亦前用虚提，后用实证。"

蒋礼鸿《大鹤山人校本〈清真词〉笺记》：（"玉人新间阔。著这情怀，更当恁地时节"）郑（文焯）校："著这情怀"，元本作"著甚情悰"，与下阕句同。按：此阕应以"著这"为是。"这情怀"者，"玉人新间阔"之情怀也。"恁地时节"者，上文所描述雪夜凄凉之时节也。这样情怀，恁地时节，以极言其不堪也。下阕云："兰房密爱，百种思量过。也须知有我，著甚情怀，但你忘了人呵。""也须知"三句，言其所欢自应知我有甚么样情怀也。两阕意各不同，元本于此阕亦作"甚"字，于义为短。

满路花①

仙吕　思情

帘烘泪雨干②，酒压愁城破③。冰壶防饮渴，培残火④。朱

411

消粉退,绝胜新梳裹。不是寒宵短⑤,日上三竿,殢人犹要同卧⑥。　　如今多病,寂寞章台左⑦。黄昏风弄雪,门深锁。兰房密爱⑧,万种思量过。也须知有我。著甚情悰,你但忘了人呵⑨。

【注释】

①吴本调名下注"仙吕",有词题"思情"。孙本:"景宋本、吴钞本、朱刻本调名下注'仙吕',有词题'思情'。毛刻本、丁刻本有词题'冬景'。《全宋词》注:"案此首别误作朱敦儒词,见《类编草堂诗余》卷二,别又误作朱秋娘词,见《彤管遗编》卷十二。"

②帘栊:见《早梅芳》(缭墙深)注释③。

③愁城:见《宴清都》(地僻无钟鼓)注释⑥。

④冰壶:以微火炙冰壶,冰解水冷,可以消酒渴。唐·姚崇《冰壶赋》序曰:"冰壶者,清洁之至也。"南朝宋·鲍照《白头吟》:"直如朱丝绳,清如玉壶冰。"残火:余火。唐·韩偓《地炉》:"两星残火地炉畔,梦断背灯重拥衾。"

⑤梳裹:梳妆打扮。宋·柳永《定风波》:"暖酥消,腻云嚲,终日厌厌倦梳裹。"寒宵:寒夜。唐·杜甫《阁夜》:"岁暮阴阳催短景,天涯霜雪霁寒宵。"

⑥殢(tì)人:亦作滞,义同泥,有恋缠之意。宋·柳永《玉蝴蝶》:"要索新词,殢人含笑立花前。"

⑦多病:见《宴清都》(地僻无钟鼓)注释⑧。章台:见《瑞龙吟》(章台路)注释②。唐·李白《少年子》:"青云少年子,挟弹章台左。"

⑧兰房:香闺。乐府《子夜秋歌》:"兰房竞妆饰,绮帐待双情。"密爱:亲密恩爱。南朝·梁简文帝《娈童》诗:"怀情非后钓,密爱似前车。足使燕姬妒,弥令郑女嗟。"

⑨情悰(cóng):孙本从毛本作"情怀"。前蜀·李珣《临江仙》:"引愁春梦,谁解此情悰!"你但:孙本从毛本作"但你"。

卓人月《古今词统》卷十一：眠夜饮朝，淫思古意。

又："短"字失韵。"呵"，上声。

乔大壮手批《片玉集》："短"字疑是韵。

杨笺：此是见弃者之词。上阕言昔时醉酒时，我则培火暖茶以防索饮，言己伺候之周。残胭虽褪，尚胜新妆，言己年时之美。㛠人同卧，言见爱之深。下阕转落，"如今多病"反应"新梳裹"，"风雪"应"寒宵"，"兰房密爱"应"同卧"。"也须"句开，"著甚"二句合。此阕之我，即上阕之人，"情悰"即上阕之"犹要"，"忘了人"即上阕之"㛠人"，前后互异，令人呜悒。此词前后收处近柳体，但清真原有此体，以其意佳，不忍割弃，昔人谓"行潦妨车毂"为拙句。铁夫谓："'冰壶防渴饮，培残火'，更有拙致。"

满江红①

仙吕

昼日移阴，揽衣起、春帷睡足②。临宝鉴、绿云撩乱，未忺妆束③。蝶粉蜂黄都褪了④，枕痕一线红生肉⑤。背画栏、脉脉悄无言，寻棋局⑥。　　重会面，犹未卜⑦。无限事，萦心曲⑧。想秦筝依旧⑨，尚鸣金屋。芳草连天迷远望，宝香薰被成孤宿⑩。最苦是、蝴蝶满园飞，无人扑⑪。

【注释】

①孙本："景宋本、吴钞本、宛钞本、王刻本、朱刻本调名下注'仙吕'。毛刻本、丁刻本调名下有词题'春闺'。"罗笺："《草堂》、《粹编》、《词的》、《词统》、《古今诗余醉》题作'春闺'。"《全宋词》："案'宝香薰被成孤宿'句，《草堂诗余后集》卷上李知几《临江仙》词注误引作苏轼词。'蝶粉蜂黄都褪了'

句,《野客丛书》卷二十四误引作张元干词。"

②揽衣:唐·白居易《长恨歌》:"揽衣推枕起徘徊,珠箔银屏迤逦开。"又《自问行何迟》:"酒醒夜深后,睡足日高时。"

③绿云:喻女子乌黑光亮的秀发。唐·杜牧《阿房宫赋》:"明星荧荧,开妆镜也;绿云扰扰,梳晓鬟也。"《诗·卫风·伯兮》:"自伯之东,首如飞蓬。岂无膏沐,谁适为容。"忺(xiān):西汉·扬雄《方言》:"青齐间呼意所好为忺。"

④蝶粉蜂黄:唐人宫妆。唐·李商隐《酬崔八早梅有赠兼示之作》:"何处拂胸资蝶粉,几时涂额藉蜂黄。"都褪了:陈本作"浑涴了"。罗笺:"《草堂》、《粹编》、《词统》、《古今诗余醉》作'过了'。"

⑤红生肉:孙本从毛本作"红生玉"。罗笺:"《草堂》、《词的》作'红生玉'。"

⑥悄无言:孙本从毛本作"伥无言"。唐·杜牧《题桃花夫人庙》:"细腰宫里露桃新,脉脉无言几度春。"唐·李商隐《无题》:"莫近弹棋局,中心最不平。"

⑦犹未卜:引申为不知,难料。罗笺:"《草堂》、《粹编》、《古今诗余醉》作'何时卜'。"

⑧心曲:内心深处。《诗·秦风·小戎》:"在其板屋,乱我心曲。"郑笺:"心曲,心之委曲也。"南北朝·高孝纬《空城雀》:"日暮萦心曲,横琴聊自奖。"

⑨秦筝:《初学记》卷十六引《风俗通义》云:"筝,秦声也,或曰蒙恬所造。"晋·潘岳《笙赋》:"晋野悚而投琴,况齐瑟与秦筝。"

⑩金屋:见《风流子》(新绿小池塘)注释④。宝香:熏香的美称。宋·辛弃疾《满江红·建康史帅致道席上赋》:"料想宝香黄阁梦,依然画舫清溪笛。"南北朝·庾丹《秋闺有望》:"罗襦晓长襞,翠被夜徒薰。"

⑪无人扑:孙本从毛本作"无心扑"。罗笺:"《草堂》、《粹编》、《古今诗余醉》作'无心扑'。"

【汇评】

程大昌《演繁露》续集卷四:尝有问予周美成词曰:"蝶粉蜂黄都过了"

用何事。予曰：记得李义山集有之，李《酬崔八早梅》曰："何处拂胸资蝶粉，几时堕额藉蜂黄。"又《赠子直花下》曰："屏缘蝶留粉，窗油蜂印黄。"周盖用李语也。

罗大经《鹤林玉露》卷四引杨东山言《道藏经》云："蝶交则粉退，蜂交则黄退。"周美成词云"蝶粉蜂黄浑退了"，正用此也。而说者以为官妆，且以"退"为"褪"，误矣。余因叹曰，区区小词，读书不博者，尚不得其旨，况古人之文章，而可臆见妄解乎。

王楙《野客丛书》卷二十四：《草堂诗余》载张仲宗《满江红》词"蝶粉蜂黄都褪却"，注："蝶粉蜂黄，唐人宫妆。"仆观李商隐诗有曰："何处拂胸资蝶粉，几时涂额藉蜂黄。"知《诗余》所注为不妄。唐《花间集》却无此语。或者谓蝶交则粉落，蜂交则黄落。

王世贞《弇州山人词评》：美成能作景语，不能作情语；能入丽字，不能入雅字；以故价微劣于柳。然至"枕痕一线红生肉"、"唤起两眸清炯炯，泪花落枕红棉冷"，其形容睡起之妙，真能动人。

沈际飞《草堂诗余正集》：苕溪云："蝶粉蜂黄都过"，"过"字乃"褪"字。蝶粉蜂黄，宫中时妆。宋子京《蝶恋花》词"泪落胭脂，界破蜂黄浅"，则知方睡起时，宫妆褪尽，所见唯一线枕痕。如以蜂蝶时节都过，与下句不属，兼卒章蝶飞相发，此说可据矣。罗鹤林引《道藏经》："粉退""黄退"，谓美成词乃"退"字，非"褪"字，其说更确。无言寻棋局，无心扑蝴蝶，思路绝灵。

卓人月《古今词统》卷十二：宋子京词"泪落胭脂，界破蜂黄浅"，"浅"者，退（褪）之别名。

乔大壮手批《片玉集》：此二声词耳。"无人扑"，依白石平韵《满江红》序，"人"当作"心"。

俞平伯《清真词释》：此阕描写纤琐，措词含蓄，既非以主体作词，又不尽是代人言之。只是泛拟闺襜，已觉春愁欲活。于昼影着一"移"字，便显得缓慢之极。然后写揽衣，写披帷，写睡足，无一不闲，无一不慢，想见春日迟迟，此睡足，真睡足也。临镜，用杜牧《阿房宫赋》"绿云扰扰，梳晓鬟也"。"蝶粉"句，陈注引李义山诗"何处拂胸资蝶粉，几时涂额藉宫黄"。此则粉褪脂轻，枕痕如线，回映"睡足"一句，真是写到十分。临镜既懒梳妆，背立画栏，又岂有心去寻棋局乎？此句几疑有趁韵之病矣。外情如此，内心可知。然于过片只是略略诉说，重逢何日，固犹未卜也，在此如年长昼之间，固应有无限筹量，萦诸心曲。于中却提出一事来，此"秦筝"两句所由来也。秦筝不能自鸣，必有鸣之者，素手调弦，金闺集艳，红楼十里，多恋娉婷，无怪游子归期难卜也。多少情怀，只此两句，轻轻点过，抑何微婉。用一"想"字，虽疑其如此，尚未能定其如此，亦未肯定，且未忍定也。下两句凝炼深稳，本篇主句，似写眼前景，仍寓心中情。芳草连天，虽迷望眼，幸此一迷，而远人近状，乃如雾里看花，遽难明了，亦好亦坏，可好可坏，大可希望是好也。此一字虽生出如许希望，而下句"成孤宿"之"成"字，则与此异曲同工，针对而发，乃决定眼前遭遇。无论远望之中，有何幻景，薰香独宿，眼前已命定如此也。盖"迷"者，倘恍之词，而"成"者，决定之语也，炼字至此，殆邻绝诣。于是黯黯空闺，唯余孤冷，憨嬉情事，百无可为，蝴蝶满园，都无心扑，那有心情去寻棋局也耶？然则以前"棋局"云云，直是心绪无聊，梦梦然走近棋局去耳。首尾两结遥应，不必有意，而无可捉摸之闺情，即于中活现，似乎趁韵，又似乎不，神味最远。仅以疏密论之，尚非真赏也。

　　吴世昌《词林新话》：上片"蝶粉蜂黄都褪了"，或引义山诗"何处拂胸资蝶粉，几时涂额藉蜂黄"，作宫妆解。罗大经《鹤林玉露》引杨东山言《道藏经》云："蝶交则粉退，蜂交则黄退。"以"宫妆"说为非。按：观周词咏春闺睡起，则以宫妆消退解，至为确切。若依杨说未免求之过深，且意亦失之猥亵矣。

　　杨笺：（"昼日"二句）时已昼，故曰"睡足"。（"临宝鉴"二句）"睡足"自应装束，乃曰"未怃"，一折。（"蝶粉"二句）写足撩乱情状，以形言。（"背画栏"二句）以态言。（"重会面"二句）一开。（"无限事"二句）一合。（"想秦筝"二句）曰"依旧"，曰"尚鸣"，承"萦心曲"来。（"芳草"二句）上句外望，下句自伤。（"最苦"二句）久不到园，故曰"无人扑"，作"无心扑"者尚浅一层。

浣沙溪①

宝扇轻圆浅画缯②。象床平稳细穿藤③。飞蝇不到避壶

416

冰④。　　翠枕面凉频忆睡⑤，玉箫手汗错成声⑥。日长无力
要人凭⑦。

【注释】

①见《浣沙溪》（翠葆参差竹径成）注释①。

②宝扇：唐·沈佺期《寿阳王花烛》："烛送香车入，花临宝扇开。"缯，作
为扇面的细白丝绢。南朝宋·江淹《拟班婕妤咏扇》："画作秦王女，乘鸾向
烟雾。"

③象床：以象牙装饰的床，又称牙床。《战国策·齐策》："孟尝君出行
国，至楚，献牙床。"唐·白居易《苦热中寄舒员外》："藤床铺晚雪，角枕截
寒玉。"

④壶冰：见《满路花》（帘烘泪雨干）注释④。

⑤频忆：孙本从毛本作"偏益"。

⑥宋·夏竦《宫词》："绛唇不敢深深注，却怕香脂污玉箫。"错成声，即
曲有误也，余参见《玉楼春》（大堤花艳惊郎目）注释⑤。

⑦要人：朱本："《雅词》'要'作'看'。"唐·白居易《长恨歌》："侍儿扶
起娇无力，始是新承恩泽时。"

【汇评】

俞陛云《宋词选释》：词意与前首相类，赋景物，极妍丽之采，状闺情，尽
娇慵之态。《草堂诗余》选词，以春夏秋冬之景分隶之。此词洵夏令之绝妙
好词也。

浣沙溪①

楼上晴天碧四垂②。楼前芳草接天涯。劝君莫上最高
梯③。　　新笋已成堂下竹④，落花都上燕巢泥⑤。忍听林表

杜鹃啼⑥。

【注释】

①毛本注："或刻李易安。"《全宋词》注："案此首别误作李清照词，见《古今词统》卷四。"余参见《浣沙溪》(翠葆参差竹径成)注释①。

②四垂：从四面垂下来。唐·韩偓《有忆》："愁肠泥酒人千里，泪眼倚楼天四垂。"宋·魏夫人《阮郎归》："夕阳楼处落花飞，晴空碧四垂。"

③芳草：香草。后蜀·毛熙震《浣溪沙》："花榭香红烟景迷，满庭芳草绿萋萋。"高梯：三国魏·应场《侍五官中郎将建章台集诗》："欲因云雨会，濯翼陵高梯。"

④已成：毛本、郑本作"看成"。孙本："丁刻本作'看成'。罗笺：'《雅词》、《草堂》作'看成'。南朝梁·王僧孺《春怨诗》："厌见花成子，多看笋成竹。"堂下：宫殿、厅堂阶下。《公羊传·宣公六年》："仡然从乎赵盾而入，放乎堂下而立。"

⑤都上：毛本作"都人"。罗笺："《雅词》、《粹编》作'都人'。"唐·皮日休残句："行人折柳和轻絮，飞燕衔泥带落花。"

⑥林表：林梢，林外。南朝齐·谢朓《休沐重还丹阳道中》："云端楚山见，林表吴岫微。"李善注："表，犹外也。"南唐·李中《钟陵禁烟寄从弟》："交亲书断竟不到，忍听黄昏杜宇啼。"

【汇评】

卓人月《古今词统》卷四：为落花增气色。

潘游龙《古今诗余醉》卷二：《燕诗》："落花径里得泥香。"(按潘氏以本词为李清照作)

王士禛《花草蒙拾》："楼上晴天碧四垂"，本韩侍郎"泪眼倚楼天四垂"，不妨并佳。欧文忠"拍堤春水四垂天"、柳员外"目断四天垂"，皆本韩句，而意致稍减。

贺裳《载酒园诗话》卷一"宋人议论拘执"条：皮光业："何人折柳和春絮，飞燕衔泥带落花。"裴光约曰："二句偏枯不为工，柳当有絮，泥或无花。"

不知泥中不全带落花，带落花者亦间有之。此是诗家点染法。刘中叟咏桃花曰："桃花雨过碎红飞，半逐溪流半逐泥。何处飞来双燕子，一时衔在画梁西。"又周邦彦小词："新笋看成堂下竹，落花都上燕巢泥。"秦观："杏花零落燕泥香。"盖词人数用之，必欲执无有以概有者，不几于摇手不得，毋乃太沾滞乎。

俞陛云《宋词选释》：上阕有李白《菩萨蛮》词"有人楼上愁"、"玉阶空伫立"之意。下阕"新笋"二句，写景即言情，有手挥送之妙。芳序已过，而归期犹滞，忍更听鹃声耶？

俞平伯《清真词释》：此词一气呵成，空灵完整，对句极自然，《浣溪沙》之正格也。后主《菩萨蛮》曰："高楼谁与上，长记秋晴望。"与此仅有春秋之别。天朗气清何必非春日哉，以之訾议《兰亭序》，亦过矣。唐诗："欲穷千里目，更上一层楼。"壮语也，无挂碍故。此则未免有情，谁能遣此，致语也。正唯其长天无际，芳草无涯，故不忍登高临远耳。"接"字，即从古诗"青青河畔草，绵绵思远道"之"绵绵"二字脱胎。

下片偶句，新生与蕉萃合参，极醒豁又极蕴藉。结句轻轻即收，不坠入议论恶道，与上片之结并其微婉。乍读之，似不过瘾，却是清真工力深稳处，正类二王妙楷，中锋直下如痴冻蝇也。尝谓三只脚的《浣溪沙》，两脚一组，一脚一组，两脚易稳故易工，一脚难稳故难工，不用气力似收煞不住，用大气力便轶出题外。或通体停匀，或轻重相参，要之欹侧之调以停匀为归耳。

已不堪凭到阑干，而堂下竹，燕巢泥，咫尺之间亦会增人惆怅，林外鹃啼，复在近远之间，春愁无那，细细摹寻。

俞平伯《唐宋词选释》：本篇与《花间集》卷七载孙光宪《浣溪沙》一词用语颇相似，而意境各别，可参看。本篇又见李清照《漱玉词》。

又：("楼上"三句)韩偓《有忆》："泪眼倚楼天四垂。"

又：("新笋"二句)这一联新生与迟暮互见。六朝人诗如萧悫《春庭晚望》、王僧孺《春怨》都有类似的句子。……孙光宪词亦有"粉箨半开新竹径，红苞尽落旧桃蹊"等句。

又：陈元龙注引李商隐《锦瑟》"望帝春心托杜鹃"；又说"其声哀怨，不忍听之耳。"读"忍"为"不忍",是"不忍"即"忍",以语促而省字。李中《钟陵禁烟寄从弟》"忍听黄昏杜宇啼",似较上引义山句更为相近。

吴世昌《词林新话》:末句谓春光已老去,听"不如归去"之鹃啼,能不动心! 晏几道《鹧鸪天》云:"十里楼台倚翠微。百花深处杜鹃啼。殷勤自与行人语,不似流莺取次飞。惊梦觉,弄晴时。声声只道不如归。天涯岂是无归意,争奈归期未可期。"或足为此句注脚也。

杨笺:此亦忆人之作。("楼上"句)仰观。("楼前"句)远望,以楼上楼前为线索,故不嫌其复。("劝君"句)以楼上楼前俱如此,故"劝君莫上最高梯"也。("新笋"二句)既不登高外望,则可见者止有堂中堂下之景而已。笋已成竹,花亦上巢,知春已暮矣。("忍听"句)奈杜鹃又到耳边,何真欲避愁而愁无可避矣。

浣溪沙慢①

水竹旧院落,樱笋新蔬果②。嫩英翠幄③,红杏交榴火。心事暗卜,叶底寻双朵。深夜归青琐④。灯尽酒醒时,晓窗明、钗横鬓嚲⑤。 怎生那。被间阻时多。奈愁肠数叠⑥,幽恨万端,好梦还惊破⑦。可怪近来,传语也无个。莫是瞋人呵⑧。真个若瞋人,却因何、逢人问我。

【注释】

①毛本注:"《清真集》不载。"

②水竹:水和竹。常借指清幽的景色。唐·孟郊《旅次洛城东水亭》:"水竹色相洗,碧花动轩楹。"楼颖《东郊纳凉忆左威卫李录事收昆季太原崔参军三首》(之一):"水竹谁家宅,幽庭向苑门。"樱笋:宋·陈鹄《耆旧续闻》:"又古词:'水竹旧院落,樱笋新蔬果。'盖唐制,四月十四日,堂厨及百司厨通谓之樱笋厨。此乃夏初词,正用此事。而《丛话》乃云'莺引新雏

过'，而以樱笋为非。岂知古词首句多是属对，而樱笋事尤切时耶?"

③翠幄:翠色的帐幔,喻杏树的绿叶。晋·陆机《招隐诗》:"轻条象云构,密叶成翠幄。"

④青琐:孙本作"青锁"。原指装饰皇宫门窗的青色连环花纹。《汉书》卷九十八《元后传》:"曲阳侯根骄奢僭上,赤墀青琐。"孟康注曰:"以青画户边镂中,天子制也。"师古注:"孟说是。青琐者,刻为连环文,而青涂之也。"代指豪华富丽的房屋建筑。

⑤钗横鬓嚲:钗鬓纷乱貌。唐·唐彦谦《无题十首》(之二):"醉倚阑干花下月,犀梳斜嚲鬓云边。"

⑥愁肠数叠:形容伤心极致。唐·黄滔《旅怀寄友人》:"重叠愁肠只自知,苦于吞蘖乱于丝。"

⑦惊破:犹震碎。唐·陆龟蒙《五歌·雨夜》:"我有愁襟无可那,才成好梦刚惊破。"

⑧瞋人:毛本作"嗔人"。孙本:"丁刻本作'嗔人'。"

【汇评】

胡仔《苕溪渔隐丛话》前集卷五十九:古词"水竹旧院落,樱笋新蔬果",一本是"水竹田院落,莺引新雏过",不然,"樱笋新蔬果"则与上句有何干涉?

陈鹄《耆旧续闻》卷二:古词:"水竹旧院落,樱笋新蔬果。"盖唐制,四月十四日,堂厨及百司厨通谓之樱笋厨。此乃夏初词,正用此事。而《丛话》乃云"莺引新雏过",而以樱笋为非。岂知古词首句多是属对,而樱笋事尤切时耶。

蒋礼鸿《大鹤山人校本〈清真词〉笺记》:("水竹旧院落,樱笋新蔬果")郑(文焯)校:苕溪渔隐引此词云:"水竹旧院落",下句旧本作"莺引新雏过"。若"樱笋"句,与上句有何干涉。(礼鸿按:此见《丛话》前集卷五十九,文微异)其所称旧本未详所据。但词例有对起,上下句义自能融会。附记以存异证。按:渔隐谓"樱笋"句与上句无干涉,其见卓矣。大鹤惑于词例有对起,强谓上下句义自能融会。以此阘言之,即令对起之句能融会,奈与下"嫩英翠幄,红杏交榴火"不相融会何? 又奈与全篇不相融会何? 愚为断之曰：渔隐所见旧本，信乎其为旧本，当据以为正。此作"樱笋"句者，乃以音近致误。词例固有对起者，若《清真》上卷四页后、五页前《红林檎近》咏雪、雪晴二首是也。若《浣溪沙慢》，余检《宋六十名家词》，惟美成有此调，其他无可参校，安在其必对起也。

点绛唇①

仙吕

孤馆迢迢，暮天草露沾衣润②。夜来秋近③。月晕通风信④。　　今日原头⑤，黄叶飞成阵。知人闷。故来相趁。共结临歧恨⑥。

【注释】

①孙本："景宋本、吴钞本、宛钞本、朱刻本调名下注'仙吕'。"

②孤馆：孤寂的客舍。唐·许浑《瓜州留别李诩》："孤馆宿时风带雨，远帆归处水连云。"暮天：傍晚的天空。唐·王昌龄《潞府客亭寄崔凤童》："秋月对愁客，山钟摇暮天。"三国魏·王粲《从军诗五首》："下船登高防，草露霑我衣。"

③秋近：郑本、朱本："《雅词》'近'作'尽'。"

④月晕：《释名》："晕，卷也，气在外卷结之也，日月俱然。"宋·苏洵《辨奸论》："月晕而风，础润而雨，人皆知之。"

⑤原头：毛本作"源头"。原野；田头。唐·岑参《原头送范侍御》："百尺原头酒色殷，路傍骢马汗斑斑。"

⑥相趁：跟随；相伴。唐·白居易《劝酒》："白兔赤乌相趁走，身后堆金挂北斗。"临歧：郑本、朱本："《雅词》'临'作'分'。"南朝宋·鲍照《舞鹤赋》："指会规翔，临歧矩步。"唐·杜甫《送梓州李使君之任》："不作临歧恨，惟听举最先。"

【汇评】

俞陛云《宋词选释》:因送别之时,风吹黄叶,信手拈来,便成此解。可见随处景物,能手遇之,便能运用。词中下阕之意,以承接上阕为多。此词言昨宵风信,今见叶飞,其衔接尤为明显。

乔大壮手批《片玉集》:二声。

杨笺:("孤馆"二句)"孤馆"二字是眼目。"草露沾衣"摄起秋字。("夜来"句)明出"秋"字。"近",雅词,作"尽"无味。"夜来"二字贯下。("月晕"句)"月晕"即夜来事,因晕知风,故曰"通风信"。"风"字起下。("今日"二句)"叶飞"承风来,叶飞必四散。("知人闷"三句)联想及送别之临歧,曰"知人闷",曰"来相趁",曰"共结",是以无知之物看作有知,加倍真挚缠绵。

夜游宫

清真集不载

一阵斜风横雨①。薄衣润、新添金缕②。不谢铅华更清素。倚筠窗③,弄么弦④,娇欲语。　　小阁横香雾。正年少、小娥愁绪⑤。莫是栽花被花妒。甚春来,病恹恹⑥,无会处。

【注释】

①宋·贺铸《连理枝》:"枕上无情,斜风横雨,落花多少。"

②金缕:见《垂丝钓》(缕金翠羽)注释②。

③筠窗:覆竹阴之窗。唐·白居易《题周皓大夫新亭子二十二韵》:"广砌罗红药,疏窗荫绿筠。"

④么弦:即"幺弦",琵琶的第四弦,借指琵琶。《子夜歌二首》(之二):"朱口发艳歌,玉指弄娇弦。"

⑤小娥:指年轻美好的歌妓。唐·司空图《杨柳枝寿杯词十八首》(之

六）:"恰值小娥初学舞,拟偷金缕压春衫。"

⑥病恹恹:病弱,精神不振貌。唐·刘兼《春昼醉眠》:"处处落花春寂寂,时时中酒病恹恹。"

诉衷情①

商调

出林杏子落金盘②。齿软怕尝酸③。可惜半残青紫,犹有小唇丹④。　　南陌上,落花闲⑤。雨斑斑⑥。不言不语,一段伤春,都在眉间⑦。

【注释】

①孙本:"景宋本、吴钞本、宛钞本、朱刻本调名下注'商调'。"毛本有词题"残杏"。

②金盘:餐具。汉·辛延年《羽林郎》:"就我求珍肴,金盘脍鲤鱼。"

③唐·韩偓《幽窗》:"手香江橘嫩,齿软越梅酸。"

④青紫:毛本作"青子"。唐·元稹《生春二十首》(之五):"柳梅浑未觉,青紫已丛丛。"犹有:孙本从毛本作"犹印"。唐·李贺《兰香神女庙》:"团鬟分珠窠,浓眉笼小唇。"

⑤落花闲:唐·李白《赠黄山胡公求白鹇》:"夜栖寒月静,朝步落花闲。"

⑥斑斑:点众多貌。唐·李益《寄赠衡州杨使君》:"湘竹斑斑湘水春,衡阳太守虎符新。"唐·司空曙《送郑明府贬岭南》:"青枫江色晚,楚客独伤春。"

⑦宋·苏轼《蝶恋花》:"学画鸦儿犹未就,眉间已作伤春皱。"

【汇评】

乔大壮手批《片玉集》:二声。闺咏亦新,不似柳公尘下。

杨笺：此因尝杏而作。（"出林"二句）点题。（"齿软"句）味。（"可惜"二句）色，妙在写味写色俱从那人想出。"一段伤春"句为一词之主。妙在先以落花、斑雨一断，而后以"不言不语"引起伤春。伤春之恨上眉与尝酸之皱眉同，即以尝酸谓之伤春亦可。

诉衷情①

　　当时选舞万人长②。玉带小排方③。喧传京国声价④，年少最无量。　　花阁迥，酒筵香。想难忘。而今何事，佯向人前，不认周郎。

【注释】

　　①毛本注："《清真集》不载。"

　　②选舞：应节而舞。《诗·齐风·猗嗟》："舞则选兮，射则贯兮。"《正义》曰："当谓其善舞，齐于乐节也。"

　　③排方，古时腰带上的装饰。唐·李廓《长安少年行十首》（之八）："玉雁排方带，金鹅立仗衣。"

　　④京国：京城；国都。三国魏·曹植《王仲宣诔》："我公实嘉，表扬京国。"

【汇评】

　　王国维《庚辛之间读书记·片玉词》：曩读周清真《片玉词》《诉衷情》一阕（《片玉集》、《清真集》均不载）曰："当时选舞万人长。玉带小排方。喧传京国声价，年少最无量。"按：排方、玉带，乃宋时乘舆之服。岳倦翁《愧剡录》（十二）："国朝服带之制，乘舆、东宫以玉，大臣以金，勋旧间赐以玉，其次则犀则角。"此不易之制，考之典故，玉带，乘舆以排方；东宫不佩鱼，亲王佩玉鱼，大臣勋旧佩金鱼。《石林燕语》七亦云："国朝亲王皆服金带，元丰中官制行，上欲宠嘉、岐二王，乃诏赐方团玉带，著为朝仪。先是乘舆玉带皆排方，故以方团别之。二王力辞，乞宝藏于家，而不服用，不许。乃请加佩金鱼，遂诏以玉鱼赐之。亲王玉带佩金鱼，自此始。故事，玉带皆不许施于公服，然熙宁中，收复熙河，神宗特解所系带赐王荆公，且使服以入贺。荆公力辞久之，不从，上待服而后追班，不得已受诏，次日即释去。(维案：《临川集》卷十八荆公《赐玉带谢表》末云：'退藏唯谨，知燕及于云来。'知'释去'之说不妄。)大观中收复青唐，以熙河故事，复赐蔡鲁公而用排方。时公已进太师，上以为三师礼当异，特许施于公服。辞，乃乞琢为方团。既以为未安，或诵韩退之'玉带垂金鱼'之礼，告以请，因加佩金鱼。"(《铁围山丛谈》、《挥麈前录》所记略同。)则排方玉带，实乘舆之制，臣下未有敢服者也。且宋时臣下受玉带之赐者，可以指数：太祖时则有李彝兴、符彦卿、王审琦、石保吉；英宗时则有王守约(保吉、守约均以主婿赐)；神宗时则有王安石、嘉岐二王；徽宗时则有蔡京、何执中、郑居中、王黼、蔡攸、童贯、赵仲忽；钦宗时则有李纲(上皇所赐)；南宋得赐者，文臣则有张浚、秦桧、史浩、史弥远、郑清之、贾似道，宗室则有居广、士揭璩、伯圭、师揆、师弥，勋臣则有刘光世、张俊、杨存中、吴璘，外戚则有吴益、谢渊、杨次山(何执中以下五人赐玉带事，见《石林燕语》；史弥远、赵师揆见《四朝闻见录》；贾似道、师弥见《癸辛杂志》；余见《宋史》本传及《玉海》卷八十六)，此外罕闻。唯《太祖纪》载建隆元年正月，以犀玉带遍赐宰相、枢密使及诸军列校，此行佐命之赏，未可据为典要。又《梦溪笔谈》二十二云："丁晋公从车驾巡幸，礼成，有诏赐辅臣玉带。时辅臣八人，行在祗候库只有七带。尚衣有带，谓之'比玉'，价值数百万。上欲以赐辅臣，以足其数。"《容斋随笔》四驳之曰："景德元年，真宗巡幸西京。大中祥符元年，巡幸太山。四年，幸河中。丁谓皆为行在三司使，未登政府。七年，幸亳州，谓始以参知政事从。时辅臣六人：王旦、向敏中为宰相，王钦若、陈尧叟为枢密使，皆在谓上，谓之下尚有枢密副使马知节，即不与此合。且既为玉带，又名'比玉'，尤可笑。"洪氏之言如此。案：《宋史·真宗纪》："大中祥符二年五月癸亥，以封禅庆成，赐宗室辅臣袭衣金带器币。"不云"玉带"。《旧闻证误》四引某书，谓"真宗尝遍以玉

426

带赐两府大臣",盖亦袭《笔谈》之误。夫以乘舆御服,大臣所不得赐,宰相亲王所不敢服,僭侈如蔡京,犹必琢为方团,加以金鱼而后敢用,何物倡优,乃以此自炫于万人之中,此事诚不可解。盖尝参互而得其说焉。《宋史·舆服志》:"太平兴国七年,翰林学士承旨李昉奏,奉诏详定车服制度,请从三品以上服玉带。"《旧闻证误》四引《庆元令》云:"诸带三品以上得服玉,臣寮在京者,不得施于公服。"盖宋时便服无禁令,故东坡曾以玉带施元长老,有诗见集中(《东坡集》十四),其二曰:"此带阅人如传舍,流传到我亦悠哉。锦袍错落真相称,乞与佯狂老万回。"味其诗意,不独东坡可服,似了元亦可服矣。至顺《镇江志》十九载此事云:"公便服入方丈。"又云:"师急呼侍者收公所许玉带。"则为便服束带之证。东坡赠陈季常《临江仙》词云:"细马远驮双侍女,青巾玉带红靴。"亦其一证。陈后山《谈丛》(《后山集》十九)亦云:"都市大贾赵氏,世居货宝,言玉带有刻文者,皆有疵疾以蔽映耳,美玉盖不琢也。比岁杭、扬二州化洛石为假带,色如瑾瑜,然可辨者,以其有光也。"观此知宋时上下便服,通用玉带,故人能辨之。漫至倡优服饰,上僭乘舆,虽云细事,亦可见哲、徽以后政刑之失矣。

曩作《清真先生遗事》,颇辨《贵耳集》、《浩然斋雅谈》记李师师事之妄。今得李师师金带一事,见于当时公牍,当为实事。案《三朝北盟会编》(三十):"靖康元年正月十五日圣旨:'应有官无官诸色人,曾经赐金带,各据前项所赐条数自陈纳官。如敢隐蔽,许人告犯,重行断遣。'后有尚书省指挥云:'赵元奴、李师师、王仲端,曾经祗候倡优之家。……曾经赐金带者,并行陈纳。'"当时名器之滥如是,则玉带排方,亦何足为怪。颇疑此词或为师师作矣。然当时制度之紊,实出意外。《老学庵笔记》(一)言:"宣和间,亲王公主及他近属咸里入宫,辄得金带关子。得者旋填姓名卖之,价五百千,虽卒伍屠酤,自一命以上,皆可得。"方腊破钱塘时,太守客次,有服金腰带者数十人,皆朱勔家奴也。时谚曰:"金腰带,银腰带,赵家天下朱家坏。"然则徽宗南狩时,尽以太宗时紫云楼金带赐蔡攸、童贯等(见《铁围山丛谈》六),更不足道。以公服而犹若是,则便服之僭移,更何待言。国家将亡,必有妖孽,殆谓是欤?

427

迎春乐①

人人花艳明春柳②。忆筵上、偷携手。趁歌停、舞罢来相就③。醒醒个④、无些酒。　　比目香囊新刺绣⑤。连隔座⑥、一时薰透。为甚月中归，长是他、随车后⑦。

【注释】

①陈本、吴本调名下注"双调"。陈本、吴本、毛本有词题"携妓"。

②花艳：孙本从毛本作"艳色"。唐·李贺《花游曲》："春柳南陌态，冷花寒露姿。"余参见《玉楼春·大堤花艳惊郎目》注释②。

③舞罢：孙本从毛本作"舞歇"。唐·张祜《观杭州柘枝》："舞停歌罢鼓连催，软骨仙蛾暂起来。"相就：主动靠近；主动亲近。唐·元稹《螟子》之一："将身远相就，不敢恨非辜。"

④个：句末语助词，估量之意。南唐·李煜《一斛珠》："晓妆初过，沈檀轻注些儿个。"

⑤比目：《太平广记》卷四百六十四引《岭表录异》曰："比目鱼，南人谓之鞋底鱼，江淮谓之拖沙鱼。《尔雅》云：'东方有比目鱼焉，不比不行，其名谓之鲽。'"喻情爱真挚之人。香囊：盛香料的小囊。佩于身或悬于帐以为饰物。汉·繁钦《定情诗》："何以致叩叩，香囊系肘后。"

⑥连隔座：陈本作"连隔"。

⑦月中：唐·李白《醉题王汉阳厅》："时寻汉阳令，取醉月中归。"随车：唐·韩愈《嘲少年》："只知闲信马，不觉误随车。"

【汇评】

乔大壮手批《片玉集》：四声。见词家新意。

蒋礼鸿《大鹤山人校本〈清真词〉笺记》:("人人艳色明春柳")郑(文焯)校:元本"艳色"作"花艳"。按:上卷《玉楼春》云:"大堤花艳惊郎目。"本卷《六幺令》云:"华堂花艳对列,——惊郎目。"陈元龙于《六幺令》注引梁武帝《襄阳歌》:"大堤诸女儿,花艳惊郎目。"是则"花艳"为美成所常用,且有所本,此当从元本。

虞美人

一本无此首

淡云笼月松溪路①。长记分携处②。梦魂连夜绕松溪。此夜相逢恰似、梦中时③。　　海山陡觉风光好④。莫惜金尊倒。柳花吹雪燕飞忙⑤。生怕扁舟归去⑥、断人肠。

【注释】

①晋·嵇康《游仙诗》:"遥望山上松,隆谷郁青葱。……愿想游其下,蹊路绝不通。"

②分携:离别。唐·李商隐《饮席戏赠同舍》:"洞中屐响省分携,不是花迷客自迷。"

③唐·白居易《逢旧》:"久别偶相逢,俱疑是梦中。"

④徙觉:毛本、郑本作"徙觉"。唐·白居易《答客说》:"海山不是吾归处,归即应归兜率天。"

⑤柳花:指柳絮。南朝·陈后主《洛阳道》之四:"柳花尘里暗,槐色露中光。"宋·苏轼《少年游》:"去年相送,余杭门外,飞雪似杨花。今年春尽,杨花似雪,犹不见还家。"

⑥南唐·徐铉《赋石奉送钟德林少尹员外》:"遍舟载归去,知是泛槎人。"

俞陛云《宋词选释》:此首纪别后之出游也。偶旧地之重过,便怀分袂;喜清游之暂慰,翻恐独归。此与《蝶恋花》词皆录别缠绵之作。但彼则于一首中次第写之,此则分六首次第写之,情之所钟,正在君辈。

杨笺:("松溪路")分携之处。("梦魂句")日中所记,夜则梦之。("此夜"句)徒落今夜,又忽转回梦中,变幻之极。("海山"二句)承"相逢","金尊倒"反逗"归去"。("柳花"句)就是上脱一句,指暮春言燕飞忙,正逗"归去"。("生怕"句)说到"归去",结以断(人)肠三字,抵人千百语。

粉蝶儿慢①

宿雾藏春,馀寒带雨②,占得群芳开晚③。艳初弄秀④,倚东风娇懒。隔叶黄鹂传好音,唤入深丛中探⑤。数枝新,比昨朝、又早红稀香浅⑥。　　眷恋。重来倚槛。当韶华、未可轻辜双眼⑦。赏心随分乐,有清尊檀板⑧。每岁嬉游能几日,莫使一声歌欠。忍因循、片花飞、又成春减⑨。

【注释】

①毛本注:"《清真集》不载。"

②余寒:大寒之后尚未回暖时的寒气;残余的寒气。唐·杜甫《题张氏隐居》之一:"涧道余寒历冰雪,石门斜日到林丘。"唐·韩偓《丙寅二月二十二日抚州如归馆雨中有怀诸朝客》:"薄酒旋醒寒彻夜,好花虚谢雨藏春。"

③唐·殷文圭《赵侍郎看红白牡丹,因寄杨状头赞图》:"迟开都为让群芳,贵地栽成对玉堂。……雅称花中为首冠,年年长占断春光。"

④艳初弄秀:汲古阁本片玉词毛扆校语:秀字上下脱一字。

⑤化用唐·杜甫《蜀相》:"映阶碧草自春色,隔叶黄鹂空好音。"深丛:

深密的树林。唐·元稹《生春二十首》(之十四):"预知花好恶,偏在最深丛。"

⑥红稀:吴本作"红希"。唐·韩琮《暮春浐水送别》:"绿暗红稀出凤城,暮云楼阁古今情。"

⑦唐·刘得仁《省试日上崔侍郎四首》(之四):"自嗟辜负平生眼,不识春光二十年。"

⑧随分:随意;任意。宋·李清照《鹧鸪天》:"不如随分尊前醉,莫负东篱菊蕊黄。"檀板:檀木做的应歌舞节拍的木板。《杨太真外传》:"李龟年以歌擅一时之名,手捧檀板,押众乐前。"

⑨因循:流连;徘徊不去。唐·姚合《武功县中作》诗之二二:"门外青山路,因循自不归。"减春:春色减退。唐·杜甫《曲江二首》(之一):"一片花飞减却春,风飘万点正愁人。"

红窗迥①

仙吕

几日来、真个醉②。不知道、窗外乱红,已深半指。花影被风摇碎③。拥春醒乍起④。　　有个人人⑤,生得济楚⑥,来向耳畔,问道今朝醒未。情性儿、慢腾腾地。恼得人又醉。

【注释】

①吴本调名下注"仙吕"。

②真个:确实。唐·吕岩《真人行巴陵市太守怒其不避使案吏具其罪真人曰须酒醒耳忽失之但留诗曰》:"道我醉来真个醉,不知愁是怎生愁。"

③毛本以"摇碎"句为上结。孙本引丁刻本、王刻本同。花影:花的影子。南北朝·庾信《初春赋得池应教诗》:"春光落云叶,花影发晴枝。"唐·杜荀鹤(一作周朴)《春宫怨》:"风暖鸟声碎,日高花影重。"

④春醒:春光。唐·元稹《襄阳为卢窦纪事》:"犹待春醒懒相送,樱桃花下隔帘看。"

⑤人人:用以称亲昵者。宋·欧阳修《蝶恋花》:"翠被双盘金缕凤,忆得前春,有个人人共。"

⑥济楚:孙本:"王刻本作'齐楚'。"干净整齐,美好之意。宋·柳永《木兰花》:"心娘自小能歌舞,举意动容皆济楚。"

【汇评】

冯金伯《词苑萃编》卷二十二:《客亭类稿》引周邦彦亦有《红窗迥》词云:"(词略)此亦词中俳体,而尚饶情趣,迥异柳七、黄九诸阕。"

丁绍仪《听秋声馆词话》:周邦彦……《红窗迥》不于"拥春醒乍起"分句,而分于上句"风摇碎"之下。

钱基博《中国文学史》:《玉团儿》(铅华淡伫新妆束)、《红窗迥》(几日来真个醉)、《意难忘》(衣染莺黄),浑脱浏亮,俚处得隽,异黄庭坚之鄙。

杨笺:此词不过由醉而醒,由醒而又复醉,以一"醉"字左旋右绕,极狡狯之能事。上阕由醉说人。("不知道"三句)醉中风景,"不知道"贯两句。"拥春醒乍起",在将醒未醒之间。("来向"二句)"醒"字不从自己写出,乃从旁人反面道出。("情性儿"句)顶"个人",一脱。"恼得人又醉",一合,"又醉"妙极,但此醉究与前醉不同。前醉为酒,此醉则为人耳。

念奴娇①

大石

醉魂乍醒,听一声啼鸟,幽斋岑寂②。淡日朦胧初破晓,满眼娇晴天色③。最惜香梅④,凌寒偷绽,漏泄春消息。池塘芳草,又还淑景催逼⑤。   因念旧日芳菲,桃花永巷,恰似初相识⑥。荏苒时光,因惯却、觅雨寻云踪迹。奈有离拆⑦,瑶台月下，回首频思忆。重愁叠恨，万般都在胸臆。

【注释】

①毛本注："《清真集》不载。"吴本调名下注"大石"。《全宋词》注："案此下原有鬓云鬆送傅国华奉使三韩'鬓云鬆，眉叶聚'一首，据近人王国维《清真先生遗事》所考，非周邦彦作。今移作无名氏词。"

②醉魂：犹醉梦。宋·张耒《观梅》："不如痛饮卧其下，醉魂为蝶栖其房。"南唐·李中《书郭判官幽斋壁》："不妨公退尚清虚，刬得幽斋兴有余。"岑寂：高而静。亦泛指寂静。南朝宋·鲍照《舞鹤赋》："去帝乡之岑寂，归人寰之喧卑。"李善注："岑寂，犹高静也。"

③朦胧：吴本作"朦朦"。娇晴：毛本、郑本作"娇情"。孙本引王刻本同。天色：犹天气。宋·杨万里《过八尺遇雨》："节里无多好天色，阑风长雨饯残年。"

④最惜：孙本："戈选本作'最是'。"

⑤芳草：孙本："戈选本作'青草'。"淑景：指春光。唐·杜牧《酬王秀才桃花源见寄》："桃满西园淑景催，几多红艳浅深开。"

⑥芳菲：指鲜花。唐·白居易《大林寺桃花》："人间四月芳菲尽，山寺桃花始盛开。"永巷：孙本从戈选本作"门巷"。深巷：长巷。唐·李商隐《无题》之四："何处哀筝随急管，樱花永巷垂杨岸。"

⑦荏苒：常形容时光易逝。晋·陶渊明《杂诗》之五："荏苒岁月颓，此心稍已去。"因惯却：孙本："戈选本作'空过却'。"离拆：孙本："戈选本作'离情'。"犹分离。宋·柳永《法曲献仙音》："每恨临歧处，正携手，翻成云雨离拆。"

【汇评】

杨笺：上阕写景，下阕写情。（"听一声"句）写鸟声耳闻。（"淡日"二句）写天色，目见。（"最惜"三句）写梅香，鼻嗅。（"池塘"二句）再从香梅推到芳草淑景，承春消息来。（"因念"三句）芳菲承春来，回溯。（"奈有"三句）跌落现情。（"重愁"二句）用重句收煞。

蒋礼鸿《大鹤山人校本〈清真词〉笺记》:("淡日朦胧初破晓,满眼娇情天色")乃按:"娇情天色",不词,"情"当作"晴"。"娇晴",犹嫩晴也。(编者按:《全宋词》"娇晴"下注云:"一作情。")

芳草渡^①

别恨

　　昨夜里,又再宿桃源,醉邀仙侣^②。听碧窗风快,珠帘半卷疏雨^③。多少离恨苦。方留连啼诉。凤帐晓,又是匆匆,独自归去。　　　愁睹^④。满怀泪粉,瘦马冲泥寻去路。谩回首、烟迷望眼,依稀见朱户。似痴似醉,暗恼损^⑤、凭阑情绪。澹暮色^⑥,看尽栖鸦乱舞。

【注释】

　　①孙本:"朱刻本调名下注'双调'。景宋本、吴钞本、毛扆校本补、王刻本、朱刻本调名下有词题'别恨'。"

　　②再宿:孙本:"戈选本作'借宿'。"醉邀:孙本:"戈选本作'再邀'。"桃源:唐庄宗《忆仙姿》:"曾宴桃源深洞,一曲清歌舞凤。长记欲别时,和泪出门相送。如梦,如梦,残月落花烟重。"余参见《玉楼春》(桃溪不作从容住)注释②及《瑞龙吟》(章台路)注释⑧。仙侣:指人品高尚、心神契合的朋友。唐·杜甫《秋兴》之八:"佳人拾翠春相问,仙侣同舟晚更移。"

　　③碧窗:绿色的纱窗。"碧纱窗"的省称。唐·李白《寄远》之八:"碧窗纷纷下落花,青楼寂寂空明月。"风快:风吹得畅快。宋·柳永《夏云峰》:"楚台风快,湘簟冷,永日披襟。"半卷疏雨:孙本从毛本作"半卷愁雨"。唐·王勃《滕王阁诗》:"画栋朝飞南浦云,珠帘暮卷西山雨。"

　　④凤帐:织有凤凰花饰的帐子。唐·温庭筠《清平乐》:"凤帐鸳被徒

熏,寂寞花锁千门。"愁睹:孙本从毛本作"愁顾"。

⑤冲泥:谓踏泥而行,不避雨雪。宋·苏轼《是日宿水陆寺寄北山清顺僧》之二:"披榛觅路冲泥入,洗足关门听雨眠。"望眼:远眺的眼睛;盼望的眼睛。宋·岳飞《满江红》:"抬望眼,仰天长啸,壮怀激烈。"似痴似醉:唐·韦庄《倚柴关》:"仗策无言独倚关,如痴如醉又如闲。"恼损:陈本作"消损"。

⑥暮色:傍晚昏暗的天色。南朝宋·鲍照《幽兰》之一:"倾辉引暮色,孤景留恩颜。"唐·杜甫《宿凿石浦》:"回塘澹暮色,日没众星嘒。"

【汇评】

俞陛云《宋词选释》:前半纪别而已。转头以下,别时情味,能宛转达意,其制胜尤在结末二句。闰庵云:"无此二句,则此词无可生色矣。"

乔大壮手批《片玉集》:四声。"又"字、"方"字转笔可思。

杨笺:此冶游之词。("昨夜里"三句)访旧。("听碧窗"二句)就景上脱开。("多少离恨苦"二句)就情上拍合。("凤帐晓"三句)"晓"反映夜,"归去"反映再宿,所谓赢马载愁归也。("愁睹"三句)"愁顾""满怀泪粉"六字串读,即不忍见彼之泪粉满我怀中也。"冲"者去之急,"寻"者又去之迟,写不得不去神理。("谩回首"二句)回望。("似痴似醉"二句)悬想彼姝神情。("澹暮色"二句)不觉又暮,止见栖鸦乱舞而已,两均皆摄入一"见"字中。

燕归梁①

高平　晓

帘底新霜一夜浓②。短烛散飞虫③。曾经洛浦见惊鸿④。关山隔、梦魂通⑤。　明星晃晃,回津路转,榆影步花骢⑥。欲攀云驾倩西风。吹清血、寄玲珑⑦。

【注释】

①吴本调名下注"高平",有词题"晓"。孙本:"毛刻本、丁刻本、王刻本

调名下有词题'咏晓'。"毛本注："咏晓，《清真集》不载。"

②新霜：新结的霜。唐·韩偓《边上看猎赠元戎》："绣帘临晓觉新霜，便遣移厨较猎场。"

③飞虫：能飞的虫。唐·张籍《宿广德寺寄从舅》："移床动栖鹤，停烛聚飞虫。"

④洛浦：洛水之滨。三国魏·曹植《洛神赋序》："黄初三年，余朝京师，还济洛川。古人有言：'斯水之神，名曰宓妃。'感宋玉对楚王神女之事，遂作斯赋。"《洛神赋》："翩若惊鸿，矫若游龙。"

⑤关山：关隘山岭。《乐府诗集·横吹曲辞五·木兰诗一》："万里赴戎机，关山度若飞。"唐·李白《长相思三首》（之二）："天长路远魂飞苦，梦魂不到关山难。"

⑥明星：吴本作"朗星"。津：星名，位于北方七宿中的女宿之北，凡九星。《晋书》卷十一《天文志上》："天津九星，横河中，一曰天汉，一曰天江，主四渎津梁，所以度神通四方也。"榆：星名，犹言星榆，喻繁星。《玉台新咏·古乐府·陇西行》："天上何所有，历历种白榆。"津：渡口。宋·欧阳修《鹊桥仙》："鹊迎桥路接天津，映夹岸、星榆点缀。"

⑦清血：指眼泪。见《满路花》（金花落烬灯）注释⑦。玲珑：唐代歌妓有商玲珑，泛指歌妓。唐·白居易《醉歌（示伎人商玲珑）》："腰间红绡系未稳，镜里朱颜看已失。玲珑玲珑奈老何，使君歌了汝更歌。"

看花回①

越调

秀色芳容明眸，就中奇绝②。细看艳波欲溜，最可惜、微重重红绡轻帖。匀朱傅粉，几为严妆时漉睫③。因个甚、底死嗔人，半饷斜盷费贴燮④。　　斗帐里⑤、浓欢意惬。带困眼⑥、似开微合。曾倚高楼望远，似指笑频睽⑦，知他谁说。那日分飞,泪雨纵横光映颊。揾香罗,恐揉损,与他衫袖裛⑧。

【注释】

①吴本调名下注"越调"。毛本有词题"咏眼"。

②就中:其中。唐·杜甫《丽人行》:"就中云幕椒房亲,赐名大国虢与秦。"奇绝:奇妙非常。唐·李白《越女词五首》(之五):"新妆荡新波,光景两奇绝。"

③严妆:整妆。《玉台新咏·古诗为焦仲卿妻作》:"鸡鸣外欲曙,新妇起严妆。"

④底死:总是,老是。宋·柳永《满江红》:"不会得都来些子事,甚恁底死难拚弃。"斜昑:孙本从郑本作"斜盼"。贴燮:亲近怜惜。孙本从郑本作"熨贴"。孙本:"丁刻本、王刻本作'贴燮'。"

⑤斗帐:小帐。形如覆斗,故称。《玉台新咏·古诗为焦仲卿妻作》:"红罗复斗帐,四角垂香囊。"

⑥困眼:孙本从郑本作"困时"。

⑦似指笑:孙本从郑本作"自笑指"。睏:眨眼。唐·窦梁宾《喜卢郎及第》:"晓妆初罢眼初睏,小玉惊人踏破裙。"

⑧衫袖:衫的袖子。亦泛指衣袖。北周·庾信《春赋》:"镂薄窄衫袖,穿珠帖领巾。"裛:通"浥",沾湿。

看花回①

越调

蕙风初散轻暖,霁景微澄洁②。秀蕊乍开乍敛,带雨态烟痕,春思纡结③。危弦弄响,来去惊人莺语滑④。无赖处,丽日楼台,乱纷岐路思奇绝⑤。　　何计解、粘花系月。叹冷落、顿辜佳节⑥。犹有当时气味，挂一缕相思，不断如发。云飞帝国，人在天边心暗折。语东风，共流转，谩作匆匆别⑦。

【注释】

①罗笺注："清真《拜星月》云：'怎奈何一缕相思，隔溪山不断。'此云：'挂一缕相思，不断如发。'不惟模仿之迹显然可见，工拙亦自悬殊也。全篇更不待论矣。"

②蕙风：指和暖的春风。晋·左思《魏都赋》："蕙风如薰，甘露如醴。"霁景：雨后晴明的景色。唐·陈子昂《晦日宴高氏林亭》诗序："山河春而霁景华，城阙丽而年光满。"

③纡结：郁积不畅。汉·冯衍《显志赋》："心怫郁而纡结兮，意沈抑而内悲。"

④危弦：急弦。晋·张协《七命》："抚促柱则酸鼻，挥危弦则涕流。"李善注："郑玄《论语》注曰：'危，高也。'侯瑾《筝赋》曰：'急弦促柱，变调改曲。'陆机《前缓歌行》曰：'大客挥高弦。'意与此同也。"唐·白居易《琵琶行》："间关莺语花底滑，幽咽泉流冰下难。"

⑤云飞：指雨云兴起。《乐府诗集·郊庙歌辞六·唐祭方丘乐章》："雨零感节，云飞应序。"乱纷：孙本从郑本作"乱丝"。思奇绝：罗笺所引《词统》作"两奇绝"。

⑥吴本此句属上阕。毛本注："或在黏花系月下分段，非。"佳节：指修禊。古代春秋两季在水边举行的清除不祥的祭祀。

⑦流转：运行变迁。唐·杜甫《曲江二首》(之二)："传语风光共流转，暂时相赏莫相违。"

【汇评】

卓人月《古今词统》卷十三："挂一"句，"思"之为言"丝"也。

杨笺：("蕙风"五句)春景。"春思纡结"句起下。("危弦"五句)弄弦，"丽日楼台，乱丝歧路"八字用偶句。"总奇绝"三字兼承上阕，是言欢聚时景色。("何计解、粘花系月")花将落不能黏，月将落亦不能系，以喻人将去不能留,故曰"何计解"。("叹冷落、顿辜佳节")有花有月即佳节,不能黏花系月,非辜负而何?("犹有"三句)又一转,言虽辜负,仍有相思牵系。("云飞"句)脱开。("人在"句)拍合。("语东风"三句)人别而春又别,留春即留人,故曰"语东风,共流转"也。

失调名

露叶烟梢寒色重,攒星低映小朱帘①。

【注释】

①露叶:沾露的叶子。唐·崔善为《答王无功九日》:"露叶疑涵玉,风花似散金。"攒星:繁星。

【汇评】

韩彦直《橘录》卷中:金橘生山迳间,比金柑更小,形色颇类。木高不及尺许,结实繁多,取者多至数升。肉瓣不可分,止一核。味不可食,惟宜植之栏槛中,园丁种之,以鬻于市。亦名山金柑。周美成词有"露叶烟梢寒色重,攒星低映小珠帘",为是橘作。

附录

周邦彦词总评

《后山诗话》(沈雄《古今词话》引)：美成笺奏杂著俱善，惜为词掩。

王灼《碧鸡漫志》卷二：贺方回、周美成、晏叔原、僧仲殊各尽其才力，自成一家。贺、周语意精新，用心甚苦。

同上：前辈云："《离骚》寂寞千年后，《戚氏》凄凉一曲终。"《戚氏》，柳所作也。柳何敢知世间有《离骚》？惟贺方回、周美成时时得之。贺《六州歌头》、《望湘人》、《吴音子》诸曲，周《大酺》、《兰陵王》诸曲最奇崛。或谓深劲乏韵，此遭柳氏野狐涎吐不出者也。

同上：江南某氏者，解音律，时时度曲。周美成与有瓜葛，每得一解，即为制词，故周集中多新声。贺方回初在钱塘，作《青玉案》，鲁直喜之，赋绝句云："解道江南断肠句，只今惟有贺方回。"贺集中如《青玉案》者甚众。大抵二公卓然自立，不肯浪下笔，故予谓："语意精新，用心甚苦。"

同上：崇宁间，建大晟乐府，周美成作提举官，而制撰官又有七。万俟咏雅言，元祐诗赋科老手也，三舍法行，不复进取，放意歌酒，自称大梁词隐，每出一章，信宿喧传都下。政和初，召试补官，置大晟乐府制撰之职。新广八十四调，患谱弗传，雅言请以盛德大业及祥瑞事迹，制词实谱。有旨依月用律，月进一曲，自此新谱稍传。时田为不伐亦供职大乐，众谓乐府得人云。

楼钥《清真先生文集序》(《攻媿集》卷五十一)：钱塘周公少负庠校隽声，未及三十，作《汴都赋》凡七千言，富哉，壮哉！极铺张扬厉之工，期月而成，无十稔之劳，指陈事实，无夸诩之过。赋奏，天子嗟异之，命近臣读于迩英殿，由诸擢为学官，声名一日震耀海内，而皇朝太平之盛观备矣。未几，神宗上宾，公亦低徊不自表襮。哲宗始置之文馆，徽宗又列之郎曹，皆以受知先帝之故，以一赋而得三朝之眷，儒生之荣莫加焉。公之殁距今八十余载，世之能诵公赋者盖寡，而乐府之词盛行于世，莫知公为何等人也。公尝守四明，而诸孙又寓居于此。尝访其家集而读之，参以他本，间见手稿，又得京本《文选》，与公之曾孙铸衷为二十四卷，中更兵火，散坠已多，然足以不朽矣。公壮年气锐，以布衣自结于明主，又当全盛之时，宜乎立取贵显，而考其岁月，仕宦殊为流落，更就铨部，试远邑，虽归于班朝，坐视捷径，不一趋焉。三绾州庵，仅登松班，而旅死矣。盖其学道退然，委顺知命，人望之如木鸡，自以为喜，此又世所未知者。乐府传播，风流自命，又性好音律，如古之妙解，"顾曲"名堂，不能自已，人必以为豪放飘逸，高视古人，非攻苦力学以寸进者。及详味其辞，经史百家之言，盘屈于笔下，若自己出，一何用功之深而致力之精耶！故见所献赋之书，然后知一赋之机杼；见《续秋兴赋后序》，然后知平生之所安。《磬》、《镜》、《乌几》之铭，可与郑圃、漆园相周旋，而《祷神》之文则《送穷》、《乞巧》之流亚也。骤以此语人，未必遽信，唯能细读之者，始知斯言之不为溢美耳。居闲养疴，为之校雠三数过，犹未敢以为尽。方淇水李左丞读赋上前，多以偏旁言之，因为考之群书，略为音释，阙其所未知者，以俟博雅之君子，非敢自比张载、刘逵为《三都》之训诂也。钥先世与公家有事契，且尝受廛焉。公之诗文，幸不泯没，钥之愿也。公讳邦彦，字美成，清真其自号。历官详见志铭云。制使待制陈公，政事之余，既刊曾祖贤良都官家集，又以清真之文并传，以慰邦人之思。君子谓是举也，加于人数等，类非文史之所能为也。

张端义《贵耳集》卷下：邦彦以词行，当时皆称美成词，殊不知美成文笔大有可观，作《汴都赋》，如笺奏杂著，皆是杰作，可惜以词掩其他文也。

王偁《东都事略》卷一一六《文艺传》：邦彦能文章，世特传其词调云。

潜说友《咸淳临安志·人物传》：邦彦能文章，妙解音律，名其堂曰顾曲，乐府盛行于世，人谓之落魄不羁，其提举大晟亦由此。然其文，识者谓有工力深到处，《磬镜》、《乌几》之铭，有《郑圃》、《漆园》之风，《祷神》之文，仿《送穷》、《乞巧》之作，不但词调而已。自号清真居士，有集二十四卷。

陈郁《藏一话腴》外编：周邦彦，字美成，自号清真。二百年来以乐府独步，贵人学士、市儇妓女，知美成词为可爱，而能知美成为何如人者，百无一二也。……至于诗歌，自经史中流出，当时以诗名家如晁、张，皆自叹以为不及。……拟清真者又当于乐府之外求之。

庞元英《谈薮》：本朝词人罕用此（红叶）事，惟周清真乐府两用之。《扫

444

花游》云:"随流去,想一叶怨题,今到何处。"《六丑》(咏落花):"飘流处,莫趁潮汐,恐断红,上有相思字,何由见得。"脱胎换骨之妙极矣。

韩彦直《橘录》:金橘生山径间,比金柑更小,形色颇类。木高不及尺许,结实繁多,取者多至数升。肉瓣不可分,止一核,味不可食,惟宜植之栏槛中,园丁种之,以鬻于市。亦名山金柑。周美成词有"露叶烟梢寒色重,揽星低映小珠帘",为是橘作。

陈振孙《直斋书录解题》卷十七:《清真集》二十四卷。徽猷阁待制钱塘周邦彦撰。元丰七年进《汴都赋》,自诸生命为太学正。邦彦博文多能,尤长于长短句自度曲,其提举大晟府亦由此,而他文未传。嘉泰中,四明楼钥始为之序,而太守陈杞刊之,盖其子孙家居四明故也。《汴都赋》已载《文鉴》。世传赋初奏,御诏李清臣读之,多古文奇字,清臣诵之如素所习熟者,乃以偏旁取之耳。

同上书卷二十一:《清真词》二卷续集一卷。周美成邦彦撰。多用唐人诗句隐括入律,浑然天成。长调尤善铺叙,富艳精工,词人之甲乙也。

强焕《题周美成词》(汲古阁本《片玉词》):文章政事,初非两途。学之优者,发而为政,必有可观。政有其暇,则游艺于咏歌者,必其才有余辨者也。溧水为负山之邑,官赋浩穰,民讼纷沓,似不可以弦歌为政。而待制周公,元祐癸酉春中为邑长于斯,其政敬简,民到于今称之者,固有余爱。而其尤可称者,于拨烦治剧之中,不妨舒啸。一觞一咏,句中有眼,脍炙人口者,又有余声,声洋洋乎在耳侧,其政有不亡者存。余慕周公之才名有年于兹,不谓于八十余载之后,踵公旧踪,既喜而且愧。故自到任以来,访其政事,于所治后圃,得其遗政,有亭曰"姑射",有堂曰"萧闲",皆取神仙中事,揭而名之,可以想像其襟抱之不凡。而又睹"新绿"之地,"隔浦"之莲,依然在目。抑又思公之词,其摹写物态,曲尽其妙,方思有以发扬其声之不可忘者而未能。及乎暇日从容,式燕嘉宾,歌者在上,果以公之词为首唱,夫然后知邑人爱其词,乃所以不忘其政也。余欲广邑人爱之之意,故裒公之词,旁搜远绍,仅得百八十有二章,釐为上下卷,乃辍俸余,鸠工镂木,以寿其传。非惟慰邑人之思,亦蕲传之有所托,俾人声其歌者,足以知其才之优于为邑如此。故冠之以序,而述其意云。公讳邦彦,字美成,钱塘人也。淳熙岁在上章困敦孟陬月圉赤奋若,晋阳强焕序。

刘肃《详注周邦彦片玉集序》(《景刊宋金元明本词》):周美成以旁搜远绍之才,寄情长短句,缜密典丽,流风可仰,其徵辞引类,推古夸今,或借字用意,言言皆有来历,真足冠冕词林,欢筵歌席,率知崇爱,知其故实者几何人!斯殆犹属目于雾中花、云中月,虽意其美,而皎然识其所以美则未也。漳江陈少章,家世以学问文章为庐陵望族,涵泳经籍之暇,阅其词,病旧注之简略,遂详而疏之,俾歌之者究其事,达其意,则美成之美益彰,犹获昆山之片珍,琢其质而彰其文,岂不快夫人之心目也?因命之曰《片玉集》云。少章名元龙,时嘉定辛未杪腊,庐陵刘肃必钦序。

晁公武《郡斋读书志》:《清真先生文集》二十四卷。右周邦彦字美成之文也。神宗时尝奏《汴都赋》七千言,上命近臣读于迩英殿,由诸生为学官。哲宗置之文馆,徽宗列之郎曹,尝守四明,故楼忠简公钥为序而刻之。

董史《皇宋书录》卷中:谷中云:周美成正、行皆善,有词稿藏张宫讲宓家。

尹焕《梦窗词序》(黄昇《中兴以来绝妙词选》引):求词于吾宋者,前有清真,后有梦窗。此非焕之言,四海之公言也。

刘克庄《跋刘叔安感秋八词》:美成颇偷古句,温、李诸人,困于掎摭。

周应合《东都事略·文艺传》:邦彦能文章,世特传其词调云。

邓牧《伯牙琴·张叔夏词集序》:知者谓丽莫若周,赋情或近俚。骚莫若姜,放意或近率。

张炎《词源》卷下:词欲雅而正,志之所之,一为情所役,则失其雅正之音。耆卿、伯可不必论,虽美成亦有所不免。如"为伊泪落",如"最苦梦魂,今宵不到伊行",如"天便教人,霎时得见何妨",如"又恐伊,寻消问息,瘦损容光",如"许多烦恼,只为当时,一晌留情",所谓淳厚日变成浇风也。

同上:美成词只当看他浑成处,于软媚之中有气魄。采唐诗融化如自己者,乃其所长。惜乎意趣却不高远,所以出奇之语,以白石骚雅句法润色之,真天机云锦也。

同上:迄于崇宁,立大晟府,命周美成诸人讨论古音,审定古调,沦落之后,少得存者。由此八十四调之声稍传。而美成诸人又复增演慢曲、引、

446

近,或移宫换羽,为三犯、四犯之曲,按月律为之,其曲遂繁。美成负一代词名,所作之词,浑厚和雅,善于融化词句,而于音谱,且间有未谐,可见其难矣。作词者多效其体制,失之软媚,而无所取。此惟美成为然,不能学也。所可仿效之词,岂一美成而已。

沈义父《乐府指迷》:凡作词当以清真为主,盖清真最为知音,且无一点市井气。下字运意,皆有法度,往往自唐、宋诸贤诗句中来,而不用经史中生硬字面,此所以为冠绝也。学者看词,当以《周词集解》为冠。

同上:古曲谱多有异同,至一腔有两三字多少者,或句法长短不等者,盖被教师改换,亦有嘌唱一家多添了字。吾辈只当以古雅为主,如有嘌唱之腔,不必作;且必以清真及诸家目前好腔为先可也。

同上:结句须要放开,含有余不尽之意,以景结情最好。如清真之"断肠院落,一帘风絮",又"掩重关,遍城钟鼓"之类是也。或以情结尾亦好。往往轻而露,如清真之"天便教人,霎时厮见何妨",又云"梦魂凝想鸳侣"之类,便无意思,亦是词家病,却不可学也。

同上:词中用事使人姓名,须委曲得不用出最好。清真词多要两人名对使,亦不可学也。

同上:咏物词,最忌说出题字。如清真梨花及柳,何曾说出一个"梨""柳"字。梅川不免犯此戒,如《月上海棠·咏月出》两个"月"字,便觉浅露。

同上:炼句下语,最是紧要。如说桃,不可直说破桃,须用"红雨"、"刘郎"等字。如咏柳,不可直说破柳,须用"章台"、"灞岸"等字。又咏书,如曰"银钩空满",便是书字了,不必更说书字。"玉箸双垂",便是泪了,不必更说泪。如"绿云缭绕",隐然鬟发;"困便湘竹",分明是簟。正不必分晓,如教初学小儿,说破这是甚物事,方见妙处。

赵文《青山集》卷二《吴山房乐府序》:观晏欧词,知是庆历、嘉祐间人语,观周美成词,其为宣和、靖康也无疑矣。声音之为世道邪,世道之为声音邪,有不自知其然而然者矣,悲夫。美成号知音律者,宣和之为靖康也,美成其知之乎?"绿芜凋尽台城路"、"渭水西风,长安乱叶",非佳语也。"凭高眺远"之余,"蟹螯"、"玉液"以自陶写,而终之曰"醉倒山翁,但愁斜照敛",观此词,国欲缓亡,得乎?渡江后,康伯可未离宣和间一种风气,君子以是知宋之不能复中原也。近世辛幼安，跌荡磊落，犹有中原豪杰之气，而江南言词者宗美成，中州言词者宗元遗山，词之优劣未暇论，而风气之异，遂为南北强弱之占，可感已。《玉树后庭花》盛，陈亡；《花间》丽情盛，唐亡；清真盛，宋亡，可畏哉。吾友吴孔瞻，所著乐府，悲壮磊落，得意处不减幼安、遗山，意者其世道之初乎。天地间能言之士，骎骎欲绝，后此十年，作乐歌，告宗庙，示万世，非老于文学者谁宜为。

元脱脱等《宋史·文苑传》：邦彦好音乐，能自度曲，制乐府长短句，词韵清蔚，传于世。

程钜夫《雪楼集》卷二十五《题晴川乐府》：苏词如诗，秦诗如词，此盖意习所遣，自不觉耳。要之情吾情、味吾味，虽不必同人，亦不必强人之同。然一往无留如戴晋人之映，则亦安在其为写中肠也哉。余于近世诸家，惟清真犁然当于心。

陆辅之《词旨》：古人诗有翻案法，词亦然。词不用雕刻，刻则伤气，务在自然。周清真之典丽，姜白石之骚雅，史梅溪之句法，吴梦窗之字面，取四家之所长，去四家之所短，此翁（按指张炎）之要诀，学者所谓刻鹄不成尚类鹜者也。不可与俗人言，可与知者道。

同上：词用虚字贵得所，雅则得所耳。当时俳体颇俗，屯田最甚，清真不免时见。

王世贞《艺苑卮言》：《花间》以小语致巧，世说靡也。《草堂》以丽字取妍，六朝媲也。即词号称诗余，然而诗人不为者，何也？其婉娈而近情也，足以移情而夺嗜；其柔靡而近俗也，诗啴缓而就之，而不知其下也。之诗而词，非词也；之词而诗，非诗也。言其业，李氏、晏氏父子、耆卿、子野、美成、少游、易安至矣，词之正宗。温、韦艳而促，黄九精而险，长公丽而壮，幼安辨而奇，又其次也，词之变体也。词兴而乐府亡矣，曲兴而词亡矣，非乐府与词之亡，其调亡也。

同上：美成能作景语，不能作情语，能入丽字，不能入雅字，以故价微劣于柳。然至"枕痕一线红生肉"，又"唤起两眸清炯炯，泪花落枕红绵冷"，其形容睡起之妙，真能动人。

刘体仁《七颂堂词绎》：词亦有初盛中晚，不以代也。……至宋则极盛，周、张、柳、康,蔚然大家。

同上:周美成不止不能作情语,其体雅正,无旁见侧出之妙。

沈谦《填词杂说》:"天便教人,霎时厮见何妨"、"花前月下,见了不教归去",卞急迂妄,各极其妙。美成真深于情者。

同上:学周、柳不得见其用情处,学苏、辛不得见其用气处,当以离处为合。

邹祗谟《远志斋词衷》:僻调之多,以柳屯田为最,此外则周清真、史梅溪、姜白石、蒋竹山、吴梦窗、冯艾子,集中率多自制新调,余家亦复不乏。

同上:清真、乐章,以短调行长调,故滔滔莽莽处,如唐初四杰作七古,嫌其不能尽变。至姜、史、高、吴,而融篇炼句琢字之法,无一不备。

徐喈凤《荫绿轩词证》:弇州谓美成能作景语,不能作情语,愚谓词中情景不可太分,深于言情者,正在善于写景。

严沆《见山亭古今词选序》:诗降而为词,自《花间集》出而倚声始盛。其人虽有南唐、楚、蜀之殊,叩其音节,靡有异也。迨至宋,同叔、永叔、方回、叔原、子野,咸本《花间》而渐近流畅。耆卿专主温丽,或失之俚俗;子瞻专主雄浑,或失之肆。当其时,少游、鲁直、补之尽出其门……故论词于北宋,自当以美成为最醇。南渡以后,幼安负青兕之力,一意奔放,用事不休,改之、潜夫、经国尤而效之,无复词人之旨。由是尧章、邦卿别裁风格,极其爽逸芊艳;宗瑞、宾王、几叔、胜欲、碧山、叔夏继之。要其原皆自美成出。

王士禛《花草蒙拾》:夫温、韦视晏、李、秦、周,譬赋有《高唐》、《神女》,而后有《长门》、《洛神》。

贺裳《皱水轩词筌》:长调推秦、柳、周、康为协律,然康惟《满庭芳·冬景》一词,可称禁脔,余多应酬铺叙,非芳旨也。周清真虽未高出,大致匀净,有柳敧花嚲之致,沁人肌骨处,视淮海不徒娣姒而已。弇州谓其能入丽字,不能入雅字,诚确。谓能作景语不能作情语,则不尽然。但生平景胜处为多耳。

彭孙遹《金粟词话》:宋人张玉田论词极推少游、竹屋、白石、梅溪、梦窗诸家,而稍诎美成。梦窗之词虽雕缋满眼,然情致缠绵微为不足,余独爱其"除夕立春"一阕,兼有天人之巧。美成词如十三女子,玉艳珠鲜,政未可以

449

其软媚而少之也。

先著、程洪《词洁》：词工，则有目者可共为击节；调协，则非审音者不辨矣。柳永以乐章名集，其词芜累者十之八，必若美成、尧章，宫调、语句两皆无憾，斯为冠绝。

同上：词家正宗，则秦少游、周美成，然秦之去周，不止三舍。宋末诸家，皆从美成出。

同上：美成词乍近之觉疏朴苦涩，不甚悦口，含咀久之，则舌本生津。

同上：美成如杜，白石兼王、陵园、韦、柳之长，与白石并有中原者，后起之玉田也。

同上：韵小乘也，艳下驷也，词之工绝处乃不主此。今人多以是二者言词，未免失之浅矣。盖韵则近于佻薄，艳则流于亵媟，往而不返，其去吴骚市曲无几。必先洗粉泽，后除雕缋，灵气勃发，古色黯然，而以情兴经纬其间。虽豪宕震激而不失于粗，缠绵轻婉而不入于靡，即宋名家固不一种，亦不能操一律以求。美成之集，自标清真，白石之词，无一凡近，况尘土垢秽乎？

同上：(蒋捷词)细按则清气首尾贯澈。陈言习语，吐弃一切，与梦窗相似，又别是一种。大抵亦自美成出，但字字作意。

汪懋麟《棠村词序》：予尝论宋词有三派，欧、晏正其始，秦、黄、周、柳、姜、史、李清照之徒备其盛，东坡、稼轩放乎其言矣。其余子无非单词只字，可喜可诵，苟求其继，难矣哉！

《四库全书总目提要·片玉词提要》：其词多用唐人诗句隐括入调，浑然天成。长篇尤富艳精工，善于铺叙。陈郁《藏一话腴》谓其以乐府独步，贵人、学士、市侩、妓女皆知其词为可爱，非溢美也。又邦彦本通音律，下字用韵，皆有法度。故方千里和词，一一案谱填腔，不敢稍失尺寸。

《四库全书总目提要·和清真词提要》：邦彦妙解声律，为词家之冠，所制诸调，不独音之平仄宜遵，即仄字中上、去、入三音亦不容相混，所谓分寸节度，深契微芒，故千里和词，字字奉为标准。

李调元《雨村词话序》：北宋自东坡"大江东去"，秦七、黄九踵起，周美成、晏叔原、柳屯田、贺方回继之，转相矜尚，曲调愈多，派衍愈别。

田同之《西圃词说》:渔洋王司寇云:"有诗人之词,唐、蜀、五代诸人是也;文人之词,晏、欧、秦、李诸君子是也;有词人之词,柳永、周美成、康与之之属是也;有英雄之词,苏、陆、辛、刘是也。"

同上:华亭宋尚木征璧曰:吾于宋词得七人焉,曰:……苟举当家之词,如柳屯田哀感顽艳,而少寄托。周清真蜿蜒流美,而乏陡健。

厉鹗《樊榭山房集》卷四《吴尺凫玲珑帘词序》:南宋词派,推吾乡周清真,婉约隐秀,律吕谐协,为倚声家所宗。自是里中之贤,若俞青松、翁王峰、张寄闲、胡苇航、范药庄、曹梅南、张玉田、仇山村诸人,皆分镳竞爽,为时所称。元时嗣响,则张贞居、凌柘轩、明翟存斋,稍为近雅,马鹤商阑入俗调,一如市伶语,而清真之派微矣。

张惠言《词选序》:宋之词家,号为极盛,然张先、苏轼、秦观、周邦彦、辛弃疾、姜夔、王沂孙、张炎渊渊乎文有其质焉。其荡而不反,傲而不理,枝而不物。柳永、黄庭坚、刘过、吴文英之伦,亦各引一端,以取重于当世。而前数者,又不免有一时放浪通脱之言出于其间。

许田《屏山词话》:清真词香艳精致,最有法度。方千里和清真词,四声无一字不合,则知词不可任意为平仄以自便也。今人随笔填凑,惟喜顺口,于法度坏尽矣。余词固未敢谓四声悉合,然于平仄音响,断不敢假借一字,有失本调真面目也。

郭麐《灵芬馆词话》卷一:词之为体,大略有四:风流华美,浑然天成,如美人临妆,却扇一顾,花间诸人是也,晏元献、欧阳永叔诸人继之。施朱傅粉,学步习容,如宫女题红,含情幽艳,秦、周、贺、晁诸人是也,柳七则靡曼近俗矣。姜、张诸子,一洗华靡,独标清绮,如瘦石孤花,清笙幽磐,入其境者,疑有仙灵,闻其声者,人人自远。梦窗、竹屋,或扬或沿,皆有新隽,词之能事备矣。至东坡以横绝一代之才,凌厉一世之气,间作倚声,意若不屑,雄词高唱,别为一宗。辛、刘则粗豪太甚矣。其馀幺弦孤韵,时亦可喜。溯其派别,不出四者。

周济《介存斋论词杂著》:美成思力独绝千古,如颜平原书,虽未臻两晋,而唐初之法,至此大备。后有作者,莫能出其范围矣。

同上:读得清真词多,觉得他人所作,都不十分经意。

同上：钩勒之妙，无如清真。他人一钩勒便薄，清真愈钩勒愈浑厚。

周济《词辨自序》：余不喜清真，而晋卿推其沉著拗怒，比之少陵。

周济《宋四家词选目录序论》：清真，集大成者也。稼轩敛雄心，抗高调，变温婉，成悲凉。碧山餍心切理，言近指远，声容调度，一一可循。梦窗奇思壮采，腾天潜渊，返南宋之清泚，为北宋之秾挚。是为四家，领袖一代。馀子荦荦，以方附庸。夫词，非寄托不入，专寄托不出，一物一事，引而伸之，触类多通，驱心若游丝之罥飞英，含毫如郢斤之斫蝇翼，以无厚入有间，既习已，意感偶生，假类毕达，阅载千百，謦欬弗违，斯入矣。赋情独深，逐境必寤，酝酿日久，冥发妄中，虽铺叙平淡，摹缋浅近，而万感横集，五中无主，读其篇者，临渊窥鱼，意为鲂鲤，中宵惊电，罔识东西，赤子随母笑啼，乡人缘剧喜怒，抑可谓能出矣。问涂碧山，历梦窗、稼轩以还清真之浑化，余所望于世之为词人者盖如此。

同上：清真浑厚，正于钩勒处见。他人一钩勒便刻削，清正愈钩勒，愈浑厚。耆卿镕情入景，故淡远。方回镕景入情，故秾丽。少游最和婉醇正，稍逊清真者辣耳。少游意在含蓄，如花初胎，故少重笔。然清真沈痛至极，仍能含蓄。

同上：周、柳、黄、晁皆喜为曲中俚语，山谷尤甚，此当时之软平勾领，原非雅音。若托体近俳，而择言尤雅，是名本色俊语，又不可抹煞矣。雅俗有辨，生死有辨，真伪有辨，真伪尤难辨。稼轩豪迈是真，竹山便伪；碧山恬退是真，姜、张皆伪。味在酸咸之外，未易为浅尝人道也。

同上：词笔不外顺逆反正，尤妙在复在脱。复处无垂不缩，故脱处如望海上三山妙发。温、韦、晏、周、欧、柳，推演尽致，南渡诸公，罕复从事矣。

周济《宋四家词选》评柳永《雨霖铃·寒蝉凄切》：清真词多从耆卿夺胎，思力沉挚处往往出蓝。

戈载《宋七家词选》：词学至宋，盛矣备矣，然纯驳不一，优劣迥殊，欲求正轨以合雅音，唯周清真、史梅溪、姜白石、吴梦窗、周草窗、王碧山、张玉田七人，允无遗憾。

同上：清真之词，其意淡远，其气浑厚，其音节又复清妍和雅，最为词家之正宗，所选更极精粹无憾，故列为七家之首焉。

吴衡照《莲子居词话》卷四：苏之大，张之秀，柳之艳，秦之韵，周之圆融，南宋诸老，何以尚兹。

陆鎣《问花楼词话》：词家言苏、辛、周、柳，犹诗歌称李、杜，骈体举庾、徐，以为标帜云尔。

孙麟趾《词径》：高澹、婉约、艳丽、苍莽，各分门户。欲高澹学太白、白石，欲婉约学清真、玉田，欲艳丽学飞卿、梦窗，欲苍莽学蘋洲、花外。至于融情入景，因此起兴，千变万化，则由于神悟，非言语所能传也。

李佳《左庵词话》卷上：词家昉于宋代，然只柳屯田、周美成为解音律，其词犹未尽工。姜白石、吴梦窗诸人，尚为未解音律，而颇多佳作。以是知词固非乐工所能。

江顺诒《词学集成》卷一：比词于诗，原可以初盛中晚论，而不可以时代后先分。如南唐二主似唐之初，秦、柳之琐屑，周、张之纤靡，已近于晚。

同上书卷三：美成制作才，而间有未谐，此则余之所不解也。张氏亦第言其难，而不言所以未谐与所以难之故。其所谓未谐者，以余揣之，非选声之不克入律，实用字之未能审音也。

同上书卷五：陶篁村自序云："倚声之作，莫盛于宋，亦莫衰于宋。尝惜秦、黄、周、柳之才，徒以绮语柔情，竞夸艳冶。从而效之者加厉焉。"诒案：词之坏，坏于秦、黄、周、柳之淫靡，非有巨识，孰敢议宋人耶。

同上：陈曼生鸿寿《衡梦词》序云："夫流品别则文体衰，摘句图而诗学蔽。《花庵》淫缛，争价一字之奇。《草堂》嚖杀，矜惜片言之巧。缪道乖典，鲜能圆通。是以耆卿骞翻于津门，邦彦厉响于照碧。至北宋而一变。"

同上：汪稚松云："茗柯词选，张皋文先生意在尊美成，……其词贵能有气，以气承接，通首如歌行然。又要有转无竭，全用缩笔包举时事，诚是难臻之诣。"诒案：常州派近为词家正宗，然专尊美成。今取美成词读之，未能造斯境也。

同上：郭频伽云："宋之乐用于庆赏饮宴，于是周、秦以绮靡为宗，史、柳以华缛相尚，而体一变。"

同上书卷六：包慎伯大令世臣《月底修箫谱》序云："屯田、梦窗以不清伤气，淮海、玉田以不涩伤格，清真、白石则能兼之矣。六家于言外之旨得矣,以云意内,惟白石、玉田耳。淮海时时近之,清真、屯田、梦窗皆去之弥远,而俱不害为可传者,则以其声之幺眇铿磐,恻恻动人,无色而艳,无味而甘故也。"

谢章铤《赌棋山庄词话》卷三:元祐、庆历,代不乏人,晏元献之辞致婉约,苏长公之风情爽朗,豫章、淮海掉鞅于词坛,子野、美成联镳于艺苑,幽索如屈、宋,悲壮如苏、李,固已同祖风骚,力求正始。……南宋以还,元风益著,虽周柳之纤丽,辛刘之雄放,风气所竞,不可相强。

同上书续编三:宣城张其锦,次仲之高弟也。述其师之言曰:……慢词北宋为初唐,秦、柳、苏、黄如沈、宋,体格虽具,风骨未遒。《片玉》则如拾遗,骎骎有盛唐之风矣。……北宋欧、苏以上如齐、梁,周、柳以下如陈、隋。

冯煦《蒿庵论词》:陈氏子龙曰:"以沈挚之思,而出之必浅近,使读之者骤遇之,如在耳目之前,久诵之,而得隽永之趣,则用意难也。以偎利之词,而制之必工炼,使篇无累句,句无累字,圆润明密,言如贯珠,则铸词难也。其为体也纤弱,明珠翠羽,犹嫌其重,何况龙鸾?必有鲜妍之姿,而不藉粉泽,则设色难也。其为境也婉媚,虽以惊露取妍,实贵含蓄不尽,时在低回唱叹之馀,则命篇难也。"张氏纲孙曰:"结构天成,而中有艳语、隽语、奇语、豪语、苦语、痴语、没要紧语,如巧匠运斤,毫无痕迹。"毛氏先舒曰:"北宋,词之盛也,其妙处不在豪快,而在高健;不在艳冶,而在幽咽。豪快可以气取,艳冶可以言工;高健幽咽,则关乎神理骨性,难可强也。"又曰:"言欲层深,语欲浑成。"诸家所论,未尝专属一人,而求之两宋,惟片玉、梅溪足以备之。周之胜史,则又在"浑"之一字。词至于浑,而无可复进矣。

同上:千里和清真,亦趋亦步,可谓谨严。然貌合神离,且有袭迹,非真清真也。其胜处则近屯田。盖屯田胜处,本近清真,而清真胜处,要非屯田所能到。赵师岕序吕滨老《圣求词》,谓其"婉媚深窈,视美成、耆卿伯仲。"实只其《扑胡蝶近》之上半在周、柳之间,其下阕已不称,此外佳构,亦不过《小重山》、《南歌子》数篇,殆又出千里下矣。

同上:《提要》云:"(吴文英)天分不及周邦彦,而研炼之功则过之,词家之有文英,如诗家之有李商隐。"予则谓商隐学老杜,亦如文英之学清真也。

沈曾植《菌阁琐谈》附录《手批词话三种·词筌》:"长调推秦、柳、周、康

454

为协律。"先生批云："以宋世风尚言之，秦、柳为当行，周、康为协律，四家并提，宋人无此语也。"

刘熙载《词概》：周美成词，或称其无美不备。余谓论词莫先于品，美成词信富艳精工，只是当不得个"贞"字。是以士大夫不肯学之，学之则不知终日意萦何处矣。

同上：周美成律最精审，史邦卿句最警炼，然未得为君子之词者，周旨荡而史意贪也。

陈廷焯《词坛丛话》：昔人谓东坡词胜于情，耆卿情胜于词，秦少游兼而有之。然较之方回、美成，恐亦瞠乎其后。

同上：美成乐府，开阖动荡，独有千古。南宋白石、梅溪，皆祖清真，而能出入变化者。

同上：美成词，镕化成句，工炼无比，然不借此见长。此老自有真面目，不以缀拾为能也。

同上：美成词浑灏流转中，下字用意皆有法度，故其词名《清真集》。盖"清真"二字最难，美成真千古词坛领袖。

陈廷焯《云韶集》：美成词极顿挫之致，穷高妙之趣，前无古人，后无来者。

同上：词至美成开合动荡，包扫一切，读之如登太华之山，如掬西江之水，使人品概自高，尘垢尽涤。两宋作者除白石、方回，莫与争锋矣。自美成出，开阖动荡，骨格清高，如羲之之书，伯玉之诗，永宜独步千古。

同上：美成长调高据峰颠，下视群山，尽属附庸。

陈廷焯《白雨斋词话》卷一：唐五代词，不可及处，正在沉郁。宋词不尽沉郁，然如子野、少游、美成、白石、碧山、海溪诸家，未有不沉郁者。

同上：词至美成，乃有大宗。前收苏、秦之终，复开姜、史之始。自有词人以来，不得不推为巨擘。后之为词者，亦难出其范围。然其妙处，亦不外沉郁顿挫。顿挫则有姿态，沉郁则极深厚。既有姿态，又极深厚，词中三昧亦尽于此矣。

同上：美成小令以警动胜，视飞卿色泽较淡，意态却浓。温、韦之外，别有独至处。

同上书卷二：美成、白石，各有至处，不必过为轩轾。顿挫之妙，理法之精，千古词综，自属美成。而气体之超妙，则白石独有千古，美成亦不能至。

同上：词法莫密于清真，词理莫深于少游，词笔莫超于白石，词品莫高于碧山。皆圣于词者。而少游时有俚语，清真、白石，间亦不免。至碧山乃一归雅正。

同上书卷三：然北宋、南宋，不可偏废。南宋白石、梅溪、梦窗、碧山、玉田辈，固是高绝，北宋如东坡、少游、方回、美成诸公，亦岂易及耶。况周、秦两家，实为南宋导其先路。

同上：千古词宗，温、韦发其源，周、秦竟其绪，白石、碧山各出机杼，以开来学。

同上书卷五：（庄）中白先生《叙复堂词》有云："夫义可相附，义即不深；喻可专指，喻即不广。托志帷房，眷怀君国，温、韦以下，有迹可寻。然而自宋及今，几九百载，少游、美成而外，合者鲜矣。又或用意太深，词为义掩，虽多比兴之旨，未发缥缈之音。"

同上：骏孙《词薮》四卷，品论古人得失，欲使苏、辛、周、柳两派同归。不知苏、辛与周、秦，流派各分，本原则一。若柳则傲而不理，荡而忘反，与苏、辛固不能强合，视美成尤属歧途。

同上：《莲子居词话》云："苏之大，张之秀，柳之艳，秦之韵，周之圆融，南宋诸老，何以尚兹。"此论殊属浅陋。谓北宋不让南宋则可，而以"秀"、"艳"等字尊北宋则不可。……大抵北宋之词，周、秦两家皆极顿挫沉郁之妙。而少游托兴尤深，美成规模较大，此周、秦之异同也。

同上书卷六：周、秦词以理法胜。姜、张词以骨韵胜。碧山词以意境胜。要皆负绝世才，而又以沉郁出之，所以卓绝千古也。

同上：美成艳词，如《少年游》、《点绛唇》、《意难忘》、《望江南》等篇，别有一种姿态。句句洒脱，香奁泛话，吐弃殆尽。

同上书卷七：飞卿词大半托词帷房，极其婉雅而规模自觉宏远。周、秦、苏、辛、姜、史辈，虽姿态百变，亦不能越其范围。

同上：熟读温、韦词，则意境自厚。熟读周、秦词，则韵味自深。

同上书卷八：美成意余言外，而痕迹消融，人苦不能领略。

同上：苏、辛、周、秦之于温、韦，貌变而神不变。声色大开，本原则一。

同上：一则如杜陵之诗，包括万有，空诸倚傍，纵横博大，千变万化之中，却极沉郁顿挫，忠厚和平。此子美所以横绝古今，无与为敌也。求之于词，亦未见有造此境者。……至谓白石似渊明，大晟似子美，则吾尚不谓然。

谭献《复堂词话》：南渡词境高处，往往出于清真。

沈祥龙《论词随笔》：词能幽涩则无浅滑之病，能皱瘦则免痴肥之诮，观周美成、张子野两家词自见。

同上：词之蕴藉，宜学少游、美成，然不可入于淫靡绵绝。

李慈铭《越缦堂读书记》：浙之词人，两宋为盛，然仁、英以前无闻。自元丰、熙宁间，山阴贺方回铸、慈溪舒信道亶，始驰声南北。至钱唐周美成邦彦出，而《片玉》一集，遂为天下所宗。……周叔子谓南宋轨骸之习，实清真开之，是则艺苑之公言，诚不能为乡曲讳也。盖其先若耆卿之图俚，介甫之粗劣，山谷之率硬，皆为南宋人权舆。而晁无咎、晁具茨、叶石林等，接续其间，向伯恭、陈了斋尤为庸恶，皆以重名参会南北之际，正声日替，群妖毕呈。清真喜用滞字晦语，后进效之，遂成风俗。

张德瀛《词征》卷一：释皎然《诗式》谓诗有六至：至险而不僻，至奇而不差，至丽而自然，至苦而无迹，至近而意远，至放而不迂。以词衡之，至险而不僻者，美成也；至奇而不差者，稼轩也；至丽而自然者，少游也；至苦而无迹者，碧山也；至近而意远者，玉田也；至放而不迂者，子瞻也。

同上书卷五：同叔之词温润，东坡之词轩骁，美成之词精邃，少游之词幽艳，无咎之词雄邈，北宋惟五子可称大家。

张其锦《梅边吹笛谱跋》：慢词北宋为初唐，秦、柳、苏、黄如沈、宋，体格虽具，风骨未遒，片玉则如拾遗，骎骎有盛唐之风矣。

陈锐《袌碧斋词话》：词如诗，可模拟得也。南宋诸家，回肠荡气，绝类建安；柳屯田不着笔墨，似古乐府；辛稼轩俊逸，似鲍明远；周美成浑厚，拟陆士衡；白石得渊明之性情，梦窗有康乐之标轨。皆苦心孤造，是以被弦管而格幽明。学者但以面貌求之，抑末矣。

同上：词中四声句，最为着眼，如《扫花游》之起句，《渡江云》之第二句，

457

《解连环》、《暗香》之收句是也。又如《琐窗寒》之"小唇秀靥"、"冷薰沁骨"，《月下调》之"品高调侧"，美成、君特无不用上平去入，乃词中之玉律金科。今人随手乱填，又何也。

同上：读姑溪词，而后知清真之大。读友古词，而后叹淮海之清。四君者，极相合者也。由其合以求其分，庶见庐山真面。

同上：屯田词在院本中如《琵琶记》，清真词如《会真记》。

同上：屯田词在小说中如《金瓶梅》，清真词如《红楼梦》。

同上：白石拟稼轩之豪快，而结体于虚。梦窗变美成之面貌，而炼响于实。南渡以来，双峰并峙，如盛唐之有李、杜矣，顾词人领袖必不相轻。今梦窗四稿中，屡和石帚，而姜集中不及梦窗，疑不可考。至《草堂诗馀》不选石帚一字，则又咄咄一怪事。

张祥龄《词论》：周清真，诗家之李东川也；姜尧章，杜少陵也；吴梦窗，李玉溪也；张玉田，白香山也。诗至唐末，风气尽矣，词家起而争之，如文至齐、梁，风气尽矣，古文家起而争之。争之者何也，非谓文至六朝，诗至五代，无文与诗也，豪杰于兹，踵而为之，不过仍六朝、五代，故变其体格，独绝千古，此文人狡狯也。词至白石，疏宕极矣。梦窗辈起，以密丽争之。至梦窗而密丽又尽矣，白云以疏宕争之。三王之道若循环，皆图自树之方，非有优劣。况人之才质限于天，能疏宕者不能密丽，能密丽者不能疏宕。片玉善言羁旅，白云善言隐逸，终身由之而不知其道者，天也。

同上：词，诗家之贼，差以毫厘，失之千里。作诗，则词意词字不容出入。片玉人称善融唐诗，稼轩或用《楚辞》，此亦偶然，长处固不在是。如谓诗佳，何不诵唐诗。非谓诗之道大，词之道小，体格然也。

同上：文章风气，如四序迁移，莫知为而为，故谓之运。左春右秋，冰虫之见，生今反古，是冬箑夏炉，乌乎能。安序顺天，愚者一得。昌黎起八代之衰，亦运使然。南唐二主，冯延巳之属，固为词家宗主，然是勾萌，枝叶未备。小山、耆卿，而春矣；清真、白石，而夏矣；梦窗、碧山，已秋矣。至白云，万宝告成，无可推徙，元故以曲继之。此天运之终也。

同上：周、姜绮语，不患大家。若以叫器粗犷为正雅，则未之闻。

郑文焯《大鹤山人论词遗札·与夏映庵书》：尝以北宋词之深美其高健

在骨,空灵在神。而意内言外,仍出以幽窈咏叹之情。故耆卿、美成并以苍浑造端,莫究其托谕之旨,卒令人读之歌哭出地,如怨如慕,可兴可观,有触之当前即是者,正以委屈形容所得感人深者也。

同上:周、柳词高健处惟在写景,而景中人自有无限凄异之致,令人歌笑出地。正如黄祖叹祢生,悉如吾胸中所欲言,诚非深于比兴,不能到此境也。

郑文焯撰、叶恭绰辑录《大鹤山人词话附录》:沈伯时论词云:"读唐诗多,故语多雅淡。"宋人有隐括唐诗之例。玉田谓:"取字当从温、李诗中来。"今观美成、白石诸家,嘉藻纷缛,靡不取材于飞卿、玉溪,而于长爪郎奇隽语,尤多裁制。

郑文焯《大鹤山人手札汇抄·致彊村》:两宋大家,如柳、周、姜、史词,往往句中夹协,似韵非韵,于句投尤多见之。屯田是句似亦偶合,不须深究谱例,但取其音拍铿訇,讽入吟口,无复凝滞,即依永和声,已得空积勿微之旨。

郑文焯批《清真集》:清真风骨,原于唐诗人刘梦得、韩致光,与屯田所作,异曲同工,格调奇高,文采深美,亦相与颉颃,未易轩轻也。梦华论词,独以梅溪与清真并提,而谓周之胜史,又在"浑"之一字,岂英谈哉。

郑文焯《致朱祖谋书》(《词学》第七辑):玉田谓清真诸大家取字皆从温、李诗中来,此犹浅识。实以清灵之气,发经籍之光,不特举典新奇,遂工侧艳也。

况周颐《蕙风词话》卷二:元人沈伯时作《乐府指迷》,于《清真词》推许甚至。唯以"天便教人,霎时厮见何妨"、"梦魂凝想鸳侣"等句为不可学,则非真能知词者也。清真又有句云:"多少暗愁密意,唯有天知。""最苦梦魂,今宵不到伊行。""拚今生、对花对酒、为伊泪落。"此等语愈朴愈厚,愈厚愈雅,至真之情,由性灵肺腑中流出,不妨说尽而愈无尽。南宋人词如姜白石云:"酒醒波远,正凝想明珰素袜。"庶几近似。然已微嫌刷色。

同上书卷三:宋词深致能入骨,如清真、梦窗是。

朱孝臧评《清真词》(唐圭璋《宋词三百首笺注》引):两宋词人,约可分为疏、密两派,清真介在疏、密之间,与东坡、梦窗,分鼎三足。

王国维《人间词话》:词之雅郑在神不在貌。永叔、少游虽作艳语,终有品格。方之美成,便有淑女与娼伎之别。

同上:美成深远之致不及欧、秦,唯言情体物,穷极工巧,故不失为第一流之作者。但恨创调之才多,创意之才少耳。

同上:周介存谓:"梅溪词中,喜用'偷'字,足以定其品格。"刘融斋谓:"周旨荡而史意贪。"此二语令人解颐。

同上:诗人对宇宙人生,须入乎其内,又须出乎其外。入乎其内,故能写之;出乎其外,故能观之。入乎其内,故有生气;出乎其外,故有高致。美成能入而不能出。

王国维《人间词话删稿》:词之最工者,实推后主、正中、永叔、少游、美成,而后此南宋诸公不与焉。

同上:唐五代之词,有句而无篇。南宋名家之词,有篇而无句。有篇有句,唯李后主降宋后之作,及永叔、子瞻、少游、美成、稼轩数人而已。

王国维《人间词话附录》:君之于词,于五代喜李后主、冯正中,于北宋喜永叔、子瞻、少游、美成,于南宋除稼轩、白石外,所嗜盖鲜矣,尤痛诋梦窗、玉田。(樊志厚叙一)

同上:美成词多作态,故不是大家气象。若同叔、永叔,虽不作态,而一笑百媚生矣。此天才与人力之别也。

同上:美成晚出,始以辞采擅长,然终不失为北宋人之词者,有意境也。

王国维《清真先生遗事》:先生于诗文无所不工,然尚未尽脱古人蹊径。平生著述,自以乐府为第一。词人甲乙,宋人早有定论,惟张叔夏病其意趣不高远。然宋人如欧、苏、秦、黄,高则高矣,至精工博大,殊不逮先生。故以宋词比唐诗,则东坡似太白,欧、秦似摩诘,耆卿似乐天,方回、叔原则大历十子之流。南宋唯一稼轩可比昌黎,而词中老杜,则非先生不可。昔人以耆卿比少陵,犹为未当也。

同上:先生之词,陈直斋谓其多用唐人诗句隐括入律,浑然天成。张玉田谓其善于融化诗句,然此不过一端,不如强焕云"模写物态,曲尽其妙"为知言也。

同上:山谷云:"天下清景,不择贤愚而与之,然吾特疑端为我辈设。"诚哉是言!抑岂独清景而已,一切境界,无不为诗人设。世无诗人,即无此种境界。夫境界之呈于吾心而见于外物者,皆须臾之物。惟诗人能以此须臾之物,镌诸不朽之文字,使读者自得之,遂觉诗人之言,字字为我心中所欲言,而又非我之所能自言,此大诗人之秘妙也。境界有二:有诗人之境界,有常人之境界。诗人之境界,惟诗人能感之而能写之,故读其诗者,亦高举远慕,有遗世之意。而亦有得有不得,且得之者亦各有深浅焉。若夫悲欢离合、羁旅行役之感,常人皆能感之,而惟诗人能写之。故其入于人者至深,而行于世也尤广。先生之词,属于第二种为多。故宋时别本之多,他无与匹。又和者三家,注者二家。自士大夫以至妇人女子,莫不知有清真,而种种无稽之言,亦由此以起。然非入人之深,乌能如是耶?

同上:楼忠简谓先生妙解音律,惟王晦叔《碧鸡漫志》谓:"江南某氏者,解音律,时时度曲。周美成与有瓜葛。每得一解,即为制词。故周集中多新声。"则集中新曲,非尽自度。然顾曲名堂,不能自己,固非不知音者。故先生之词,文字之外,须兼味其音律,惟词中所注宫调,不出教坊十八调之外。则其音非大晟乐府之新声,而为隋唐以来之燕乐,固可知也。今其声虽亡,读其词者,犹觉拗怒之中,自饶和婉。曼声促节,繁会相宣;清浊抑扬,辘轳交往。两宋之间,一人而已。

蒋兆兰《词说》:词家正轨,自以婉约为宗,欧、晏、张、贺,时多小令,慢词寥寥,传作较少,逮乎秦、柳,始极慢词之能事。其后清真崛起,功力既深,才调尤高,加以精通律吕,奄有众长,虽率然命笔,而浑厚和雅,冠绝古今,可谓极词中之圣。

同上:初学填词勿看苏、辛,盖一看即爱,下笔即来,其实糟粕耳。竹垞提倡姜、张,太鸿参之梅溪,阳湖推挹苏、辛,止庵揭橥四家,而以清真集其成,可谓卓识至论。

同上:宋人作词,未有韵本。然自美成而后,南宋词家通音律者,隐然有共守之韵。

陈洵《海绡说词》:词兴于唐,李白肇基,温岐受命。五代缵绪,韦庄为首。温、韦既立,正声于是乎在矣。天水将兴,江南国蹙,心危音苦,变调斯作,文章世运,其势则然。宋词既昌,唐音斯畅。二晏济美,六一专家。爰逮崇宁,大晟立府,制作之事,用集美成。此犹治道之隆于成康,礼乐之备于公旦,监殷监夏,无间然矣。东坡独崇气格,箴规柳、秦,词体之尊,自东

461

坡始。南渡而后，稼轩崛起，斜阳烟柳，与故国月明相望于二百年中，词之流变，至此止矣。湖山歌舞，遂忘中原，名士新亭，不无涕泪，性情所寄，慷慨为多。然达事变，怀旧俗，大晟馀韵，未尽亡也。天祚斯文，锺美君特。水楼赋笔，年少承平，使北宋之绪，微而复振。尹焕谓前有清真，后有梦窗，信乎其知言矣。

同上：自元以来，若仇仁近、张仲举，皆宗姜张者。以至于清竹垞、樊榭极力推演，而周吴之绪几绝矣。竹垞至谓梦窗亦宗白石，尤言之无理者。

同上：周止庵立周、辛、吴、王四家，善矣。惟师说虽具，而统系未明。疑于传授家法，或未洽也。吾意则以周、吴为师，馀子为友，使周、吴有定尊，然后馀子可取益。于师有未达，则博求之友。于友有未安，则还质之师。如此，则系统明，而源流分合之故，亦从可识矣。周氏之言曰："清真，集大成者也。稼轩敛雄心，抗高调，变温婉，成悲凉。碧山切理餍心，言近旨远，声容调度，一一可循。梦窗奇思壮采，腾天潜渊，返南宋之清泚，为北宋之秾挚，是为四家，领袖一代。所谓师说具者也。"又曰："问涂碧山，历梦窗、稼轩，以还清真之浑化。"所谓统系未明者也。周氏自言受法于董晋卿，而晋卿则其舅张皋文。又曰："已而造诣日以异，论说亦互相短长。晋卿初好玉田，余曰：'玉田意尽于言，不足好。'余不喜清真，而晋卿推其沉著拗怒，比之少陵。牴牾者一年，晋卿益厌玉田，而余遂笃好清真。"又曰："因欲次第古人之作，辨其是非，与二张董氏，各存岸略。"张氏辑《词选》，周氏撰《词辨》，于是两家并立，皆宗美成。而皋文不取梦窗，周氏谓其为碧山门径所限。周氏知不由梦窗不足以窥美成，而必曰问涂碧山者，以其蹊径显然，较梦窗为易入耳。非若皋文欲由碧山直造美成也。吾年三十，始学为词。读周氏四家词选，即欲从事于美成。乃求之于美成，而美成不可见也。求之于稼轩，而美成不可见也。求之于碧山，而美成不可见也。于是专求之于梦窗，然后得之。因知学词者，由梦窗以窥美成，犹学诗者由义山以窥少陵，皆涂辙之至正者也。今吾立周、吴为师，退辛、王为友，虽若与周氏小有异同，而实本周氏之意，渊源所自，不敢诬也。

同上：清真格调天成，离合顺逆，自然中度。梦窗神力独运，飞沉起伏，实处皆空。梦窗可谓大，清真则几于化矣。由大而几化，故当由吴以希周。

同上：清真不肯附和祥瑞，梦窗不肯攀援藩邸，襟度既同，自然玄契。诗云："惟其有之，是以似之。"

夏孙桐评《守白词》：清真词，浑灏之中意无不达，字字有撄拿之势，所以独有千古。

林大椿《清真集跋》（商务印书馆本《清真集》）：美成深精律吕，其所作皆具有法度，惜乎音谱失传，后世读其遗篇，徒惊叹其文字之工妙，未由窥见古人辨音审韵之苦衷。

蔡嵩云《柯亭词论》：词讲四声，宋始有之，然多为音律家之词。文学家之词，分平仄而已。音律家之词，原可歌唱，四声调叶，为可歌之一种要素。仇山村曰："词有四声、五音、均拍、轻重、清浊之别"，即指可歌之词而言。北宋如屯田、方回、清真、雅言诸家，南宋如白石、梅溪、梦窗、草窗、玉田诸家，大都妙解音律，所为词，声文并茂。吾人学其词，多有应守四声者。且所谓音律家之词，亦惟独创之调，自度之腔，如清真《兰陵王》、白石《暗香》、《疏影》之类，须严守四声。至于通行之调，如《金缕曲》、《沁园春》、《水龙吟》之类，则无四声可守。《摸鱼子》、《齐天乐》、《木兰花慢》之类，一调中只有数处仄声须分上去，不必全守四声也。四声调叶之词，今虽以音谱失传而不可歌，然较之仅分平仄者，读时尚觉铿锵可听。故词家之守律者，必辨四声分上去，以为不如是，不合乎宋贤轨范。浅学者流，每谓守四声，如受桎梏，不能畅所欲言，认为汩没性灵。其实能手为之，依然行所无事，并无牵强不自然之病。观清末况蕙风、朱彊村诸家守四声之词，足证此语不诬。

同上：词守四声，滥觞南宋。在北宋并无守四声之说。南宋发生此种词派，亦非无因。四声之不同，全在高低轻重。去高而上低，平轻而入重，其大较也。歌辞之抗坠抑扬，全在四声之配合恰当。非然者，必至生硬不能上口，又何能美听乎。在深通音律之诗人词人，随意发为诗词，无不可歌，无不叶律。非然者，其用字必待乐工之校正，方能入调。史称温飞卿能逐弦管之音，为侧艳之辞，其诗词自可入乐。李太白、王摩诘不闻知音，而《清平调》、《渭城曲》唱遍一时，未始不由于前说。唐人歌绝句，五代歌小令，其歌法均甚简单。北宋初，仍循五代遗法歌小令。中叶以后，慢词渐盛，词乐始突飞猛进，内容遂日趋于繁复矣。当时创调制谱最有名者，首推柳耆卿。所制新声独多,饮水处都歌柳词,是其一证。继之者为周美成,曾充大晟府乐官。文人而通音律,故其词和协流美,都可入乐,一时称为绝唱。南渡后,大晟乐谱散失,不独柳谱全亡,周谱亦所存无几。坊曲优伎,有能歌清真词一二调者,人莫不视同珠璧(参看拙著《乐府指迷笺释》"可歌之词"条下小注第四段按语),惟其审音用字之法既不传,如是群视周词四声为金科玉律。方千里、杨泽民、陈西麓诸家和清真调,谨守四声,少有逾越,即其一例。厥后词家,因守周词之四声,遂推而守其他音律家词之四声,此南宋守四声词派所由成立也。无论何事物,在原始时代,均纯任自然,本无所谓法。渐进则法立,更进则法密。音乐进展,亦复如是。始何尝有五音六律与四声,其后觉天然歌唱,过于简单凌乱,于是始有音律之发明。其实此音律,仍含于自然法则中,特后人加以发明。虽出人为,谓仍属自然法则,亦无不可。慢引近词之成为宋代词乐,实由进步使然。其内容之繁复,迥非唐人绝句、五代小令可比。欲明其故,非将宋代燕乐所以承前启后者,加以彻底之研讨不可。总之守四声词派,实有其甚深之根据。篇幅所限,兹仅发其凡而已。

同上:周词渊源,全自柳出。其写情用赋笔,纯是屯田家法。特清真有时意较含蓄,辞较精工耳。细绎《片玉集》,慢词学柳而脱去痕迹自成家数者,十居七八。字面虽殊格调未变者,十居二三。陈襄碧有言:能见耆卿之骨,始能通清真之神。目光如炬,突过王晦叔、张玉田诸贤远甚。梦窗深得清真之妙,其慢词开阖变化,实间接自柳出。惟面貌全变,另具神理,不惟不似屯田,并不似清真。看词者若仅于字句表面求之,更不易得其端倪矣。

同上:清真令曲,闲婉似叔原,而沉着亦近之。慢词疏宕类耆卿,而精湛则过之。于以见其作法非同一机杼矣。

同上:清真慢词,沉郁顿挫处最难学,须有雄健之笔以举之。若无此笔,慎勿学清真,否则必流于软媚。

同上:宋初慢词,犹接近自然时代,往往有佳句而乏佳章。自屯田出而词法立,清真出而词法密,词风为之丕变。

钱基博《中国文学史》:一时贵人学士,倡伎市井,无不爱诵,以为深美闳约,二百年来,乐府独步也。其实密而不闳,美而未深,铺叙有余,深秀不足。工于造语,而未融于造境。浑于入律,而不遒于运笔。谐于歌讽,而不耐于味咏。不知何以推崇之过也。

同上:自来论词者,胥推邦彦为一代词宗,而以结北宋之局云。

夏敬观《蕙风词话诠评》:止庵谓问途碧山,历梦窗、稼轩,以还清真之浑化,乃倒果为因之说,无是理也。

同上:勾勒者,于词中转接提顿处,用虚字以显明之也。……清真非不用虚字勾勒,但可不用者即不用。其不用虚字,而用实字或静辞,以为转接提顿者,即文章之潜气内转法。

陈匪石《声执》卷上:吾人读陶潜诗、梅尧臣诗,明白如话,实则炼之圣者。珠玉、小山、子野、屯田、东山、淮海、清真,其词皆神于炼,不似南宋名家,针线之迹未灭尽也。

同上:行文有两要素,曰气,曰笔。气载笔而行,笔因文而变。……但观柳、贺、秦、周、姜、吴诸家,所以涵育其气,运行其气者即知。

陈匪石《宋词举》:周邦彦集词学之大成,前无古人,后无来者。凡两宋之千门万户,清真一集,几擅其全,世间早有定论矣。然北宋之词,周造其极,而先路之导,不止一家。苏轼寓意高远,运笔空虚,非粗非豪,别有天地;秦观为苏门四子之一,而其为词,则不与晁、黄同赓苏调,妍雅婉约,卓然正宗;贺铸洗炼之功,运化之妙,实周、吴所自出。小令一道,又为百余年结响。柳永高浑处、清劲处、沉雄处、体会入微处,皆非他人屦齿所到。且慢词于宋蔚为大国,自有三变,格调始成。之四人者,皆为周所取则,学者所应致力也。

汪东《唐宋词选》评语:词至清真,犹文家有马、扬,诗家之有杜甫,吐纳众流,范围百族,古今作者,莫之与竞矣。余曩有评述,略申大概,兹节录如下云:"两宋词家,巨手辈出,若与清真相校,品第略得而言。晏、欧诸公,承五代之余绪,所作唯多小令,体格攸殊,未宜同论。耆卿崛起,慢词始兴,清真实从柳出,其铺叙长调,气力相钧,而沈郁之思,秾挚之采,固柳所不及也。苏、辛天资卓绝,别立门户,苏格尤高,苦多率直,辛才实丽,时患粗犷。清真奄有其长,并绝其短。少游婉约,逊彼浑成。梅溪隽快,患在纤巧。白石孤标绝俗,或时意竭于篇。碧山雅正为宗,稍乏闳肆之气。梦窗学清真

最似,可谓遗貌取神,其佳处殆不多让。然恒钉晦涩之病,即亦未能为讳也
……"如上所论,虽不能尽,然沿波讨源,差非各执。顾犹或以托意不深为
清真病,此则身逢晏乐,不宜为无病之呻,假令清真生丁末叶,其麦秀黍离
之感,又岂在周、张诸人下耶。

唐圭璋《宋词三百首笺注》引朱孝臧评《清真词》:两宋词人,约可分为
疏、密两派,清真介在疏、密之间,与东坡、梦窗分鼎三足。

俞平伯《论诗词曲杂著·清真词释》引夏孙桐《手评本〈清真集〉》:清真
平写处与屯田无异,至矫变处自开境界,其择言之雅,造句之妙,非屯田所
及也。

俞平伯《唐宋词选释》:周词实为《花间》之后劲,近承秦、柳,下启南宋,
对后来词家影响很大。

邵瑞彭《周词订律序》:尝谓词家有美成,犹诗家有少陵,诗律莫细乎
杜,词律亦莫细乎周。观夫千里次韵以长谣,君特依声而操缦,一字之微,
弗爽累黍,一篇之内,弗紊宫商,良由宋世大晟乐府创自庙堂,而词律未造
专书,即以清真一集为之仪埻,后之学者,所宜遵循勿失者也。

姚华《与邵伯䌹论词用四声书》(《词学季刊》第二卷第一号):五代、北
宋词,歌者皆用弦索,以琵琶色为主器;南宋则多用新腔,以管色为主器。
弦索以指出声,流利为美;管色以口出声,的皪为优。此段变迁,遂为南北
宋词不同之一关键。譬如词变为曲,南北曲迥然不同,亦是弦索管笛之主
器异尔。南曲弋阳、海盐可勿论矣,以昆曲言,则声情文情之别,一目了然,
不必细校口齿也。故南曲之格,严于北曲,亦犹南宋之词,严于北宋也。主
器既因时而异色,歌者亦因地而异音,中州音与吴音之不同,尽人而知矣。
南宋词既用管色,又多准吴音,故其律与北宋又不一例。如入声之于平仄,
中原音可分配以三声,吴音则否;故词家有入声尚可出入、而上去不容假借
之说。要其折衷,亦无准据,皆由不依色以考声,但校词以为谱,重眼不重
耳,故似是而实非也,南北宋之间,最关重要者莫如清真。清真主大晟乐
府,往往新腔出于其时,其所用色,尚耐人考校。故北宋旧调,亦有出于清
真,而其声颇与秦、黄异者,岂亦用色不同故耶?

赵尊岳《填词丛话》卷三:南北宋以片玉为关键,亦惟片玉为大家,后之

466

取法者极多。其功力在淡、清、真三字。惟真而能淡，斯得淡之妙谛。盖内蕴者至深，而淡笔又足以达之也。淡之妙，在隽永；真之妙，在深刻。

同上书卷五：清真能以直语说深情，以方语写慧心。渊源所自，当从古乐府中得来，故学词亦当多读乐府。

龙沐勋《清真词叙论》：清真词既有浓挚之感情，与精巧之技术，故能绝出当时，垂范后世。清代号为词学中兴，自周济《四家词选》以清真为极则，因以建立"常州词派"。近代王、朱、郑、况诸大师，无不扇扬余烈，迄于今日而未有已。则清真一集，衣被于乐坛与词坛者，盖近千年，呜呼盛哉！

同上：欲见周词之风格，毕竟当于高健幽咽、层深浑成处，参取消息焉。

缪钺《诗词散论》：在宋词流变中，有开拓之功者数人，曰柳永、苏轼、周邦彦、辛弃疾、姜夔。北宋词浑雅，南宋词精能。由浑雅变精能，周邦彦是一大关键。

刘永济《微睇室说词》：陈廷焯《白雨斋词话》曰："词至美成，乃有大宗，前收苏、秦之终，复开姜、史之始，自有词人以来，不得不推为巨擘。后之为词者，亦难出其范围。然其妙处，亦不外沈郁顿挫。顿挫则有姿态，沈郁则极深厚。既有姿态，又极深厚，词中三昧，亦尽于此矣。"按自来论清真词者，张炎则曰："美成词浑厚和雅，善于融化诗句。"沈伯时则曰："美成为知音，下字用韵，皆有法度。"陈氏所谓"顿挫"，指其造语；"沈郁"，指其用意。张氏"浑厚和雅"之评，"浑厚"亦就用意言，"和雅"则指措词。沈氏则指出其"知音"。三家之评，已足尽美成之长。盖当美成之时，词体变而与诗近。美成知音又能文，故所作独得其体之正，虽多赋丽情，而出之以和雅之笔，故不伤格，所以享盛名于时。每制一词，名流辄和，方千里、杨泽民至和其全集，非无敌也。后人以周与柳耆卿并称，盖二人皆长于抒写别离之情，羁旅之感。而周之深静和雅，与柳之奇爽疏快则异趣。读周词须看其疏密相间，虚实互发处。而笔姿宛转流美，意趣不穷，复有无垂不缩之妙。至其铸词协律，则沈伯时所谓"法度"也。不善学者，务讲法度，则为所束缚，易流为软媚。救弊之法，唯有一"真"字。有真情，写真景，乃有真词。故知学古之难，不在文字之末，而在性情之真。

吴世昌《词林新话》：清真在北宋之末，入南宋之大门也。入清真之门，然后可读白石、梅溪、梦窗、碧山诸家。学得清真之各种手法,然后读南宋诸家皆有来历,无所遁形矣。清真范围广,门户多,长调小令,皆自成楼阁,绝不相似。如游阿房之宫,五步一亭,十步一阁,莫可究诘,他人无此才力也。于短短小令中写复杂故事,为其独创,当时无人能及,后世亦少有敢企及者。《浣溪沙》直追《花间》,而又异乎《花间》,南宋各家无有能及者。《点绛唇》亦非他家可比,其方面之广,真集词家之大成也。

同上:清真长调小令,有时有故事脉络可循,组织严密。梦窗长调唯解堆砌用典,不独散漫无所归,且不可通,甚至前后矛盾,其优劣可见如此。梦窗好在词中发感慨,清真非无感慨,然以叙事用字时出之,不浪费笔墨,亦增文词结构之美,韵调之精。

同上:亦峰论清真词,曰:"词至美成,乃有大宗。""自有词人以来,不得不推为巨擘。"卓识。但又曰:"然其妙处,亦不外沉郁顿挫。"则犹仅于字句风格中求之,至美成以小词写故事,亦峰不知也。其所谓美成"沉郁顿挫之妙",应改为"以词写故事之妙"。

杨铁夫《清真词选笺释序》:余笺释《梦窗词选》竟,因思梦窗之学,源本清真。尹惟晓云:"求词于吾宋,前有清真,后有梦窗。"周止庵教人由梦窗以几清真,是则学梦窗者,又不可不以清真为归宿也。梦窗词极得清真神似,但清真用典浑成,不如梦窗之破碎;清真用意明显,不如梦窗之晦涩;清真用笔勾勒清楚,不如梦窗纵横穿插在若断若续、或隐或见之间。至于起伏顿挫,开合照应,格局神气,无不酷肖而吻合。所以分者,一则峭健,一则雍容。譬之于文,梦窗其柳州,清真其六一乎?抑余更有说者,梦窗之词出清真,知之者多;清真之词出自何人,知之者少。今细心潜玩,知于小山为近,不独语摹句仿,即神气亦在即离之间。然则谓清真之小令源出小山可也。至合吴、周、晏三家而通之,譬之于河,清真者,梦窗之龙门,小山者,清真之星宿海欤?忆前数年研梦窗未入时,意清真之词较浅而易入也,窃有所窥测,写为眉评,今一覆视,殊堪喷饭,因弃而再释之。特不知后之视今,不犹今之视昔,他人之视我,不犹今我之视昔我否耳。

图书在版编目（CIP）数据

周邦彦词全集：汇校汇注汇评 / 谭新红，李烨含编
著． -- 武汉：崇文书局，2017.1（2022.1 重印）
（中国古典诗词校注评丛书）
ISBN 978-7-5403-4172-5

Ⅰ．①周… Ⅱ．①谭… ②李… Ⅲ．①宋词－选集②
周邦彦（1056-1121）－宋词－诗歌评论 Ⅳ．
① I222.844 ② I207.23

中国版本图书馆 CIP 数据核字（2016）第 266303 号

周邦彦词全集

选题策划	王重阳
责任编辑	王重阳　杨晨宇
责任印刷	李佳超

出版发行　长江出版传媒 崇文书局

地　　址	武汉市雄楚大街 268 号 C 座 11 层
电　　话	（027）87677133　邮政编码　430070
印　　刷	中印南方印刷有限公司
开　　本	880mm×1230mm　　1/32
印　　张	15.25
字　　数	380 千字
版　　次	2017 年 1 月第 1 版
印　　次	2022 年 1 月第 3 次印刷
定　　价	46.00 元

（如发现印装质量问题，影响阅读，请与承印厂调换）